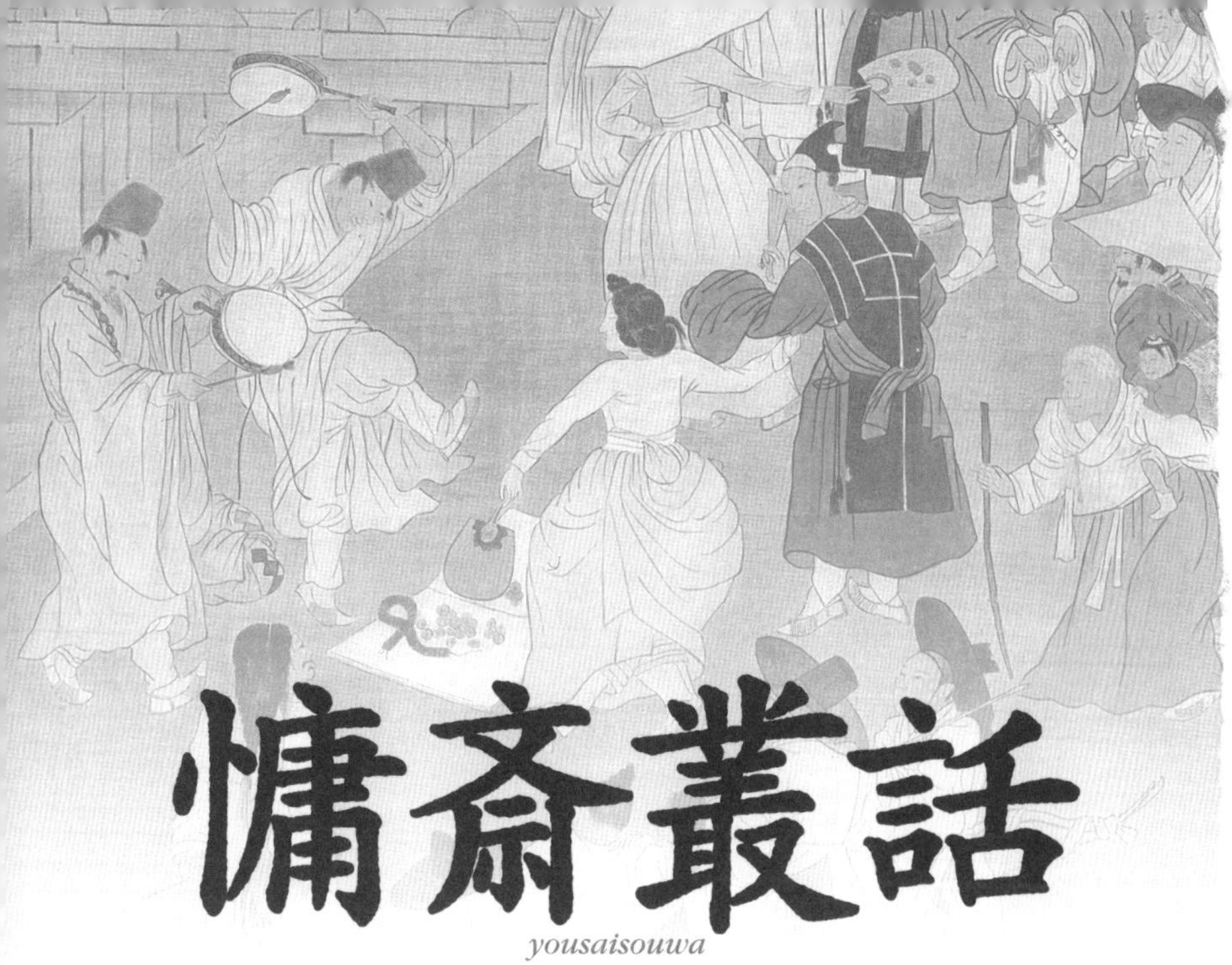

慵斎叢話

yousaisouwa

成俔

梅山秀幸［訳］

作品社

本書を読まれる方へ

梅山秀幸

本書は、朝鮮の十五世紀後半を代表する文人官僚であった成俔《ソンヒョン》の『慵斎叢話』十巻全三百十二話を翻訳したものである。

作者の成俔は、名家に生まれて科挙に及第の後、五代の王のもとに仕えて顕官を歴任、国家の編纂事業に関わるとともに、多くの詩文を書き遺した。朝鮮朝のもっとも文運隆盛の時代に過ごして破綻のない人生を送ったかに見えるが、晩年は稀代の暗君である燕山君の朝廷で官途を終えなくてはならなかった。

儒教では「礼楽」を尊重するが、成俔は朝鮮の音楽を集大成する『楽学規範』編纂の中心的な役割を果たした人物でもあった。広大や妓生といった芸能を担う人びとの中に混じって音楽を学ぶような人であったから、その視線は儒者官僚ばかりではなく、社会の各層にまで及んでいて、市井の人びとの生活を垣間見ることができる。

本訳書では、日本の読者にはなじみのないと思われる人物・事柄について、各話の末尾に注釈をほどこした。干支による暦年、あるいは中国の年号、その他ごく簡単なものについては、本文の中で（ ）を用いて西暦などを補足した。なお、各巻のタイトル、各話の見出しについては、訳者が付したものである。

妻の理江子と
娘の斎に

[カヴァー・扉の装画]
金帆洙 画

本書は 2013 年度の桃山学院大学学術出
版助成を受けて刊行されたものである。

朝鮮半島
白頭山
通化
清津
三水
両江道
咸鏡北道
甲山
吉州
鴨緑江
慈江道
咸鏡南道
義州
妙香山
平安北道
咸興
大同江
平安南道
平壌
ピョンヤン
元山
黄海北道
江原道
金剛山
殷栗
北
漢
江
襄陽
黄海南道
開城
臨津江
春川
江陵
江原道
ソウル
江華島
東海
鬱陵島
仁川
南漢江
原州
京畿道
水原
太白山
忠州
忠清北道
忠清南道
清州
公州
錦江
安東
扶余
大田
慶尚北道
黄海
浦項
群山
金堤
全州
慶州
伽耶山
大邱
全羅北道
井邑
南原
洛東江
蔚山
晋州
智異山
羅州
光州
馬山
釜山
木浦
全羅南道
慶尚南道
麗水
巨済島
高興
対馬
珍島
済州
済州島
済州道
漢拏山
西帰浦

朝鮮王朝系譜（李氏）

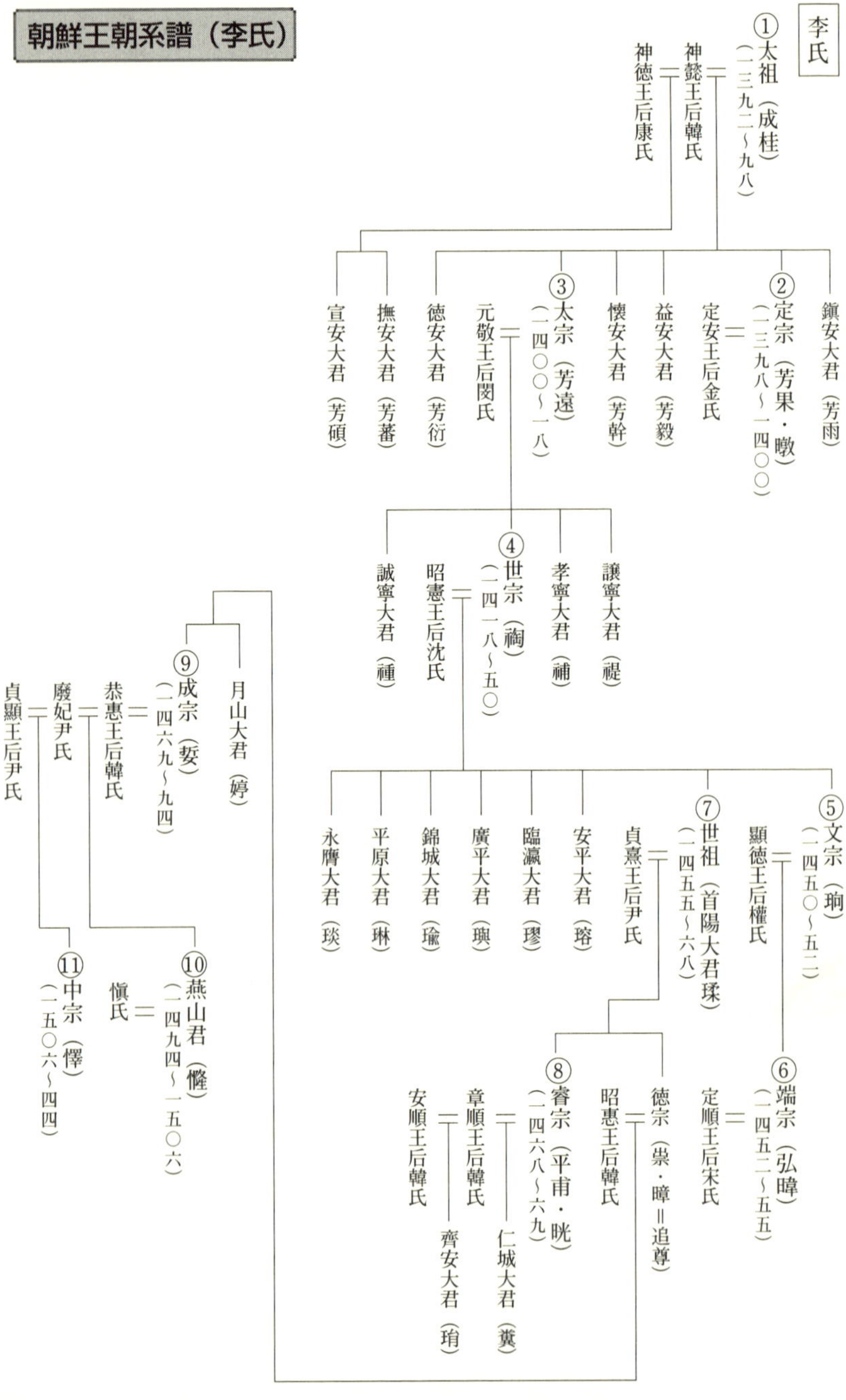
李氏
①太祖（成桂）（一三九二～九八）
神懿王后韓氏
神德王后康氏
鎭安大君（芳雨）
②定宗（芳果・曔）（一三九八～一四〇〇）
定安王后金氏
益安大君（芳毅）
懷安大君（芳幹）
③太宗（芳遠）（一四〇〇～一八）
元敬王后閔氏
德安大君（芳衍）
撫安大君（芳蕃）
宣安大君（芳碩）
讓寧大君（禔）
孝寧大君（補）
④世宗（祹）（一四一八～五〇）
昭憲王后沈氏
誠寧大君（褈）
⑤文宗（珦）（一四五〇～五二）
顯德王后權氏
⑦世祖（首陽大君瑈）（一四五五～六八）
貞熹王后尹氏
安平大君（瑢）
臨瀛大君（璆）
廣平大君（璵）
錦城大君（瑜）
平原大君（琳）
永膺大君（琰）
⑥端宗（弘暐）（一四五二～五五）
定順王后宋氏
德宗（崇・暲＝追尊）
昭惠王后韓氏
⑧睿宗（平甫・晄）（一四六八～六九）
章順王后韓氏
仁城大君（糞）
安順王后韓氏
齊安大君（琄）
月山大君（婷）
⑨成宗（娎）（一四六九～九四）
恭惠王后韓氏
廢妃尹氏
貞顯王后尹氏
⑩燕山君（㦕）（一四九四～一五〇六）
愼氏
⑪中宗（懌）（一五〇六～四四）

高麗王系譜（王氏）

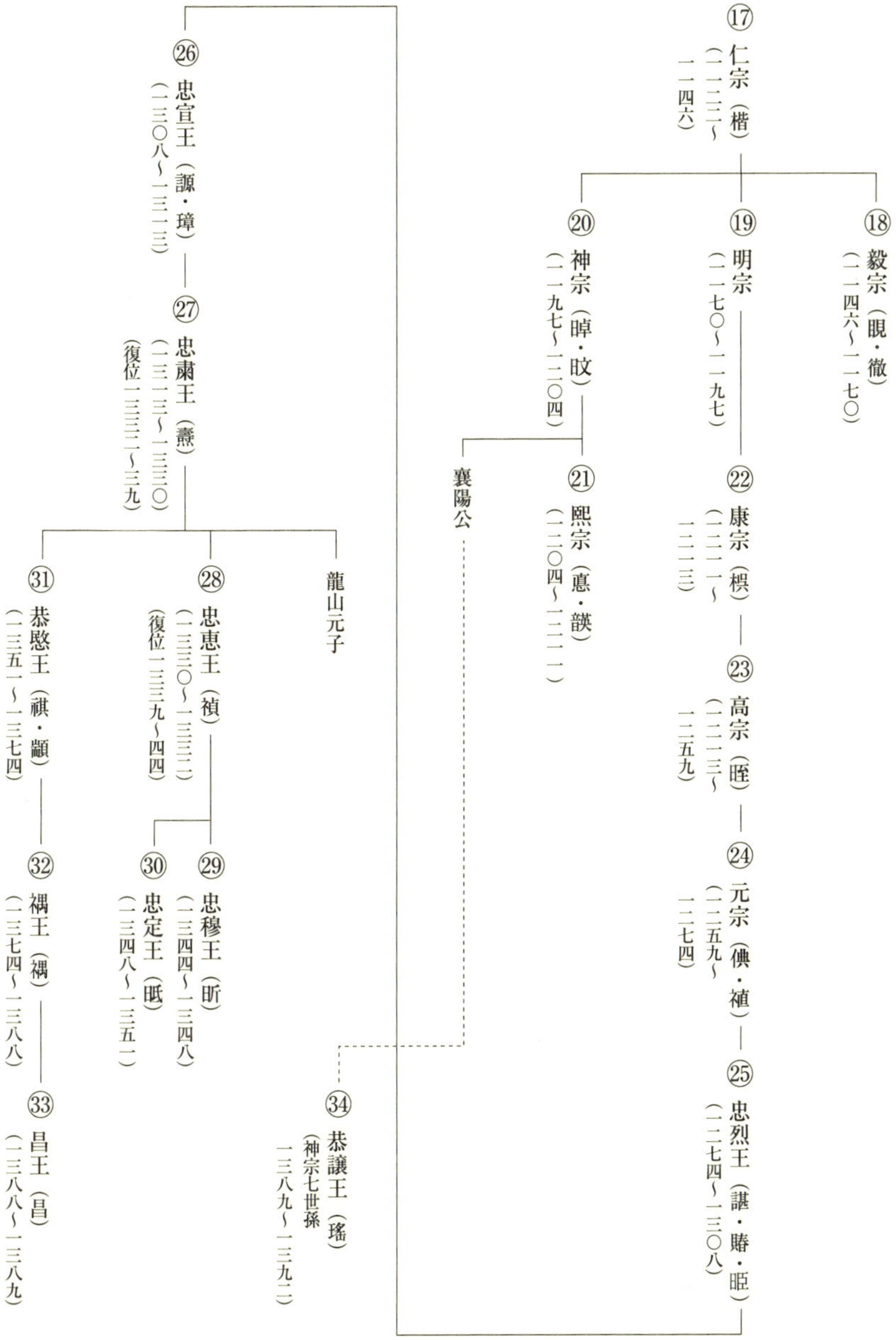

⑰仁宗（楷）（一一二二～一一四六）
⑱毅宗（晛・徹）（一一四六～一一七〇）
⑲明宗（一一七〇～一一九七）
⑳神宗（晫・旼）（一一九七～一二〇四）
㉑熙宗（悳・韺）（一二〇四～一二一一）
襄陽公
㉒康宗（椇）（一二一一～一二一三）
㉓高宗（瞮）（一二一三～一二五九）
㉔元宗（倎・禃）（一二五九～一二七四）
㉕忠烈王（諶・賰・昛）（一二七四～一三〇八）
㉖忠宣王（謜・璋）（一三〇八～一三一三）
㉗忠肅王（燾）（一三一三～一三三〇）（復位一三三二～三九）
龍山元子
㉘忠惠王（禎）（一三三〇～一三三二）（復位一三三九～四四）
㉙忠穆王（昕）（一三四四～一三四八）
㉚忠定王（䀼）（一三四八～一三五一）
㉛恭愍王（祺・顓）（一三五一～一三七四）
㉜禑王（禑）（一三七四～一三八八）
㉝昌王（昌）（一三八八～一三八九）
㉞恭讓王（瑤）（神宗七世孫 一三八九～一三九二）

目次◉慵斎叢話

第三巻

第四巻　わが朝は多士済々

第五巻 禍福門なし

第六巻 さまざまな人びと 妓生 僧侶

第七巻

第八巻　わが成氏につながる人びと……435

第九巻　時を得る、時を得ない……487

第十巻　朝鮮社会の内と外　日本と女真など

慵斎叢話

第一巻

わが国の学芸と風俗

一　経学と文章

経書の学問と文章の能力は一つのものではない。六経(1)はみな聖人の文章であり、すべての事業に関わるものである。

昨今の文章家たちは経書を本とすることを知らず、逆に経書に明るい人は文章を知らない。これは気質が一方にかたよってしまい、そうならないように意を払わないからである。

高麗時代の文士たちはみな詩と騒をもっぱらにして、ただ圃隠・鄭夢周《チョンモンジュ》(2)だけが性理学(3)を始めて提唱した。わが朝鮮時代に入って、陽村(4)と梅軒(5)の兄弟が経学に明るく、また文章にもたくみであった。陽村は四書五経(6)の口訣を伝えて、また『浅見録』や『入学図説』などの書物を書き、儒学の発展に尽くした功績は少なくない。

その後に、師として崇められる人物には、黄鉉《ファンヒョン》(7)、尹祥《ユンサン》(8)、金鉤《キムク》(9)、金末《キムマル》(10)、金泮《キムパン》(11)などがいる。しかし、黄鉉は学問で名をあらわすことがなかった。尹祥ははなはだ経学に精通していて、わずかに文章を作ることを知っていた。金鉤と金末はともに経学に通じていたといっていいが、しかし、金末は固執する癖から免れなかった。彼らの議論はたがいに譲らず、論争のやむことがなかった。彼らに学んだ者たちもまた二派に分かれている。この二人はともに世祖《セジョ》に認められ、官職は一品にまで昇った。金泮は大司成まで昇り、年老いて引退して、故郷に戻って死んだ。

また、その次の人びととしては、孔頎《コンキ》(12)、鄭自英《チヨンチャヨン》(13)、丘従直《クチヨンチク》(14)、兪希益《ユフイイク》(15)、兪鎮《ユチン》(16)などがいる。孔頎は滑稽な話をよくしたが、文章を作ることが苦手で、簡単な手紙の一行すらも書けなかった。あるとき、人から手紙をもらったものの、その返事がなかなか書けない。生員の金順明《キンスンミョン》(17)がその場に居合わせ、その有様を見て、孔頎の話しことばに合わせて返答を書いたが、言わんとすることを巧みに書きつくしていた。孔頎は感心して、「君の学問は私から出たものだが、君はよくそれを活用することを知っていて、私はといえば、活用の仕方を知らない。『青は藍より出でて藍よりも青し』とはこういうことをいうのだな」といった。

鄭自英はただ五経に詳しいだけではなく、史書もよく渉猟して読んでいた。官職は判書に至った。丘従直は端正な容貌をしていたので、世祖に抜擢され、最後には一品の位にまで上がった。兪希益はたいして顕達することなく終わった。兪鎮ははなはだ固執癖があって、事理に通じていなかった。

最近では、盧自亨《ノチヤヒヨン》(18)や李文興《イムンフン》(19)といった人たちがいて、長いあいだ学官のままであった。成宗《ソンジョン》が彼らの年老いたのを見て優遇なさり、最後には堂上官になったが、その後、みな退官して、故郷にもどって死んだ。

（1）六経：六種の経書。すなわち、『易経』『詩経』『書経』『春秋』『周礼』『礼記』をいう。

（2）鄭夢周：一三三七～一三九二。高麗末期の文臣。対明関係の修好に功績があり、倭冦の取り締まりを求めて来日したこともある。李成桂（李朝の太祖）推戴の動きを見て、高麗王朝を支えようと尽力したが、成桂の息子の李芳遠（後の太宗）の手の者によって殺された。

（3）性理学：性命理気に関する学問。すなわち、人性と天命、理と気とその相互の関係を研究する学問。

この学問は宋の学者たちによって始められたので、宋学ともいう。性理学は高麗時代に伝来して、朝鮮時代には李退渓や李栗国などの手によって大成された。日本の江戸時代の学問もその影響を多大に受けている。

（4）陽村：権近のこと。一三五二～一四〇九。朝鮮時代初期に活躍した学者。陽村は号。もともとは高麗の官僚であったが、朝鮮建国以後、太祖に認められて臣下となった。成均館直講、芸文館応教などを歴任して文名を上げた。著書に『陽村集』『入学図説』『五経浅見録』があり、楽章作品として『霜台別曲』がある。

（5）梅軒：権遇。一三六三～一四一九。検校政丞の僖の息子。鄭夢周に学んで、一三八五年に文科に乙科で及第、李朝になって芸文提学となった。世宗が世子であったとき、経史を教え、世宗の尊敬の念は終生変わることがなかった。

（6）四書五経：四書は『中庸』『大学』『論語』『孟子』をいい、五経は『易経』『詩経』『書経』『礼記』『春秋』をいう。

（7）黄鉉：一三七二～？。太宗年間から顕職を歴任して、世宗朝には大司成になった。学問と行いに秀でた当時の代表的な儒学者。

（8）尹祥：一三七三～一四五五。趙庸の門下で学び、一三九六年に文科に及第した。金山・栄州・大邱などの地方官を経て、大司成となり、多くの学生の指導に当たり、その門下から多くの人材が輩出した。一四五一年には隠退して、故郷に帰った。

（9）金鉤：？～一四六二。一四一六年、文科に及第、成均館大司成として多くの人材を育てた。以下の金末・金泮とともに「経学三金」と称される。世宗の命を受けて、金泛とともに四書（『論語』『孟子』『中庸』『大学』）を翻訳した。

（10）金末：一三八三～一四六四。一四一五年に文科に及第。内外の官職を経て、芸文館提学にまで至った。成均館の学生の多くを指導し、世祖の厚い信任を得ていた。特に性理学に抜きん出ていた。

（11）金泮：生没年未詳。権近の門下で学問を学んだ。一三九九年に及第、四十年ものあいだ成均館に在職して、多くの人材を育て、官職は大司成に至った。経書に精通していたという。

(12) 孔頎：文宗年間（一四五一〜一四五二）に殷山別監、成均主簿、端宗年間（一四五三〜一四五五）には右正言、左正言を経て、世祖元年（一四五五）には直講として原従功臣三等に禄勲されて、成均司芸まで至った。

(13) 鄭自英：？〜一四七四。一四三四年、謁聖文科に乙科で及第して、官途についたが、経筵で経史を講論したさい、その該博な知識に感動した世祖によって抜擢され、以後、要職を歴任し、工曹判書に至った。学問を好み、特に易学に明るかった。礼曹判書を追贈された。

(14) 丘従直：一四二四〜一四七七。世祖のときの文臣。四書三経に精通して、諸子百家についても知らないことがなかったという。官職は左賛成に至った。

(15) 兪希益：一四五七年、登科して成均館大司成になった。易学・性理学に精通して、文章にすぐれ、徳行が備わっていたという。

(16) 兪鎮：一四二八〜一四八四。一四六二年、式年文科に及第して官途につき、一四七七年には副提学となった。経学に明るく、行いも正しく、模範となる人となりであったので、長く成均館で教訓を担当した。特に易に精通していた。

(17) 金順明：一四三五〜一四八七。一四五六年、文科に及第、校書館正字・正郎となった。一四六七年に李施愛の乱の平定に従軍して功を立てて敵愾功臣三等となり、成宗のときには佐理功臣となり清陵君に封じられた。その後、官職は刑・戸・兵・礼曹の参判を経て、全羅・黄海道の観察使となった。

(18) 盧自亨：？〜一四九〇。成宗のときの隠士。一四五〇年、文科に及第して、官途につき、成均館で後進の指導に当たった。一身上の栄達を求めることなく、性理学に精通して、節操があった。

(19) 李文興：一四二三〜一五〇三。一四六二年、進士に合格、一四六八年には文科に及第した。一四七二年、『睿宗実録』の編集に参与した。一四八二年、成均館司成となって以後、大司成となって七十九歳で引退するまで、儒生の教育に没頭して、その門下から多くの人材を輩出し、王から特別に褒賞を受けた。

二　文章家たち

わが国の文章は崔致遠《チエチウオン》(1)を俟って始めて振るうようになった。致遠が唐に行き、科挙に及第して、文名が大いに上がったのである。いまは文廟に配亨されている。

いま、彼の著述したものを読むと、詩はよく作ったが、その意が精細ではなく、四六文(2)はたしかによくしたものの、用語が整ってはいない。

金富軾《キムプシク》(3)のような者は、その文章はたくみであるが、華麗ではなく、鄭知常《チヨンチサン》(4)は文章が輝いているが、飛揚することはなく、李奎報《イキユポ》(5)は文章に抑揚を利かせるが、展開させて、収斂させることができていない。李仁老《イインロ》(6)の文章は洗練されてはいるが、伸びやかさに欠けている。林椿《インチユン》(7)のものは緻密であるが、融通が利かず、稼亭・李穀《イクク》(8)の文章は正確であるが、清爽さというものがない。益斎・李斉賢《イチエヒヨン》(9)は老いてますます盛んな趣があるが、文藻というものがない。

陶隠・李崇仁《イスイン》(10)の文章は穏健であるが、深くはなく、圃隠・鄭夢周《チヨンモンジユ》は純粋であるが、緊要さに欠けている。三峯(11)は伸びやかなのはいいが、しまりがないところがある。

世間では牧隠・李穡《イセキ》(12)がすべての長所を兼ね備えていると評価している。彼は詩と文ともに優れているが、しかし、卑俗で粗放な調子も多く見られ、元の人の律に比較しても、むしろ及ばない点が多い。彼をどうして唐・宋の詩人の域に入れることができようか。

陽村と春亭・卞季良《ピヨンケリヤン》(13)は文衡の権威を手に入れたが、牧隠には及ばない。それに、春亭の学問はそれほどのものではなかった。

世宗大王《セジョン》[14]が始めて集賢殿[15]を創設して、文学を学ぶソンビたちを集めたが、申高霊《シンコリョン》（申叔舟）[16]・崔寧城《チェヨンソン》（崔恒）[17]・李延城《イヨンソン》（李石亨）[18]・朴仁叟《パクインス》（朴彭年）[19]・成謹甫《ソンクンポ》（成三問）[20]・柳太初《ユテチョ》（柳誠源）[21]・李伯高《イペクコ》（李塏）[22]・河仲《ハチュン》章《チャン》（河緯地）[23]のような者たちがいて、みな当時に名をとどろかせた。

成謹甫は、文章は気勢が豪放で拘泥するところがなかったが、詩はうまくなかった。河仲章は、対策と疏章には見るべきところがあったが、これも詩はだめだった。柳太初は才能があって早熟であったが、世界が狭い。李伯高の文章はすがすがしく聡明で、才能は抜きんでているし、その詩もはなはだ優れている。しかし、当時の人びとは、朴仁叟こそがすべてを兼ね備えて優れていると主張している。彼が経術と文章と筆法のすべてに巧みであったことをいうのである。しかし、彼らはみな殺されてしまい、彼らの著述は世の中に伝わらなかった。

崔寧城は四六文をよくして、李延城は科挙の文章に習熟していた。しかし、ひとり申高霊だけはその文章と道徳において、当時の人びとの高い尊崇を受けている。

その後を継いだのは徐達城《ソタルソン》（徐居正）[24]、金永山《キムヨンサン》（金守温）[25]、姜晋山《カンチンサン》（姜孟卿）[26]、李陽城《イヤンソン》（李承召）[27]、金福昌《キムポクチャン》（金寿寧）[28]、そして私の兄の任《イン》[29]である。

徐達城は文章が華麗で美しい。彼が詩を作るのは、もっぱら韓退之[30]と陸放翁[31]の詩を模倣するのだが、その美しく艶麗な点において比類がない。長いあいだ、文衡を管掌した。

金永山は文章を読めば、かならず暗誦した。そうして文体を修得しようとしたが、彼の文章は雄放かつ剛健で、その点で彼に匹敵する人はいない。しかしながら、性格が大雑把でこだわりがなかったので、そのために、詩の韻を誤って、格式に合わないところが多くある。

姜晋山は詩と文が典雅で、天機がおのずと熟して、人びとの中でも卓絶している。

李陽城は、詩と文章ともに美しい。鑿《のみ》をふるって、その痕跡が残っていない、あたかも名工の彫刻を見るようである。

私の長兄の詩は晩唐の姿態を習得して、あたかも行雲流水のようであり、滞るところがない。

金福昌は資質が早熟で、班固[32]を手本としたが、その文章は老成して穏健であった。かつて『世祖実録』を編纂したときに、叙事の多くは彼の手になった。以上の人びとはみな世間に名をとどろかせた巨匠であり、時代の文学は彬々《ひんぴん》と光り輝いた。

（1）崔致遠：八五七〜?。新羅末期の学者。字は孤雲、海雲とも。十二歳のときに唐に渡り、十七歳で科挙に及第、宣州漂水県尉を経て、承務郎侍御史内供奉となり、紫金魚袋を下賜された。八八四年には帰国して、八九三年には遣唐使に任命されたが、盗賊が横行していて行かず、翌年、時務十余条を出して阿飡となった。その後、乱世に絶望して各地を遊覧して風月を歌い、最後には伽耶山の海印寺で余生を送ったという。『新唐書』「芸文志」に彼の著書として『四六集』一巻と『桂苑筆耕』二十巻があるとする。

（2）四六文：文体の一種。四字または六字からなる語句を使用して作る。語句の対偶と平仄を備えている。駢驪文ともいう。

（3）金富軾：一〇七五〜一一五一。高麗の政治家であり、儒学者。現存する韓国最古の史書である『三国史記』の編者。一一二六年の李資謙の乱後、妙清の一派が西京（平壌）遷都をとなえ、また女真族の建てた金の討伐を主張して、遂には反乱を起こすが、これに理論的に対抗し、官軍を率いて鎮圧した。

（4）鄭知常：?〜一一三五。高麗時代の有名な詩人、文人で、諫議大夫を勤めたが、一一三五年、妙清の乱が起こると、これに関わったとして殺害された。書にも絵画にも優れていた。

（5）李奎報：一一六八〜一二四一。高麗時代の詩人。若いときには不遇で下級官僚にとどまっていたが、武人政権の権力者である崔忠献に詩文の才能を見いだされて頭角を現し、文学界の第一人者となった。

（6）『東国李相国集』五十三巻がある。

（7）李仁老：一一五二～一二二〇。高麗の明宗のときの学者。幼いときから聡明で文章と書に優れていた。鄭仲父の乱のさいに出家したが還俗して、一一八〇年には魁科に及第、秘書監右諫議大夫まで上った。『名儒韻釈』の題詠が伝わっていないことを嘆いて、これをふたたび収録、詩話・文談・記事および、自身の作った作品を集めて、『破閑集』と題して刊行した。慶州の旧俗、西京の風物、開城の宮廷と寺刹、その他、各地の風物が記されていて、高麗史研究の貴重な資料となる。

（8）林椿：生没年未詳。高麗の懿宗から明宗の時代の人。高麗建国の功臣の後裔として生まれ、儒教的な教養を身につけていたが、彼の二十歳前後に武人の乱によって武人政権が生れ、官途への思いは断たれた。その中で『麹醇伝』『孔方伝』などの風刺小説、『杖剣行』などの長編詩などをものしている。

（9）稼亭・李穀：一二九八～一三五一。牧隠・李穡の父親。元の制科に二等で及第して翰林国史院の検閲官となった。帰国後、政堂文学となり、韓山君に封じられた。李斉賢とともに『編年綱目』を増修して、忠烈・忠宣・忠粛の三代の実録を編集した。

（10）益斎・李斉賢：一二八七～一三六七。高麗末期の学者で、北京に行った。韓国で最初の稗史小説である『櫟翁稗説』を書いた。

（11）陶隠・李崇仁：一三四九～一三九二。文臣、学者。陶隠は号。高麗時代末期、いくつかの官職を歴任したが、一三九二年に鄭夢周が殺害されると、彼の一味として罪を問われて流された。朝鮮が建国されると、鄭道伝が送った黄居正によって配所で殺された。性理学に造詣が深く、特にその詩文で名が高い。元や明への複雑な外交文書を作成して、その文章は明の太祖を感嘆させたという。

（12）三峯：鄭道伝の号。？～一三九八。牧隠・李穡の門人。高麗時代末期からの文臣で、李成桂に協力して朝鮮建国の一等功臣となったが、第一次王子の乱に連座して、斬首された。儒学の大家として、軍事・外交・性理学・歴史・行政などの多方面にわたり、朝鮮の国家としての骨格を作るのに活躍した。斥仏崇儒を国是として、儒学発展に貢献した。書にも優れていた。

（13）牧隠・李穡：一三二八～一三九六。高麗末の有名な学者。「麗末三隠」の一人。元の庭試に選ばれ、翰林知制誥となった。帰国後、判門下部となって韓山君に封じられた。高麗末から朝鮮初期の学者の多くが彼の門下から出た。

(13) 春亭・卞季良：一三六九〜一四三〇。春亭は号。太宗のときの名臣。高麗の末、李穡の弟子として、十四歳で進士、十五歳で生員、十七歳で文科に及第した。李朝の太祖のとき、典医監丞・医学教授官となった。一四一五年、日照りが続き、草穀が枯れたので、告文を作って天に祈ったところ、雨が降ったので、太宗は彼に馬を下賜した。世宗のときに大提学となり、さらに右軍都摠制府使となって死んだ。

(14) 世宗大王：朝鮮第四代の王である李祹。在位一四一八〜一四五〇。内外政に功績を挙げて李朝の基盤を固めた。編纂事業にも力を入れ、ハングルを制定した。朝鮮の文化的な英雄である。

(15) 集賢殿：中国の影響を受けて、王室研究機関として高麗時代に設立されたが、有名無実になっていたものを、世宗がテコ入れして、当代の学者たちを集めて学問研究を奨励、さまざまな書物を編集・刊行させた。ハングルもここで作成された。

(16) 申高霊（申叔舟）：一四一七〜一四七五。世祖の即位年（一四五五）には佐翼功臣一等、芸文館大提学となり、領議政にまで至った。朝鮮初期を代表する文人政治家。日本に使節として渡り、その見聞をもとに『海東諸国記』を著している。

(17) 崔寧城（崔恒）：文臣。集賢殿副修撰となり、癸酉の靖難の功績で靖難功臣第一等となり、都承旨に任じられた。『訓民正音』の制作に参加、『高麗史』『経国大典』などの編集にも関わった。

(18) 李延城（李石亨）：一四一五〜一四七七。一四四一年に進士・生員に首席で合格、続いて文科にも壮元（科挙の首席合格）となった。黄海道および京畿道の観察使、判漢城府事など顕官を歴任した。『治平要覧』の編纂に参与した。

(19) 朴仁叟（朴彭年）：一四一七〜一四五六。一四三四年、文科に及第、成三問などとともに集賢殿学士となって、さまざまな編集作業に関わった。世宗の遺言を受けて、皇甫仁・金宗瑞などとともに文宗を輔弼し、文宗がわずか二年で亡くなると、幼い端宗を後見した。しかし、忠清道観察使として外職にあったとき、世宗第二王子の首陽大君が第三王子の安平大君・皇甫仁・金宗瑞などを殺して、王位を簒奪した。朴彭年は成三問などと端宗の復位を計画したが、密告によって発覚、捕まって殺された。

(20)このときに殺された成三問・河緯地・李塏・柳誠源・兪応孚の五人とともに、「死六臣」と称えられる。

(21)成謹甫（成三問）：一四一八～一四五六。学者。世宗の寵臣として『訓民正音』の制作に最も貢献したが、世祖の即位に反対して車裂きの刑に処された。「死六臣」の一人。

(22)柳太初（柳誠源）：？～一四五六。「死六臣」の一人。一四五三年、金宗瑞らを殺して政権を握った首陽大君の脅迫に屈して靖難の功臣を禄勲する文書を書いたが、後に瑞宗を復位させようとして、事の成就が困難と知って自決した。

(23)李伯高（李塏）：一四一七～一四五六。世宗のとき、『訓民正音』の制作に参与した。世祖が王位を簒奪すると、それに反対して、成三問・朴彭年らとともに端宗の復位をはかったとして処刑された。「死六臣」の一人。

(24)河仲章（河緯地）：一三八七～一四五六。一四三八年、文科に壮元及第、要職を歴任して、礼曹判書に至ったが、端宗復位の計画に加わって、処刑された。「死六臣」の一人である。世祖は緯地の才能を惜しんで、条件をつけて許そうとしたが、緯地は一笑に付した。息子の琥と珀も連座して処刑された。

(25)徐達城（徐居正）：一四二〇～一四八八。一四三八年、生員・進士の両方に合格、一四四四年には式年文科に乙科で及第した。その後、顕官を歴任して、一四六五年には抜英試、続いて登俊試にも及第して、『経国大典』の編集にも参加した。この時代の国家的な文事、『東国通鑑』『東国輿地勝覧』『東文選』などの編纂に中心的な役割をなし、『太平閑話滑稽伝』『筆苑雑記』などの稗史小説集がある。

(26)金永山（金守温）：永山府院君。一四〇九～一四八一。一四四一年、文科に及第、承文院校理として集賢殿で『医方類聚』を編纂した。世祖が即位すると、一四五七年、重試で選抜され、成均司芸、春秋院府事などを勤めた。仏教にも造詣が深く、『金剛経』をハングルに翻訳した。当時の高僧であった信眉は彼の兄に当たる。

(27)姜晋山（姜孟卿）：晋山府院君。一四一〇～一四六一。一四二九年、文科に及第して、顕官を歴任、都承旨となり、一四五五年には世祖の政権奪取に功績があって佐翼功臣の号を受けた。領議政にまで昇った。

(27) 李陽城（李承召）：陽城君。一四一二～一四八四。一四四七年、文科に壮元で及第、成宗のときに佐理功臣に冊録された。博識で記憶力が抜群であった。礼楽・兵刑・陰陽・律暦・医薬・地理のすべてに精通していた。申叔舟・姜希孟などとともに『国朝五礼儀』を編纂した。

(28) 金福昌（金寿寧）：一四三六～一四七三。一四五三年、生員試に合格し、同年、式年文科に壮元で及第して、集賢殿副修選となった。一四五八年から一四六二年にかけて朝鮮各地を回り、世祖の防衛政策に重要な役割を果たし、一四六五年には左承旨になった。『周易口決』『国朝宝鑑』『東国通鑑』の刊行にも加わった。一四七一年には成宗を輔弼した功で福昌君に封じられている。

(29) 私の兄の任：成任。一四二一～一四八四。一四四七年に文科に及第。内外の要職を歴任して、右賛成・知忠州府事に至った。詩文にたけ、書も名が高く、景福宮の多くの扁額を書いた。『東国輿地勝覧』の編集にも参加した。著書として『太平通載』『太平広記詳節』がある。

(30) 韓退之：韓愈。七六八～八二四。唐の文章家・詩人。唐宋八家の一人。儒教を尊び、特に孟子の功を激賞。柳宗元とともに古文の復興を唱え、韓柳と称される。詩は険峻と評される力作をよくし、平易な風の白居易と相対した。憲宗のとき「論仏骨表」を奉って潮州に左遷された。諱は文公。『昌黎先生集』がある。

(31) 陸放翁：陸游。一一二五～一二一〇。南宋前期の詩人。放翁は号。金に対する抗戦を唱え、当局者に嫌われて不遇の生涯を送った。詩は慷慨の気に満ちた愛国詩人の面と、田園自然に親しむ風流詩人の面とに特色がみられる。「剣南詩稿」「渭南文集」など。

(32) 斑固：後漢の人。彪の長子。字は孟堅。九歳のときにすでに文章をよく作り、典籍に広く通じて、明帝のとき、典校秘書として父の業を継いで『漢書』を著述した。

三　書家たち

わが国には書をよくする者が多いが、模倣すべき人は少ない。

金生《キムセン》(1)は書をよくして、細字と草書と隷書のすべてに秀でていた。

杏村《ヘンチョン》(2)は子昂(3)と同じ時代の人で、その筆勢は子昂に匹敵する。しかし、行書と草書はやはり一歩を譲っているというしかない。

柳巷《ユハン》(4)もまた有名であり、彼の書は力強く、晋の書法を多く体得している。彼が書いた「玄陵碑」は今も残っている。

独谷《ドクコク》(5)の書ははなはだ綿密である。八十歳のときに「建元陵碑文」を書いたが、筆力にいささかも衰えがなかった。

安平《アンピョン》(6)の書はもっぱら子昂にならったものであったが、その豪放さにおいては子昂と上下はなく、凛凛《りんりん》として飛動している。かつて中国から倪侍講(7)が奉命使臣としてわが国にやって来たが、「篇題」という二文字を見て、「この文字は凡人の手になるものではない。これを書いた人物にお目に懸かりたいものだ」といった。王さまが安平に命じて倪侍講のもとに行って会わせると、倪侍講は安平の文字をほめたたえて、「今の中国では陳学士が書をよくし、名前が全国にとどろいています。しかし、王子の書に比較すれば、とても及ぶものではありません」といって、いよいよ篤くうやまって、いくつか書を賜って帰国した。その後、わが国の人が中国で書を購って帰国したが、見ると、安平の書であった。安平は大いに喜び満足したことであった。

そのとき、士人の崔興孝《チェフンヒョ》(8)という人がいたが、庾翼《ゆよく》(9)の筆法を学んで、みずからの書を誇っていた。いつも筆の入った袋を持ち歩き、役所や人びとの屋敷を回っては書を書いて与えたが、その書体は粗雑でいやしかった。安平はこれを求めて得たが、最後には破って壁紙にしてしまった。

私の兄は姜仁斎《カンインチェ》(10)や鄭東莱《チョントンレ》(11)とともに一時は能筆の評判が高かった。

姜仁斎は、性格がもともと書を書くことを好まなかったので、その筆跡が世間に多くは伝わっていない。

私の兄は屏風と掛け軸を書くことが多かった。彼が書いた「円覚寺碑」はたいへん優れている。成宗がその筆跡を見て、「まことに素晴らしい。その名声は空しいものではなかった」とおっしゃった。

鄭東莱は書を学んで努力を惜しまなかった。人がその書を求めると、拒むことなく、書いて与えた。そのために、世間に流布するものが数多くある。しかし、筆力が脆弱で衰弱した感があり、見るべきところがない。

(1) 金生：七一一～?。新羅時代の名筆。父母は貧しく、家系もはっきりしない。若いときから書に巧みで、八十歳に到るまで書をし、隷・行・草のすべてに入神の境地に至ったという。

(2) 杏村：李嵒。一二九七～一三六四。高麗末の文臣。本貫は固城で、書に抜きん出て、「東国の趙子昂」と呼ばれる。

(3) 子昂：趙孟頫。一二五四～一三二二。元の人。号は松雪道人。宋の宗室の末裔で、経世の学に通じ、書画・詩文をよくした。特に書が高く評価され、その号から彼の書体は「松雪体」といわれる。

(4) 柳巷：韓脩の号。一三三三～一三八四。一三四七年に登科、さまざまな官職を経て同知密直となり、功臣の号を与えられ清城君に封じられた。判厚徳府事となって死んだ。志行が高く、見識に富み、士林の模倣となるべき人物であった。草・隷に優れていた。開城の「魯国大長公主墓碑」、妙香山の「安心寺舎利塔碑」などがある。

(5) 独谷：成石璘の号。一三三八～一四二三。一三五七年、辛旽の誣告によって一時左遷されたが、後に復帰した。禑王の時代に倭冦が侵入すると、助戦元帥となり、楊伯淵の部下として参戦して功績を挙げた。楊広道観察使だったとき、凶年に見舞われたが、義倉を設置して、民衆を救済した。李成桂が

（6）朝鮮を開国して、李穡・禹玄宝らの一派として退けられていたが、登用されて領議政にまで至った。

安平：安平大君・李瑢。一四一八〜一四五三。世宗の第三王子。朝鮮第一の書家とされる。世宗の死後、兄の首陽大君（世祖）と争って敗れ、江華島に流されて死んだ。彼が夢に見た桃源郷を画員の安堅に命じて画かせた「夢遊桃源図」は朝鮮絵画の最高の傑作とされ、日本の天理大学が所蔵している。

（7）倪侍講：倪謙。明からの使臣。一四五〇年、景帝の即位を知らせるために朝鮮にやって来て帰って行った。このとき、成三問・申叔舟・鄭麟趾などの学者たちとたがいに政治・学問について意見をたたかわせたという。

（8）崔興孝：生没年未詳。一四一一年、式年文科に及第。以後、免職と登用を繰り返し、右献納・芸文館直提学に至った。趙孟頫体の草書をよく書いた。太宗が死ぬと、その冥福を祈るために柳季聞・安止らとともに『金字法華経』を書いたという。

（9）庾翼：晋の人。字は稚恭、諡号は粛。官職は荊州刺史に至って勲功が多かった。書にたくみであった。

（10）姜仁斎：姜希顔。一四一九〜一四六四。世宗のときの名臣。弟には姜希孟がいる。一四四一年に文科に及第。集賢殿直提学、仁寿府尹などを歴任。癸酉の靖難では連座して処刑されるところだったが、助かった。詩・書・画にすぐれ、「三絶」と称された。晩年にはそれらで日々を過ごしながらも、「賤技」だとして、他の人間からの注文には応じなかった。

（11）鄭東莱：鄭蘭宗。一四三三〜一四八九。一四五六年、生員・進士となり、さらに式年文科に及第した。通礼門奉礼郎・宗簿寺少尹等を経て、一四六七年には黄海道監察使として李施愛の乱の平定に功を立てた。一四七一年、純誠佐理功臣に録され東莱君に封じられた。性理学に詳しかったが、書家として一流で、趙孟頫の書体を修得していた。石碑や鍾の銘に彼の書跡は残っている。

四　画家たち

物象を描写することはむずかしく、天から才能を得たものでなければ、とても描写しおおせるものではない。一つの物を描くのに巧みであったとしても、さまざまな物をすべて巧みに描くことははなはだむずかしいことである。

わが国には名のある画家は少ない。近来のことを考えると、恭愍王《コンミンワン》(1)の絵の格調ははなはだ高い。今、図画署に蔵されている魯国大長公主(2)の肖像と興徳寺にある釈迦出山像はともに恭愍王の手になるものである。ときどき貴顕の家に王の描いた山水画があるが、はなはだ奇異で絶妙である。

尹泙《ユンピョン》(3)という人もまた山水をよく描いた。現在も士大夫の家に所蔵されているものが多い。しかし、平凡かつ淡白で、奇異の趣がない。

朝鮮時代に入ってからは、顧仁《コイン》(4)という人がいて、中国からやって来て、人物画をよく描いた。その後には安堅《アンキョン》(5)と崔涇《チエキョン》(6)がともに名が高かった。安堅は山水画、崔涇は人物画を描いたが、ともに神妙の境地に至っていた。現在、人びとが安堅の画を愛して蔵することはあたかも金玉のようである。私が承旨であったとき、宮廷に所蔵されている安堅の「青山白雲図」を見たが、まさに宝玉ともいうべきものであった。安堅はいつも、「平生の精力がこの画の中にこもっている」といっていた。崔涇もまた晩年には古木と山水を描いたが、しかし、安堅には及ばなかった。

そのほかに、洪天起《ホンチヨンキ》(7)、崔渚《チエチヨ》(8)、安貴生《アンクイセン》(9)といった人びとは、山水画で名高かったものの、みな平凡である。ただ士人の金瑞《キムソ》(10)が描く馬と南汲《ナンクプ》(11)の山水画に見るべきものがある。

姜仁斎《カンインチェ》(12)は天から授かった才能があって、まことに巧妙で、昔の人の思いつかなかった境地にまで新たに開拓して、山水画とともに人物画にも巧みであった。かつて彼が描いた「麗人図」を見たが、いささかもたがわず、誤ったところはなかった。青鶴洞や菁川江を描いた掛け軸と「耕雲図」はみな宝物というべきである。

裵連《ペリョン》(13)という人がいて、山水画も人物画もともによく描いたが、平生、崔涇を大家と認めていなかった。このことで、安堅とたがいに憎みあった。姜仁斎はいつも裵連の絵には雅趣があるといって称賛していた。

李長孫《イチャンソン》(14)・呉信孫《オシンソン》(15)・秦四山《チンササン》(16)・金孝男《キムヒョナム》(17)・崔叔昌《チェスクチャン》(18)・石齢《ソクリョン》(19)など、たとえ今は名高くとも、まだその絵を論ずべき境地にまで至ってはいない。

(1) 恭愍王：一三三〇～一三七四。在位一三五一～一三七四。高麗三十一代の王。一三四一年、元に行き、魏王の娘の魯国大長公主と結婚した。元の指示で忠定王を廃して王に立ったが、元が衰退していく様を見て、元に反抗する姿勢を示し、弁髪・胡服などを廃し、元の年号や官制も廃止した。一三六五年、魯国大長公主が死ぬと仏事に専念して政治を顧みなくなり、その隙に妖僧の辛旽が宮廷での権力をにぎり、宮廷は紊乱した。

(2) 魯国大長公主：？～一三六五。高麗の恭愍王の后。一名は宝塔実里公主。元の宗室の魏王の娘で、一三四九年、元で結婚、恭愍王が即位した後、王とともに高麗にやって来たが、難産のために発病して死んだ。王は悲しみのあまり政治を行わなかったが、魂殿を造って仏事を執り行い、みずからが描いた公主の肖像を奉安した。

(3) 尹泙：高麗末期の画家。山水をよくし、忠粛王のときに名前が高かったが、画法は平凡であったという。

（4）顧仁：この話にあること以上は未詳。

（5）安堅：朝鮮前期、あるいは韓国絵画史を代表する画家。世宗年間（一四一九〜一四五〇）に最も旺盛に活動したが、文宗・端宗の時代を経て、世祖の時代まで活躍した記録がある。図画員の従六品の善画から正四品の護軍にまで昇進していて、画員としては最高の出世であると考えられる。安平大君が夢に見た桃源郷を彼に描かせた朝鮮絵画の最高傑作「夢遊桃源図」が日本の天理大学に所蔵されている。

（6）崔涇：成宗のときの画家。号は謹斎。安堅の山水画に匹敵するほど、人物画に神妙な才能を見せ、一四七二年には御容奉画別提として安貴生とともに徳宗の肖像を描いた。

（7）洪天起：生没年未詳。朝鮮時代唯一の女性でありながらの図画署の画員として正七品の画史となった。山水画で名が高かったが、画格が高くなく凡庸であったともいう。第六巻の第二十九話は彼女のエピソード。見る者の心を奪う美人だった。

（8）崔渚：『朝鮮実録』睿宗即位年（一四六八）十月に、崔渚の名前があり、南怡の乱の平定に功があり、賤を免じて良としたと見え、また元年（一四六九）七月には一資を加えたとあるが、この人かどうか不明。

（9）安貴生：李朝初期の画家。官職は主簿に至った。一四五六年、世子の懿敬の病が募ると、王命で崔涇とともにその肖像を描いた。懿敬の子の成宗が即位すると、その肖像画によって初めて父の姿に接した成宗はあらためて父親の肖像画を描かせて宗廟に祀らせた。

（10）金瑞：成俔の父である念祖の友人で、馬をよく描いたとされる。

（11）南汲：『世宗実録』三年（一四二一）、世宗みずからが前小尹の南汲に命じて銅板の改鋳に当たらせたという記事があり、あるいは同じく十二年（一四三〇）に楽学別坐上護軍南汲に朝会の楽器および軒架を作らせたという記事がある。

（12）姜仁斎：姜希顔。本巻第三話の注（10）を参照のこと。

（13）裵連：生没年未詳。朝鮮初期の画家。図画署の画員として護軍となった。一四六八年には金剛山に派遣されて、「金剛山図」を描いた。崔涇や安貴生とともに昭憲王后・世祖・睿宗の御真を描いた。彼の作品には雅趣があったという。

(14) 李長孫：生没年未詳。朝鮮前期の画家。その出身背景や生涯についてはわからないが、図画署の画員だったと思われる。彼の「雲山図」が日本の大和文華館に伝わっている。安堅の伝統を受け継いだ画家である。第七巻の第五話には陵墓の官吏としての彼の話が出て来る。

(15) 呉信孫：呉慎孫か。『成宗実録』三年（一四七二）五月、『睿宗実録』が完成して、その粧冊を担当した呉慎孫に資を加えたという記事がある。

(16) 秦四山：秦三山の名前が『成宗実録』九年二月の吏・兵曹の役人の名を列挙した中に見える。

(17) 金孝男：この話にあること以上は未詳。

(18) 崔叔昌：生没年未詳。朝鮮前期の画家。日本の大和文華館に彼の「雲山図」が所蔵されている。

(19) 石齢：上記の安堅の弟子に石敬という画員がいて、「雲龍図」が徳寿宮美術館に伝わる。

五　音楽家たち

音楽はさまざまな技芸の中でももっとも学ぶことの難しいものである。天から授けられた素質のあるものでなければ、その真実の趣を修得することはできない。

三国時代には三国のそれぞれに音律と楽器があった。しかし、時代があまりに遠くて詳しくはわからない。ただ現在の玄琴(1)は新羅から伝わり、伽耶琴(2)は金官から伝わった。大笒(3)は唐笛を模倣したもので、その音色は最も勇壮で音楽の根本となっている。郷琵琶というものがあるが、唐の琵琶を模倣したもので、その仕組みは玄琴と同じである。その弦を調律し、撥のさばき方を学ぶのは、はなはだ難しく、鼓舞激励しなければ、耐えることができない。典楽の宋太平《ソンテピョン》(4)という人が郷琵琶をよく弾いた。その息子の田守《チョンス》(5)が父親の手法を学び、さらに習練して絶妙の演奏をするようになった。私が幼かったとき、兄の家でその音を聞いたが、麻姑がかゆいところを掻くようで(6)爽やかであり、心がいざなわれて好もしかった。今の都善吉《トソンギル》(7)もこれには及ばないであろう。しかしながら、田守の後の人としてはやはり善吉だけがこれに近づくことができ、他の人びとはまったく及ばない。今はまったく人がいない。

唐琵琶は田守がやはり第一人者であり、都善吉もまた名が高い。今の芸能者にも唐琵琶の名人は多い。士庶人として楽器を学ぶようなときにも、まずは琵琶から始まる。しかし、特に堪能だといえる人はいない。ただ金臣番《キムシンボン》(8)だけが都善吉の指使いをみな習得して、剛毅さと奔放さでは善吉をしのいでいる。今も彼が第一人者だといえる。

玄琴は器楽の中でも最も好まれて、音楽を学ぶ門戸となっている。盲人の李班《イパン》(9)という者がいて、世宗が彼の才能を耳にされて、宮中に出入りするようになった。

金自麗《キムチャリョン》(10)という人もまた玄琴をよく奏でた。私が若い時分、その玄琴の演奏を聞いて、その音色に魅了されたが、それを習得することはできなかった。

今もし広大(11)の音楽でもって音楽を評論するとすれば、それは古態を免れることができない。広大の金《キム》大丁《テチョン》(12)・李亇知《イマチ》(13)・権美《クオンミ》(14)・張春《チャンチュン》(15)というのは一時期の人たちである。その当時、世間では論評して、「大丁の簡厳であることと亇知の要略であることとは、それぞれ極至に至っている」といっていた。大丁はかつて背任に当たって誅されたので、私は彼の演奏を聞くことができなかった。権美と張春はともに凡庸な弾き手である。ただ亇知だけが士林の重んずるところとなって、王さまの寵愛を受けて二度も典楽となったのである。

私は希亮《フィリャン》(16)・伯仁《ペクイン》(17)・子安《チャアン》(18)・琛珍《タンチン》(19)・而毅《イウィ》(20)・耆蔡《キチエ》(21)・籌之《チュチ》(22)といった人びととともに亇知のもとに行って学ん

だことがあるが、毎日のように会い、あるときにはいっしょに泊って、その音色にはなはだ慣れ親しんだことであった。その音色は玄琴の底から湧き出すようで、撥ではじくという感じがしなかった。その音色を聞くと、心神がおののき恐れた。まことに卓絶した技芸であった。

亇知が死んだ後にも、その技法だけは世間で広く行われた。今の士大夫の家の娘や僕の中にもよく弾く者たちがいる。もっぱら亇知が残した法を学ぶだけで、盲人楽工たちの卑俗な習性はない。典楽の金福《キムボク》(23)と楽工の鄭玉京《チョンオクキョン》(24)がもっとも巧みに弾いて、当時の第一人者であるが、妓生の上林春《サンリムチュン》(25)という者もこれに近い技量をもっている。

伽耶琴は黄貴存《ファンクイチョン》(26)という人がよく弾くというが、私はまだ聞いたことがない。金卜山《キムボクサン》(27)という人が弾いたのを聞いたことがある。そのときには、その音色が心に沁み入り、忘れることはなかったが、今になって考えると、あまりに質朴で愚直のようにも思える。近ごろ、老いた召史《ソサ》(28)がいて、貴顕の家から追われ出て、その伽耶琴の独特の音色が始めて世間に披露された。その音律は微妙で、だれもこれに匹敵する者はいない。亇知も衣服の襟を正して、みずからこれには及ばないといった。

現在は、鄭凡《チョンボン》(29)という者がいて、盲人たちの中では最も巧みに演奏して、世間の人びとの口にもよく上がる人物である。

世宗の時代に、李勝連《イスンリョン》(30)・徐《ソ》益成《イクソン》(31)という人がいたが、勝連は世宗にその才能を認められて軍職につき、益成は日本に行って死んだ。

現在金都《キムト》致《チ》(32)という人がいて、年齢は八十を越えて、その音色はまったく衰弱せず、弦楽の巨匠として尊重されている。

昔は金小《キムソ》材《チェ》(33)という人がいて、伽耶琴をよく奏でたが、この人も日本に行って死んでしまった。

その後、この道は廃れて久しかったが、今、王さまが意をお留めになり、お命じになったので、これを学ぶ者が続いて現れ出でたのである。

およそ音楽を行う者には三種類がある。まず、五音[34]と十二律[35]の根本を理解して、これを活用する者がいて、二つめに節奏の緩急を知って楽譜を作る者がいる。そして三つめに、指使いが卓絶していて演奏が絶妙な者がいる。

黄孝誠《ファンヒョソン》[36]は根本を知ってよく活用し、また緩急を理解して楽譜を多く作った。世祖の知遇を得て、官職は禦侮将軍にまで至ったのである。

今、朴棍《パクコン》[37]という人がいる。錦川君《クムチョンクン》[38]の庶子である。幼いときから音楽を学んで、広大ではないのに、音楽にかかわる仕事によくたずさわった。彼の才能は黄孝誠をしのいでいた。一代の師匠となって、学ぶ者がその門下に集まり、多くの名手たちを輩出している。これも当代の第一級の名人である。

(1) 玄琴：玄鶴琴とも、コムンゴともいう。六弦。
(2) 伽耶琴：十二弦の琴。日本の正倉院に「新羅琴」が伝わっているが、ほぼ同種。
(3) 大笒：チョッテともいう。新羅時代から中笒・小笒とともに知られている横笛で、全長約八十センチ。双骨竹という特殊な竹で作られている。
(4) 宋太平：生没年未詳。朝鮮前期の琵琶の演奏家。『世祖実録』元年（一四五五）十二月に典楽として名前が見える
(5) 田守：宋太平の息子。『世祖実録』元年十二月の記事に典学として父の太平とともに田守の名前が見える。
(6) 麻姑が……：麻姑は仙女の名で、その爪が鳥の足の爪のように長かったので、蔡経という人がそれを見てその爪で痒いところを掻いたら気持ちがよかろうと考えたという故事から来る。

（7）都善吉：身分の高くなかった音楽の達人の履歴については、ここにある話以上のことはわからない。むしろこの『慵斎叢話』こそが彼らの名を書きとどめておいてくれた貴重な資料となる。
（8）金臣番：この話にあること以上は未詳。
（9）李班：この話にあること以上は未詳。
（10）金自麗：この話にあること以上は未詳。
（11）広大：人形劇、仮面劇、その他の雑芸を行っていた旅芸人たちをいう。
（12）金大丁：この話にあること以上は未詳。
（13）李亇知：この話にあること以上は未詳。
（14）権美：この話にあること以上は未詳。
（15）張春：この話にあること以上は未詳。
（16）希亮：盧公弼。一四四五〜一五一六。思慎の長男。一四六二年、司馬試に合格、一四六六年、重試文科に二等で及第した。その後、顕官を歴任して、一四八三年には大司諫になった。六曹の判書も歴任して、一五〇三年には右賛成に昇ったが、翌年の甲子士禍によって茂長に杖配された。中宗反正によって復帰して原従功臣一等に録勲され、領中枢府事に昇った。一族の冠婚葬祭は執り行ったが、みずからは倹素な生活ぶりだった。
（17）伯仁：朴孝元。生没年未詳。一四六五年、式年文科に及第、一四六九年には修撰として検討官・検校などを兼職した。成宗六年（一四七五）、掌楽院の兼官となった。一四七七年には、謝恩使として明に行っている。
（18）子安：李克基。？〜一四八九。生員試を経て、一四五三年には文科に及第した。一四五五年、原従功臣二等に冊録された。顕官を歴任したが、一時、贈賄事件にかかわって免職になったことがある。まもなく復帰して、漢城府左尹、同知成均館事となり、同知中枢府事にまで昇った。
（19）琛珍：今のところ、成俔の周辺にこの字の人を探し出すことができない。あるいは安琛のことではないか。安琛の字は子珍。生没年は一四四五〜一五一五。一四六五年、文科に及第して官途につき、成宗が芸文館を新設したとき、選ばれて副修撰となった。一時、任士洪との確執で罷免されたが、後に

(20)復職し、顕官を歴任した。千秋使として中国と往来した。成宗が亡くなると、『成宗実録』を編纂した。

(21)而毅：任子洪。?〜一五〇六。燕山君のときの勢道家。彼の弟の光載は睿宗の娘の顕粛公主の婿、崇載は成宗の娘の徽淑翁主の婿となった。そのことから、一四九八年の戊午士禍で権勢を一手に占めた。燕山君の生母の尹氏が死んだ内幕を密告して、一五〇四年には甲子士禍を起こして多くのソンビを粛清したが、一五〇六年の中宗反正によって殺害された。

(22)耆蔡：蔡寿のことではないかと思われる。字が耆之。第二巻第十六話の注(3)を参照のこと。

(23)籌之：不明。このあたりの原文「耆蔡籌之」とあるが、「耆之蔡寿」の混乱があるのかも知れない。

(24)金福：金福根ではないか。

(25)鄭玉京：この話にあること以上は未詳。

(26)上林春：この話にあること以上は未詳。

(27)黄貴存：この話にあること以上は未詳。

(28)金卜山：この話にあること以上は未詳。

(29)召史：新羅・高麗時代の良民の妻の称号。また吏読のチョ。すなわち姓の下について、オモニ(母さん)の称号になる。

(30)鄭凡：この話にあること以上は未詳。

(31)李勝連：この話にあること以上は未詳。

(32)徐益成：この話にあること以上は未詳。

(33)金都致：この話にあること以上は未詳。

(34)金小材：この話にあること以上は未詳。

(35)五音：音楽の五つの音色。すなわち、宮・商・角・徴・羽。宮は土声、商は金声、角は木声、徴は火声、羽は水声をそれぞれ象徴する。

(36)十二律：六律と六呂。律は陽、呂は陰を象徴する。六律は黄鐘・大簇・姑洗・蕤賓・夷則・無射、六

呂は大呂・夷鐘・仲呂・林鐘・南呂・応鐘。

(36) 黄孝誠：生没年未詳。世祖元年（一四五五）、宋太平・宋田守とともに典楽に任命された。五音・十二律を深く研究、緩急のリズムをよく理解して多くの楽譜を作り、その後は成宗のときまで掌楽院において、朝鮮音楽に大きな貢献をなした。

(37) 朴棍：生没年未詳。朝鮮の成宗時代の掌楽院の典楽。一四九三年に完成の『楽学規範』を編纂するときに、柳子光・成俔・申末平・金福根を助けた。音楽理論だけではなく、黄孝誠のように音律にも明るく、また実際の音楽演奏にも長じていて、他の典楽より多くの活躍をして、王から褒美を下賜された。

(38) 錦川君：朴薑。軍器監正を経て吏曹参議・黄海道観察使・知中枢院事となった。世祖を即位させるのに功績があり、一四五五年、佐翼功臣三等・錦川君に封じられた。

六　国々の都

わが国で都が置かれたところは一、二にとどまらない。金海《キムへ》(1)は金官国(2)の都であり、尚州《サンジュ》(3)は沙伐国(4)の都である。南原《ナムウォン》(5)は帯方国(6)、江陵《カンルン》(7)は臨瀛国(8)、春川《チュンチョン》(9)は穢貊国(10)のそれぞれ都であるが、弾丸のような狭い土地である。そのように、それぞれその地形によった今の小さな邑程度の大きさの国が多くあったので、その数は数え上げることができない。

慶州《キョンジュ》(11)は東京ともいう。新羅一千年の首都であったところである。山と川がぐるりとめぐっていて、土地が豊かに肥えている。ただ蚊川《ムンチョン》の一か所が遊覧すべきところで、その他にすばらしい名勝というのはない。

平壌《ピョンヤン》[12]は箕子《キチャ》[13]が首都として八条の教え[14]を定めて政治を執り行ったところである。そのときに実施した井田の制度[15]の跡が今もはっきりと残っている。すなわち、現在の外城というのがその遺趾である。

その後、燕の国の衛満[16]がここに移った。

また、高句麗[17]がここを首都に定めたが、その国境は、南は漢江に至り、北は遼河に至った上、数十万の兵士を擁して勢いがはなはだ盛んであった。

高麗はここに西京を設置して、春と秋に往き来して巡遊すべき場所としていた。今でも住民が多く、物資が豊富なのは、ともに当時の余風である。

永明寺はすなわち東明王の九梯宮であり、麒麟窟と朝天石がある。

平壌の鎮山は錦繍山であるが、その最高峰は牡丹峰である。みな小さな山であり、松都《ソンド》[18]や漢陽《ハンニャン》（ソウル）の主山が勇壮で高いのとは趣を異にしている。

北側には川がない。そのため、蒙古の兵士が長駆して到るのに、なにもさえぎるものがなかった。南側には江が横たわっていて、妙清《ミョチョン》[19]が城に拠って反乱を起こしたのは、恨みとするところである。

城門は大きく、楼閣は高い。東側に大同門と長慶門があり、南側に含毬門と正陽門の二つがある。西側に普通門があり、北側に七星門がある。八都の中でただこの平壌だけが漢陽と肩を並べるものである。

東方に十里ほど離れて、九龍山の麓に安下宮という昔の宮の趾がある。どの時代に造られたものかわからないが、ただ別宮であったようである。

成川《ソンチョン》[20]は松譲国[21]が都としたところである。昔の江東が松譲国である。地勢は狭隘だが、山水の美しさには見るべきものがある。龍岡山城がもっとも雄壮であり、現在まで屹然とそびえて廃れずにある。これを龍官国と称するのは、その根拠がわからない。

扶餘[22]というのは百済[23]が都としたところである。炭峴《タンヒョン》の内側に半月城の趾がいまだにはっきりと残っている。白馬江を堀と見なすことができたとしても、土地は狭くて、王者の居所とすべき場所ではない。そこで、唐の蘇定方[24]が侵入して滅亡させるところとなったのである。

全州《チョンジュ》[25]は甄萱《キョンフォン》[26]が依拠したところであるが、しばらくして高麗に降伏してしまった。現在でも昔の都邑の遺風が残っている。

鉄原《チョルウォン》[27]は弓裔《クンイエ》[28]が依拠して泰封国と称したところである。今でも積み重なった城趾と宮廷の石段が残っていて、春になれば花が咲き乱れる。地勢が険しくて侵入を防ぎ、江河も船舶の運航が難しい。

松都というのは王氏が王邑として五百年の基礎を固めたところである。鵠峯が主嶽となって、そこで二つに山脈が分かれてぐるりと囲んでいる。小さな傾斜地のぱっとしないところであっても、自然に区画された地域を形作り、河と泉が澄んで美しく、坊々曲々にみなが出かけて遊覧すべきところがある。

高麗の高宗の後には、江華《カンファ》[29]に移ったが、ここは海の中の小さな島に過ぎず、都邑ということができない。

わが太祖《テジョ》が国を開き、首都を遷すことを決意し、まず鶏龍山の南側の土地を視察して、すでに首都としての規模までを調査したが、まもなく中止して、あらためて漢陽（ソウル）を都に定めた。風水家たちが、「昔から、『大きな岩が前にあるところ』と伝えています。最初は三角山の西側、迎曙駅のあたりが美しく恰好の地と見なしましたものの、後にふたたび相して見ますと、山が背を向けて外に走って行くような地勢であり、やはり白岳の南側、木覔《モクミョク》山の北側こそが帝王万乗の土地であり、天とともに極まりのないところです。ここがよろしいと思います」と申し上げた。

世間でよくいっていることがある。

「松都は山と谷が環のように取り巻いていて、包み蔵す地勢であり、そのために権臣たちが跋扈《ばっこ》することが多かった。漢陽は西北が高く、東南が低い。そのために、長子が軽んぜられ、支子が重んぜられる。王位の継承も支子が多く、名公巨卿というのも支子の場合が多い」

(1) 金海：慶尚南道の南部にある都市。今、国際空港がある。
(2) 金官国：本伽耶の別称。伽耶諸国連合体（日本では任那という呼び方もある）の中心となる、朝鮮半島南部の洛東江下流域に位置した国家。伽耶諸国連合体は五六二年には新羅に併合される。『魏志倭人伝』にいう「狗邪国」という説もある。
(3) 尚州：慶尚北道の北西部に位置する都市。
(4) 沙伐国：尚州は本来は沙伐国であったが、新羅の沾解王（二四七～二六一）のときに州となり、法興王（五一四～五四〇）のときに上州と名を改め、さらに幾度かの地名の変更を経て、景徳王（七四二～七六五）のときに尚州となった。朝鮮時代には鎮が置かれた。
(5) 南原：全羅北道の東南部に位置する都市。
(6) 帯方国：漢の時代の帯方郡は漢江以北の土地であり、これとは別。百済の滅亡時に南原を帯方州として、唐の将軍の劉仁規が刺史として置かれた。
(7) 江陵：韓国、江原道東部の日本海沿岸の都市。
(8) 臨瀛国：江原道の江陵都護府の下に置かれた臨瀛郡があり、その周辺に成立した古代邑落国家を考えているか。
(9) 春川：韓国北部山岳地帯の都市で、江原道の道庁所在地。
(10) 穢貊国：穢貊は広義には中国東北部から朝鮮北東部に住んだツングース系民族をいい、扶餘・高句麗・沃沮が属するが、ここでは江原道に居住して都邑国家を形成した人びとをいう。
(11) 慶州：慶尚北道に現在も残る新羅の古都。
(12) 平壌：現在の朝鮮民主主義人民共和国の首都。朝鮮時代、西京とも呼ばれた。

(13)箕子：殷の貴族であったが、紂王にうとんぜられ、殷が滅びると、新たな周に仕えるのをよしとせず、朝鮮半島に亡命して箕氏朝鮮を建国したという、伝承的・説話的人物。
(14)八条の教え：古朝鮮に早くから実施された禁止法令をいう。そのうちの三条だけが伝わって、残りは伝わっていない。一、殺人したものは死刑に処す。二、人を傷害した者は穀物で補償する。三、人の物を盗んだ者はその持ち主の奴隷になるのが原則だが、贖罪するためには人ごとに五十万銭を賠償することにする。
(15)井田の制度：古代中国の田地制度の一つ。すなわち田地を「田」の字に区画して、外側の八つの区画はそれぞれ八つの家が耕作して、中央の一つの区画は八つの家が共同耕作して国の税とする。平壌の城外に箕子が中国の制度をまねて実施した井田の遺跡が残っていると主張する学者もいる。
(16)衛満：燕王盧綰の武将であったが、盧綰が漢に謀反を起こしたとき、部下千人を率いて朝鮮に渡ってきて、箕子の後裔の箕準に仕えたが、漢の恵帝のころ、箕準を追放して衛氏朝鮮を建国した。
(17)高句麗：紀元前後、ツングースの朱蒙が建国したという。中国東北地方から朝鮮北部にわたり、四〜五世紀の広開土王・長寿王のときに全盛、都は二〇九年から丸都城。四二七年以来は平壌。六六八年に滅びた。
(18)松都：開城。開京ともいう。現在は朝鮮民主主義人民共和国の西部の都市。高麗を建国した王建が都とした。北方に標高四八八メートルの松嶽山があるので、松都と呼ばれた。
(19)妙清：?〜一一六五。高麗時代の僧で、陰陽地理に詳しかった。仁宗に取り入り、首都を開城から平壌に移すことを進言するが、金富軾らがこれに反対、妙清を妖僧として排撃した。妙清は反乱をおこすが、鎮圧され、仲間に殺されてしまった。
(20)成川：平安南道の東南部にある都市。朝鮮時代には都護府が置かれ、世祖の時代には鎮となった。
(21)松譲国：高句麗初期に鴨緑江の中流地域にあった部族国家。一名は沸流。紀元前三六年、沸流国王の松譲が朱蒙と弓矢の力を争って負け、高句麗に降伏することにより、高句麗に併合されたという。
(22)扶餘：忠清南道、錦江（白馬江とも）の畔にある都市、古くは泗沘といった。百済は五三八年にやはり錦江の畔にある公州から下流の泗沘に都を移し、六六〇年に滅びるまで、この地を王都とした。

(23) 百済：四〜七世紀、朝鮮半島の南西部に拠った国。四世紀の半ば、馬韓の一国、ソウル市南部にあった伯済が勢力を拡大、三七一年、漢山城に都した。後、北の高句麗の圧力によって南方の公州、泗沘へと都を遷す。その王室は中国東北部から移った扶餘族であるといわれる。高句麗・新羅と対抗する必要上、大和王朝と連携、儒教・仏教およびその他の文物を日本に伝えた。

(24) 蘇定方：唐の将帥。六六〇年、十三万の兵を率いて山東半島から黄海を渡り、新羅軍とともに百済を挟撃して泗沘城を陥落させ、義慈王と太子の隆を唐に送還した。六六一年にはふたたび唐軍を率いて新羅軍とともに高句麗を攻め、平壌を包囲したが、撤退した。

(25) 全州：全羅北道の道庁所在地。後百済の首都であり、朝鮮始祖の李成桂の先祖の出身地（本貫）であり、全羅道の中心地の役割を担った。

(26) 甄萱：?〜九三六。新羅末期の武将であったが、国が乱れて各地に反乱が起こると、彼も徒党を率いて全羅南北道、忠清南道を掌握して、九〇〇年、完山州に都を定めて後百済王を称した。その後、しばらく新羅、高麗などとの鼎立時代が続いたが、息子の神剣と対立して高麗に逃亡、みずから高麗軍の先頭に立って後百済を滅ぼしたものの、同年、彼みずからも死んだ。

(27) 鉄原：江原道の西部に位置。本来は高句麗の鉄円郡であったが、新羅時代に鉄城郡にあらため、後に弓裔が兵を率いて高句麗の旧土を奪って、ここに都を定めて国号を摩震とした。その後、高麗の王建が即位して都を松嶽（開城）に移すと、東州と改称した。一三一〇年には鉄原府が置かれ、朝鮮時代には都護府が置かれた。

(28) 弓裔：?〜九一八。新羅王の庶子だと伝えられる。新羅末期の混乱の中で、開城を根拠地として、九〇一年、後高句麗を建国、摩震と国号を改めて、徐々に国家体制を整えていった。九〇五年には鉄円（鉄原）に遷都し、九一一年には国号を泰封と改めた。しかし、やがて暴君と化し、部下の王建（高麗の太祖）にとって代わられた。

(29) 江華：江華島。京畿湾の中の島。十三世紀、モンゴルが朝鮮半島に侵略すると、高麗王朝はここに宮廷を移し、『高麗大蔵経』の彫板を行い、モンゴルの調伏を祈った。元に臣下の礼を取って開城に還都するまで二十八年間、都だった。対岸との距離はわずかに過ぎず、陸続きなら世界の果てまで疾駆して征服していったモンゴルはその狭い海を越えられなかったことになる。朝鮮時代には、王位争いで敗れた王子たちの配流の土地であり処刑の土地であった。一八七五年には日本の雲揚号をめぐって日本との武力衝突の舞台ともなった。

七　ソウル近辺の景勝地

漢陽の都城の中には景色のいいところは少ないが、その中で遊覧すべきところは三清洞がもっともすばらしく、仁王洞がそれに次ぎ、双渓洞・白雲洞・青鶴洞がまたそれに次いでいる。

三清洞は昭格署(1)の東側にある。鶏林第より北には澄んだ水が松林のあいだを流れている。流れに沿って上って行くと、山は高く、樹木は鬱蒼として、険しい岩々がある。さらに数里ほど上って行くと、岩々が途絶えて、絶壁が現れ、水がその絶壁を流れ落ちて白い虹がかかり、水しぶきは珠が飛び散るようである。滝下は深い淵になっているが、その横の平らな岩床には数十人も座れるであろう。松の梢が交わって木陰を作り、その上の岩の斜面には杜鵑花《つつじ》と楓が生えている。春には杜鵑花が咲き乱れ、秋には楓が真っ赤に染まって照り映え、人びとが多くやって来て遊覧する。その上を少し行くと演窟がある。

仁王洞は仁王山のふもとの谷が曲がりくねっているところにある。福世庵は谷川が合流しているところにあるが、都の人たちがやって来ては弓を引く。

双渓洞は成均館の上方にある渓谷である。泉から二つに分かれて清流が奔っている。金子固《キムチャコ》(2)が流れに挟まれたところに草堂を作り、桃の木を植えて武陵桃源(3)を模倣した。姜晋山《カンチンサン》(4)がそれを賦にし、美しく描写したので、金子固の風流ぶりは当代に評判になった。そのため、豪俊な人士たちで遊覧する者が多かった。

白雲洞は蔵義門の中にある。中枢の李念義《イネンウイ》(5)が住んだところで、詩人たちの題詠がある。しかし、李念義は文章を見る目をもたなかった。名流ではなかったのである。

青鶴洞は南学の南にある洞である。洞は深く、澄んだ流れがあって、遊ぶのにいいところである。山が禿山で樹木がないのが恨まれる。

ソウル城外に出て遊覧すべきところといえば、蔵義寺前の渓谷がもっともよい。水は三角山のすべての谷から出ている。谷の中に厲祭壇(6)があり、その南側に武夷精舎(7)の昔の趾がある。寺の前には石が数十丈もの高さに重なっていて、水閣となっている。寺の下の数十歩のところには遮日岩がある。遮日岩は高くそびえて流れを枕にしているが、岩の上には天幕を張った臼のようにえぐれた穴があって、また岩石が重なって階段のようになっている。水流は激しくほとばしり、晴天に雷を聞くようである。水は透きとおり、石は白く、その美しい景色はまさに塵外の勝地というべきであり、衣冠を帯びた人士たちがやって来て、絶えることがない。

流れに沿って下ること数里のところに仏岩というのがあり、岩に仏像が彫ってある。水の流れは折れて北に向かい、またすぐに西に向きを変える。その間に昔は水車があったが、今はない。

そこから数里の下流に洪済院がある。院の南側に小さな丘があるが、大きな松が丘を覆い尽くしている。そこに昔は亭があって、中国の使臣が衣服を着替えたところである。しかし、その亭もなくなって久しくなる。沙峴の南側から慕華館までのあいだは、左右に松の木と栗の木が重なり合って影を作り、矢を射る人びとと、送り迎えをする人びとが多く集まってくる。しかし、美しい川も泉もあるわけではない。

木覓山の南側に李泰院がある。せせらぎが高い山から流れて来て、寺の東は松林になっている。城内の婦女たちが衣服を洗濯してさらすために行くことが多い。

私の兄上の家の後園にある山を種薬山といっている。北に都城の一万の部落を望み、南に長江を眺望することができ、まことに視野の広々としたところである。しかし、渓谷がないのが惜しまれる。

南側に津寛洞・中興洞・西山洞などの谷があり、北側には清涼洞・俗開洞などの谷があり、東には豊壌、南に安養寺などがあるが、みな高い山と大きな谷川があって、遊覧すべきところは一、二にとどまらない。しかし、京都から距離が近くはないために、足を運ぶ人は少ない。

（1）昭格署：官庁の名。道教の三清星辰のために壇をもうけ祭祀をする。三清星辰とは玉清・上清・太清の三府の星辰をいう。道教では三清は仙人が生きている星座だとする。

（2）金子固：金紐。一四二〇〜？。一四六四年、録事として別試文科に及第、成均学諭となった。翌年には戸曹佐郎として『経国大典』の編纂にも参加、一四六六年には抜英試・登俊試にも及第して、顕官を歴任した。安孝礼や兪希益とともに都城を測量して地図を作製、『世祖実録』『睿宗実録』の編集にも参与した。学問を好み、書に優れていた。コムンゴもたくみだったという。

（3）武陵桃源：昔、秦の始皇帝のときに、暴政を避けて朱氏と陳氏は深い山中に入って隠れて生きながらえたが、そこが武陵である。かれらはそこに桃の木を多く植え、後日、秦が滅び、漢の天下になったとき、一人の漁夫が川をさかのぼり、桃の花びらをさぐって行くと、ついに武陵に到達したという。彼らは秦が滅びたことも知らず、太平に暮らしていた。彼らは世間の人に知られることを恐れ、桃の花びらが川をくだって行かないようにしたという。そこを武陵桃源という。

（4）姜晋山：本巻第二話の注（26）を参照のこと。

（5）李念義：一四〇九〜一四九二。妻が世祖妃の貞熹王后の妹。一四三二年、蔭補で官途につき、一四五〇年には贈賄と関連して免職になった。世祖の即位とともに復帰して、顕官を歴任、知中枢府事に在職中に死んだ。
（6）厲祭壇：厲鬼を祀る祭壇。厲鬼は祭祀を受けなければ禍を成す悪鬼をいう。
（7）武夷精舎：武夷精舎は宋の朱子が講学したところ。それを真似て造った学問所。ここでは安平大君・瑢が造ったものをいう。

八　宴の風俗

昔とは変わってしまった風俗が多い。

昔は面白い席を設けては音楽を行うことにしたもので、まずは纏頭（1）を用意して妓生を招いた。膳の数には制限があって、真勺、漫機、紫霞洞、横殺門などの曲を演奏するときには、小さな盃を応酬して酒は少量ずつ飲むもので、歌も低い声で歌い大声を張り上げるものではなかった。

現在は、宴会の膳ははなはだ豪華で奢侈である。甘い菓子はみな鳥獣の形に作られ、あらかじめ大きな卓に食事を用意して、また別に肴の膳も加える。佳肴珍味がないところはなく、汁物と焼き肉が続けて出てきて、それが一度ということはない。酒が尽きる前に、掻き立てる弦楽の音にすばやく笛の音が混じり合い、太鼓の音に合わせて激しく舞を舞って、休むことを知らない。或いは弓を射ること、或いは人を送り迎えすること、そうしたことにかこつけて、宴会をするために城門の外に幕を張り巡らし、終日、遊び暮らして、仕事を放棄する始末である。

また酒舗に集うときには、三人いれば、かならず妓生を揚げる。それぞれの役所の下人たちも人に金を借りて、酒と食事を用意する。そして、少しでも満足しなければ、かならず喧嘩沙汰になる。その上、下人たちは日に日に貧しくなる。妓生もまた宴会の心付けもなく、朝から晩まで走り回るだけ走り回って、衣服はすり減ってしまい、手紙をやってこれを呼びにやる者もおどろく始末である。楽工たちも忙しくて楽器を弾く練習すらできないのである。

（1）纏頭：他の人の労苦を慰労し、その才芸をほめて与える品物。礼物、花代。

九　新人の迎え方

昔、新来(1)を待ち構えて、先輩たちはそのソンビの闊達な気風をへし折り、上下の区別を厳しくして、法度にのっとるように仕向けた。そこでは、まず新来から物品を徴収する。龍といって実は魚を、鳳凰といって鶏を、また聖人といって清酒を、賢人といって濁酒を、それぞれ要求したのである。その数量にもまた決まりがあった。

始めて役所に出るのを許参といったが、ただ十日が経てば、先輩たちと同座することが許された。そうなることを免新といった。そのけじめははっきりしていた。

そうしたところが、今はただ四館(2)だけではなく、忠義衛、内禁衛のような役所から、はなはだしきは諸衛の軍士、吏典、僕隷にいたるまで、新たに入って来た人びとから巻き上げる。さまざまな珍味佳肴を要求して、それを貪ること、まことに際限もなく、規則もない。いささかでも満足しなければ、一月ものあいだ同座を許さない。人ごとに新参者に宴席を設けさせ、そこに妓生と音楽がなければ、不機嫌で責めることをやめないのである。

（1）新来：新たに文科に及第した人をいう。
（2）四館：弘文館・芸文館・承文館・校書館をいう。

十　結納の風俗

昔、婚家の結納の品はただ数種の反物を使用して、婚姻の夕べには宗族として集まった人びとに一膳の食事と酒三杯でもてなすだけであった。しかるに今や、結納は彩り鮮やかな緋緞を使用し、多ければ数十匹、少なくても数匹は下らない。風呂敷にすら紗羅を利用する。婚姻の夕べには盛大に宴会をもよおして客をもてなす。新郎の馬の鞍装もきらびやかで豪奢であり、また財物の入った箱を先立てて行く。国家の法令でこのようなことは禁ずることになったが、すると、婚姻に先立って財物を贈るようになった。

十一　狡猾な商人たち

昔は、市場で値切るというようなことはなく、物の値段も急に高騰するということはなかったが、今や商人たちの狡猾さがつのって、商品の半ばは粗悪なものが混じり、一尺の魚は一斗の粟と交換され、一台の車の品物の値として、牛に布を積んで行くようになった。染色屋は特にはなはだしく、その高値はとても耐ええぬほどであるのに、豪気な人びとはかえって奢侈できらびやかなものを好んで買いもとめ、その値にこだわらないので、値は高くなる一方である。城の中に人家が次第に多くなり、以前に比較すれば、十倍にもなり、城の外まで家々が櫛比《しっぴ》するようになった。公私の建物もまた大きく高く構えるために、材木が騰貴して、深い山中にも今や樹木はすっかり伐採されてなくなってしまった。江に筏を組んで流す者たちも苦労が尽きないようである。

世の中は日々に変化するものではあるが、まことに太平なこの世に、礼文の煩雑かつ盛大であることに力を尽くすものである。

十二　処容舞

処容舞(1)というのは新羅の憲康王の時代（八七五～八八六）に始まったものである。一人の神人が海中から出て開雲浦に現れ、後に王都にやって来た。その人となりも、容貌と風采が素晴らしく抜きんでていて、歌舞をはなはだ好んだ。益斎・李斉賢《イチエヒョン》(2)の詩にいう、「白い歯と紅い頬で月夜に歌い、鳶のような肩をいからせ紫の袖を翻して春風に舞う（貝歯頳顔歌夜月、鳶肩紫袖舞春風）」というありさまである。

処容舞は、最初には一人の人間が黒布紗帽の姿で舞を舞うものであったが、後に、五方処容という遊戯が現れた。世宗は処容舞が生れ出たその曲折をご存じの上で、歌詞をあらたに変え、名前を「鳳凰吟」として宮中での正楽と見なされるようになった。さらに、世祖は儀式をあらため、拡大して、交響楽として合奏されるようになった。

最初は僧侶たちが仏を供養するのを模倣して、大勢の妓生たちが「霊山会相仏菩薩[3]」と斉唱しながら外庭からぐるりと回って入って来て、広大たちがおのおの楽器を執り、「双鶴人」と「五処容」の仮面をつけた十人がみな続いてゆっくりと三度歌って入って来て、自分の席につき、声をしだいに早め、大きな太鼓をたたく。すると、広大と妓生とが身体をゆすり、足を踏んで、しばらくしてやめる。

このときに「蓮花台」の舞が始まる。これに先立ち、香山と池塘を作って置き、周囲に彩色した造花を挿しておくが、その高さは一丈を越える。その左右にもまた絵を描いた燈籠があって、飾りの房がその間に光り輝いている。池の前には東と西に大きな蓮の萼があって、幼い妓生がその中に入っている。音楽が「歩虚子」を演奏すると、二羽の鶴が曲の拍子に連れてひらりひらりと舞を舞って出てきて蓮の萼をつつく。すると、二人の幼い妓生が蓮の萼から出てきて、あるいは向かい合い、あるいは背を向けて、跳びはねながら踊る。これを動動といっている。

このときに二羽の鶴は退いて、処容が入って来る。始めに縵機の曲を演奏する。処容たちが列を作って立ち並んでいき、時おり袖を折って舞を舞う。次いで中機の曲を演奏する。初めは五人がそれぞれ五か所に立って、袖を払って舞を舞う。それから促機の曲、さらには神房の曲の演奏となり、ゆらゆらと乱舞する。最後には、北殿の曲となり、処容たちが退いて自分たちの最初の位置に並ぶ。そこに妓生が一人出てきて、「南無阿弥陀仏」を唱えると、みながそれに唱和する。そして、さらに「観音賛」を三度唱えて、ぐるりと回りながら退出する。

毎年、除夜の前日の晩に昌慶宮と昌徳宮の二つの宮殿の前の庭に分け入って、処容の遊戯を行う。昌慶宮では妓生を用い、昌徳宮では歌童を用いて、明け方になるまで音楽を演奏する。広大と妓生にはそれぞれ布が下賜されることになっている。こうして邪鬼を祓う。

（1）処容舞：宮中の儺礼・宴礼において舞われる舞踊。
（2）益斎・李斉賢：本巻第二話の注（9）を参照のこと。
（3）「霊山会相仏菩薩」：釈迦が説法する霊山会の仏・菩薩を歌った曲調。

十三　花火

花火遊びの手順は軍器寺(1)が主管している。あらかじめ器具を後園に設置する。盛大にやる場合、さほどでもない場合、ささやかにやる場合とあるが、いずれにしろ費用がはなはだかさむ。

そのやり方は砲筒の内側に厚紙を何重にも重ね、その中に石硫黄、塩硝、班猫、柳灰などを詰め込んだ後に堅く塞ぐ。そして、その端に火をつければ、わずかのあいだに煙が出て火が盛んになり、筒の中の紙をみな破って、その音が天地を激震させる。

始めに千、万といった数の火矢を東遠山にうずめておき、火をつければ、火矢が数限りなく天に向かって射放たれる。それが破裂するにしたがって音がして、流星のように流れて、満天が燁燁と輝くのである。また数十もの長い竿を禁苑の中に立てて置いて、竿の先に小さな包みをつけておく。そして、御前に彩色した燈籠をかけて、燈籠の底に長い縄を結びつけて竿と連結して、縦横につなぎ渡しておく。

縄の端には火矢を仕込んでおく。そうして、軍器寺正が火をささげもって、彩色した燈籠の中に入れると、すぐに火が起こり、その火が縄に移り、火矢が縄にそって進んでいき、竿に到達する。竿には袋があって、袋が破れて火の光が回旋して、まるで車が回るような状態になる。火の矢はまた縄にそって走り、別の竿に到る。このようにして、火は走り回って絶えることがない。

また伏した亀の形を作って、火が亀の口から出るようにする。焰と烟が走り出て、水が流れ落ちるように見える。亀の背中に万寿碑を建てておくと、火が碑面を照らして、碑の文字まで明らかに照らし出す。

また、竿の上に掛け軸を巻いて、縄でこれを結びつけておく。火が縄に沿って上がって行き、火が盛んになって縄が切れ、掛け軸が下に開いて、その中の文字がはっきりと見えるようになる。

また、深い林を作り、花や葉、葡萄の形態を刻んでおく。火が一隅で起これば、すぐに林に広がって焼き尽くしてしまう。火が消えて煙もおさまって、赤い花弁と、緑の葉と、まるで馬乳草が下に垂れているようで、真偽の区別がつかないほどである。

また、広大が仮面をかぶり、背中に木の板を背負って、板の上に包みを置く。包みに火をつけて、包みが燃えつきても、舞を舞い続けて、いっかな恐れる気色がない。

以上が花火遊びの大略である。王さまが後苑の松山にお上りになって、お召しになった文官・武官の二品以上の重臣たちがお側に侍って、ともに御覧になり、夜深くなって、ようやく終わるのである。

（1）軍器寺：もともと軍器監といい、高麗時代から存在した官庁だが、太宗十四年（一四一四）に名称を変えた。兵器・旗幟・戎杖・什物の製作に当たった。

十四　鬼やらい

駆儺[1]は観象監[2]の主管である。大晦日の前夜、昌徳宮と昌慶宮の庭で行われる。

その制度は、楽工一人が唱師[3]となり、朱の服を着て仮面をかぶる。方相氏[4]に扮した四人は金色に光る四つの目をして、熊の毛皮をかぶって鉾をもち、柝を打つ。指軍の五人は朱の服を着て、仮面をつけ、絵を描いた戦笠をかぶっている。判官の五人は緑の衣服で、仮面をつけ、やはり絵を描いた笠をかぶっている。竈王神四人は緑色の道袍を着て、幞頭をかぶり、木の笏をもって、仮面をつけている。小梅の数人は女子のチョゴリを着て仮面をつける。チマとチョゴリはすべて緑と赤で、長い竿幢を手に取る。十二支の神はそれぞれの仮面をつける。たとえば、子神は鼠の仮面をつけ、丑神は牛の仮面をつける。また、楽工十人余りが桃の木で作った箒を手にしてこれについていく。子ども数十名をつれて、赤い衣服、赤い巾を着用し、仮面をつけて、侲子[5]となる。

唱師が声を張り上げていう。

「甲作[6]は㱱[7]を防ぎ、仏胃は虎を防ぎ、雄伯は魅を防ぎ、騰簡は不祥を防ぎ、攬諸は姑伯を防ぎ、奇は夢強梁祖を防ぎ、明共は木死寄生を防ぎ、委陥は櫬を防ぎ、錯断は拒窮奇騰を防ぎ、根共は蠱を防ぐ。願わくは、十二支の神はすみやかに立ち去って、留まることなかれ。もし、留まるなら、汝らの身体を威嚇して、脊髄をとりひしぎ、肉を切り刻み、肝腸を抜き出すことにする。くれぐれも後悔することのないようにしろ」

侲子は「えい」といって、頭をたたき、罪に服す。人びとが太鼓や銅鑼を鳴らして、これを追い払う。

（1）駆儺：疫鬼を追う儀式。追儺。日本のその風習は『徒然草』などに描かれている。
（2）観象監：李朝のとき、天文・地理学・暦数・測候・刻漏などの事務に当たった官庁。
（3）唱師：人びとが歌を歌ったり、何かを唱えたりするときに、先頭に立って声を出し誘導する役をになう。
（4）方相氏：疫鬼を払う役職をになう。その形態をまねて皮をかぶり、金色の四つの目をもち、赤い服、黒いチマを着て、槍と盾をもって、悪鬼を追う主役となる。
（5）侲子：善良な子どものことだが、ここでは疫鬼を駆逐する役割を負う。
（6）甲作：以下、仏胃、雄伯、騰簡、攬諸、奇、明共、委陥、錯断、根共はすべて悪鬼を防ぎ、疫病を駆逐する神の名前。
（7）殂：以下、虎、魅、不祥、姑伯、夢強梁祖、木死寄生、槻、拒窮奇騰、蠱はみな悪鬼の名前。

十五　朝鮮時代の仏教

新羅と高麗では仏教を崇拝して、初喪、葬事などの手はずはひとえに仏教を奉じて行い、僧侶を食事で饗応することが常例となっていた。わが朝鮮朝となって、太宗《テジョン》が寺々の奴婢にいたるまで改革しようと試みられたが、仏の遺風はまだ根強く残っている。公卿や儒学をこととする家であっても、殯所に僧侶を呼んで仏法を説かせることが常例になっていて、これを法席といっている。また山寺では七日斎というものを設けるが、豊かな家ではそれに出かけては、豪華と奢侈を競い合う。貧しい人びともしきたり通りに財物と食料を莫大に消費することになる。親戚と友人と同僚たちはみな布物を持って来なくてはならない。この行事を名付けて「食斎」といっている。

また忌日には、僧侶を呼んで、まずは饗応して、その後に亡魂を呼び寄せて祭祀を行う。これを名付けて「僧斎」といっている。

成宗は正統の学問（儒教）を崇尚なさり、異端をお斥けになったが、おおよそ仏事に関しては、台諫がその弊害について口を極めて述べ立てた。そのことにより、士大夫の家では国家の方針と世間の物議を恐れるようになり、初喪や忌日の祭祀であっても、すべて儒教の礼法にしたがって行うようになり、仏事を行ったり、僧侶を饗応したりというようなことはなくなった。それを昔の習慣通りにそのまま守り、廃止しなかったのは、無知な下層の人びとだけであった。しかし、彼らもまた気ままやたらに行うことはなくなった。

また、僧となる度牒を下すことを厳しくして、州郡では度牒をもたずに僧として振舞う者をことごとく追い出し、髪の毛を伸ばして還俗させるようにした。こうして中央と地方の寺刹はすっかり空っぽになった。事物が盛んになり衰えるのは道理というものである。

十六　台官と諫官

台官(1)と諫官(2)は一体のようなものであっても、その気質ははなはだ違う。台官は風俗と教化を糾すもので、諫官は王さまの過失を糺すものである。

台官は位階が一つ違うだけでも、上下の区別がはなはだ厳しい。持平は階段の下に降りて掌令を迎え、掌令は階段の下に降りて執義を迎えることになっていて、執義以下は全員が階段の下に降りて大司憲をお迎えするのが慣例になっていた。平常時には茶時庁[3]に坐して、斉座日[4]には斉座庁に坐している。斉座庁に座起する日には、その明け方に四台長[5]がまず彼らの役所に入って行く。執義は別にその役所に入って行く。

もし下官がまだ来ていなければ、上官はもう来ていても、依幕[6]に入って待つことになっていて、下官が来てから後に、入って行くことになっている。

大司憲が門を入って行くと、四台長が中幕の外に出てこれをうやうやしく迎え、その後にそれぞれの役所に戻って行く。

大司憲が正堂に入って席に着くと、都吏が台長庁に行き、「斉座」と大きな声で四度叫ぶ。執義庁に行き、「斉座」と一度叫んで立ち去る。

執義が大庁の北側の門を通って簾を巻き上げて入って来て、再拝の礼を行う。それが終わって、四台長が中庭の下の北側の門を通って入ってきて、石階の上に並んで立つ。そうして後に、庁に上って行き、再拝の礼を行う。それが終わると、監察たちが庭に入ってきて、請謁する。分台書吏が駆けてきて報告する。監察が順に庁に上り、礼をして退く。書吏と羅将たちがそれぞれ順にやって来て、二度礼をする。

こうして、それぞれが自分の席に着く。大司憲は椅子に座り、その他の人びとは縄床[7]に座る。

六人の役人がそれぞれ湯薬の器をもってきて、人びとの前に置く。一人の役人が「奉薬」と叫び、薬の器をとって「正飲」と叫ぶと、飲み干して、「放薬」と叫ぶと、薬の器を置く。

また、一人の役人が「正座正公事」と叫ぶと、役人たちはみな立って会釈をして席に着く。もし会議用の丸い座を床の上に敷いてあれば、みなそこに降りて座る。

新たに官位に任命された者がいて、署経(8)して、弾緊《だんかく》(9)することがあれば、論駁する。

その日の官庁の議事が終われば、執義以下が入って来て、それぞれの役所に戻って行く。皀隷《チョレ》が門の中にいて、「申の刻(10)」と三度叫ぶ。また一人の役人が門の中で、「公庁では書類箱に封をする。台長が退出される」と叫ぶ。そこで、それぞれがうやうやしく見送って、自分たちも順に出て行く。これが台臣たちの慣例である。

しかし、諫官はそうではない。諫官たちのあいだには尊卑の礼がないのである。上官であれ、下官であれ、互いに待つことはなく、入って行く。もし上官が先に来て、下官が後に来たら、たとえ上官であっても北を向いて立っている。そうして、下官を待って、互いに会釈をして席に着くのである。斉座の日、湯薬を飲んで公務を行うのは、すべて司憲府と同じで、議席を敷いて酒席を設け、鵜卵杯という杯で酒を互いに応酬して、すっかり酔った後に、終わる。

また、後苑の茅亭に出て、衣服を脱いで、寝転んだりもする。院の中が涼しくて、休むところがなければ、上官の座席を使ったりも、あるいは豹の皮や鹿の皮を使ったりもする。あるときには、苑の中の梨や棗をもぎ、役所を回って売りつけたりもする。もし銭や布などを値として受け取ることができれば、かならずそれは酒や食べ物を買う費用となる。

平常時の費用はまったく司憲府に仰ぐことになる。

諫官の職に任命された者は、かならず慣例にしたがって宴会をもうけ、同僚たちみなと酒を飲むことになる。さまざまなところでの宴会にも行って参席することになるのである。

（1）台官：司憲府の官員をいう。司憲府は高麗時代から存続して、政治を論じ、百官を監察した。憲府・柏府・霜台・烏台・御史台・監察司などの別称がある。
（2）諫官：司諫院の官員。司諫院は諫争・論駁に当たった官庁。諫院・薇院ともいう。
（3）茶時庁：司憲府の官員が出勤して会座することを茶時というが、茶時庁は茶時を行う庁舎。
（4）斉座日：一つの官庁の官員全員が一時に一つの場所に集まって公事を処理する日。
（5）四台長：司憲府の掌令と持平を台長という。掌令と持平は定員がそれぞれ二名であり、まとめて四台長という。
（6）依幕：臨時に設けた待機所をいう。
（7）縄床：縄で編んで作った腰掛け。
（8）署経：台諫の署名という意味で、五品以下の官員の叙任があるときに、その人の姓名・門閥・履歴などをそろえて司憲府・司諫院に提出して瑕疵の有無を調べる。司憲府・司諫院では、これを調査した上で、吏曹や兵曹に回す。この手続きを署経という。
（9）弾覈：官吏の罪科と人の非行を調査して責任を追及すること。
（10）申の刻：おおよそ午後四時頃。午後三時頃から五時頃まで。ここでは退勤時刻を意味する。『経国大典』の規定によれば、すべての官司の官員は卯の刻（午前六時頃）に出勤して酉の刻（午後六時頃）に退勤する。日の短いときには辰の刻（午前八時頃）に出勤して申の刻（午後四時頃）には退勤する、とある。

十七　司憲府の風俗

監察（司憲府の官職）というのは昔の殿中侍御史の官職である。その中でも級の高い者が房主となり、上下有司とともに内房に入って行き正座して、その外の房には監察職に任命された先後にしたがって座る順番が決められている。その中で首席の者を枇房主《ピバンチュ》といっている。

新たに入って来た者を新鬼といって、いろいろなことをしてからかう。房の中に垂木のような長い木を置いておき、新鬼、すなわち新参者にこれを挙げさせる。これを擎笏《キョンフル》といっている。挙げることができなければ、新参者を先生、すなわち先輩の前に跪かせ、上から下にいたるまで、先輩たち全員から拳で殴られるのである。

また、新鬼に魚をつかませる遊びもある。新鬼が池の中に入っていき、紗帽で水をすくうのだが、衣服はどろどろになってしまう。

また、蜘蛛をつかまえる遊びをすることもある。新鬼が手で台所の壁を探って両手は漆のようにまっ黒になる。その手を洗ったなら、盥の水は真っ黒になってしまうが、それを新鬼は飲まされるので、これで嘔吐しない者はいない。

また、新鬼は厚く白い紙で名刺を作って、それに手紙を書いて封をして、毎日のように先輩の家に投ずるのである。先輩たちがある日、新鬼の家に到着すると、新鬼は紗帽をかぶって出迎え、中に酒席をもうけることになる。先輩たちの横にはそれぞれ一人の女があてがわれるが、これを「安枕」といっている。酒に酔えば「霜台別曲」(1)を歌う。そうして、台官が斉座する日になると、始めて座ることが許される。翌日の暁に出勤すると、上官とともに出て行き、庭中で王さまの謁見を受ける。まだ入謁の礼をすませていない前夜、宿直していた先輩が房内の木枕を持って来て、大声を挙げながら撃とうとする。もし逃げるのをためらったなら、かならず一撃に遭うことになる。

こうした風俗は由来がすでに久しいものである。成宗はこれをはなはだ憎んで、新参者をいたぶる行為を厳しくお禁じになったのだが、その後、少しはその風は止んだものの、しかし、そのまま廃れずに残ったものも多い。

（1）霜台別曲：朝鮮初期の陽村・権近が作った歌。司憲府の別称である霜台での生活を歌ったもので、整頓された制度を称揚したものとされる。五章からなる。

十八　承政院の仕事

承政院というのは「喉舌の任[1]」として、王命を出納するところであり、その役割ははなはだ重大である。承旨に任命された人を、人びとはあたかも神仙であるかのように仰ぎ見る。そして、世間ではかれを銀台学士と呼ぶのである。

以前には、城門と宮門は罷漏《ひろう》[2]によって開き、人定[3]を経て閉まった。承旨などは四更に宮門に行き、宮門が開くのを待って入って行き、晩には遅く家に帰る。南怡の乱[4]のとき、睿宗の命令で、宮門を平明に明け、黄昏には閉めさせて、人びとは安心した。それで弊害もなかったので、今もそのまま続けている。

以前には、承旨一人だけが宿直したが、世祖のときに、承旨の李浩然《イホヨン》[5]が入直して酒に酔って眠ってしまい、世祖が政治のことで下問なさったのに、起きてこなかった。このときから、毎夜、二人が入直するようになったのである。

以前には、承政院の下人たちは銀牌を帯び、紫の衣服を着て、別抄が随行した。世祖が別抄を廃止して、ただ数人だけをおいて、司甕院《しよういん》に付属させ、それぞれのところに醞賜《おんし》(6)するときだけ、紫の衣服を着て行くようになった。

(1) 喉舌の任：承旨は王命を出納する任務に当たるのでこう呼ぶ。
(2) 罷漏：五更三点に大鍾を三十三度打つ。そうして夜間の通行禁止が解かれ、城門と宮門が開くことになる。
(3) 人定：鍾を打って夜間の通行を禁止すること。毎晩、二更に鍾閣の鍾を二十八度打って通行を禁止した。
(4) 南怡の乱：南怡は宜陽の人。一四四一〜一四六八。太宗の外孫で、その人となりは魁偉かつ不羈であった。十七歳で武科に抜擢され、李施愛の討伐に当たって功績があり、世祖の寵遇を受けて兵曹判書となった。一四六八年に謀反の嫌疑を受けて誅殺された。
(5) 李浩然：浩然の字を持つ人が李姓に四人ほど見出せるが、どの人も時代的に合わない。有名な李集は一三一四〜一三八八で高麗の人。第二巻第七話の注（1）を参照のこと。
(6) 醞賜：王が臣下に宮廷で醸造した酒を下賜すること。

十九　中国からの使臣たち

中国の天子の奉命使臣としてわが国にやって来た者たちはみな名士であった。私が聞くことのできた者としては、周倬(1)は文章が巧みで、『陶隠集(2)』の序文を書いていて、また祝孟献(3)は詩と絵画に巧みで、鳥や動物を特によく描いて、人に描いたものを与えることが多かった。今、民間に彼の作品が多く残っている。
景泰初年に侍講の倪謙[4]と給事中の司馬詢[5]がわが国にやって来た。詢は詩を作ることを好まなかったが、倪謙は詩を作ることを知ってはいて、往来する道での題詠に気を配っていたが、王さまに拝謁する日に、次のような詩を作った。

「多くの立派な儒士たちが左右に並んで立ち、
生い茂った緑の栢の木が並んで列をなす。
（済々青襟分左右、森森翠栢列成行）」

このとき、わが国では集賢殿のソンビたちが全盛のときであった。彼らはこの詩を見て、笑いながら、
「ほんとうに迂闊で陳腐な教官の詩のようだ。まあ、ここは我慢をして大目にみてやるしかあるまい」
といった。漢江に遊覧したとき、詩を作った。

「ようやく高くそびえる楼閣に上って美しい景色を眺め、
屋形船を棹さして碧の江の上に浮かべる。
錦の纜をゆっくりと引いて翠の川岸を行くと、
玉の酒壺を螺鈿の欄干を隔ててしきりに送って来る。
江と山とは千年たっても美しさを変えることなく、
客と主人は一時の歓を尽くす。
遥かに眺めれば、月は明るく人が去っていった後には、
鏡の光のように寒いこの江の上を白鷗が一羽飛んでいく。
（纔登傑構縦奇観、又棹楼般泛碧湍

錦纜徐牽緑翠壁、玉壺頻送隔雕欄
江山千古不改色、賓主一時能盡歓
遥想月明人去後、白鷗飛占鏡光寒)」

また、「雪霽登楼詩」には次のようにうたっている。

「筆を執って文を綴れば、
出るのはすばらしい文句。
ソンビたちがこれを見て、
思わずに膝を屈する。
(揮毫洒墨、愈出愈奇
儒士見之、不覚屈膝)」

館伴(6)の文成公・鄭麟趾《チョンインチ》(7)もこれにはかなわないということで、世宗が命じて泛翁・申叔舟《シンスクシュ》(8)と謹甫・成三《ソンサン》問《ムン》(9)に行かせ、いっしょに遊んで漢韻について質問させた。侍講はこの二人のソンビを愛して、兄弟の約束を交わし、互いに詩を作って応酬することをやめなかった。役目を終えて帰国するときには、涙を流して別れたという。

壬申年間に給事中の陳鈍(10)がわが国にやって来た。このときに、文宗《ムンジョン》が亡くなられたので、陳鈍は「吊朝鮮国王賦」を作った。

世祖の時代には、翰林の陳鑑(11)と太常の高閏(12)がやって来た。翰林が描いた蓮の花を見て、詩を作った。

「つがいの白鷺はたがいに親しむようで、
水面の赤い蓮の花は真に迫っている。

白鷺を描いて名高いのはまさに客人だが、
蓮の花では周濂渓(13)の後に人はないだろうか。
白鷺の姿を遠くから見るだけでも暑さを忘れ、
並び立つ蓮の花は世の中の穢れを知らぬ。
絵を見るだけでもその意志を知ることができるが、
美しい景色の中の鷺鳥や鴨はこの絵にまさることができようか。

（双双属玉似相親、出水紅蓮更逼真
名播頌声縁有却、愛従周後豈無人
遠観自可祛煩暑、并立何曾染俗塵
料得丹青知此意、絶勝鵞鴨悩比隣）」

朴延城《パクヨンソン》(14)が館伴であったが、この詩に次韻した。
「水郷の花と鳥とは遠くで親しむことができず、
画筆でもってこれを移し、まるで本物のよう。
菡萏の花が始めて開いて語りかけようとして、
鷺が静かにたたずんで人を驚かせることはない。
汚泥と美しい光景は混じり合うことがなく、
氷雪のような高い風格は俗塵から抜け出ている。
翰林の客人はこの絵を見て嫌うことなく、
潔い儀礼と香るような徳行はこの鳥と花に似ている。

（水郷花鳥邈難親、筆下移来巧奪真、
菡萏初開如欲語、鷺絲閑立不驚人
淤泥浄色還無染、氷雪高標逈脱塵、
玉署游仙看不厭、清儀馨徳與相隣）」

これは実は従事の李胤保《イインポ》[15]の作品である。

陳翰林がまた「喜晴賦」を作ったので、金文良《キムムンリヤン》[16]がすぐに韻をついだが、翰林は口をきわめて称賛して、

「朝鮮の文士たちは中国の文士たちに遜色がない」といった。

太常は人となりが傲慢であった。文廟にお参りした日、古風[17]を尊んでソンビたちに次韻させた。中には筆を執ったまま、なかなか文ができない者たちがいる。太常は大きな字を書いて、「詩を作ることのできない者が五人いる。後に出てきて文を応酬することを望む者がいれば、たとえ千篇でも百篇でもいい。私はそれにすべて応えよう」といった。彼が他人を侮ることは、このようであった。

その後、給事中の陳嘉猷[18]がわが国に来た。箕子廟[19]にお参りして詩を作った。

「炮烙の刑[20]の煙が飛んで殷の国の王気が衰え、
狂気を演じるその本心[21]は琴だけが知っている。
言葉を千年の後に残して『洪範』[22]があり、
今、朝鮮に到って昔の址を参拝する。
（炮烙烟飛王気衰、佯狂心事有琴知、
言垂千載存洪範、人到三韓謁旧祠）」

彼の人となりは、容姿端正で、ひげは絵のようで、人柄も才能も申し分なくそろった人間であった。

その後、給事中の張寧[23]が、わが国が女真族をむやみに殺害したとする事件で、問責するためにやって来たが、洪斉院にとどまって、みずからはやってこようとはせずに、「王世子はどうして私を出迎えないのか」といった。わが国では左承旨の李承堪《イスンカム》[24]に命じて、これに「世子はまだ幼い上にご病気なので、参れません」と答えさせた。給事中は、「昔、周公は成王を背負って諸侯の朝賀を受けた。たとえ世子が幼いにしても、背負って来ることもできないというのか」といった。左承旨は、「周公が成王を負ったのは武王が崩御した後のことで、成王が幼くて朝会に臨席できなかったためです。もし武王が生存していて国事に臨むことができていたなら、どうして成王を背負って朝会に出なくてはならないという道理がありましょう。また、使臣が天下の命令を受けてやって来ていながら、それを草野に投げ捨てて、ひろく知らせようとは、どうしてなさらないのでしょうか」といったので、給事中は大いに笑って立ちあがった。人となりは俊逸で豪快な性質であった。

副使の武忠[25]のために館で宴会を催したとき、妓生の紫洞仙《チャドンソン》[26]を見て何度も目配せをし、館伴に向かって、「武大人が燕と趙のあいだに出かけ、歌と楽器に満足したものの、今、万里の長い道をやって来て、どうも心が落ち着かない。この心をなぐさめて、落ち着きたいのだが」といった。そこで、美しい妓生数人を迎えて部屋に入れ、お酌をさせて談笑した。武忠は思い通りになってほくそ笑んでいたが、夜が更けて、給事中が中門に到り、胡床に腰掛けて、妓生の名前をひとりひとり呼び出して帰らせ、門を閉ざして鍵をかけて、自分も行ってしまった。武忠はこれを恨みに思って歯ぎしりした。武忠は金の帯を締めて高い官職につき、給事中は角帯をつけて官位も低い。しかし、このように逆さまに人を制御することもある。彼の「平壌舟中」という詩がある。

「寂しい平壌城を暁に発つと、

彩った舟では笛や鼓がなって春の陽はうららか。
鳥が飛んでいくかなたでは雲が尽きて青山が現れ、
渡し場には潮が上り、青い海へと通じる。
皇帝のご恩が大地をあまねく覆っているのを喜び、
わが身が異国にいるとも思えない。
青い酒杯をしきりに勧めないでほしい、
春風に四匹の牡馬の行く手ははるか。
（平壌孤城発暁装、画舡簫鼓麗春陽
鳥遑雲盡青山出、渡口潮通碧海長
共喜皇恩同大地、不知身世是他郷
青尊旦莫頻相勧、四牡東風路渺茫）」
また、漢江を遊覧して十首の詩を作った。その一首を挙げる。
「朝鮮には高い楼閣があり、
その楼閣の前を漢江が流れる。
水面の光の中に水鳥のような舟が浮かび、
白い鷗の集う洲に楼閣の影が落ちる。
遠く望めば天は尽きるかのよう、
虚空の中に大地が浮かんでいるかのよう。
八方の窓から入って来る風と日差しはおだやかで、

莫虀をひろげて休むとしよう。
（東国有高楼、楼前漢水流、
光揺青雀舫、影落白鷗洲、
望遠天疑盡、凌虚地欲浮、
八窓風日好、下榻重淹留）」

彼はまた「予譲論」を書いて、昔の人たちがいわなかったことまで論及している。大体において、彼の詩と文は飄々として、遠く世俗の塵の外に出た気配があって、世間にあるソンビたちの真似のできるものではない。

その後、太僕丞の金湜(27)と中書舎人の張珹(28)がわが国にやって来た。金湜は詩をたくみに作り、特に律を得意にしていた。書は、その筆法が玄妙の境地に至っており、絵については入神の境地であった。だれか絵を所望するものがいれば、右手と左手で描いて与えたこともあった。また掛け軸一幅を描いて世祖に献じたことがあったが、世祖は絵のたくみなソンビに命じて模写させ、また文章のたくみな者に命じて脱胎換骨の意を書かせた。そうして、宴会の日に壁にかけておいたが、太僕丞は最初はそれを見てもわからなかった。しばらく詳しく見て、大笑いしながら、「大王さまには豪傑を面食らわせるようなことをなさいます」と申し上げた。

金使臣が詩を作った。
「朝鮮国の雪のように白いモシの服を着て、
夜更けに鶴に乗って漢江のほとりの丘を過ぎる。
玉の笛の音は青い天の月の光に透きとおり、

紅葉した山の白鶴の羽毛を吹き落す。

（新試東藩雪苧袍、夜深騎鶴過江皐、
　玉簫声透青天月、吹落丹山白鶴毛）」

中高霊もまた詩を作った。

「天の上で遊ぶ仙人は蜀の錦の服を着て、
筆の先ですがすがしい興趣を林の丘に託す。
青邱（わが国）はまさに千年に一度の聖運(29)に出会い
玉の葉に玉の枝は鳳凰の翠の羽に変わる。

（天上遊仙蜀纈袍、筆端清興寄林皐、
　青邱正値千年運、玉葉瓊枝化翠毛）」

金守温《キムスオン》もまた詩を作った。

「十年の春風が古びた衣服の色を褪せさせ、
一人青々として孤高の節操を守る身を雪と霜の皐にさらす。
誰が教えよう、真っ白な気質で青い骨に還ってしまい、
中山の一毛の筆に変化しようとは。

（十載春風染旧袍、貞姿会見雪霜皐、
　誰教白質還青骨、変化中山一潁毛）」

李文簡《イムンカン》(30)の詩は次のようである。

「雪か霜のように白く輝く身を翠の衣服に包み、

筍が龍のように風雨の中で漢江のほとりの竹やぶに変じる。
今年は寒いが、竹の枝先の実は結び、
丹山の五色の羽毛をもった鳳凰が集う。
（霜雪曜姿披翠袍、籜龍風雨変江草、
歳寒結得枝頭実、棲集丹山五彩毛）」
徐達城《ソタルソン》(31)の詩は次のようであった。
「この方の抜きんでた節義は古びた衣服と同じで、
高く高く万丈の高さに玉のようにそびえる。
龍のように登り変化するにはこの術を使い、
一夜の風と霜に骨と毛を換えた。
（此君奇節可同袍、玉立亭々万丈皐、
龍騰変化応此術、一夜風霜換骨毛）」
金福昌《キムポクチャン》(32)の詩は次のようであった。
「苦節の中でどうして古い衣服を換えようか。
むなしく雪と霜で白い江のほとりの皐から竹を分別した。
晴れた日の窓で鵞渓繭(33)を広げて見ると、
昔のままに頬の毛が青青としている。
（苦節何曾換故袍、枉教堅白弁湘皐、
晴窓披得鵞渓繭、依旧青青頬上毛）」

しかしながら、太僕丞は人となりが貪欲で、多くの賄賂を受け取って、立ち去るときには、たとえ干し肉や果実や雑物であっても、自分で縛って荷造りした。また鉄の器を多く請求して持って行ったので、時の人たちは彼を鍮器商人とあだ名した。

　中書の張珹もまた詩に巧みであった。ただ妓生を見るとかならず喜んで、振り返ってはにんまりするのであった。李明憲《イミョンホン》[34]が彼の同行者に、「上使は財物に警戒しなくてはならないし、副使は女色を警戒しなくてはならない」といった。

　成廟の初年に工部員外郎の姜浩[35]が宦官の金興[36]とともにわが国にやって来た。員外はいっさい文を論じたり、詩を作ったりはしなかった。日夜、酒を飲みつづけていて、不覚に酔ってしまうようなことはなかった。冗談で一聯の句を作った。

「白玉の盤に桜桃をいっぱいに盛って使臣にささげる（白玉盤中、盈盛桜桃呈使星）」

通訳官の金孟敬《キムメンヒョン》[37]がこれに応答した。

「黄金の杯にうまい酒をいっぱいついで使臣にささげます（黄金杯裏、満斟美酒勧皇華）」

員外はこれに対して、

「通訳官でさえこのようであるから、この国には人才が多く、盛大であることがわかった」

といったのであった。昔、黄儼[38]が聯句を作って、

「雨が蓮の花を洗い、三千の宮女がみな沐浴するよう。風が竹藪を吹き抜け、十万の丈夫が喧嘩をするよう（雨洗荷花、三千宮女皆沐浴。風吹竹葉、十万丈夫共喧嘩）」

といったのが、これらに比することができよう。

　その後、戸部郎中の祈順[39]が行人の張瑾[40]とともにやって来て、文廟に拝謁した。戸部は人となりが純粋

で勤勉な上、温和であった。詩賦をよくし、王さまは手厚くおもてなしになった。戸部も王さまの風儀と風采を慕って、「まさに天人というべきだ」といった。盧宣城《ロソンソン》(41)・徐達城が館伴となり、私と洪兼善《ホンキョンソン》(42)・李次公《イチャコン》(43)が従事官となって、不虞のことに備えた。

徐達城は、「中国の使臣が詩を巧みにしたとしても、それはみなあらかじめ作っておいたのだ。私もまず作っておいて、それで応酬するに若くはない。そうすれば、かならずその詩篇で相手を困らせることができるであろう」といっていたが、漢江で遊覧することになって、斉川亭に上ったときに、数首を出して、「私は大人の優れた詩ととても即時に応酬することができないので、拙いものをあらかじめ綴ってまいりました。よろしくこれに応じてください」といった。戸部は微笑して、一瞥してすぐに筆を執って書き下したが、一度書いたものにふたたび点を加えることはなかった。その中にたとえば、

「百済の地形は川に臨んで尽き、五台山の水の源は天にある（百済地形臨水盡、五台泉脉自天来）」

という句があるのである。また、

「高くそびえる楼閣にもたれて風趣は尽きることなく、春の光に引かれて明るく江の水に映る（倚罷高楼不盡情、又携春色泛空明）」

といい、さらには、

「人は杯の竹葉酒に酔い、舟は楊花渡の番所に向う（人従竹葉杯中酔、舟向楊花渡口横）」

といった類の句があった。また、「江之水辞」を作って、舟に乗って流れを下って蚕嶺に至ったことを詠んだ。徐達城は驚いて、帽子をななめにして長く吟ずるだけであった。

金文良は口をぽっかりと開けたまま閉じることができずに、「老いぼれの盗人が人をだまそうにもほどがある。私は近ごろ針も灸もせず、詩想も枯渇したようだ。それでこのように苦しむのだ」といって、

一句も文を作らなかったので、人びとは笑った。

董侍講[44]と王給事[45]が来たときには、私が平安監司として安州まで行って出迎えた。侍講は平壌に到着して孔子廟に参った。孔子の土で造った像を見て、「中国と同じだ」と述べた。館伴の許陽川《ホヤンチョン》[46]が「土像は仏像に多いので、王城の泮宮では像は造らずに、位版を用いることにしています」というと、侍講は、「それはよい方法だ」と述べた。また、檀君の廟に参って、東明王の位版を見て、「これは中国人ではないか」と述べた。

また箕子廟に到って、碑を撫でさすりながら碑文を大きな声で読んで、「よくできているものだ。残念なのは風雨を避ける屋根がないことだ」といった。また、箕子の墓に到ると、墓の境内を回ってみて、ついには弔辞を作って、慷慨してやまなかった。

大同江に船を浮かべて、陽川とともに江と山の優れた景色について論じた。このときに時雨れたので、私が留まるようにといったところ、侍講は、「王さまの予定された日程があろうから、ここに留まることはできない」といった。そこで、郎中が蘇東坡[47]の、

「薄化粧も厚化粧もどちらもすばらしい（淡粧濃抹摠相宜[48]）」

という句を吟じたが、私は、浮碧楼を指して、「あれもまた先人たちが遊覧したところ、できれば大人たちとともに一度は上りたいものです」といった。侍講は欣然として、これにしたがった。楼の上に上がって四方を見渡して、「このような風景はまたとない」といった。そのとき、たまたま雨が止んだ。侍講は、「主人が客を引き留めようとして雨が降り、客が出かけようとして晴れだした。天もまた客と主人の心をよく知っている」といって、会釈をして出発した。

仕事を終えて帰ってきたときに、私は二人の使臣を迎え、川の流れに沿って下ったが、漁師たちが網

をひろげて魚を捕まえてもって来た。魚は鰭を潑剌と動かしていて、二人の使臣ははなはだ喜んだ。しばらく盆の中に入れて見ていたが、「新鮮で美味なことでは右に出るものがない」といった。森林の管理人が雉を捕まえてきたので、侍講はみずからの手でこれを撫で、匂いをも嗅いで、「私は子路が雉を捕まえたものの、それを逃がしてやった故事にならおうと思う」といって、雉を林間に放して、「お前は心のままに飛んでいけ」と叫んだ。

南湖に到って小さな楼閣に上って休んだとき、山林の管理人がまた狸を捕まえてきた。侍講は狸を百歩ほど離れたところに繫がせ、武人に命じてこれを射させた。命中すれば、拍手して大笑いした。給事がこれを見て、「君子は台所を遠ざけるものですが、あなたはどうして狸を射るのを見て楽しまれるのですか」と尋ねた。それに対して、侍講は、「牛や馬というのは、人にとって有益であるが、鹿や狸というのは人にとって有益ではなく、また食べてもうまい。これを殺して何の害があるであろうか」といった。古都の市井を見て、「ここはどこか」と尋ねた。私が、「これは箕子の遺構で、井田法を施行したところです」と答えた。私がひそかに人に村落の中で管弦を演奏させたところ、侍講が「これはいったい何の音だろうか」と尋ねたので、私が、「箕子がやって来て教えて残った風俗が消えてなくならず、今でも家々から音楽の音がするのです」と答えたところ、侍講は、「ほんとうに礼儀の国だ」といった。路上を歩いている婦人を見て、「あれはどのような婦人であろうか。役人の妻か何かであろうか」と尋ねた。通訳官が、「あれは城中の妓生です。州の役人はみな士族であって、閨門の法ともいうべきものがあります。彼らの妻妾がどうして路をふらついたりしましょうか」といった。給事は、「早くそれを知っていたら、飽きるほど見ることができたのに」といった。

風月楼に到って、池を眺めながら嘆賞して、「ここは本当に美しいところだ。中国にもこのように素晴らしいところはない」といった。私が楼の記を作ってほしいと頼むと、「あなたが私をもっと遠くまで見送ってくださるなら、私はそれを作ってあなたに進ぜよう」といった。私はやむをえず安州まで彼を見送ったが、はたして侍講は記を作って私に与えた。

二人の使臣は道を行きながら山々を見れば、かならずその名前を尋ねた。奇妙な形の岩や珍しい樹木を見かけると、かならず馬を止めて、それらを吟賞した。花や草の美しいものがあれば、これを手にとってもてあそんだ。

人に応対する態度は温雅でうやうやしく、もし中国のことを尋ねれば、みな詳しく答えてくれて、隠すようなことはなかった。

侍講は詩も文もともに清雅で、書は晋の王羲之(49)の筆法を手本としていた。

給事は詩と書がともに豪放であった。まことにこの二人は一組の連璧といってよかった。

しかしながら、詔勅を分けて受け入れることは、礼に背く点があって、わが国の人びとが謗るのを免れなかった。

兵部郎中の艾璞(50)が行人の高允善(51)とともにわが国に来た。董侍講の先例にしたがって、詔勅を分けて受け入れることになった。

郎中はすぐに帰国しなければならず、毎日を忙しく過ごして、閑暇なときをもたなかった。

礼を終えて、宿舎にもどったときに、王さまはみずから赴いて下馬の宴(52)をもよおされたが、郎中はただ一杯だけを飲んで部屋に入ってしまった。翌日のまだ明るくなる前に、二人の使臣は成均館に到着したが、館伴と宰相たちがだれもまだ来ていなかった。まずは手を洗って、文廟にお参りしようとしたが、館人が手ぬぐいをもって来なかったので、郎中は大怒した。中門もまだ開いていないのを見て、「われわれに犬の抜け穴から出入りしろというのか」といいながら、明倫堂に上がって行った。儒生たちの半ばが庭に出て来たが、郎中は走るようにして出て行った。

王さまが承旨に命じて、二度、三度と招請したところ、二人の使臣はやっと宮廷に参上した。王さまとたがいに会釈を交わして、立ったまま酒一杯だけを飲んで去った。王さまが追いかけて行った。太平館で餞別の宴を開こうとして、御室に到ったが、たがいに会うことをせず、二人の使臣はにわかに門を出て、轎子に乗り込もうとした。王さまは出て行って、「止まってください。あなた方は、行くにも止まるにも、どうしてこうも急なのですか」とおっしゃった。すると、郎中は王さまの命令に従わず、「殿下はまず城外に出てお待ちください」といった。王さまはやむをえずに城外に赴かれ、これに文武百官と衛卒、儀杖兵、そして供給にあたる役人、楽官、さらには芸人と妓生にいたるまで、あわただしく後を追って、息を切らし汗を流した。

王さまが慕華館にいたり、まだ車から降りないときに、郎中が後を追って来た。王さまが迎え入れようとなさったが、郎中はこれにしたがわず、ふたたび強く請われたので、やっとのことで入って来た。

この日は暑い日差しが焼けるように照りつけ、王さまは長い間、風と塵の中に立ちつくされたのであったから、人びとはみな痛憤した。

郎中は館伴に、「われわれは命を奉じた使臣として、この国に来て滞在して、なんら迷惑もかけず、賄賂を要求することもない。われわれの清廉さと徳行を皇帝はどうすればご存じになるだろう。お前たちの国からまさにこのことを中国の朝廷に報告してもらえないであろうか。そうすれば、きっと皇帝から褒章をいただけることだろう」といった。これを聞いた人で、笑わなかった者はいなかった。

郎中は詩を作らなかったが、ただ数首だけを作って帰って行った。詩語はまことに幼稚で粗雑であった。副使はまた「盧館伴伝」を作ったが、醜さ、卑しさがとどまるところを知らない。今でもわが国では、軽薄で名前を高めようとする者のことを、「艾璞」と呼んでいる。

現在の王さまが即位された年に、太監の金輔[53]・李珍[54]が中国皇帝の詔書をたずさえてやって来た。行人の王献臣[55]もまたこれに随行して来た。献臣は年少の人であった。まず遼東からわが国にいる自分に供物を贈るようにさせ、それを受け取らないで、自分に清廉な節概があるのをみなに示そうとした。人びとは笑って、「人に自身の清廉さを理解させせようとしながら、逆に清廉かどうかわからないようにさせてしまっている」といった。わが国に来て、詩の聯句の一つも作らずに、「人はまさに根本に努めるべきで、末の技に心を用いるべきではない」といっていたが、人びとは笑って、「ただできないだけではないか。それをどうして人に言いふらす必要があろうか」といっていた。

彼は文雅なことにはまったく心を用いず、ただ礼の末節だけを守って、少しでも間違うことがあったなら、かならず詰って怒った。わが国の人びとはこれを見てその小人ぶりを笑ったものだった。

（1）周倬：『太祖実録』総書に、辛禑十一年（一三八五）九月、大明の使いの張溥と周倬が国境までやって来たことが見える。
（2）『陶隠集』：高麗時代の李崇仁の文集。陶隠は李崇仁の号。高麗末期の高名な文臣であり、その文章は高雅であり、中国の名臣がみな感嘆したという。
（3）祝孟献：一四〇〇年にやって来た使臣として『朝鮮実録』に名前が見える。
（4）倪謙：本巻第三話の注（7）を参照のこと。
（5）司馬詢：一四五〇年、景帝登極詔使として朝鮮にやって来た。
（6）館伴：ソウルにやって来て滞在する外国の使臣たちを接待するために任命された臨時の官職。館伴使。
（7）文成公・鄭麟趾：一三九六〜一四七八。世宗の寵臣で、癸酉の靖難で功績があって靖難功臣一等となり、世祖が即位すると領議政となった。朝鮮初期の代表的な学者政治家の一人で、『訓民正音』の制作にも功績があり、『龍飛御天歌』『高麗史』の編集でも主導的な役割を果たした。
(8)泛翁・申叔舟：本巻第二話の注（16）を参照のこと。
(9)謹甫・成三問：本巻第二話の注（20）を参照のこと。
(10)陳鈍：一四五二年の七月にやって来た明使として吏部郎中・陳鈍の名前が見える。
(11)陳鑑：一四五七年、英宗復位詔使として朝鮮にやって来た。
(12)高閏：一四五七年、英宗復位詔使として朝鮮にやって来た。
(13)周濂渓：宋の周敦頤。『太極図説』を著して、宋の性理学の開祖となった。「愛蓮説」がある。
(14)朴延城：朴元亨。一四一一〜一四六九。早くから詩文に名が高く、一四三四年には謁聖試に及第して、要職を歴任した。世祖のとき、靖難功臣となって、延城君に封じられた。左議政にまで至った。人となりは厳格だが度量が広く、財産にはこだわらず、質素な生活ぶりであった。
(15)李胤保：李承召。胤保は字。本巻第二話の注（27）を参照のこと。
(16)金文良：金守温。文良は諡号。本巻第二話の注（25）を参照のこと。
(17)古風：漢詩の形式の一つ。唐代の近体詩に対して隋代以前の詩をいい、古詩ともいう。平仄や句数に制限がなく、五言、七言、長短句などがある。
(18)陳嘉猷：一四五九年、勅諭使として朝鮮にやって来た。
(19)箕子廟：平壌にある。箕子については本巻第六話の注（13）を参照のこと。
(20)炮烙の刑：殷の紂王が行ったという刑罰。すなわち油を塗った銅柱を炭火の上に架け渡して罪人を渡らせたという。
(21)狂気を演じる……：紂王が荒淫無道であり、暴虐残忍であったので、箕子は諫めたが聞き入れられず、狂人をよそおって逃げて隠れたという。
(22)「洪範」：『書経』の中の篇名。禹が堯・舜以来の思想を整理集成した政治および道徳の基本法則であるが、箕子が推敲して周の武王に伝授したとされる。「洪範」は大きな法、すなわち政治の大法の意味である。

(23) 張寧：一四六〇年、勅諭使として朝鮮にやって来た。
(24) 李承堪：李承堪という人物を探し出すことができない。李克堪の誤りだと思われる。李克堪の生没年は一四二七～一四六五。一四四四年、文科に及第、副修撰となった。世祖が即位すると、世子の教育係になり、左承旨を経て吏曹判書になった。はなはだ聡明で、一度見ただけですべてを記憶したという。賄賂を受けたことで、物議をかもしたことがある。
(25) 武忠：一四六〇年、張寧についてやって来た。
(26) 紫洞仙：この話にあること以上は未詳。
(27) 金湜：一四六四年、憲宗登極詔使として朝鮮にやって来た。
(28) 張珹：一四六四年、憲宗登極詔使として朝鮮にやって来た。
(29) 千年に一度の聖運：黄河は千年に一度だけ澄むといい、黄河が澄めば聖人が現れるという。そこで、聖人が現れることを千年運という。ここではわが国が素晴らしい王さまを得たという意味で使っている。
(30) 李文簡：李承召のこと。文簡は謚号。本巻第二話の注（27）を参照のこと。
(31) 徐達城：本巻第二話の注（24）を参照のこと。
(32) 金福昌：金寿寧。本巻第二話の注（28）を参照のこと。
(33) 鵞渓繭：絹本のこと。
(34) 李明憲：李坡のこと。明憲は謚号。一四三四～一四八六。一四五一年、文科に及第、集賢殿博士となった。要職を歴任したが、平安道観察使であったとき、失政があって罷免された。後に復帰して吏曹参判として『三国史節要』を撰進、官職は左賛成にまで至ったが、大酒がたたって死んだという。
(35) 姜浩：『成宗実録』元年（一四七〇）に明使として内官の金興とともに行人の姜浩が朝鮮に来たことが見える。贈賄の物をけっして受け取ろうとせず、凡人ではないという申叔舟の評がある。
(36) 金興：『成宗実録』元年（一四七〇）に明使として朝鮮に来たことが見える。金興は数次にわたって来ている。
(37) 金孟敬：『文宗実録』元年（一四五一）十月に金孟献の名前が見えるが、別人か。

（38）黄儼：『太祖実録』三年（一三九四）十一月に欽差内官すなわち宦官の黄儼の名前が見えるのを初めとして、太宗年間まで頻繁に朝鮮にやって来ている。傲慢な人物であったらしく、宮廷は翻弄されたという。

（39）祈順：一四七六年、冊立皇太子詔使として朝鮮にやって来た。

（40）張瑾：一四七六年、冊立皇太子詔使として朝鮮にやって来た。

（41）盧宣城：盧思慎。一四二七〜一四九八。一四五三年に文科に及第、集賢殿博士となり、顕官を歴任して、右・左議政を勤めた。燕山君の時代に領議政にまで至った。戊午士禍のとき、多くの新進のソンビたちが粛清されたが、盧思慎は命がけで多くのソンビたちを救った。宣城君に封じられている。

（42）洪兼善：洪貴達。一四三八〜一五〇四。兼善は字。幼いときから聡明であったが、家が貧しく、書物を借りて学んだ。一四六〇年、別試文科に及第して、官途についた。一四六六年、李施愛の乱を平定するのに功があった。要職を歴任したが、春秋官編集官となり、『世祖実録』を編纂した。都承旨のとき、燕山君の生母の尹氏の廃黜に反対して投獄された。その燕山君に孫娘の入内を迫られて拒絶したために、杖刑を受けて流配になり、途中で絞殺された。

（43）李次公：李淑瑊。一四五四年、生員として文科に及第、翌年、世祖が即位すると、佐翼功臣となり、監察となった。一四五九年には賜暇読書をして、一四六六年には抜英試に二等で及第、弘文館副提学・成均館大司成などを経て、吏曹参議に至った。徐居正らとともに『新編東国通鑑』を修撰した。書に優れていた。

（44）董侍講：董越。一四八八年、孝宗登極詔使としてやって来た。

（45）王給事：王敞。一四八八年、孝宗登極詔使としてやって来た

（46）許陽川：許琮。一四三四〜一四九四。本貫が陽川。生員に合格して、一四五七年、文科に及第、世子右正字として月食があったとき、王に疏をたてまつったことがきっかけで、たびたび経筵を行い、政治改革に当たった。一四六七年、李施愛の乱の平定に功績があって、敵愾功臣に冊録され、陽城君に封じられた。右議政に至った。人となりは剛直で、学識に富み、文官でありながら、武職をも勤めた。

（47）蘇東坡：蘇軾。一〇三六〜一一〇一。北宋の詩人・文章家。唐宋八家の一人。東坡は号。王安石と合

わず、地方官を歴任、後に礼部尚書に至ったが、新法党に陥れられ流謫した。書画もよくした。

(48)薄化粧も……蘇軾の「飲湖上初晴後雨二首」の初晴の方に「西湖を把えんとして西子に比すに、淡粧濃抹すべて相いよし（欲把西湖比西子、淡粧濃抹摠相宜）」という句から。ちなみに西子は伝説的な美人である西施のこと。

(49)王羲之…三〇七?～三六五?。東晋の書家。楷書・草書において古今に冠絶して、その子の王献之とともに「二王」と称される。「蘭亭序」「楽毅論」などの作があり、また王羲之の字を拾い集めた「聖教序」がある。

(50)艾璞…一四九二年、冊立皇太子詔使として朝鮮にやって来た。

(51)高允善…高胤。一四九二年、冊立皇太子詔使として朝鮮にやって来た。

(52)下馬の宴…中国からの使臣が到着した翌日に行われる歓迎の宴会。

(53)金輔…『燕山君日記』元年（一四九五）八月に天使の金輔が奸譎であると評することばが見える。また九年七月に彼が卒したことが見える。

(54)李珍…『燕山君日記』九年六月に、上の金輔とともに、その父・祖父・曾祖父に領議政や領中枢府事を追贈し、また母・祖母・曾祖母を貞敬夫人と号する旨の記事が見える。中国の使臣にはそのようなことまでなされたらしい。あるいは燕山君時代の特殊な例か。

(55)王献臣…『中宗実録』十六年に、燕山君元年乙卯（一四九五）、中国からの勅使を迎える際に、朝鮮王は輿に載って迎えるのか、馬に載って迎えるのかの議論があり、王献臣は強く馬に乗って迎えるべきだと主張したという記事がある。

第二巻
礼文を支える人びと

一　集賢殿に集ったソンビたち

世宗《セジョン》大王が集賢殿[1]を設置して、文章をよくするソンビで名のある者二十名を選んでそこに置いた。彼らは経筵官[2]も兼職して、朝廷での文事すべてに当たった。

朝早く出勤して晩遅くなって退出したが、日官[3]が時を奏した後になって出ることができた。朝夕の食事のときには、宦官たちが彼らの対客となるようにした。彼らを大切にあつかう意図がはっきりしていた。そこで、みなは争って勉学にいそしんで、雄材鉅士が輩出することになった。鄭河東《チョンハトン》[4]・鄭蓬原《チョンポンウオン》[5]・崔寧城《チェヨンソン》[6]・李延城《イヨンソン》[7]・申高霊《シンコリョン》[8]・徐達城《ソタルソン》[9]・姜晋山《カンチンサン》[10]・李陽城《イヤンソン》[11]・二人の成夏山《ソンハサン》[12]・金福昌《キムポクチャン》[13]・任西河《インソハ》[14]・盧宣城《ロソンソン》[15]・李広城《イクアンソン》[16]・洪益成《ホンイクソン》[17]・李延安《イヨンアン》[18]・梁南原《ヤンナムウオン》[19]、そして成三問《ソンサンムン》[20]・朴彭年《パクペンニョン》[21]・李塏《イケ》[22]・柳誠源《ユソンウオン》[23]・河緯地《ハウイチ》[24]などの者たちもいて、みな抜きん出た才能の持ち主であったが、その他にも文苑に名を揚げた者たちは多くいて、数え上げることはできない。

丙子の乱[25]で世祖《セジョ》は集賢殿を廃止するように命令して、文人数十人を兼芸文と呼んで、毎日、引見しては論議をおさせになった。

成宗《ソンジョン》が即位した後には、集賢殿の機構に依拠して弘文館をふたたび設置して、館の官員には経筵を兼職させて、はなはだ手厚く待遇した。いつも宣醞が下賜され、また承政院に召されては承旨たちと向かい合って酒を飲むこともあった。多くの奴婢も下賜されてさまざまな用事をはたし、また下人たちは銀牌を帯びていた。また龍山の漢江のほとりに読書堂を建てて、館の官員たちは書物を分けてもっていって読書をするのであった。また上巳・中秋・重陽などの名節には郊外に出て遊覧したが、酒も音楽も十分に賜って、彼らに対する恩寵とその栄光はまことに大したものであった。しかし、文名の高い者たちの多さについては、世宗の御代の盛大さには及ばなかった。

（1）集賢殿：中国の影響を受けて、王室研究機関は高麗時代から存在したが、有名無実になっていたのを、世宗がテコ入れをして、当代の学者たちを集めて学問研究を奨励、さまざまな書物を編集・刊行させた。ハングルもここで作成された。

（2）経筵官：王の前で経書を講義することを「経筵」といい、その講師を勤めるものをもいう。世子の前での経書の講義は「書筵」。

（3）日官：三国時代に天文・気象・占いを担当した官吏のことをいうが、ここでは朝鮮時代の天文・気象の観測に当たった官吏をいう。

（4）鄭河東：鄭麟趾。第一巻第十九話の注（7）を参照のこと。

（5）鄭蓬原：鄭昌孫。一四〇二～一四八七。一四二六年に文科に及第、集賢殿副提学となり、『高麗史』『世宗実録』などの編集に参与、一四七五年には領議政になった。五代の王に仕えて、睿宗のときには南怡を死刑にして、推忠定難翊載功臣となった。蓬原府院君に封じられている。

（6）崔寧城：第一巻第二話の注（17）を参照のこと。

（7）李延城：第一巻第二話の注（18）を参照のこと。

（8）申高霊：第一巻第二話の注（16）を参照のこと。

（9）徐達城：第一巻第二話の注（24）を参照のこと。

（10）姜晋山：第一巻第二話の注（26）を参照のこと。

(11) 李陽城：第一巻第二話の注（27）を参照のこと。
(12) 二人の成夏山：成任と成侃。『慵斎叢話』の著者・成俔の兄たち。
①成任については第一巻第二話の注（29）を参照のこと。
②成侃：朝鮮前期の文臣・学者。一四四一年に進士試に合格して、一四五三年には増広文科に及第、修選を経て正言に任命され、将来を嘱望されたが、まもなく死んだ。多くの書物を渉漁し、博聞強記な上、詩文にも巧みであった。「宮詞」「仲雪賦」があり、『慵夫伝』は文学的価値が高い。
(13) 金福昌：第一巻第二話の注（28）を参照のこと。
(14) 任西河：任元濬。一四二三〜一五〇〇。字は子深。十歳で詩を作り神童と呼ばれた。一四五六年、文科に乙科で及第して集賢殿副校理となった。要職を歴任して、一四七一年には佐理功臣三等となり、西河君に封じられた。文章にすぐれ、風水・医学にも精通していたが、性格は狡猾で貪欲、息子の士洪、孫の崇載もまた貪欲で、国家を傾ける人間だと批判された。
(15) 盧宣城：第一巻第十九話の注（41）を参照のこと。
(16) 李広城：李克堪。第一巻第十九話の注（24）を参照のこと。
(17) 洪益成：洪益城、洪応。一四二八〜一四九二。一四五一年、増広試に壮元で及第、後に左議政にまで上った。一四七一年、佐理功臣三等として益城府院君に封じられている。文名が高く、書にもすぐれていた。
(18) 李延安：李崇元のこと。一四二八〜一四九一。一四五三年、文科に及第。官職は刑・兵の判書に至った。清廉かつ倹素で、私事を顧みることなく公務に没頭して、高官になっても暮らし向きは楽ではなかったという。
(19) 梁南原：梁誠之。一四一四〜一四八二。朝鮮初期の学者。号が訥斎で、本貫は南原。一四四一年、進士・生員の二つの試験に及第して、続いて式年文科に及第した。集賢殿に入って、副修撰・校理をつとめ、世祖の寵愛を受けた。『高麗史』の改定や、後に『東国輿地勝覧』に発展する『八道勝覧』の編集に参与し、弘文館提学や大司憲などを歴任した。
(20) 成三問：第一巻第二話の注（20）を参照のこと。

（21）朴彭年：第一巻第二話の注（19）を参照のこと。
（22）李塏：第一巻第二話の注（22）を参照のこと。
（23）柳誠源：第一巻第二話の注（21）を参照のこと。
（24）河緯地：第一巻第二話の注（23）を参照のこと。
（25）丙子の乱：世祖二年（一四五六）六月、成三問・朴彭年などの六臣が上王の復位を画策して殺害された事件。

二　科挙の試験官

高麗の時代の科挙にはただ知貢挙一人と同貢挙[1]一人の考試官がいたが、彼らは科挙の前に決められていたために情実が入りこむ余地があった。そこで、紅いチョゴリを着た、乳臭い感じの権門勢家の年若い子弟しか合格しないという批判を免れることができなかった。

朝鮮朝でも当初は旧弊がそのまま踏襲されたが、世宗の時代に到って、格例を改定して、すべてに先制を用いた。

吏曹で試験官として適当な人物の名前を書いたものを、試験のときになって王さまのところに持って行き、王さまに奏上して落点[2]をいただくのである。試験官に任命された者は王命を受けて、分かれて試験場に行く。三館に受験者を分けておき、その日の明け方から一人ずつ名前を呼びあげて棘囲[3]の中に入れる。捜挟官[4]が門の外には分かれて立っていて、衣服や文房具箱などを検査する。もし文書を隠し持って入ろうとする者がいれば、巡綽官を呼んでこれを拘束することになる。隠し持った文書が発見されたのが試験場の外であったなら、一式年[5]の応試資格を停止され、試験場内であれば、二式年の応試資格を停止される。

まだ明るくならない前に、試験官は大庁に出て行き、灯りをともして座っている。その厳然たる様は神仙のようである。三館員が前庭に入ってきて、受験者の座る場所を公平に定めて、出て行く。

明るくなって、榜を張り出し、試験問題を明らかにする。正午になると、試験紙を巻いて印を押したものを応試者に与える。三館員が屋上に登って先生を呼び、庭の方を向いて新来を呼ぶ。また虚榜を掲示して、嘘の合格者の名を読み上げる。これらはみな昔の風習である。夕方になると、太鼓を鳴らして督促する。文章をすべて書き上げた者は試巻を収巻官[6]に渡す。収巻官は謄録官[7]に渡す。謄録官は字号[8]を試巻の両側の端に書いて、また勘合[9]を書いて切り離す。その一方は名前を書いて封をしたもので、もう一方は答案として製術した文章が書いてある紙である。封彌官[10]は名前を封した紙をもって別のところにいる。謄録官が書写人などを集めて朱墨で試巻の文章を書き写した後に、査同官は本草を読み、技同官は朱書をほどこした文章と対照させる。そうして、試験官に提出する。

試験官が答案の等級を定めた後に、封彌官は名前の封を開き、合格者の名簿を書く。

講経[11]で合格者を選ぶ方法は次のようである。すなわち、四書五経のある部分に任意の字号を記しておく。またもう一方で引き籤にも字号を記して筒の中に入れておく。応試者が自分が講じようとする本の名前を書いて指し出す。試験官が籤を引く。たとえば、「天」という字号を選べば、すぐに経書に付しておいた「天」の個所を探し出して、ただ「大文」[12]だけを書いて、応試者に与える。応試者は大文を読んで解釈すると、試験官がその注疏について講論する。

胥吏が通・略・粗・不の四つの文字を書いた講籤[13]を作って試験官の前に置いておく。一つの文の講が終われば、すぐに胥吏が虚揲をもって下位の試験官から上位の試験官のところへと行き、試験官は該当する籤をそれに挿す。そうして通・略・粗・不の中から籤の多いところを選ぶ。高い等級の籤の数と低い等級の籤の数とが等しい場合には、低い等級の方とする。初場の講経分数と中場と終場の製術の分数を合計する。こうして選ぶ人は一人ではなく、経由するのも一人の人の手だけではないのである。国家の公平なる道理は科挙に現れているのである。

（1）知貢挙、同貢挙：高麗時代、科挙の試験官として知貢挙がいて、その補佐に同知貢挙がいた（同貢挙は略）。この二人だけで合格・不合格を決定し、また彼らは科挙がある前にあらかじめ査定するために、情実が介在する余地があった。

（2）落点：官員を任命するときに候補者の名前を書いて王に提出すると、王は適格者の名前の上に点を付ける。

（3）棘囲：棘の囲い。科挙の試験場の周囲に棘の囲いをめぐらせて外部との連絡を断絶した。そこで科挙の試験場をいう。

（4）捜挟官：科挙のとき、試験場の中に文書や書籍、その他の不正な行為をする心配のある品物をもって入って来ないように、受験者の衣服を検査する官員。

（5）式年：定期的な科挙は三年に一度、すなわち子・卯・午・酉の年に実施される。この年を式年という。

（6）収券官：科挙の試券（すなわち答案用紙）を集める官員。文章を書き終えた応試者は試券を収券官にわたす。

（7）謄録官：科挙に際して、応試者の筆跡が特定されないように、一定の手続きを踏んで、別の人が応試者の答案を別の紙に書き写して試験官に提出する。試券、すなわち答案を謄写する官員を謄録官といった。

（8）字号：文字で表示する番号、今のい・ろ・は、あるいはA・B・Cの類だが、主として「千字文」を使った。

（9）勘合：現在の契印・割印のように、二枚の紙にまたがらせて文字を書いて、その二枚の紙が連続、あるいは関連するものであることを示すもの。

（10）封彌官：科挙に際して受験生は答案用紙の右側の下の端に自分の名前、生年月日、住所を書いて、折って糊で封をする。これを封彌という。封彌官は封彌にかかわる業務に当たる。

（11）講経：経書を暗誦して、その意味を解釈すること。講経科で受験科目として実施した。

（12）大文：注解のある本の本文をいう。

（13）講籤：講経の際に、通・略・粗・不の四種の成績等級を刻んで書いておく木片。講経が終わったときに、応試者の成績に該当する講籤を試験官が提示する。各試験官の講籤を集めて多い数にしたがって決定する。

三　文宗の思い出

昔は東宮が景福宮にあった。王の御殿の東側である。

文宗《ムンジョン》(1)が世子であったときには、二十年ものあいだここに住まわれた。書筵官(2)が侍講するのは資善堂で、百官が朝会するのは継昭堂であった。世宗が末年には病気がちで、政治をみずから行われなくなったので、文宗が代わりに執政なさった。朝官の中で賢良であるという評判の者を選んで詹事《せんじ》(3)とし、集賢殿のソンビの十名を経筵官、他の十名を書筵官に任命なさったのである。継昭堂は東宮の外庭にあったが、今は撤去されて基石もなくなっている。

世祖の時代には経庁が東宮の中に置かれていた。また東側の別室に書物が積み重ねてあり、名前を弘文館といった。資善堂は後に文宗の魂殿(4)となって景禧殿といい、また世祖の魂殿となって永昌殿といい、また貞熹王后《チョンフィワンフ》の魂殿となって泰慶殿といい、また成宗の魂殿となって永思殿ともいった。

文宗の御学問は高明でいらっしゃり、文章も華麗で美しく、筆法も神妙でいらっしゃった。世間に伝わっている、「千の紅、萬の紫の花々が春風と争い、いまや春も終わって一点の紅の花もない（千紅萬紫闘春風、春盡都無一点紅）」という句は、文宗の作品だという。東宮にいらっしゃったとき、黄金色の橘を盤に盛って、集賢殿におよこしになった。橘をみんなが食べ終わると、盤にみずからお作りになった橘の詩が草書と行書を交えて書いてあり、「栴檀はただ匂いで鼻を喜ばせ、脂の乗った肉は口を喜ばせる。最も愛すべきは洞庭の橘で、匂いは鼻を喜ばせ甘さは口を喜ばせる（栴檀偏宜鼻、脂膏偏宜口、最愛洞庭橘、香鼻又甘口）」とあった。詩も書も卓絶したもので絶世の宝物というべきである。居合わせた学者たちがそれぞれに描写して書き写そうとしたが、東宮から盤を返すようにと催促されて、皆が争って盤を手にとって、しばらくは手放そうとはしなかった。

朝廷では棘城《ククソン》(5)の疫病を心配して、官員を派遣して祭祀を行わせることにした。集賢殿で祭文を作って啓上したところ、王さまは筆を執ってなおされると、言葉も意味もさらに詳しく明瞭であり、比喩も適切なものになった。文詞が素晴らしく、人びとはみな嘆息してやまなかった。祭祀を行った後に、その疫病の勢いはようやく止んで、今に至るまで人びとは平安で、物資も豊富である。文宗はまた天性がはなはだ孝心に富んでいらっしゃり、上に仕えるとき、かならず真心をお尽くしになった。世宗がかつて桜桃を好まれたので、文宗は手ずから桜桃の木をお植えになった。それが今は宮中いっぱいに生い茂っている。喪に服されて、悲しみがあまりに深く、お身体を害されることがはなはだしく、青ざめて憔悴なさったお顔は見るに忍びなかった。後日、その廟号を論議するときに、「孝」という文字を使おうとしたが、それは徳を表現するのに偏りがあるとして、「文」を諡号としたのである。私が若い時分、倪と司馬の二人の中国の使臣がわが国にやって来た。文宗が世子として出られ、詔命をお受け取りになったが、遠くから拝見して、容顔が美しく優渥であり、お髭が立派であった。その雄偉でいらっしゃることは尋常ではなかった。

(1) 文宗：朝鮮第五代の王の李珦。在位一四五〇～一四五二。世宗の太子で、一四二一年に世子に冊封され、世宗を補佐した。即位後、言論を解放して民意を把握した。文武を理解して奨励したので臣民の信望が高かった。しかし、病弱だったので早死にし、癸酉の靖難という惨禍が起こることになった。
(2) 書筵官：王世子が文章を講論するところを書筵といい、書筵に参与する官員を書筵官という。
(3) 詹事：世子宮の庶務を担当する官職。正三品。
(4) 魂殿：王と王妃の国葬の後に三年のあいだ神位を祀る堂。
(5) 棘城：地名。黄海道の黄州の南二十五里にある。俗伝に、官軍がここで紅巾賊を防御したという。
(6) 倪と司馬：倪は倪謙。第一巻第三話の注（7）を参照のこと。司馬は司馬詢。第一巻第十九話の注（5）を参照のこと。

四　「新来」いじり

三館の風俗では、南行員(1)をその頭目として尊び、「上官長」といって敬って奉じたが、新たに及第して配属された者を「新来」と呼んで、いじめたり、からかったりして、苦しめたものである。その上、酒と食事の提供を強要して、限りがなかった。それは驕り高ぶった気分を屈服させ、挫いておくためだとされていた。始めて仕事をするのを「許参」といい、礼を終えるのを「免新」といった。そうした後に、旧官とともに連座して宴会の席に着き、酒を飲んだ。そのときには、末官が左手では女子をつかまえ、右手では大きな杯をもって、まず上官長を三度呼び、また小さい声で三度呼ぶ。上官は小さな声でこれに答え、亜官を呼ぶ。亜官はまた大きな声で呼ぶ。こうした流儀で下官がうまくやらなかったら、罰がある。上官がうまくやらなくとも、罰はない。

たとえ地位の高い大臣であっても、上官長の上の席に座ることはできず、三館の官員のあいだに座る。正一品は五大字と呼び、従一品は四大字と呼び、二品は三大字、三品の堂上官は二大字と呼んで、堂下官はただ大先生と呼ぶ。四品以下はひっくるめて先生と呼ぶが、それぞれ姓をつけて呼ぶことになる。呼び終わると、また新来を三度呼ぶことになる。また黒新来者を三度呼ぶ。黒というのは女色を示すものである。

新来が紗帽をさかさにかぶって両手を後ろに回し、頭を垂れて先生の前に進み出て、両手で紗帽を持って上下させる。これを名付けて礼数といっている。職名をいうとき、上から下へ文字のままに読むのを順銜といい、下から上に逆に読むのを逆銜という。また、喜ぶ表情をさせて喜色といい、逆に怒りの表情をさせて悖色という。その別名をいって、その表情をさせようとする。それを「三千三百」といっている。このようにしてからかい、いじめることが数多くあって、すべてを挙げることができない。

合格を慶賀する日には、かならず三館を招いて来てもらうようにする。そうして後に、祝賀の宴を開いて、礼を行う。もし新恩[2]が恭順でなければ、三館に罪を得ることになって、三館は祝賀の宴に行かない。そうすると、新恩もまた遊街しない。

三館員が初めて門に到着すると、一人が太鼓を打って、「佳官好爵」と唱え、官員たちが声を合わせてこれに応じる。手を上下させて新恩をあがめ、「慶賀」という。また新恩の父母や親戚を慶賀して、「生光」という。最後には、女人をあがめて、これを祝って、「乳母」という。

また、新恩は続けて、議政府、礼曹、承政院、司憲府、司諫院、成均館、芸文館、校書館、弘文館、承文館を訪ねて、先輩たちに拝謁する。各役所の先輩たちは新恩に布物をおおく強請して、酒宴の元手にする。春にはまず校書館で宴会を行う。これを紅桃飲という。初夏には芸文館で宴をする。これを薔薇飲という。夏には成均館で行うが、これを碧松飲といっている。

乙酉の年（一四六五）の夏に、芸文館では三館を集め、三清洞で酒宴をもうけたことがあった。学諭の金根《キムクン》(3)が泥酔して家に帰っていき、検詳の李克基《イクキ》(4)が道でこれに出会って、「君はいったいどこで飲んで、こんなに酔っているのか」と尋ねたところ、根は「薔薇を食べて来たところさ」と答えた。これを聞いた者たちは冷笑した。

（1）南行員：顕官の子弟で科挙に関係なく蔭職として任じられた者。
（2）新恩：新たに科挙に合格した者をいう。
（3）金根：『世祖実録』三年（一四五七）十月に郷吏・金根の名前が見える。
（4）李克基：？～一四八九。一四五三年、文科に及第して、一四五五年には原従功臣二等に封じられた。顕官を歴任して、使節として中国に何度か行き、成均館同知使を継続して勤めた。一四八五年、慶尚道観察使に任じられたとき、成均館学生から学業の指導を続けてほしいという嘆願があったが、教育と同様に地方の政治も重要だという成宗の意志で、任地におもむいた。

五　成均館

成均館は教育および訓導をもっぱら行うところである。国家では養賢庫(1)を設置して、成均館の官員に兼職させることにして、つねに儒生二百人を養った。

上党府院君・韓明澮《ハンミョンフィ》(2)の啓奏によって尊経閣を建て、経書を多く刊行して所蔵することになり、広川君・李克増《イククスン》(3)の啓奏によって、典祀庁を建築した。また、私の啓奏によって享官庁が建てられた。その後、聖殿と東西廡と食堂を改築して、布五百匹と米三百余石を下賜され、また学田を賜って館中の費用に備えられるようになった。

李克増が、「今、聖恩をこうむって、たくさんの米と布をいただきました。できますれば、酒と食事を用意して、朝廷の文士とすべての儒生を集めて、儒教の盛大なることを祝わせてください」と申し上げたところ、成宗はお許しになった。そこで、明倫堂で大宴会を行うことになって御馳走が用意された。宣醞と御厨の珍味が続々と運ばれて終わることがなかった。

癸丑の年（一四九三）の秋には成宗が成均館にお出ましになり、至聖先師、すなわち孔子の祭祀を行われた後に下簾台の張殿にお休みになったが、文臣や宰相たちは殿内に入ってお側に侍り、堂下官である文臣たちは庭に分かれて列を作って座した。八道のソンビたちがソウルに雲のように集まって万余にもなった。上下の者がみな花をかざして宴に参与し、新しく作った楽章を演奏してお耳に入れた。それぞれの役所が分担して食事を用意し、王さまはしばしば宦官を送ってそれを監督させなさった。人びとはみな酔い、飽きるほどに食べた。このような盛事は今までになかったことである。

（1）養賢庫：成均館の儒生たちに食糧を供給するための官衙。
（2）韓明澮：一四一五〜一四八七。号は鴎亭。一四五三年、首陽大君（世祖）を助けて金宗瑞を殺した後、右承旨になり、さらに成三問など「死六臣」が死刑になった後、都承旨・吏曹判書などを経て、各道の体察使を勤め、睿宗のときには領議政まで勤めた。一四六七年、李施愛の乱が起こると、一時投獄されたが、すぐに釈放された。娘二人が章順王后（睿宗妃）・恭恵王后（成宗妃）となった。
（3）李克増：一四三一〜一四九四。蔭職で宗廟録事になり、一四五六年には式年文科に及第した。顕官を歴任して、一四六八年には翊載功臣二等となり、広川君に封じられた。兵曹判書・兼同知成均館事に至った。人となりは誠実で華美を好まなかった。

六　先生たちは固執する

大体において、師匠として自任する者たちがそれぞれ自己の師匠に学業を学ぶときには、ただ口舌だけをまねようとするために、その文理というものを理解していない。また、自己の見解に固執して、膠のように固まって融通が利かない者が多い。たとえば、提学の兪鎮《ユチン》(1)のような者が、『大学』の序文の中の「極知僭踰」(2)ということばを論じて、「私の心がもし『大学』の理致を完全に理解しているといえば、これは思い上がった心というものだ」と説いていた。これに対して、司成の李興文《イフンムン》(3)は、「一説には『自分ではその思い上がりであることをはっきり知っていながら、その罪を逃れることができない』と解釈するが、もう一説には、兪提学のように解釈するものもある。しかし、このことばは両方に解釈していいようだ」といった。

司芸の潘佑亨《ハンウヒョン》は、(4)「『論語』の中の『為政以徳』(5)ということばを、もし『徳』という文字をまず解釈して、『以』という文字を後に解釈すれば、これは努力が必要であるというのを免れないようである。『以』という文字をまず解釈した後に、『徳』の文字を解釈した方がいい。その方が、聖人の無為自然の趣がはっきりするのではないか」といった。

彼らのこのように偏った解釈は数え切れないほどあって、ここでいちいち挙げることができない。彼らはいつも講堂に座って、たがいに是か非かをあらそい、あるときには怒りをあらわにし、色をなしていた。たとえ事理に達した人であったとしても、彼らの機鋒を折ることはできない。

(1) 愈鎮：生没年未詳。一四六二年、式年文科に及第し、官途につき、一四七七年には副提学となった。経学に明るく、徳行も高かったので、長く成均館にあって儒生の教訓に功績があった。

(2) 極知僭踰：正確には朱子の「大学章句序」のことば。「極めて僭踰にして罪を逃るるところなきを知る（極知僭踰無所逃罪）」

(3) 李興文：『世祖実録』元年（一四五五）十二月に李興門の名前が見える。

(4) 潘佑亨：生没年未詳。一四七四年、式年文科に及第して官途についた。一四九〇年以来は成均館の官員となって教育に当たった。一五一九年の己卯士禍で流罪になったが、明宗のときに伸冤された。

(5) 為政以徳：『論語』為政篇の最初のことば。子曰く、「政を為すに徳を以てせば、譬へば北辰の、其の処に居て、衆星の之に供《むか》ふが如し……」

七　盛大なる門閥

現在、門閥が盛大なのは広州李氏であって、それに次ぐのはわが成氏である。この二つに匹敵するような家門はない。

広州李氏は遁村《トンチョン》[1]以後にしだいに盛んになった。遁村の息子の直《チク》[2]は参議になったが、この参議の息子は三人いた。すなわち、長孫《チャンソン》[3]、仁孫《インソン》[4]、礼孫《イエソン》[5]である。長孫は舎人、仁孫は右議政、礼孫は観察使であった。舎人の息子の克圭《ククキュ》[6]は、今は判決議である。右議政には五人の息子たちがいる。克培《ククペ》[7]は領議政・広陵府院君、克堪《ククカム》[8]は刑曹判書・広城君、克増《ククスン》[9]は広川君、克墩《ククトン》[10]は吏曹判書・広原君、克均《ククキュン》[11]は知中枢である。みな官職の品階が一品で、三人は功勲で封君されている。広城君は早く死んでしまったが、その息子の世佐《セチャ》[12]は今の広陽君である。素晴らしい子どもたち、素晴らしい孫たちが高い官職について席を並べ、後を継いで絶えることがない。

成氏は昌寧府院君[13]以後に徐々に盛んになった。府院君には三人の息子がいたが、長男の石璘《ソクイン》[14]は左政丞・昌寧府院君、次子の石瑢《ソクヨン》[15]は留守、その次は私の曽祖父[16]の礼曹判書公である。政丞の子の発道《パルド》[17]は左参賛、留守の子の達生《タルセン》[18]は判中枢、概《ケ》[19]は観察使であった。

曽祖父には三人の子どもがいた。長男はすなわち私の祖父[20]である知中枢で、次男の抑《ユ》[21]は右参賛、末の扱《クプ》[22]は僉知中枢である。私の父上[23]は三兄弟で、父上は長男であるが、知中枢であり、次[24]は右議政の昌城府院君であり、末[25]は刑曹参判である。

私は兄弟三人である。伯氏[26]は左参賛、仲氏[27]は正言、末がこの私である。昌城府院君の息子は慄《ユル》[28]であるが、その後は振るわない。参判の息子は三人兄弟であるが、長男の俶《スク》[29]は同知中枢、次の俊《チュン》[30]は兵曹判書、末の健《コン》[31]は刑曹判書となった。そして、この私は礼曹判書である。兄弟（いとこ）たち三人が一時に三曹の判書となったのは、古今にないことである。

南大門の外では承旨が絶えることがなかった。私の祖父の恭度公、父上の恭恵公、叔父の襄靖公、伯氏の文安公、笠城・柳公[32]、益城・洪公[33]、西平・韓公[34]がいて、最近では私と韓西川《ハンソチヨン》[35]、慎成之《シンソンチ》[36]、姜用休《カンヨンヒユ》[37]などが承旨の官職についた。

（1）遁村：李集。一三一四～一三八八。最初の名は元齢。遁村は号。高麗の忠粛王のときに科挙に合格した。同時代の李穡・鄭夢周・李崇仁などと付き合いがあった。辛旽に殺害されそうになり逃亡、辛旽が死んだ後に復帰した。奉順大夫・判典校寺事となったが、官職に興味をもたず、驪州川寧県に隠退して読書の日々を過ごした。

（2）直：李之直。一三八〇年、文科に及第して、官途についた。一四〇〇年、昭悼の変に宝文閣直提学として極諫したが容れられず、広州の炭川に隠居した。士林たちは炭川先生と呼んで彼を尊敬した。世宗が即位して刑曹参議に任命されたが、赴任する前に死んだ。

（3）長孫：一四一一年、文科に及第した。議政府舎人を経て、知製教兼春秋館編集官となった。第一巻第四話の李長孫とは別人。

（4）仁孫：一三九五～一四六三。一四一七年、式年文科に及第して、さまざまな官職を歴任した。一四五三年には聖節使として明に行った。首陽大君が政権を握ると戸曹判書に昇進、湖南地方に深刻な飢饉が生じると、振恤使として民衆の救済に当たった。右議政にまで至った。

（5）礼孫：一四三四年、文科に及第して、さまざまな官職を経て、黄海道観察使となった。

（6）克圭：一四七二年、文科に及第して、参議に至ったが辞任して、首陽山に隠居した。

（7）克培：一四二二～一四九五。各地の観察使、兵曹判書などを歴任、一四七九年には領中枢府事となり、成宗二、三年（一四八一、二）の大飢饉を救済して兼判戸曹事となり、最後には領議政に至った。

（8）克堪：李克堪。第一巻第十九話の注（24）を参照のこと。

（9）克増：本巻第五話の注（3）を参照のこと。

（10）克墩：一四三五～一五〇三。一四五七年、親試文科に及第して主簿となり、さまざまな官職を経、一四六八年には文科重試に及第して礼曹参議となった。一四七〇年には佐理功臣として広原君に封じられた。明にしばしば使節として行った。左賛成に至った。才幹があり典故に詳しく重用されたが、いわゆる勲旧派に属し、士林派たちと反目、一四九八年には嶺南学派を粛清する戊午士禍の元凶となった。

（11）克均：一四三七～一五〇四。一四五六年、式年文科に及第したが、武術もたくみで、世祖の寵愛を受けて宣伝官となった。その後、要職を歴任して、一四七二年には同中枢府事として謝恩副使となり、明に行った。一四九一年には西北面都元帥となって野人の討伐に功績を挙げた。一五〇三年には右議政を経て左議政となったが、燕山君の荒淫を諫めようとしたことが禍痕となって、甲子士禍のときに流され死を賜った。

（12）世佐：一四四五～一五〇四。一四七七年、文科に及第、翌日には大司諫に任命された。官職は判中枢府事にまで至ったが、一五〇四年、甲子士禍に連座して巨済島に流される途中、死刑の命を受けて首をつって自殺した。

（13）昌寧府院君：成汝完。一三三六年、文科に及第、さまざまな官職を経て、恭愍王のとき民部尚書を経て政堂文学商議に至り、昌寧府院君に封じられた。一三九二年、鄭夢周が殺害されると、抱川の王方山に隠居して、開国した朝鮮から招かれても応じなかった。

（14）石璘：第一巻第三話の注（5）を参照のこと。

（15）石瑢：？～一四〇三。一三七六年、文科に及第。密直副使・提学などを経て、恭譲王の末に兄の石璘とともに李穡などの一派として流された。一三九二年、朝鮮開国とともに開国原従功臣となって、大提学に至った。

（16）私の曽祖父：成石珚《ソンソクイン》。？～一四一四。号は桑谷。一三七七年、文科に壮元で及第、持平・経筵講読官を経て、朝鮮開国後は礼曹判書・大提学となった。一四〇六年には使臣として明に行っている。
(17) 発道：『太宗実録』元年（一四〇一）の八月に知司諫の成発道を本郷に流すという記事が初出だが、後に復帰して太宗に仕えて要職を歴任して、『世宗実録』即位年（一四一六）十一月、上王（太宗）が祭を成発道に賜ったという記事が見える。
(18) 達生：蔭補で郎将となり、李芳遠（太宗）が潜邸のときから寵愛を受けて、彼が世子になると護軍に昇進した。一四〇二年に施行された武科の試験で壮元となり、一四一〇年の武科重試では二等で及第した。各地の観察使・節制使を歴任して、判中枢院に至った。
(19) 概：『太宗実録』十年の庚寅十一月、尚瑞少尹の韓承顔および司丞の成概が侍講武のさいに酒を飲み過ぎて無礼を働いたということで免職になったという記事がある。
(20) 私の祖父：成揜。中枢院使に至った。
(21) 抑：蔭補で供正庫注簿となり、監察・全羅道観察使などを経て、一四一四年、軍資監副正になり、その後、工曹判書・左賛成となった。死後、左議政を追贈された。
(22) 扱：『世宗実録』十二年（一四三〇）に、いとこの概、兄弟の揜・抑らとともに名前が見える。成汝完の奴婢の子孫たちの訴訟事に巻き込まれている。
(23) 私の父上：成念祖。一三九八〜一四五〇。一四一九年、増広文科に及第して、正言・持平などを経て、兵曹と刑曹の参判となり、知中枢院事に至った。人となりは寛大で、細かなことに拘らなかった反面、節制することなく、酒宴を開いては酒に酔い、職責を全うしないことが多かった。蓄財に熱心で批判を受けることもあった。
(24) 次：成奉祖。蔭補で順承府行首になり、刑曹・戸曹・工曹の参議となり、また地方の観察使を勤めた。一四五五年、同婿である世祖が即位すると資憲大夫になり、一四七一年には佐理功臣三等として昌城府院君に封じられ、右議政に至った。
(25) 末：刑曹参判・成順祖。『世祖実録』五年（一四五九）二月に成順祖を知司諫院事にするとし、『成宗実録』三年（一四七二）八月には成順祖を嘉善同中枢府事にするという記事がある。
(26) 伯氏：成任。第一巻第二話の注（29）を参照のこと。

(27)仲氏：成侃。本巻第一話の注（12）②を参照のこと。

(28)慄：『世祖実録』元年（一四五五）十二月に行陵直・成慄の名が見え、また『睿宗実録』元年（一四六九）二月に司贍副正・成慄を工曹参議に代えるという記事がある。

(29)俶：生没年未詳。承文院参校として『世祖実録』『睿宗実録』の編纂に関わった。睿宗元年（一四六九）に、議政府舎人の成俶がその弟の俊・健らとともに、現在、父の順祖が全羅道光州牧使として赴任しているが、賊に害されようとしているので、善処を願う趣旨の上書をしている。

(30)俊：一四三六～一五〇四。一四五八年、式年文科に及第、顕官を歴任して、一四八八年、大司憲・吏曹判書を経て右参賛となった。一四九〇年には聖節使として明に行き、翌年には永安北道節度使として道内に侵入するオランケたちを処罰した。一五〇〇年、左議政として領議政の韓致亨とともに「時弊十条」を主張したが、容れられなかった。領議政にまで至ったが、一五〇四年の甲子士禍で流配され、絞殺された。

(31)健：一四三九～一四九六。一四六二年、司馬試に合格、一四六八年には文科に及第した。芸文館検閲となり、内外の職を歴任した。行政手腕にも富み、人望があった。工・兵・礼・刑曹の判書などを勤めた。

(32)笠城・柳公：箕城君に封じられた柳子煥のことと思われる。一四五一年、増広文科に及第、一四五三年、癸酉の靖難のとき首陽大君を助けて靖難功臣三等に封じられた。右・左の承旨を経て、大司憲・全羅道観察使に至った。

(33)洪公：洪応。本巻第一話の注（17）を参照のこと。

(34)韓公：韓継禧。一四二三～一四八二。一四四七年、文科に及第して集賢殿に入り、正字・修撰を経て、世祖が即位すると、芸文館直提学・世子右輔徳を歴任した。一四六九年、南怡を除去した功績で推忠定難翊載功臣および西原君となった。成宗のときに左賛成になった。

(35)韓西川：韓斯文。蔭補で官途につき、一四九二年には左副承旨、一四九五年には全羅道観察使を勤めた。その後、兵曹・工曹などの参判をつとめ、工曹判書に至った。一五〇六年には中宗反正に功績があり、靖国功臣四等として西川君に封じられた。

（36）慎成之：慎守英のことか。？〜一五〇六。父親は承善で、姉妹が燕山君の王妃となると、兄弟の守勤・守謙とともに権力を握った。都承知・戸曹判書を経て、一五〇六年には刑曹判書に至ったが、中宗反正によって三兄弟みな殺害された。

（37）姜用休：姜亀孫。一四五〇〜一五〇五。父親は姜希孟。蔭補で官職につき、一四七九年には別試文科に、一四八六年には重試に及第して、顕官を歴任した。一四九八年、戊午士禍が起こると、大司憲として推鞫に参加したが、士林派の処罰を軽くすることを主張した。燕山君に寵愛されたが、燕山君が淫蕩を極め、狂暴になるにつれ、これを廃そうという意志を抱いていた。

八　天泉亭の故事

新羅の王が正月十五日に天泉亭に行かれたところ、カラスが銀で作った箱を咥えて来て、王の前に置いた。その中には手紙があって、はなはだ堅く封がしてあったが、その表には、「開けて見れば二人の人間が死に、開けて見なければ一人が死ぬ」と書いてあった。王が、「二人の人間が死ぬよりは、一人の人間が死ぬ方がいいであろう」とおっしゃると、一人の大臣が、「そうではありません。一人というのは王さまのことであり、二人というのは臣下をいうのです」と申し上げた。

そこで、封を開けて見ると、手紙には「宮中の琴の箱を射よ」と書いてあった。王は駆けて宮廷に帰り、琴の箱を見て、満を持して矢を射た。箱の中には人がいた。それは内院の焚修僧[1]で、王妃と通じていたのである。この僧が王を弑逆しようと謀って、その時期まですでに決めて箱に入っていたのである。王妃と僧はともに殺された。

王がカラスの恩に感謝して、毎年、この日には香ばしい飯をカラスにささげることになった。その風俗は今日まで守られて、名日の御馳走になったのである。

その飯を作る方法というのは、まずもち米をよく洗って蒸して飯を作る。細かく切った干し柿と栗、棗、干し蕨、岩茸などを清い蜜と醤に和えて、ふたたび蒸す。さらに松の実や胡桃を加えると、その味はたいへん甘くなる。これを薬飯というのである。世間に伝わっている話では、薬飯はカラスがまだ起きない前に食べないといけないというのだが、これは天泉亭の故事に由来するのであろう(2)。

(1) 焚修僧：当番を決めて宿直する僧兵。番僧。
(2) この話は『三国遺事』にあるが、微妙に異なっている。当時の新羅王は毘処王、炤智王ともいう。新羅二十一代の王である。

九　年中行事

歳時と名日に行う行事は一、二にとどまらない。

除夜の前日、子どもを数十人集めて侲子(1)として、紅の衣服に紅の巾をつけさせ、宮中に入れる。観象監では笛と太鼓を用意して、方相氏が明け方になるとこれを駆り出す。

民間でもまたこれを模倣する。侲子はいないにしても、緑の竹の葉、紫の茨の枝、益母草の茎、そして東に延びた桃の木の枝などを合わせて箒を作り、窓をはげしくたたき、太鼓と鉦を鳴らして厄鬼を門の外に追い出すのである。これを放枚鬼といっている。

あかつきには絵を描いた紙を扉と窓と門に貼り付ける。その絵は処容、角の生えた鬼、鍾馗などの鬼神の顔か、幞頭をかぶった官人か、甲冑をおびた将軍か、珍しい宝物を受け取っている婦人の姿か、あるいは、鶏や虎の絵である。

大晦日に会うことを過歳といい、元日に会うことを歳拝という。

元日には人びとは仕事をすることなく、争うように集まって、博打を始め、酒を飲んで楽しむ。

新年の最初の子の日、午の日、辰の日、そして亥の日も、同じようである。

また、子どもたちは草を集めておいて、裏山で火をつける。そうして亥の日には豚の口を蒸し、子の日には鼠を蒸すという。

すべての官庁で三日のあいだは出勤しない。争うように親戚と友人と同僚の家に行って名刺を投じる。そこで、大家では箱を用意して名刺を受け取るようにする。近年になって、この風習が急になくなった。世間の移り変わりを見ることができる。

正月十五日を元夕という。この日には薬飯を作る。二月一日は花朝という。明け方に門庭に松の葉を散らしておく。世間でいうには、南京虫をきらって松の葉で刺して追い出そうということのようである。

三月三日は上巳である。世間では踏青節といって、人びとはみな野に出て遊ぶ。花があれば、花を煎じて、酒の席をもうける。新しい蓬を摘んで蓬餅を作って食べる。

四月八日は燃燈である。世間では、この日は釈迦如来の誕生した日だといっている。時は春、子どもたちが紙を切って旗をつくり、魚の皮をはいで鼓をつくる。にぎやかに集まって群れをなして、街や村をまわって、燃燈に行くのを誘う。これを呼旗といっている。

この日になれば、家々ごとに竿を立て、それに提灯をかける。裕福な家で色鮮やかな大きな棚をつくって、そこに何層も多くの燈盞を置く。無数に輝く灯りはまるで満天の星空のようである。ソウルの人びとは夜のあいだ歩き回ってこれを見物する。無頼の少年たちはあるいは石を投げてこれに当てて楽しんだりする。現在は仏教を崇拝しなくなったために、まだ続いてはいるものの、以前のように盛大には行われなくなった。

五月五日は端午である。この日は草で虎をつくって門にかけ、酒に菖蒲を浮かべて飲む。子どもたちは草で髪の毛を編んで、菖蒲を帯にして、また菖蒲の根でもってつけ鬚にする。ソウルの人びとは街中に棚をもうけ、またぶらんこをつくる。女の子たちは着飾り、きれいに化粧をして、わいわい騒ぎながら街を歩き回ると、彼女たちをつかまえようとして、少年たちが群れをなしてやって来て、声をかけて袖を引いたりする。淫猥な光景が街中で繰り広げられる。朝廷がこれを禁止して取り締まったので、今はあまり行われなくなった。

六月十五日は流頭である。昔、高麗の時代に、宦官の一群が東の川で暑さを避けて、水の中に頭をつけて、沈んだり、浮かんだりして泳ぎ、酒を飲んだので、流頭というようになったのである。いま、世間ではこの日を名節としている。この日は水団餅をつくって食べるが、これはけだし「槐葉冷淘」(2)の意が残ったのであろう。

七月十五日は、世間では百種といっている。仏家では百種の花と果実を集めて来て、盂蘭盆をもうける。ソウルの尼たちの住む寺では盛大に行われる。婦女たちが集まって来て米を捧げ、亡くなった親たちの霊を招いて祭祀を行う。しばしば僧が街路に卓をもうけて、これを行うことがある。いまは厳重にこの風俗が禁止されるようになった。

中秋には月を観賞するが、九月九日には高い所に登り、冬至には豆粥をつくり、庚申の日(3)には眠らない。これらはみな昔の風俗の名残である。

（1）侲子：追儺の式のとき、紺布衣・朱末額をつけて方相氏にしたがった小児。
（2）槐葉冷淘：槐の葉の形を小麦粉で作り、冷水に浸して食べれば、暑気当たりしないとする昔の風俗。
（3）庚申の日：庚申の夜には眠らずに夜を過ごす風習。日本にも伝わる。この日は三尸の虫が人間世界の悪事を天帝に密告するという道教の説によるものという。また一説には、一年に六度ある庚申の日に眠らなければ、通神するともいう。

十　異国に旅立つ

もし王の命を受けて使臣として異国に旅立つ人がいれば、友人や同僚たちはこの人を招いて酒宴を開き、出発の日には郊外まで出て見送る。たとえ勲功の高い大臣であっても、この習俗を免れることができないが、ただ洪益城《ホンイクソン》(1)だけは王命をいただいて、宮廷におもむいただけで、どの家にも行かなかった。また、人の出迎えも見送りもなしですませた。中国に行く使臣であれ、各道に派遣されていく監察司であれ、出発する日に当たって、録事に一壺の酒をもたせて餞とするだけであった。当時の人びとは、益城はまことに宰相の体面を得ていると称賛した。

（1）洪益城：洪応。本巻第一話の注（17）を参照のこと。

十一　洪仁山の富貴と真逸先生の夭折

洪仁山《ホンインサン》(1)が及第してまもなく、世祖の靖難を助けたことで、王さまの寵愛をこうむり、多くの褒美をたまわった。かねて財物の蓄積につとめ、貯め込んだ銭が巨万におよび、米や食料はそれに倍するほど蓄えた。郷奴で物資を運んで納めに来る者が後を絶たず、荷物を積んだ馬や車が門の前の道を塞いだ。釜を並べて食事する者がほとんど万にもおよんだ。大きく立派な屋敷を建てて、池のそばには堂を造ったので、世祖が「傾海」という二文字を書いた額をお与えになった。名儒と立派なソンビたちを招いて宴を張らなかった日はなかったが、食事は豊富にそろえられ、たとえ晋の何曾(2)が万銭で用意した食事であっても、これにまさることはなかったろう。管弦の音が遠くまで聞こえ、昼も夜も絶えることがなかった。座席に着いた来賓たちもその威勢を畏れ、杯を拒むことなく大いに酔って、馬から転げ落ちながら、家に帰ったものである。広大や妓生たちに与える心付けだけでも、たいへんな額に上ったろう。

富貴を楽しむこと二十年、その名声と威勢は鳴り響いた。

あるとき、路上で将棋をしている者たちを見て、「遊んでいるだけで産業につかない人びとが空しく歳月を送っている。これを罰さないわけにはいかない」といって、その人に犬の糞を食べさせたところ、その人は犬の糞を食べた。また将棋の駒を食べさせようとしたところ、その人は嚙んだものの、飲み込むことができなかった。公はこれを棒でたたきのめした。

その後、公は将棋の理致をわずかに解するようになって、「老年になっての暇つぶしには、これ以上のものはない」といって、毎晩、将棋をする坊主を呼んで、いっしょに将棋をするようになった。

私が若かったとき、真逸先生(3)が盧宣城《ロソンソン》(4)・崔勢遠《チエセウオン》(5)とともに、科挙の日が迫った冬の夜のこと、山房で本を読んでいて、急に灯りの火が消えてしまった。囲炉裏の灰の中にも火がなくなって、ふたたび灯りをつける方法がなかった。このとき、月がない夜であったが、先生は雪の中に脛まで埋めながら、五里もある村の家に行って火をもらって帰ってきた。その篤実さはこのようであった。また、占いもよくして、「子胖は人臣として最高の位につくことができ、勢遠もまた朝臣の頭に位置することになろう。私はといえば、辛苦しながら学問をしてはいるものの、どうも寿命が長くないようだ」といった。先生が病床にあるとき、大夫人が涙を流しながら、容態を尋ねると、先生は、「私は孝行もせず、お母さんの子どもといえません。しかし、兄さんと弟はきっと宰相になって、お母さまに孝行を尽くすことでしょう」といった。本当にその通りになった。

（1）洪仁山：洪允成。一四二五～一四七五。一四五〇年、文科に及第、承文院副正次になったが、武人の気質があって司僕寺の職を兼ね、続いて漢城参軍になった。一四五三年には首陽大君を助けて靖難功臣となった。一四六〇年、毛憐衛に女真族が侵入すると、申叔舟の副将としてこれを討伐した。左議政から領議政にまで至った。大土地を所有して多くの奴婢を持ったという。

（2）晋の何曾：学問を好んで博聞。魏の武帝のときに太尉となった。性格は豪放で日に万金を使ったという。

（3）真逸先生：『慵斎叢話』の著者である成俔の兄の成侃の号。本巻第一話の注（12）②を参照のこと。

（4）盧宣城：盧思慎。第一巻第十九話の注（41）を参照のこと。

（5）崔勢遠：生員試には合格したが、ついに文科に及第することはなかった儒生。歴史の上で名前を残した人ではないが、この『慵斎叢話』には数多くのエピソードを残している。特に次の十二話、あるいは第九巻の第四話を参照のこと。

十二　崔勢遠の大望

崔勢遠は経書と史記とを多く読んで、談論をよくした。沈深源《シンシンウオン》(1)とは小川をはさんで住んでいた。沈の家では毎晩のように近所の友人を招いて、酒席をもうけ、博打を打った。深源がある日、友人とともに、娼妓の家で酒を飲んで、帰ってくると、夫人は大いに怒り、その怒りはなかなか静まらない。馬を隠して出られないようにして、また扉を閉めて入れないようにした。近所の友人の尹士傑《ユンサゴル》(2)などが小川の岸辺に並んで座っていて、小川を渡ることもできない。勢遠が散歩をしていて、大声でかんらかんらと笑って、「あちらにどんな事変があって、お前たちはわたることができないのだ」といった。これは両界の事変(3)を擬していったのである。

崔勢遠があるとき、いったことがある。

「私が金瓘《キムクオン》(4)とともに泮宮（成均館）に遊学したとき、瓘の名声ははなはだ高かった。友人たちはみな彼を推奨して、私もまた彼を泰山のように仰ぎ見て、つねに下風についたものであった。そうして、司馬試に及第して、唱榜(5)の日に、私が前列にいて上位であったのに、金は私の後列で私の尻を拝まなくてはならなかった。これは本当におかしかった」

また、次のようにいった。

「殿講(6)があった日、私が襟を整えて龍の刺繍のある席に座ると、試験官が経書の意味を尋ねたが、その姿はまるで盗賊を探索するかのようであった。私が右を向き左を向いて答える姿は、まるで馬車馬が隣の馬を見る姿さながらであったが、ついに第一位で合格した。放榜があって後、遊街（7）するとき、長通坊を下って来たが、二つの傘は垂簾のように翻り、広大たちが舞う姿は飛び立つ雉のようであった。私は紫騮馬にまたがって、クツワを引いてはやる馬を抑えた。妓生の楚腰軽《ソヨキョン》（8）の家の前に到ると、広大に、『ここには聞いてくれる人がいる。お前は大きな声で歌うがよい』と命じた。広大が『御許郎』と声を上げると、声は大空にまで上って行った。楚腰軽がその声を聞いて、頭を撫でさすり、簪を挿し、椿油で汚れた草緑色の袷を着て、赤い袖をたくしあげて、門によりかかって外をうかがった。私が前にいる男に行かせて、『お前はいつも傲慢で、私の言うことを聞かないが、今日の私はどんなものだ。私がもし礼曹判書にでもなろうものなら、お前は私の鞭を耐えることができるかな』といわせると、楚腰軽は怒って鼻の穴をふくらませ、唇を震わせながら、蹌踉として入って行った。そこで私は『尻の上のほこりをはらうことができた』といったのだ」

また、次のような話もした。

「私が科挙に及第すれば、密陽府使になりたいものだ。万里の長城のような腰に、風に吹かれて乱れる髪のように乱れる牡丹の花を刺繍した銀の帯をしめて、清く住んだ川の岸辺に、白雲を幕として、夕日に向かって高く張り巡らす。私は黒龍の卵のような椅子に腰かけて、肘をはって指揮を振るう。これが私の野望である」

私の伯兄が詩を作った。

「万里の長城に銀の帯、
風に連れて牡丹が乱れ美しい。

白雲の幕を夕日の中に捲き上げ、
胡床に座って指揮する手は豪気。
（万里長城銀作腰、随風牡丹乱嬌嬈、
白雲張捲斜陽裡、高擔胡床手勢豪）」

（1）沈深源：この話にあること以上は未詳。
（2）尹士傑：この話にあること以上は未詳。
（3）両界の事変：両界は咸境道と平安道をさすことば。ここで両界の事変というのはこの地で起こった李施愛の乱をいう。
（4）金瓘：一四二五～一四八五。一四四七年、司馬試に及第、一四五一年には文科に及第した。李施愛の乱のとき、都摠副使・曺錫文の従事官として出陣して功を立て、敵愾功臣・彦陽君に封じられた。全羅道・黄海道の観察使を経て、賛成に至った。山水画をよくした。
（5）唱榜：放榜ともいう。科挙に及第した者を発表し、証書をわたすこと。
（6）殿講：成均館の儒生の中でも優秀な者を宮中に呼んで王の親臨のもとで行われる試験。
（7）遊街：科挙に新たに及第した人が威儀をととのえて座主・先輩・親戚などを歴訪する風習。
（8）楚腰軽：朝鮮時代、美しいことで名高かったソウルの妓生。

十三　毒きのこ

わが家の西の山の日の差すところに尼寺があった。甲戌の年（一四五四）の七月の十六日に、尼寺では盂蘭盆会をもよおし、ソンビの家の婦女たちが大勢あつまった。婦人たちが寺の後の松山に暑さを避けていたところ、松の木のあいだに茸がたくさん生えている。香りがよくて色合いもよい。婦人たちはこれを採って、調理して食べた。多く食べた者は転倒して気絶した。少しだけ食べた者は発狂して、大声で叫んだり、歌を歌って、踊り狂った。あるいは、悲しみ泣き叫び、あるいは怒り出して人に襲いかかった。汁を飲んだり、匂いを嗅いだりしただけの者は、ただ眩暈がしただけである。子どもたちがこれを聞きつけて、髪の毛を振りみだして駆け付けたが、尼寺には彼女らをすべて収容することができない。ある者は山の麓で、ある者は田んぼの中で、それぞれ病気の者を抱きながら看病した。路上でこれを見る者が大勢いて、まるで市のようである。よく祈ることのできる者がいるというので、争うようにこれを呼んで、呪文を読ませた。銀の鉢に汚物を貯め、水を加えて手でこれを混ぜ、祈りながら、練り続けた。

上下貴賤が混乱して区別することができなかった。正午が過ぎて、やっと蘇生し始めたが、これが原因となって、病気になった者もいた。

十四　安平大君と兄の成侃

匪懈堂《ピヘダン》(1)は王子として学問を好み、詩と文をよくし、書もすばらしく絶妙であって、天下の第一人者であった。また絵もたくみで、コムンゴ、琵琶もうまく演奏した。性質がまた浮虚放誕であり、昔のことを好み、美しい景色を愛した。北門の外に武夷精舎(2)を造り、また南の湖に面して淡々亭という亭を造った。万巻の書物を蔵し、文士たちを呼び集めて、「十二景詩」をつくり、また「四十八詠」をつくった。あるときは燈火を煌々とともして談論し、あるときは月夜に船を浮かべ、あるときは詩をつくり、また博打を楽しみ、管弦の音が絶えなかった。いつも酒に酔って諧謔をこととし、一時の名のあるソンビたちで交わりを結ばない者はなかったが、無頼の輩やどこの馬の骨ともわからぬ者もそこには多く混じっていた。碁盤と碁石はみな玉でつくり、将棋の駒には金で文字を書いた。また人に明紬と生絹を織らせ、筆を振るって真と草と、そして乱れた行とを書いて、求める人がいれば、すぐにこれを与えた。することなすこと、このような類のことが多かった。

私の仲兄である成侃《ソンカン》が名高いことを聞いて、人を遣わして招いた。仲兄が行くと、亭子のなかの詩を次韻したが、詩語は気高く抜きん出ていた。こうしてうやうやしく応対して送られ、後日ふたたび会うことを約束して別れたのだった。母親が仲兄に、「王子は道理として門を閉め、客人たちを拒んで謹慎するのがいい。どうして人びとを集めて友だちをつくる道理があろう。きっと失脚なさるだろう。お前はもう行かないほうがいい」とおっしゃった。その後、二度、三度と招待があったが、仲兄はついに行かなかった。しばらくして、匪懈堂は失脚して死んだが、一門みなが母上の洞察力に感服した。

（1）匪懈堂：安平大君・李瑢の号。第一巻第三話の注（6）を参照のこと。
（2）武夷精舎：宋の朱子が武夷山で講学した家のことをいうが、安平大君がこれにならって造った別荘。

十五　柳方孝の生き方

柳《ユ》方孝《パンヒョ》(1)は泰斎先生(2)の弟である。沈澹《シムチュン》(3)や尹福《ユンポク》(4)などとともに南大門の外に住んでいた。みな父親の罪のために官途に就くことができなかった。家はみな裕福だったので、家でよく遊び、妓生を置いて、毎晩のように客を招いては酒に酔った。近所の人びとは彼らを三老と呼んだ。赫赫たる才名はなかったが、酒と女色とを楽しみ、一時の豪傑であった。

方孝はわずかに音律を知っていて、朝廷の名士たちを招いて毎日のように宴会を催したりもした。酒も料理も豊富に用意され、それは日ごとに同じではなかった。それでも、家計は傾くことはなかった。晩年には官位は四品に昇った。

(1) 柳方孝：この話にあること以上は未詳。

(2) 泰斎先生：柳方善。一三八八～一四四三。若いころ権近・卞季良に学んで文名が高かった。一四〇五年には司馬試に合格したが、一四〇九年、父の沂が閔無咎の獄事に関わり、みずからも連座して流罪になった。その流罪生活の中で杜甫の詩を学んで倦まず、一四二七年には、流罪中の振る舞いの高潔さにより、主簿に推薦されたが、辞退した。世宗は集賢殿の若い学者たちを彼のもとに行かせて学ばせ、多くの学者が彼に師の礼をとった。

(3) 沈澹：生没年未詳。息子は吏曹判書の彦光。一四五五年、司憲府監察として佐翼原従功臣二等に冊録された。一四八九年、式年文科に丙科で及第して、礼曹参判に至った。

(4) 尹福：この話にあること以上は未詳。

十六　風流人の金鉏

参判の金鉏《キムソ》（1）の字は子固《チャコ》、平壌府院君・文忠公・趙浚《チョチュン》（2）の外孫である。貴族の家に生まれながら、若いときには放浪して自制することができなかった。しかし、学問を好んで、文章をたくみにつくり、行書と草書をたくみに書いた。コムンゴの演奏にも卓越していた。何度も大切な科挙に及第して、年少にも関わらず交際するのは一代の高官ばかりであった。

宴席を開くことを好み、その酒を飲む器やさまざまな品々は奢侈で豪華なものばかりであった。その優雅で風流であることは一代に独歩した。南江に書斎を建て、また成均館の北の谷合いに双渓堂を造って、毎年の春節には友人たちを招いて詩を賦し、酒を飲んで、心のままに楽しんだ。世の中の人びとは彼を三絶と称したが、詩と書とコムンゴに抜きんでていたのをいうのである。晩年には両足が麻痺して立ち居が思うにまかせなかった。しかし、談論して、酒を飲み、詩を作って自若としていた。竹の輿に乗って山に登り、雉を狩った。もし友人の家に行くことがあると、竹の輿から下りて、座って談論した。蔡耆之《チェキチ》（3）があるとき、たわむれて、「鷹はたとえ肥っても、止まるところは平ではない。酔って足を取られることのないように」といった。耆之の家の門と子固の家の門とは向い合っていて、客が来て酒席になれば、かならず耆之を呼びにやったが、耆之は笑いながら、「私はあなたの村の教官である」といった。

（1）金鉏：金子固。第一巻第七話の注（2）を参照のこと。

（2）趙浚：?～一四〇五。高麗末から李朝初期にかけての政治家。一三七四年に科挙に及第して、要職を歴任したが、一三九二年、鄭道伝らとともに李成桂を推戴して、開国功臣となった。経済問題に明るく、李朝の田制改革は彼の発案による。定宗のときに退けられたが、太宗が即位すると復帰して、領議政府事にまで昇った。一三九七年には河崙らとともに『経済六典』を編集した。

（3）蔡耆之：蔡寿。一四四九～一五一五。耆之は字。中宗反正の功臣。一四六八年、生員試に合格、翌年には文科に壮元で合格した。要職を歴任したが、尹氏の廃黜に反対して罷免されたことがある。燕山君のときには地方官を希望して身を保全し、一五〇六年の中宗反正に功績があって、中央に戻ったが、後輩たちとの宮仕えがわずらわしくなり、慶尚道咸昌に隠退して読書と風流ごとで余生を送った。

十七　女ぎらい

飲食と男女の営みには、人は深い欲望を持つものである。ところが、いま、男女の営みを知らない人間が三人いる。

斉安《チエアン》(1)は大勢の美しい女たちを側に置いているが、いつも、「婦人は汚れていて、近づけるものではない」といって、けっして婦人と向かい合って座ることがないという。

生員の韓景琦《カンキヨンキ》(2)は上党府院君(3)の孫である。ことばを慎み、心を修めて己をみがき、門を閉じて一人座り、かつて妻と向かい合って語り合うことがなかった。もし下男と下女が話でもしていれば、杖を振るってこれを追った。

金子固《キムチャコ》には一人の子どもがいたが、愚かで豆と麦の区別がつかなかった。また男と女のことについて理解しなかった。子固は後継ぎが絶えるのを気に病んで、男女の営みに通じた下女に言い含めて同衾させ、雲雨の交わりを教えさせようとしたところ、その子は驚いて床の下に逃げてしまった。その後というもの、化粧をした美しい女子が現れると、かならず泣いて逃げ出した。

（1）斉安：斉安大君・李琄。一四六六～一五二五。睿宗の第二子。四歳のときに父の睿宗が死に、王位継承候補の筆頭にあったが、幼な過ぎるという世祖妃の貞熹王后の反対によって者山大君（成宗）が位についた。一四九八年に母の安順王后が死ぬと、それ以後は独りで暮らし、女色を遠ざけたという。愚かな人物だという評もあるが、一方で王位をめぐる宮廷の争いの中で愚かさを装ったのだという評もある。

（2）韓景琦：一四七二～一五二九。一四八九年、司馬試に及第。官職を望まなかったが、元勲の孫として敦寧府奉事を経て敦寧府正に至った。朝廷でも本人の意志を知って、つねに閑職につけるようにしたという。

（3）上党府院君：韓明澮のこと。本巻第五話の注（2）を参照のこと。

十八　成宗時代の刊行物

成宗の学問は深く広く、文詞が古雅であった。文士たちに命じて、『東文選』[1]、『輿地勝覧』[2]、『東国通鑑』[3]を撰定させ、また校書館に命じて刊行させない書物はなかった。『史記』、『左伝』、『四伝春秋』、『漢書』、『後漢書』、『晋書』、『唐書』、『宋史』、『元史』、『綱目』、『通鑑』、『東国通鑑』、『大学衍義』、『古文選』、『文翰類選』、『事文類聚』、『欧・蘇文集』、『書経講義』、『天元発徴』、『朱子成書』、『自警編』、『杜詩』、『王荊公集』、『陳簡斎集』などである。しかし、これらは私が記憶しているものだけであり、その他にも多くの書物が刊行されたのである。そして、徐剛中《ソカンチユン》(4)の『四佳集』、金文良《キムムンリヤン》(5)の『拭疣集』、姜景《カンキョン》醇《スン》(6)の『私淑斎集』、申泛翁《シンポムオン》(7)の『保閑斎集』も刊行された。ただ李《イ》胤保《ユンポ》(8)とわが文安公(9)の詩文だけが逸失して刊行されなかったのは、恨みとするところである。

（1）『東文選』：現在の『東文選』は新羅時代から李朝粛宗の時代までの詩文を集めたもの。目録三巻、正編百三十巻、および続編二十一巻からなる。ここでいうのは正編の方をいい、一四七八年、徐居正が王命を受けて編纂したもの。

（2）『輿地勝覧』：世宗時代の一四三二年、『新撰八道地理志』が完成して史館に置かれたが、中国から『大明一統志』が入って来たので、世宗はこれにならってさらに充実したものを作ることを盧思慎・梁誠之・姜希孟などに命じた。それが成宗の時代の一四八一年に完成した『輿地勝覧』五十巻となる。一四八六年にはこれを精撰して『東国輿地勝覧』三十五巻として刊行、中宗の時代の一五三〇年には李荇などが増補して『新増東国輿地勝覧』五十五巻として刊行された。

（3）『東国通鑑』：新羅の初めから高麗の末までの編年史書。世祖のときに重臣たちに命じて着手されたが未完であったのを、成宗のとき、一四八四年に徐居正・鄭孝恒などが王命によって編纂して完成した。

（4）徐剛中：徐居正。第一巻第二話の注（24）を参照のこと。

（5）金文良：金守温。第一巻第二話の注（25）を参照のこと。

（6）姜景醇：姜希孟のこと。景醇は字。一四二四〜一四八三。私淑斎は号。一四四七年に文科に及第。世祖のときに兵曹判書、睿宗のときに南怡を殺した功績で翊載功臣となり、成宗のときには吏曹判書、左賛成となった。経書に明るく、文章と書に抜きん出ていた。

（7）申泛翁：申叔舟。第一巻第二話の注（16）を参照のこと。

（8）李胤保：李承召。第一巻第二話の注（27）を参照のこと。

（9）文安公：成任。第一巻第二話の注（29）を参照のこと。

十九　私の著書

私の著書は、詩集が十五巻、文集が十五巻、補集が五巻、風雅録が二巻、奏議が六巻となる。そして、『浮休子談論』が六巻、『慵斎叢話』が十巻、『錦囊行跡』が三十巻となり、撰集した『風騒規範』が三十巻、『楽学規範』が六巻、『柔楡備覧』が五十巻である。これらはたとえ人の耳目に入ることがないとしても、昔のことを参考にして、消閑の具としての読み物にはなるものである。

二十　墓陵のそばの寺院

陵室の側に斎社があるのは、昔からのことである。たとえば、健元陵(1)と顕陵(2)には開慶寺があり、斉陵(3)には衍慶寺があり、厚陵(4)には興教寺があり、光陵(5)には奉先寺があり、敬陵(6)と昌陵(7)には正因寺がある。英陵(8)を驪州に移したときには、神勒寺をあらためて報恩寺として斎社と見なした。ただ献陵(9)にだけは斎社がない。これは太宗《テジョン》の遺言によるものである。

士大夫たちもまた墓の側に斎庵を造った。仏教を崇拝するわけではなく、坊主たちに墓山を守ってもらうためである。

（1）健元陵：京畿道楊州郡九面里にある太祖・李成桂の陵墓。令一名、参奉一名を置いて管理させた。現在、この地には李朝の王家の陵が九つあるので東九陵といっている。

(2) 顕陵：文宗とその妃の顕徳王后の陵。京畿道楊州郡九面里の東九陵にある。一四五三年に健元陵の左側に葬って、一四五六年には陵寝に碑を建てたが、それが陵墓に碑を建てた最初とされる。

(3) 斉陵：太祖の正妃である神懿王后韓氏の陵。京畿道開封郡にある。朝鮮開国以前の一三九一年に亡くなっているので、開封郡に陵がある。

(4) 厚陵：朝鮮第二代の王の定宗とその妃の定安王后金氏の陵。京畿道開封郡にある。

(5) 光陵：世祖とその妃・貞熙王后の陵。楊州郡榛接面富坪里にある。陵に付属する森と渓谷は名勝とされる。天然記念物のキタタキが生息しているという。

(6) 敬陵：世祖の長男の徳宗（追尊）の陵で京畿道の高陽郡にある。

(7) 昌陵：睿宗とその妃・安顕王后韓氏の陵。京畿道の高陽郡にある。

(8) 英陵：京畿道驪州郡陵西面旺垈里にある世宗の陵。最初は広州にあったが、一四六九年にここに移された。

(9) 献陵：太宗とその妃・元敬王后の陵。京畿道広州郡大旺面にある。一六三七年一月に大火事が起こって三日のあいだ燃え続けたことがある。

二十一　音楽を知らない掌楽院の役人

掌楽院は音律を理解する人を要員としている。朴堧《パクヨン》(1)と鄭沉《チョンチム》(2)はともに郎僚から最後には提調(3)に到った。王さまに上疏して楽官になることを望んだ。

ところで、朴の姓の一人の役人がいた。年老いて仕事を失い、『律呂新書』をあらあら学んで、王さまに上疏して楽官になることを望んだ。朝廷ではこの人の実力を知らないで、登用した。後には主簿を兼職するようになり、僉正まで昇進した。いつも人に向って五音と十二律の聞きかじりを論じ立てたので、人びとはてっきり彼は音楽を知っているものと思い込んでいたが、その実、何も知らなかったのである。それを知っている人が詩を作って、からかった。

「どんぐりで猿をだますように、(4)みずから賢明だと人をだますが、
その心根を論ずれば、鳴くことのできない冬の蟬。
いってはならぬ、世間の人の耳はまるで聞こえぬと。
人に恥じぬとしても、天には恥じないか。

（茅栗欺狙謾自賢、若論心髄嘿寒蟬、
莫言俗耳皆聾瞆、不愧于人不愧天）」

（1）朴堧：一三七八〜一四五八。李朝の音楽家、官僚。一四一一年、文科に及第して、芸文館大提学に至った。一四二七年、自作の黄鐘と盤馨によって十二律の音階を完成して楽制を整え、一四三一年、宮廷の朝会に使用した郷学を廃して中国の雅楽を採用した。

（2）鄭沉：一四二四〜一四八五。一四五三年、式年文科に及第して監察となった。一四五五年、世祖の即位に際して功を立てて佐翼原従功臣二等に冊録された。音律に造詣が深かったので、一四七五年には掌楽院主簿隣、その後、直提学となり、戸曹参議に至った。

（3）提調：承文院・奉常寺・訓練都監などの官庁の都提調に次ぐ官職。

（4）どんぐりで猿をだます……：宋の国に猿を飼う人がいて、猿たちに、「お前たちにどんぐりを、朝は三つ、夕方に四つやるが、どうか」というと、猿たちは怒った。そこで、「ならば朝には四つ、夕方には三つならば、どうか」というと、猿たちはたいへん喜んだという故事による。

二十二　転経法という仏事

世祖朝には転経法(1)を行ったが、これは高麗の時代の風俗の名残である。

その法というのは、幡と傘が先導して、黄色い光を帯びた屋根のある輿に小さな黄金の仏像を安置して、その前後を広大が音楽を奏しながら行く。両宗(2)の僧侶数百名が左右に分かれてついて行く。それぞれ名香をたいて経を誦しながら歩く。若い僧が車に乗って太鼓をたたき、経を読む声が止むと、音楽が聞こえ、音楽が止むと、経を読む声が聞こえる。仏を奉じながら宮廷まで行くと、王さまが光化門まで出られて、これを見送りになる。こうして終日、市街を巡行する。あるいは、慕華館や太平館で昼供を行い、それぞれの官司の役人たちが争うように行って、供え物をして、仏の怒りをこうむらないかを畏れる。六法供養(3)を行うと、簫や鼓の音、梵唄(4)の声が空まで響きわたる。士女たちが波のように押し寄せて見物する。礼曹佐郎の金九《キムク》英《ヨン》(5)が老いて肥満した体でのろのろと歩き、汗を水のようにしたたらせ、土ぼこりを満面にしながら見物していた。それを見て人びとみなが笑ったものであった。

(1) 転経法：転経の転はここではここからそこに移るという意味で、経文を読むときに文字の順を追って読むのではなく、巻ごとに初めと真ん中と終わりの数行だけを読んで、残りは帖だけをめくって読む真似をするのをいう。すなわち、なにかの祈願をするときに多くの経典を読むために行う。

(2) 両宗：すなわち教宗と禅宗。

(3) 六法供養：安楽の境地を得るための六念の供養。六念というのは念仏・念法・念僧・念戒・念施・念天をいう。

（4）梵唄：釈迦如来の功徳を賛美する梵音・梵字の歌をいう。
（5）金九英：『世祖実録』元年（一四五五）に訓導・金九英の名前が見え、同じく十四年二月に兵曹佐郎から正郎に昇進した旨の記事が見える。

二十三　成宗の人となり

成宗は学問に篤実であった。朝、昼、夕べの三時に、書を講じて、晩にはまた玉堂に宿直しているソンビを呼び寄せて、ともに議論をなさった。その議論が終わると、酒を下賜なさったが、従容として、古今の治まったこと、乱れたこと、民間に対して利となること、害となることなどを問われた。便服で相対して、建物の中にただ灯り一つが点っているだけであった。あるときは、夜中に大いに酔って出ることになり、御前にある灯りを賜って送られて翰林院に帰ったこともあった。金蓮炬(1)の御心であった。

成宗が、文昭殿(2)が古くなって荒れ果ててきたとして、ついに瓦を新しく葺き替えることを命じられた。そこでそこに祀っていた五位の神主(3)を昔の東宮の資善堂に移して祀ることにして、王さまがみずからいらっしゃり、移っていく神主の後について行かれて、その後、みずから祭祀を挙げられた。修理が終わって、神主を文昭殿にまた還すときにも、やはり同じようになさった。

そうして、後苑に龍と鳳凰を刺繍した大きな幕を張って、音楽を奏して、宴会を催された。臣下に鞍をつけた馬、緞子、明紬、胡椒、弓矢などを下賜なさったが、その功績の高下によってそれぞれ差があった。およそ、修補監役、提調郎役、承旨、陪祭執事官、侍衛、宰枢諸将、擔輿宦官、忠義衛、典薬、飯監などがその下賜にあずかった。

内竪(4)がしばしば王命を受けて行き来して、杯を勧め、臣下たちはみな酔って退出するのであった。

私はそのとき、礼曹判書であり、その催しを担当したのだが、まことに一代の盛事であった。いまになって思えば、先代の王たちの位牌にお仕えして、昔の東宮からふたたび文昭殿にお移ししてお祭りしたのだが、その後まもなく、王さまはお亡くなりになって、昔の東宮を魂殿にして大祥と禫祭を行った後、文昭殿にお移ししたのだった。その兆しがすでに現れていたというべきであろうか。

（1）金蓮炬：黄金で作った蓮の花の形をした燭台の灯り。君主の御殿または乗輿に使用したもの。唐の令狐綯が翰林承旨であったとき、夜中、禁中で皇帝に侍っていたが、灯りが燃え尽きてしまった。皇帝が乗輿の金蓮華炬をもってくるようにしたという故事からくる。その後、宋でもこうした栄光を受ける人がいたという。したがって、臣下の名誉をたたえることばとなっている。

（2）文昭殿：李太祖の神懿王后の祀堂。一三九六年に建立して仁昭殿といったのを、一四〇八年には文昭殿と改称、一四三三年には太祖と太宗の位牌を奉安するようになった。明宗のときに閉鎖した。

（3）神主：儒教で死者の官位・氏名を記し、祀堂に安置する霊牌。仏教でいう位牌に当たる。

（4）内竪：内侍、すなわち宦官。

二十四　捲草の礼と昭格殿

宮中で子どもが生れると、捲草の礼(1)というものが行われる。王子が誕生すると、その日のうちに縄を産室の扉の上に懸けわたす。大臣の中で子宝に恵まれ、災難のない者に命じて、三日のあいだ、昭格殿(2)

で祀らせる。尚衣殿では五色の色鮮やかな緞子を供して、子どもが男ならば、幞頭・袍・笏・烏靴・金帯を、女ならば、笄・簪・背子・靴などを、太上老君(3)の前に並べて置いて、子どもの無窮の福を祈願する。夜になって祭祀が終わると、献官が吉服を着て、人に布を持たせて、冠服の姿で先駈けをさせ、宮廷に入って行く。産室の前にいたると、卓の上に並べて香を焚いて再拝する。内人がこれを受け取って中に入って行く。献官は藁でなって懸けわたした縄を巻いて嚢の中に入れ、漆塗りの箱に納め、紅い袱紗で包む。扉の外に出て、その箱に丁寧に封をして、内資寺正に手渡す。内資寺正が受け取って、持って行き、内資寺の倉庫の中にしまう。もし女ならば、内擔寺がこれを主管することになる。

甲寅の年(一四九四)に元子が誕生したときに、私が献官となり、この礼を奉行した。

およそ、昭格署はみな中国の道家に依拠している。太一殿には七星とその他の星を祀るが、その像はみな髪をほどいた女子の顔である。

三清殿には玉皇上帝(4)・太上老君・普化天尊(5)・梓潼帝君(6)など十余りの位を祀っているが、みな男子の像である。そのほかの内外の祭壇には四海龍王神将(7)・冥府十王(8)・水府諸神(9)の像を設置してある。名前を書いた位版は数百にも上る。献官と署員はみな白衣に烏巾の姿で致斎して、冠をかぶり笏をもった礼服で祭を行う。

祭祀にはさまざまな種類の果実と餅と湯と茶と酒とを用いる。香を焚いて百回拝礼する。道家流は頭に逍遥冠をかぶり、身にはだんだら模様の黒服をまとう。磬を二十四回鳴らして、その後、二人が道家の経典を読む。また青い紙に祝辞を書いてそれを燃やす。することといえば、幼い子どもの遊びと同じである。しかるに、朝廷ではそのために昭格署という役所を置いて、官吏を置いている。その上、祓祭までさせる。一度の祭祀で費やす費用は小さくない。

私は詩を作った。
「礼曹の学士たちの髪の毛は白髪がちらほら、
白い服に黒い巾で苦しげに霊に祈る。
きっと同僚も友人も指をさして笑うだろう、
老いた王さまがいらっしゃり、老子の庭で礼をなさる。
（南宮学士髪星星、白服烏巾苦乞霊、
却怕朋僚争指笑、老君来礼老君庭）」

（1）捲草の礼：王妃の産室に敷いてあった蓆を片づける礼。王妃の産後にかかわるさまざまな儀礼をいう。
（2）昭格殿：道教の日月星辰を具象化した上清・太清・玉清などのために三清堂に星祭壇を作って祭祀を行ったのを始めとする。太宗のときに昭格殿といったのを、一四六六年には昭格署と改めた。一五一八年には趙光祖の上疏で廃止したが、彼の失脚の後に復活、壬辰の倭乱の後、廃止された。
（3）太上老君：道教で老子のことをいう。
（4）玉皇上帝：道教であがめる最高神。
（5）普化天尊：道教であがめる神、またその像。
（6）梓潼帝君：道家であがめる神。文昌帝ともいい、人間世界の禄籍をつかさどる。晋に仕えたが戦死した蜀七曲山の張亜子の後身だという。
（7）四海龍王神将：東西南北の海に住んでいるという龍王の将軍。
（8）冥府十王：あの世にいるという十人の王。秦広王・初江王・宋帝王・伍官王・閻羅王・変等王・泰山王・平等王・都市王・五道転輪王。
（9）水府諸神：水神のいる三つの水府があり、上水府は馬当、中水府は采石、下水府は金山という。馬当上水府は福善安江王、采石中水府は順聖平江王、金山下水府は昭信秦江王が統べる。

二十五　長寿の閔大生

中枢の閔大生《ミンテセン》(1)は九十余歳であった。元日の朝、子どもや孫、曾孫たちが年賀に集まった。その中の一人が進み出て、「お爺様はどうか百歳まで長生きなさってください」とあいさつした。すると、中枢は怒り出して、「私の歳はもう九十を超えている。百歳まで生きろというのなら、あと数年しか生きられないではないか。そんな不吉なことをいうものではない」といって、追い出した。そこで、もう一人が出て行って、「お爺様は百歳の寿命を享受なさって後、さらにもう百歳を重ねられてください」といった。中枢は、「これこそ人の長寿を祝う道理だ」といって、手厚くもてなして、これを送った。

(1) 閔大生：『世祖実録』九年（一四六三）四月に、王と中宮は思政殿において大生を引見して酒を賜ったという記事が見える。

二十六　典雅なる礼曹

礼曹というのは昔の周官(1)の宗伯(2)に当たる官職である。祀祭、宴享、事大、交隣などにかかわる一切の礼文を管掌するところで、その任務は軽くはない。

吏曹では政柄を執り、兵曹では軍機に当たり、戸曹では財利を管掌し、刑曹では訴訟事をあつかい、工曹ではさまざまな工匠の事を管掌する。六曹の中でただ礼曹だけが典雅である。たとえ国家で重大事が起こり、あわてふためくようなときでも、礼曹だけはいつもゆったりと閑暇である。たとえば、倭や女真の使者を応接するような場合には、礼曹の堂上官三人が刺繍した美しい礼服を着て、礼賓寺[3]で宴会をもよおし、楽官が音楽を演奏する。各道の監司、兵使、赴京使臣に宴を賜るときもまた同じである。公式の宴会が終わった後には、賓客たちといっしょに郎庁に行き、終日、談笑しながら酒を飲む。管弦の音が鳴り響き、明紬と緋緞のチマの衣ずれの音が絶えることはない。

私がかつて謝恩使として中国に赴いたとき、礼部尚書の周洪謨がやって来て、会同館で宴会を開いてくれた。回回[4]、刺麻[5]、雲南[6]、蛮緬[7]など、さまざまな国の人びとが尚書の前に長く跪いて、売買のことについて訴え、尚書はそれについて懇切に説明して、受け入れるものは受け入れ、退けるものは退けた。その場にいた私は尚書のあざやかな物事の処理ぶりに感心してやまなかった。私自身が判書となって、倭や女真の使者が宴会の終わった後、争うように私の前に跪き、それぞれが陳情を行う。たとえ大小は同じではないにしても、その仕事は同じである。

世宗の御代に申商《シンサン》[8]は礼曹判書で、許稠《ホジョ》[9]は吏曹判書であった。申商は正午に出仕して、日が傾くと退出した。許稠は明け方には出仕して、日が沈んでから退出した。ある日、許が出勤して吏曹に座っていると、申が南宮（ここでは礼曹をいう）に着いたと聞くや、すぐにまた帰るというのであった。許は人をやって、「どうして遅く出勤して、こんなに早く退出するのか」といわせたが、すると、申は大いに笑って、「大監は早く出勤して、なにか利するところがおありなのか。私が遅く出勤して、なにか損をかけることがあるだろうか。それぞれ自分の任務を処理する手腕によることではないのか」といった。申は臨機応変に事を処理する才能があり、許は真面目一途に働いた。それぞれ性格が異なったのである。

（1）周官：経書の一つ、周公旦が選定したものという。周の官制について述べ、天地春夏秋冬を象徴して天官・地官・春官・夏官・秋官・冬官の六官に区分し、その職掌を詳細に記述する。

（2）宗伯：周官の制度は天官・地官・春官・夏官・秋官・冬官の六官からなるが、その六官の長官をそれぞれ冢宰・大司徒・大宗伯・大司馬・大司寇・大司空といった。冢宰は総理大臣格であり、大司徒は教化および農業・商業を担当し、大宗伯は祭祀および典礼を担当する。大司馬は軍事および兵馬、大司寇は訴訟および刑罰、大司空は水土、すなわち治山治水を担当した。ここでは、礼曹判書は昔の大宗伯のようなものだというのである。

（3）礼賓寺：賓客の応接を受け持つ施設。

（4）回回：回教徒の国をいうが、ここでは特に回青、ウイグルをいうか。

（5）刺麻：ラマ、すなわちチベットをいう。

（6）雲南：中国南西部の高原地帯。多数の少数民族が居住している。

（7）蛮緬：ミャンマー。

（8）申商：高麗時代の大儒である申賛の息子。易に詳しく易隠先生と呼ばれた。二十二歳で科挙に壮元で及第したが、官途に興味を示さず、家にこもって読書と易の探究に時間を費やすことを好んだという。四十一歳で死亡した。

（9）許稠：一三六九〜一四三九。陽村・権近に学問を学び、一三九〇年に科挙に壮元で及第、李氏朝鮮の開国後も要職を歴任した。世宗の時代、明との修好、対馬人の出入国など、外交問題で活躍した。左議政にまで至った。

二十七　韓継禧の奇妙な趣味

崔勢遠《チエセウオン》(1)がかつていったことがある。

「私の友人の姜晋山《カンチンサン》(2)・盧宣城《ロソンソン》(3)・成夏山《ソンハサン》(4)はみな放蕩で不良な輩だ。ただ韓西平《ハンソピヨン》(5)だけは真面目で慎重であり、節操をも兼ね備えているように見えて、私自身も彼を一時期、聖人であるかのように考えていた。しかし、今になって考えると、けっして聖人とはいえない」

人がその訳を尋ねると、それに答えていった。

「ある日の明け方、垣根の隙間からのぞいてみると、西平が扉の前の縁側に座っていたのだ。一人の少女がおまるを西平の前にさし出すと、なんと西平は小便を少女の顔にかけてもてあそんで楽しんでいたのだ。これが聖人の所業といえるだろうか」

聞いていた人びとはみな口をあんぐりするばかりだった。

（1）崔勢遠：本巻第十一話の注（5）を参照のこと。
（2）姜晋山：姜孟卿。第一巻第二話の注（26）を参照のこと。
（3）盧宣城：第一巻第十九話の注（41）を参照のこと。
（4）成夏山：成任。第一巻第二話の注（29）を参照のこと。
（5）韓西平：韓継禧。本巻第七話の注（34）を参照のこと。

二十八　仲兄・侃の夢

わが仲兄の真逸先生(1)がかつて語ったことがある。

「夢の中で、提学の李伯高《イペクコ》(2)が龍となり、私はその龍に乗って江を渡ったが、私が落ちないかと恐れていると、龍は私を振り返って、『しっかりと私の角につかまるがよい』といった。そうして江の向こう岸に着いたのだが、そこで見る草木も人物もこの世のものとは異なっていた。

夢から覚めて、伯兄(3)にその夢の話をすると、『伯高は、今は人望も高く、先の重試(4)でも抜きん出た成績だった。お前がその角をつかまえたというのは、お前はきっと重試で壮元となるのであろう』とおっしゃった。そうして、しばらくして、伯高は殺され、私もまた病気になった。病中に詩を作って、伯兄の手を借りて書いてもらった。

「西風が美しい樹木にふいて、
落ちる露が花々を咲かせる。
私もまた天下の一人物、
玉と輝く日が必ず来るであろう。
(西風払嘉樹、零露発華滋、
我亦一天物、玉汝来有期)」

伯兄は、『この詩にははなはだ生気があって、お前の病気はかならず治るであろう』とおっしゃった」

しかし、その翌年、仲兄は亡くなってしまった。あの夢は凶兆であって、吉兆ではなかったのだ。

(1) 真逸先生：成俔の次兄の成侃。本巻第一話の注（12）②を参照のこと。
(2) 李伯高：李塏。第一巻第二話の注（22）を参照のこと。
(3) 伯兄：成任。第一巻第二話の注（29）を参照のこと。
(4) 重試：科挙に及第した者にさらに課す試験。そこで及第した者は堂上正三品の階級に昇ることができる。

二十九　私と音楽

私は礼曹判書として、掌楽院の提調となった。客人に対する宴享、使臣への賜宴、また慣習としての取才(1)のときなど、音楽を聴かない日はなかった。また、太平館に行き来したが、そのあたりは四方がみな広大や妓生の家々であった。崇礼門（南大門）の外の敏甫《ミンポ》(2)と如晦《ヨフイ》(3)の二つの家の奴婢たちはみな風楽の名手であった。私はそこを通るときには彼らの家に入っていって、聴き入ったものであった。また大きな家のそばに、洪仁山《ホンインサン》(4)と安左尹《アンチャユン》(5)の邸宅があって、そこでは奴婢たちに音楽を教えていて、その音が遠くまで聞こえ、夜が更けるまで止むことがなかった。私はいつも寝床に臥しながら、それに耳を傾けるのが一つの楽しみであった。

私はかつて人にいったことがある。

「貧しく倹素な生活をしながら、ソンビが刻苦して書物を読んだところで、わずかでも名を世に上げることができるわけではなく、多くはそのまま死んでしまう。私は若い時分に科挙に及第して、官職も六卿に至り、日夜、歌舞と音楽の中で過ごした。どうしてこのように太平の楽しみを一人で享受することができるのだろう」

ところが、それから間もなく、成宗がお亡くなりになった。私は礼官であったから、みずから歛襲をつとめ、地面を打ち、筵の中に寝て、また梓宮にも侍して、山陵にもおもむいた。その間、宮人たちの白い幕と百官たちが集まる中庭には哭声が日夜絶えることがなかった。老齢に至って、こんな変事に出会い、悲しく心を傷めたことであった。けだし、楽しみが極まって哀しみが至るというのは、自然の理である。

（1）取才：才能を試験して採用すること。

（2）敏甫：成俔の一族の者と見られるが不詳。

（3）如晦：成世明。如晦は字。成任の子で成俔には甥に当たる。一四四七～一五一〇。一四六八年、司馬試に合格して進士となり、一四七五年には謁聖文科に及第した。一四八九年、暗行御使として京畿道を調査して帰って来て執義になったが、人事不正を黙認したとして弾劾され、免職になった。後に復帰して、燕山君に仕えたが、一五〇四年の甲子士禍には左遷された。中宗反正で復帰して『燕山君日記』を編纂した。

（4）洪仁山：洪允成のこと。本巻第十一話の注（1）を参照のこと。

（5）安左尹：左尹は漢城府の次官。安潤孫（一四五〇～一五二〇）のことかとも思われるが、潤孫が漢城府左尹になるのは成俔の死のやや後のことになる。あるいは安知帰のことかとも思われるが、左尹になった形跡が見当たらない。

三十　友人の李陸

私が若かったとき、放翁《パンオン》（1）と深い友情で結ばれていた。二人で空き家に寓居して書物を読んだ。隣村に友人の趙恢《チョフィ》（2）の家があって、数里の距離であった。その家に林檎の木があった。ある日、放翁が私に、「どうも眠くてしかたがない。趙の家に行って、林檎でも食べようじゃないか」といった。そこで、二人で行ってみると、木にいっぱい赤い実が実っている。しかし、門が閉まっていて、入ることができない。主人を呼んでみるが、応答がない。奴僕たちは門の中で酒を飲んで何やら叫んでいる。そこに急に俄か雨が降り出した。門の前に大きな馬が槐の木につながれていて、やや小さな馬も三、四頭いた。しかし、人は誰もいない。放翁が、「主人が客を無視すること、はなはだしい。もうこの馬に乗って帰ろうではないか」といった。私がこれに同意して、二人それぞれ馬に乗って川辺に駆け出て、ぐるぐる回って、読書する家にもどった。馬を庫につないで、放翁が、「私はこれを殺して食べようと思うのだが」といった。私が、「どうしてそんな道理があろうか。それじゃまったくの泥棒じゃないか」というと、放翁は、「恢がたとえ知ったところで、官に訴えるような真似はしないはずだ」といって、杵を振り上げて馬の頭をたたき割ろうとした。それで、私は彼を羽交い締めにして、やっとのことで、これを止めたのであった。

翌日、恢がやって来たが、目は充血して、顔はげっそりやつれている。放翁が、「君はどうして病人のような顔色をしているのか」と尋ねると、恢は、「昨日、妻の母が金浦の田舎に行くので、馬を門の外に繋いでいたところ、泥棒がいて馬を盗んで行ってしまった。家中が大騒ぎして、手分けして探し回り、私も高陽や交河あたりまで行ってみたが、今まで見つからない。それで、疲労困憊というわけさ」

といった。すると、そのとき、庫の方から馬のいななく声がする。放翁は微笑した。恢が行って見ると、まさしく探していた馬である。恢は一方では怒り、一方では喜んで、放翁をののしってやまなかった。居合わせた者たち皆が大笑いしたものであった。

（1）放翁：李陸。一四三八〜一四九八。二十二歳で生員に合格したが、智異山にこもって三年を過ごした。一四六四年、文科に壮元で及第、その後、重試、抜英試にも及第して、顕官を歴任、漢城府の右・左尹、戸曹・兵曹の参判に至った。晩年、燕山君の即位に消極的であったとして弾劾に遭った。人となりは精悍で行政手腕にも長けていたが、度量がせまく、蓄財に熱心だったともいう。

（2）趙恢：この話にあること以上は未詳。

第三巻

高麗から朝鮮へ

一　虎を一掃した姜邯賛

高麗の侍中の姜邯賛《カンカムチャン》(1)が漢陽判官になったとき、府の境域には虎が多くいて、役人や人びとを大勢食い殺した。府尹はこれを大いに憂えたが、邯賛は府尹に、「これは簡単なことです。三、四日もすれば、私がこれを退治いたしましょう」といって、紙に伝言を書いて役人に与え、「明日の朝、お前が北洞に行けば、岩の上で座禅をしている年老いた僧侶がいるはず。その僧侶にこれを渡して連れて来るがよい」といった。役人がそのことばどおりに行って見ると、はたして一人の老僧がぼろぼろの服を着て白い巾を頭に捲いて、明け方の霜を犯して石の上に座っていた。邯賛の手紙を見て、老僧は役人にしたがって役所までやって来たが、邯賛に挨拶をして頭を叩くだけであった。邯賛が老僧に、「お前はたとえ獣であるにしても、霊魂をもってはいるだろう。どうして人間をこのように害するのだ。どうか約束してほしい、お前は五日以内に自分の仲間たちを連れてよそに移るのだ。そうでなければ、強力な弓と矢とでみな殺してしまうから、そう思え」と叱るようにいうと、老僧は頭をふたたび叩いて、謝罪した。府尹は呵々大笑して、「判官は何をいっているのか。この僧侶がどうして虎であろうか」といった。そこで、邯賛が、「お前は今の姿を変化して見せよ」というと、老僧は一声大きく咆えると、大虎に化け、欄干によじ登ってまた大きく咆える声は数里の外まで轟いた。府尹は気絶して転倒した。「もういい、やめてくれ」というと、虎は翻然ともとの僧侶の形にもどり、礼をして去っていった。翌日、府尹が役人に命令して東の郊外に行って見させたところ、一頭の老いた虎が先頭に立ち、小さな虎数十頭が後ろについて、江を渡って行った。そうして、その後、漢陽府では虎の禍はなくなった。

邯贊の最初の名前は殷川《ウンチョン》であった。復試に壮元で合格して、官職が首相に至った。その身体は小さく背が低かった。一人の貧しい男がいたが、顔はふっくらとして、恰幅がよかった。貧しい人間が衣冠と帯をととのえて前列に立ち、邯贊がぼろぼろの服を着てその下に立っていた。宋の使者が貧しい男の方を見て、「容貌はたしかに豊満であるが、耳に輪郭がない。きっと本当は貧しいのであろう」といった。そして、邯贊を見て、両手を打って、膜手拝(2)して、「廉貞星(3)は長いあいだ中国には現れなかったが、東方の朝鮮にはいらっしゃった」といった。

(1)　姜邯贊：九四八〜一〇三一。高麗時代の名臣。幼時から学問を好み、知略に富んでいた。成宗のとき甲科に壮元で及第して、要職を歴任した。一〇一〇年、クルアンが侵略して来たとき、康兆が出陣して戦ったが敗北、多くの臣下が降伏を進言したが、一人反対して、交渉の上で敵を撤退させた。一〇一八年にはふたたびクルアンが大軍で押し寄せたが、姜邯贊は上元帥としてこれを撃退した。

(2)　膜手拝：両手を挙げて額に当てて礼をする拝礼の仕方。

(3)　廉貞星：星の名前。貪狼・巨門・禄存・文曲・破軍・輔弼などとともに八星をなす。廉貞をつかさどる。

二　滑稽な永泰

高麗の将仕郎の永泰《ヨンテ》(1)は俳優の真似ごとが巧みだった。冬節に龍淵のほとりに小さな蛇がいるのを、ある寺の僧がこれを龍の子だといって、たいせつに養った。ある日、泰は衣服を脱いで、全身に五色で色鮮やかに龍の鱗を描いた。そうして、僧の住房の窓をたたいて、「僧よ、おどろいてはならない。私は龍淵に住む龍神である。聞くところによると、私の子どもが貴僧のところで世話になっているとか。貴僧の徳に感心してやって来たのだ。某日の夕方、貴僧を迎えにもう一度やって来ることにしよう」といって、言い終わると、姿を消した。約束した日になって、僧は着古したぼろぼろの服を脱ぎ捨て、新しい服に着替えて盛装して待った。しばらくすると、泰がやって来て、僧をおぶって龍淵に至った。そうして、「くれぐれも私にしがみつかないように。一瞬のあいだに龍宮に着くことができますから」といった。僧が瞑目して、手を放すや、泰は僧を川に放り投げて、立ち去った。僧は衣服を汚し、身体はさんざんに傷ついた。そうして這うようにして帰って来て、布団をかぶって寝込んでしまった。翌日になって、泰がやって来て、「お坊さんはこんなに病まれていったいどうなさったのですか」と尋ねると、僧は、「たまたま龍淵の鬼神がやって来て、私を理由もなくだまして、こんなことになってしまったのだ」と答えた。

また、泰は忠恵王《チュンフェワン》(2)が狩をなさるのに従って、いつも俳優の冗談ごとばかりをしていたが、あるとき、王さまが泰を水の中に放り込まれた。泰が波の中から現れると、王さまは大いに笑って、「お前はどこに行って、どこから帰ってきたのか」とお尋ねになった。それに対して、泰が、「水の中で屈原(3)に会って来ました」と答えた。王さまが、「屈原は何かいっていたか」と尋ねると、泰は、「屈原は、『私は愚昧な王に会って水に身を投げて死んだが、お前は英邁な王さまの御代にあって、どうして川の中に身を沈めたのか』といいました」とお答えした。王さまはお喜びになって、銀の瓶をお与えになった。

その横に山林の管理人がいて、この光景を見ていて、自分も川に身を投げた。王さまが命じて、髪の毛をつかんで川から引き上げさせなさった。山林管理人が、「屈原に会って参りました」と申し上げると、王さまが、「屈原はなんといっていたか」とお尋ねになった。管理人は、「その方々はなんとおっしゃったか、私どもはなんといったか」とお答えした。狩に同行した三軍の者たちはみな大笑いした。

（1）永泰：この話にあること以上は未詳。
（2）忠恵王：高麗二十八代の王。在位期間一三三〇〜一三三二および一三三九〜一三四四。元との複雑な政治状況の中で重祚している。
（3）屈原：中国の戦国時代、楚の国の人。懐王のとき、三閭大夫の官職にあったが、王は讒言を信じて屈原を遠ざけた。そのとき、「離騒」を作り、次の襄王のとき、汨羅に身を投げて死んだ。

三　勇猛なる李芳実

高麗の元帥である李芳実《イパンシル》(1)は、若い時分、その勇猛ぶりが抜きん出ていた。あるとき、西海道を遊覧していて、道で一人の男子に会った。立派な体格をしていて、背丈も高い。弓矢を執って馬の前に立ちふさがり、「令公はどこに行かれるのか。お伴をさせていただけまいか」といった。李芳実はこれが盗賊であるのはわかったが、すぐには退けないで、十里ほどいっしょに行った。そのとき、田の中に鳩が二羽いるのを見て、盗賊が「令公はあれを射ることができるか」と尋ねた。李芳実が弓に矢をつがえて射ると、一矢で二羽の鳩を射抜いた。

日が暮れて、空き家に泊った。芳実が帯びていた弓と矢とを盗賊に渡して、「私はちょっと馬を見てくるので、お前はしばらくここにいてくれ」といった。芳実が便所に行ってしゃがんでいると、盗賊は弓矢を執って、満を持して、これを射た。芳実は自分を狙ってくる矢をすばやく手でつかみ、それを便所の壁に立てかける。このようにすることが、十数回、矢筒の矢がみな尽きてしまった。盗賊は彼の驍勇ぶりに屈服して、謝罪して命乞いをした。そばに数丈の高さの橡の木があったので、芳実は跳躍して梢をつかみ、それをたわめて、もう一方の手では盗賊の髪の毛をつかんで、梢に括りつけた。そうして刀で頭の皮に切り目をつけて、手を放すと、梢は勢いよく跳ねあがり、それとともに頭髪ははがれて空に飛び、身体は地面に落ちた。芳実は振り返りもせず、立ち去った。

芳実は晩年になって、地位も上がり、その場所をふたたび通ることがあった。ある家に泊ることになったが、その家は大きく裕福であった。年老いた主人が杖をついて出迎え、御馳走と酒で大いにもてなした。酒に酔った後に、老主人がいった。

「私は若いころ、いささかの勇をたのみ盗賊をしていました。旅行く人をどれほど殺したかわかりません。ところが、ある日、一人の若者に出会いました。神勇無比ともいうべき人物で、私はこれを殺そうとしましたが、逆にこちらが痛い目に遭ってしまい、ほとんど死にかけたのでしたが、やっとのことで、生き返りました。それからというもの、それまでの罪科を悔い、ひたすら農事にいそしんで、人を害して財物をかすめ取ることなどけっしてしませんでした」

そういって、帽子をとったのを見ると、頭がつるつるで、髪の毛はなかった。

芳実には妹がいて、これがまた驍勇無双ともいうべき女丈夫であった。いつも、壁に小枝を刺して、それを伝って上によじ登っていった。芳実がよじ登るとき、小枝は動いたが、妹がよじ登っても、小枝は動かなかった。妹がある日、痩せた下人の子どもと疲労した馬とを連れて江を南に渡ろうとした。すると、人びとが争って船に乗ろうとして、妹をひきずって船から降ろそうとした。妹は大いに怒って、船の楫《かじ》をつかむや、人びとを乱打した。その敏捷なことといったら、まるで鷹のようであった。

（1）李芳実：？〜一三六二。高麗の将軍。恭愍王のとき、大護軍となり、侵略して来た紅巾賊を撃破する功績があった。しかし、奸臣である金鏞の姦計によって殺されてしまった。

四　辛禑の愚かさ

辛禑《シンウ》(1)はその人となりが凶暴で愚かだった。

ある日、山中に遊んで、一人の樵の子どもに会った。葛と草を編んで笠をつくり、松ぼっくりをそのてっぺんにつけ、橡の実を纓にしていた。禑はこれを見て、気に入り、みずからがかぶっていた頂帽と珊瑚でできた纓を与えて、交換した。樵の子どもはすっかり怖じ気づいて路傍にたたずみ、どうしていいかわからない。禑の方は樵の子どもの笠をかぶって踊躍歓喜、馬に鞭打って立ち去ろうとしたが、樵の子どもが喜んでいない様子を見て、笠を返してくれといわれないかと心配した。

わが家に一人の婆さんがいて、九十歳を超える老齢であった。その婆さんが、あるとき、語って聞かせたことがある。婆さんは若いときに松都に住んでいて、禑を見たことがあったそうだ。顔色は白く、目が赤かった。白い服を着て馬に乗っていたが、軍士数人が木の杖をもって先導した。大小の邸宅で立ち寄らないところはなく、美しい婦人や処女がいれば、すぐにこれを犯した。そのために、家々ごとに箱を作っておき、禑が遊びに外に出たという噂が流れでもすると、婦人たちはあわてて箱に入って、難を避けたという。

あるとき、禑が蓬原君・鄭良生《チヨンヤンセン》(2)の屋敷に行き、みずから砧を打つ歌を歌って、村の人に、「この家はだれの家であろうか」と尋ねた。村の人が、「これは鄭大夫の家ですよ」と答えると、禑はすばやく馬に乗って駆け出し、「そいつは怖い、そいつは怖い」と叫んだのだった。鄭良生があまりに謹直なのを恐れて、近づくことができなかったのである。私の妻の母の鄭氏はすなわち蓬原君の娘である。それで、私は知っているのである。

(1) 辛禑：高麗三十二代の王。在位一三七四～一三八八。妖僧・辛旽の子であると正史の『高麗史』が伝えている。しかし、これは李朝を正当化するための嘘であり、恭愍王の養子、あるいは実子だともいう。恭愍王の殺害を受けて、わずか十歳で擁立されたが、政権を握った李成桂によって江華島に追われ、後に江陵に移されて殺害された。

(2) 鄭良生：鄭矩の父。号は愚谷。『高麗史』恭譲王の末年に、蓬原府院君・鄭良生の死が記録されている。

五　辛旽は狐の変化か

辛旽《シンドン》(1)は初めて国家の権力を握るようになって、奇顕《キヒョン》(2)の家に寓居したが、そのとき、顕の妻と通じた。顕夫妻が旽に仕える様子は奴婢さながらであった。

旽の権勢は盛大となって、人を生かすも殺すも一手ににぎるようになった。人を死地に陥れようと思えば、それも意のままにならないことはなかった。もし、士大夫の妻や妾に美しい者がいると聞けば、小さな罪を言い立てて、その夫を巡軍の獄舎に監禁した。そして、夫が家に人をやって、「もし夫人がみずから旽のもとに行って夫の無実であることを訴えれば、放免になることもある」といわせるようにした。夫人たちがすぐに旽の家に行って、大門を入るや、そこで馬を降ろされ、従者も止められる。そして中門を入ると、奴婢も立ち去らせ、旽の家の者が導いて内門の中に連れて行く。旽は一人で書堂に座っていて、横にはすでに褥と枕とが用意されている。旽は意のままに欲望を満たし、特に気に入れば、数日のあいだ家に留めて、思う存分にいたぶった後に、やっと家に戻し、そうして夫も放免した。これをうべなわないものは、あるいは罰し、あるいは流した。あるいは殺すこともあった。そこで、夫人たちは夫が捕らわれたと聞けば、美しく化粧して、みずから進んで旽の門をくぐったが、そうした夫人のいない日がなかった。

旽の陽気が衰弱して、いつも白馬の男根を切って調理したり、あるいはミミズを膾にしたりして食べた。

彼は黄色の狗や蒼い鷹を見ると、愕然として驚き、恐れた。時の人はこれを彼が年老いた狐の精であるからだといっていた。

（1）辛旽：?～一三七一。高麗末の僧。母は寺婢。幼時から僧となり、やがて王宮に出入りするようになった。恭愍王の信任を得て、王朝に山積した宿弊を改革するように尽力したが、反発を招き、水原に流され、殺された。
（2）奇顕：?～一三七一。高麗三十二代の禑王（辛禑）は辛旽の子だともいう。辛旽の一派として、辛旽が水原で殺されたとき、ともに殺された。

六　狂疾をよそおった趙云仡

高麗の宰相の趙云仡《チョウンフル》(1)は、世の中がまさに乱れようとしているのを知って、災いを避けようと、いつわって狂疾をよそおった。

彼がかつて西海道観察使となったとき、いつも「阿弥陀仏」と称えていた。公とは友人であった一人の守令がやはり窓の外に来て、「趙云仡、趙云仡」とまるで念仏するように称えた。公が、「どうして君は私の名前を称えるのだ」と尋ねると、守令は、「あなたは仏を念じて仏になろうとしている、だから、私はあなたの名前を念じて、あなたのように観察使になりたいのだ」といった。たがいに見交わして、大笑いしたものだった。

また偽って盲目をよそおい、辞職して家にいたが、すると、自分の妾が息子と密通するようになって、いつも自分の眼前で戯れている。公は顔色にも出さずに、数年がたった。そうして乱が平定されて後、忽然と目を開けて、「私の病気はなおった」といって、妾を引きずって江のほとりに行き、その罪を数え立てて、水の中に放り投げた。

彼が住んでいた田舎の家というのは今の広津の下にある。

公は自称して、沙平院主と名乗った。村の人びとと交わって酒席をともにしながら、冗談や戯言ばかりをいっていた。ある日、亭に座っていたとき、官職を剝奪されて追放された朝臣が大勢で江を渡ってきた。公は詩を作った。

「午後になって、人を呼んで柴の戸を開けさせる。
林の中の亭に歩み出て苔むした石の上に座ると、
昨夜、山中では風雨が激しく吹き荒れて、
谷川がかさを増し花びらを浮かべて流れる。
（柴門日午喚人開、歩出林亭坐石苔、
昨夜山中風雨悪、満渓流水泛花来）」

（1）趙云仡：一三三二〜一四〇四。文臣。高麗末期の恭愍王十年（一三六一）、紅巾賊の乱で避難した王に従い、翌年には二等功臣となった。しばらく隠退していたが、西海道都観察使に起用されて倭冦を討伐した。一三九二年、朝鮮が建国されると、江陵府使として善政をしいたが、病気を理由に辞任して、余生を光州で送った。『石澗集』と『三韓試亀鑑』を残している。

七　放蕩者だった韓宗愈

高麗の政丞の韓宗愈《ハンジョンユ》(1)は若いころはたいへんな放蕩者で、彼を御すものはなにもなかった。数十人で徒党を組んで、いつもムダンや占い師たちが歌ったり舞ったりする場所に出かけ、他人の飲食を奪っては飽くほどに食べて酔い、手拍子をとりながら、「楊花」という歌を歌った。そこで、当時の人びとは彼らを「楊花徒」と呼んだ。

公があるとき、両手を真っ黒に漆で塗って、夜に乗じて他人の家の殯室に忍び入った。その家の婦人が殯の前に来て哭をあげて、「もうし、もうし、あなたはどこに行かれたのですか」というと、公は黒い手を帳のあいだから出しながら、かぼそい声で、「私はここにいるぞ」と答えた。婦人はびっくりして、腰をぬかしながら、逃げ出していった。公は机に供えてあった果物や御馳走をみな持って帰ってきた。その狂疾ぶりはこのようであった。

しかし、彼が大臣となっての功名と事業は当世に抜きん出たものであった。晩年には田舎に隠退した。そこは今の漢江のほとりの樗子島《チョチャド》である。こんな詩をそこで作っている。

「はるか十里のおだやかな湖水の上を小雨が降り、
一声、笛の音が蘆の花の向こうから聞こえてくる。
金の鼎で羹を調理した(2)その手でもって
のんびりと釣竿をにぎって夕日の砂洲を下る。

(十里平湖細雨過、一声長笛隔蘆花、

却将金鼎調羹手、閑把漁竿下晩沙)」

あるいはまた、次のような詩も作っている。

「黒い帽子に短い麻衣姿で池塘を歩けば、
岸辺の柳にそよ風が吹いて酔いにほてった頬に涼しい。
ゆっくりと帰ってくると、山の上に月が上り、
枕元まで蓮の花のかぐわしい匂いがただよってくる。
(烏紗短褐遶池塘、柳岸微風酒面涼、
緩歩帰来山月上、枕頭猶襲藕花香)」

(1)　韓宗愈:一二八七~一三五四。一三〇四年、科挙に及第して史翰になり、忠粛王のとき史館修撰となった。元の支配下で混乱する高麗王朝の中枢にあって顕官を歴任、一三四三年には漢陽君に封じられた。

(2)　金の鼎で羹を調理した:「金鼎調羹」、すなわち政丞として王さまを補佐し、立派に施政を成し遂げたという意味になる。

八　崔瑩の質素な生活ぶり

鉄城・崔瑩《チエヨン》(1)が若いころ、その父親はつねに、「黄金を見るときも土と同じように見ろ(見金如土)」と戒めていた。瑩はいつもこの四文字を守って、一生のあいだ忘れることがなかった。たとえ国家の政権

をその手ににぎり、国内外に威勢を振るうようになっても、ほんのわずかなものでも人のものをかすめ取るようなことはしなかった。家では質素でわずかに腹を満たすことができれば、それでいいのだった。そのころ、宰相たちがたがいに招待しあっては、将棋や囲碁をして、争うように豪勢な料理を用意してもてなすことに努めたが、公ひとりは客を迎えても、昼が過ぎても食事を出すことはなく、夕方になって、黍と米を混ぜたものを炊いて、それに雑菜だけを添えて出した。客たちはみな腹をすかせていたから、雑菜と御飯だけをすっかり食べて、「鉄城の家の料理はおいしい」といった。公は、「これはまた用兵の極意である」といっていた。

太祖《テジョ》(2)が侍中であったとき、聯句を作ろうとしてまず、「三尺の剣の頭で社稷は安泰だ（三尺剣頭安社稷）」と始めたところ、当時の文士たちはそれに続けることができなかったが、公が、「一条の鞭の端で乾坤が定まる（一条鞭末定乾坤）」としたので、居合わせた人びとはみな感心した。

公はつねに林廉《イムヨム》(3)の所行を憎んで、彼の宗族をみな誅殺した。公がみずからの刑が執行される日になって、「私はこれまで悪業に手を染めたことはないが、ただ林廉を排斥するとき、やり過ぎた。私にもし貪欲な心があるとすれば、墓の上には草が生えるであろう。そうでなければ、草は生えないであろう」といった。公の墓は高陽にあるが、まったくの禿山で一本の茅も生えていない、いわゆる紅墳である。

（1）鉄城・崔瑩：一三一六〜一三八八。高麗末の武人政治家。倭冦の防備や紅巾の乱の鎮圧で名を揚げ中央政界でも重きをなして政権を掌握した。おりから勃興した明に反対する立場をとり、明の遼東衛征討の軍を起こしたが、李成桂が威化島から取って返し、敗れて殺された。

（2）太祖：朝鮮始祖の李成桂。もと高麗の武将であったが、倭冦や北方の女真族の侵入の防備に功績を上げて力をたくわえ、自分たちが擁立していた恭譲王を廃して、みずから王となり、李氏朝鮮を建国した。

（3）林廉：『高麗史』の「洪子藩伝」および「朴宣中伝」に林廉の名前が見え、北方からの土産を貪ったという記事が見える。

九　高麗に殉じた鄭夢周

圃隠(1)は、学問が精密かつ純粋で、文章もまた浩瀚である。

高麗の末年に侍中となり、忠誠を尽くして国家のために働くことを自らの任務だと考えていた。革命(2)が起こったころ、天命も人心も赴くところがあったが、公一人が毅然たる態度をとって犯すことのできない気魄を見せた。お互いをよく知っている一人の僧が公に、「天下の趨勢はよくわかっているはずなのに、公はどうして頑なに苦節を守ろうとなさるのか」と尋ねると、公は、「人の社稷を与かって、どうして二心をもつことができようか。わたしはすでに自らの身の処し方は決めている」と答えた。

ある日、梅軒・権遇《クオンウ》(3)が圃隠を訪ねていくと、圃隠はちょうど外出するところであったので、いっしょに歩いて洞口まで行くと、数人の武士が弓矢を帯して馬の前を横切ろうとした。先駆けの者が避けるようにいったが、従おうとしなかった。公は梅軒を振り返って、「公は先に行って、私の後について来ないように」といったが、梅軒はそれでもついて行った。公は怒りをなして、「どうして私のことば通りにしないのだ」といった。梅軒はしかたなく立ち去って家に帰った。それから、しばらくして、人が駆けこんで来て、「鄭侍中が殺害された」と報じたのであった。

（1）圃隠：鄭夢周《チョンモンジュ》の号。第一巻第一話の注（2）を参照のこと。
（2）革命：高麗から朝鮮への変化を、中国の「易姓革命」になぞらえていう。
（3）梅軒・権遇：第一巻第一話の注（5）を参照のこと。

十二　朝に仕えなかった吉再と徐甄

吉《キル》先生・再《チエ》(1)が高麗の滅亡を悲しみ、門下注書の職をなげうって、一善《イルソン》の金烏《クムオ》山《サン》の麓に住み、わが朝鮮朝には仕えないことを誓った。朝鮮朝でもまた礼でもって待遇し、その志を奪うことはなかった。

公は村の中の生徒たちを集めて、二つの斎に分け、両班の家の子どもを上斎、村の微賤な家の子どもを下斎とした。そして、経書と『史記』を教え、その勤勉であるか怠惰であるかを試験したが、こうして文章を学ぶ者が毎日百人に上った。

公が「閑居詩」を作った。

「冷たく澄んだ水で手を洗い、
高く生い茂った木によりかかる。
若者と子どもが来て文字を問うが、
まあ、この子たちと遊んで過ごそう。
（盥手清泉冷、臨身茂樹高、

冠童来問字、聊可與逍遥)」

また、次のような詩を作った。

「谷川に茅屋を作って独り閑居すると、
　月は明るく、風は澄んで、愉しみが尽きない。
　客人も来ずに山鳥だけがさえずり、
　竹林の中に床几を移して寝転んで書を読む。
　(臨渓茅屋独閑居、月白風清興有余、
　　外客不来山鳥語、移床竹塢臥看書)」

梅軒が公の画像の賛を作った。

「人には本来道があるが、生まれながらに持つ者は稀である。わが吉治隠先生はほぼそれに近い。官職の栄華も権勢の威厳も浮雲のように高々と足を挙げて帰って行く。何畝かの桑畑と茅葺きの家に柴の扉、部屋にはうず高く書物が積まれ、だぶだぶの服を着たなりである。ああ、周の徳は空のように高く、西山に蕨を摘む伯夷・叔斉[2]を責めることがない。漢の光武皇帝は漢を中興して皇帝となったが、羊毛の服を着て釣りをする厳光[3]をそのままにしておいた。すでに千年を過ぎた昔のことだが、その心とその意志は変わることがない」

徐甄《ソキョン》先生[4]は革命のときに当たって、掌令として官職を終え、衿川《クムチョン》の田舎の村に隠れて住んだ。いつも高麗朝のことを思い、慷慨の気持ちをもって詩を作った。

「千年の都もはるか遠くに隔たり、
　今は多くの忠良が賢明なる王を助ける。

三国を統一した大きな功は今はどこにあるのか、
前朝の王業が長く続かなかったのが恨めしい。
（千載神都隔渺茫、忠良済済佐明王、
統三為一功安在、却恨前朝業不長）」

（1）吉先生・再：一三五三〜一四一九。号は冶隠。李穡・鄭夢周・権近などの弟子で性理学を学んだ。門下注書の職を擲って、年老いた母親の世話をするために故郷に帰った。一四〇〇年、親交のあった太子の李芳遠が太常博士として彼を招いたが、二朝に仕えるのを潔しとせず、ついに出仕することはなかった。世間は彼の高い志を尊敬して、牧隠・圃隠とともに高麗の三隠と呼んだ。

（2）伯夷・叔斉：周の武王が殷の紂王を討って天子となったが、伯夷と叔斉は周の禄を食まないとして首陽山に入って蕨を摘んで生活し、遂には飢え死にした。ここでは、そうした伯夷・叔斉を周の武王はしいて追い求めず、そのままにしておいた度量の大きさを称えている。

（3）羊毛の服を着て釣りをする厳光：漢を中興させた光武皇帝は幼いとき、厳光とともに遊学した。彼が皇帝となった後に、光が賢良であったことを思い百方を探したが、光は姿を隠したままであった。後になって、「斉に羊の服を着て池で釣りをして日々を過ごしている者がいる」という報告があった。それが厳光であったが、厳光には官職に就く意志がなかった。光武帝も彼の人格を尊重して、彼の意志のままにさせた。

（4）徐甄先生：生没年未詳。一三九一年、司憲掌令になった。翌年、他の諫官たちと趙浚・鄭道伝・尹紹宗などを弾劾したが、鄭夢周が殺されて、趙浚・鄭道伝などが政権を掌握すると流配された。

十一　趙胖の妾の悲話

高麗の王には元の公主を王妃に迎えた方が多い。逆に、元からはまた使臣を送って、高麗の士族の娘を求めて、後宮に入れた。後宮に入らなかった娘は大臣たちにあてがわれた。趙《チョ》公・胖《パン》(1)の妹が元に行って、大相の夫人となった。公は若いときに、この妹にしたがって元に行った。妹の家の女の召使いがいて、その容色が飛びぬけて美しい上、文字を解した。公はこれを妾にした。そのために、公はいつも元にいて、二人の情愛を交わす姿は、それこそ比翼の鳥(2)、連理の枝(3)といっても足りないありさまであった。

ある日、外舎に寝ていると、夜半に騒がしい音が聞こえた。しかし、ぐっすりと寝込んで起きることなく、そのわけを知らないでいた。朝になって起きて見ると、家の中にだれ一人いない。隣人がいうには、「皇帝は兵を避けて上都(4)に遷り、大相も夫人もまた随行して行かれた」とのことであった。大部隊の賊兵が近郊まで押し寄せていて、全都邑の人びとが妻子を引き連れてあわてて南に北にと逃げて行くのであった。二人もまたどうすればいいかわからずに呆然としていたが、そこに大相が使っている若い宦官が汗を流しながら帰ってきて、「急な出発であったために、追いつくことができませんでした」といった。公は、「上都はあまりに遠く、とても行くことはできない。むしろ、わが国の方がここからは近い。われわれ三人はすぐに着くことができよう」といって、家の中を探して、数斗の米を探しだした。宦官もまた一頭の馬に乗り、公と女はともに一頭の馬にまたがって行った。そのとき、宦官が「兵戈が起こってこのように物騒な際に、こんな厄介なものを連れていては、盗賊にでも会えば、生きてはいられますまい。どうか恩愛を捨てて、女子は捨ててお行きください」といった。女子は地団太を踏んで、生死をともにしたいと泣き叫んだ。公もまた別れに耐えかねて袖をつかむ女の手を振りほどくことができずに、両の目から流れた涙が襟を濡らした。傍らにいる人びともみなつられて泣かない者はなかった。しかし、公は事態をやっとのことで判断して、女を振り切って進んだ。女はあきらめずに泣きながらついて行く。日が暮れて、一夜の宿をとると、女もたどり着いた。三昼夜を休むことなく進むと、それにも女は両足の豆を破って歩行もままならないままに、力を尽くしてついて来た。高い楼閣が河のほとりにあった。女はにわかに楼閣に上がっていった。公はそれを見ながら、「高い所に登って、私の行くのを遠くまで見送ろうというのだな」と思った。ところが、女は楼閣から身をひるがえして、河の中に落下して行ったのである。公はかつてこの女の才気と容色を愛したが、このときになって、その節義に感服したのであった。

公は宦官とともに本国に帰った。年老いた後も、そのときの悲痛を語ってやまなかった。

（1）趙公・胖：一三四一〜一四〇一。十二歳のとき、父親の世卿に従って元に行って学問をしたので、中国語とモンゴル語をよく解した。帰国後には禑王等に仕えたが、一三九二年、李成桂を推戴して、李朝建国の後は開国功臣に列せられ、官職は参賛門下府事に至った。

（2）比翼の鳥：雌雄の鳥それぞれが目一つ、翼一つで、常に一体で飛ぶというもの。男女の深い契りを喩える。

（3）連理の枝：別の幹の木の枝が合わさり木目も一つになっているもの。夫婦の仲のいいことを喩える。

（4）上都：元の一都城。内モンゴルの多倫（ドロン）の北西に遺址がある。一二六〇年、ここで世祖フビライが大汗の位についた。

十二　忠宣王の愛妾との別れ

忠宣王《チュンソンワン》(1)がひさしく元にとどまっていたあいだ、はなはだ愛した女子がいた。王がわが国に帰ることになって、女が王のもとに訪ねてきた。王は蓮の花一輪を折って、女に与えた。

ある日の夕方のこと、王は恋情に堪えず、益斎(2)をやって様子を見に行かせた。益斎が行って見ると、女は楼の中にいて、何日も食事をせず、しゃべることもできない様子である。やっとのことで筆を執って、絶句を一首書き認めた。

「蓮の花一輪をくださり、
初めは紅く美しかったものの、
枝から離れて今日はもう、
憔悴しきった私と同じ。
（贈送蓮花片、初来的的紅、
辞枝今幾日、憔悴與人同）」

益斎は帰ってきて、
「女子は酒屋に出かけ、若い男と酒を飲んでいるようです。訪ねたものの、会うことはできませんでした」
と王さまに申し上げた。王さまははなはだ憤り、地面に唾を吐き付けられた。

次の年の慶寿節(3)に、益斎は杯を進めた後、後ずさりして庭に伏して、

「私は死罪を犯しました」

と申し上げた。

王が理由をお尋ねになったので、益斎は、女子の絶句を差し出し、当時のことを申し上げた。王は涙を流しながら、

「卿があのときもしこの詩を私に見せたなら、私はきっと女のところにいって離れることができなかったろう。卿は私を愛するが故に、嘘をあえてついたのだな。これもまことの忠誠心といえよう」

とおっしゃった。

（1）忠宣王：高麗二十六代の王。王璋（初諱は謜）。蒙古名はイジルブカ。在位一二九八。一三〇八～一三一三。蒙古の支配下の複雑な情勢の中で蒙古で暮らすことが多かった。元京に万巻堂を造って学者たちとの交流を楽しんだ。
（2）益斎：李斉賢。第一巻第二話の注（9）を参照のこと。
（3）慶寿節：王、王妃、あるいは王世子の誕生日。

十三　趙胖と朝鮮という国名

李太祖が国を創建して、宰相の趙胖《チョバン》(1)が中国で成長したことから、彼を奏聞使として中国に送った。中国の高皇帝(2)が引見して李氏の開国を難詰された。趙胖はこれに対して、

「歴代の王業を創建した君主というのはすべて天命にしたがって革命したのであり、わが国だけが特別

なわけではありません」

と申し上げた。暗に明のことを指摘したのである。ことばも流暢な中国語であったから、皇帝は、

「お前はどうして中国語が話せるのか」

とお尋ねになった。胖は、

「私は中国で成長いたしました。以前、陛下を脱脱[3]の軍の中で拝見したことがあります」

と申し上げた。皇帝が当時のことを尋ねると、胖は一つ一つお答えした。皇帝は龍床から下りて、胖の手をとらえ、

「脱脱の軍が今もしあれば、朕は今日ここに存在していないであろう。卿はまことに朕の友人である」

とおっしゃって、胖を賓客の礼をもって遇された。そして、「朝鮮」という二文字を書いて、これを送られたのである。

（1）趙胖：本巻第十一話の注（1）を参照のこと。

（2）高皇帝：明の太祖である朱元璋をいう。貧農の家に生まれたが、元の末期の混乱の中で紅巾軍の一兵卒から身を起こし、長江一帯を平定、南京で帝位について国号を明とした。在位一三六八～一三九八。生没年は一三二八～一三九八。

（3）脱脱：元の順帝のときの宰相。

十四　中国で死んだ金若恒と鄭摠

明国が、わが国の表文のことばが恭順ではないとして、表文を書いた光山君・金若恒《キムヤクハン》(1)と西原君・鄭《チョン》摠《ジョン》(2)を中国の都に呼びつけた。

光山君が安州の客館に到り、詩を作った。

「旅の宿はなぜこうもうら寂しいのか、
風に霞んで、野外は暗い。
旅人は道で不安を抱き、
枕の上を夢魂がさまよう。
地の果てに住まう人も少なく、
日が沈んで鳥たちだけがかまびすしい。
異郷の春は寂々として、
さまざまに思い乱れて独り欄干にたたずむ。
（旅館何寥落、風烟野外昏、
客中懐抱悪、枕上夢魂翻、
地僻居民少、日斜飛鳥喧、
異郷春寂寂、百慮独憑軒）」

南京に到り、ともに遠方に流されることになった。西原が□□(欠字)を売って旅費に当てることを願ったが、弟の擢《タク》がこれを与えなかったので、人びとは彼を気の毒に思った。

後に皇帝の怒りがとけて、彼らの家室に死体を探させたが、遂に得ることはできずに帰った。光山の娘というのは実は私どもの祖母である。年老いた婢女が自分が家室だと名乗って南京に行ったが、江の入口に至って両岸を見ると、美しい楼や高々とした閣が立ち並んでいて、それらには美しい女たちがいる。女たちはあるいは刺繡をし、音楽を奏でている。橘の皮が瓢ほどの大きさで、それが江の上をぷかぷかと浮かんで流れ、楊の並木が数十里にわたって影を作っている。しかし、その婢女はもともと愚かであったから、地名を子細に尋ねることはしなかった。いま思うに、これは揚子江だったのではあるまいか。

（1）光山君・金若恒：?〜一三九七。字は久卿、光山の人。高麗の恭愍王のときに文科に及第して、要職を歴任、一時期、左遷されたが、執義に至った。李朝になって、判典校寺事として外交文書の起草に当たり、明に抑留されていた使節団の帰還に成功したりもした。しかし、彼自身は長江に流され、そこで死んだ。

（2）西原君・鄭摠：一三五八〜一三九七。高麗の禑王のとき文科に壮元で及第した。李朝の初め、開国功臣第一等となり、西原君に封ぜられた。鄭道伝とともに『高麗史』を撰したが、一三九六年、明の太祖は『高麗史』の表に不遜な表現があるとして、執筆者を明らかにして罰することになった。鄭摠は問責され、大理衛に流され、そこで死んだ。

十五　最後まで高慢だった李叔蕃

安城君・李叔蕃《イスクボン》(1)が功を立てた後、その功を恃んでおごり高ぶって、同じ班列の宰相であっても下人のように見なしただけでなく、王さまが召しても病気だと称して応じず、見舞いの宦官がしきりに往来したが、そんな中でも、管弦楽の音はにぎやかに聞こえたのだった。あるいは、ある人物に官位を得させようと思うと、ちょっとした紙に名前を書いて、人に持たせて奏上させた。このようにして彼の親しい人物が高い官職につくようになった。大きく立派な屋敷を敦義門の中にかまえ、人馬の声が聞こえるのを嫌って、塞門(2)を立てて、人びととの通行を禁止した。奢侈をつくし絢爛たる生活を日々に送っていたが、最後には罪を得て、長く咸陽の別所に流されることになった。

世宗《セジョン》が儒臣に命じて、「龍飛御天歌」(3)を撰述させたときに、叔蕃が太祖朝のことどもを知っているとして、駅馬をやって呼び戻され、叔蕃は白衣の身分のまま宮廷に参内した。そのときの高官や大臣たちはみな叔蕃の後輩であったから、先を争うように叔蕃の前に行って挨拶しようとしたが、叔蕃は手を振ってこれをとどめ、「若いときから、お前は英邁で、お前は信実であった。わたしも心の中でお前たちが長官や宰相の器であると考えていたが、はたして思った通りだったな」といった。その高慢なところはいささかも変わっていなかった。

(1)　安城君・李叔蕃：一三七三～?。太祖の癸酉の年（一三九三）に文科に及第。鄭道伝を斬って太宗から定社功臣の号を与えられ、承宣となった。一四〇〇年、朴苞の乱を平定した功で安城君に封じられたが、後に嬌慢におちいって流罪となり、配所で死んだ。

(2) 塞門：屏風を立てて戸口を塞ぐ装置。王だけが許されたもの。「封君、塞門を樹つ。管氏亦塞門を樹つ。……管氏にして礼を知るとならば、孰か礼を知らざる（封君樹塞門、管氏亦樹塞門、管氏而知礼、孰不知礼）」（『論語』八佾）による。ここでは、李叔蕃の驕りをいう。

(3) 「龍飛御天歌」：世宗二十七年（一四四五）、世宗の命令によって、権踶、鄭麟趾、安止などが作った、李氏の創業の事績を称賛する歌。李氏の先祖の五人、すなわち穆祖・翼祖・度祖・桓祖・太祖、そして太宗を主題として歌う。

十六　卞春亭の人となり

卞春亭《ピョンチュンチョン》[1]が　権陽村《クオンヤンチョン》[2]に続いて大提学となった。しかし、文章が軟弱であった。文士の金久冏《キムクキョン》[3]は詩をよく作ることで世間に名が高かった。いつも春亭が作る詩を見ては口をふさいで大笑いした。ある日、春亭が休暇をとって田舎の別荘で遊んだが、たまたま一首の詩を作った。

「白々した光が天にあって、江は暁を迎え、
　どんより黄色い光の中に柳が春を迎える。
　（虚白連天江渚暁、暗黄浮動柳郊春）」

自分ではすばらしい聯句ができたと満足して、ソウルにもどると、王さまに奏上しようとした。そのとき、ある人がその話を久冏にすると、久冏はいった。

「その詩はまったく鄙拙である。こんな詩を王さまに見せるなど、王さまを軽んずることだ。私がかつ

て作った詩がある。

駅亭で杯を手に取ると山が戸に向ってそびえ、
江郡で詩を吟ずると雨が船に降り落ちる。
（駅亭把酒山当戸、江郡吟詩雨満船）

まあ、こんな詩が王さまにお目にかける詩というものだ」

このことを、また春亭に告げると、春亭は、

「戸に向っての『当』という文字が適当ではない。『臨』という文字に変える方がよかろう」

といった。そのことをまた久冏に告げると、久冏は、

「世間の人は春亭は詩を知らないといっているが、ほんとうにそのとおりだ。古詩に『南山が戸に向って次第に明るくなる（南山当戸転分明）』というのがあるではないか」

といった。春亭はまたそれに対して、

「古詩に『青い山が黄河に臨む（青山臨黄河）』というのがあるではないか。久冏はほんとうのところ詩を解せず、かえって私の詩を笑うなどもってのほかだ」

といった。

ある日、春亭が「楽天亭記」を作って、久冏を呼んで見せたところ、久冏はいった。

「この記は性理を論じたところが『中庸』の序文にそっくりだ」

久冏の人となりは、みずからの才能を恃んで人を軽んじた。後進にもかかわらず先輩をないがしろにして、春亭の心もおだやかではなく、ついには嫌隙を生じて、久冏は顕官に昇ることができなかった。

春亭は性質が吝嗇で、たとえ微小な物件であっても、人に貸し与えるようなことはしなかった。いつ

も冬瓜を割ると、その割った数を記録しておき、客を迎えて酒を飲むと、飲み干した杯の数を数えて、酒壺の蓋に封をした。客は主人の顔色をうかがってそそくさと帰って行く者が多かった。

かつて興徳寺にいて、『国朝宝鑑』(4)を編纂したが、世宗はその文章を尊重して御厨からの御馳走を賜ることがうち続いて絶えず、また宰相や同僚たちも酒と食事とを送ったのを、一つ一つ房内に貯蔵しておいた。日が経って久しく、それらには蛆虫がわいて腐って臭いが房内に満ちた。腐ったものは谷の下に投げ捨てて、奴婢たちにはけっして分け与えようとはしなかった。

(1) 卞春亭：卞季良。第一巻第二話の注(13)を参照のこと。
(2) 権陽村：第一巻第一話の注(4)を参照のこと。
(3) 金久冏：太宗の乙酉の年(一四〇五)に文科に及第して、集賢殿直学士になったが、みずからの才能を信じることが多く、顕官に昇ることなく早く死んだ。
(4)『国朝宝鑑』：李氏朝鮮歴代の事績を編年体で編んだ歴史書。世宗のときに編集に着手、世祖のときに修撰庁を置き、太祖・太宗・世宗・文宗の四代の編集を終えて、その後、粛宗・英祖・憲宗のときに編集を続行、高宗のときに至って完成した。歴代の君主の治績の模範となるものを『朝鮮実録』をもとに編纂したものであるが、事実の修飾が多く、資料としての価値は少ないとされる。

十七　器の大きい黄喜

黄《ファン》翼成公(1)は大らかで度量が広く、細かなことにこだわることがなかった。年をとって官位も高くなるままに、いっそう謙虚にみずからを抑制した。

九十歳を超えても一部屋に座って、一日中、無言で本だけを読んで過ごした。部屋の外に霜桃がよく熟しているのを、隣の子どもたちが争ってこれを取ると、公は穏やかな声で、「みんな取ってしまうなよ。わたしも食べたいからな」といった。しばらくして出て見ると、その木の果実はすっかりなくなっていた。

毎日、朝夕の食事のときには多くの子どもたちが集まってきた。公が食事を残しておいて与えると、大声で騒ぎながらぱくついた。公はただ笑ってそれを見ていた。人びとはみなその心の広さに感服した。政丞として二十年余り過ごし、朝廷は公の力に頼り、公をはなはだ尊重した。朝鮮開国以来の大臣たちの功業を論じる者たちはまず第一に公の名を挙げる。

（1）黄翼成公：黄喜《ファンフィ》のこと。一三六三〜一四五二。十四歳のときに蔭官として安福宮録事となったが、二十七歳のときに文科に及第して、翌年には成均学館になった。李朝に入っても顕官を歴任して、特に太宗の寵愛を受けたものの、譲寧大君の廃位に反対して太宗の怒りを買い、南原に流された。世宗の時代には官界に復帰して、領議政にまで昇って、八十六歳のときに隠退した。

十八　李孟昀の「松都を悲しむ詩」

李孟昀《イメンキュン》（1）は牧隠（2）の長孫である。官職は二相に至った。世業を引継ぎ、文名が高かったが、詩にもっとも秀でていた。あるとき、松都（開城）を悲しんで作った詩がある。

「五百年続いた王気も消えて、

鶏をとらえ、鴨を打ったのも(3)、どんな功績だったか。
英雄たちもすでに逝き、山河だけが残り、
人も物資もすべて南の都に移って、この街は空っぽ。
王の御園には雨が降って花が咲いて鶯が鳴き、
王陵も夕陽の中で草が茫々と生えている。
きょう私は来て見て、さまざまな感慨が押し寄せる。
過ぎ去ったときははるかに遠く河の水は昔のままに流れる。

（五百年来王気終、操鶏搏鴨竟何功、
英雄已逝山河在、人物南遷市井空、
上苑鶯花微雨後、諸陵草樹夕陽中、
我来此日偏多感、往時悠々水自東）」

公にはまた後継ぎの子どものいないことをうたった詩がある。
「人が寅から生まれた(4)太古のときから、
父から子に伝わり、わが身に到った。
私にどんな罪があり、天は助けてくれないのか、
人の父となることなく、頭髪だけが白くなる。

（自従人道起於寅、父子相伝到此身、
我罪伊何天不弔、未為人父鬢絲新）」

その後、夫人の嫉妬と猛々しさによって家の中に禍が生じ、公はそのために罪を得て流浪の身となり、

客地で死んだ。

弟の孟畛《メンチン》(5)は官職が判中枢にまで至ったが、息子が乱をはかって死刑となり、中枢自身も連座してまた流寓の身となって、客地で死んだ。

(1) 李孟昀：一三七一〜一四四〇。号は漢斎。知密直の李種徳の息子、李穡の長孫。高麗の禑王のとき登第、李朝に入って顕官を歴任、吏曹判書・左賛成・集賢殿大提学に至った。深い学識を持ち、詩に抜きん出ていた。一四四〇年、夫人の嫉妬が甚だしく婢を殺したので罷免されて流され、帰って来る道で死んだ。
(2) 牧隠：李穡。第一巻第二話の注(12)を参照のこと。
(3) 鶏をとらえ、鴨を打った：このことばは元来、王昌瑾の秘記から出たものだが、鶏は鶏林(慶州)をいい、鴨は鴨緑江をいう。鶏林、すなわち新羅を討ち、鴨緑江までを制圧しようという意味であり、高麗の王氏の創業の秘記である。「操鶏」は闘鶏と同じ、搏鴨は同じく鴨を戦わせる遊びで、高麗時代には盛んであったが、高麗が滅びるとともに廃れた。
(4) 人が寅から生まれた：天地が開闢して人間が生じた順序を、「天生於子、地闢於丑、人生於寅」という。
(5) 李孟畛：字は季穣、清閑斎と号した。判中枢院事に至った。

十九　鄭招の記憶力

大提学の鄭招《チヨンジヨ》(1)は、その聡明であることが人にはるかに抜きん出ていた。どんな書物でも一度読めば、諳んじることができた。

科挙の期日が迫っても、公は遊びまわることをやめず、ある日、六経の書物を取り出して一度だけ目を通して、書物を納めてふたたび目を通すことはしなかった。そうして、講論のときになって、経典の深奥な意義をすべてよどみなく説明して、試験官の質問には打てば響くように答えるのだった。

あるとき、元帥の幕府にいて、数百の兵士たちの顔をただ一度だけ見て、その名前も記憶した。人びとは彼をまるで神ではないかと感服した。

少年のとき、僧侶が『金剛経』を読むのを見て、「この経は一度読めば、諳んじることができる」といった。僧侶はそれを聞いて、「君がほんとうに諳んじることができれば、私が君に御馳走しよう。諳んじることができなければ、君の方が私に御馳走するのだぞ」といった。たがいに約束をし終わって、公が木魚を打ちながら経を諳んじ始めたが、それはまるで水が流れるようによどみなかった。これはかなわんと、僧は経の半ばまでくると、ほうほうの体で逃げ出した。

（1）鄭招：?～一四三四。鄭熙の息子。一四〇五年、文科に及第、後に重試に合格。工曹・吏曹の判書を経て大提学に至った。世宗の命で鄭麟趾らとともに簡儀台を作り、『農事直説』『会礼文武楽章』『三綱行実図』などの編纂の中心になった。暦法も校定した。

二十　李穡の逆縁の悲しみ

提学の李種学《イチヨンハク》(1)が冤罪をこうむったが、父の牧隠は朝廷を恐れて、その悲しみを晴らすことができなかった。ある日、一族の若い者がやって来た。牧隠は、「私はこれから山に遊覧に行きたいが、お前もいっしょに行こう」といって、ともに馬に乗って山谷に入って行った。もの寂しく、人跡もないところまで来て、牧隠は若い者に、「息子を亡くして以来、この胸と胃の腑に鬱憤がたまって、それを晴らすことができないでいた。ここに来て、ただ私は哭きたかったのだ」といって、大声を挙げて哭いた。一日中、その哭き声が止むことはなかった。夕方になって、ようやく涙をおさめ、「心と胸のつかえがようやくおさまった」といった。このときになって、始めて悲しみから立ち直ったという。

提学が臨終のさいに、子どもたちにいった。

「私は文名のために人の嫉妬を買い、このような事態になってしまった。お前たちは身を慎んで科挙など受けてはならない」

その後、叔時《スクチ》(2)と叔畝《スクミヨ》(3)はともに科挙に応試しなかった。しかし、官職は省宰に到った。叔福《スクポク》(4)だけが科挙を受けたが、顕達することはなかった。

(1)　李種学：号は麟斎。一三六一～一三九二。高麗末の鴻儒である李穡《イセキ》の息子、天性として英剛であった。一三七四年、十四歳のときに成均試に合格、一三七六年には同進士に合格、長興庫使となって、さまざまな官職を歴任し、同知貢挙に至った。一三八九年、恭譲王が即位すると、父子ともに弾劾されて罷免され、一三九〇年には父子は獄に下されることになったが、水害が起こったので、許された。一三九二年に咸昌に流された。高麗が滅びると、鄭道伝が送った刺客によって殺された。

（2）叔時：一三九〇～一四四六。一四〇五年、十六歳で生員試に合格して奉常寺録事・監察となった。その後、兵曹参議・忠清道観察使などを経て、一四四〇年には知中枢府事となり、一四四三年には聖節使として明に行き、その後、左参賛兼戸曹判書に至った。

（3）叔畝：?～一四三九。蔭補で起用されて戸曹参議となり、一四一九年には黄海道観察使を皮きりに五道の観察使を歴任した。一四二八年には進献使として明に行き、判漢城府事を経て知敦寧府事になった。

（4）叔福：?～一四一八。早く生員試に合格して、一四〇八年には式年文科に及第した。一四一八年、兵曹佐郎であったとき、軍制改革について、王の許可だけを得て上王の許可を得なかったことで、上王の怒りを買い、兵曹の官員の多くが処刑された。そのとき、叔福も殺された。

二十一　太宗と同衾した朴錫命

左参賛の朴錫命《パクソクミョン》（1）が若かったとき、恭定王《コンチョンワン》（2）と同じ衾で寝たが、錫命の夢に、黄龍が自分の傍らにいた。目が覚めて傍らを見ると、恭定王がいる。このことから不思議に思い、いっそう恭定王とは深い友誼をむすぶことになった。太宗《テジョン》が即位した後、錫命に対する寵愛はさらに深まった。十年のあいだ、知申事の職にあって、知議政府事に昇進し、判六曹事を兼任した。近代の人臣としてはこれに並ぶような人はいない。

彼が承旨であったときに、王が、

「誰が卿にかわって承旨の職に当たることができようか」

と尋ねられたことがある。朴公はそれに対して、

「現在の朝臣の中には適当な人物はいません。ただ承枢府都事の黄喜《ファンフイ》(3)がこれに当たることのできる人物です」

と答えた。

王さまは黄喜を登用して、しばらく後に、朴公に代えてこれを承旨にしたが、ついには名相となった。世間の人びとは、「朴公は人がわかる」といったものであった。

(1) 朴錫命：一三七〇～一四〇六。一三八五年に科挙に及第、一三九一年に承旨となった。高麗が滅びると、禑王の外戚であったことから、八年のあいだは身を潜めていたが、一四〇一年には左承旨となり、顕官を歴任して、知議政府事に昇った。酒を好み、女色にふけって、醜聞が絶えず、傲慢な振る舞いが多かった。

(2) 恭定王：すなわち朝鮮王朝第三代の王である太宗・李芳遠。生没一三六七～一四二二。在位一四〇〇～一四一八。芳遠は太祖・李成桂の第五子に過ぎなかったが、太祖の朝鮮建国に大きな功績があり、靖安大君に封じられた。太祖が宣安大君・芳碩を世子に定めると、これに不満を抱き、芳碩とこれを補佐する鄭道伝を殺し、永安大君・芳果（定宗）を世子に冊封して、即位させた。さらに、芳遠に抗して起こした懐安大君・芳幹の反乱も鎮圧して、兄弟間の争いを制し、みずからの即位への道筋をつけた。

(3) 黄喜：本巻第十七話の注（1）を参照のこと。

二十二　孟思誠の人となり

左相の孟思誠《メンサソン》(1)が大司憲で、朴安信《パクアンシン》公(2)が持平であったときに、平壌君の趙大臨《チョテリム》(3)を拷問にかけることになって、王さまには啓上することなく、実行した。王ははなはだ怒って、二人を車に乗せて市街で殺そうとした。孟相は顔色も青ざめてことばもなかったが、朴公は意気軒昂で恐れる色がまるでなかった。朴公が孟相の名前を呼んで、

「あなたは私の上官で、私は下官です。いま、死刑囚となって、どうして地位に上下がありましょうか。私は以前、あなたには志操があると思っていたが、どうして今日はそれほどにおびえているのか。あなたはわれわれを死刑場に連れて行く車の車輪の音が聞こえないのか。いったい何を恐れているのか」

といった。そして、羅卒に向って、

「瓦の破片をもってきてくれないか」

と頼んだが、羅卒がいうことを聞かないと、

「お前が私の言うことを聞かないなら、私が死んで、まずお前から祟ってやろうじゃないか」

といった。その声はいよいよ凄く、顔も恐ろしかった。羅卒は恐ろしくなって、瓦のかけらをもって来ると、公はそれに詩を書き付けた。

「職責を果たさずに甘んじて死んでいくが、
王が諫臣を殺したという名を残すのを恐れる。
(爾職不供甘守死、恐君留殺諫臣名)」

これを羅卒に手渡して、

「早くこれをもっていき、王さまにお見せするがよい」

といった。羅卒がやむをえずにこれをもって宮廷に向った。当時、独谷[4]が左政丞であった。病を押して宮廷に出てことばを尽くして王を諌めたところ、王もまた怒りをおさめてついには赦して殺すことはなかった。


孟政丞が若いときに祭官として昭格殿で致祭していたとき、うたた寝をしたが、その夢の中で一人の下人が「七星がお入りになります」といった。七番目が独谷・成政丞だったのである。公が庭に下りてうやうやしくこれを迎えると、六人の丈夫が次々と入っていった。公が罪を得て市街で死刑にされようとしたとき、独谷が諌めて救ってくれたおかげで、死を免れることができた。公は一生のあいだ独谷にまるで父母であるかのように仕え、独谷が死んで後、雨が降り、雪が降っていても、独谷の祀堂の前を通ると、かならず馬を下りたものであった。

（1）孟思誠：一三六〇〜一四三八。権近に学んだ。孝行で知られ、十歳余りで母親が死ぬと、七日、断食して、三年のあいだ粥だけしか食べなかった。高麗の禑王のときに及第して、朝鮮時代には右・左議政にまで昇った。

（2）朴安信公：一三六九〜一四四七。安臣とも。定宗のとき、文科に及第。一四〇八年には司諫院左正言になり、孟思誠とともに睦仁海の事件を処理して、太宗の怒りを買った。後に世宗の時に吏宗判書・大提学となった。

（3）趙大臨：一三八七〜一四三〇。領相の趙浚の息子。一四〇三年、太宗の娘の慶貞公主と結婚して、後に平壌君に封じられた。一四〇八年、睦仁海に加担の嫌疑で監禁されたが、太宗の命で釈放された。一四二二年には輔国崇禄平壌府院君に封ぜられた。

（4）独谷：第一巻第三話の注（5）を参照のこと。

二十三　安氏の家系

私の外家である安氏というのは文成公(1)の後裔である。

契丹の乱の後、学校は荒廃して、文教は地に落ちた。文成公が学校を修理して、俸禄を使い、自己の奴婢百人余りを寄付した。今に至るまで成均館で使っている奴婢はみな文成公の奴婢だった者たちである。

公はその功績で文廟に配享された。

文成公から于器《ウキ》(2)が生れ、于器から牧《モク》(3)が生れ、牧から元崇《ウオンス》(4)が生れ、元崇から瑗《ウオン》(5)が生れ、瑗から私の外祖父(6)が生れた。この外祖父から玖《ク》(7)が生れ、玖から知帰《チクイ》(8)が生れた。知帰にまた息子がいて、その名前を瑚《ホ》(9)と琛《タム》(10)という。今に至るまで長子があいついで科挙に及第してきたが、人びとは文成公の神霊が手助けをしているのだといっている。

（1）文成公：安珦の諡。一二四三～一三〇六。一二八六年、王とともに元に行き、燕京で初めて『朱子全書』を見て感激し、これが儒学の正統だと考えて、みずから書写し、朱子の画像とともに高麗にもたらした。朝鮮朱子学の祖とされる。

（2）于器：一二六五～一三二九。珦の子。忠烈王のときに科挙に及第して、一三〇一年には国学祭酒として科挙を主管した。顕官を歴任して、検校賛成事として死んだ。

（3）牧：？～一三六〇。検校賛成事であった于器の息子。文科に及第して官途につき、一三四八年には経史都監提調、一三五二年には書筵官となった。

（4）元崇：一三四一年、文科に及第して代言となり、顕官を歴任して、政堂文学・芸文館大提学に至り、順興君に封じられた。

（5）瑗：一三四六～一四一一。政堂文学の元崇の息子。一三七四年、文科に及第、高麗時代、官職は工曹判書に至った。李成桂が建国すると、これに仕えようとしなかったが、太宗の時代に、右軍同知摠制として謝恩使となり、明に行った。その後、顕官を歴任して、病死した。

（6）外祖父：安従約。『太宗実録』元年（一四〇一）正月に黄州判官に任じた旨の記事があり、世宗七年（一四二五）三月には昌原府使の安従約の悪政を弾劾する記事が見える。

（7）玖：一四一七年、文科に及第、翰苑を経て弘文館修撰・校理となって直提学に至り、軍資監事となった。

（8）知帰：生没年未詳。文成公・珦の五世の孫。直提学の玖の息子。完川君・李淑の外孫。一四三二年、式年文科に同進士として及第して、直提学・晋州牧使・礼曹参議などを経て大司成・全州府尹に至った。五人の従兄弟の寛厚・重厚・謹厚・敦厚・仁厚とともに登科した。『文宗実録』の編纂に参与した。

（9）瑚：一四三七～一五〇三。知帰の息子。母親は朴以昌の娘。一四六六年、別試文科に及第した。史官として『北征録』の編纂に参与。顕官を歴任して、礼曹参議に至った。

（10）琛：一四四五～一五一五。一四六五年、文科に及第して官途につき、成宗が芸文館を新設したとき、選ばれて副修撰となった。一時、任士洪との確執で罷免されたが、後に復職し、顕官を歴任した。千秋使として中国と往来した。成宗が亡くなると、『成宗実録』を編纂した。

二十四　安氏の繁栄

坡州の西の野は荒蕪地で人が住んでいなかった。政堂の安牧《アンモク》が初めてそれを開墾して、広く田地を作り、大きな邸宅を構えて住んだ。政堂は詩をよくしたが、かつて次のような詩を作ったことがある。

「牧童の吹く笛の音は長浦の外にまで届き、
漁師のともす漁火は洛岩の前まで見える。
（牧笛一声長浦外、漁燈数点洛岩前）」

彼の孫の瑗《ウォン》に至って最も隆盛となり、内外に占有した田地がほぼ数万頃に達し、奴婢が百余戸にも達した。老樹の数千本が十里にわたって影を作り、鴨や鸛がそのあいだを鳴きながら飛びまわった。公は鷹を肘にとまらせ、犬を連れて、日々に往来するのを楽しみにしていた。

今、その残った土地は分けられて、百人余りの人が住んでいるが、それらはみなその子孫なのである。

二十五　鷹を好んだ安瑗

留後の安瑗《アンウォン》は鷹と犬をはなはだ好んだが、青い衿の衣服を着ていた年少のときから、その癖はすでに現れていた。彼が妻の家にいたとき、右の手で書物を開いて読み、左手の肘には鷹をとまらせていたのを見て、舅が「書物を読むのなら、鷹を置き、鷹をやるのなら、書物を置けばどうだろう。どうして両手に労苦を抱えなさるのか」といった。瑗はそれに答えて、「書物はわが家の箕裘《ききゅう》の業というべきもので、やめるわけにはいかないし、根っから鷹と犬が好きなもので、これもやめることはできません。二つを並行して差しさわりがなければ、道理を害することもありますまい」といった。若いときから老年に至るまで、いつもこうして愉しんだ。

双梅堂(1)がある日、洛河をわたってソウルに向う道中で、谷間の奥から書物を読む声が聞こえてきた。下人に、「これはきっと安老人であろう」といって、行って見ると、はたして左手に鷹をとめて、右手で『綱目』を開きながら、木に寄りかかって読んでいた。たがいに見交わして大いに笑ったことであった。

公は人となりが大らかで、おっとりとしていて、一生のあいだ、早口でしゃべったり、あわてた顔を見せることがなかった。

倭兵が昇天《スンチョン》府を陥落させたときにも、公は家で書物を読んでいた。下人たちが「倭冦が押し寄せて来ます」と告げると、公は「まず矢を射ることを習わなければなるまい。あわててはならない」といった。しばらくして、倭寇は退却した。

（1）双梅堂：李詹。一三四五～一四〇五。高麗の恭愍王のときに親試に及第、芸文館の検閲などを勤めた。李朝にも仕え知議政府事に至った。詩文に優れ、『三国史略』を編集し、小説である『楮生伝』を著した。

二十六　音楽を好んだ鄭兄弟

賛成の鄭矩《チョンク》(1)と留後の符《プ》(2)はともに大夫の鄭良生《チョンヤンセン》(3)の息子である。兄弟はともに音楽を知っていて、賛成はコムンゴをよく弾き、留後は知らないことがなかった。容貌もそれぞれ雄偉であった。夫人がたまたま田舎に帰ったときには、留後がひとり家にいて、雲と山とを眺めながら、手でコムンゴをかなで、ときどきはみずから歌って愉しんだ。こうしてけっして美しい女たちの中で酔うようなことはなかった。

(1)　鄭矩：一三五〇～一四一八。一三七七年、乙科に次席で及第。靖安君・太宗のもとで判尚瑞司を兼ね、議政府参賛となって賀聖節使として明に行き、洪武年間に作られた角弓を購入した。官職は賛成に到ったが、隷・草・篆の書に巧みで、楊州の太祖健元碑の題額を篆字体で書いた。

(2)　符：？～一四一二。一三八三年、交州道安廉使であったとき、印章を倭寇に奪われて免職になったが、すぐに復帰。一四〇四年、刑曹典書として刑政を専断したとして流配された。一四〇八年には中国に使節として行って、帰国後に漢城府尹となったが、禁止された物を多量に携帯して行ったことが発覚して罷免された。

(3)　鄭良生：本巻第四話の注（2）を参照のこと。

二十七　倭寇を撃退した李沃

李沃《イオク》(1)は侍中の春富《チュンプ》(2)の息子である。侍中が死刑になって、沃も江陵府の下隷に編入されてしまった。このとき、倭寇が押し寄せ、東海に停泊して、村々を焼き討ちにして分捕りを繰り返したので、人びとは先を争って避難した。翌日、府の郊外には大きな樹木が多かった。夜、沃は人に命じて数百本の矢を木々の幹に挿しておかせた。翌日、喪服を脱いで馬に乗り、入り江に向った。数本の矢を敵に射かけて、いつわって退き、樹間に逃れた。賊が雲のように押し寄せた。沃はひとりでこれに立ち向かった。矢を木の幹から抜いてはつがえて射て、縦横に馬を駈った。朝から暮れにいたるまで苦戦しながらも、やめることはなく、射た矢が的を外すこともなかった。死者は乱麻のようであった。このときから倭賊も境内を侵すことはなくなって、全道が平穏になった。朝廷はこれを嘉して沃に官職を与えた。

（1）李沃：?～一四〇九。恭愍王のときに文科に及第した。勇猛で軍事にたけ、江陵道節制使として倭寇を撃退して功を立てた。一三七一年、父親が辛旽の一党として処刑されると奴婢に落とされ追放されたが、禑王のときに復帰。曲折を経て、建国した朝鮮にも仕えて検校参賛議政府事となり、開城留後司留後となって死んだ。

（2）春富：?～一三七一。高麗末の姦臣。恭愍王のとき判枢密院事、一三五九年、紅巾賊が起こって開城が陥落したとき、兵馬使として功績があった。その後、罷免されることがあったが、辛旽が宮中で力をもつと、彼におもねり、その家に入り浸ったが、辛旽が失脚すると、誅殺された。

二十八　河敬復の武勇談

宰臣の河敬復《ハキョンポク》(1)がかつて次のように語った。

「私は若いときに勇気と力でもって難を免れたことが三度ある。

太宗が内乱を平定したときのこと(2)。私の親しくしていた者が禁省に入直していて、たまたまがいに話がしたかったので、中に入っていったところ、門を閉められてしまって出ることができなくなった。四方を振り返ると、数人の軍卒がいて私を連れて行き、まさに殺そうとした。私は手を振り払って逃げ出したが、あえて追いかけて来るものはいなかった。御前まで走って、『このような壮士を殺してどんないいことがありましょうか』と大声で叫んだのだった。太宗は私を許して下さった。このとき、勇気と力とがなかったら、きっと殺されていたであろう。

若いとき、深い山に入って狩をしていて、突然、猛虎と出くわしたことがある。逃げようにも逃げられない。大虎の顎の下の肉をつかんで、地面に投げつけた。人びとは逃げてしまって、救いを呼ぼうにも、誰もいない。身には一寸の刀も帯びていなかったので、素手で闘うしかなかった。下を見ると崖の下に深い淵があった。少しずつ少しずつ、虎と私との間合いが詰まって来る。私の身体は汗びっしょり。万事休した私は水に飛び込むと、虎もそれにつられて飛び込んだ。虎は水をたらふく飲み込んで腹が膨張して、気勢も衰えてしまった。それで、木と石でもってこれを殴り殺すことができた。このときも勇気と力がなければ、きっと殺されていたであろう。

また、かつて辺境で敵を防御したことがある。ある日、オランケの騎兵たちが雲のように押し寄せて矢が雨のように降りかかってきた。前方に大きな樹木が数十本あったが、もしオランケがそこを先に占拠すれば、彼らが勝ち、私が先にそこを占拠すれば、私が勝つことになろう。そこで、身をひるがえして必死に駆けてその林の中に飛び込んだ。オランケも駆けたが私に及ばず、ついにこの勝負に勝つことができた。このときも勇気と力がなければ、かならず死んだことであろう」

公は、官職は判中枢に至り、当代の第一の勇将としての名前をほしいままにした。

(1) 河敬復：一三七七〜一四三八。一四〇二年に武科に及第、一四一〇年には重試武科にも及第して、咸吉道節制使、左軍都摠制府事、さらには判中枢府事となり、北方を鎮守して十五年、恩威を兼ねて務め、野人たちはその威容に恐れをなしたという。

(2) 太宗が内乱を……：本巻第二十一話の注(2)を参照のこと。

二十九　わが曾祖父の桑谷公・成石珚

わが国が都を漢陽に移すことになって、私の曽祖父である桑谷公[1]は彼の伯兄の独谷公[2]とともに今の郷校洞に邸宅の場所を占った。

ところが、ある日南大門を出て五里あまり行くと、静かで人家もない。西山の麓を見ながら、「ここは本当にいい場所だ」といって、とうとうそこに家を建ててしまったので、独谷公は怒ってしまい、「兄弟が隣同士に住んで何か不都合なことがあるというのか。お前はどうして私を捨てて遠く無人の境に離れて住もうというのだ」といった。公はそれに対して、「ここはいま、確かに幽僻の土地ですが、しばらくすれば人家が櫛比するようになります。私は山林の美しさを愛しますが、友愛の情に疎いわけではありません」といって、やはりそこに移り住んでしまった。栗の木を数千本も植えて、さまざまな種類の草花を植えて繁茂させた。今、園林の美しさをいえば、これを受け継いだ私の伯兄任の邸宅を第一だとする。

桑谷は騎牛・李公(3)と仲が良かった。李公は城南に住み、桑谷は西山に住んでいたが、その間の距離はほぼ五里であった。あるときには互いに訪問しあって逍遥し、あるときには詩を作って応答しあった。桑谷が裏山に小さな庵室をつくり、その名を衛生堂とした。いつも下人の子どもを集めて薬を作るのを日常にした。李公が詩を作った。

「新しいお堂は瀟洒で板目もそろい、
置かれた図書に生けた花竹は趣味がいい。
垣根の上には新緑が萌える三本の槐の木、
そこへ幸い、鶯がやって来て美しき鳴き声。
（瀟洒新堂白板平、図書花竹有深情
墻頭嫩緑三槐樹、好箇黄鵬一両声）」

李公があるときその堂に至ると、桑谷が恭度公(4)に窓の外で茶を点てさせていた。茶のお湯が足らなくなったので、あらたに別の水をつぎ足させたが、李公は味わって、「この茶は二種の水を使っていますな」といった。公は水の味わいをよく弁別することができた。公によれば、忠州の達川の水が第一、金剛山を発して漢江に流れ込む牛重水が第二、そして俗離山の三陀水が第三だというのであった。

（1）桑谷公：成石珚。第二巻第七話の注（16）を参照のこと。
（2）独谷公：成石璘。第一巻第三話の注（5）を参照のこと。
（3）騎牛・李公：李行。一三五二〜一四三二。一三七一年、文科に及第、翰林・修撰を経て、禑王のとき、典医副正となった。耽羅に行き、島主の高臣傑の息子の鳳礼を連れて来て、このときから耽羅は高麗に属することになった。高麗が滅びて後、太祖および太宗が数次にわたって出仕を要請したが、拒絶して遂に出仕することはなかった。
（4）恭度公：李和の諡。太祖・李成桂の異母弟。高麗の恭愍王のとき、李芳遠（太祖）をそそのかして鄭夢周を殺し、開国に功績があった。一三九八年には鄭道伝を殺し、一四〇〇年には朴苞を殺して、芳遠の政権奪取に力があった。一四〇七年には領議政となり、大君に進封された。死後は太祖の祀堂にともに祀られた。

三十　母方の舅の安玖

私の外舅である安公[1]は、その人となりが正直で厳格であった。十二の州県の守令を歴任して、わずかでも人のものを侵すことがなく、官吏たちは畏れ、民衆はなついた。

また、よく鬼神の形相を見ることができた。かつて、林川の守令であったとき、隣の県の守令といっしょに酒を飲んでいて、狩猟犬が裏山の大きな木の方に向って吠え続けてやまなかったことがある。公がそちらを見ると、怪物が大きな帽子をかぶり、大きな面をして木によりかかって立っていた。公がこれを熟視すると、次第に消え失せた。

またある日、空が曇り、雨が降りそうで、湿気が高かった。公が下人の少年に灯りをもたせて先に立たせて便所に行こうとした。すると、竹林の中に女がいて、蓮の花のように紅い襴衫[2]を着て髪の毛をたらして座っている。公がこれをじっと見つめると、女は逃げ出し、垣根をひょいと飛び越えて消えていってしまった。

また、鬼神を崇拝する習俗のある地方でのこと。役所に入居する者がうち続いて死んだ。村の人びとはそこが鬼神の棲む場所なのだとして放っておくことにした。公は初めてその地方に赴任して、そこに入居しようとした。村の人びとは涙を流しながら、公を止めたが、公は聞こうとはしなかった。

民間の淫祀はみな焼くか破壊するかした。役所の南側に古い井戸があったが、村の人びとは神物がその中には住んでいるとして、そこにやって来ては福を祈った。公はこの井戸を埋めるよう命じた。すると、井戸から牛の咆えるような声が三日のあいだ聞こえた。村の人びとは井戸を埋めないように頼んだが、公は「井戸にも悲しみがあって泣くので、なにも不思議なことはない」といって聞かなかった。このときから、怪しげな災害はすっかりなくなった。公は「最[3]」の成績でもって栄転した。

公はいつも瑞原の別荘に住んでいたが、路傍に古木があって、その周囲は数人が手を伸ばして抱えるほどあり、高さは天を突きさすほどであった。空が曇るとかならずそこで鬼神が口笛を吹くのが聞こえた。夜になると鬼火が点って騒がしくなる。公が鷹を放ち、雉をけしかけてその木の中に行かせて追い払おうとしたが、効果はなかった。村の一人の少年が勇気をふりしぼってその木に打ちかかったが、かえって鬼神に憑かれてしまった。夜となく昼となく狂って走り回り、村人がこれを止めようにも、誰もかなわなかった。ただ公の名前を聞くと、すぐに隠れて公を避けようとした。ついに、公はその家に行き、門の前に床几を置いて、「お前はこの村に住みついて二百年にもなるが、夜になれば鬼火をともして騒ぎ立て、私が通り過ぎても跪いて挨拶をするでもなく、私が鷹を放つと、隠れて出てこない。今はまた隣家に入り込んで、いったいどういうつもりだ。何かして欲しいことがあるのか」といった。少年は地に伏して謝ったが、公は東側に延びている桃の木の枝[4]を切って長刀をつくり、それで少年の首をはねる所作をした。すると、少年は後ろにのけぞって倒れ、死んだかのように昏睡した。三日の後に、やっとのことで目覚め、狂態もおさまった。

海州牧使にまで至って、官職を辞し、四方を周遊した。鷹を肘にとまらせ、猟犬を連れて、下人数十人を連れて魚をとらえ、獣をとらえて過ごした。河や海では魚をとらえ、山に入れば獣を追ったのである。

公はまた弓矢をよく射た。鹿や猪を射て外すことはなかった。いつも元気な馬に乗って、千尋の谷を駆け降りるときにも、その早さは飛鳥のようであり、そうして矢をつがえて続けて射ることができた。これを見るもので感嘆しないものはなかった。

享年七十で死んだ。

（1）安公：安玖。本巻第二十三話の注（7）を参照のこと。

（2）襴衫：チマとチョゴリがつながった衣服。

（3）最：官吏の治績を比較して、上を最、下を殿とした。監司が管轄下の守令の治績を審査して一年に二度ずつ報告することになっていた。

（4）東側に延びている桃の木の枝：東は陰陽でいえば木に該当する。『白虎通』五行に「木は東方であり、東方は陰陽の気が初めて動き初めて生じる」とする。また桃の木は鬼神が恐れる木であるとする。伝説では、羿は桃の木で作った杖で打ち殺されたといい、以来、鬼神は桃の木を恐れるようになったという。そこで、桃棓、桃篅、桃矢など、鬼神を追い払うのに、桃の木が使われる。ここでは最も生命力のあふれる東の方に延びた桃の木の枝を選んだことになる。

三十一　鬼火

外叔の安府尹[1]がまだ少年であったとき、瑞原の別荘に行こうとして良い馬にまたがって、子どもの下人だけを連れて出かけた。別荘まで十里というところまで来て、すっかり夜になってしまった。四方を見ても誰もいない。ただ東の県城の方を見やると、松明の火があって騒がしい。狩猟をしているようにも見える。それが次第に近づいてくる。左右を見ると、五里ものあいだ、その火が絶えることがない。これは鬼火であった。公の進退はここにきわまった。どうしたらいいのか、さっぱりわからない。ただがむしゃらに馬を鞭打ち、七、八里ほど必死に前進した。鬼火はすっかり消えた。空は雲に覆われ、雨がしとしとと降って空気は湿気ている。道路はいよいよ険しくなっていく。しかし、鬼火が消えたことでほっとして、恐怖心もややなくなった。また峯一つを越えて、道を旋廻しながら下って行ったが、前に見た鬼火がまた行く手を遮っている。公はもう為すすべもなかったので、刀を抜いて大声を上げながら正面からぶつかって行くと、鬼火は公を避けてかたわらの林の中に消えていった。公は拍手をして大笑いした。公は別荘に到着した後にも、まだ興奮したまま、窓に寄りかかってうたた寝をした。奴婢たちが灯りを点して座って糸を紡いでいる。公はふと灯りが点滅するのを見て目を覚まし、「鬼神たちがまたやって来た」と大声で叫びながら、刀を抜き放って振り回し、当たるを幸い、四方の器物をすっかり壊してしまった。奴婢たちはやっとのことで難を逃れることができた。

（1）安府尹：安知帰。本巻第二十三話の注（8）を参照のこと。

三十二　吉凶を占う鬼

私の外姑の鄭氏（1）は楊州で成長した。ある鬼神がその家の若い婢女に取り憑いて、数年のあいだ去ろうとしなかった。吉凶禍福を占って、当たらないことがなく、ことばには応験があって、人びとは何も隠しだてをすることができなかった。誰もがこの女を畏れ、そして信じた。家の中にもいかなる禍も起こらなかった。その声も大きく澄んで、年老いた鶯の鳴き声のようであった。昼は空中に浮遊して、夜になると梁の上に棲んだ。隣には当時名のあった役人が住んでいたが、その家の主婦が高価な髪飾りなどを失くすたびに、奴婢たちを叱りつけて殴った。奴婢の一人がその苦痛に耐えることができずに、やって来て、鬼神に尋ねた。鬼神は、「私はそれがあるところを知っているが、お前に語るのは難しい。お前の主人が来れば、話して聞かせよう」といった。奴婢が行って主婦に話をすると、主婦はみずから占い料をもってやって来た。鬼神は、「私は髪飾りのあるところを知ってはいるが、それをいうことはできない。私が口を開けば、お前は赤っ恥をかくことになるのだぞ」といった。主婦が二度、三度と尋ねるが、鬼神はそれ以上のことは話そうとはしない。主婦はとうとう怒り出してしまった。鬼神は、「私の占いが当たっていれば、事はいとも簡単だ。ある日の夕方、お前は隣の家の男子のだれそれと楮の畑に入っていっただろう。そのとき、髪飾りを木の枝に懸けたのではなかったか」といった。奴が行ってそれを見つけて来た。婦人が大いに恥をかいたことはいうまでもない。

また、家の奴が物を盗んだとき、鬼神が、「だれそれが物を盗んで、だれそれの部屋の中に隠した」といった。奴は怒り出し、「どこの何とも知れない妖怪が人の家にやって来て、勝手なことをいうんじゃないぞ」といいもあえず、そのまま地面に倒れ伏してしまった。ややあって、気がついたが、その場に居合わせた人びとが尋ねると、「紅い髭をした男がわしの髪の毛をつかんだかと思うとぼうっとして、立てなくなってしまったのだ」といった。家ではしだいにこれを嫌うようになった。相国の鄭矩《チョンク》(2)と符《プ》(3)の兄弟がやって来ると、鬼は恐れて走って逃げていった。相国がいなくなると、鬼はまた現れた。相国はそのことを知って、ある日、鬼を呼び出して、「お前は藪の中に隠れ棲むがいい。長く人の家に留まっていてはいけない」と戒めた。それに対して、鬼は、「わたしがここに来てからというもの、家の中の福が増すようにつとめ、一つとして災いが起こることはありませんでした。できれば、このままずっとここにいさせてくだされば、この家のために尽くしましょう。ご主人のおっしゃることには、かならず従います」といったものの、ついには慟哭しながら、家を出て行った。鬼が出て行ったものの、家の中にはなんの災いも生じなかったそうだ。

私はこの話を外姑自身から聞いたのである。

（1）外姑の鄭氏：安従約の妻で、成俔の母の母ということになる。
（2）鄭矩：本巻第二十六話の注（1）を参照のこと。
（3）符：本巻第二十六話の注（2）を参照のこと。

三十三　太子

空中で声がして、ムダンやパクス（男巫）に取りつき、よく昔のことを知っていて話をした。人びとはそれを太子といっていた。盲人の張得《チャントウク》(1)という者がいて、よく占いをしたが、人びとは彼が『明鏡数』という書物をもっているといっていた。そこで、朝廷では、盲人にその書物をもって来るようにと命じたが、盲人はそんな本はもっていないと答えた。張は獄につながれ、拷問を受けたが、それでも出ては来なかった。安孝礼《アンヒョレ》(2)が太子に尋ねると、太子がこれに答えて、「張盲人が親戚の某に頼んで、牛峯県の民家に隠させた。その家というのは東に向いていて、柴の扉がある。家屋の前に大きな木があり、屋内に素焼きの壺があり、その壺は小さな盆で蓋をしてある。盆を取って見ると、そこに本があるはずだ。お前が行って探すことになったら、大きな木に向って、私を呼ぶがよい。そうすれば、私がお前に応じよう」といった。安孝礼が盲人の家に行って尋ねると、はたして親戚の中に牛峯に行った者がいる。孝礼はたいへん喜んで、宮中に参って王さまに報告した。王さまは孝礼に命じて、駅馬に乗って、数名の騎馬の兵士とともに、牛峯に行かせた。一晩駈け通しで、その家に至った。はたして門は柴の扉で、大きな木がある。家の中に入ると、たしかに素焼きの壺はあった。蓋をとって見ると、しかし、中には何も入っていない。木に向って太子を呼んでみたが、誰も応じない。孝礼がとぼとぼと恨めしい気持ちで帰ってきて、太子を問い詰めると、太子は、「お前はいつも嘘をついて、私をだますので、私もまた嘘をついて、お前をだましてみたまでだ」と答えた。

（1）張得：この話にあること以上は未詳。
（2）安孝礼：『世祖実録』十年（一四六四）に安孝礼が父親の服喪が十分ではなかったという記事が見え、『成宗実録』八年（一四七七）四月には、承文院の旧基に離宮を造ることの可否で啓上している。

三十四　下人の増員

私の曾祖父の靖平公(1)が礼曹判書となって、王さまに、「判書というのは六部(2)の長でございます。しかし、下人一人だけを連れていいのでは、下官となんら変わりはありません。できれば、もう一人の増員をお願いします」と申し上げた。王さまはこの願いをお聞き届けになった。

判書が二人の下人を連れていいようになったのは、靖平公のときに始まるのである。

（1）靖平公：成石珚。第二巻第七話の注（16）を参照のこと。
（2）六部：高麗の時代、国家の重要な行政を担当した六つの官庁、すなわち吏部・兵部・戸部・刑部・礼部・工部をいう。後には六曹になった。

三十五　安崇善と金宗瑞のあいだの溝

三宰の安崇善《アンスンソン》(1)は豪俊さが人に抜きん出ていた。皇甫仁《ファンボイン》(2)が都承旨であったとき、金宗瑞《キンジョンソ》(3)は左承旨であり、みずからの経世の手腕と学問を恃んで、都承旨をまるで顎の髭をひねるように軽く見ていた。あるとき、皇甫仁が異動になって、安公が同副承旨から抜擢されて、都承旨に任命された。宮殿で都承旨の任命を受けて忠政殿に至り、中門を入って行き、都承旨の席に着こうとして、「この席に着いていいものなのであろうか」といった。宗瑞の顔色は墨のように黒かった。このときから、二人のあいだには溝ができた。その後、安公が兵曹判書として罪を得て、遠方に流されることになったが、これも宗瑞が陥れたのだと、人びとは噂し合った。

(1) 安崇善：一三九二〜一四五二。判中枢院事の純の子。一四一一年、司馬試に合格して、一四二〇年には文科に及第、司憲持平を経て同副承旨となった。一四四四年には使臣として明に行き、帰って来て知中枢院事となり、知春秋館事として『高麗史』を編纂、左参賛に至った。

(2) 皇甫仁：?〜一四五三。一四一四年、文科に及第、世宗のときに北海体察使として金宗瑞とともに六鎮を開拓、文宗のときに領議政となった。文宗の遺言を守って端宗を輔翼、王位の奪取をはかった首陽大君（世祖）によって、金宗瑞とともに殺害された。

(3) 金宗瑞：一三九〇〜一四五三。一四〇五年に文科に及第、咸吉道都節制使となって、一四三四年には六鎮を置き、豆満江を国境に定めた。文宗のとき、右・左議政となって、幼い端宗の補佐をした。一四五三年に首陽大君（世祖）が政権を奪取するとき、まず知略のある金宗瑞を亡き者にしようとして、一家に出かけて真っ先に殺した。

三十六　気が触れた金処

金処《キムチョ》(1)というのは光山君・金若恒《キムヤクハン》(2)の息子である。判官の金処は自分の父親が異国で死んだのを悲しむあまり、気が触れてしまった。精神が混濁して事理を判断することができなくなった。幼い子や愚かな婦人がいろいろとたくらんでだますと、そのままに信じて、けっして疑おうとはしなかった。家の中の一人の下人のいうことをいつも信じ込んで、彼のいうままに何でもした。また何かをして、その下人が叱りつけると、恐ろしくなって、身動き一つできずに萎縮するのであった。

判官は昼には寝て過ごすことが多く、目覚めていることが少なかった。目覚めると、「関東別曲」(3)を歌い、袖を振るって舞うのであった。そうして、舞い終えると、大声を上げて泣いた。

夜には詩句を吟じながらたった一人で彷徨して、あるときには山間に入り込み、あるときには垣根に穴を開けて入ったりして、少しも休むことはなかった。

あるとき、山中で病にかかって倒れている人を見て、判官はこれをかわいそうに思い、水をもって来てはこれに飲ませて看病したが、ついにはその病に感染して死んでしまった。

(1)　金処：この話にあること以上は未詳。
(2)　金若恒：本巻第十四話の注（1）を参照のこと。
(3)　「関東別曲」：高麗の忠粛王の十七年（一三二九)、安軸が江陵道巡撫使として赴任したとき、関東の景物を歌った歌。

三十七　金虚の孝行ぶり

副正の金虚《キムホ》(1)というのもまた光山君の息子である。人となりはまことに孝誠であった。母親の喪に遭って居廬(2)を行ったとき、『孝経』の「喪親章」を壁に書きつけ、毎日、毎日、壁に向ってそれを読み、読み終えると、嗚咽し涙を流して、感極まるのを抑えることができなかった。このようにして、三年ものあいだ、すこしも休まなかった。

人となりは、よく泣き、その泣き声が澄んで悲しげで、聴く者にも涙をもよおさせずにはいなかった。

（1）金虚：『世宗実録』九年（一四二七）九月に監察房主・金虚の名前が見える。
（2）居廬：父母の喪に服する人が三年のあいだ父母の墓の側に廬幕を作って住むこと。

三十八　名医の盧仲礼

士人の李という人が病気になり、高い熱が出て、頭痛がした。医者たちはみな、傷寒の症状だといい、参蘇飲(1)を服用させた。盧仲礼《ロチュンレ》(2)が後になってやって来て、脈をとってみて、「これは以前に高いところから落ちた傷が原因で生じたものだ」といった。李は「最近、どこかから落ちたというようなことはない」と答えた。盧が、「本当にそうか、よく思い出して欲しい」というと、李はしばらく考えて、「そういえば、昨年、足を踏み外して階段から落ちたことがあったが、大したことはなく、痛みもあまりなかった。今もなんら困ったことはない」と答えた。盧は傷元活血湯を服用するように勧め、李がこれを服用すること数回で、凝固した血を数升ほど出して、その病は癒えたという。

（1）参蘇飲：傷寒・痛風・発熱などに用いる人参と紫蘇の葉を主な材料とした湯薬。
（2）盧仲礼：生没年未詳。医学者で、特に婦人病に詳しかったという。中国に渡って、薬材について学び、兪好通とともに『郷薬採集月令』を編纂、さらに『新増郷薬集成方』『胎産要録』などの編纂に関わった。官職は同知中枢府事にまで至った。

三十九　丑邱の書

丑邱《チュクク》(1)という僧がいた。みずから、「私の書は独谷・成相(2)の書のようだ」といっては、壁に貼り付け、人に自慢した。ある日、独谷がやって来て、部屋の貼り付けた書を見て、「これは私が前に書いたもののようだが、あなたはどこでこれを手に入れたのかな」といった。丑邱は大いに喜んで、いかにも満足げであった。

（1）丑邱：『世宗実録』元年（一四一九）九月に、僧侶の丑邱が石塔に収めてあった新羅時代以来の舎利の霊験あらたかなることを奏上してほしいと願ったが、世宗は国体としてこれを崇めることはできないと判断した旨の記事が見える。
（2）　独谷・成相：成石璘。第一巻第三話の注（5）を参照のこと。

四十　間男に殺された李某

李という姓のソンビがいた。あわて者である上に偏狭で、ものごとの筋というものを察することができなかった。また、過度の潔癖症で、どのようなものでもわずかでも粗悪なものが混じっていれば、箸をつけなかった。

ある日、妾のところに出かけて、妾が情夫と寝ているところにめぐり合わせた。李は男と格闘したが、逆に相手に負かされ、地面に叩きつけられた。そのまま口を利くこともできず、しばらくして死んでしまったという。

四十一　南簡の固執癖

提学の南簡《ナムカン》(1)は清廉で倹素であることを自任していた。牛肉をけっして食べなかった。一族の者とともに政丞(2)の家に行ったとき、政丞は牛肉でもってもてなした。一族の者が「提学は牛肉をお食べにならないそうですが、本当ですか」といった。政丞が箸で牛肉を挟んで食べながら、「この弟の固執癖もおかしなもんだ」といった。

提学は、死ぬ直前、手と足の爪を切って、それをすべて棺の中に入れてくれと遺言した。

「こうすれば、礼を全うするというものだ」

（1）南簡：生没年未詳。世宗の丁未（一四二七）に親試文科に及第して、一四三〇年には戸曹佐郎として貢法や田制の改革を行った。一四三二年、病で療養しているときに鮮魚の贈り物を受け取ったことが問題になった。後に芸文館直提学・大司憲に至った。

（2）政丞：南簡の兄の南智。生没年未詳。領議政・南在の孫で、蔭補で登用され、持平などを経て宜城君に封じられた。一四五一年には左議政に昇り、文宗から皇甫仁・金宗瑞などとともに端宗を輔弼するようにという遺言を受けたが、風疾によって口がきけなくなって隠退した。娘が安平大君の息子の友直に嫁いでいたが、癸酉の靖難で安平大君父子が処刑になっても、やはり風疾で死を免れた。

第四巻

わが朝は多士済々

一　柳寛の清廉ぶり

夏亭・柳政丞《ユ》(1)は清廉な人物ではなはだ倹素な生活を守った。数間だけの茅葺きの家に住んで、楽しく過ごした。官職は人臣として最高位を極めたが、日常の振る舞いは一人の平民と変わるところはなかった。人が訪れてくれば、冬の時節であっても、霜焼けで赤くなった足に草鞋をはいてみずから出迎えた。あるときには、鋤をかかえて菜園をまわったが、それをすこしも苦労と思わなかった。

(1) 夏亭・柳政丞：柳寛。一三四六〜一四三三。一三七一年に文科に及第、要職を歴任したが、李成桂の朝鮮開国を助けて、原従功臣の号を受けた。世宗のときには右議政にまで昇った。倹素な生活を心がけたが、磊落な性格で、一生のあいだ学問を捨てなかった。

二　奴僕に助けられた高得宗

高得宗《コトゥクジョン》(1)は耽羅（済州島）の人である。文学をもって官職は二品にまで至った。

若いとき、故郷の母親に会おうと済州に向ったが、海の中で台風に出遭ってしまった。船は木の葉のように揺れて、ついには木端微塵に破砕してしまった。高は若い奴僕一人とともに海に放り出されたが、船の舷の板一枚にしがみついて、鯨が泳いでいる中を漂った。そのとき、奴僕が、「この板は小さく、二人の人間がともに生き延びることはできません。私は今日でお暇をいただきます」といって、高を板に縄でしばりつけ、みずからは海に沈んで行った。

高は波間を漂いながら、気力も尽き果てたが、三日が過ぎて、海岸に漂着した。村の人がこれを見つけて、ようやく息を吹き返したのだった。

（1）高得宗：生没年未詳。一四一四年に文科に及第、戸曹参議になったが、一四三八年には種馬進貢使として明に行き、一四三九年には日本通信使として、尹仁甫・金蒙礼などとともに京都に到り、足利義教と大内持世の書状を携えて帰って来た。一四四一年には李満住と童凡察の処分を主張したために流罪になったが、後に復帰した。一四四八年、転運使となり、忠清・全羅両道の米を平安道に漕運した。

三　泰然自若たる鄭甲孫

貞節公・鄭甲孫《チヨンカプソン》（1）は容貌がはなはだ雄偉であり、背も高く、美しい髭を蓄えていた。度量も大きく挙措に余裕があり、歴代に宰相を出した家柄ではあったが、清廉でつましい生活をして、家には蓄えた財物はまったくなかった。粗末な衣服を着て蒲の敷物に座っていても泰然としていた。悲憤慷慨することがあると直言をして、権勢家だからといって遠慮をしなかった。貪欲な人は清廉に、懦弱な人は剛直になるように仕向けた。宮廷では彼を重んじて、尊重した。あるとき、大司憲となり、吏曹が人を誤って登用したのを論駁したことがある。王さまは思政殿にお出ましになり、大臣たちの報告をお受けになっていた。そのとき、相国の河演《ハヨン》(2)が兼判書で、崔公府(3)が判書であったが、二人もともに入侍していた。鄭公が、「崔府は数に入れることもできず、河演はすこしは事理をわきまえるものの、これも適材とはいえません。お願いですから、彼らを尋問してください」といった。

王さまは笑い顔で両側に弁明なさった。朝会を終えて、庭に降りて出て来たとき、河と崔の二人は汗がしとどで地面に流れ落ちた。鄭公がにっこりして、「それぞれが職責を全うするまでのこと、あえて互いに害そうというものではない」といい、また録事を呼んで、「お二人はたいへん暑がっておられる。お前が扇で煽いで進ぜるがよい」といって、温雅で余裕のある姿はまことに自若たるもので、いささかも恐れや後悔の色が見えなかった。

(1) 鄭甲孫：?〜一四五一。字は仁仲、世宗のときの文臣。中枢院使の欽之の息子。一四一七年に文科に及第して官途につき、大司憲となった。このとき台綱を大いに糺して世宗の信任を得た。

(2) 河演：一三七六〜一四五三。一三九六年、文科に及第、芸文館大提学を経て、領議政にまで至った。礼曹参判だったとき、仏教の七宗を禅・教の二宗に改革して、寺社の土田を量減した。人となりは剛直で端雅だったという。

(3) 崔公府：崔府。一三七〇〜一四五二。謚は靖簡。早く進士生員試に合格、一三九〇年には文科に及第した。成均館学論となり、李朝に入ると芸文春秋館の修撰となった。世宗のときに吏曹判書となったが、病を得て隠退、読書で余生を過ごした。

四　若き日の譲寧大君

譲寧大君《ヤンニョンテクン》(1)が世子であったとき、もっぱら声色に淫して、学業に勤しむことがなかった。あるとき、鳥をつかまえる罠をしかけておいた。まさに書筵で賓客と向かい合っているようなときでも、きょろきょろと四方を見まわして、気持ちは学業にはまったく向いていないのであった。そして突然、鳥が罠にかかれば、走って行き、これをつかまえてくるのだった。

鶏城君・李来《イレ》(2)が賓客となって、ある日、宮廷の門の外に至ったとき、内側から人が鷹を呼ぶ声を出すのが聞こえた。心の中では世子の出す声だとわかった。世子が書筵に座っているときに、来が「世子が鷹の声を出されたのを聞きましたが、あのようなことは世子がなさるべきことではありません。お願いですから、学問に励んで、あのような声はもう出さないでください」といった。世子はおどろいたふりをして、「今まで鷹など見たことがないのに、どうして鷹の声などまねることができようか」といった。来が、「狩のときに肘にとめて兎を追うのが鷹ですよ。どうして見たことがないわけがありましょう」といった。おおよそ、世子によくない行いがあれば、来がかならずやって来て、極諫したので、世子は彼を仇敵のように思った。あるとき、世子は人に、「なぜか鶏城の顔を見るだけで、頭痛がして、胸がどきどきする。夢の中で彼を見ても、その日はかならず悪寒がする」といったものだった。

太宗《テジョン》が宮中に柿の木を植えて、その実を喜んでお食べになったが、鳥がこれをついばんで食べてしまった。太宗は弓をよく射る者を召してこれを射させようとなさったが、左右の臣下たちが声をそろえて、「宮中の武官の中でこれを射て命中させることのできる者はおりません。世子だけがこれに命中させることができましょう」と申し上げた。太宗はすぐに世子に命令した。世子が射ると見事に命中して、臣下はこれをほめたたえた。太宗はいつも世子の行動を嫌って、永い間、お会いにならなかったが、この日はじめてにっこりとお笑いになった。

（1）譲寧大君：李禔。一三九四〜一四六二。太宗の第一男。一四〇四年に王世子となったが、失態が多く、一四一八年には廃位となった。その後、各地を遊覧して風流客と交わって一生を終えた。詩と書に巧みであったという。弟の忠寧が朝鮮国きっての名君の世宗となる。

（2）李来：一三六二〜一四一六。諡は鶏城君。父親は辛旽の処罰を主張して流罪となり、不遇の死を遂げた。来は辛旽が殺されると、十歳で典客録事に特任された。一三八三年には文科に及第、一三九二年、鄭夢周が殺害されると、その一党として流されたが、一三九九年に左諫言議大夫に登用され、翌年に起きた芳幹の乱に功を挙げて推忠佐命功臣二等に冊録された。

五　筆匠の金好生

金好生《キムホセン》(1)という者はもともとはソンビであった。若いころ、ソウルにいて、筆を作るのに巧みであった。譲寧大君が世子となって、つまらない客たちまでが数多く東宮にたむろするようになって、徳望を大いに失った。その客の中には、あるいは死刑に遭い、流罪に遭う者があった。好生が、ある日、筆をもって東宮の門まで行くと、内使に捕縛されてしまった。王さまの御前まで引き立てられ、尋問されたが、好生はありのままに答えた。王さまが、「お前は地下の者なのに東宮に出入りしているそうだな。東宮の筆をお前が作っているそうだが、また私の筆も作ることができるか」とおっしゃった。そうして、好生は工曹に隷属させられて、筆匠となった。

好生はわずかに詩を作る術を知っていて、文士たちの中に彼を厚く遇する者もいた。好生が文士たちに自分の号を考えてほしいと頼むと、一人の文士が、「牧隠[2]、圃隠[3]、陶隠[4]、農隠[5]などはみな自分の好むものを号にしている。現在、お前は筆を巧みに作ることで世間に名高いので、毫隠と号したらどうだろう」といった。好生は喜んでこれに従い、いつもみずから号して毫隠と呼ぶようになったが、後日、一人の文士が彼の家にやって来て、「あなたは毫隠ということばの意味をご存知か。その『隠』というのは隠れ住むという意味の隠ではない。あなたが人の筆先の毛をかすめ取って、いつもこっそりと持って行くので、この『隠』というのは、人のものを隠匿するという意味の『隠』なのだ」といった。その後、好生はこの号を称さなくなった。

（1）金好生：この話にあること以上は未詳。
（2）牧隠：李穡。第一巻第二話の注（12）を参照のこと。
（3）圃隠：鄭夢周。第一巻第一話の注（2）を参照のこと。
（4）陶隠：李崇仁。第一巻第二話の注（10）を参照のこと。
（5）農隠：趙元吉。生没年未詳。鄭夢周・偰長寿らとともに恭譲王を擁立したことで一等功臣となり、玉川府院君に封じられた。一三九二年、高麗が滅びると故郷に帰って朝鮮王朝には仕えず節義を守った。

六　こだわらなさが仇になった朴以昌

参判の朴以昌《パクイチャン》(1)は宰枢の朴安身《パクアンシン》(2)の息子である。若いときから気概があり、志も大きく、ものごとにこだわらず、冗談も解することができた。悲憤慷慨して正論を述べるのは父親譲りの風度であった。

少年のころは尚州にいたが、怠け者で、学問をかえりみることなく、父母がいくら言い聞かせても、そのことばに従わなかった。

科挙の期日が迫ったときに、隣に住む寡婦の息子で、公と互いに付き合って遊ぶ仲間がいたが、寡婦が公に、「わが家の息子が郷試(3)を受けようとしているが、まだ年が若く、一人で行くことができない。あなたも一緒に行って受験してはくれまいか」といった。公はやむをえず、隣の息子とともに試験場に行った。受験者たちはみな文章を作ろうと沈吟していた。そのとき、公は突然に、自分は曹交(4)のように長身であるのに、文章を書くこともせず、白紙のままに答案を提出したならば、きっと人びとの笑い物になるだけではないかと考えた。そこで、にわかに筆を執って文章を作り、提出した。はたして、合格者の発表があって、公が壮元であった。すぐに、父親に手紙を書いて、「この地方のソンビたちが雷のようにどよめき、雲のように群がり集まったところで、私が首席となりました。これはやはり誇らしいことだと思います」と報告した。

このことから心を改めて、とうとう大科に及第した。

初めて翰林に入ったとき、翰林の風習では、初めて入って来た者を「新来」と呼んで、あるいは酒と食物を強要し、あるいは急襲してさんざんに悩ませて、五十日がたって、やっと席に座ることが許された。これを「免新」といった。公はみずから進んで風習に従うということがなく、何度も先輩たちに目をつけられ、期日が過ぎても座ることを許されなかった。公はそれを憤って、我慢できずに、自分で席まで進んで座って、傍若無人に振舞った。そのとき、人びとはこれを「自許免新」といった。

あるとき、承旨となって、王さまの車に随行したことがあったが、道で士女たちが幕を張っていて、見物をする人びとがはなはだ多かった。一人の女人が玉のような手で簾を上げて身体を半ば出して見ていた。公が大きな声で叫んで、「あの愛らしい女の手を一度でも握ってみたいものだ」といった。同僚たちが、「あの婦人たちは両家のお嬢さまだぞ。公はどうしてそんな不躾なことをいうのだ」というと、公は、「あの婦人だけが良家のお嬢さまで、私は良家の息子ではないとでもいうのか」といったので、左右の者たちは大笑いした。彼の巧みな話術はこのような類が多かった。

おおよそ、宰枢として中国の都に行く者たちは、平安道の駐屯地で食物を多く補給した。そうして、ここで富裕になる者が出て来たために、公が王さまに啓上するときに、その弊害を諫めたことがあった。公自身が中国に行くことになって、道中の遠さを思いやって、やむをえずに、大量のものをもって行ったが、それが発覚して、しばらく尋問される羽目になった。

公が帰って来て、新安館に至り、「今から先、どんな顔をして王さまに拝謁できるであろうか」といって、みずから首に刀を刺して死んでしまった。

（1）朴以昌：？～一四五一。若かったとき、勉学を嫌ったが、父母から訓戒を受けて発奮、一四一七年には壮元で及第して、翰林に入った。文宗のときに聖節使として明に派遣され、遠路を慮って糧米を多く持って行ったことが発覚、帰国のときに逮捕され、面目を失ったとして自殺した。父親の安臣に似て悲憤慷慨の気質があった。

（2）朴安身：朴安臣の誤記。第三巻第二十二話の注（2）を参照のこと。

（3）郷試：文科・生進科・訳科など科挙の初試として各道で行われる第一次試験。科挙には文科・武科・生進科・雑科があった。生進科は生員・進士を選抜する試験であるが、初試に合格して覆試を受験する資格を得る。この初試に各道で行われる郷試とソウルで行われる漢城試とがある。文科、すなわち大科では、初試・覆試・殿試の三段階の試験がある。文科の初試としては成均館で行われる館試、ソウルで行われる漢城試、各道で行われる郷試がある。これも初試に合格して覆試を受験する資格を得る。

（4）曹交：背の高い人をいう。『孟子』告子章句下に、曹交が、人はみな堯・舜になることができますかと尋ねると、孟子は、なれると答えた。すると、曹交が、聞くところによると、文王の身長は十尺、湯王の身長は九尺だったといいます。私の身長は九尺四寸ありますが、飯を食べているだけです。どうすれば宜しいでしょうか、と尋ねたという。

七　尼の霊に取り殺された洪允成

洪宰枢[1]がまだ顕達する以前、道を行くと雨に遭い、小さな洞穴があったので、その中に入って雨宿りをした。洞穴の中には小屋があって、尼がいた。年の頃なら十七、八といったところ、美しく端正な容姿をしていて、一人で座っていた。公が、「どうしてこんなところに一人で住んでいるのか」と尋ねると、尼は、「尼三人でいっしょに暮らしていますが、他の二人はいま、托鉢のために村まで出かけているのです」といった。公はこの尼と交わって、また約束をして、「某年の某月にお前をわが家に迎えることとしよう」といった。尼はその日を待っていたが、その日がやって来ても、まったく音沙汰がなかったので、尼はついには心を病んで死んでしまった。

後日、公は南方節度使となって鎮にいた。ある日、蜥蜴のような小さな生き物が公の布団の上を動いた。公が役人を呼んでつかまえて外に捨てるようにいったので、役人はこれを殺して捨てた。翌日には、小さな蛇が部屋の中に入って来た。役人がまた殺して捨てた。また翌日にも、蛇が部屋の中に入って来た。そのときになって初めて、これは尼の亡魂が祟っているのではないかと疑うようになった。しかし、自分の威勢と武勇を恃んで、みんな殺してやればいいのだと思って、すぐに役人に命じて、これも殺して捨てさせた。その後も、異物が来ない日はなく、しかも来るものは日に日に大きなものとなって来て、ついには大きなうわばみがやって来た。公は陣営の兵卒たちを集めて、刀剣を抜いて四方を防御させたが、うわばみはその囲いをものともせず、侵入してきた。兵卒たちは争うように刀をふるってこのうわばみに切りつけた。また、柴に火をつけて用意しておき、うわばみを見ると、これに投げつけた。それでも、異物の侵入は止まなかった。公はここに至って、夜にはうわばみを衣に包んで函に入れて寝室に置いておき、昼にも函の中に入れたまま、辺境を旅するときには、人に函を持たせて、先に行かせるようにした。公はしだいに精神に異常を来して、顔色も青ざめ、とうとう病気にかかって死んでしまった。

（1）　洪宰枢：洪允成のこと。第二巻第十一話の注（1）を参照のこと。

八　弟の力添え

漆原府院君・尹子当《ユンチャタン》(1)の母親の南氏は早くに寡婦となって、咸陽《ハムヤン》に住んでいた。子当が七歳のとき、母親の南氏に連れられてムダンのところに行き、占ってもらったところ、ムダンは、「お母さんは心配なさらなくてもよい。この子には貴人の相がある。この子はかならず弟の力添えで高貴な地位を得ることになる」といった。南氏は「寡婦の子どもにどうして弟がいることがあろう」と答えた。

後に、南氏が李氏の家に再嫁して、子どもをもうけたが、この子というのは李叔蕃《イスクボン》(2)である。太宗の定社(3)を助けて、その功績は第一となり、権勢を国中にふるった。尹公もまた李公の力添えによって高貴の班列に参与することができ、封君までされた。

(1)　尹子当：太祖のとき、推忠奮義佐命功臣として輔国崇禄大夫に昇り、漆原府院君に封じられた。
(2)　李叔蕃：第三巻第十五話の注(1)を参照のこと。
(3)　定社：李芳遠(太宗)が李芳碩の乱を平定して、みずからの即位を決定づけたことをいう。

九　弓の巧みな裵玥文と李石貞

裵玥文《ペフムン》(1)と李石貞《イソクチョン》(2)とは弓をよく射ることで当代に名高かった。

毎日、矢を射ることを日課として、寒いときも暑いときも怠ることなく、月が出ていれば夜にでも矢を射た。二人が的を射て争えば、一日中、的を外すことはなく、勝負は決定しなかった。あるときには、小さな物を石の上に置いて、それを射ると、矢はまっすぐに飛んでいき、的に命中して、一度も石をかすめもしなかったし、そして矢が傷むこともなかった。

女真の酋長で矢をよく射る者が琊文の名声を聞いて、腕比べをしようとした。そこで、五十歩の距離を置いて二本の木の柱を立て、そこに色のついた縄をわたして、小さな環をかけた。琊文がそれを射ると三回ともに矢が環の中を貫いた。酋長はしきりに感嘆してやまなかった。

かつて琊文が人にいったことがある。

「李石貞とともに矢を射る約束をして、私が先に約束の場にいったところ、まだ的を描いた布を張ってはいなかった。ちょうど雉が二羽いて餌をついばんでいた。距離は百歩ばかりあっただろうか。細い矢を選んで射て、まず一羽を射とめた。もう一羽があわてて飛び立とうとしたので、これも射て射とめた。これは万分の一ほどの幸いで、めったにないことだ」

石貞は膂力が人に勝れていて、よく強弓を引くことができた。朝ごはんだけを食べれば、馬に乗り弓を肩に懸け、矢を数本もって出かけた。正午前には帰って来て、雉や雁などの獲物をもって帰ってきたが、それはちょうど持って行った矢の数であった。官職は僉枢に至ったが、後に罪を得て死刑になった。

琊文は堂上官となることはなかった。肘の骨を折って隠退して、田舎に帰り、年を取って病気になった。矢を射ることができなくなったので、軟らかい弓を作って小さな的を射たが、百発百中で、たとえ射手として名高い者であってもこれにはかなわなかった。

（1）裵珝文：この話にあること以上は未詳。

（2）李石貞：武人。官職は僉中枢府事に至った。安平大君の党と目され、南海で絞殺された。

十　迂闊な李芮

世祖《セジョ》が抜英試（1）を開設され、当代に名のある臣下や宰相たちがみなこれに参加した。翌日の謝恩の際には、王さまが思政殿にお出ましになって引見の後、酒宴をもうけてみなを慰労なさった。王さまが一首の詩をお作りになり、臣下たちがそれに答えるようにお命じになった。私の伯兄もまたその場に侍していて、文質公・李芮《イエ》（2）の耳元で、「王さまはいつもあなたのことを迂闊だとおっしゃっているが、今日はしかし、戯詩を作って差し上げれば、いかがでしょうか」とささやいた。そこで、文質公は、「聖徳を褒め称えて歌い、立って舞おうとすると、天の風が袖を翻らせ、旋回を助ける（歌詠聖徳欲起舞、天風吹袖助回旋）」と歌った。王さまは大いに笑って、「私は李芮を迂闊な人間だといってきたが、今、この詩を見ると、まことに豪気がありあまるような人間だ」とおっしゃった。

世祖はすぐに内女に命じて琵琶を持って来させ、公の詩を歌わせ、公に立って舞うようにおっしゃった。こうして歓をお尽くしになった。そうして間もなく、公は嘉靖大夫に加資されたのであった。

（1）抜英試：正二品以下の文官に対して行われる臨時の試験。世祖十二年（一四六六）に初めて金守温以下の十一名と三品官以上の文臣百名に即席に詩・賦・頌を作らせ、合格者三十四名を選抜した。壮元には米二十石を下賜して、合格者たちは科挙のときと同じように名前を発表して、遊街を行った。

（2）文質公・李芮：一四一九〜一四八〇。一四四一年、文科に及第、集賢殿博士となった。古今の医法を集めた『医方類聚』三百六十五巻の編纂に携わった。黄海道観察使だったとき、道内に蔓延した伝染病の予防に力を尽くして多くの人びとを助けた。一四七七年には、「婦女再嫁禁止可否論」に対して、一人の夫を守るのが原則であることを主張するとともに、扶養者がいないものと父母や尊長がその情状を不憫に思って再嫁させる場合には許可することにし、三度嫁いだ者の子は主要な官職には就けないとすることを提議した。

十一　豪放な人がらの洪逸童

中枢の洪日休《ホンイルヒュ》(1)は容貌が雄偉で、人となりは豪放であった。細かなことにはこだわらず、また身なりも気にかけなかった。いつも顔を洗うわけではなく、髪の毛に櫛を通して整えるわけでもない。食事もまた御馳走でも、粗食でも、かまわなかった。友人たちといっしょに江で魚釣りをしたときには、ミミズを餌にしたが、小刀がなかったので細かく切ることができず、口で嚙み切って使った。また、やはり友人たちと魚を獲ろうとして、まる一日、収穫がなかった。楼院に着いて衣服を脱ぎ、楼に登って瓦をはがして、雀や鶉をさがし、羽毛の生えたのは捨て、まだ羽毛の生えない赤い肌を露出した雛をつかまえては、串を貫き、火であぶって、これを貪った。何串か食べて、酒の壺を傾けて飲んで、「これもまた乙な味わいがあるというものだ。どうして小さな魚をつかまえるのに齷齪《あくせく》する必要があろうか」といった。

世廟に随行して中国の都に行ったことがあるが、馬糞を拾って掃除した後に、その手で饅頭を求めて食べた。後日、世廟が臣下たちとよもやま話をなさったとき、日休をからかって、「この者は不潔であり、祭祀の享官としては使わない」とおっしゃった。

公は詩を巧みに作り、その詩は豪快かつ健全であった。漢語にも精通していて、何度も中国と往来した。

一時期、奉命使臣として南方に行ったが、ある日の夕方、数斗の酒を飲んで死んでしまった。乖涯(2)が挽詩を作った。

「盃の酒を豪快に千度も重ねて飲みほしたが、
はかない人生はまるで軽い羽のようだ。
(痛飲千盃重、浮生一羽軽)」

(1) 洪日休：洪逸童《ホンイルドン》。日休はその号。?~一四六四。一四四二年に文科に及第。官職は中枢府事・上護軍に至った。性格は豪放で身なりにかまわずに鯨飲大食した。最後には任地で大酒を飲んで、酔ってそのまま死んだ。

(2) 乖涯：金守温の号。第一巻第二話の注(25)を参照のこと。

十二　白貴麟と鄭自英

白貴麟《ペククイリン》(1)は医術をよくした。人がもし病にかかって、迎えにくれれば、決してことわらずに出かけて行った。そうして、一生懸命に治療してこれをなおしたが、わずかな礼金も要求することはなかった。家ははなはだ貧しく、わずかに衣食をそろえるだけであったが、清廉な節操をいよいよ磨き上げた。中国の使臣がわが国にやって来て、貴麟を見て、「あの老役人はいったい何者なのか。衣服も冠もぼろぼろではないか」と尋ねた。通訳が、「人からものを受け取ることがなく、故に、人ものを与えません。着用している衣服と冠のまま、いつも酒家に出入りしています。それであのようにぼろぼろです」と答えた。中国の使臣は顔色をあらためて、尊敬の気持ちを抱くようになった。

中枢の鄭自英《チヨンチャヨン》(2)が、ある日、入侍していて、常例にしたがって、宰枢みなに鷹の子を下賜されることがあった。他の人びとはみな肘にとまらせて退出したが、中枢だけは肘にとまらせることを知らず、両手でもってこれを捕まえようとした。鷹はばたばたと逃げ出そうとして、また鋭い爪を立てる。中枢の手は傷だらけになった。中枢が左右の人びとを振り返って、「この鳥は何を食べるのです」と尋ねると、左右の人びとは「生肉を食べる」と答えた。中枢は、「わが家では生肉は手に入らない。鹿の干し肉が数本あるだけだ。これを水に浸して軟らかくして与えれば、養うことができるだろう」といった。左右の者は抱腹絶倒した。

（1）白貴麟：『世祖実録』七年（一四六一）四月に、白貴麟が薬を用いて慎むことがない、そこで義禁府に下したという記事がある。

（2）鄭自英：第一巻第一話の注（13）を参照のこと。

十三　三角山での聯句

世宗《セジョン》は初めて集賢殿を設置して、文学で名のあるソンビたちを呼び集め、朝夕にみずから足を運ばれた。

それでも、文学が振るわないことを心配して、彼らの中で若くて聡明な者を選び、寺に行かせて読書させるようにして、食料も十分に与えた。

世統壬戌の年（一四四二）に、平陽・朴仁叟《パクインス》(1)、高霊・申泛翁《シンポムオン》(2)、韓山・李清甫《イチョンポ》(3)、昌寧・成謹甫《ソンクンポ》(4)、赤村・河仲章《ハチュンチャン》(5)、延安・李伯玉《イペクオク》(6)などが王命を受けて、三角山の津寛寺で書物を読んだ。学業に励んで常に勤勉で、詩文を応酬して休むことがなかった。

彼らの三角山での聯句が残っている。

誰かが混沌(7)の殻を破って、
汝は最も太古に生れた。
（誰分混沌殻、爾生最太古）――仁叟
三つの峯が高く険しくそびえて、
一万人の目が仰ぎ見る。
（三峯高崒嵂、萬目聳瞻睹）――泛翁
順に並んで天地をおおい、

高くそびえて雲と雨を作りだす。
（磅礴蔽天地、嵩高作雲雨）――謹甫
丹穴の鳳[8]がひそかに隠れ棲み、
白い額の虎[9]が後ろに隠れる。
（幽棲丹穴鳳、屏跡白額虎）――清甫
切り裂いて開くのは巨霊神[10]の力であり、
高く尊いのは夏禹氏[11]の力である。
（劈開由巨霊、尊高頼神禹）――仁叟
みずからの力で平安に天をささえるので、
どうして小さな丘たちと仲間を組もうか。
（以茲盤持天、寧與培塿伍）――泛翁
険しい山をもうけて王公を守り、
神霊を降ろして神甫[12]を生む。
（設険衛王公、降神生神甫）――謹甫
岱宗[13]はどうして斉の国だけにあろうか、
東山[14]も魯の国だけにあるものではない。
（岱宗豈惟斉、東山非独魯）――清甫
乾坤の精英なる気運がこの山を作り、
日と月を飲み込んでは、また吐き出す。

（乾坤費精英、日月相含吐）——仁叟
鶴の乗り物は笙の音色が聞こえ、
神仙の足跡は洞府を尋ねている。
（鶴駕聆笙韻、仙蹤尋洞府）——泛翁
南山詩[15]にならって詩を作りたいが、
才は遠く韓愈に及ばず恥ずかしい。
（賦欲効南山、才慚非韓愈）——謹甫
その中にはいくつもの丹邱[16]がおさまり、
その上には真実の玄圃[17]がある。
（中蔵幾丹邱、上有真玄圃）——清甫
蒼い相貌を仰げばなぜ気高いのか、
白頭山がその祖であることをご存知か。
（蒼顔望何尊、白頭知乃祖）——仁叟
鹿と獅子とは網で隔てられ、
松の木と檜の木には斧が雑じる。
（鹿猊隔羅綱、松檜雑斤斧）——泛翁
切り立つ崖は地脈が絶えるかと思われ、
はるかに遠く天の柱を尋ねるよう。
（截愁断地脈、悠若尋天柱）——謹甫

功績を刻んで燕然山(18)を恥ずかしく思い、
封禅(19)を梁父山(20)だけで行うのは誤りではなかろうか。
（銘功鄙燕然、封禅非梁父）――清甫
国家の都の鎮めの山となって、
そこから延びて州県の支えの山となる。
（作鎮黄図首、流形赤県股）――仁叟
仰ぎ見て険しくそびえる姿の壮大さは喜ばしいが、
登るのには背をかがめてさぞ苦しかろう。
（望喜攲危壮、登憂傴僂苦）――泛翁
断崖には岩々が並び立ち、
榛の木と萩の木が青々と茂っている。
（岩岩列崖石、済済多榛楛）――謹甫
鼎のようにならび立って尊卑の順はなく、
人のように挨拶するが、どれが客で、どれが主人か。
（鼎立無尊卑、人揖孰賓主）――清甫
天まで達してよじ登る術もない。
国で郊祭を行うのに斧を用いる。
（参天絶躋攀、郊国用斤斧）――仁叟
峯が険しく徒役の者は苦しみ、

山谷の静かさに仙女たちが集まる。
（峯危胥靡愁、壑穏仙女聚）——泛翁

羊脂玉[21]のような璞玉を秘蔵して、
鵝管[22]のような鍾乳石を生じる。
（羊脂蔵璞玉、鵝管生鍾乳）——謹甫

冬の雪は瑤台に高く積り、
春の風が花咲く丘に吹き乱れる。
（冬雪多瑤台、春風乱花場）——清甫

九仞の功を一簣に欠いて[23]、
天が五尺近いとは韋杜[24]を欺くものだ。
（仞九陋虧簣、尺五欺韋杜）——仁叟

多くの山の頂が威風堂々と立ち並んで、
ただ一つだけ離れた頂が心細げ。
（列峀競蹌蹌、孤峯独踽踽）——泛翁

並び立った峰々は矛や戟のよう、
霊妙な風が韶武[25]の楽を演奏する。
（攢峯森矛戟、霊籟奏韶武）——謹甫

淙淙と流れる石の上の泉、
鬱鬱と起こる霞の中の樹木。

（淙淙石上泉、鬱鬱烟中樹）――清甫
もともと石をも崇めることを知り、
わずかな塵でも譲歩してはならない。
（固知奉石崇　莫譲微塵寓）――仁叟
対陣しつつ敵の突撃を警戒し、
機に臨んで部隊を分けるよう。
（対陣厳馳突、臨機分党部）――泛翁
一万の石が向背で紛糾し、
千の林の中で喜びと怒りで騒ぐ。
（萬石紛向背、千林紛喜怒）――謹甫
大きな運がおのずと生じ、
神の功が柱となって支える。
（泰運自興起、神功為支柱）――清甫
霞が生じて肌の表を白くして、
雪が積もって頭の白髪のよう。
（烟生肌上白、雪積脳辺鹽）――仁叟
寒風が急に吹きだして、
やせ衰えた骨に病がまた起こる。
（寒風吹正急、痩骨病新癒）――泛翁

不思議な健康はことばで形容できず、
特異なことどもを数え上げることができない。
（奇健固難形、佐特不可数）――謹甫
一万の山谷には笙と鼓の音が満ち、
千の林の中では一斉に鼓に合わせて舞い踊る。
（萬壑酣笙鏞、千林斉鼓舞）――清甫
林はくねくねとして進むたびにおどろき、
振り返るとそば立つ岩がからかって楽しむよう。
（林転訝驚趨、岩回看嬉侮）――泛翁
辺境の砦に戦乱が起こることなく、
孝行息子が峠に立つことがないように。[26]
（辺城不動塵、孝子無陟岵）――謹甫
龍が穴の中に伏して雪の気を吐き出し、
神が隠れて雲の流れを起こす。
（龍蟄嘘雪気、神蔵起烟注）――清甫
石段の道は曲がりくねり、
寺でらがここそこに並んでいる。
（石磴互盤廻、招提相旁千）――仁叟
山合いのこだまが寒空の鐘の音のようで、

谷にはいっぱいに宿莽草(27)が生い茂る。
（谷応聞寒鍾、渓杳知宿莽）――泛翁
太平山が秦の国に聳えるように、
終南山が鄠邑を鎮圧するかのよう。
（如太行蔽秦、若終南鎮鄠）――謹甫
あるいは牛馬が奔るよう、
あるいは旌旗が並び立つよう。
（或如牛馬奔、有似旌旗竪）――清甫
初めには梨と栗を積み上げて置くようで、
却って倉庫に穀物を所蔵するのかと怪しむ。
（初疑飣梨栗、却訝積倉庾）――仁叟
霧が晴れても口を大きく開けたようで、
まだ雲が深くてまるで盲人の坊さんのようだ。
（霧捲猶哈呀、雲深若盲瞽）――泛翁
高い山は峠を守る剛毅な将軍のようで、
低い山は降伏して這いつくばるオランケのよう。
（仰者立驕将、低則伏降虜）――謹甫
松と檜は年老いて、
岩の断崖も歳久しく崩れかけ。

（松檜年深老、岩崖歳久蠱）――清甫
暖かい春に気配も穏やか、
草も木も美しく光り輝く
（陽春気融融、草木光煦煦）――仁叟
夏は新たな衣服を広げる、
生い茂る木々が大地を翠にして。
（朱明布新律、茂材増翠堵）――泛翁
秋の皇帝が秋風を送り、
紅葉が天に映える。
（白帝扇金風、紅樹照玉宇）――謹甫
木の葉が落ちて憔悴を増しても、
いってはならぬ、色香が失せたと。
（木落増憔悴、形枯失媚嫵）――清甫
全山をことごとく見ることはできないが、
四季の美しさを味わうべし。
（一山儘難窮、四時景可取）――仁叟
樵の童子が夕暮れに吹く笛の声が聞こえ、
僧侶が撃つかまびすしい夜の鼓の音が響く。
（樵聴横晩笛、僧聞喧夜鼓）――泛翁

沈着で重みのある周の鼎(28)は安定していて、
聳え立つような大きな殷彛(29)を載せたようだ。
（貼爾安周鼎、峩然戴殷彛）――謹甫
厳然たるさまは大皇帝が立っているようで、
群がり従うさまは臣下たちが扈従するよう。
（厳然大帝立、簇若群臣扈）――清甫
西の林には津寛寺があり、
南では漢江の流れを圧している。
（西林津寛寺、南壓漢江滸）――仁叟
小さな峯は手に触れんばかりに愛らしく、
大きな峯は仰ぐばかりで俯けないのが疎ましい。
（小憐跋而及、大厭仰不俯）――泛翁
上には明星が光り輝くのを仰ぎ見て、
下には広い野原の美しさを見降ろす。
（上磨明星熒、下瞰周原膴）――謹甫
禅社で出す茶はどうして冷たいのか、
村落ではすべからく酒を売って出すべきだ。
（禅社茶何冷、村墟酒須酤）――清甫
狭く険しい路をたどって山室を訪ね、

精神を修養して天の助けを受け入れる。
（窮徑尋山室、頤神受天佑）――仁叟
朝と夕べに青々とした山に向かい合い、
臥したり座したりして古文の解釈を見る。
（朝夕対蒼翠、坐臥看訓詁）――泛翁
詩を作り吟じることがたとえ大好きでも、
学問と才芸はまだまだ粗削り。
（賦詠雖酷好、学術則麁粗）――謹甫
願わくば、山の勝れた霊に祈りたい、
いささかこの私の肺腑を丈夫にされんことを。
（願乞山英霊、聊益我肺腑）――清甫
遠大なる将来を期待して、
その身を宰相にしようではないか。
（用以期遠大、致身可相輔）――泛翁

提灯を題にして作った聯句は次のとおりである。

水車の車輪のような丸い提灯を作って、
蠟燭の火を中に入れ、一室の光明とする。

（倣得水輪様、蔵為一室光）――仲章
上体は天のように丸く、
下の形は地面をまねて方形。
（上体如天転、下形象地方）――仁叟
紙の材質を成す軽い楮の皮によって、
光り輝くことはまるで太陽のよう。
（成質資軽楮、揚輝避太陽）――伯玉
明るさは穴からはい出したモグラのようにまぶしくて、
寒さは白く練った絹の上に霜が降りたよう。
（明迸頳虬穴、寒凝素練霜）――泛翁
面には十分に潔白さを帯び、
心は一点の光芒に集まる。
（面帯十分潔、心合一点芒）――仲章
風が吹いてどうして消えるのを心配するのか、
夜が明るくて真夜中であることに気づかない。
（風財寧憂滅、夜明不覚央）――仁叟
冬の日、どうして雪を灯りに読書するのか(30)、
秋の夜にも蛍を入れる網袋がいるまいか。
（冬日何須雪、秋宵不費嚢）――（欠）

蓮の花が鮮やかで美しい姿を現して、
軽やかでふくよかに夕べの池に佇むよう。
（菡萏擎新艶、軽盈倚晩塘）――泛翁
雪の中に神妙な火の光が明るく、
夜更けの低い墻を照らし出す。
（雪裡明神焔、更深照短墻）――仁叟
純粋な玉が現れて欠けたところもなく、
色濃く紅い花のようで、ただ匂いがない。
（粋玉亢無缺、爛紅只欠香）――仲章
薄く穿ったものが外面を埋め、
明るく白いものが中の心臓に届く。
（薄穿塡外面、明白取中腸）――仁叟
夜に緊切に用いることを誇ってはならない、
明け方にはまとめて看取できるはずのものを。
（莫誇宥切用、応見暁諦蔵）――伯玉
蓮華模様の提灯が明るく光り、
銀の燭台が煌々ときらめいている。
（蓮炬取燁燁、銀燭避煌々）――泛翁
花のように芳しい心は色濃く美しく、

真っ白な性質は新たに化粧して微笑みかける。
（芳心様濃艶、皓質笑新粧）――仲章
妖艶な女子が眼には酒気をおび、
死を決した武士が瞠目しつつ見まわす。
（妖姫眼帯酒、死士目回瞠）――（欠）
ほのかな光は月を見て恥ずかしく、
紙を通すのは障害の出ない事を知る。
（倫光慚見月、粘紙認無障）――伯玉
つづらの中には美しい越の絹が軽快で、
急に風が吹いて斉の牛が狂い出す。(31)
（籠軽越羅快、風急斉牛狂）――泛翁
一点の明るい星が下から上に輝いて、
十分にあかるいのは澄んだ鏡を置いたよう。
（一点明星倒、十分清鏡張）――仁叟
講論の席ではソンビも僧侶も友となり、
塵をかぶった本の中には帝王たちの事績が光る。
（講榻伴儒釈、塵編照帝王）(32)――仲章
韓愈の燈明の短さではなく、
杜甫の焰の長いのに似ることを。(33)

（非是韓檠短、還如杜焰長）――仁叟
人にあってはもっぱら用いるものだが、
持って行く手によってははたはたと揺らめく。
（在人偏需索、随手任翺翔）――伯玉
明るさを放ってどうしてみずから喜ぶのか、
しばらく姿をくらませて傷心することもない。
（放明寧自喜、暫晦不須傷）――泛翁
幽かなところを照らすのは日や月と同じで、
玉を燃やすのはどうして崑崙山に限ろうか。(34)
（燭幽同日月、焚玉豈崑崗）――仲章
日を継いで功業にはげみ、
花を見て吉祥を占う。
（継晷勤功業、看花点吉祥）――仁叟
親しむべく、また恐れるべく、
善きこともあり、また悪きこともある。
（可親兼可畏、貽善又貽殃）――伯玉
年老いた僧侶には企みがあり、
飢えた鼠は用心、用心。
（老僧知有意、飢鼠要相防）――（欠）

携えて行くのが長くはないのを憐れもう、
もう朝の太陽が東に出ている。
（提携憐不久、朝日在扶桑）――泛翁

高山放石を吟じた聯句は次のようなものである。

その高さは千萬仭の高い山、
上から岩石を転がして見る。
（高山千萬仭、自上放岩石）――謹甫
しばらく雷霆が響くのかと訝って、
突然、霹靂の火が飛ぶようだ。
（乍訝響雷霆、倏如飛霹靂）――清甫
木を撃ち驚かして翠の光が揺れ、
岩を傾けぶつかって白い火花が飛ぶ。
（撃木驚揺翠、傾岩触噴白）――泛翁
雲をつんざいて出ては引っ込み、
落ちて物にぶつかりはね返る。
（穿雲出後没、遇物順還逆）――謹甫
猛り狂った獣たちは横ざまに奔り、

士大夫たちはみなが辟易する。
（猛獣悉横奔、大夫皆辟易）――仁叟
枝の上の鶴は眠りを破られ、
潜んでいた龍も魂魄を失うだろう。
（棲鶴忽破眠、蟄龍応褫魄）――清甫
険しい崖を過ぎて勢いは緩やかになり、
ふたたび険しい坂でまた急迫する。
（避峻勢漸緩、臨危走更迫）――泛翁
飛び、走るは高低に任せ、
東か西かはぶつかるに任せる。
（飛走任高低、東西随触激）――伯玉
牧野で兵士たちが怯えて頭を地につけるのに似て、(35)
瑤台で寵姫が絹を裂くような音が上がる。(36)
（牧野士崩角、瑤台姫裂帛）――謹甫
崩れ聳えるのはどうして崖だけであろうか、
傾斜の急な谷では跡かたが残らない。
（崩騰豈崖岸、傾洞無蹤跡）――清甫
最初から誰が敢えてぶつかろう、
ついに押しとどめて防ぐことはできない。

（初来誰敢当、畢竟莫與格）——泛翁
飛ぶのは宋の滅びるのよりも早く、[37]
気勢は杞梁の妻のために城が落ちるのより早い。[38]
（飛疾隕宋時、勢急崩梁夕）——伯玉
敵兵の槍を奪うことにわかに三度に及び、[39]
一人の男子が槍を取って百人の敵に当たる。[40]
（奪矟俄至三、横戈一当百）——謹甫
戦車が駆けて一万の堡塁を平定するかのよう、
一千の兵士が鼓動して攻撃に向う。
（車馳萬壘平、鼓動千軍撃）——清甫
勇壮な兵士が駿馬に乗って、
険しい坂を馬に鞭を当てて降る。
（壮夫騎驥駬、峻坂加鞭策）——泛翁
転がることは詩を作るのに似て、
飛んで行くのは矢を射るのを見るのに似る。
（可転合編詩、能飛宜似見射）——伯玉
流れる水が谷に注ぎ込むようで、
驚いた馬が溝を飛び越えるのに似る。
（駛水如注壑、驚駒似過隙）——謹甫

天の音が順に大いに轟き、
容易に地脈を振動させる。
（取次閧天籟、容易動地脈）――清甫
耳に響くのは奔って車が通り過ぎるようで、
目に閃くのは驚いた虎が身を投じるようだ。
（聒耳奔車過、閃眼駭虎擲）――泛翁
遠くへ行きたいが馬を借りる暇もなく、
空を飛ぶのにどうして翼がいるのだろうか。
（致遠不暇蹄、飛空豈須翮）――謹甫
網目を抜けて走る兎が狂ったようで、
子を失って怒った犬が吠え続けるよう。
（超罟逸莬狂、喪子怒獀嚇）――伯玉
身の軽い一羽の鳥がすばやく翔け、
泣き声が大空に響いて山が狭まる。
（身軽一鳥疾、響大空山窄）――清甫
一椀の飯を腹一杯に掻きこんで、
琥珀の盃を三度あおって後、
閑暇に乗じて高い山に登る。
ひ弱な脚がもう笑い出し、

寂寞たる心を解くすべもなく、
お前を放って聊かの愉しみにしよう。
（一飯漲胸腹、三盃傾琥珀、
乗閑淩崒嵂、軟脚何跛躄、
送寂諒無由、放爾聊怡懌）――泛翁

笛の音を聞いて作った聯句は次のようである。

どこから聞こえるのか笛の音、
真夜中に峯々に響き渡る。
（一声何処笛、中夜聞翠巘）――謹甫
月の光を震わせて笛の音はどうして高いのか、
風に吹かれて更に遠くに響く。
（撼月響何高、随風飄更遠）――清甫
清く澄んで楽しげな鶯の鳴き声のようで、
まろやかに流れる音楽は球が坂を転げるよう。
（清潤鶯囀喉、圓流丸走坂）――泛翁
耳をそばだて悲しい音に胸をふるわせ、
心を傾けて聞けば憤懣が消え去る。

（側耳撼哀音、傾心排忿懣）――仁叟

はるかな思いは鏡の中にひそみ、
かそけき笛の音がしみる山中の夜。
（悠々鏡裏情、嫋々山中晩）――伯玉

石を裂くような透徹して勇壮な音、
「折楊柳曲」はしめやかに相思の恨みを歌う。
（裂石清韻壮、折柳相思恨）――謹甫

澄んだ音と濁った音とがおのずと順をなすが、
宮音と商音(41)とはたがいに雑じることはない。
（清濁自成倫、宮商不相混）――清甫

大きく吹き放てば曲調はおのずと神妙で、
かそけく収めれば優婉な趣。
（放去自要抄、収来竟婉娩）――泛翁

平床に座って笛を弄んですでに久しく、(42)
楼に佇んで笛を吹くのはいったい誰なのか。(43)
（拠床弄已久、依楼興難玩）――仁叟

不思議な音色は今に蔡琰の演奏を聞くようで、(44)
澄んだ口笛は誰が阮籍を記憶しているのだろうか。(45)
（奇韻今聞蔡、清嘯誰記阮）――伯玉

庭には梅の花が散り落ちて[46]、
海の底では魚と龍が争う。
（庭除落梅花、海底魚龍狠）——謹甫
初めは引くように長い音色に驚き、
久しく澄み渡って清婉なのを楽しむ。
（初驚引而長、久喜清且婉）——（欠）
どうして朧の国の笳吹だけが[47]、
商売するオランケたちを逃走させるのか。
（豈独朧笳吹、能令賈胡遁）——泛翁
猴山には鳳凰の鳴き声が澄んで[48]、
池の底では龍がうなりながら潜んでいる。
（猴山鳳声清、泓下龍吟蜿）——仁叟
静かな山は旅人の思いを誘い、
寡婦は部屋の中で怨みを抱く。
（念動旅閑山、怨深婺室闉）——伯玉
長く続く音色が胸をしぼるほどに悲しく、
はるかに遠い思いが静まらない。
（裊裊声転哀、悠々意未穏）——謹甫
来るときにどうして耳を傾けず、

去るときにどうして手で引き止めないのか。
（来時耳何傾、去者手難挽）――清甫
急の調べは突風が辺境の砂を巻き上げるに似て、
冷ややかな音は冷たい雪が秦の庭園に吹きつけるよう。
（驚風捲塞沙、寒雪吹秦苑）――泛翁
聴いて耳に障ることもなく、
私はうずうずと踊り出す。
（聴之殊不厭、舞我宜蹲蹲）――仁叟
巧みに笛を吹くあの者はだれか、
独りで学んで基本がないのか。
（工吹是誰子、創知寧無本）――伯玉
子晋[49]はもともと死んではいずに、
桓伊[50]があるいは蘇ったのか。
（子晋元不死、桓伊疑生返）――謹甫
一人で吹くのはただ一羽の鶴が鳴くかのようで、
一斉に吹けば千頭の牛が殺到するかのよう。
（孤吹独鶴吟、斉作千牛輥）――清甫
むせびむせんで訴えるかのようで、
ぼそりぼそりと打ち解けてささやくよう。

（咽咽如注訴、呢呢同嗇躋）—（欠）

笛を吹く童子に注告したい、
慎重に蔵しておいて損傷してはならないと。
（寄語吹童子、珍蔵慎勿損）——伯玉

韶を聞いて公子は肉の味わいを知らず、[51]
私もまた食事を忘れてしまう。
（聞韶不知肉、我亦忘一飯）——仁叟

愛しておのずとやまない心、
君のためにいつまでも忍んでいよう。
（愛之不自已、為爾攄繾綣）——謹甫

以上の詩句は、僧侶の一庵という者がいて、つねにこれらのソンビたちとともにいたのが書きとめ、伝わったのである。

（1）平陽・朴仁叟：朴彭年。第一巻第二話の注（19）を参照のこと。
（2）高霊・申泛翁：申叔舟。第一巻第二話の注（16）を参照のこと。
（3）韓山・李清甫：李塏。第一巻第二話の注（22）の参照のこと。
（4）昌寧・成謹甫：成三問。第一巻第二話の注（20）を参照のこと。
（5）赤村・河仲章：河緯地。第一巻第二話の注（23）を参照のこと。
（6）延安・李伯玉：李石亨。第一巻第二話の注（18）を参照のこと。

（7）混沌：まだ天と地が別れていない状態。
（8）丹穴の鳳：丹山の鳳。丹山を丹穴ともいい、そこに鳳凰がすむという。阮籍の詩に「朝に竹の実を食べ、夕べには丹山のあたりに眠る（朝餐琅玕実、夕宿丹山際）」という句がある。
（9）白い額の虎：額に白い点のある虎という意味で、ごく普通の虎をいったもの。
（10）巨霊神：偉大な神霊をもつ神という意味で、趙彦昭の詩に、「河は大禹がうがつを看て、山は巨霊が開くを見る（河看大禹鑿、山見巨霊開）」という句がある。
（11）高く尊いのは……：原文「高頼神禹」の神禹は夏禹氏を崇めたいい方。夏禹氏が洪水を治めたのを称える。
（12）神甫：周のときの人。大山の正気に乗じて現れたという。
（13）岱宗：中国の泰山は五嶽となっているが、岱嶽が最も高いので、岱宗ともいう。
（14）東山：魯の東にある山。孔子がこの東山に登り、魯を小さいと思った。
（15）南山詩：韓愈が終南山に登ってその素晴らしい景色を歌った詩ははなはだ雄健であり、古来、傑作だとされる。
（16）丹邱：神仙が住んでいたという山の名。
（17）玄圃：神仙が住んでいたというところの名。
（18）燕然山：山の名。後漢のとき、竇憲が匈奴を討ち、燕然山に至ってその功績を記した銘を建てた。班固が書いたという。
（19）封禅：天子が行う祭祀。封は土を盛って祭壇を作り天を祀ること。禅は土をならして祭祀する場を作って山川の神を祀ること。ただ泰山でだけ行われた。
（20）梁父山：泰山の麓にある低山。昔、天子が泰山で封を行い、梁父山で禅を行ったという。
（21）羊脂玉：玉の一種。半透明で羊の脂肪のような光を発するので、このような名前がある。
（22）鵝管：鵞管石、石鍾乳の別称。すなわち、石灰洞窟の天井から滴り落ちてできる石灰石。
（23）九仞の功を一簣に欠いて：九仞の山を築くのに、最後の一杯のモッコの土を欠いても完成しない。事が今にも成就しようとして最後のわずかな油断のために失敗するたとえ。

(24)韋杜：唐のとき、代々、高い官職に就いた韋氏と杜氏を合わせていい、尊貴な門閥をいうことばになる。「城南の韋杜は、天を去ること五尺（城南韋杜、天去五尺）」という。
(25)韶武の楽：古楽の名称。韶は虞舜の楽であり、武は周の武王の楽である。
(26)孝行息子が峠に……：原文「孝子陟岵」の「陟岵」は『詩経』魏風の詩篇名で、孝行息子が遠方に出かけ、山に登って故郷の父母を思慕する歌。
(27)宿莽草：抜いても死なないという草。
(28)周の鼎：周が天子の象徴としてもっている鼎。古代中国の夏禹氏が九牧の金属を集めて九つの鼎を作ったが、これを王位を伝える宝器として、夏―殷―周―秦と伝わった。
(29)殷冔：殷のときの王冠。夏では収、殷では冔、周では弁と称した。殷の冔は特に丈が高かったという。
(30)雪を灯りに読書……：晋の車胤と孫康の二人は家が貧しく、燈油を求めることができなかったので、冬の夜には雪の灯りで、秋の夜には蛍をつかまえて袋に入れて、その光で読書したという故事。
(31)斉の牛が狂い出す：中国の戦国時代、燕が斉を攻めて即墨の城を包囲したとき、斉の将軍の田単は数千頭の牛を用いて撃退したという故事。すなわち、牛の角に刀や槍を結わえ、彩色した龍の絵を描いた布を着せ、しっぽに乾いた葦をつけて油にひたし、よく燃えるようにした。そして、牛のしっぽに火をつけると、驚いた牛が敵陣に狂ったように殺到したので、燕の軍は混乱し、そこを斉の兵が押し寄せて燕を撃退することができた。
(32)韓愈の燈明の短さ……：韓退之に「短檠歌」というのがある。
(33)杜甫の焰の長いのに……：韓愈の「調帳籍詩」に「李・杜の文章あり、光焰は萬丈の長さ（李杜文章在、光焰萬丈長）」の句がある。
(34)玉を燃やすのは……：崑崗は崑崙山で、玉を多く産出するという。そこで、崑崙山に火事があれば「玉も石も倶に焼ける（玉石倶焼）」という。そこで、国に乱があれば善人も悪人もみな禍に遭うことをいう。
(35)牧野で兵士たちが……：周の武王が革命軍を起こし、西方の各地の諸侯がそれに合流して殷の紂王を牧野に破った。原文の「崩角」は恐れて頭を地につけること。ここでは高い山の上に転がっている石の様子を牧野の戦の状態にたとえた。

(36) 瑤台で寵姫が……：瑤台は夏の暴君である桀が造った楼台。ここで桀は美姫の褒姒とともに悦楽にふけり、政治を顧みなかった。裂帛というのは、褒姒が絹を裂くときの音を聞くことを好んだので、国ごとに良質の絹を献上して、これを裂いたという。ここでは石が転がって行く音を絹を裂く音に喩えている。

(37) 飛ぶのは宋の……：落ちることが宋に石が落ちて来たときより早い。昔、宋の国に五個の石が空から落ちて来たという記録がある。隕石だと思われる。

(38) 気勢は杞梁の妻の……：春秋時代、斉の人である杞梁が戦死して、その妻が死体を抱いて城の下で十日のあいだ泣き続けたところ、城が崩れ落ちたという。ここでは、この故事を引用しながら、ただ石の転がるさまをいう。

(39) 敵兵の槍を……：唐の将軍の尉遅敬徳ははなはだ驍勇果敢で敵の矛先を避けた。戦では頻繁に敵陣に単騎で駆け入ったが、機敏に矛先を避けて、むしろその武器を奪って帰ってきた。

(40) 百人の敵に当たる：一人で百人の人を防ぐという意味。「一夫が関に当たれば、万夫も開くことなし(一夫当関、万夫莫開)」という諺がある。ここでは山が高く険しいことを言っているにすぎない。

(41) 宮音と商音：五音、すなわち宮・商・角・徴・羽の中の宮声と商声。宮は土声であり、商は金声であるが、ここでは音律の高低の選択がいいという意味で使われている。

(42) 平床に座って……：晋の桓伊は笛をよく吹いた。王徽之が清渓に船を浮かべて遊んでいると、桓伊が山の上を過ぎて行った。これまで面識があったわけではない。王徽之が人を介して自分のために笛を吹いてくれるよう頼んだ。すると、一言も言わず、桓伊は車から降りて胡床に腰をかけて三曲を奏でた。そうして、たがいにことばを交わすことはなかったという。

(43) 楼に佇んで……：楼に寄りかかって笛を吹く趣のある光景は目にすることができない。すなわち、だれが夜に笛を吹いているのか、その人を見ることができないということ。古詩に「長笛一声人倚楼」という詩句がある。

(44) 不思議な音色は……：後漢のとき、蔡琰は音楽に抜きん出た才能があった。ここでは月夜に聞く笛の

(45) 音は蔡琰が演奏しているのを聞くようだという意味。
(46) 澄んだ口笛は……：晋の時代の竹林の七賢人の一人である阮籍は口笛に巧みであったが、それをだれが記憶していようか。いま聞こえる音色と比較してどちらが優れているだろうか、という意味。
(47) 梅の花が散り落ちて……：「落梅花曲」という歌曲があり、すなわち、「落梅花曲」をかなでる笛の音が聞こえる、という意味。
(48) 隴の国の笳吹だけが：遠く旅するオランケの商人が猴地方で笳吹（胡笛）を聞いて郷愁に駆られたという故事。
(49) 猴山には鳳凰の鳴き声……：猴山は猴氏山。周の王子である晋が笙をよくかなで鳳凰の鳴き声のようであったが、後に晋は猴氏山に登って行き、神仙になったという。
(50) 子晋：周の霊王の太子の晋。喬ともいう。直諫して廃され、庶人になった。好んで笙を吹き、龍鳴を成したという。登仙して去った。
(51) 桓伊：晋の国の人。音楽をよくして江左第一といわれた。かつて清渓を過ぎたとき、道の人に乞われるまま、何もいわずに、笛を三曲奏でて立ち去ったという「桓伊三弄」の故事がある。
(52) 韶を聞いて公子は……：韶は古楽であり、舜の音楽。孔子が韶を聞いて我を忘れ、三カ月のあいだ肉の味がわからなかったという故事。

十四　わが仲兄成侃の詩

集賢殿の学士たちみなで上巳の日に城の南で遊覧した。私の仲兄の和仲氏(1)も参加した。和仲氏は新しい及第者の中では文章にたくみだと評判であったので招かれたのである。学士たちが韻字を分担して、それぞれ詩を作ることになった。和仲氏は「南」の字を得て詩を作った。

「年来の病のためにろくろく文章を作れぬが、
春風に興趣をあおられて城南に来て見ると、
日の当たる丘には繊細な若草が萌える。
今日はまさしく青春の三月三日。
（鉛槧年来病不堪、春風引興到城南、
陽坡芳草細如織、正是青春三月三）」
これを見て、他の学士たちは筆をおき、詩を作ることができなかった。
和仲氏が博士となって、提学の伯高(2)とともに翰林院にいた。伯高が聯句を作ろうといって、
「春、玉堂の中は暖かで、初めて日も長い。
南の窓に寄りかかり、まるで白痴のようにうたた寝をすると、
鳥が鳴いて午後の夢から覚めさせられ、
杏の美しい花が艶に笑み新たな詩を吹き込む。
（玉堂春暖日初遅、睡倚南窓養白癡、
啼鳥数声驚午夢、杏花嬌笑入新詩）」
としたので、これに和仲氏が韻を次いだ。
「燕の雛と鳩の鳴き声がして日は遅々として進まず、
春はまだ寒く池の柳は呆けたよう。
翰林では昼寝をむさぼってすることもなく、
時おり蠻箋を開いてはつまらぬ詩を書きつける。

（乳燕鳴鳩昼刻遅、春寒太液柳如癡、
鑾坡睡破無余事、時展蠻箋写小詩）」

また、蔵義洞の造紙署を訪れたとき、彼らのために宴会が催された。そこには数人の妓生と僧たちがいた。人びとは詩を作ることになって、和仲氏はまた一首を作った。

「花があり酒があり、また美しい山もある、
客が歓び主人が歓び、坊さんもまた歓ぶ。
酔って両の耳がしきりにほてるが、
飛び散る滝の水に顔をさらして涼をとる。
（有花有酒仍有山、賓歓主歓僧亦歓、
不辞酔後両耳熱、飛泉洒面令人寒）」

伯高は、「『令人寒』とあるところを『声声寒』と改める方がいい」といった。

（1）　和仲氏：成侃。第二巻第一話の注（12）②を参照のこと。
（2）　伯高：李塏の字。前話にも登場。第一巻第二話の注（22）を参照のこと。

十五　崔脩と金自麗の詩

司成の崔脩《チエス》（1）は詩を巧みに作るという評判があった。あるとき、人に語ったことがある。

「私は路上で鼠が穴を掘っているのを見て、たまたま一句ができた。『丘に鼠は縦横に穴を掘る（陌鼠縦横穴）』というのだが、その対を作ることができなかった。しかし、鳥が巣を作るのを見て、『山鳥は愛情こまやかに巣を作る（山禽委曲巣）』とすることにした。これはみな自然に出て来たもので、工夫してこしらえたものではない」

彼の「黄驪途中」という詩は次のようなものである。

「甓寺[2]の鐘の声が半夜に響き、
広陵に帰って行く客人の夢を初めて覚ます。
もし張継[3]にこの地を過ぎさせれば、
きっと寒山寺だけが有名になることはなかったろう。
（甓寺鍾声半夜鳴、広陵帰客夢初驚、
若教張継来過此、未必寒山独擅名）」

また、コムンゴの名手であった金自麗《キムチャリヨ》[4]が詩を作った。

「私はかつて驪江の川面で詩を作ったことがある。
衾をおおって座り、夜中、一人でコムンゴを奏でると、
初めは石のあいだを流れ出る水の音かと疑い、
後には松の木を渡る風が窓辺を侵す音かと訝る。
『白雪曲』と『陽春曲』[5]の昔の調べが響き、
いにしえの高山の趣、流水の風情[6]がよみがえる。
今日、相思の調べは喜びにあふれ、

長く会えなかった不満をことごとく晴らす。
（我昔驪江江上吟、携衾半夜独鳴琴、
初疑石宝冷泉咽、却訝松窓爽籟侵
白雪陽春遺響在、高山流水古情深
喜聞今日相思調、弾盡年来不見心）」

（1）崔脩：全州崔氏に司成となった崔脩がいる。
（2）甓寺：京畿道驪州郡にある神勒寺の別名。新羅時代の創建。一三二六年に懶翁王師が入寂したところで、一三七九年には覚信・覚珠が懶翁の浮屠を立てた。一四二三年には国家事業として拡張し、英陵願刹とした。多くの宝物がある。
（3）張継：唐の詩人。「楓橋夜泊」という詩は人口に膾炙した。
月が沈み烏が啼いて空は冴えかえって霜が降りる。
江のほとりの紅葉と沖の漁火が愁いを呼び覚ます。
姑蘇城の外にある寒山寺から、
夜半の鐘の音が船の上にまで届いて来る。
（月落烏啼霜満天、江楓漁火対愁眠、
姑蘇城外寒山寺、夜半鍾声到客船）
（4）金自麗：この話にあること以上は未詳。
（5）「白雪曲」と「陽春曲」：どちらも楚の国の琴の曲であり、高尚であり、唱和することの難しい曲調であるとされる。
（6）高山の趣、流水の風情：昔、伯牙は琴をよく弾き、鍾子期はよくその音を鑑賞することができた。伯牙が高山をイメージして琴を弾けば、鍾子期は「聳え立つ高い山のようだ」と評し、流れる水を思い浮かべながら弾くと、「滔々と流れる水のようだ」といった。何であれ、伯牙の意図するところを、琴の音から理解できたという。これを知音という。

十六 夭折した才豊かな縁者

少年の世淳《セスン》(1)の号は竹軒で、伯氏の息子である。私より三歳の年少である。それで、私といっしょに文章を学んだ。

句の作り方をほんのわずかに学んだだけで、詩を作る術を会得して、『孟子』を読んで、文書を作る術を会得した。思いが泉のように湧いて来て、まるで鬼神が助けているかのようであった。その「山居詩」に次のような句がある。

「朝には白い雲とともに出かけ、
夕べには明るい月に従がって帰る。
(朝伴白雲去、暮随明月来)」

また、樵を見て作った詩がある。

「秋も深まり雲に覆われた山中に、
樵が斧を背負って入って行く。
木を切る音がかんかんと響き、
肌脱ぎになって耶許を呼ぶ。

（秋深雲山中、樵人荷斧去、
伐木声丁丁、祖裼呼耶許）」

親戚の一人が嶺南に行くことになった。暇乞いにやって来て、「聞けば、幼い子どもが詩をうまく作るということだが、一首作ってもらえないだろうか」といった。世淳はすぐに、口ずさんだ。

「客を送る門の前には柳の枝がなびき、
千の岩と萬の谷を行く道ははるかに遠い。
南の郷で後日きっと会おうと思うが、
杜鵑が寂しく鳴いて、青い峯が高くそびえる。
（臨送門前綰柳條、千巖萬壑路紹紹、
南郷他日相思処、蜀魄声中碧嶺高）」

冬の日、雪がゆるみ日差しが暖かになったころ、数人の客が伯氏を尋ねて来て、少年を呼んで詩を作らせようとした。早速、呼んで作らせた。

「冬至に陽気が生じて土もゆるみ、
晴天を喜んで鵞や鸛が大空を舞う。
雪が消えた池の端の家は春の日のように暖かで、
しかし、これこそ山南の十月の風だ。
（冬至陽生土気融、喜晴鵞鸛上遙空
雪消池館疑春日、正是山南十月風）」

外叔の安公(2)は夫妻ともに七十歳であった。その息子の韡《ヨン》(3)が彼らの家を寿椿堂と名付けた。少年に冗談のつもりで、「お前は『寿椿堂記』を書くことができるか」というと、すぐに筆を執ってすらすらと書きつけた。

「椿は樹木の中でも特に長寿をほこる、
父母の寿命も椿のように長かれとは、
孝子と仁愛の人の必ず欲するところ。
（椿者樹之寿者也、父母之寿如椿之寿者、孝子仁人之所欲也）」

居合わせた者たちは膝を打って、感嘆した。
十五歳の若さで死んでしまい、その夭折を惜しまない者はいなかった。

（1） 世淳：『昌寧成氏万暦譜』を見ると、成任の子に世淳の名が見え、その下に早夭とある。
（2） 安公：安知帰のこと。第三巻第二十三話の注（8）を参照のこと。
（3） 輩：安氏の世譜に探し出すことができない。

十七 わが成氏の後裔たち

私の仲氏には息子が三人いて、長男を世傑《セゴル》（1）といった。鋭敏で詩をたくみに作ったが、十三歳で早死にしてしまった。あるとき、人びとに従がって水車洞に遊覧して、詩を作った。
「二つの谷を流れゆく水は青い蛇のようで、

林と洞穴は幽かで興趣が尽きない。
君に勧める、今日は大いに飲もうじゃないか。
この爛熳たる山の花をどうしてほっとけよう。
（二渓流水回青虵、林壑窈窕幽興多、
勧君今日不痛飲、奈此爛熳山花何）」

当時の人びとは彼を神童と称した。
二男は世勣《セチヨク》(2)で、字は茂功《モコン》である。その英邁さは人に抜きん出ていた。詩想が芽が吹くように湧いて、書も神妙に書くことができて、伯氏の字と区別することができなかった。成長するにおよんで、その文章は勇壮で、丘を駆け巡る駿馬のようで、轡でもって御することの難しい勢いをもっていた。その「蝿虎舌耕賦」は人口に膾炙したものである。生員試に応試して、「地の利は人の和に如かざる論（地利不如人和論）」を書いたが、すべての受験者の中で最も優れていて、一等であった。

あるとき、友人たちとともに読書のために山寺に行ったことがある。夜になって厠に行き、しばらくしても帰って来なかった。そのときから、精神を病んで狂ってしまった。もう四十年がたっているが、蒙昧で人事不省のままである。

その弟の世徳《セトク》(3)は進士科に合格したが、やはり精神を病んで、癒えることがない。

大体、狂人というのは、盛夏に革でできた衣服を着ても暑いと思わず、真冬に単のものを着ても寒いと思わない。身体が病むこともなく、また憂いや心配ごととも無縁である。つじつまの合わないことをしゃべり、所かまわず大小便をしてしまう。ただ飲食のときだけは、甘い辛いを正確にわかっている。腹が減れば食べ、満腹になれば休む。天が病を与えても、決して死地に赴くには至らない。

茂功には二人の息子がいた。誼《ウイ》と諒《ヤン》(4)である。誼は詩をよく作ったが、彼の律詩は清明で法にのっとっていた。諒も詩賦をよくして、志操と徳行があった。彼が作った「墨梅」「蜥蜴」の二つの賦は、世間に流布している。二人はともに三十歳にもならずに死んだ。諒が死んだときには、友人たちが大勢あつまって、葬式を行った。彼が平素、徳を積んでいたことがわかる。

(1) 世傑：『昌寧成氏万暦譜』に成侃の子に成傑の名が見え、早夭とある。
(2) 世勣：『燕山君日記』十年(一五〇四)五月、いわゆる甲子士禍で、成氏一族は粛清されたが、世俊の五寸の姪の世勣・世徳・亀年などはみな狂疾に陥っていて、配所に送っても役に立たないから、家を封鎖する旨の記事がある。六寸の孫の詡もながらく患っていると見える。「寸」は親族の遠近を表す単位。「親等」に当たる。
(3) 世徳：前の注を参照のこと。
(4) 誼と諒：『昌寧成氏万暦譜』に成世勣の子として成誼および成諒の名前が見える。

十八　金乖崖の学問

文平公・金乖崖《キムクイエ》(1)は六経、諸子、百史によく精通していて、深く探求し、検討していないところがなく、また仏教にも深い造詣があった。

あるとき、人にいったことがある。

「書物を読む功というのは、すべからく一冊の本を熟読して、ゆっくりと思いを巡らすのがいい。急いでもその味わいを楽しむことはできない。私は心を落ちつけ精神を安定させて読むので、どんなところでも書物の核心に通じることができる」

少年のころ、しばしば人に本を借りては、泮宮に往来して、毎日、一帙の書物に目を通しては、それを袖に隠して諳んじた。もし忘れていれば、また取り出して確かめて諳んじて記憶した。こうして一帙の書物をすっかり諳んじてしまうのであった。文忠公・申《シン》政丞(2)は下賜された『古文選』を持っていたが、表装が新しく巧妙であったので、これを愛して手から離すことがなかった。公が行って、ねんごろに借りることを請うたので、文忠公はやむをえずに貸すことにした。一月がたって、その家に行って見ると、書物をちぎって、その片々を壁に貼り付けていて、煙の煤に燻されてしまっていた。その理由を尋ねると、「私は寝転びながら暗誦するので、こうしたのだ」と答えた。

彼の文章は筆勢が浩瀚であり、長江の滔々たる流れのように、これをせき止めることができない。誰か彼に詩を要求する者がいれば、筆を執る手の動きに任せて、決して草稿など書かなかった。あるいは多くの人が詩を請うて、それがたとえ八、九人に至っても、人に筆を持たせて、公自身は四方を振り返りながら、それぞれにふさわしい文句を口にして詩を作ったが、後になってそれに点を加えるようなことはなかった。

世祖のときには、舎利瑞気を陳賀する(3)ことが多く、文翰を主管する人がいても、短い時間に表文を製作することはできず、翰林が紙をもって公のところに行くと、すぐに打てば響くように見事な対偶を作った。

あるとき、宰枢たちが集まって文章を談論したが、中枢の丘従直《クチヨンチク》(4)が、「乖崖の雄文巨筆というのはとても真似のできるものではないが、四書についての知識については、私とても譲歩するものではない」

といったところ、公は憤然として、「それなら、あなたと才芸を競ってみようではありませんか」といった。そのとき、判書の金礼蒙《キムエモン》(5)がその場にいて、四書の疑問のある個所を選んで質問することにした。丘公がまず答案を作ったが、陳腐で常識的なことを述べただけであった。公が次に答案を作成したが、六経の注釈を引用して立証しないところがなく、古人の至らなかったところにまで至っていた。すべての人びとが彼の境地に感嘆した。

この日、永順君《ヨンスンクン》(6)が、「私は王に感謝したいことがあるのだが、表文を代わりに作ってもらえまいか」といった。公は承諾して、下輦台のもとに行き、「家に帰ればなまけてできなくなります。今ここで作ってさしあげましょう」といって、紙を持って来て広げさせ、口述するままにソンビに書き取らせた。そうして、瞬時にでき上がったが、表文のことばは適切で精細であった。丘従直公が、「平素から公の文章が高く抜きん出ているとは聞いていたが、このような境地にまで至っているとは知らなかった。これからはもう公と文章を争うことはすまい」といった。

中国の使臣の陳翰林(7)が楊花渡に遊んで詩を作ることにして、韻字に「怡」を選んだ。人びとはその韻を次ぐのに苦労して恥ずかしがったが、公は次のように読んだ。

「江は深く画に描いた船をただ浮かべ、
山は遠く青空に浮かぶ雲を喜ぶ。
(江深画舸惟須泛、山遠晴雲只可怡)」

陳公が、「『山中に何があるのか。峯の上には白い雲が浮かんでいる。ただおのずから楽しむだけで、あなたに送るに堪えるものはない(山中何所有、嶺上多白雲、只可自怡悦、不堪持贈君)』という昔の句があるが、あなたはまことにこの境地を理解している」といった。

祈郎中[8]が漢江に遊んで詩を作ったとき、「眠」という韻を用いた。その場にいたソンビたちが一篇ずつ応じた。公一人が苦労して沈吟して、なかなかできない。やっとのことで一句をひねり出した。

「江のほとりに斜めに人が差し込み、人びとがおのずと集まってくる、
　渡し場に風が穏やかに吹き鷗が眠っている。
　（江口日斜人自集、渡頭風静鷺絲眠）」

そのとき、注書の李昌臣《イチャンシン》[9]がその場にいて、別の人に、「おのずと集まってくる（自集）と鷗がまどろむ（鷺絲）とは対になっていないようだが」といったので、公がすぐに、「それじゃ君がそこを改めてくれないか」といった。昌臣は、「鷗が眠っているというところを、『鷗がのんびりと休んでいる（絲為閑）』とすれば、どうであろうか」といった。それに対して、公は、「貴卿のことばは正しい。私は最近はどうも詩想が枯渇してしまった。これはきっと鍼灸をしないせいだろう」と答えた。

公は詩には巧みであったが、治産についてはからっきし拙劣であった。いつも床に書物をひろげて、そこに薦を敷いてその上に寝た。人がその理由を尋ねると、公は、「床が冷たく、敷物がないためだよ」と答えた。門の前に大きな槐の木[10]があった。若葉が伸びて影を為した。公は奴僕に命じてこれを切らせた。人がその訳を尋ねると、「家にちょうど薪がなかったからだ。飯を炊かなくてはならんからな」と答えた。

このような事が枚挙にいとまがなかった。

（1）文平公・金乖崖：金守温。第一巻第二話の注（25）を参照のこと。

（2）文忠公・申政丞：申叔舟のこと。第一巻第二話の注（16）を参照のこと。

（3）舎利瑞気を陳賀する：舎利は釈迦の骨。釈迦の骨が現れるような祥瑞を臣下たちが文章で表明して祝賀すること。

（4）丘従直：第一巻第一話の注（14）を参照のこと。

（5）金礼蒙：?〜一四六九。文科に及第して後、重試にも合格して集賢殿に勤務した。顕官を歴任して工曹判書にまで至ったが、病気のために忠州に下り、そこで死んだ。性格は温雅で、学問を好んだという。

（6）永順君：李溥。世宗の第五子である広平大君・璵の子。『朝鮮実録』文宗元年（一四五一）正月に、溥を嘉徳大夫永順君とするという記事がある。父の璵が早死にしたために、文宗はことのほかに利発な溥をかわいがったという。

（7）陳翰林：中国からの使節・陳鑑のこと。第一巻第十九話の注（11）を参照のこと。

（8）祈郎中：中国からの使節・祈順のこと。第一巻第十九話の注（39）を参照のこと。

（9）李昌臣：一四四九〜?。一四六五年に生員壮元に選抜され、一四七四年に式年文科に登第した。弘文館修撰・校理・経筵侍読官を歴任して、弘文館応教となった。一四八九年には妹の婿の家財を奪ったとして免職になったが、後に復帰して、漢城府右尹・工曹参判に至った。甲子士禍のときに島に流された。中国語と吏文の第一人者であった。

（10）槐の木：槐は大臣の象徴。それを伐ったというのは官途に興味がないということか。

十九　風流人の永川君

永川君《ヨンチョンクン》・定《チョン（1）》は孝寧大君《ヒョリョンテクン（2）》の息子である。公の夫人はわが門中から出た。そこで、わが家との付き合いは深かった。

公は人となりが剛胆で、捉われるところがなく、性質がまた勤勉で率直であり、事ごとに直情径行であった。詩の趣は清新で、絵を描いても格調が高かった。一生を酒色にふけって過ごした。地方の妓女が選抜されて初めてソウルにやって来ると、公はみずからの屋敷にこれを迎え、きらびやかな衣服で盛装させた。いくばくもせずに不良少年にかどわかされて逃亡しても、これを探し求めるようなことはしなかった。そうして、いつも人の世話をしていて、その数がどれほどか数えることができないほどであった。

家の中の婢たちはすべて楽工たちの家に嫁がせた。

たとえ一壺の酒でもあれば、音楽と歌舞を庭で催して、かならず酔わない日はなかった。あるとき、馬の上で鞭を手に執り、虚空に何かを描いている様子なので、人が尋ねると、「山水の図を作っているのだ」といった。

文士たちを愛して、交遊したのは、みな名のある高官や立派なソンビたちであった。ソンビを見れば、たとえ馬の上であっても、衣服の袖を控えて、古今の人物と文章と気律とを討論した。

斯文の李《イ》尹仁《ユンイン》(3)と有仁《ユイン》(4)の兄弟が梨峴を通り過ぎたとき、永川君が酒に酔って、平服の姿で道ばたに座っていた。二人はこれを見て、ただの地下人だと思って、馬を下りなかった。君は人をやって二人を招いていった。

「お前たちは王孫を見て、どうして挨拶をしようともしないのだ。お前たちはいったい何者だ」

有仁がこれに答えた。

「私は文士です」

公はこれに対して、

「いったい誰の榜で及第したのだ」

というと、有仁が、

「私が及第したときの壮元は高台鼎《コテチヨン》です」(5)

といったので、公は涎を垂らしながら、

「姜子平《カンチヤピヨン》(6)の輩であったか。お前は即刻行くがよい」

といって、尹仁に、

「お前は何者だ」

というと、

「私は文士です」

と答える。

「それなら誰の榜で及第したのだ」

と尋ねると、

「私が及第したときの壮元は李承召《イスンソ》(7)です」

と答えた。公は、

「お前は『登白山賦』を知っているか」

といった。尹仁がそれを暗誦すると、公は頭を下げてこれを見送った。

(1) 永川君・定:『世宗実録』二十二年(一四四〇)正月、定を永川君とする旨の記事がある。

（2）孝寧大君：一三九六～一四八六。李祜（または補）。太宗の第二子。仏教への篤い信仰を持ち、檜巌寺・上元寺・興天寺の堂塔の修造に力を入れた。世宗・文宗・端宗・世祖・睿宗・成宗六代の王にとって「年高尊親」に当たり尊敬と優遇を受けたが、あまりの仏教への傾倒ぶりに儒学者からの批判も浴びた。

（3）李尹仁：李之蕃の息子。『世宗実録』の編集に通礼門奉礼郎として参加している。また、『世祖実録』十年（一四六四）十二月には兼知兵曹事に任じられた。地方官として観察使の職にもついた。

（4）李有仁：?～一四九二。一四五八年、別試文科に及第。世祖のときから成宗のときまで司諫院献納・兵曹参知・金州府尹・羅州牧使などを歴任した。一四九一年、大司諫に在任中に発病して辞任したが、翌年には礼曹参判の職を与えられた。

（5）高台鼎：『世祖実録』五年（一四五九）四月に文科、高大鼎ら三十三人を取るという記事がある。『成宗実録』元年（一四七〇）十二月には成均館司成・高大鼎の名前が見える。

（6）姜子平：一四三〇～一四八六。一四五三年、小科に及第、一四五五年には原従功臣となり、一四五七年には別試文科に壮元で及第して、世子侍講院右弼善となり、以後、顕官を歴任したが、一四七〇年には亀城君・浚を王位につける陰謀を知りながら告げなかったことで拷問を受けて流された。その後、復帰して全羅観察使・工曹参議に至った。一五〇四年に甲子士禍が起こり、一四八二年の尹妃廃妃の教旨を尹妃に伝えた当事者として追罪された。

（7）李承召：第一巻第二話の注（27）を参照のこと。

二十　わが国の石碑

わが国には好事家が少なく、宰相が死んだときにも、碑文をよく書く者がいない。ただ、古くからの巨刹に碑が多く残っていて、現在も、嶺南の寺々には崔孤雲《チエコウン》(1)が撰述した碑文がある。原州の慈福寺の碑は高麗の王太祖が製作したものであるが、唐の太祖の文字を集めて彫ったもので、これは一つの奇宝である。玄化寺の碑は顕宗《ヒヨンジヨン》(2)がみずからその額面に篆書で書かれ、周佇《チユチヨ》(3)が碑文を書き、蔡忠順《チエチユンスン》(4)が文字を書いた。霊通寺の碑は金富軾《キムブシク》(5)が碑文を作り、呉彦侯《オオンフ》(6)が文字を書いた。みな古雅で奇異なものであるといってよいが、その字体には差異がある。

普賢院の上には半ばで折れた碑がある。ことばが剛健で、字体も力がみなぎっている。元の危素(7)が作って虞集(8)が文字を書いたもので、まことに絶代の奇宝ともいうべきものである。しかし、世間の人が大切にせず、保全をも考えなかったために、今や破損して跡形をも留めない。

正陵(9)の碑は牧隠が文を作り、柳巷《ユハン》(10)が文字を書いたもので、至極に精妙である。

わが朝鮮朝に入って、円覚寺の碑は、金乖崖《キムクイエ》(11)が文章を作り、私の伯氏が文字を書いた。その筆法は中国の子昂に匹敵するものであり、たとえ瑢《ヨン》(12)が書いた英陵(13)の碑であったにしても、これに勝ることはあるまい。後世にこれを宝のごとくに思う者がかならず大勢いることであろう。

（1）崔孤雲：崔致遠。第一巻第二話の注（1）を参照のこと。

（2）顕宗：高麗八代の王である王詢。在位一〇一〇～一〇三一。太祖王健の第八子であった王郁が未亡人となっていた第五代の景宗の妃を犯して生れた息子。康兆の擁立によって即位した。

（3）周佇：？～一〇二四。もとは宋の温州の人。高麗の穆宗のときに商船に乗ってやって来たが、蔡忠順がその才を認めて上奏し、高麗に留まり礼賓省注簿に任命された。外交文書のほとんどは彼の手になり、礼部尚書にまで昇った。

（4）蔡忠順：？～一〇三六。高麗の穆宗のとき、中枢院副使として、遺命を受けて金致陽などの逆臣を排除、大良院君詢（顕宗）を迎立した。一〇一〇年、契丹が侵入して来たときには顕宗に従って羅州まで逃げたが、帰京して推忠盡節衛社功臣となり、判西京留守事などの官職についた。
(5)　金富軾：第一巻第二話の注（3）を参照のこと。
(6)　呉彦侯：呉彦という武人がいるが、ただ書のことは見えず、未詳である。
(7)　危素：中国の元の末、明の初めの人。字は太樸。翰林侍講学士を勤めて『元史』を編纂した。弘文館学士を兼任した。
(8)　虞集：中国の元、仁寿の人。字は伯主。三歳にして読書を知った。大都路儒学教授となり、また奎章閣侍書学士となって、『経世大典』を纂修した。元大四傑の一人。
(9)　正陵：京畿道開豊郡中西面にある魯国公主の陵。陵を封じた後、恭愍王は公主の影幀を描いて王輪寺の南の影殿に奉安した。
(10)　柳巷：韓脩の号。韓脩については第一巻第三話の注（4）を参照のこと。
(11)　金乖崖：金守温の号。第一巻第二話の注（25）を参照のこと。
(12)　瑢：安平大君。第一巻第三話の注（6）を参照のこと。
(13)　英陵：京畿道驪州郡陵西面旺垈里にある世宗の陵。最初は広州にあったが、一四六九年に移された。

二十一　普賢院

東坡駅《トンパヨク》から松都《ソンド》への道の中間地点に普賢院《ポヒョンウオン》がある。人びとは、「毅宗《ウイジョン》の時代に文臣たちが殺されたところだ」(1)といっている。私は若い時分、そこを通り過ぎたことがあるが、山の麓に池があって幅が数里はあったろうか。往時を思って、慷慨に堪えなかったものだ。

後年、ふたたびそこを通り過ぎたが、そのときにはすでに陸地となって、穀物を耕作していた。

（1）　毅宗の時代に……：高麗時代、王朝は武人と文人とで構成されていたが、武人は文人の下位に立たされていた。その蓄積された不満から、一一七〇年、鄭仲父ら武人がクーデタを起こし、文人たちを殺害して政権を掌握した（庚寅の乱）、つづいて一一七三年、金甫当が反対の兵を挙げると、これを鎮圧するとともに、また文臣たちを殺害追放して（癸巳の乱）、それ以後、百年余りの武人政権が続くことになる。日本と同じ時期に武人が政権を握ったことは注目されてよい。普賢院は庚寅の乱のあったところ。

二十二　芸文館の新人いじめ

新たに科挙に及第して三館[1]に入って来た者たちを、先輩たちがからかい、いたぶるという風習があった。それには一方では尊卑の秩序を示し、一方では驕慢の気持ちをくじく意図があった。

芸文館においてその風がもっとも強かった。新来が初めて官職に任命されると、宴会を開くことになっている。これを許参といっていた。また五十日が過ぎたときに宴会を開き、これを免新といっていた。さらにその中間にも宴会を行って、これは中間宴といっていた。

これらの宴会ごとに新来には食事と酒とを強要する。あるいはその家に、あるいは他のところに、暮になれば必ずやって来た。そうして、春秋館員や他の兼任の官員までまきこんで、いつも宴を開かせ慰労させることになっていた。夜も更けて客たちが帰って行くと、新たに先輩たちだけを招いて席をもうけさせ、油蜜果を用いてさらに盛大に御馳走させることになっていた。上官長は曲座して、奉教以下は先輩の間に座り、一人につき妓生一人が侍った。上官長には特に二人の妓生が侍ったが、それを「左右補処」と呼んでいた。下座から上座に順を追って酒を差し上げ、また順に立ち上がって舞を舞った。一人が舞い終われば、その罰酒を飲むことになる。

明け方になれば、上官長が酒席から立ち上がる。居合わせた者たちがみな拍手して踊りながら、「翰林別曲」を歌う。そして蟬の鳴き声のように澄んだ声に蛙のような声が混じって、天がすっかり明けて人びとは退出するのである。

（1）三館：弘文館、芸文館、春秋館をいう。

二十三　的中した夢

すべて夢というのは思いにしたがって生じるものであるが、すべてがすっかり符合するというものでもない。

私はかつて不思議な夢を見て、それが的中したことが四度ほどある。

私が十七、八歳のときのことである。夢の中で山間に入って行ったが、山は険しく、水が澄んで、渓流をはさんで両側の堤には桃の花が盛んに咲いていた。すると一つの寺があり、青々と茂る栢の木が数本あって、庭に影を落としていた。堂に上がると黄金の仏様が安置され、その前で年老いた坊さんが唱える梵唄の声が林の中にこだましていた。そこを退出して別の房に行くと、化粧をしてあでやかな衣装を着た女が音楽を奏し、紗帽をかぶった官人が酒を勧めた。私は酒に酔って、そこから逃げるように出たが、そこで欠伸をして目が覚めた。

そうして数年後、私が伯氏とともに母上にしたがって海州に行った。ある日、神光寺に遊んだところ、そこにはたして渓流があり、林があり、お堂と宿房があった。一つ一つがかつて見た夢そのままであった。巡察使の韓公(1)もいっしょだったが、母上のために食事を用意していた。そこの僧侶たちの中に老僧がいて、梵唄を唱えていたが、これも夢とそっくりだった。牧使の李公が私を応接して、外の房で酒席をもうけたが、村の妓女数人が音楽を奏でた。牧使がさかんに酒を勧め、私は酔っぱらって退出したのだった。

私は癸丑の年(一四九三)に母上の喪に遭って、坡州で葬儀を執り行い、続いて墓のそばの庵に居住した。

夜中に燈火をともして『南華経』(2)の内篇を読んでいると、ついうとうとして机にうつ伏せて居眠りをしてしまい、夢の中で仙境に至った。そこにある宮室は壮麗で、人の世にあるものとは思えなかった。一人の人間が黒衣をまとって御殿の上に座っていて、顔を見ると黒々とした鬚をたくわえていた。私は階段の下に突っ伏して挨拶をしたのだった。

後日、私は伯氏にしたがって中国の都に行ったが、その宮廷のありさまは夢で見たものとそっくりであった。また、皇帝の様子も夢の中で見た人物と同じであった。

私が玉堂に入直したときに、夢の中で承政院の前房に行くと、兼善《キョンソン》(3)が房の前にいて私に、「君は今すぐここから立ち去れ、私がこの房から出て行った後、君がこの房に入ればよい」といった。しばらくして、兼善は承旨に任命されたが、停任された後に、私が承旨に任命された。

また、夢の中で、山間に入って行くと、道ははなはだ険しく、崖っぷちを歩き、また谷と激しい流れを越えて、喘ぎ喘ぎしてやっと山の中腹にまで至ると、高楼があった。これに登ってみると、耆之《キチ》(4)がその中に座っていて、私を見て、「どうして苦労して遠回りをしながらここまで来たのか。私は近道をして来たのだが」といって、眼下の橋を指さして、「あれが近道なのだ」といった。しばらくして、耆之は兼翰林に特別に抜擢され、承旨に任命された。私は別の職に回って、後年になって承旨に任じられた。夢の験というのはまことにはっきりしているものである。

（1）巡察使の韓公：韓明澮のことと思われる。第二巻第五話の注（2）を参照のこと。
（2）『南華経』：『荘子』の別名。
（3）兼善：洪貴達。第一巻第十九話の注（42）を参照のこと。
（4）耆之：蔡寿。第二巻第十六話の注（3）を参照のこと。

二十四　化生の理

私がかつて家の後ろの山に座っていたとき、一羽の鳥がいて、腰より上は斑で、腰より下は黄色の、その飛ぶ姿は梭《ひ》のようなものがいた。初めて一羽の鳥が夏には黄色の鶯となり、秋には啄木鳥になるのを知った。

また田舎にいたときに、田の間の水に小さな蝦がたくさんいたので、いつも捕まえて食べたものだ。

ある日、帰って来て見ると、小さな蝦がやすでと入り混じって水の中を回っていた。子細に見ると頭と尾の半ばがすでにやすでに化していたものがいた。これを見て、化生の理というのは嘘ではないことを知った。

二十五　崔池と世祖の出会い

司成の崔池《チェチ》(1)は及第した後、地方官を歴任した。世祖十一年(一四六五)、王さまは文士たちを慶会楼の下に集めて、その才芸を試験なさった。

崔池は長く吟じながら、緩やかな足取りで後苑に至った。そのときちょうど、王さまは粗末な身なりで後苑に出ておられた。崔池は長めに揖(2)をするだけで、拝礼をしなかったので、王さまが、「いったいどこの誰が後苑に勝手に入り込んで、私に拝礼もしないのだ」とお尋ねになると、崔池は、「私は文士です。宮中では王さまにだけ拝礼をすればよく、どうして特別にあなたに拝礼をする必要があろう」と答えた。崔池は、しかし、心の中でこれは凡人ではなく、きっと王子であろうと考えて路傍に跪いた。王さまが、「お前は原壌(3)ではないのか。どうして跪いたんだ」とおっしゃった。しばらくして侍女と内豎がやって来た。崔がおどろいて畏まり、罪を謝した。王さまは何も言わずに序賢亭に赴かれ、崔池をお召しになって、経史を講説させなさった。崔池は問われるままに即座に答えて、経史の深奥なる意味を一つ一つ精密に解答したので、王さまは大いにお喜びになり、みずから酒杯をお与えになった。崔池は心地よげに数杯を重ねて、顔色も泰然としていた。王さまは、「このソンビは性理学に精通しているが、これを今まで知らなかったのが悔やまれる」とおっしゃって、崔池を司芸に任命なさったのである。

(1) 崔池：生没年未詳。世宗のとき、一四三八年に式年文科に及第、主に地方官を歴任した。一四五六年、延安県監であったとき、文科挙試官として試験場の前に妓生たちを呼び集めたことで罷免された。一四六五年、世祖に見出されて抜擢された。

(2) 揖：両手を胸の前でこまぬいて身をかがめながら、あるいは上下にし、あるいは前におし出す礼法。会釈を意味する。

(3) 原壌：春秋時代の魯の国の人。孔子の旧友。あるとき、腰かけたまま、孔子が来たのを迎えて、孔子はその無礼に怒り、杖で彼の脛を殴りつけたという故事がある。

二十六　微賤から成り上がった李陽生

雞城君・李《イ》陽生《ヤンセン》(1)はもともとは庶孽賤人(2)である。以前は靴を作って生活していた。壮勇隊に入って李《イ》施愛《シエ》(3)の征伐に従軍して戦功があった。功臣の号を下賜されて、嘉善大夫として封君までされた。字を知らなかったが、しかし、性格は純粋、勤勉な上、穏やかに楽しんで、わずかでも私曲することがなかった。

場末の市場を歩いていて、微賤であったときに付き合っていた者に会えば、かならず馬を下りてしばらく久闊を叙して後に立ち去った。

彼の妻というのは私の姑の家の婢女である。容貌は醜く、年を取っても子宝に恵まれなかった。ある人が、「君は大きな功績があって、官職は宰枢にまで至ったが、子どもがいない。どうして名家の娘を娶って夫人として後継ぎをもうけないのだ」と尋ねると、それに対して、「私が若かったときにいっしょに貧困の中で過ごした妻を、ある朝になって急に捨て去ることがどうしてできようか。賤しい身分の人間が良家の娘を娶るのは道理に背くことでいいことではない。私の兄が貧しいまま目が出ずにいる。その息子を後継ぎにして、私の功蔭をいささかでも被らせることにしよう。そうすれば、わが家の血筋も途絶えない」と答えた。人びとは彼がみずからの分というものを知り、長者の風格をもった人物だと噂した。

性格が寛大で度量が大きく、たとえ緋緞の衣服を着ていてもすぐにそれを脱いで人に与え、まったく物惜しみをしなかった。また馬に乗ってよく弓を射ることができた。彼が虎を生け捕りにする術はたとえ馮婦(4)であってもかなわなかったであろう。人の顔色を見れば、盗賊であるかどうかわかり、十に一のまちがいもなく、邵雍(5)もこれにはおよばなかった。

虎を捕まえたり、盗賊を捕えたりといったことがあるたびに、朝廷では彼にその任に当たらせた。

(1) 雞城君・李陽生：郡守であった李従直の妾が産んだ子。李施愛の乱に卒伍として従軍して功を立て、精忠敵愾功臣の号を下賜された。
(2) 庶孽賤人：朝鮮時代、庶子は差別されて、両班の子であっても、科挙の文官受験資格は認められず、原則として文官職にはつけなかった。『洪吉童伝』は庶子差別の実態とそれに抗う庶子出身の英雄・洪吉童の活躍を描いている。
(3) 李施愛：?〜一四六七。吉州の人で武人。会寧府使であったが、一四六六年、政治に不平を抱いて弟の李施合とともに蜂起し、許有礼の計略によって兄弟ともに殺された。

（4）馮婦：中国、春秋時代の晋の人。虎をよく捕えることができ、その腕を買われて士人となったが、人にいわれれば何でもしたので、裏では馬鹿にされていた。『孟子』尽心篇下に見える。

（5）邵雍：宋の学者。字は堯夫、号は康節、易に精通していて、その学派を百源学派といった。官に推されたが、就かなかった。

二十七　厄病神の取りついた家

わが家の隣に奇《キ》宰枢(1)の家があったが、宰枢は一代の名賢であった。私が子どものとき、奇宰枢の孫の裕《ユ》(2)とは竹馬に乗って遊ぶ仲であった。宰枢が世を捨てて後、裕と私はともに官職についたが、裕は家にいて父親の仕事を手伝った。

しばらくして、裕の家は凶家となって、人が行き来することができなくなった。裕もまたよそに移って行った。

私はその隣で話を聞いたのだが、下人が門の外に立っていたら、急に何かがその背にのしかかって離れない。とても堪えられぬほどに重く、狼狽して家に入っていき、背中を見ても何もない。しばらくしてやっと軽くなったが、冷や汗にびっしょり濡れた。

その後から、奇異なことが多く起こるようになった。人が御飯を炊いていると蓋はそのままなのに、中には糞がいっぱいになっていて、ご飯は庭に散らばっていたという。あるいは盆や茶碗が空中に浮遊し、あるいは大きな釜が持ち上がって破れ鍾のような大きな音を立てた。あるいは畑の野菜が抜かれて逆さに植えられ、すっかり枯れてしまった。あるいは衣服の箱がかたく閉ざされているのに、衣服が取り出され梁の上にかけられて、それぞれに印章が押してあり、それは疥癬のような篆字であったという。あるときには、だれも厨にいないのに竈の火がにわかに起こり、その火はだれかが捧げもつかのようにして渡り廊下に行き、渡り廊下を全焼させるようなことがあった。このようなことが多く起こって、この家をかえりみることがなくなって、年月が過ぎた。

裕が憤然として、「ご先祖が残してくださった家を修理しないまま放っておいて、どうして人の子としての道理が立とうか。大丈夫としてどうして鬼神を恐れることがあろう」といって、その家に帰って住むようになった。しかし、奇怪なことがまた起こるようになった。あるときには、飯鉢がかってに動いて、あるときには糞が人の顔に塗りつけられた。裕が叱りつけると、空中で声がして、「奇都事はあえてここにお住みになるか」といった。まもなくして裕は病気になって死んでしまった。

裕の母方の従兄弟の柳《ユ》継亮《ケリャン》(3)が謀反を企てて死刑になったが、これも鬼神がこの家に取り憑いて祟りをなしたのだと、人びとは噂をした。

また、斯文の李《イ》杜《ト》(4)が戸曹正郎になったとき、家に突然に鬼神がやってきて、いろいろとよくないことが起こった。その声を聞けば、十年前に死んだ姑の声であった。鬼神は家の中の生産と作業についていちいち指示をする。ただ朝夕に食事を供えるだけではない。食べたいものがあれば、みなお供えしなくてはならなかった。わずかでも意に添わなければ、勃然と怒りをなした。鬼神が匙を取り上げて食事をするのは見られなかったが、食膳のものはすっかりなくなった。腰から上は見ることができず、腰から下は紙を張ってチマとしていた。その足がすっかりやせ細っている様子はまるで漆のようで、肉はついていず骨だけになっていた。人が、「この足はどうなさったのですか」と尋ねると、「死んで長く地下にいて、どうしてこうならずにいられよう」と答えた。いろいろとこれを祓おうと試みたが、成功しなかった。やがて斯文は病気になって死んでしまった。

（1）奇宰枢：奇虔のこと。？～一四六〇。布衣として抜擢されて官職についた。全州府尹、開城府留守などの地方官として善政を敷いた。一四五七年には謝恩副使として明に行き、最後には中枢院使となったが、世祖が王位につくと、官職を辞して閉門し、世祖の再三にわたる招請にも応じなかった。

（2）裕：『成宗実録』元年（一四七〇）六月に天使が入朝処女の族親である奇裕の家を訪ねたと見える。中国の朝廷に女子を送る習慣があったようである。また十三年（一四八二）二月に平安道成川府に唐人がやって来て、都事の奇裕と争ったという記事がある。

（3）柳継亮：『睿宗実録』即位年戊子（一四六八）に南怡の乱にかかわって斬に処し、家財を没収する云々の記事がある・

（4）李杜：『成宗実録』十七年（一四八六）十一月に、刑曹佐郎の李杜みずからが自分の家には九月から妖鬼が出現すると啓上したという記事がある。

第五巻

禍福門なし

一　青州人、竹林胡、東京鬼

かつて、青州人《チヨンジユ》、竹林胡《チユクリム》、東京《トンキヨン》 鬼の三人がいた。

三人がいっしょになって一頭の馬を買った。青州人は利にさとく、まず馬の腰の部分を買った。竹林胡はその首を買い、東京鬼はその尾を買った。青州人が、「腰を買った者が馬に乗るべきだろう」といって、自分の心のままに乗って行った。竹林胡は秣《まぐさ》を与えて首を引いて行き、東京鬼は鞭を執って後ろから馬の糞を掃除しながらついて行った。

竹林胡と東京鬼の二人はばかばかしくなって相談して、「これからは高く遠いところに行って遊ぶことができる者が乗ることにしよう」といった。そこで、竹林胡が「私はむかし天まで昇ったことがある」というと、東京鬼は「私はお前が行った天のさらに上まで行ったことがある」といった。青州人が「お前の手に何か触れているものがないだろうか。やわらかくて長いものだが」というと、東京鬼は、「たしかに触っているが」と答えた。青州人はそこで、「そのやわらかくて長いものは私の脚だ。お前は私の脚をつかんでいるからには、ずっと私の下にいる定めなのだ」といった。二人はなにも言わず、長く青州人の従僕となったということである。

（この話にはなにか寓意があるらしく思われるが、不明である）

二　鳩のもたらした禍

以前、ある人がひそかに家鳩を連れて田舎に下り、途中で一軒の家に泊った。明け方早くにその家を出たために、その家では客が何を連れていたかを知らなかった。

田舎に着いて、鳩をソウルに飛ばして帰らせようとしたが、鳩は習性として来るときに泊ったところを覚えていて、その家に入って行き、数回くるくると回った後、また飛び立って行った。その家の人びとは鳩の姿を見てはなはだおどろき、経師[1]に、「鳩でもなく、雀でもなく、その鳴く声は鈴のような鳥が家に入って来て、三度ほど回って飛び去って行きました。これはいったい何の兆しでしょうか」と尋ねた。すると、経師は、「それはきっと大きな災いが起こる兆しです。私が行ってお祓いをしよう」と答えた。

翌日、経師を家に迎えた。経師は、「私のするとおりにしてください。そうでなければ、禍はいよいよ大きくなってしまいます。これから、私がいうとおりにするのですよ」といって、「お米を出しなさい」というと、家の者みなが、「お米を出しなさい」といった。経師が、「布を出しなさい」というと、みなが「布を出しなさい」といった。経師が、「いったいどうしたというのだ」というと、みなは「いったいどうしたというのだ」と繰り返す。経師が怒り出して出て行こうとして鴨居に頭をぶつけると、みなも後を追って鴨居に頭をぶつけ、子どもも梯子を懸けてまで頭をぶつけた。

経師が門の外に出ると、そこには牛の糞があり、つるっと滑って転んでしまった。人びともみな後を追ってつるっと滑って転んでしまう。牛の糞がなくなってしまうと、わざわざ他のところから運んで来て滑って倒れる始末である。

経師があわてて冬瓜の蔓の下に潜り込んで隠れると、みなもまた冬瓜の蔓の下に入って行って、こんもりと山のようになってしまった。遅れてやって来た子どもたちが入れなくて、泣きながら、「父さん、母さん、僕たちはどこに行けばいいの」と尋ねると、父母たちは、「ここの冬瓜の蔓の下には入れないから、南の山の葛の葉の下に入るがよい」と答えた。

（1）経師：経を唱えてまわる下級僧侶。盲人の場合が多かった。

三　愚兄賢弟

昔、兄弟がいて、兄は愚かだったが、弟は賢かった。

父親の命日に祭祀を行おうとしたが、家が貧しくて祭物を用意することができなかった。兄弟は夜に乗じて隣の家に行き、壁をうがって忍びこんだ。そのとき、その家の年老いた主人が出てきて家の中を見まわっていたので、兄弟は息をひそめて階段の下に隠れた。すると、主人が階段で小便をした。兄が弟に向って、「暖かい雨が私の背中に当たるが、いったいどうしたんだろう」と大きな声を出したので、主人に見つかって捕まってしまった。

主人が「どんな罰をお前たちに与えようかな」というと、弟は、「朽ちた縄でしばり、麻殻で鞭打ってほしい」といい、兄は、「葛でなった縄でしばり、水精木で打ってください」といった。主人は二人のことばどおりに罰を与えた。

罰が終わって後、主人が「どうして盗みなどをしたのか」と尋ねると、弟が「父の命日の祭祀を行うためです」と答えたので、主人は気の毒に思って、食べ物を与えて、「お前たちの欲しいだけ持って行くがいい」といった。弟は赤豆一石を貰い受けて、精一杯力を出して背負って家に帰った。兄の方は赤豆数粒だけを貰い受けて、縄にはさんで「やや」といいながら、帰っていった。

翌日、弟が豆粥をつくって、兄にお坊さんを呼んできてほしいといった。すると、兄は、「お坊さんというのは何だ」と尋ねた。弟は、「山の中に住んで黒い服を着たものを見たら連れてきてください」といった。兄が山の中に入って見ると、木の上に烏が一羽止まっていた。これを見て、「お坊さん、家に来てお斎を食べてください」というと、烏はかあかあと鳴いて飛んで行ってしまった。兄は帰って来て、「お坊さんに頼んだのだが、カアカアいって飛んでいってしまった」といった。弟は、「それは烏であって、お坊さんではありません。もう一度、山に行って、黄色い服を着たものを呼んで来てください」といった。兄はもう一度、山の中に行って、見ると、樹上に黄色い鳥がいる。そこで、「お坊さん、家に来てお斎を食べてください」といったのだが、今度も鳥は鳴いて飛び去ってしまった。兄は家に帰って、「お坊さんに頼んだのだが、美しい声を出して飛んで行ってしまった」といった。弟は、「それは鶯であって、お坊さんではありません。私が行ってお坊さんを呼んできますので、お兄さんは家にいてください。もし釜の中の粥が吹きこぼれそうになったら、何かくぼんだものに盛ってください」といって出かけた。兄が見ると、軒から落ちた雨垂れが階段にくぼみを作っている。兄は粥をそのくぼみに全部そそいでしまった。弟が坊さんを呼んで帰って来たが、そのときには釜の中は空っぽだった。

四　師僧をだます（一）

上座の僧[1]が師匠をだますというのは昔からあったことである。

あるとき、上座の僧が師僧に、「カササギが銀の棒をくわえて門の前の茨に止まっています」というと、師僧はそのことばを信じて、その茨に登って行った。上座の僧が大声で、「お師匠さまがカササギの雛をつかまえて炙って食べようとなさっている」と叫んだ。師僧は狼狽して茨から滑るように下りて身体中が傷だらけになった。師僧は怒って上座の僧をしたたかに鞭打った。

上座の僧が夜に大きな鼎を師僧の出入りする戸口の上に懸けておき、大声で、「火事だ。火事だ」と叫んだ。師僧はびっくりして飛び起き、外に逃げようとして、頭を鼎に強くぶつけ、気絶して倒れてしまった。しばらくして気が付いたが、あたりを見まわしても、どこにも火事はない。師僧が怒って責めたところ、上座の僧は、「遠くの山で火事があったので、お知らせしたのです」と答えた。師僧は、「これからは近くの火事だけを知らせろ。遠くの火事は知らせなくてよい」といった。

また、ある上座の僧が師僧をだまして、「隣の家に未亡人がいますが、年は若く、まことに美しい婦人です。それがいつも私に『寺の裏山には柿がたくさん実っていますが、あれを食べるのは師僧だけなのですか』と尋ねます。そこで、私が『どうして師僧が独り占めになどなさいましょう。いつも皆に分けてくださいますよ』と答えると、未亡人が『それなら、私にも分けていただきたいものです』といっていました」といった。師僧は、「そうか、それならお前が柿を取って持っていくがいい」といった。

上座の僧が柿を取って自分の父母のところに持って行き、帰って来て、「未亡人は喜んでおいしそうに柿を食べました。そして、『お堂にお供えしてある餅は師僧がおひとりで召し上がるのでしょうか』と尋ねましたので、私は『師僧がどうしてそんなことをなさろうか。いつもみんなに分けてくださいますよ』と答えました。すると、未亡人は『それなら、私のことばを伝えていただけないでしょうか。私はお裾わけがいただきたい、と』といいました」といった。師僧がそこで、「それならお前がお供えを下げて、その未亡人のところへもっていくがよい」と答えた。上座の僧はお供えをすっかり包んで父母のところに持って行き、寺に帰って来て、「未亡人は喜んで餅を食べて、『私はどうすればあなたの師僧のご恩に報いることができるでしょうか』といいましたので、私は『師僧はあなたに会ってお話をしたいようです』と答えました。すると、未亡人は欣然として承諾しましたが、『わが家は親戚や奴婢が大勢住んでいて、師僧がいらっしゃることはできません。私がなんとか家を抜け出してお寺に行き、一度お会いすることにします』といいました。そこで私は某日を約束してきました」といった。師僧は雀躍して大喜びをした。

約束の日になって、師僧は未亡人を迎えるために上座の僧をやった。そこで、上座の僧は未亡人のもとにやって来て、「私どもの師僧は肺病を患っていて、医者は『婦人の靴を温めて胸のところをさすれば治る』といいました。お願いですからあなたの靴一足を貸していただけないでしょうか」と頼んだ。未亡人は靴一足を貸し与えた。上座の僧が帰って来て戸口の後ろに隠れてうかがうと、師僧は禅室をいそいそと掃き清め、敷布団をしきながら、ほくそ笑んで、「私はここに座り、未亡人はここに座る。私が食事を勧めると、未亡人が食べる。私はそこで手をとらえ、隣の寝室に入って、お楽しみというわけだ」と独り言をいった。そのとき、上座の僧が入って来て、師僧の前に靴を投げ出して、「どうも仕損じましたよ。私は未亡人をこの堂の戸口までは連れて来たのですが、師僧のなさることを見て、未亡人は怒り出し、『あんたは私をだましたな。あんたの師僧はとんでもない生臭坊主だ』といって、走って帰って行きました。私は追いかけましたが、もう捕まえることはできず、ただ未亡人が脱ぎ捨てた靴だけをもってきた次第です」といった。師僧は頭を垂れて、後悔しながら、「お前は私の口を棒でぶってくれ」というと、上座の僧は木枕で思いっきり殴りつけた。師僧の歯はことごとく折れた。

（1）上座の僧：師僧の後を継ぐ僧の中では上位にある僧をいう。

五　師僧をだます（二）

ある僧侶が未亡人と約束して、ついに初めて会う夕方になった。上座の僧がこっそりと、「生姜を挽いて薬味を加え冷水に和えて飲めば、あちらの方にずいぶん役に立つそうですよ」といった。僧侶はそれを信じて、ことばどおりのものを作って飲んだ。未亡人の家に至るころ、腹が痛んでごろごろとなり出し、這いつくばってようやく家に上がり、簾の中に入って座り込み、足でもって肛門を抑えてこらえ、上を向くことも、下を向くこともできない。そのとき、未亡人が入って来たが、僧はじっとしていて動かない。未亡人が、「どうして木偶の坊のようにじっとなさっているの」といいながら、僧侶にしなだれかかったから、たまらない。僧侶は倒れて、槍のように大便を下した。部屋の臭いことといったら、たまらない。僧侶は杖で叩きだされてしまった。夜中の道を一人でとぼとぼとさまようように歩いて行くと、白いものが道を横切っている。僧侶はそれを小川だと思って、パジをからげて入って行くと、白いのは麦の花であった。僧侶はひとり腹を立てた。また歩いて行くと、同じように白いものが道を横切っている。僧は、「さっきは麦畑にすっかりだまされた。今度も麦畑にちがいない」とひとりごとをいって、今回はパジをそのままにして突っ切って行くと、それは小川だった。衣服はずぶ濡れになった。

あるところで、橋を渡ったとき、数人の婦人たちが川のほとりで米をといでいた。僧侶が「酸っぱい。酸っぱい」といった。それは自分が狼狽して、苦い目に遭ったことをいっているのであったが、婦人たちはその理由を知らずに聞き咎めて、僧を取り囲んで、「酒を作る米をといでいるときに、酸っぱい、酸っぱいとは、とんでもないことをいいなさる」といって、衣服を引き裂き、したたかに打ちのめした。

日が高くなったにもかかわらず、何も食べていなかったので、腹が空いて仕方がない。芋を掘って齧っていると、にわかに呵唱（道を避けるように叫ぶ声）の声が聞こえてくる。守令の行列であった。そこで、僧侶が心の中で「この芋はなかなかうまいので、これを守令殿に差し上げたら、食事にありつけるのではあるまいか」と考えた。守令が橋にさしかかると、僧はいきなり飛び出した。すると、馬が驚いて棒立ちになったものだから、守令は振り落とされて地面に叩きつけられた。守令は激怒して僧を棒でしこたま叩かせて去って行った。

へとへとに疲れ果てて橋のたもとに伏せっていると、数人の巡官が通り過ぎて、僧侶の姿を見て、「この下に死んだ坊主がいる。棒術の練習にいいのではないか」といいながら、それぞれに棒をもって殴りかかった。僧は恐ろしくて息もできなかったが、そのうちの一人が刀を抜いて、「死んだ坊主の男根というのは薬になるそうだ。これを切り取って行こう」といった。僧侶は大声を上げて逃げ出した。

夕方になって寺に帰ったが、門が閉じていて中に入れない。大声を上げて上座の僧を呼んで、「出てきて門を開けろ」といったが、上座の僧は、「私の師僧はご婦人の家に出かけていなさる。あなたはどなたで、なぜこんな夜中にいらっしゃったのか」といって、出て見ようともしない。僧が犬の出入りする塀の穴から入っていくと、上座の僧は、「お前はどこの犬だ。昨日の晩は仏さまに差し上げる油をみんな舐めてしまったな。今夜もやって来たのか」といって、棒で殴りつけた。

こういうわけで、今に至るまで、狼狽して辛苦する様子を「川渡りの僧（渡水僧）」というのである。

六　愚かな婿

昔、あるソンビの家で婿を迎えることになったが、その婿というのがはなはだ愚鈍で、麦と豆の区別も出来ない人物。三日のあいだ、新婦と座っていたが、盤の上の饅頭を見て、「これは何か」と尋ねると、新婦が「秘密です（休休）」と答えた。花婿が饅頭を割ってみると、中には松の実が入っている。花婿が「これは何か」と尋ねると、新婦は「いえません（莫説）」といった。花婿が実家に帰ると、父母が「あちらの家では何を食べたか」と尋ねたので、それに答えて、「『秘密』です。一つの中に『いえません』が三つ入っているのを食べました」といった。

新婦の家では愚かな婿にがっかりして、嫁がせたことに後悔したが、どうすることもできなかった。ある日、黒檀の櫃で米が五十石も入るものを買った。そして、「花婿がこの豪勢さを理解して、村中に触れまわったら、追い出すことはすまい」と約束した。

花嫁が夜の間、どうすればいいか教えさとした。翌朝、舅が花婿を呼びつけてこれを見せた。花婿は棒を打ちならして村を回りながら、「黒檀の櫃で五十石入る」と触れ回った。舅は喜んだ。また桶を買って見せると、花婿は棒を叩きながら、「黒檀の桶で五十石入る」といった。舅が腎臓と膀胱を患ったとき、花婿はお見舞いをした。舅が出て来ると、花婿は棒で舅の腹部を叩きながら、「黒檀の膀胱で五十石入るぞ」といった。

七　李将軍と未亡人

ソウルに李姓の一人の将軍がいた。年は若いが豪俊で、玉のような卓越した人物であった。ある日、馬の手綱をゆったりと取って都大路を行くと、路傍に女がいた。年の頃なら二十二、三といったところ、その美しく妖艶なことといったらない。数人の婢女を連れて、盲人の占い師に占ってもらっていた。

将軍は目が釘付けになってしまった。女子もまた将軍の立派な姿を思慕するふうで、たがいに目と目を見交わした。将軍が手下の者に命令して、女子の帰る家までつけさせた。女子は占いが終わると、馬に乗って婢女たちを引き連れて南門を通って沙堤洞に向って行った。その女子の家は沙堤洞の最も高いところにあって、大きな家であり、名門であることが知れた。

翌日、将軍は沙堤洞に行って、裏町に入っていった。そこには弓作りの匠の家があって、武人である将軍とは旧知の間がらであった。よもやま話を交わしながら、将軍が洞内の家々について尋ねると、弓作りの匠はその一々について答えた。将軍が、「あの山の麓にある大きな家はどなたの家なのかな」と尋ねると、弓作りは、「宰相の某さまのお嬢さまの屋敷ですが、今は未亡人となっておられます」と答えた。

将軍は弓作りの家を訪ねるようになり、出入りする人があれば、かならずその家のことを尋ねるようになった。ある日、年若い少女がやって来て、火を借りて行った。弓作りが「この少女はあの未亡人のお屋敷の者です」といった。将軍はそれを知って、翌日また弓作りのもとにやって来て、自己の心中を切々と訴えて、「私はあの少女がいたく気に入って、忘れることができない。もしお前の手引きで思いを遂げることができたら、生きようが死のうが、もうかまわない」といった。弓作りは、少女を呼び出して将軍のことばを伝え、それから貨布を与えると、少女は承諾した。将軍は少女にたいして、「私はお前をはなはだ愛している。しかしながら、もう一段の深い思いがある。お前がこのことを聞いてくれたなら、謝礼をはずむだけではなく、お前に一家をもたせてやろうじゃないか」といった。少女が、「お話しください」といったので、将軍はことばを続けて、「先だって、お前の女主人を大路で見てしまったのだ。それからというもの、精神が恍惚として、食事も咽を通らない」といった。少女は、「なあんだ、そんなことなら簡単です」といった。将軍が、「どうすればいいのだろうか」と尋ねると、少女は、「明日の夕方、私どもの屋敷の門の前までお越しください。私が出てあなたをお待ちしましょう」といった。将軍は約束したとおりに行くと、少女が喜んで待ち迎えていて、まず自分の部屋に導いて、「あわててはなりません。しばらく我慢して待っていてください」といって、戸を閉めて出て行った。将軍はあわてて少女に騙されたのではないかと疑った。しばらくすると、奥の方で灯りがともり、さわがしい音がする。どうやら主婦が厠にいくらしい。少女がやって来て、将軍の袖を引いて寝室に導き入れ、ふたたび戒めて、「我慢に我慢をなさってください。我慢なさらなければ、失敗することになりますよ」といった。

将軍が暗闇の中でじっとしていると、やがて灯りがともり、未亡人が部屋の中に入って来た。婢女たちが部屋を退くと、未亡人がチマを脱いで盥に向って身体をぬぐい、化粧をほどこす。まことに玉のような肌で水をはじくようだ。将軍は自分を迎えるための化粧だと思うと気もそぞろである。化粧を終えて、今度は銅の炉に向って炭を起こし、肉を炙っている。さらには酒をお燗して銀の盆の上に置いている。将軍は自分をもてなそうとしているのだと思って、今にも飛び出そうとするのだが、少女のことばを思い出して、我慢をする。しばらく座って様子をうかがっていると、小石を窓に投げつける音がする。未亡人が座を立って窓を開けると、そこから入って来るのはなんと大きな身体の男である。未亡人を抱きかかえるとすぐにことにおよんだ。将軍はがっかりしたことといったらなかったが、しかし、出ようにも出られない。しばらくして、男は未亡人と並んで座って、酒を飲んで肉を食らった。男が帽子を取るとなんとぴかぴかのはげ頭である。将軍があたりをさがすと長い縄があった。僧侶と未亡人がともに寝ようとしたとき、将軍は飛び出して、縄で僧侶を柱に括りつけて、棒でこれを乱打した。僧侶は悲しげに泣いてなかなかやまなかった。それから、将軍は未亡人と歓びを交わし合った後に、僧侶に、「軍中で婚礼を行おうと思うのだが、お前はその準備をしてくれまいか」というと、僧侶は「ご命令のままに致します」といって、婚礼の道具一切を調えたのであった。

将軍は未亡人の家に往来するようになって、未亡人もまた将軍を愛し、歳月を経てもいささかも変わらなかった。

八　鷹揚な閔齋

驪興府院君の閔《ミン》公(1)は朝廷から退出すると、毎日のように隣家に行って囲碁を打った。ある日、公が姿をやつして隣の家に行ったものの、隣家の主人の老人が出てこなかったので、公は一人で楼の上に上がって座っていた。

一人の録事が府院君に伺候するために訪ねて来て、公がどこにいるかを尋ねたところ、門番の少年が、「公は外出されていて、どこにいらっしゃるかわからない」と答えた。録事は新たに配属された人間で、公の顔を知らなかった。彼もまた隣家に足を運び、楼に登って靴を脱ぎ、足を戸口に踏み入れながら、閔公に「じいさんはどなたかな」と尋ねた。閔公は「隣に住む人間だが」と答えた。録事は、「じいさんの顔は皺だらけだが、いったいどうしたわけか。面の皮を縫い合わせて縮めているんじゃないかね」というと、公は「天性のものだから、致し方ありませんな」と答えた。録事が「じいさんは字が書けるか」と尋ねると、公は「名前ぐらいなら書けますが」と答えた。録事は横に碁盤が置いてあるのを見て、「じいさんは碁が打てるのかね」と尋ねると、「行馬がどうやらわかる程度で」と答えた。録事は喜んで、「それなら、どうだ。一局、囲もうではないか」といって、碁盤を挟んで相対することになった。公が碁石を取り上げながら、「あなたは何をしにいらっしゃったのか」と尋ねると、録事は「府院君に会いにうかがったのだ」と答えた。公が「私のような者でも府院君になれますかね」というと、録事は「雌鶏がどうして鳴くことができようか」と答えた。

しばらくして、主人の老人が出てきて跪き、「令公がいらっしゃっていることを知りませんでした。

長いあいだお構いもせず、まことに万々の大罪というところ」といった。録事は驚いて、靴を手に逃げ出した。

公は、「あの者は新たに配属された田舎者とはいえ、意気揚々としており、見どころのある人物だ」といって、後々、なにかと取りたてた。

（1）閔公：閔霽。一三三九〜一四〇八。太宗の国舅。高麗の恭愍王のときに文科に及第して、要職を歴任、礼曹判書・漢城府尹を勤めた。太宗のときに驪興府院君に封じられた。

九　蛇に化した大禅師

私の外舅の安公[1]が林川[2]の守令であったとき、普光寺の住持で大禅師の某という僧がいた。しばしばやって来て話をして、たがいに親しく交わるようになった。

この僧はかつて村の婦人とむつみあい、ひそかに妻として往来していた。僧が死んで蛇となり、婦人の部屋に入って行った。昼には甕の中に入っていて、夜になると、婦人の懐の中に入って行く。婦人の腰にまきついて、頭を婦人の胸元にもたせかけている。尻尾の方に疣のような突起があり、愛撫すると勃起して男根のようであった。

外舅がその話を聞いて、婦人に蛇の入った甕をもってくるようにいった。甕が目の前に置かれ、外舅が僧の名前を呼んでみると、はたして蛇は鎌首をもたげる。外舅がしかりつけ、「婦人を忘れることができず、蛇になってしまうなど、僧侶としての道理はどこにあるのか」というと、蛇は鎌首を垂れて甕の中に身を縮めた。

外舅は人に命じて小箱を作ってもって来させた。婦人に蛇をおびき出させて、「守令さまがあなたのために新しい箱を作って下さいました。出てきてこの中にお入りください」といわせ、婦人のチマをその箱の底にしかせた。すると、蛇は甕の中から出てきて、その箱の方に移った。強健な役人たちが数人でその箱に板を打ちつけた。蛇は中で踊躍して暴れまわったが、もう外に出ることはできなかった。

銘旌に僧の名前を書いて前に立て、数十人の僧が行列を作って太鼓や鉢をたたいてついて行き、小箱を江に浮かべて流した。婦人は何事もなくすんだ。

（1）安公：安玖のことか。第三巻第二十三話の注（7）を参照のこと。
（2）林川：現在の忠清南道の扶餘をいう。

十　娘たちへの貞潔の教訓

尹宰臣(1)には数人の娘がいた。

大勢の役人たちが威儀をととのえて中国の天子の詔書をお迎えすることがあり、士女たちがそれを見ようと潮のように押し寄せた。尹の娘たちもまた化粧をして装いをこらして見物に出かけようとした。公が娘たちを前に呼んで、「お前たちが見物をするのは大変いいことだ。しかし、一言だけいっておきたいことがある。聞くだけ聞いておくがよい。昔、国王が八尺の木を庭に植えておいて、よくこれを抜く者がいれば千金を与えようと、人を募ったということだ。しかし、国中の力自慢のソンビたちが抜こうとしたが、誰にも抜くことができなかった。ある術士が『貞潔な女子であれば、これを抜くことができます』といった。そこで、城中の婦女子たちを庭に呼び集めたが、ある者は木を仰ぎ見るだけで逃げ出し、ある者は木を撫でさすっただけで引っ込んだ。一人の女がいて、みずから貞節だといい、木を撫でてみたところ、木は動きはしたものの、抜くことができなかった。その女は天を仰いで、『私の平生の貞節ぶりは天がご存知のはずです。なのに、この木が抜けないのなら、死んだ方がましです』といって、号泣した。それに対して、術士は、『たとえ悪行がなかったにしても、きっとその姿を見て思慕し、忘れられなくなった男子がいるのではないか』と答えた。女はすぐに得心がいき、『そうでした。ある日、門にもたれて外を見ていると、腰に弓と矢を帯びた一人のソンビが馬に乗って通り過ぎました。切れ長の目に凛々しい眉をして、容姿が抜きん出ていらっしゃいました。あのようなお方の奥さまはまことに福のある方だと思ったものですが、それ以外にはいささかもやましいことはありません』といった。術士は、『それだけでも貞潔とはいえないのだ』といった。女はさらに敬虔な心でもって誓いを立てて、出て行って木を抜いてみたところ、ついに抜くことができたというのだ。こんな話だが、お前たちがもし俊秀で美しいソンビたちを見たなら、寝室をともにしたいと思わないであろうか」といった。娘たちはついに見物には出かけなかった。

（1）尹宰臣：尹子雲のことか。一四一六～一四七七。一四四四年に文科に及第、集賢殿副修撰となった。世祖の即位とともに佐翼功臣となり、一四六〇年には毛憐衛を討伐して明に報告するとき、特別に選び出されて使臣となった。一四六七年、李施愛の乱が起こったとき、これを討伐して、後に領議政にまで昇った。

十一　安生と婢女の悲話

安という姓の者がいた。ソウルの名族の出であった。成均館の学生であったものの、肥えた馬に乗り、きらびやかな衣装をまとって、いたずらにソウルの街を遊びまわった。

はやくに妻を亡くして、独り暮らしであった。聞くところでは、東城に美しい処女がいるという。今をときめく大臣の豊かににぎわう屋敷の婢女であった。

安生は相当な財物を結納としてこの女を迎えようとしたが、意のままにはならなかった。そのとき、安生はたまたま病にかかり、仲人は恋煩いで死んでは大変だと女の家を動かして、ついに結婚を成立させた。

女は、年のころなら、十七、八歳、容姿はまことに美しい。お互いにしっぽりと情を交わし合って日ごと日ごとに情愛は深まった。安生も歳は若い上に端正な容姿をしていたから、近隣の人びとはうらやんだ。

女の家でも安生を婿に得たことを喜んで、朝夕に御馳走を調えてもてなした。家の財物の大半が安生のものになるほどである。他の婿たちはそれを妬んで、大臣のもとに行って、「お舅さまが新しい婿をお迎えになってから、家勢はかたむき、まさに破産状態となり、日々に貧しくなっています」と訴え出た。大臣は怒りだし、「私の指示を待たずに奴婢の身分で急に良人などを婿に取ってしまった。これは厳しく懲らしめて、他の者たちの戒めにせねばなるまい」といって、すぐに荒くれた奴を数人やって、娘と娘の父親を捕まえて来るように命じた。

このとき安生は、女とともに夕食を食べていたところで、あわててどうしていいかわからず、たがいに抱き合って慟哭して、手を握りしめて爪が掌に食い込むばかりであった。こうして女は連れ去られて後、奥深い部屋に監禁され、重く閉ざした扉と高い塀とに内と外とは隔てられ、安生はどうすることもできない。ただ女の家とともに銭と布を出し合って、大臣の屋敷の下人と門番たちに袖の下を豊富に渡して、夜に乗じて塀を乗り越えて会いに行くだけであった。そのうち、その屋敷の横にある小さな店を買って、逢い引きの場所にした。

ある日、女の家から赤い靴一足を送って来たのを、女が大切そうにもてあそんでいるので、安生がからかって、「その愛らしい靴を履いて、他の男に会いに行こうというのかね」というと、女は顔色を変えて、「たがいに約束を交わした間じゃありませんか。どうしてそんなことをおっしゃるのです」といって、そばにあった化粧刀を取って、靴をずたずたに切ってしまった。

またある日のこと、女が白いチマを縫っているのを見て、安生が同じようにからかうと、女は泣き出して、「私はあなたに背くことはありませんが、実のところは、あなたこそ私に不実なのではありませんか」といって、チマをどぶの中に投げ捨ててしまった。安生は女の志操に心服して、女を愛する気持ちはいよいよ深まった。

このときから、夕暮れに出かけては朝になって帰って来るようになり、そのようにして数カ月が経った。大臣の耳にこのことが入って、大いに怒りだし、下人の中でまだ妻のない者にこの女を嫁がせようとした。女はこれを聞くと、笑顔になって、「事がここに及んで、どうして私は貞節を守ることができましょう」といって、みずから嫁入りの準備をして、屋敷の中の女全員を招んで御馳走を盛大にふるまったりもした。人びとは女が改嫁するつもりなのだと思い込んだ。女が約束を守らずに節操のないのを誹謗する者もいた。

その夜、女は他の部屋に行って、首をくくって死んだ。しかし、安生はそのことを知らなかった。

翌日、安生が自宅にいたとき、下女が、「あちらの娘がやって来ました」と告げた。安生が靴を履くのも忘れて急いで門の外に出て行くと、少女がいきなり、「奥さんが昨日の晩に亡くなりました」という。安生は笑って、信じようとせず、詳しい話も聞こうとしない。その二人の遣い引きの店に至ると、部屋の中に床を置いて衣服で死体を覆っている。安生は声を失い、慟哭した。足をばたつかせ、胸をはげしく打つ。隣近所の人びとはそれを聞いて、同情してもらい泣きしないものはいなかった。

このとき、大雨が降って洪水になり、城東へは通行することができなかった。安生はみずから葬式の道具を調えて殯を設け、朝な夕なに食事を供え、夜も瞼を閉じることがなかった。ある夜、すこしうととすると、女が外から部屋に入って来た。その様子はといえば、いつもとまったく変わりがない。安生は身を乗り出してこれに語りかけようとしたが、そこで目が覚めた。部屋の中を見回すと、窓がわずかに開いて風が吹き、障子の紙がわずかに震え、灯りが明滅している。安生は悲しくて気絶をしてはようやく蘇生するといった始末である。

三日が経って、雲が晴れて雨が止んだ。安生は月明かりの中を自宅に戻る途中であった。寿康宮の東門に至ると、すでに夜は二更になっていた。すると化粧をほどこし、髷を高く結った女子が、あるいは先に立ち、あるいは後ろになって行く。安生が後をつけると、しわぶく声、嘆息をつく声が、以前に聞いていたものとそっくりである。安生は大いに驚いて声を出して逃げ出した。ようやく小川の曲がったところに至って、一息つくと、女がまた横に座っている。安生は振り返らないようにして自宅にたどりつくと、女はまた門の外に座っている。安生が大声で下男たちを呼ぶと、女は砧の裏に隠れて、何も見えずにひっそりとしている。安生は心神が昏迷して、ついに気が触れて、狂ってしまった。

ひと月余り経って、礼を尽くして女を葬ったが、いくばくもせずに、安生も死んでしまった。

十二　明通寺の盲人たち

ソウルには明通寺《ミョンドンサ》という寺がある。盲人たちが集まる寺である。月の初めと十五日に集まって読経して祈ることになっている。

その中で、身分の高い者は堂に上ることができ、身分の低い者は門を守ることになっている。すべての門に槍を立てておき、人びとが入ることができない。

一人の書生が跳躍して塀を飛び越えて中に入り、堂の梁の上に登った。盲人が小さな鐘をたたこうとすると、書生が鐘についた紐を上に上げた。盲人のふるった撞木は空を切った。書生はまた鐘を下ろす。盲人が確かめるために手を伸ばすと、鐘はそこにある。盲人が鐘を打とうとすると、また空を切る。このようなことを五度、六度と繰り返すと、盲人が、「堂の中にある鐘をいったいなにが動かすのだろうか」と不思議がった。

盲人たちがみな輪になって座り、首をかしげながら、いろいろと推量して見る。一人の盲人が、「これは鐘が蝙蝠になって壁にとまるのだ」といったので、みなが立ち上がって壁を探しまわったが、手に触れるものがなかった。またある盲人が「これは夕方に鶏となって梁の上に上がるのだ」といった。そこで盲人たちはみな長い棒を持って梁の上を突き上げた。これには書生もたまらずに、どうっと床に墜落した。書生は縛りあげられて、したたかに鞭を加えられてしまった。書生は這いつくばりながらほうほうの体で家に帰った。

翌日、書生は麻縄をもって寺に行き、便所に隠れていると、おりよく盲人の首領がやってきて、うずくまった。書生は首領に飛びかかり、その男根をくくって、これをひっかけた。首領は大声で助けを求めたので、大勢の盲人たちが駈けつけて、「首領が便所の鬼神に祟りを受けた」といい合い、あるいは、隣家に救いを求め、薬を頼んだり、あるいは太鼓をたたいて祈禱したりする者もいた。

十三　信じやすい盲人

昔、一人の盲人が開城に住んでいた。いささか愚鈍で、奇怪で異常なことを信じて、また好んでもいた。

いつも年少の人間に会うと、「何かおもしろい話はないか」と尋ねた。少年はそれに答えて、「最近、まことに奇妙なことがありました。東の街で土地が千尋も陥没したところがあって、その地の底を往来する人びとをありありと見ることができ、また鶏の鳴く声、砧を打つ音が聞こえてきます。私も今それを見て来たところです」といった。盲人は「本当にそんなことがあるのなら、実に奇妙なことだ。両目が不自由で見ることはできないが、その傍までいって、その音や声だけでも聞くことができたなら、たとえ死んでも本望だ」といって、少年に連れて行ってもらった。一日中、ソウルの中をあちこちと歩き回って、最後にはその盲人の家の裏の高いところに登って、少年が「ここがその場所ですよ」といった。盲人は自分の家の鶏の声や砧を打つ音を聞いて、手を打って、「こりゃおもしろい。まったく不思議だ」といって、よろこんだ。少年は盲人の背なかをどんと突くと、盲人は転んで下に落ちた。下人たちが助け起こしながら、どうしたのかと聞くと、盲人は「私は天上の世界の盲人だ」と答えた。すると、妻の笑い声も聞こえる。盲人は、「おや、お前はいつやって来たのだね」と尋ねた。

十四　妻を妾にした盲人

また別の盲人の話である。

あるとき、隣の人にだれか美しい女を妾にしたいと頼んだ。

それからしばらくして、隣の人がやって来て、「わが家の隣に、肉づき豊かで、しかも肌はきめ細やか、まことに絶代の美人というべき女が住んでいます。あなたの話をしたところ、ほんとうによろこんでおりました。ただし、かなりな財物が欲しいようです」といった。

盲人は、「もしあなたのいうとおり、そんなに美人なら、たとえ家を傾け、破産するようなことがあっても、どうして財産を惜しんだりしよう」といって、妻のいない隙をうかがって、袋や函をひっくり返して財物をかき集め、隣の人に与えた。

女との約束が成立して、さて女と会う日になった。盲人は盛装をして出かけた。妻もまた化粧をしてその後にこっそりとしたがい、先に回って、部屋の中に入っていった。盲人が二度礼をして、婚礼が成立した。

その夜、二人はいっしょに寝たが、たがいに深い歓びを交わし合ったことは、いつもとは違っていた。盲人は妻の背中をやさしく撫でながら、「今夜はなんという夜であろうか。このようにいい女と情けを交わすことができるとは。お前の身体は、食べ物にたとえるなら、熊の掌か豹の胎のような絶品の味がする。わが家にいる女は藜《あかざ》の粥や糠飯のようにまずい」といって、あらためて多くの財物を与えた。

夜が明けると、妻がまずその家に帰り、布団をひっかぶって、座ったまま寝た。盲人が帰って来て、戸口から入って来るのを見て、「昨日の晩はどこに泊ったのですか」と尋ねた。盲人は、「ある大臣のお屋敷で読経をしていたのだ。夜になって冷え込み、腹が痛くなったので、酒を少しいただき、薬を飲んできたのだ」と答えた。

妻は大きな声で叱りつけて、「熊の掌と豹の胎をしこたま食べたのじゃないかね。藜の粥と糠飯の方が胃袋にはいいんじゃないかい。なんで腹を下すようなことがあろう」といった。盲人は黙って何も答えなかった。妻に騙されたのがわかったのである。

十五　目の前で妻に姦通された盲人

ソウルにいたまた別の盲人の話である。この盲人は一人の少年と親しくしていた。

ある日、その少年が盲人のところにやって来て、「道で若くて美しい女に出会いました。その女とほんの少しの時間でも話をしたいのですが、ご主人はちょっとの間、別室にいてもらえませんか」といったので、盲人は承諾した。

少年は盲人の妻の手を引いて中に入って行き、たがいに情を交わした。

盲人は窓の外をうろつきながら、「どうしてそんなに長いんだ。早くすませろ。早く、早く。わしの女房がやって来て、これを見れば、大事になる。きっと雷が落ちるぞ」といった。

少し後に、妻が外から帰って来たように振る舞って、「今までだれかお客さんが来ていたのかね」といった。怒っているふりをしていると、盲人は、「わしのことばを信じておくれ、昼に、東隣りの辛生がわしを訪ねてきてくれたんだよ」と答えた。

十六　奔放な宗族、愚かな宗族

孝寧大君《ヒョリョンテクン》(1)はあまりに深く仏教に帰依していた。いつも寺に道場を設け、敬虔な心でもって誠を尽くして仏教をうやまった。

譲寧大君《ヤンニョンテクン》(2)が数人の妾とともに、鷹を肘に乗せ、犬を牽いて、やって来た。獲物の雉と兎を石壇の下に積み上げ、肉を火であぶって食べ、酒を燗して呑んで大いに酔い、法堂に上がって傍若無人に振る舞った。孝寧大君は顔色を変えて、「兄君はこのように悪業をなして、後世の地獄を恐ろしく思わないのか」といった。譲寧大君は、「善根を植えた者はその九族(3)が忉利天《とうりてん》(4)に生れるというではないか。まして、兄弟ならなおさらであろう。私は生きているときは国王の兄として自由気儘に生き抜いて、死んだら死んだで、菩薩の兄として天上に上るであろう。どうして地獄に落ちる道理があろう」といった。

宗族の豊山守《プンサンシュ》（5）は愚かで、麦と豆の区別もつかなかった。家で家鴨を飼っていたが、その数を数えることができず、ただ二羽ずつ数えるのだった。ある日、下人が家鴨一羽を捕えて食べてしまった。豊山守は二羽ずつ数えて行ったが、すると一羽が残った。豊山守は大いに怒り、下人を杖で打ちつけ、「お前は家鴨を食べたな。かならず一羽を弁償するのだぞ。いいな」といった。翌日、下人はまた家鴨一羽をつかまえて食べてしまった。豊山守はやはり二羽ずつを数えて、今度は余るものがなかったから、大いに喜んで、「刑罰はやはり加えるものだな。昨夜、この下人を杖で打ったので、早速、このように一羽を弁償した」といった。

（1）孝寧大君：第四巻第十九話の注（2）を参照のこと。
（2）譲寧大君：第四巻第四話の注（1）を参照のこと。
（3）九族：①高祖父・曽祖父・祖父・父・自己・子・孫・曽孫・玄孫の直系親を中心にして傍系親として高祖父の四代孫までは兄弟・従兄弟・再従兄弟・三従兄弟を包含する同宗の親族。②異姓親を含む親族。すなわち父族四、母族三、妻族二をいう。
（4）忉利天：仏教で欲界六天の中の第二天。三十三天ともいう。
（5）豊山守：この話にあること以上は不明。

十七　盲人は顔色を見ることができない

青坡《チョンパ》(1)に沈生と柳生が住んでいた。ともに裕福な士族として、毎日のように美しい女たちに囲まれ酒を飲んでは酔っぱらっていた。沈生には妾がいて、名前は蝶恋花《チョプヨンファ》といった。舞と歌にすぐれていた。また盲人で金卜山《キムポクサン》という者がいたが、伽耶琴をよく演奏して卓抜な指使いは一代に肩を並べる者はいなかった。これを沈生は家に迎えた。高い音色のコムンゴの調べと澄み切った歌声が響き、膝を前にとうながして互いに応酬する情懐は爽快で満ち足りた。

夜中になって、一座の中の一人が、「これから昔のことを話して顎を解いて笑おうではないか」というと、みなもそれがいいといい、それぞれが思い出すままに話をして大いに笑った。金卜山もまた、「わたしもお話しすることにしましょう。この間、あるお宅にうかがいますと、名門大家の子弟たちが集まって、また名前のある妓生も数多く呼ばれていました。酒も飲み終えた後に、それぞれがお気に入りの妓生を部屋にともなって行きました。その中には心方《シムパン》という歌のうまい妓生もいましたが、これもまただれかと部屋に消えました」といった。沈生が「それは面白い、それでどうなったのかな。続きを話してくれ」と催促した。

すると、一座の者が、「やはりコムンゴを弾いて、歌を高らかにうたって夜を明かすことにしようじゃないか。こんな夜にどうして話をする必要があろう」といった。妓生もまた歌をやめてしまったので、客たちもすっかりしらけてしまった。門の外に出て、柳生が朴山に、「心方というのは沈生が情けをかけている妓生なのだ。人の顔色を見ることができず、盲人というのは本当に困ったものだ」といった。

ト山は色を失い、「これはいたずらに官名だけをおぼえて、妓生の名前などおぼえないためだ。どんな顔をしてまたご主人に会うことができようか」といった。隣近所の人びとはこの話を聞いて笑ったものであった。

（1）青坡：南大門の外の青坡洞。

十八　自説に固執する崔灝元と安孝礼

世祖《セジョ》は晩年になって健やかではなく、不眠がちにおなりになった。文士たちが大勢あつまって経史を講論し、あるときには面白い話をする人を呼んで談笑なさることもあった。崔灝元《チエホウオン》(1)と安孝礼《アンヒョレ》(2)はともに陰陽と地理の術法にくわしかったが、それぞれ自分の見解に固執して、互いに相手を誹謗した。性質の悪さはどちらも同じで、上でもなく、下でもなかった。

ある日、孝礼が「わが国と日本とは地面がつながっている」というと、灝元が肘をはらってこれを叱りつけ、「滄波万里を隔てて、渺渺たるかなたにあるのに、どうして地面がつながっているといえるのか。馬鹿も休み休み言うがいい」といった。すると、孝礼は、「海の水を乗せているのは何なのだ。水の下は地面であろう。それなら、どうしてつながっていないといえようか」といった。灝元はなにも答えることができなかった。

二人ともに放誕であったが、孝礼は特にはなはだしかった。仏書を読みあさっていたので、もし学識があるという僧に会えば、論争をしかけたが、これにかなわぬ僧が多かった。

（1）崔灝元：『世祖実録』五年（一四五九）十月、世祖が易の初学者のために『奇正図譜続編』を撰定したとき、これに協力したという記事がある。また十三年（一四六七）三月に、軍資監僉正の崔灝元と観象監の安孝礼を召して地理の説を論難させたという記事がある。
（2）安孝礼：第三巻第三十三話の注（2）を参照のこと。

十九　物真似が得意な人たち

わが家の隣に咸北間《ハムプクカン》という人が住んでいる。東界（江原道地方）から来た人である。笛を吹くことをたしなんでいて、また諧謔と広大の遊戯をよくした。いつも人の容姿や言動を見ては、その物真似をたくみにして、本ものと偽ものとの区別がつかないほどであった。また、口をすぼめて笳（笛の一種）や角笛の音をまねれば、それは高く大きく響いて、数里の遠くまで聞こえた。琵琶や琴の類に至っては、トンタンタンと口で出す音はみな拍子と旋律が合っていた。宮廷に出入りするたびに、いつもたくさんの褒美をいただいた。

また大毛知《テモチ》という人がいたが、鵞鳥や家鴨や鶏や雉の声を巧みに出すことができた。たとえば、鶏の鳴き声を出すと、隣家の鶏たちが羽ばたきしながらやって来た。

また耆之《キチ》(1)に奴隷がいて、名前を仏万《プルマン》といった。犬の鳴き声が巧みだった。あるとき、嶺東に遊びに出かけて一つの村にたどり着いた。夜中に犬の鳴き声をまねると、村中の犬が集まって来たという。

（1）　耆之：蔡寿。第二巻第十六話の注（3）を参照のこと。

二十　金束時の狩猟の話

金束時《キムソクシ》（1）は女真人である。幼いときに、父親についてやって来た。武芸にはなはだ優れていて、経書と史記にも詳しかった。

家が朝宗県の山間にあり、いつも狩猟をこととしていた。あるとき、私に鹿狩の話をしてくれた。

「夏の草が生い茂るころになれば、鹿と獐《のろ》は朝早く出てきて草を食べ、腹が満たされれば、林の中に入っていって休みます。私は数人の勢子を連れて足跡をつけていき、所在を突き止めて、四面に網を張ります。また、一人か二人を山に登らせて、あるいは歌を歌わせ、あるいは叫ばせたりもして、田畑をたがやすときに牛を進ませるときと同じようにします。獣はその声を聞けば、尋常ならざることと思って、走り出ることはなく、息を殺して身体をひそめます。私は満を持して進んでいき、一矢でこれを射止めます。矢がたとえ当たらなくとも、獣は駈け出して行き、網に引っ掛かってしまうので、百度に一度も失敗することはありません。草木が枯れて、葉が落ちてしまうと、獣が行き来する要路の渓谷で待ち伏せして、これを射止めるしかありません」

また、熊を狩ることについても話をしてくれた。

「おおよそ熊という獣は獰猛で力も強いものです。熊が虎に出遭うと、一方の手に大きな石を持ち、一方の手で虎の首を取りひしいでこれを押しつぶします。また、木の枝を折って虎に打ちつけます。一度、打ちつけると、それを捨てて、また新たに木の枝を折ります。こうして、虎は一息ついて、熊の力が尽きて石を捨て去ると、ふたたび争いが始まります。

熊はまた高い木に登ることができます。まるで人間のような格好をして座り、木の枝を両手でつかんで、ドングリをとっては食べます。あるときには渓流を歩き回って蟹をつかまえて食べます。

冬になれば、岩穴に入って何も食べずに、ただ自分の掌を舐めて過ごします。もし十月に雷があれば、岩穴に入らず、樹木の葉の裏に身をひそめています。

私は、草木の生い茂った夏に、熊が木に登るのを見て、すぐに衣服を脱ぎ捨て、弓矢を執って中に入って行き、熊の背後に身を潜めました。熊が肘を延ばして木の枝を折ろうとしたときに、満を持して矢を射ました。そうして、退いて、草の中に身をひそめ息を殺して、死体のようにじっとしていました。熊に矢が当たっていれば、熊は狼狽して下りてきて、四方をきょろきょろとうかがいます。まだ自分のところまでやって来て危害をくわえることがないか判断できません。しかし、やがて苦痛に耐えられなくなったのか、人間のような悲しい声を上げて小川に伏して死んでしまいます」

虎を狩ることについても話してくれた。

「今まで虎を射たことが何度あるか、数えることができないほどです。昔、世祖が温陽にいらっしゃったときに、ある士族がやって来て、『年のころは十六歳の女子が昨日の晩、窓を開けたまま休んでいましたら、悪獣に連れ去られました。王さまの恩徳をもちまして、この恨みをお晴らしくだされば幸いです』と申しました。世祖は将帥に命じて虎を捕えるように命じ、私にもまた行くようにと命じられました。連れ去られたという女子の家に着いて、その有様を聞き、山の中腹に至ると、紫色のチマがずたずたに裂かれて木の枝に引っかかっていました。そしてまた数歩行くと、女子の死体が谷川に横たわっていて、その半ばはすでに食われていました。すると突然、松林の中から虎の大きな咆哮の声が聞こえてきます。振り返って見ると、まさに虎視眈々、虎がこちらを見つめているではありませんか。私は憤りに堪えず、馬を躍らせて進み、矢を放ってこれを射ました。そうして退こうとして松の枝に引っかかり、馬が躓いて倒れました。私が投げ出されて倒れているところに虎がのしかかり、私の肘に嚙みつきました。これとしばらく格闘していましたが、勢子が駈けつけて虎を射て、これを倒しましたので、やっとのことで私は虎口から逃れることができたのです」

袖をまくってくれたのを見ると、肘に大きな傷跡が残っていた。

(1) 金東時：『世祖実録』十年（一四六四）十二月、咸吉道採訪の金東時が乱を起こしたと告発され、拿捕されたという記事が見える。

二十一　奉石柱の殖財と破滅

奉石柱《ポンソクチュ》(1)は驍勇の人で矢をよく射ることができた。撃毬(2)については当時の第一人者であった。靖難の功臣(3)として官位は正二品にまで上り、封君までされた。しかし、人となりは貪欲で暴悪でもあった。毎日、殖財にはげむのを事としていた。あるとき、針を作る工人を招いて酒を飲ませ、針数十本を手に入れた。そして、その針を丘史(4)に与えて田舎に手分けして行かせ、針一本で鶏卵一個を購わせた。

その鶏卵はそのまま丘史に与えて、秋には大きな鶏一羽を徴収した。もしこれを納めることができなければ、鞭打ちをして必ず督促するのであった。

また人に鉄釘を無数に持たせて川の上流に行かせ、人が木を伐採して谷間に放置してあるのを見ると、こっそりと釘をその木の上に打たせた。その木を流して南江に到着すると、「これはみな自分の木だ」と主張した。木の本当の持ち主と互いに争って、最後には、「あなたの木には何か印がありますか。私の木には上の方に釘が打ってある」といった。そうして、見てみると、確かに釘が打ってある。こうしてどれほど強奪を繰り返したか、数え上げることができない。

朝廷では、夏になると、大臣たちに氷を下賜なさるのが常例になっている。しかし、運び手の丘史のいない大臣は氷を頂戴しないものも多かった。石柱は人手を分けて氷を大量にいただき、そうして市場に行ってこれを売って大きな利得を得た。

一時、全羅水使になったときには、軍卒をひきいて島々を耕作してエゴマや綿を植えた。そうして任を終えて都に帰ってくるときには、船は積み荷でいっぱいであった。そうして巨万の銭を得て、穀物を積み上げた蔵はまるで国家の倉庫のようであった。

朝廷では、乱臣の妻や妾を功臣に奴婢として分け与えることがあった。石柱はその中でも容色の優れた女たちを求めて、夜と昼とを問わずに放縦に酒を飲み明かして戯れた。後になって、謀反が顕われて死刑になった。

（1）　奉石柱：？～一四六五。武人。首陽大君（世祖）の政権奪取に協力し、功臣として二品に昇ったが、後には反逆罪に問われ殺された。燕山君のときに子孫が無実を訴えて罪を雪ぎ、ふたたび勲爵を賜った。

(2) 撃毬:毬を撃つ武芸。騎撃毬と歩撃毬とがある。騎撃毬は馬に乗って行い、毬を毬門に入れるものであり、歩撃毬は徒歩で毬を撃って地面に掘った穴に入れる。特に騎撃毬にはさまざまな複雑な方式が伝わっている。

(3) 靖難の功臣:安平大君・金宗瑞・皇甫仁などを除去する際に功績を挙げた臣下に与えた勲号。一四五三年、年若い端宗が即位するや、首陽大君は王位簒奪を図って側近の者たちと謀議し、端宗に忠誠を誓う安平大君・金宗瑞・皇甫仁などを殺し、王位簒奪の基礎固めをした。この間、首陽大君に協力した人びとに与えた。

(4) 丘史:李氏朝鮮時代、宗親および功臣に下賜された官奴婢、駆従(下人)、召史(婢)などをいう。

二十二　於宇同の淫蕩

於宇同《オウドン》(1)というのは知承文の朴先生(2)の娘である。その家は繁栄して裕福であり、娘は容姿がはなはだ美しかった。しかし、性質は放縦で身を慎むことがなかった。

王族の泰江守《テカンス》(3)の妻となったが、泰江はこれを制御することができなかった。あるとき、工人を呼んで銀器を作らせることにしたが、その工人が歳も若い上に美しかったので、於宇同はこれを愛するようになった。いつも主人が外出するときには、婢女の衣服を着て工人の側に座り、その銀器の精巧であることを称賛して、ついには寝室に引きこんで、毎日のように淫蕩の限りを尽くした。主人が帰って来るときをうかがっては、こっそりと工人を帰したのだった。

主人はやがて事情をつまびらかに知って、ついにはこの妻を去った。しかし、この女はこのとき以来というもの、歯止めが利かなくなり、思いのままに放埒に振る舞って、はばかるところがなくなった。その婢女がまた美しかった。いつもたそがれどきになると、微服して出て行き、美少年を連れて来ては女主人の部屋に送り、また別の美少年を連れて来ては自分がこれと同衾するのを日課にしていた。あるときには、花の咲く朝と月の明るい宵に、情欲を抑えることができないで、二人の女は街の中をさ迷い歩いて、みずから男たちに身体を与えた。家では二人の女の行方を知らず、ただ朝方になって帰って来たのを知るだけであった。

あるときには、大路に面した家を借りて住まい、大路を行き来する男たちを指さして、婢女が、「あの男は歳が若く、あの男は鼻が大きい。きっとあそこも大きいはず。奥さまに差し上げましょう」という。すると、女主人も、「あの男は私がいただこう。あちらの男はお前に譲ろうじゃないか」という。このような不埒な冗談をしない日がなかった。

この女子はまた王族の方山守《パンサンス》(4)と私通した。方山守もまた歳が若く、豪逸であって、よく詩を作ることができた。女は彼を愛してその家に迎え、まるで夫婦のように過ごした。ある日、方山守がその家に行って見ると、女は春遊びに出かけていて帰って来ない。ただ紫のチマチョゴリが屏風にかけてあった。そこで、方山守は詩を作った。

「水時計の玉のような漏水(5)はとくとくと音を出して落ち、
白い雲が空には浮かび月光はさえている。
寝室はしんと静まりただあなたの香りが残り、
今は夢の中の情緒を写し取るばかり。
(玉漏丁東夜気晴、白雲高捲月分明、

間房寂謐余香在、可写如今夢裏情）」

その他にも朝官と儒生で歳が若い無頼の輩たちと出会っては、淫蕩な真似を繰り返さないではいなかった。朝廷ではそのことを知って、相手になった男たちをあるいは拷問し、あるいは官職を削り、遠方に流罪にしたが、その数は数十人にも上った。露見しないで罪を逃れた者も大勢いた。

義禁府では於于同の罪を啓上して、王さまは大臣たちにその罪科を議論するようにお命じになった。大臣たちはみな「法に照らして見ても、死刑にするには当たりません。どこか遠方に流すのが妥当だと思います」と申し上げた。しかし、王さまは風俗を醇化なさろうとして、死刑に処すことを決められた。獄から引き出されて行くとき、一人の婢女が飛び出して来て腰に抱きついて、「奥さま、気をしっかりとお持ちください。もし今日こうしたことがなければ、他日これよりきっと重大なことが起こったにちがいありません」といった。聞いていた者たちはみな笑った。

女が汚れた行為で風俗を乱したのは確かである。しかし、良家の娘でありながら死刑になることになり、大路では涙を流す者たちもいた。

（1）於宇同：「於乙宇同」ともする。?〜一四八〇。『成宗実録』十一年（一四八〇）七月に於乙于同の乱行が摘発され、十月には処刑になった。承文院知事の朴允昌の娘で、宗室の泰江守の妻となった。彼女と通じたとされる男の中には当時の錚々たる政治家も名前を連ねている。たとえば、魚有沼・盧公弼・金世勣など。しかし、奴僕とも通じていて相手を選ばなかった。『大東詩選』には彼女の作った作品を載せる。

（2）朴先生：朴允昌。『世祖実録』元年（一四五五）十二月に注簿朴允昌の名前が見える。また、『成宗実録』十一年（一四八〇）九月にも名前が見えるが、それは於乙于同などわが娘ではない、その母も淫乱で、その血を引いているのだという弁明をしているものである。

（3）泰江守：『成宗実録』七年（一四七六）に泰康守同として出て来るのは同一人物か。以後、於于同の非行を論ずるときには「泰江守棄妻於于同」という形で名前が見える。

（4）方山守：瀾。於宇同の姦通相手として、配流された。

（5）玉のような漏水：宮中に設置された水時計の漏水。

二十三　金斯文と待重来

金斯文がかつて嶺南に奉命使臣として出かけた。慶州に至ると、町の人が一人の妓生を差し向けた。金斯文は妓生を連れて仏国寺に出かけたが、妓女はまだ歳が若くて男女の営みを知らなかった。金を頑強に拒否して夜中に逃げ出し、行方がわからなくなった。下人たちはみな獰猛な獣に襲われたのではないかと心配した。翌日、やっと居所がわかったが、はだしで慶州まで逃げ帰っていたのであった。

金は女が意のままにならないのが口惜しくて、密陽に至って、評事の金季昷《キムケオン》(1)にその心情を訴えた。季昷は、「私の馴染みの妓生の妹に名前を待重来《テチュンレ》(2)という者がいるが、容色は優れ、気質もよくて雅やかだ。私が一つ君のために取り持ってやろうじゃないか」といった。

ある日、府使が嶺南楼で宴会を催した。多くの妓生たちが席を占めたが、その中に群を抜いて美しい妓生がいる。尋ねて見ると、これこそ評事が仲を取り持とうという妓生であった。金は目を他に移すことがあっても、心はつねにその女に向けていた。机に並べられた珍味佳肴に箸をつけても、うまくも感じられなかった。

　主人と集まった客たちが互いに盃の献酬するようになると、金も立ち上がって彼らに盃を勧めた。評事がそそのかしてその妓生に盃を持って行って金に勧めるようにいった。金は喜んで歯を見せて笑い、満足している様子が見えた。

　その日の晩、二人は望湖台で床をともにした。それからというもの、情愛ははなはだ深まって、ほんのわずかな間も二人は離れてはいられなかった。昼日中であっても、戸を閉ざし、帳を垂れて、布団をかぶったまま抱き合って離れない。主人が食事をともにしようとやって来ても姿を見ることができない。そうして会えない日々が重なった。

　評事が窓を開けて入って行って見ると、二人はしっかと抱きあって臥し、両足と両腕をからめ合っている。何も言わず、ただ「邪魔をしないでくれ。君をうらむぞ」というのみである。おたがいに体中に文字を書いていて、見るとそれは二人の愛情を誓うことばである。

　たとえ郡の中を巡回していても、心はつねに女のところにある。ある日、斯文の尹淡叟《ユンタムス》(3)とともに金海から蜜陽に帰って来たが、轡を並べて話をしながら、長栍《チャンスン》(4)を見るとかならず手下に里数の遠近を確認させた。駅馬を鞭打って駈けさせ、それでも速くないと不満であった。すると、縹緲《ひょうびょう》とした平原のはるか向こうに楼閣の影がぼんやりと見えて来た。軍卒に、「いったいここはどこだ」と尋ねると、軍卒は、「ここは嶺南楼ですよ」と答えた。金は喜びに堪えず雀のように小躍りした。

　尹斯文が詩を作って吟じた。

　「平原は広く青い山並みが横たわり、
　楼閣は高くそびえて白雲に寄りかかる、

路傍には長性が立っていて、
なんとうれしいことか、城門が近づく。
（野闊横青嶂、楼高倚白雲、
路傍長表在、応喜近関門）」

金はそこに数十日ものあいだ滞在したが、主人は金の帰還が遅滞するのを気遣って、餞別の宴を嶺南楼で催して慰労した。金も止むを得ずに出かけた。

金は妓生と郊外で別れを惜しんだが、妓生の手に自分の手の爪を食い込ませ嗚咽するだけであった。一つの駅に至り、夜も更け行くままに眠ることもできず、庭をさまよい歩き、涙を流しながら、駅卒に、「私はここで死んでソウルに帰ることはできないだろう。お前があの女とふたたび会えるようにしてくれれば、死んでも悔いはないのだが」といった。駅卒は気の毒に思い、金の思い通りに引き返すことにした。金たちは一晩に数十里を駈けて明け方には密陽に到着した。しかし、恥ずかしくて役所に入って行くことができず、銀の帯は駅卒に預けて白衣にあらため、垣根の隙間を入って行くと、一人の老婆が井戸で水を汲んでいた。金が「桐非の家はどこにあるのか」と尋ねた。桐非というのは待重来の童名である。老婆は、「その家というのはわが家ですよ。ここがまさにその家です」と答えた。金が、「お前は私を知っているか」と尋ねると、老婆は、「はい、存じていますよ。あなたは昨年の秋に防納した方ではありませんか」と答えた。金は巾着をほどいて、老婆に小銭を与えながら、「いや、わたしは防納叟⑤ではない。敬差官⑥だよ。私のために桐非のところにいって話をしてくれないか」と頼んだ。老婆は、「今、桐非は夫の朴生とともに寝ていて、呼びに行くことができません」と答えた。金は、「私はたとえ桐非の顔を見ることができなくても、消息だけでも聞くことができれば、満足なのだ。お前は行って、わたしのことばだけでも伝えてくれれば、十分にお礼はするつもりだよ」といった。老婆が家の中に入って行って、金のことばを伝えると、桐非は頭を掻きながら、「お気の毒に、どうしてこんなにまでして来られるとは」といった。

朴生が、「私はその人を辱めることができないわけではないが、私はソンビで、その人は先輩に当たる。後進である私が先輩に恥をかかせることはできない。私が身を引くのがよかろう」といって、ついに出て行ってしまった。

金が妓生の家に入って行くと、役所ではそのことを知って、ひそかに料理と米を送ってくれた。数日のあいだ居続けていたが、妓生の父母が嫌がって、追い出してしまった。二人は竹林の中に入って行って、互いに抱き合いながら慟哭した。近隣の者たちがその泣き声を聞いて、争うように酒を持って来てもてなした。

妓生を連れて逃げようと思ったが、ただ馬は三頭だけしかない。一頭には金が乗り、一頭には行李を乗せ、もう一頭には従者を乗せるしかない。そこで、従者の馬には妓生に弓と矢とを帯びさせて乗せることにした。従者は後ろから歩いて行くが、靴が重くてなかなか歩けない。靴を脱いで縄で馬の首に結びつけ、自分は駅舎に帰って来て、帽子を脱ぎ棄てて石壇に身を投げ出し、「私は大勢の人を見て来たが、まだこのような未練たらしい人を見たことがない」といった。

金は一人でソウルに帰って来て二カ月ほどすると、金の妻が死んだ。金が棺をかついで行き、中牟で葬式をすませて、密陽に向った。楡川駅に着いて、詩を作った。

「風が吹いて嶺の梅の匂いを運ぶが、
　あの人の便りが聞けずに気がかりだ。

月の光は白く二十里の川を照らすが、
　玉のようなあの人がどこかで重ねて来るのを待とう。
　（香風吹入嶺頭梅、芳信如今苦未回、
　月白凝川二十里、玉人何処待重来）」
そのとき、監司の金相国がその妓生を寵愛していたが、金が来たという話を聞いて、これを譲った。金は妓生をともなってソウルに帰った。そうして承旨に任命されて、官職は上がり、禄も多くなった。妓生は二人の男子を生み、最後には本当の夫人となったという。

（1）金季昷：金季昌か。第七巻第二十四話の注（23）を参照のこと。
（2）待重来：この話にあること以上は未詳。
（3）尹淡叟：尹子濴。生没年未詳。一四五一年、文科に及第、一四六六年に実施された重試にも二等で及第して、晋州牧使となった。一四五五年には佐翼原従功臣二等となり、『世宗実録』『文宗実録』の編纂に参加した。
（4）長栍：道の里数を標示するための標識。道ばたに人の顔を刻んで里数を示し、十里あるいは五里ごとに立てたもの。
（5）防納叟：貢物を代納すること。貢物はその地方の特産物をその地方の人びとに割り当てて納めさせるものだが、その物品の生産状況に変動があったり、生産がなかったりした場合には、それを免ずるのが原則であった。しかし、その免税が実施されなくなって、貢物が賦課された人はその物品を買ってまで納めようとした。そこで、その物品を代わりに購入して国家に納める商人までが出来することになり、そこで得る利益が多くなるにつれて、商人は官吏たちと結託して生産者自身の産物であっても、あらゆる手段を使ってその直接納入を妨害して、中間商人が買って代わりに納入するようにした。「代納」が「防納」に変わり果ててしまった。「防納」は生産者の直接納入を防ぐことである。ここには大きな弊害が生じて、たとえば栗谷・李珥は『東湖問答』においてそれを禁止するように説いている。
（6）敬差官：李氏朝鮮時代、各道および道内の各郡の調査と行政の調査のために派遣された臨時の官職。文官の道下官の中から任命された。

二十四　詐欺師まがいの尹統

斯文の尹統《ユントン》（1）は滑稽なことをいって、よく人をだました。その家は嶺南にあった。州や郡を巡察して歩き回っていたが、ある郡に至って妓生とともに部屋で座っていたところ、一人の役人が行ったり来たりして妓生に目配せするのをやめない。先生は女にもその気があるのを知った。先生が夜中に狸寝入りをして鼾をかいていると、彼が深い眠りに入っていると思って、妓生は床を抜け出して出て行った。先生もまた起きてこっそりと女をつけた。役人は窓の外で待っていて、妓生が出て来ると、妓生の手をとって出て行った。妓生が、「月の光は水のように澄んで、部屋の中の人はぐっすり寝込んでいます。私たちはひとさし舞いましょうか」といった。そうして二人は向かい合って立ってひらひらと舞いを舞った。先生がまた見回すと、一人の役人が軒の下で寝ていた。そこで、先生はその役人が脱いでいた麦わらの帽子を手にとって頭にかぶり、舞を舞う二人の側に寄って行って舞に加わった。すると、妓生の相方が「二人で楽しんでいるところだ。邪魔をするあなたはいったい何者だ」と尋ねた。先生はそれに対して、「私は東の上房に滞在している客だが、二人の舞われる袂を見ていると、どうもうらやましくなって我慢できない。それで、二人の愉しみに加わろうとしたのだ」といったので、役人は恐縮して謝罪した。

先生が「君は役所のどんな品物を管理しているのか」と尋ねると、役人は、「工房[2]で皮革を管理しています」と答えた。先生が、「皮革は幾張くらいあるのだろうか」と尋ねると、役人は、「鹿の皮が七張と、狐や狸の皮が数十張あります」と答えた。そこで、先生は、「私は長官に会って皮を要求しようと思うが、君はその数量を隠すことなく、すべてを出すのだ。そうしなければ、このことをみなすっかり話してしまうぞ」といった。役人は「はい、そういたします」と答えた。

　翌日、先生が長官とともに役所に座って話をしていて、「私は靴が作りたいのだが、鹿の皮がなく、皮袋を作りたいのだが、狐狸の皮がない。できれば、すこし用立ててもらいたいのだが」といった。長官は、「あなたはどうしてそのようなものがここにあると知っているのですか。たとえあったにしても、その数は知れています」と答え、役人にもって来るように命じた。役人は庫にある皮革のすべてを持って来て並べ、先生はそのすべてを持って帰って行った。

　あるとき、ある州の客館に着くと、一人の妓生が白い服を着てふらふらと行き来していた。はなはだ美しい女である。尋ねて見ると、その母を失って喪に服しているという。先生は一巻の紙を取り出して箱になめに挟んで窓の外に置き、そうして窓を閉めて座っていた。妓生がやって来るのを見て、おもむろに、「いろいろな地方を巡察して回ったが、これはという品物を得ることができず、ただ一箱の紙を手に入れることができただけだ。重くて馬を疲れさせるだけのこと、どうして持って帰れようか」といった。

　下人はその意志を知って、ひそかに別の下人に、「ご主人は妓生がお気に召して、何か品物を手に入れれば、かならず妓生におやりになる。この紙もまたいったいだれにおやりになろうというのか」といった。妓生はまさに初喪を終えるときで、そのことばを聞いて、その品物を欲しいと思った。夜に乗じて房に入って行き、とどまって去らなかった。先生も初めは甘言を弄して女を誘ったが、実は与えるべき品物など何も持っていなかったのである。そこで、大きな声で、「喪中の女が私の部屋に入り込んだ」と叫んだ。女は恥ずかしくなって部屋を飛び出して逃げ去った。

先生はかつてソウルを往来したが、その叔父の馬は黒色で額が白く、先生の馬はといえばまったくの黒色であった。叔父は夜ごとに先生の馬を柱につないでおいて、自分の馬にだけ秣を与えていた。先生はそのことを知って、白い紙を黒い馬の額にはりつけ、黒い紙を叔父の馬の額にはりつけておいた。夜の暗闇の中でどちらの馬かよくわからない。叔父は自分の馬を柱に縛り付けて、先生の馬に十分に秣をやった。叔父の馬はやせてしまって役に立たず、後になって、やっと騙されたことに気がついた。

先生は家を持っていないのを気に病んで一策を講じた。縁化[3]をよくする僧と交友を結び、はなはだ親しく交わった。そうして、「私は寺を一つ造って、犯した悪業を償いたいと思います」といった。すると、僧は欣然として、「あなたの前世は菩薩です。それでこのような誓願を立てられるのにちがいない」と追従した。先生は、「鶏林には昔の寺の礎石が残っていて、山を背にして側には川が流れていて、まことによい場所です。そこに寺を創建しようと思います」といって、勧文[4]を書いて与えた。僧は誠心誠意に物資をととのえ、先生に助力して、材木もすべて調達した。基礎を築き、その上に建物を建てたが、その規模は寺の規格とはすこし違っていて、オンドルの部屋がたくさん造られている。また門の前の荒蕪地を開墾して野菜畑を作ってある。建物の塗装も終わり、仏像もすでに安置された。僧が慶讃法要を開こうといい、落成式を行おうというと、先生は、「わが家の妻がやって来て、仏さまを礼拝したいというのです」という。僧はこれを承諾した。先生はその妻や多くの家族を引き連れてやって来て寺に滞在した。そうして、病気になったと称して、さらに滞在すること数日、そのあいだに家財道具をみな移してしまった。僧たちはもう足を踏み入れることも出来ない。役所に訴え出たが、役所もまた延々と引き延ばして聴き入れない。そういうわけで、とうとうこの寺は先生の屋敷になってしまった。家にはなんの祟りも疫病もなく、先生は八十歳まで生きて死んだ。

（1）尹統：世宗・文宗・端宗・世祖の時代の文臣。成均直講・書雲副正・司芸・南部教授官・副知通礼門事・大護軍などを勤めた。年老いた父親の世話をするために職を辞するほどの孝行で知られる。
（2）工房：各郡には中央の六曹をまねて六房があった。吏房・戸房・礼房・兵房・刑房・工房である。房ということばは本来は職所または職事をさすことばだが、普通はその職事に当たる役人をさすことばとして用いられる。工房はすなわち「工房役人」のことであり、工典にかかわる仕事を行う役人。
（3）縁化：施主に勧めて仏事を行わせること。
（4）勧文：勧善文とも。すなわち善行を勧める文。寺を建てたり仏事を行ったりするために善心のある人に布施を頼む文章。

二十五　睦書房の挙案

おおよそ宴会の食事というのは、その最初に食事の案《つくえ》を挙げるときに見て、よくととのえられたものとそうでないものとを判断することができる。そこで、すべてのことについて始めるときのことを「挙案」というのである。

睦《モク》生という者が初めて忠順衛(1)に入ったときのことである。ある日、みなが集まって組に分かれて弓を射ようとしている。睦生は遅れてやって来たが、立派に衣服を着こなし、所持している弓矢も精巧に見える。左と右から、「睦よ、われらの組に入れ」といって、互いに争ってやまない。そうして、彼が矢を射る場所に登って行くと、弓を張る前に矢が下にぽとりと落ちる始末である。一日中、弓を射て、一本も的を射ることができなかった。居合わせた者たちは絶倒して、「睦書房の挙案」といった。今に至るまで、自慢しながらまったく実績のない者を「睦書房の挙案」というのである。

（1）忠順衛：忠武衛に所属する軍隊の一つの編制。王の異姓緦麻・外六寸以上親、王妃の緦麻・外五寸以上親、東班の六品以上、西班の四品以上、かつて実職顕官だった者、文武科出身、生員、進士、有蔭の子・姪・孫・婿・弟などがこれに配属される。

第六巻

さまざまな人びと　妓生　僧侶

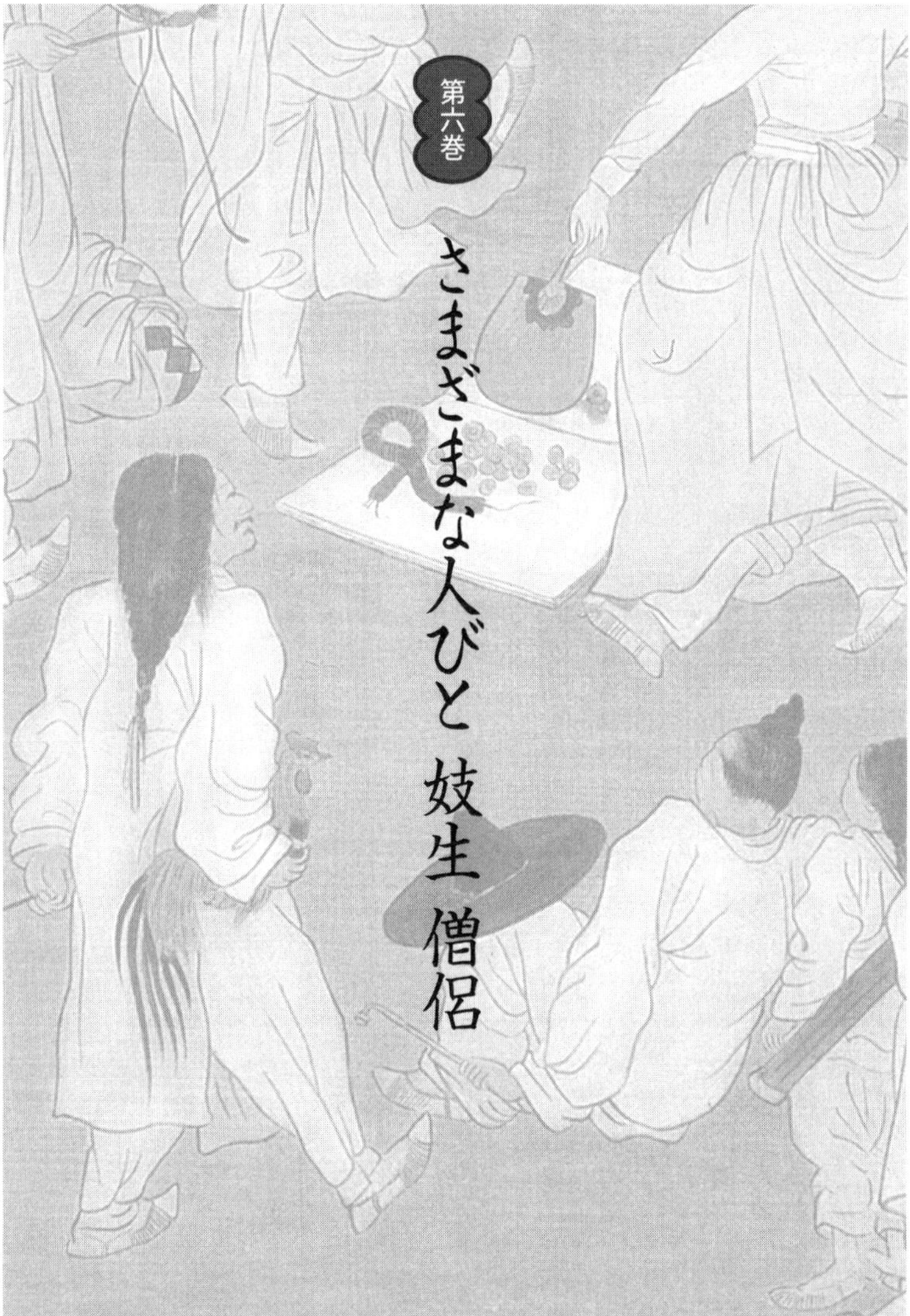

一　池□《（欠字）》陪の智恵

高麗の宰相である池□《（欠字）》[1]陪は産業と経営にいそしんだ。正月と寒食のときには人びとを手配して墓場にやって、供えられた紙銭[2]を集めて来させ、それをまた紙にもどした。

また捨てられた草履を拾って来させては土に埋め、そこに冬瓜の種を植えた。実った冬瓜はおいしくて、売って大きな利益を得た。

また客人を城門の外で見送るときには、人はみな酒や料理を持ち寄ってこれを並べるものだが、池だけはなにも持って来ず、ただ小さな盃だけを袖に隠して持って来るだけであった。酒の献酬になれば、おもむろに盃を取り出し、人の酒を注いでもらって客に勧め、退いて人の料理の盆の前に伏しては、「ろくでもない料理で、お口には合いますまい」といった。

またかつて、人の斎に呼ばれたときに、一斗の米を持って、十人の奴を連れて寺に行き、食事をたらふくいただいて帰って来た。そして、道を半ば来たときに、奴一人に一本ずつ食事の際に失敬して来た匙を徴収した。ただ一人の奴がもじもじして匙を出さない。池がそのわけを尋ねると、奴は謝罪して、「私は匙を持って来ずに、鉢を持って来たのです」と答えた。池は笑って、「鉢こそ私の欲しかったものなのだ」といった。

（1）池□陪：『太平閑話滑稽伝』に「池仏陪」という人物が見える。諧謔を好む人間として描かれている。
（2）紙銭：紙を銭のように切ったもの。葬式のとき、また寒食や正朝のような名節には墓に行って紙銭を焼く風俗があった。

二　虎退治の名人韓奉連

韓奉連《ハンボンリョン》（1）というのはもともとは狩人であった。矢を射ることで世祖《セジョ》に知られることになった。その弓の力はすこぶる弱いものであった。しかし、猛々しい虎を見れば、かならず近くまで歩いて行って、弦をいっぱいに引いて射た。一矢でかならず獲物を倒すことができた。一生のあいだに彼が射た虎の数は数えられないほどである。

かつて宮廷の儺会で広大に虎の皮をかぶらせて前を走らせ、奉連に命じて虎を射る真似をさせた。奉連が小さな弓と蓬の矢をもって威勢よく飛び出したのはいいが、勢い余って足を踏み外して、肘を折ってしまった。居合わせた人びとは、「本物の虎をよく仕留める男が、偽物の虎には怖気づいた」といって笑った。

永順君《ヨンスンクン》（2）の家で宴会があって、朝廷の文士たちがみな集まった。世祖が奉連に、宣醞（3）をもって行くように命じられた。座中の人びとが、「お前の身分は賤しくとも、王さまのご命令で来たからには天使といわねばなるまい」といって、これを上座に座らせた。美しく化粧をしてきらびやかに装った美女たちが席を満たし、歌声と音楽が天にまで響き渡る。奉連は恥ずかしくて俯いたまま一言も話さない。人びとが酒を勧めるに及んで、大いに酔いがまわり、胡床に座って肘をはって眼をいからせ、虎を射る真似をして見せ、おらび叫ぶ声がやまなかった。左右にいた人びとで絶倒しないものはなかった。

（1）韓奉連：韓鳳連とも。本来は猟師に過ぎなかったが、世祖の知遇を得て、司僕として盗賊の捕縛などに活躍したという。
（2）永順君：第四巻第十八話の注（6）を参照のこと。
（3）宣醞：王さまが臣下に酒を下賜すること。また、その酒をいう。

三　成均館の気風

成均館は礼法を学ぶところであったが、儒生たちの中には名家の子弟が多く、豪宕な気風があって、なんら束縛を受けることがなかった。同知事の洪敬孫《ホンキョンソン》（1）と林守謙《イムスキョム》（2）はともに老人であったが、白馬に乗って行き来をしていた。一人の儒生が詩を作った。

「客が来た、客が来た、乗っている馬もまた白い。
馬の白さと、白髪の白さと区別がつかない。
（有客有客、亦白其馬、
白馬之白、無以異於白人之白）」

その後、また別の儒生が詩を作った。

「いったい誰が太学は賢者の集うところといったのか、
陳腐で凡庸な輩たちが尸のように官にしがみつく。
洪氏はすでに死に林氏はまだ存命、
李氏はやめて趙氏が戻って来た。

（誰云太学是賢関、陳腐庸流尸厥官、
洪同已逝林同在、李学纔帰趙学還）」

これの意味するところは、洪敬孫はすでに死んでしまい、林守謙はまだ生きていて、学官の李丙奎《イピョンキュ》(3)はすでに更迭されていたが、趙元卿《チョウオンキョン》(4)はふたたび学官になっていたというのである。

「困窮する妹を放っておいて恥ずかしくもなく厚顔、
父親を敬うこともなくその行実もまた残忍。

（窮妹不恤顔何厚、将父未遑行亦残）」

これは同知の兪鎮《ユチン》(5)が妹の居処もなくなったのに、いっさい救いの手を差し伸べず、また直講の某が年老いた父親が田舎で一人で暮らしているのに訪ねて行こうともしなかったのをいっているのである。

「鶖《みずどり》が梁の上に止まって、宋の戸籍などどう数えよう、(6)
緑の衣(7)が今こそ盛りのさまをみることもできず。

（鶖梁宋籍何須数、衣緑方盛不足観）」

これは、典籍の宋元昌《ソンウオンチャン》(8)と司成の方綱《パンカン》(9)が二人ともに妾をもって、本妻を振り返ることもしないのを言っているのである。

朝廷ではこれらの詩を作ったものを尋問しようとして、事は三館とすべての儒生たちに波及した。牢獄に入れられた者が数十人にも達して、その中には拷問を受けた者もいたが、ついに実状はわからないまま、みな釈放されたのだった。

（1）洪敬孫：一四〇九〜一四八一。一四三五年、司馬試に及第、一四三九年には親試文科に丙科で合格して、官途につき、一四五五年には成均館司芸となった。一四七八年、長く成均館で勤めたにもかかわらず成就した仕事が何もないとの非難を浴びて、辞職しようとしたが、許されなかった。官職は僉知中枢府事兼守同知成均館事に至った。

（2）林守謙：生没年未詳。一四四七年に親試文科に及第して、承文院に赴任した。一四七八年には成均館同知事だったが、怠慢で後学の養成の仕事を果たしていないとの非難を吏曹から浴びた。

（3）李内圭：『成宗実録』九年（一四七八）九月に、前礼曹佐郎の李内圭が、役所の婢を違法に打ち殺してしまったので、杖八十を加え、告身を剝奪するという記事が見える。

（4）趙元卿：『成宗実録』十五年（一四八四）六月、監察の趙元卿が高彦謙が盗みを働いたと証言し、それが偽証であったことから、律に照らして四十の笞打ちに処したことが見える。

（5）兪鎮：第一巻第一話の注（16）を参照のこと。

（6）鶩が梁の上に止まって……：『詩経』小雅の白華篇に「鶩有りて梁に在り、鶴有りて林に在り（有鶩在梁、有鶴在林）」とある。すなわちある女性は寵愛を受けて、ある女性は見捨てられていることを歌ったものと解釈される。続けて、宋の戸籍が妾を載せて、本妻の恨みを抱いたことをいう。

（7）緑の衣：『詩経』邶風の詩篇の名称。それに「緑色の上衣よ、緑色の上衣に黄色の裳（緑兮衣兮、緑衣黄裳）」とある。黄色というのは色の中でも尊貴な色だから上衣の色であるべきはずなのに、逆に低い位置の裳となっている、つまり妾が本妻よりも上にいることを暗示する歌になる。ここでは、緑の衣が盛りであるとして、司成の方綱が妾を愛して本妻を虐待していることをいう。

（8）宋元昌：『成宗実録』十三年（一四八二）閏八月に典籍・宋元昌の名前が次の方綱とともに見え、成均館は風化の源であるべきであって、風俗を正さねばならないという趣旨の記事になっている。
（9）方綱：司成であった。前の注を参照のこと。

四　獺川の別れ

斯文の安と権という者がいた。忠州に行くことになって、安は青玉の纓を盧氏の家から借りて身につけ、権は紫芝の帯を朴氏の家から借りて来た。安のあだ名は鳶鷲であり、権のあだ名は奉時官であった。権はいつも鬚をひねるのをやめなかった。

忠州に行って、安は妓生の竹間梅《チユクカンメ》を愛して、権は妓生の月下逢《ウオルハポン》を愛した。ともに四つの州を廻り歩いて数十日を過ごした。

獺川《タルチヨン》のほとりで別れることになって、たがいに抱き合って泣いたが、斯文の琴生という者がその場に居合わせて、もらい泣きしてまた泣いた。今に至るまで、人びとは彼らが座っていた石を校理石といっている。

斯文の柳公が詩を作った。

「手綱と轡を並べて華山を出発し、芯城を東に向って行く道は遠い。
紫芝の朴家の帯は腰をぎゅっと締め、青玉の盧家の纓は瞼に涼やか。
竹林に羽根を広げて渇える鷲か、月下で鬚をひねる奉時官。
数十日の同伴旅行を供人は笑うが、四郡に風流を尽くして絶勝を見た。

船の上で二人の男は惜別の涙を流し、丘で二人の妓生は歌を歌いながら帰る。笑うべし、琴生というのは何者ぞ、愚かにも他人の別れに涙を流す。

（並轡聯鑣発華山、芯城東指路漫漫、
紫芝朴帯圍腰細、青玉盧纓照瞼寒、
張翅竹間臨渇鷩、掀髯月下奉時官、
数旬雲雨供人笑、四郡風流絶勝観、
船上両郎揮涙別、陌頭双妓放歌還、
堪笑琴公何許客、籧篨同作別離難）」

五　豚肉が好きな姜希顔

姜仁斎《カンインチェ》(1)という人は肥っていたが、家ははなはだ裕福で、豚肉を好んで食べて、美しい衣服を着ていた。性格は物臭で月課となっている詩文を作ることをしなかった。成謹甫《ソンクンポ》(2)がこれをからかって詩を作った。

「豚肉は猿が酒を好むように好み、
月課は狐が猟師の矢を避けるように嫌う。
去頑は空しく美しい服をまとい、
景恒はただいたずらに大飯を食らう。

（猪肉猩嗜酒、月課狐避箭、

去頑空媚衣、景恒徒飽飯)」

ソンビの朴去頑《パクコウワン》(3)というのは、家が裕福だったので、美しい服をよく着用し、僧侶の景恒《キョンハン》(4)はいつも大飯を食らっていた。二人の肥っていて、家が裕福であることが、ともに姜仁斎と似ていたのである。

(1) 姜仁斎：姜希顔。第一巻第三話の注(10)を参照のこと。
(2) 成謹甫：成三問。第一巻第二話の注(20)を参照のこと。
(3) 朴去頑：『世祖実録』十二年(一四六六)七月に朴去頑に告身を還給するという記事が見える。
(4) 景恒：この話にあること以上は未詳。

六　洪敬孫の発願詩

同知の洪敬孫《ホンキョンソン》(1)が成均館にいたとき、発願詩を作ったが、

「亨の書、粲の弓術、仁堅の若さ、
中叔舟の目、炯の顔、次綿の鳥、
科挙ではいつも鄭麟趾のように及第する。

(亨書粲射少仁堅、舟目炯顔烏次綿、
登科毎似鄭麟趾)」

と書いて、末の句が出なかった。中枢の李季専《イケチヨン》(2)が側にいて、「私の名前も韻には合うはずだ。君は私の名前を使って詩を続けるがいい」といった。そこで、洪は次のように続けた。

「食傷すること、李季専のようであってはならない。
（傷食無如李季専）」

詩の内容は、李石亨《イソクヒョン》(3)は書をよくし、曹槩《チョゲ》(4)は弓をよく射ることができ、李仁堅《イインキョン》(5)は年が若い。申高霊《シンコリョン》(6)は目が美しく、李文炯《イムンヒョン》(7)は美男子で、孫次綿《ソンチャミョン》(8)は陰強であり、鄭麟趾《チョンインチ》(9)は科挙に二度も壮元で及第した、彼らにあやかりたいというのであるが、李中枢には食傷病があったのである。

（1）洪敬孫：本巻第三話の注（1）を参照のこと。
（2）李季専：一四一四～一四八四。一四四七年、別試文科に及第して、成均館直学を手始めに顕官を歴任した。『世宗実録』『文宗実録』の編纂にも関わった。
（3）李石亨：第一巻第二話の注（18）を参照のこと。
（4）曹槩：この話にあること以上は未詳。
（5）李仁堅：『端宗実録』二年（一四五四）八月、軍器直長の李仁堅・宋鉄山などは役所に妓生を呼び、官物を用いて宴会を開いたということで、李仁堅は杖九十、徒二年半に処された。
（6）申高霊：申叔舟。第一巻第二話の注（16）を参照のこと。
（7）李文炯：?～一四六六。一四四七年、宮直として式年文科に及第。一四五二年には『世宗実録』の編纂に参加、一四五三年には癸酉の靖難に功を立てて原従功臣二等となった。一四六〇年には詩をよくすることで承旨に抜擢され、また『孫子註解』『歴代兵要』『北征録』などの校訂をした。人となりは温雅で沈着、人びとに愛された。
（8）孫次綿：『世祖実録』四年（一四五八）七月、南部学堂の学生たちが、訓導の孫次綿が安東教授に任命されたが、次綿は学術精明で、教育に倦むことがなく、ソウルの学生たちはみな慕っている。どうか安東への赴任を留めて欲しいと上訴している。
（9）鄭麟趾：第二巻第一話の注（4）を参照のこと。

七　金允良の狷介

儒生の金允良《キムユンリャン》(1)という者がいた。性格として他人と調和することができず、容貌も風采もぱっとせず、衣服も粗末なものを身に着けていた。朝晩の食事ももっぱら成均館だけですませていた。金福昌《キムボクチャン》(2)が賛を作った。

「料理女が飯を出すと、いつも頭を揺らして、□□□《欠字》食事に感謝する。左右を振り向いて口にする、日講と月講(3)には、粗と不(4)とが互いに連なって、桃の枝の上に跳躍するようにいつも不安、疑義詩賦には更次(5)を免れず、槐庭の下(6)を奔走する。

（食母進止、毎搔頭而、
□□□除飯、顧左右而言他、
日講月講、粗不相連、
跳躍桃枝之上、
疑義詩賦、更次未免、
奔走槐庭之下）」

允良はわずかに占いをすることを知っていたが、福昌の運命を占って、「きっと夭折するであろう」といった。福昌は大いに怒って、さかんに熾った炭を允良の口に突っ込むようにののしって立ち去った。

(1) 金允良：この話にあること以上は未詳。
(2) 金福昌：金寿寧。第一巻第二章の注（28）を参照のこと。
(3) 日講と月講：日講は成均館の学生に日ごとに経書を講義させること。本を見ずに暗誦しながら意味を論ずる。月講は月ごとに行う講経。
(4) 粗と不：経を講じたさいの成績は、通・略・粗・不の順につけた。粗と不は悪い成績。
(5) 更次：再試験のこと。
(6) 槐庭の下：『秦中歳時記』に「槐花落挙忙」ということばがある。槐の花が落ちれば、科挙を受ける儒生が忙しくなる。科挙の時期が近づくからである。ここでは再試験のために忙しいという意味になっている。

八　男の価値

昔、一人の処女がいて、結婚話をもってくる人が多かった。ある者は文章が巧みな婿さんだといい、ある者は弓矢をよく射て騎馬にもたくみな婿さんだといい、ある者は池の下方に良田が数十頃もあるといい、ある者は強靭な陽物をもっていて石をたくさんつめた袋をぶら下げてもなお勃起しているのだという。処女は詩を作って、自分の気持ちをいった。

「文章はよくできても、気苦労が多く、
弓を射、馬に乗って、戦で死なれてはかなわぬ。
池の下に田んぼがあれば、水害に遭うし、

石の袋をぶら下げても起っている陽物こそ私のお気に入り。
（文章闒発多労苦、射御材能戦死亡、
　池下有田逢水損、石囊踰首我心当）

九　月嶽山が崩れ落ちても

全穆《チョンモク》（1）が忠州の妓生の金蘭《クムラン》を愛した。穆がソウルに発つことになって、金蘭を戒めて、「身を慎んで、軽率に人の誘いに乗ってはならないぞ」といった。金蘭は、「月嶽山《ウオルアクサン》が崩れ落ちても、私の心は変わるものではありません」と誓った。後になって、金蘭は断月駅の駅丞とねんごろになったと聞き、穆が詩を送った。
「聞けば、お前は断月駅の駅丞とねんごろになったとか、
深夜にいつも駅に向って走って行くのか、
いつ私は手に三角の刑杖をにぎりしめ、
帰って行って月嶽山の崩れるのを誓った罪を問おうか。
（聞汝便憐断月丞、夜深常向駅奔騰、
　何時手執三稜杖、帰問心期月嶽崩）」
金蘭もこれに答えて詩を作った。
「北には全さまがいて南には駅丞どのがいる、

私の心は空を漂う雲のように定めなく、
もし誓いのために山の姿が変ずるとすれば、
月嶽山はこれまで何度崩れたろうか。
（北有全君南有丞、妾心無定似雲騰、
若将盟誓山如変、月嶽于今幾度崩）」

しかし、これはすべて斯文の梁汝恭《ヤンヨコン》(2)が作った詩である。

（1）全穆：『太宗実録』九年（一四〇九）五月に軍資監・全穆を梁州に流すという記事が見える。慶原から輸送された豆八千石を洪水に浸して腐毀させたのだという。
（2）梁汝恭：一三七八〜一四三一。一四〇五年、式年文科に丙科で及第、文章にすぐれ、重試の際、金赭が彼の答案用紙に名前を書いて提出して壮元及第したという。一四一八年、兵事を上王である太宗に申告しなかったかどで、杖刑の上、流罪になった。一四三一年、妓生をめぐるトラブルから、柳衍生に告発され、謀反の罪で死刑になった。

十　チマで情夫を隠す

経師の妻がいた。その夫が外出した隙に乗じて隣の家の情夫を部屋に呼び、まさに事におよぼうとするときに、夫が帰って来た。妻はいったいどうしたものか、方策が見つからない。両の手で自分のチマを広げて夫の目をさえぎり、踊るように前に進み出て、「どこからいらっしゃった経師さまでしょうか」

と尋ねた。夫は妻が自分をからかって遊んでいるのだと思って、こちらも、「北の宰相のお宅の葬式を済ませて帰って来た経師だよ」といって、前に進み出た。妻は夫の頭をチマですっぽりと包みこみ、その隙に隣の情夫は逃げおおせたのだった。

十一　海超の機知

洛山寺の僧である海超《ヘチョ》(1)がわが家に出入りするようになってすでに久しい。ある日、やって来て、仏さまに供える品物を要求した。そのとき、有本《ユポン》(2)が部屋にいて、「高々とした堂宇を造って丹青で装色して、木に金泥を塗りたくって仏像を造り、昼も夜もうやうやしくこれに仕える。それはどんな意味をもつのだろうか」と尋ねた。すると、海超の大声が落ちて、「高々と堂宇を造って丹青で塗り、栗の木を切って神主を作る。四季それぞれの真ん中の月にうやうやしくこれに供養して、それはいったいどんな意味をもつのだろうか」といった。有本は答えることができなかった。

（1）海超：『世宗実録』八年（一四二六）三月に、雪牛・中皓・海超などの僧侶が銀器を溶かして隠匿した旨の記事が見える。また、『成宗実録』八年（一四七七）四月には三人の強盗に僧の海招が殴殺され財物を強奪されたという記事があるが、同一人物か。貪欲な僧であったらしい。

（2）有本：この話にある以上は不詳。

十二　食わず嫌い

参判の安超《アンチョ》(1)がかつて全羅道観察使となった。羅州に行って、巡察使だった金相国(2)と会うことになったとき、済州牧使が一箱の青い橘を送って来た。安公はその色が青く、皮に皺があるのを見て、まずいものだと思い、「牧使はどうして遠路はるかこのように未熟な小さな橘を送ってきたのだろう」といいながら、居合わせた妓生たちに分け与えた。一人の妓生はそれを持ち帰って、巡察使の部屋に行ったところ、巡察使は、「どこで手に入れたのだ」と尋ねた。妓生はありのままを話した。そこで、巡察使はまだ分け与えていない残りのものをいただこうと、安公の前に行って、橘を食べながら、「監司はこれがお嫌いでお捨てになったようだが、私の大好物なのですよ」といった。そこで、安公も一つを手にとって食べて見て、初めてそのうまさを知ったのであった。

(1) 安超：安迢。一四二〇～一四八三。一四四一年、生員試に合格して、一四四七年には親試文科に丙科で及第、承文院正字を経て博士となった。一四五六年には佐翼原従功臣となり、一四六七年には全羅道観察使となった。その後も要職を歴任した。
(2) 金相国：金寿寧のことか。福昌ともいう。第一巻第二話の注(28)を参照のこと。

十三　妓生の正論

水原の妓生が客を拒否したとして、鞭打ちに遭った。妓生は人びとに、「於宇同(1)は淫蕩を好んで罰されたが、私は淫蕩でなかったために罰された。朝廷の法はどうして一律ではないのか」と訴えた。そのことばを聞いた人びとはみな、なるほど正論だとうなずいていた。

(1) 於宇同：第五巻の第二十二話は彼女のエピソード。

十四　持ち家のなかった金福昌

金福昌《キムポクチャン》(1)は性質が大まかで、財産を増やすようなことをしなかった。いつも人の家を借りて生活していたが、それを見て、宋礪城《ソンヨソン》(2)が「いやしくも宰相ともなる人がどうして人の家を自分の家としていなさる」といった。すると、福昌が、「いやしくも宰相ともなる人がどうして人の子を自分の子としていなさる」と答えた。これは、宋礪城に子どもがいず、甥を後継ぎにしているのをからかったのである。

(1) 金福昌：第一巻第二話の注（28）を参照のこと。
(2) 宋礪城：宋文琳。一四〇九～一四七六。蔭補で慶徳宮直となり、一四五五年には佐翼原従功臣となった。一四五七年、別試文科に及第して、中央と地方の官職を歴任し、吏曹参判に至った。一四七一年に佐理功臣二等となり、礪城君に封じられている。

十五　妓生との別れに嗚咽する

私の長兄は三度も黄州《ファンジュ》の宣慰使[1]となった。そのたびごとに安岳《アンアク》の妓生と龍生館[2]の前の池のほとりで別れを惜しむのだった。任西河《イムソハ》[3]もまた平壌の宣慰使として妓生を連れてやって来て、ここで別れを惜しんだ。そのときのある人が、「川の水は嗚咽して泣いているよう、朝日の照る朝にも凄涼としている（川嗚咽而如泣兮、旭朝暾之凄涼）」といった。そこで、その川のほとりを「嗚咽潭」というようになった。

相国の徐剛中《ソカンチュン》[4]が詩を作ってからかった。

「皇恐灘[5]の前では畏まって恐縮し、
喜歓山[6]の前ではひたすら喜ぶ。
どうしたものか、嗚咽する龍泉の川端では。
恋人たちが、別れを惜しんで泣く声のようだ。
（皇恐灘前皇恐意、喜懽山下喜懽情、
如何嗚咽龍泉水、却似情人哭別声）」

また、

「黄州の旅館の中は花が満開で、
馴染みの劉郎[7]君が三度もやって来た。
嗚咽灘の音はいつになったら止むだろう。
毎朝、毎朝、別れに泣く声が雷のよう。

（黄州館裡花満開、前度劉郎三度来、
　嗚咽灘声何日歇、朝朝送別哭如雷）」

相国の盧《ロ》胖子《パンチャ》（8）が詩を作った。

「この川の瀬はもともと人のことばを理解して、
今年別れた人びとの泣き声をなつかしむ。
元来、人の心には迷いと悟りの違いがあって、
川の流れにも二つの声があり、それも聴く人の心次第。
（此灘元解広長舌、愁殺当年送別声、
　自声人心迷悟異、流渓那有両般声）」

「楼の下を流れる川の水は鏡のように澄んでいて、
龍がいつも宝を抱えて帰って来ては潜んでいる。
限りのない恋人たちの悲しみの涙を知るために、
目の前の早瀬の波は雷のような音を立てる。
（楼下清江鏡面開、龍応抱宝毎帰来、
　故知無限相思涙、漲起前灘流似雷）」

相国の申泛翁《シンポンオン》（9）が詩を作った。

「昔の館はうら寂びて川の風情も物悲しく、

恋人からは一別のあと音沙汰もない。
郎君の恨みはあてどなく、
門の外の瀬の音が笑っている。
（古館蕭條寂寞浜、情人一別隔音塵、
郎君寓恨真無処、門外灘流笑殺人）」
「うまい酒、花のような美人、お代は要らず、
澄んだ歌声、美しい舞い、酒樽の前で酔っ払う。
人に会えば悩ましい思いを掻き立てられ、
去年のことを思って悲しみにくれる。
（美酒名花不用銭、清歌胡舞酔樽前、
逢人不免多情悩、一年当時已惘然）」
「坂の上で詩を吟ずる人びとはみな若く、
美しい詩が目を打ってもの思いを慰める。
中に旅人の心を詠んでみなが同調するものあり、
万物は声もなく、声あるものと隔たる。
（坂上諸公摠妙齢、清詩満眼慰多情、
箇中旅況応同調、万物無声隔有声）」
「人生には口があって幾たび開くだろうか、
悲しみと楽しみは追いかけるように循環する。

生き別れまた相逢うのも昔からの定め、
諸公もここに落ち会い泣きかつ笑う。
（人生有口幾多開、悲楽循環相逐来
生別新知従古事、諸公於此堕同雷）」

晋山・姜景醇《カンキョンスン》(10)が詩を作った。

「龍泉灘の行く水を訪ねて、
題詩の一句一句に風流を求める。
凄涼たる朝の光に川が嗚咽して、
目の前の風物みなが人びとを悩ませる。
（訪倒龍泉潭水浜、看題一一訪清塵、
凄涼旭日川嗚咽、萬目無非悩殺人）」

「去年の楡の葉は今は銭の一片になって、
美女の前ですっかり落ちぶれはてている。
きょう私はここに来ても寂寞として、
詩を作って私を見送る君の心に茫然とする。
（去年楡葉始成銭、看君落拓名花前、
今日我来且寂寞、作詩送我応茫然(11)）」

「山陽の笛を聞いて昔をなつかしみ、

斜谷[12]の鈴の音は心を悲しませる。
昔も今も心は川の流れにいつも感応し、
いったい誰のために別の音を生じよう。
(山陽笛感懐人意、斜谷鈴悲愴悵情、
今古情灘応不変、為誰翻作別般声)」
「碧の水は溶溶として一村を洗い、
早瀬に至って玉のような音を生じる。
小さなことに悩む人の耳に入って来て、
悲しむ声は雷の音と錯覚する。
(碧水溶溶一鑑開、倒灘声作佩環来、
自従枉入愁人耳、錯認悲鳴殷似雷)」

西河・任子深《イムチャシム》が詩を作った。
「仙女が耳環を鳴らして洛水に下り、
羅の足袋で波の上を渡って塵も生じない。[13]
いつのまにか辞去して霧の中に還って行き、
むしろはるかな夢の中の人が恨めしい。
(仙子鳴鐺下洛浜、凌波羅襪不生塵、
瞥然辞去還乗霧、却恨悠々夢裡人)」

「天地は永久で恨みは尽きることがなく、
青い山も緑の水も心を傷つける。
昔むせび泣いた嗚咽灘に、
今もやって来て声も出ない。
（地久天長無盡恨、山青水緑摠傷情、
旧時嗚咽灘前水、流到灘前不作声）」
「人の世を楽しむところで心を開こう、
青楼に出かけて帰り、また出かける。
年老いた者もそこでは楽しみ、
相逢うときには瓦釜もまた雷鳴のよう。(14)
（人生楽処好懐開、故向青楼去又来、
老子於中興不浅、逢時瓦釜亦鳴雷）」

兄上がこれらに答えて詩を作った。
「美しく高々と楼が川岸にそびえ、
そよ風が吹いて鏡のような川面に塵もない。
郵駅の役人にねんごろに尋ねて見ると、
西から来て女と別れを惜しむ人を何度見たことか。
（瀟灑高楼近水浜、風恬鏡面自無塵、

丁寧為問郵亭吏、幾見西来惜別人）」
「一たび笑えば万銭の価値があるのを知って、
画楼の前での別れに堪えることができる。
一生のうちでまた逢うことがあるだろうか、
割れた鏡がまた燦然と輝くことがあるだろうか。
（一笑須知直萬銭、可堪分手画楼前、
此生会有相逢日、破鏡重円更燦然）」
「死んだ灰のように心は索漠、生きる意志もなく、
人が恩を感じなければ人情は遠ざかるだけ。
嗚咽灘のほとりに立って心は乱れ、
離別を悲しむ声をどうして聞き流せよう。
（死灰索爾無生意、人苟無恩不近情、
嗚咽灘頭心緒乱、豈容軽聴断腸声）」
「諸公よ、そう軽々しくお笑いになるな、
恩讐に報いるのは一度はあること、
涓水(15)でも龍湾(16)でも離別を恨むのは同じこと、
早瀬のあるところ、どこでも雷のように音を立てる。
（諸公笑口莫軽開、報答恩讐一往来、
涓水龍湾同怨別、有灘何処不成雷）」

おおよそ、姜晋山が義州の宣慰使であったころ、平壌の宣慰使となった人びとはみな関西の妓生にうつつを抜かしたものである。そこでからかって、詩を作ったのだが、曺太《チョテ》虚《ホ》(17)の詩は次のようなものだった。

「十里の江山、もの寂しい川のほとり、
小楼の情緒には混ざりけもなく、
楼の前をとくとくと音を立てて冷たい水が流れ、
まさに今年、離別した人の涙に似ている。
（十里江山寂寞浜、小楼清絶不踏塵、
楼前瀧瀧寒流水、正似当年鳴咽人）」

「玉と翡翠で身を飾って万銭を費やし、
東風にことばもなく楼の前にたたずむ。
毎年、情人を送るのに慣れてしまい、
涙を川のほとりに流して暗然とする。
（珠翠粧成費萬銭、東風脉脉小欄前、
年々慣送郎君去、涙灑灘頭恨黯然）」

「凄涼たる朝、日が高く登って高楼を照らし、
東風に離別後の寂しさにどう耐えようか。
もともと人の心は思うにまかせぬもの、

河瀬の音はただ断腸の音に聞こえてくる。
（凄涼旭日明高楼、可耐東風別後情、
自是人心随処異、灘声偏作断腸声）」
「眉の根は恨みに閉ざして開くことができない。
彎曲は険しく下に着きそう。
離別の悲しみを弾き返さないかと心配だが、
川のほとりはまるで雷の音がする。
（眉峰鎖恨不能開、緩緩双彎襯地来、
却怕離魂易觸撥、不須灘上聴奔雷）」

（1）宣慰使：王さまの命令を受けて民衆の疾苦を慰問した臨時の官職。
（2）龍生館：黄海道瑞興にある外国使臣を宿泊させた施設。
（3）任西河：任元濬。第二巻第一話の注（14）を参照のこと。
（4）徐剛中：徐居正。第一巻第二話の注（24）を参照のこと。
（5）皇恐灘：中国江西省万安県の境にあり、贛江中の最大の難所とされる。
（6）喜歓山：中国陝西省宝雞県の西南にある山の名。陝西と四川両省を通ずる要道上の大散関がこの上にある。
（7）劉郎：唐詩に「玄都観裏桃千樹、盡是劉郎去後栽」とあるのを踏まえる。劉郎は劉禹錫で、唐の詩人。「玄都観」の詩がある。
（8）盧胖子：盧思慎。正しくは子胖が号。第一巻第十九話の注（41）を参照のこと。
（9）申泛翁：申叔舟。第一巻第二話の注（16）を参照のこと。

(10) 姜景醇：姜希孟。第二巻第十八話の注（6）を参照のこと。
(11) 山陽の笛を聞いて……：晋の向秀が山陽の昔の家を通り過ぎて、たまたま笛の音を聞いて、懐旧の情を起こしたという故事。
(12) 斜谷：中国陝西省の媚県の西南にある山谷。『蜀志』の諸葛亮伝に「十二年春、亮が太宗を連れて斜谷を出た」という記事がある。
(13) 羅の足袋で波の上を渡って……：昔、伏義氏の娘の宓妃が洛水で溺死して水神になったといい、それを歌った曹植の「洛神賦」に「波を淩いでひそかに歩み、羅の韈に塵が生じる（淩波微歩、羅韈生塵）」とある。ここでは、川辺に美女が来たことを表現するのに引用した。
(14) 瓦釜もまた雷鳴のよう：土で作った釜が雷のように鳴る。つまり、身分の低い人間が大騒ぎをすること。自身を謙遜していっている。「楚辞」に出て来る。
(15) 浿水：大同江の昔の名前。
(16) 龍湾：義州。
(17) 曺太虚：曺偉。一四五四〜一五〇三。太虚は号。一四七四年に文科に及第、官職は戸曹参判に至った。成宗の命令を受けて金宗直の文集を編纂したとき、義帝を追慕する文章を載せて戊午士禍の原因を作った。一四九八年、明に聖節使として行き、帰国途中、補足されて、義州に流され、そこで死んだ。

十六　夢合わせの吉凶

昔、三人の儒生がいた。科挙を受けに行こうとしたが、一人は鏡が地面に落ちた夢を見た。一人は艾《がい》夫《ふ》(1)を門の上に懸けておいた夢を見た。もう一人は風が吹いて花が散る夢を見た。みなで夢占いの家に行ったが、夢占いは留守で、その子どもが一人いた。三人はそれぞれの夢について尋ねた。その子どもは占って、「三人ともに不吉な夢で、願いごとを叶えることができない」と答えた。すると、父親が帰って来て、子どもを叱りつけて、詩を作って、「艾夫は人の仰ぎ見るものであり、鏡は落ちてどうして音がないだろうか、花は落ちれば実をつけよう。三人ともに名をなそう（艾夫人所望、鏡落豈無声、花落応有実、三子共成名）」といった。三人ははたして科挙に及第した。

（1）艾夫：艾人ともいう。艾で作った人形。端午の節句のときに門の上に懸けておけば、邪気を払うとされる。

十七　懶翁の気迫

懶翁《ナオン》(1)が檜巌寺《フィアンサ》(2)にいたとき、ソンビと女たちが波のようにやって来た。

ある三人のソンビたちが、「あのはげ頭はどんな幻術が使えるというので、婦女子をこのように驚かし、まわりに集めるのだろうか。一つわれわれが行って、へこましてやろうじゃないか」といって、寺に出かけて行った。懶翁は平床に座っていたが、容貌は魁偉で、眼光はするどい。見るからに厳然としている。三人を見るなり、いきなり大きな声で、「三人が同行すれば、一人くらいは智恵のある者もいよう。智恵のある者がいなくても、道中で一句くらいは作ってこよう」と叱りつけた。三人は気勢に圧され、魂も失せた様子で、頭を地面につけて逃げ帰って来た。

（1）懶翁：恵勤とも。俗姓は牙氏。高麗時代の高僧で、恭愍王の王師であった。指空・無学とともに「三大和尚」と称される。中国で修業をして帰国、一三七六年には、王命を受けて密陽の瑩原寺に行った。驪州の神勒寺で死んだ。

（2）檜巌寺：京畿道楊州郡にある寺。一三二八年、指空の創建と伝わる。一三七六年には懶翁が手を入れ、さらに一四七二年には世祖妃の貞熹王后が完成させた。太祖が王位を子どもに与えようとして修道生活を送ったところとして有名。

十八　高僧幻庵の生涯

僧侶の混修《ホンス》(1)の号は幻庵《ファンアン》である。幼いころ、父親を亡くした。十歳のころ、叔父の鴿に連れられて郊外で狩をしたが、一頭の鹿が目の前に現れて後ろを振り返って何かを待っているようであった。しばらくして、一頭の仔鹿が現れた。混修はそれを見て、「獣といえども子どもを思う気持ちは人間となにが違うだろうか」と感慨に打たれ、死んだ父親のことを思い、狩をやめた。

頭をまるめて僧となり、仏書を学んだが、名声がとみに高まって、同僚たちであえてこれに肩を並べようとする者はいなくなった。

金剛山に行って、木の実を食べ、麻の衣を着て、横になることもなく学んで、そのまま一生を終えようと考えていた。しかし、母親が家の戸口で待っているのを考えて、遂には帰って行き、そこで偈を作った。

「岩の前に生える松栢にことばを託そう、

ふたたび帰って来て、お前とともに寿命を終えよう。
（寄語巌前松栢樹、重来與爾終天年）」

後に息影庵《ソクヨンアン》(2)に師事して、『楞伽経《りょうがきょう》』を学んだ。他の者たちはみなその皮膚の部分をあらあらと理解するだけで、幻庵師だけが独りその骨髄を理解したといわれた。

玄陵（恭愍王《コンミンワン》）が光明寺に道場を建て、懶翁《ナオン》に主宰させたが、そのとき、僧侶の中で誰も堂に登ろうとする者がいず、王さまには不快の顔色が見えた。日が沈んで、道場を閉めるころになって、幻庵師がゆっくりと現れた。王さまははなはだ喜んで、これをお迎えになった。

師が門の外に立っていると、懶翁が、「当門句（門の前に来てその場で作る句）はどうか」と尋ねた。師は、「左にも右にも落ちずに真ん中に立つ」と答えた。さらに懶翁が、「入門句はどうか」と尋ねると、師は門の中に入って来て、「すでに門に入ったが入らなかったときと同じだ」と答えた。問、「門の中の句はどうか」。答、「中も外も本来は空、どうして立つというのか」。問、「山はなぜ嶺に至って終わるのか」。答、「高きに至ればすなわち下り、低きに至ればすなわち終わる」。問、「水はなぜ川の流れを作るのか」。答、「大海が隠れて流れていて、到るところに川を作るのだ」。問、「飯はどうして白米で作るのか」。答、「もし石や砂を炊いでつくれば、どうしてうまい飯が作れよう」。懶翁は深く頷いた。

辛禑《シンウ》(3)は彼を国師としたが、師はこれを喜ばず、偈を作った。

「三十年のあいだ世塵を避けて交わらず、
川岸や林の中で心の真実を養った。
いまさら誰が煩わしい人間のことに関わろう。
どうして縛ろう、自在に逍遥する身を。

（三十年来不入塵、水辺林下養情真、
　誰将擾擾人間事、係縛逍遥自在身）」

あるとき、青龍寺にいて病にかかり、門人を呼んで後事を托し、「私はこの夕方に行くところがある」といった。夕方になって、垣根に寄りかかり、偈を作った。

「運命に任せて自由自在に一生を送ったが、
病中の消息をはっきりさせよう。
誰も私の行くところを知らず、
窓の外では白い雲が翠の山を覆っている。

（任運騰騰度一生、病中消息更惺惺、
　無人識得吾帰処、窓外白雲横翠屏）」

そうしてそのままの姿で亡くなった。

師はあるとき尹評《ユンピョン》(4)を招いて山水画十二幅を描かせ、また尹紹宗《ユンソジョン》(5)に頼んで詩を作らせた。紹宗は目を挙げて一度見まわすと、筆を執って詩を書きつけた。紹宗が帰ったあとで、師は門人たちに、「この詩はすばらしいが、屏風に書くのはむずかしい。牧隠(6)に来てもらうしかない」といった。そこで、牧隠を招くことにして、屏風を仕立てて、その前に座らせた。牧隠はしばらくのあいだ沈思して、まず題目を書いて、「これは黄鶴楼、これは滕王閣」といいながら、一つ一つに名をつけた。そうして後に、おもむろに筆を執って詩を作ったが、その詩想はまさに入神のできであった。ついに屏風に詩を書き終えて帰って行った。師が、「これこそ老成の作というものだ」といって、いつも大切にして鑑賞していた。後に広平府院君・李仁任《イインイム》(7)の所蔵するところとなった。私は若いときに儒生歌謡庁に行って、この絵を見たことがある。筆跡が剛宕で力強かった。まさしく牧隠の真筆であった。

（1）混修：一三二〇～一三九二。高麗末の高僧。本姓は趙氏。十二歳で出家、内外の経典を読み、一三四一年には僧科の上上科に及第した。金剛山にこもって修行を積み、何度も国家の仏会を主催した。戒律を厳しく守り、広く禅の経典に精通して、弟子たちを育成した。

（2）息影庵：高麗の僧。杖を擬人化して社会風刺を試みた『丁侍者伝』という小説作品がある。

（3）辛禑：第三巻第四話の注（1）を参照のこと。

（4）尹評：尹泙とも。第一巻第四話の注（3）を参照のこと。

（5）尹紹宗：一三四五～一三九三。一三六〇年には成均館試に合格、李穡の門人として、一三六五年には礼部試に乙科で及第して、春秋修撰となった。以後、要職を歴任したが、一三八八年に、李成桂が威化島から回軍すると、これを東門の外で迎え、朝鮮の開国にも大きく貢献をして、修文館大提学に至った。経史に通じ、性理学にも詳しかった。

（6）牧隠：李穡のこと。第一巻第二話の注（12）を参照のこと。

（7）李仁任：？～一三八八　門閥として官途につき、恭愍王のとき左副承旨となった。紅巾賊の乱で都を守ったという功績で一等功臣となり、後に広平府院君に封じられた。恭愍王が殺された後、辛禑を推戴し、辛禑の即位後は権勢をふるったが、のちに失脚して流され、家産も没収された。

十九　儒生の師でもあった僧の卍雨

卍雨《マンウ》(1)というのは幻庵の高弟である。幼いときから学問にはげみ、内外の経典を読みあさり、その意味を精密に研究しないところがなかった。また詩をよく作り、詩想は清く抜きん出ていて、牧隠や陶隠(2)といった先生方と応酬をするほどであった。

我が朝鮮朝では仏教を崇拝しないので、名家の子弟たちは頭を剃って僧侶となることができない。そこで、師の名前はいっそう顕著となるのである。四方から師について学びたい者たちが雲のように集まって来て、集賢殿のソンビたちもみな行ってその榻下《とうか》で疑問を質したから、儒生士林にとっても師匠であったのである。

私の伯兄はかつて檜巌寺で書物を読んでいたが、見ると、師は齢九十余であったが、容貌は爽やかで気力に満ちて健康であった。あるときには二、三日のあいだ、食事を摂らず、それでも飢えて衰弱するということもなく、もし人が御馳走すれば、一度に数杯のお代りをしても、まだ腹一杯になるということがなかった。二日も三日も便所に行かなかった。いつもがらんとした部屋にじっと座って、玉の提灯を灯して明るい机の上で、夜を徹して本を読んだ。糸のように細かい字であっても一つ一つ詳しく研究して、決して瞼を閉ざして横たわることがなかった。人を留めて側に置くことはせず、もし呼ぶことがあれば、小さく手を打って呼んだ。そうすれば、弟子がすぐに応対したが、大きな音を立てたり、高い声を上げたりしないように気を付けた。

日本国使である僧の文渓(3)が詩を作ってくれるように求めたことがある。高位高官の者で詩を作った者たちが数十名にもなった。師もまた王命を受けて詩を作った。

「東の洋上の国は古く精□(欠字)であり、
爽やかな無位の人物がいる。

火のような心の動揺もととのえ、
柴のように無心に立(4)ってまた誰と親しむのか、

楓岳に立つ雲が靴を履いて、
盆城では月の光が城門を照らす。
帆は風をはらんで海も天も広く、
古い園に帰れば梅と柳の春が迎える。

（水国古精□、灑然無位人、
火馳応自息、柴立更誰親、
楓岳雲生履、盆城月満闉、
風帆海天濶、梅柳故園春）」

そのとき、卞春亭《ピョンチュンチョン》[5]が大提学で、「灑然無位人」という句をあらためて、「蕭然絶世人（はかないこの世の中に類のない人）」としたが、師が、「卞公は本当は詩のわからぬ人だ。どうして「灑然」が「蕭然」に変えられよう。また「無位」がどうして「絶世」に変えられよう。このように変えれば、自然無位の趣がまったく失われてしまうではないか」といって、文士に会うたびに、不満を述べていた。

今、『千峯集』があって、世間にもてはやされている。

（1）卍雨：一三五七〜？。早く出家して、覚雲の弟子となり、後に混修にも師事した。学問に励み経典を読んで詩・書にも優れていたので、当代の碩学である李穡や李崇仁などとの交流もあった。
（2）陶隠：李崇仁。第一巻第二話の注（10）を参照のこと。
（3）文渓：『世宗実録』三十年（一四四八）五月、日本正使・文渓正佑が輝徳殿に香を進め、大蔵経を請うために乃而浦にやって来たとある。六月には宮廷で国王に拝謁した。
（4）柴のように無心に立って：『荘子』達生篇に、仲尼曰く、「入りて蔵るる無く、出でて陽にする無く、其の中央に柴立す。三者若し得らるれば、其の名必ず極まらん……」とあるところから。
（5）卞春亭：卞季良。第一巻第二話の注（13）を参照のこと。

二十　風狂の僧　長遠心

朝鮮国の初めに長遠心《チャンウオンシム》（1）という僧がいた。背が高くて、道を歩けば、胸から上が人びとから抜きん出て、長廊の椽《たるき》に手を懸けることができた。その人となりは滑稽を愛して、私心も私欲もなかった。定まった住所はなかったが、そう遠いところに行くということもなかった。夜にはしばしば垣根の下に座って明け方まで過ごすということがあった。病になれば市中に臥したが、人びとが争ってやって来てはこれに食事を与えた。公侯や宰相たちの家からもお櫃を持ってやって来て、食事を与えたりすることも頻繁にあった。

国家に水害や日照りやまがまがしい災害があれば、すぐに弟子たちを集めて行き、真心を尽くして一生懸命に祈禱した。その応報があることも多かった。

千金を受け取っても喜ばず、自分の物をうしなっても怒らなかった。人が与えれば、それが男子の衣服か女子の衣服かにこだわらず、自分の身にまとった。人が欲しいといえば、惜しげもなく脱いで与えた。衣服があれば身体を覆うだけのこと、衣服がなければ裸体のままで過ごしたが、あるいは草を編んで衣服として身にまとって少しも恥じるところはなく、また逆に綾の衣服をまとっても少しも喜ばなかった。

人の贈与する物を受け取ったことが数限りなくあったにしても、その逆に人に惜しげもなく物を与えたことも数限りないほど多かった。公卿を見てもかならずしも敬わなかったし、愚かな女を見てもいっしょに冗談を言い合った。道で死体を見るようなことがあれば、背負って行って、丁重に葬った。ある日、死体を穴の中に見て、慟哭をして哀悼し、立って死体を背負ったところ、死体が背中にくっついて三日のあいだ離れなかった。弟子たちが仏にお祈りをして、やっとのことで引き離すことができた。その後からは、死体を背負うようなことはしなくなった。

あるとき、門徒たちに、「私は骨を焼かれて化身しようと思う」といった。弟子たちは柴を積み上げて台を作り、遠心はその上に座った。火熱がだんだんわが身に近づいてくるのを感じて、その苦痛に耐えることができなくなり、濛々とした烟にまぎれて逃げ、部屋にもどって来てしまった。弟子たちは師がすでに死んでしまったものと思い、泣きながら帰って来ると、遠心は禅室に厳然として座っているではないか。弟子たちは拝礼しながら、どうなさったのかと、わけを尋ねた。遠心は、「私は西天からやって来た。四大(2)はすでに化して去ったとしても、法身(3)は常住不滅なのだ」といって、拍手しながら、大いに笑った。

（1）長遠心：『太宗実録』六年（一四〇六）閏七月に、長願心とある。もとは賤隷の身の上だが、佯狂となって、飢える人がいれば与え、病む人がいれば必ず救恤するなどの善行があり、興天寺の舎利殿で雨を祈ると雨が降った。そこで、太宗は苧布一匹・正布二十五匹・米豆二十石を与えたという。

（2）四大：四大種とも云う。物質を構成する四つの元素として地・水・火・風をいう。人の身体もこの四つで形成されているとされる。

（3）法身：永遠なる宇宙の理法そのものとしてとらえられた仏のあり方。色も形もない本体身。

二十一　鶏の真似をする僧

一人の僧がいた。身体が小さく、片足が不自由であった。

いつもソウルに住まい、毎日、市内を歩き回っていた。富豪や貴族の家々を一軒ももらさずに訪ね回った。

いつも手を打って鶏が羽ばたく真似をして、口をすぼめて音を出し、あるいは雄鶏の鳴き声、あるいは二羽の鶏の闘うありさま、あるいは雌鶏が卵を産む様子、千の声と万の仕草を真似て、似ていないものはなかった。あるときには村中の鶏がこれに応じて一斉に鳴き出すこともあった。

また、歌を作って、身体を揺すりながら、歌を歌うこともあった。

「人生よ、人生よ、

一間の草屋であっても、心は楽しむべし。

人生よ、人生よ、

つぎはぎだらけの着物を着ていても気に掛けはしない。

だが、閻魔大王の使者が迎えに来たら、

この世に未練があっても、どうしよう」

また、次のような歌もあった。

「観音さま、帝釈さま、ああ、帝釈さま、観音さま、この身が死んだら、絶対に地獄に参ります」

すべてこのような類の歌であった。曲調は農歌に似ていた。子どもたちが百人、千人と列を作ってついて行った。僧はいつも、「私が随えて行く人びとの数の多さは、三公といえどもかなうまい」といっていた。一日に得る布施の多いときには一石に至った。これで衣食を購った。当時の人びとは彼を鶏僧と呼んでいた。

二十二　融通無碍の破戒僧　信修

信修《シンス》(1)という僧がいた。坡州の私の田舎で成長した。洛水の南に草家を造って住んでいたが、人となりが放蕩で、諧謔をことととして、口からことばが出るたびに、人びとが腹を抱えて笑わないということがなかった。また財物を貪ったり惜しんだりすることはなかった。家産と田地はみな甥たちに分け与え、自分自身は耕作することはなかった。それでも、夏になっても、いつも米の飯を食うことができた。

僧はまた歳を取っていたが、顔はまるで仮面のようで、頭をゆすって目を回し、十六羅漢の様子を真似るのだが、その一つ一つの表情が異なっていた。また、人の行動挙措を見ると、すぐにその物真似ができた。たとえ地位の高い官員であって、今まで知らなかった者であっても、一度会ったなら、まるで旧知の間がらであるかのように、名前を呼び合って、おれとお前になってしまうのだった。

寺の脇に年寄りが住んでいて、年少の妻がいた。僧はこの妻と通じてしまった。年寄りの家は貧しくて僧の庇を頼ろうと、その妻を連れてやって来て、寺の中で暮らすようになった。僧もまたこの年寄りを愛して、衣服と食事を多く与えた。

三人が同じ布団をかぶって眠り、たがいに嫉妬することがなかった。男の子一人、女の子一人が生れたが、僧は年寄りの子だといい、年寄りは僧の子だといった。僧が寺にいるときには、年寄りは薪を集め、野菜畑の世話をした。僧がどこかに行けば、年寄りは荷物を担いでその伴をした。数年のあいだ、このようにして暮らしたが、妻が死んでしまった。その後も、年寄りは僧の側で暮らして、まるでその義は兄弟のあいだのようであった。年寄りが死ぬと、僧侶が背負って埋葬した。

僧は酒をよく飲んだ。百杯でも千杯でも鯨が水を飲むようであった。誰かが隠して酒ではない他のものを出しても、たとえ牛の小便や泥水のようなものまでも一気においしそうに飲んでは、「この酒ははなはだ苦い」といった。また、大飯ぐらいだった。たとえ日のたった握り飯であっても、固くなった餅であっても、けっして断ることはなく、わずかのあいだにすっかり食べてしまうのだった。

多くの人びとが集まる中でも公然と思う存分に魚肉をたいらげた。嘲笑する人がいれば、「これは士くれさ。自分が殺したものでなければ、食べて何が悪いんだ」といった。

庚寅の年（一四九四）に私が喪主として坡州にいたときに、僧が頻繁に往来した。そのとき、七十歳を越えていたが、気運はますます矍鑠《かくしやく》としていた。

誰かが、「どうして妻を娶り、肉を食べるのですか」と尋ねると、僧は、「今、世間の人びとはみだりに私念を起こし、利欲でもって互いに争っている。あるいは心の中に暴悪を隠し、あるいは煩悩を捨て去ることができない。名のある出家者といえども、それは変わりがない。肉の焼ける匂いを嗅げば、むりやりに唾を飲み込んで、美しい女を見れば、生じるはずの淫蕩な感情を抑える。しかし、私は彼らとは違う。肉の匂いを嗅げば、すぐに食らいつき、美しい女を見れば、すぐに手に触れる。水が下に流れ、土が穴を埋めるように、物とともにあって無心になり、いささかの私もないのだ。私は来世にはたとえ仏にはならなくとも、羅漢にはなるであろう。世間の人びとは財物を惜しんで蓄財にはげむが、肉体が死んでしまえば、その財物はすぐに人手に渡ってしまう。生きている間によく飲食し、楽しむがよい。人の子たるものみな、その父親に仕えるときには、まさに大きな餅と、澄んだ蜂蜜一升を用意して、酒を漉《こ》し、肉を切り、朝な夕なに勧めるものである。死んだ後になって、干からびた食べ物と干からびた果物と、飲み残しの酒と冷え切った肉を棺の前に供えて置いたとしても、いったい誰が飲み食いするというのだ。お前はこのようにして親に仕えたことはないだろうが、願わくは、お前の子どもたちにはこのようにお前に仕えて欲しいものだ」といった。

あるとき、自分の前に飲食を供えて置いて、鈴を振って経を読み、「信修や、信修や、浄土に往生せよ。生きているときには狂人であるといえ、死ねば真実の人となろう」といった。そうして、声を上げて慟哭したが、その泣き声は凄涼として陰惨であった。と思ったのも束の間のこと、手を打って、今度は大笑い。頭陀袋を引き抱えて逃げ去った。主人に別れを告げることもなかった。

（1） 信修：この話にあること以上は未詳。

二十三　高臥南陽

朴巨卿《パクコキョン》（1）が弘文典籍として御史を兼ね、湖南の科挙の試験場に行って検察したとき、「高臥南陽」という詩題でソンビたちを試験することになった。帰途、水原府に至ると、役人が出迎えない。巨卿は東軒（役所）におもむいて大いに怒り、役人を呼び出して罰しようとしたところ、にわかに外の門口から随行の者たちが向かい合って挨拶を交わしているのが聞こえる。まさしくソウルから政批草(2)が下って、彼は南陽府使に任命されたのであった。巨卿ははなはだ驚いて色を失い、臥せってしまった。そのとき、人びとは詩讖（予言）のなすところだと言い合った。

(1) 朴巨卿：朴処綸。一四四五～一五〇二。早く司馬試に応じて一四七〇年には文科に及第、芸文館に入り検閲となり、注書・検校などを経て、一四八九年には南陽府使として治績をあげて僉知中枢府事に任命された。一四九四年には明に行き、清廉な官吏として評判を得て、帰って来て大司諫となった。

(2) 政批草：人事発令文書。

二十四　学問を嫌った順平君

世宗《セジョン》は新たに宗学(1)を設置して、宗族を集めて書物を読ませることにした。順平君《スンピョンクン》(2)は四十歳を超えていたが、一字も知らなかった。初めに『孝経』を学ぶことになったとき、学官が「開宗明義章第一」という七つの文字を教えたが、君はそれでも読むことができなかった。このとき、順平君は、「私はもう年老いていて、頭も鈍いので、『開宗』という二文字だけ学ぶのがよいであろう」といった。そして、馬の上でもその文字を繰り返し読んでやめなかった。下人にまた、「お前もまた『開宗』という文字を忘れずに、私が困ったときに備えて欲しい」といった。

臨終のときに妻子たちを枕元に呼び集めて、別れを告げて、「死生は重大事であり、どうして心を留めずにいられよう。しかし、これで永遠に宗学を離れることができるのは、まことに痛快事だ」といった。

（1）宗学：王族の教育機関として、世宗九年（一四二七）に設置された。
（2）順平君：朝鮮第二代の王である定宗・李芳実の子。李群生。『世宗実録』二年（一四二〇）に順平君に封じられた記事がある。「群生、文字を識らず」とある。百官の並ぶところを騎馬で通るなど驕慢な行いがあった。

二十五　婢女とも通じた朴ソンビ

わが家の隣には朴という姓のソンビが住んでいる。柳氏の家の婿になって、寄寓している。二人の婢女とも情を交わしているのだが、人びとはそのことを知らない。

夜になって、婢女の部屋に入って行くのを、家の中の子どもが見て、てっきり盗人だと思い、主人に、「泥棒が某の部屋に入って行きました」と報告した。主人は大いに怒り、隣近所の人びとともにわかに弓や杖をもって集まって来た。朴が出ようとして扉を推したが、外から鍵がかけてある。足で思い切り蹴るが、堅牢で破ることはできず、どうしても出ることができない。手足は傷つき、汗びっしょりになった。窓の隙間から外をうかがうと、松明の光の中で常日ごろ顔を見知っている隣人たちが立っている。朴は息をひそめて助けを求めたが、皆がののしり合っていて聞こえない。しばらくして、その声が聞こえて来て、朴のものだとわかった。そこで、「これは大した泥棒じゃない。捕まえる必要などない」といった。そこで、主人は笑って家に入って行き、隣家の人びとも立ち去った。朴は大いに恥じて、しばらくは門の外に出なかった。

二十六　年がいもない二人の鄭某

鄭某というソンビは妻に先立たれてしまった。南原の富裕な家に未亡人がいると聞いて、後妻に迎えようと思った。仲人が行って婚姻の日も決まった。鄭はまず南原府に至り、結納の品を準備した。未亡人が婢女を送って、鄭の挙措を見させた。婢女は帰って来て、「鬚が長くて、毛深い人です。毛皮の帽子をかぶっていますが、まったくの老人です」といった。未亡人は、「私は若くて強壮な男子と結婚して、これからを楽しく過ごしたいと思っているのに、そんな老人に何の用があろう」といった。府の官吏たちが松明と提灯を掲げ、鄭を囲むようにして訪れたが、未亡人は門を堅く閉ざして、入れようとはしない。鄭は未亡人の家に入ることができずに帰って来た。

また、やはり鄭という姓の楽官がいたが、晩年になって妻を亡くした。富裕な家に仲人を立て、娘をもらって妾にしようとした。

当日、女の家に行くと、絵屏風をめぐらせ、紫の絨毯を敷き詰め、堂の中には錦の帳をかけていた。鄭はその中に入って座り、事の成り行きに満足して胸をわくわくさせていた。

女は覗いてみて、「七十ではないにしても、六十は超えている」といって、悲しくなって、少しも喜ぶ気配はなかった。

夜になって、女の部屋に入って行って、女に迫ると、女は鄭を叱りつけて、「どこの老いぼれが私の部屋に入って来たのさ。見た目に福がないだけでなく、しわがれ声にも福がない」といい、夜中に窓から追い出した。鄭は行方知れずになった。

一人のソンビが詩を作って、からかった。

「紛紛と騒いで幾晩を過ごしたか、
二人の鄭氏の風流はありがちなこと、
良縁を作ろうとして悪縁を作った。
早く知るべきだった、独り身の方がよいと。
（紛紛浴啄幾騰讙、二鄭風流是一般、
欲作好縁還作悪、早知如此不如鰥）」

二十七　崔兄弟の諧謔

斯文の崔勢遠《チエセウオン》(1)はよく諧謔を弄した。

かつて一羽の鷹を飼っていたが、雉を捕まえることもできず、朝な夕なに鶏を殺して食べて育った。鷹は鶏に飽きて、飛び立ち、雲の中に消え去った。勢遠がいくら呼んでも、もう帰っては来ない。隣の人に怒鳴って、「見ろ、見ろ、鶏泥棒が行ってしまった」といった。

彼の弟の奫《ユン》(2)もまた話の好きな人物だった。かつて消渇病（糖尿病）になって、五味子湯(3)をよく飲んだ。そのために歯がすっかりだめになった。しかし、精神は衰えず、晩年になって、一郡の長官の職を得たいと願った。隣にいた友人が、「歯もないようで、いったいどうしますか」といった。奫はそれに答えて、「私に松や榛の実を嚙み砕かせようというのなら、それはできないことだが、朝廷は歯で一郡を治めよというのかな」といったので、一座のものたちはみな腹を抱えて笑った。

（1）崔勢遠：第二巻第十一話の注（5）を参照のこと。
（2）奫：この話にあること以上は未詳。
（3）五味子湯：チョウセンゴミシの成熟した果実を乾燥させて生薬として使う。果実の皮肉は甘・酸、中核は辛・苦、全体では塩味の五味があるのでいう。

二十八　写経で一春を過ごす

世祖が内経庁(1)を設置して、儒生たちを集めて経書を書写させた。私の伯兄(2)は、洪益城《ホンイクソン》(3)・姜仁斎《カンインチエ》(4)・鄭東《チョント》莱《ンレ》(5)・趙穉圭《チョヨチキュ》(6)・李期叟《イキス》(7)などとともに、いつも宮廷の中に閉じ籠って、外に出て遊ぶこともできなかった。伯兄は戯れに詩を作った。

「手に筆を執って、ひたすら仕事して一春を過ごしたが、
今や盛りの花影の中で、ほろ酔い機嫌はどんな人か。
（手執毛錐子、辛勤過一春、

濛濛花影裡、爛酔是何人）」

（1）内経庁：世祖のとき、仏典を筆写させたところ。王世子の冥福を祈るために設置した。世祖は世子三斎を律寛寺に置き、仏家・儒家を集めて諸経を印写させ、みずからも『金剛経』を筆写した。
（2）私の伯兄：成任。第一巻第二話の注（29）を参照のこと。
（3）洪益城：洪応。第二巻第一話の注（17）を参照のこと。
（4）姜仁斎：姜希顔。第一巻第三話の注（10）を参照のこと。
（5）鄭東萊：鄭蘭宗。第一巻第三話の注（11）を参照のこと。
（6）趙穉圭：趙瑾。一四一七〜一四七五。成宗のときの文官。一四四一年、文科に及第、江原道観察使・全州府尹などを勤めた。人となりが端雅で、文章に秀で、楷書にも優れていたので、当時の外交文書の多くは彼が書いたといわれる。
（7）李期叟：李承召のことか。第一巻第二話の注（27）を参照のこと。

二十九　閨秀画家　洪天起

画史の洪天起《ホンチヨンキ》（1）は女子である。一時期、その美しさは追随する者がいなかった。たまたまある事件にかかわって、司憲府で尋問されることがあった。達城・徐居正《ソコジヨン》（2）もまだ若いころで、遊び仲間たちと弓を射て酒を飲み過ぎ、やはり捕まって連れられて来ていた。達城は洪女の横に座らされたが、洪女のあまりの美しさに見とれて、目が釘付けになって他に移すことができなかった。当時、相公の南智《ナムチ》（3）が大司憲であったが、「ソンビはどんな罪を犯したのか。すぐに釈放しろ」と命令した。達城は釈放されて出て行って、遊び仲間たちに、「いったいどんな事件の処理がこんなに簡単に済むのか。だいたい公事というのは容疑者のことばを問いただし、また検察することばを受けて、曲直を判断する。ゆっくりと事をすすめなくてはならぬもの。われわれの事件がこんなに簡単に処理されていいものか」といった。洪女のそばにもっと長くいられなかったのが残念だったのである。仲間たちはこれを聞いて大いに冷やかしたものである。

(1) 洪天起：第一巻第四話の注（7）を参照のこと。
(2) 徐居正：第一巻第二話の注（24）を参照のこと。
(3) 南智：第三巻第四十一話の注（2）を参照のこと。

三十　裏表のない孫永叔

私の友人の孫永叔《ソンヨンスク》(1)がまだ儒生であったとき、十人余りの仲間と徒党を組んで寺社を回っては僧たちをなぐりつけ、物品を取りあげるような真似をした。そのことが発覚して、牢獄に送られ、尋問を受けた。そのころはまだ法律が厳重ではなく、人びとはみな牢獄の中に入って見ることができた。朝夕に酒と肴が用意され、人びとが見守る中で、永叔は、「私の口腹を満たすにはここより勝るところはない。もし釈放されて家に帰ったならば、いったい何を食べればいいだろう」といった。人びとはみな笑った。

その後、彼が大司諫となって、経筵に侍るようになり、刑獄の弊害について議論する機会があった。

そのとき、永叔は、「若いときに獄に入って見ると、獄というのは必ずしも困苦の場所ではなく、むしろ栄華の場所でしたよ」といった。それに対して、王さまは、「昔の人はいっている、『土地に線を引いて、そこを獄と決めただけでも、けっしてそこに入ってはならない』と。獄がたとえきれいであっても、そこに入るのを栄華というのか」とおっしゃった。左右に居合わせた人びとは愕然とした。永叔という人物は率直で裏表がなかった。それで、自分のことばが失言であるとは気が付かなかったのである。

（1）孫永叔：孫比長。永叔は字。生没年未詳。一四六四年、生員として別試文科に乙科で及第、一四六九年、芸文館修撰であったときに、中叔舟らとともに『世祖実録』『睿宗実録』を編纂した。一四七六年には文科重試に甲科で及第して顕官を歴任したが、王の怒りを買って罷免されたこともある。一四八五年には徐居正らとともに『東国通鑑』を選進した。官職は芸文館副提学に至った。

三十一　李次公の諧謔

李次公《イチャコン》(1)という人は冗談が好きで、緊急のときであっても、かならず冗談をいった。佐郎の辛鍵《シンコン》(2)が選ばれて儒将となり、王さまの前で騎射をすることになったが、あやまって自分の足を射てしまった。血が流れて靴を濡らしたが、次公は、「一等の技術じゃあるまいか、『吾発誤中（私はあやまって足に命中させた）』というわけだ」といった。足（パル）と発（パル）は音が同じである。射手にとって「五発五中」は最上の成績とされる。

英陵(3)の芝が剝がれてしまったことがある。金殷卿《キムウンキョン》(4)が当時の礼曹判書で、領議政やその他の宰相たちとともに驪州にまで出かけ、芝の世話をした。帰途、殷卿は刑曹判書に昇進したので、宰相たちは舟の中で酒席をもうけてお祝いした。殷卿はそのとき下痢気味だったが、急にもよおして便が席に広がった。次公がその話を聞いて、「これこそ秦の穆公が覇行を成就したことを意味する」といった。人びとがその意味を尋ねると、次公は、「まさに『済河焚舟』[5]ではないか」といった。「焚（プン）」と「糞（プン）」は同じ音である。

一人の役人が香室[6]に座って、将棋をもてあそんでいたが、「馬」と「将」がなかった。そこで、檀香を彫って「馬」にして、沙器の破片で「将」にした。あちらの「馬」がこちらの「将」のところに入って来るのを、「将」が守るのを見て、次公が「これは典獄の沙将[7]が賊人の郷君[8]を捕えるところだ」といった。彼の話にはこうした類が多かった。

（1）李次公：第一巻第十九話の注（43）を参照のこと。

（2）辛鍵：『成宗実録』二十二年（一四九一）二月に、平安北道評事の辛鍵と節度使は防御を怠り、賊に侵入され山堡を築造されたとして厳罰に処すべき旨が奏上されたが、評事の辛鍵は軍機にあずからないとして、罰を減免されたという記事が見える。

（3）英陵：世祖の陵。驪州にある。

（4）金殷卿：金礪石。一四四五～一四九三。殷卿は字。一四六五年に進士、同年の秋に別試文科に乙科で及第して成均館学諭兼芸文館検閲となった。一四七九年には成均館司芸として元帥の尹弼商の従事官となって建州衛での討伐に参与した。贈賄・饗応を拒まなかったという。戸曹判書に至った。

（5）済河焚舟：秦の穆公が晋を攻めるとき、河を渡る船を焼いて、後退しない決意を示した。兵士たちは奮戦して勝利し、穆公の覇行がなったという故事がある。「焚」と「糞」の音が同じなのを使った冗談。

（6）香室：さまざまな祭祀で使う香と祝文を管掌する役所。
（7）典獄の沙将：典獄署の獄卒をいう。ここでは沙器の破片を「将」としたことからいう。
（8）賊人の郷君：郷君は婦人の封爵の号。ここでは香で将棋の駒を作ったので「香」と「郷」が同じ音であるのを利用した冗談。

三十二　盛衰の道理

生員の崔倬《チエタク》（1）は性質が高亢《こうこう》で、人の指示に従うことがなかった。

かつて太学生だったとき、将来は三公・六卿になることを考えていた。ある日、学宮から出て家に帰ろうとする道で吏曹正郎の李徽《イキ》（2）に会った。崔が、「あなたは吏曹の郎官であり、その官職は立派で要職ではあるが、私もまた館中で吏曹判書を夢見ていた。その処遇は同じではないが、おなじく紙の上の虚名であることは同じではないか」といった。

生員の李時藩《イシボン》（3）がかつていっていた。

「若いときに高い志をみだりに抱いて、金鉤《キムク》先生（4）に『易経』を学んだ。そして、『易経』の理致を深く理解できたと考えて、誰も自分には及ばないだろうと自負していた。ある日、崇礼門を出て行くと、坡平君の尹巌《ユンアム》（5）が義禁府提調となって黒服を着た先駆けが二列になって先導し、お付きの者たちが取り囲むようにしてやって来た。そこで、心の中で、『あの人間は今でこそ顕達して栄華の中にいるものの、『易経』の理致をどこまで理解していようか』と思って、まるで蜉蝣《かげろう》でもあるかのように見下した」

その後、李徽は死刑に遭って、尹巖は早く死んだ。そして、崔倬と李時藩は天寿を全うして死んだ。このように世間では盛衰の道理があるというのは嘘ではない。

（1）崔倬：この話にあること以上は未詳。

（2）李徽：?～一四五六。一四三五年、進士試に合格、一四五五年、世祖の即位に協力した功で佐翼功臣三等になった。一四五六年には、成三問・朴彭年らとともに端宗の復位の謀議に加わり、事が発覚して、いわゆる「死六臣」とともに車裂の刑に処され、家産も没収された。

（3）李時藩：『成宗実録』七年（一四七六）六月に、兵曹の人員として李時蕃《ママ》の名前が見える。

（4）金鉤先生：第一巻第一話の注（9）を参照のこと。

（5）尹巖：知義禁府事となった。太宗の第九女の淑慶翁主と結婚して、輸忠剄節佐翼功臣に冊録された。

三十三　更之更の孫永叔

孫永叔《ソンヨンスク》(1)が吏曹佐郎になり、奉命使臣として湖南に赴いて、獄事を審問することになった。羅州《ナジュ》の妓生の紫雲児《チャウナ》(2)に馴染んだが、紫雲児はソウルで成人して梨園の一部に所属していたものの、罪を得て羅州に流されていた女子であった。永叔は迂闊なソンビで、紫雲児は名妓である。官職の威勢に圧されて従順に侍ってはいたが、心にはいつも不満を抱いていた。

ある日、ソンビたちが作った詩文を持ち寄って来て、等級をつけた。妓生が、「何を基準に詩の善し悪しを区別するのですか」と尋ねたので、永叔が、「もっともいいものから、上上・上中・上下として、その次を二上・二中・二下として、またその次を三上・三中・三下とする。そして、等級に入らないのを、次上・次中・次下として、さらに最も劣るのを更之更とするのだ」と答えた。

しばらくして、永叔が仕事を終えてソウルに帰って行った。趙穉圭《チョチキュ》(3)が全州府尹となって羅州に至り、また紫雲児と馴染みになった。むつまじく寝床に入りながら、「お前は多くの人間を見て来たことだろうが、私のような人間は何等くらいだろうかね」と尋ねたところ、紫雲児は、「あなたはまあ、三下くらいのものですね」といった。趙が「どこでそんなことばを知ったのだ」と尋ねると、「孫永叔が私に教えてくれました」と答えた。「では、永叔はどの等級に当たるのかな」と聞くと、「あの方は更之更ですね。ただ郡守の鄭文昌《チョンムンチャン》(4)だけは二等をあげられます」と答えた。

盧希亮《ロフィリャン》(5)がからかって詩を作った。

「湖南に来た奉命使ではいったい誰がでたらめか、
それは吏部中郎の絲北良、
三年のあいだその風流が評判だったが、
そのとき、鄭文昌がいるのを知らなかったとは。
(湖南奉使孰荒唐、吏部郎中絲北良、
三載風流人膾炙、不知時有鄭文昌)」

これは唐詩を模倣したものであろう。

丙申の年(一四七六)の重試で、永叔の策文が初めて壮元になった。兼善《キョンソン》(6)が試験官であったが、手紙を書いて祝福した。「君の今回の策は一之一であったが、昔の更之更というのは何だったのだろうか」と書いてあった。

その後、王さまが学宮にお越しになり、尊師の礼を行われたが、そのとき、永叔が礼房承知であった。道で耆之《キチ》(7)に会ったが、永叔の顔色には心配そうな気配があった。耆之が「どうして君は浮かない顔をしているのかね」と尋ねると、永叔は、「永山(8)（永山府院君・金守温）は仏教を好み、河東(9)（河東府院君・鄭麟趾）も何かと物議をかもす人間だ。このような盛事である上に期日も迫っている。なのに、今に至るまで、更老(10)を決定していない。それで心配なのだ」といった。耆之は「それは王さまが大臣たちと相談して決めることで、君が深刻に悩むことではない。もしやむをえず人選することになっても、そんなに難しいことではあるまい」といった。永叔の顔色が変わって、「その人物はいったい誰だ」と尋ねると、耆之は、「坡州府院君の屋敷の前に僉正の李三更《イサムキョン》が住んでいる。その人間は三老なのだそうだ(11)。君は、紫雲児の評価によれば、更之更だそうで、二更であるから、もし三更の評を加えれば、五更になるのではないかな」といった。これを聞いていた者たちは腹を抱えて笑ったものである。

絲北良というのは、永叔が若いときに生員試を受けたが、榜が出されたときに乱れた文字で姓名が書かれていた。永叔が怖気づいて顔色を失い、「榜に私の名前がない」といった。すると、友人が指で示して、「あの何行目かは君の名前だ」といった。そのとき、永叔が「あれは孫比長ではなく、絲北良と書いてあるのではないか」といったというのである。今に至るまでこれを聞くもので笑わない者はいない。

（1）孫永叔：本巻第三十話の注（1）を参照のこと。
（2）紫雲児：羅州の妓生。『太平閑話滑稽伝』の第百八話に同じ話が出ていて、より詳しい。
（3）趙稺圭：本巻第二十八話の注（6）を参照のこと。
（4）鄭文昌：『成宗実録』十一年（一四八〇）正月に鄭文昌を通政寧遠郡守とし、また十二年の二月に通政呂州牧使に任じている。『燕山君日記』十年（一五〇四）には甲子士禍に巻きこまれ、閏四月に鄭文昌の罪は杖百、三千里の遠流に当たるが、七十の齢を考えて、杖七十、告身三等を奪うことで、三千里を贖うとある。

（5）盧希亮：盧公弼。第一巻第五話の注（16）を参照のこと。

（6）兼善：洪貴達。第一巻第十九話の注（42）を参照のこと。

（7）耆之：蔡寿。第二巻第十六話の注（3）を参照のこと。

（8）永山：金守温のこと。第一巻第二話の注（25）を参照のこと。

（9）河東：鄭麟趾。第一巻第十九話の注（7）を参照のこと。

（10）更老：試験官の別称。

（11）その人間は三老……：周の時代、天子は三老五更を設置して父兄の礼で護養した。三老五更をそれぞれ一人の人間であるとする説と三人と五人であるとする説とがある。そのいずれであるにしろ、年を取って経験を多く積んで致仕した元老を指す。

三十四　腕力のあった魚咸従

魚咸従《オハムチヨン》(1)は幼いときから人に抜きん出た力持ちであった。弟の牙成《アソン》(2)とともに徒党を組んで近隣の村や集落に押し掛けては鶏を盗み、けんか騒ぎを起こしていた。広川《クアンチヨン》(3)・広原《クアンウオン》(4)・清陵《チヨンルン》(5)・賢甫《ヒヨンポ》(6)といった人びとは名のあるソンビであったが、咸従の威勢を恐れて、あえて口を挟まなかった。

かつて成均館にいたときに、食べたいと思えばかならず横から奪い取って食べつくし、部屋が寒く感じたら、仲間に敷布団と掛け布団を敷かせ、順に入って行かせて身体の熱で暖めさせ、その後に自分は裸になって入って休むのだった。一人の瘡を病んだ人を見れば、魚は人にこれを剝がさせた。そうして餅の中にまぜて人に食べさせた。瘡を剝がれる者は苦痛に叫び、食べる者は嘔吐する。魚はそれを見て手を拍って大笑いするのだった。

そうしたことが続いて、みなが集まって、「あの男は自分の力を恃んで、われわれを馬鹿にしている。われわれはあの男の意のままに引きずりまわされているが、これ以上は我慢ができない。一つ、あの男の不意を突いて、われわれの前に這いつくばらせてやろうじゃないか」と相談した。ある日、魚がやって来て戸口に腰掛けているところを、一人が後ろから髪の毛を引っ張り、みなで寄ってたかって足と手を抑えつけた。しかし、魚が身体を振るって立ち上がると、みなは散り散りになって退散した。広原だけがつかまってしまった。広川は柱の後ろに隠れて、「私の弟が死んでしまう」といった。魚はあらゆる仕方で広原に侮辱を加えた。土を食べろといって土を食べさせ、姉さんの旦那を呼べといって姉さんの夫を呼ばせた。また父親までも呼ばせようとした。広川は離れてこれを聞きながら、「もうほんの少し辛抱して、父上だけは呼んではならない」とつぶやいた。

丙子の年（一四五六）の春の会試が近づいて、魚はわれわれ五人とともに館の房にいて書物を読んでいた。上舎の兪《ユ》造《チョ》(7)が眠りから覚めて、「夜に夢を見て、半ばは吉で、半ばは凶とあった」といった。魚がどういう夢かと尋ねると、兪が「五匹の蛇がいた。部屋の中から天を目指して昇って行ったが、一匹だけが空中の半ばから落ちてしまった」といった。魚は、「われわれが及第しようと学問にはげんで怠らないのは、五人がみないっしょに及第しようと思ってのことだ。君はどうしてそのような不吉なことを口にするのか。君は大声で叫ぶがいい、『地面に落ちるのは私だ』とな」といった。兪がいわれたとおりにすると、魚が「どうして『私（ナ）』というのだ」というと、兪は「落ちるのは『造（チョ）』だ」

といった。翌年、四人は科挙に及第した。その後にみなが大臣になって、功績も勲功も大いに挙げた。しかし、兪は独り晩年には困窮して、顕官に昇進することもなかった。

（1）魚咸従：魚世謙。一四三〇〜一五〇〇。一四五一年、生員となり、一四五六年には式年文科に及第して、顕官を歴任した。南怡の乱に際して一党を誅殺した功績で翊載功臣三等となり、咸従君に封じられた。戸・工・刑・兵曹の判書を経て、左議政となった。一四九八年の戊午士禍のときに免職になったが、翌年には許された。

（2）牙成：魚世恭。一四三二〜一四八六。一四五六年、司馬試に合格、一四五六年には式年文科に及第した。顕官を歴任して、一四六七年の李施愛の乱のときに咸吉道観察使として乱を平定して敵愾功臣・牙城君に封じられた。六曹の判書を歴任した。

（3）広川：李克増のこと。第二巻第五話の注（3）を参照のこと。

（4）広原：李克墩のこと。第二巻第七話の注（10）を参照のこと。

（5）清陵：金順明。第一巻第一話の注（17）を参照のこと。

（6）賢甫：金升卿。一四三〇〜一四九三。一四五三年、生員試に合格、一四五六年には文科に及第して、官職は礼曹参判・大司憲に至った。彼は官職に就く前からその資質と孝誠であることで名高かった。承政院に在職中もその職務に忠実であり行政能力も抜きん出ていたことで、王から金帯を下賜された。甲子士禍（一五〇四）のときに剖棺斬屍の追刑を受けた。

（7）兪造：『成宗実録』九年（一四七八）九月に前正郎の兪造らは役所で会飲して官婢の春非を殴打して殺してしまったので、杖百、告身を奪う旨の記事がある。

三十五　卞九祥の公事、趙伯珪の政事

斯文の卞九祥《ピョンクサン》(1)は文学の才能は余りあるものだったが、官吏としての才能は不足していた。あるとき、漢城参軍となったとき、文書を机に雲のように積み上げて、訴訟事を聞いた。甲が訴えれば、「お前のいうことは正しい」といい、乙が訴えれば、また「お前のいうことは正しい」といって、可否を決定することができなかった。朝廷ではそれを聞いて解任した。当時の人びとは世の中の是非をわきまえない者を「卞九祥の公事」と呼んだ。

斯文の趙伯珪《チョペクキュ》(2)という者がいた。長年、儒学教授を勤めたが、ある日、献納(3)に任命された。趙斯文はたいへん喜んで、弟子の金を呼んで、「賀孫氏(4)よ、これこそ政事だ」といった。まもなくまた教授に戻ったが、斯文はまた弟子の金を呼びつけて、「賀孫氏よ、これが政事といえようか」といった。ソンビたちはこれを伝え聞いて、大笑いした。

(1) 卞九祥：生没年未詳。さまざまな官職を経て、司芸にまで至った。詩に特に秀でていて、卞詩魔と呼ばれたという。
(2) 趙伯珪：『世宗実録』三十一年（一四四九）正月に司諫院左献納の趙白珪の名前が見える。
(3) 献納：朝鮮時代、司諫院の正五品の官職。
(4) 賀孫氏：宋の葉味道、朱子に師事した。趙伯珪はみずからを朱子に擬していることになる。

三十六　辛氏の自慢話

朝廷に出仕するソンビたちの中に、辛という姓の者がいた。性格は軽薄で、いつも自分の家が富裕であることを自慢していた。門の前に米を一にぎり撒き散らしておいて、下人たちを叱り飛ばし、「どうして天のくださったものを粗末にあつかうのか。一昨日は忠清道から米百石が搬入され、昨日はまた全羅道から米三百石が搬入された。だからといって、このようにおろそかにあつかっていいというものではない」というのであった。

また妾たちの美しいのも自慢で、いつも口紅と白粉を部屋の壁に塗っておいては、客を迎えて、下僕を叱りつけ、「どうして窓や壁が汚れているのか。昨夜、あの妓生がこの部屋にやって来て泊ったが、これはきっと明け方に洗面して化粧したときにつけたものだろう」などといった。また美しい綾の布を奴に与えて、客を迎えて堂に座ると、奴が階段の下にひざまずいて綾布をさし出し、「某姫の靴に刺繍する模様というのは、花模様がいいでしょうか、雲の模様がいいでしょうか」などと尋ねる。すると、辛は、「大きな雲模様のものを用いるがいい」というのであった、わざわざ評判の妓生の名前をいわせるのだった。

また交遊を自慢した。権勢のある宰相の名刺を書いて奴に持たせ、客が来て座ると、奴が持って来て渡すと、辛は受け取って横に置いておいて、長いあいだ、見もしない。客が覗いて見ると、大臣の盧公の名前が書いてある。客が驚いて立ち去ろうとすると、辛はこれを引き止め、「これは私とは至極に親しい人物だから、気にせずともいい」といった。そうして、しばらく後に、奴が客は帰ったと報告するのだった。辛は笑いながら、「彼とはしばらく会わなかったから、会って話をしてみたかったのだが、どうして急に帰ってしまったのだろう」などといった。

訳を知っている人びとは、辛の卑陋さを笑った。

三十七　癇癪癖の辛宰枢

辛宰枢[1]は人となりが性急であった。蠅がご飯茶碗に集まっているのを追い払い、それがまた集まって来るのを見ると、もう怒り出してご飯茶碗を床に叩きつけた。夫人が、「なにもわからない小さな虫を、どうしてそんなに怒るのですか」というと、宰枢は目を怒らせて叱りつけ、「蠅がお前の夫なのか。どうしてそんなに庇うのだ」といった。

(1) 辛宰枢：辛均のことかと思われる。一四一八年、蔭補で東部録事となり、さまざまな官職を経て、一四七三年には知中枢府事となっている。ただし、数ヶ月後には台諫の論駁を受けて罷免されている。

三十八　仲兄成侃の予言

真逸先生[1]がかつて徐《ソ》后《フ》山《サン》[2]とともに翰林に入った。后山は王妃の甥にあたる人で、文名がはなはだ高かった。

世祖が大いに抜擢して用い、恩寵も他に比べられないほどであった。

先生が朝廷を退いて、突然、伯兄(3)に、「后山は天命を全うすることはないでしょう」といった。伯兄がおどろいて、理由を尋ねると、先生は、「后山は人となりがあまりに頑強で激しいことばをやめません。どうして禍を免れることができましょう」といった。しばらくして殺されたが、人びとは先生に先見の明があることに感嘆した。

(1) 真逸先生：成侃。第二巻第一話の注(12)②を参照のこと。

(2) 徐后山：徐崗。一四四七年、文科に及第、集賢殿校理を経て、一四五三年、春秋館記事官として『世宗実録』の編纂に参加した。その後、芸文館直提学として王命により『蚕書註解』を撰進、『孫子』の注解も手掛けた。一四六一年、大司成に在職中、世祖の崇仏を論難して誅殺された。

(3) 伯兄：成任。第一巻第二話の注(29)を参照のこと。

第七巻

及第した文人王の下で

一　恩門の習俗　科挙に及第した太宗

高麗時代の科挙の試験官はただ知貢挙[1]と同知貢挙[2]の二人だけで、あらかじめ文臣の中で名望のある人物に依頼したのである。

恩門[3]が門生を見ることは、あたかも自分の子弟のようであり、門生が恩門を見ること、あたかも自分の父母のようである。婿には内室に入って行くことを許さなくとも、門生には特に内室に入っていって婦人たちと相見えることを許した。門生を大切にしたからである。同榜[4]で及第した人びとが恩門の家に集まって宴を開き、盃をもって献酬するのは、まるで本当の親子のようであり、門生はそのままそこに宿泊することもあった。

文成公・安氏[5]の家は富豪であった。新恩[6]の三十名みなに貂の毛皮の服を与え、またそれぞれに彫刻をほどこした銀の盞を与えたという。私の外家が安氏なので、伝わった話である。

我が朝鮮朝では知貢挙の制度は廃止されたが、かえって門生や座主[7]という名で酒席を設けて招き、死ねば、あるいはその家で、あるいは葬事に行く道でお供え物を用意して祭祀を行ったりする。今では門生と座主とが相見えること、胡と越のように疎遠であり、むしろ互いに中傷し排撃している。ここにもまた世間と人心の変化を見ることができる。

わが太宗《テジョン》が少年のとき、科挙を受ける人のことを知り、自分も試そうと考えて、禑王《ウワン》の壬戌の年（一三八二）に進士に二等で及第し、また翌年の癸亥の年（一三八三）には文科に及第なさった。そのとき、金《キム》漢老《ハンロ》(8)が壮元で、沈孝生《シムヒョセン》(9)が二等で、太宗は十等であった。李来《イレ》(10)・成傅《ソンプ》(11)・尹珪《ユンキュ》(12)・尹思修《ユンサス》(13)・朴習《パクスプ》(14)・玄孟仁《ヒョンメンイン》(15)などはみな同榜であった。太宗が王座に即いた後、金漢老の娘が世子であった禔《チェ》（譲寧大君）の夫人となった。その進退のたびに、太宗は漢老を壮元とお呼びになって、その名前をお呼びにはならなかった。

太宗が扇を手にとって詩をお書きになったことがある。

「風の吹く榻に寄りかかって明るい月を思い、
月の明るい軒で詩を吟じて涼しい風を思う。
竹を削って丸い扇を作ってからは、
明るい月も涼しい風もわが掌中にある。
（風榻依時思朗月、月軒吟処想清風、
自従削竹成團扇、朗月清風在掌中）」

文士でありながら王業を全うした例は昔もなく、帝王として文章がこのように巧みである例もやはりない。物を用いて比喩するのも、その含意に富んで、聖人でなければかなわないところである。

（1）知貢挙：高麗のときの科挙の試験官。文臣の中で特に名望のある者をあらかじめ選んで科挙を管掌させた。
（2）同知貢挙：高麗のときの科挙の試験官。知貢挙を助けて科挙を管掌した。文臣の中から事前に選ばれた。
（3）恩門：科挙に及第した者にとってその及第したときの試験官を恩門と呼ぶ。

（4）同榜：同じ科挙でともに合格した者をさすことば。
（5）文成公・安氏：安珦。第三巻第二十三話の注（1）を参照のこと。
（6）新恩：新たに科挙に合格した者をいう。
（7）座主：恩門と同じ。
（8）金漢老：一三六七～？。太宗の長男の譲寧大君の岳父に当たる。一三八三年、文科に壮元で及第し礼義佐郎になった。朝鮮開国後、太宗と同榜であることから優遇されたが、中国に使節として行ったとき、行商を連れて行って私利私欲を謀ったとして弾劾を受け、一時、罷免された。その後、官界に復帰して、議政府賛成にまで上ったが、世子宮に女子を出入りさせ、世子の教導を誤ったとして弾劾され、流配になった。
（9）沈孝生：一三四九～一三九八。一三八〇年、成均試に合格し、一三八三年には文科に乙科で及第した。早くから李成桂の摩下に入り、朝鮮開国後は要職を歴任した。官職は知中枢院事・芸文館大提学に至ったが、一三九八年の第一次王子の乱において、李芳碩に肩入れしていたので、李芳遠（太宗）によって殺害された。
（10）李来：第四巻第四話の注（2）を参照のこと。
（11）成傳：溥か。高麗の禑王のときに芳遠と同榜で文科に及第、さまざまな内外の官職を経て刑部摠郎に至った。高麗が滅び、朝鮮の太祖が大司諫に任命したが、応じることなく、楊州に隠居した。
（12）尹珪：一三六五～一四一四。一三八三年、文科に丙科で及第、さまざまな官職を経、朝鮮朝に入っても、太祖のときには礼曹正郎となり、太宗のときには、内書舎人となり、さらに要職を歴任した。書をよくし、特に隷書と草書に長けていた。
（13）尹思修：一三六五～一四一一。一三八三年、文科に及第、さまざまな官職を経て、朝鮮時代に入っても領議政の趙浚のもとで要職についた。一時、罷免されたこともあったが、太宗が即位すると復帰し、芸文館提学・参知議政府事などを勤めた。性格は剛直で果敢であった。
（14）朴習：？～一四一八。高麗末、朝鮮初の文臣。要職を歴任したが、一四一三年には江原監査に在職中、贈賄事件に関連して、七十の杖打ちに処された。全羅道監察使であったときに碧骨堤を修築するなどの善政もあったが、一四一八年、兵曹判書に任命されたものの、兵事を上王（太宗）に稟議することなく処理したという理由で流罪になり、斬首された。

（15）玄孟仁：『世宗実録』七年（一四二五）四月に、安東府事の玄孟仁は嫡妻と別居して賤妾と同居しているので、笞五十の上、罷免されたと見える。

二　離別の苦しみを知らない石

襄陽《ヤンヤン》から南に数里の路傍に石が立っている。

世間で伝わっている話では、ある按廉使が土地の妓生を愛し、転任することになった。別れに臨んで詩を作り、その石に書きつけたという。

「お前は石、いつの時代の石だ。
私は人間、しかも今の時代の人間だ。
お前は離別の苦しみも知らず、
独り立ってどれほどの春を過ごしたか。
（汝石何時石、吾人今世人、
不知離別苦、独立幾経春）」

三　譲寧大君の教訓

譲寧大君《ヤンニョンテグン》の禔《チエ》(1)は徳行がないとして、世子の地位を追われたが、晩年にはよく時勢にしたがい、……
……(欠文)。

世祖《セジョ》がかつて禔に、「私の威武は漢の高祖と比較してどうであろうか」と尋ねた。禔は、「殿下はたとえ威武をおふるいになろうとも、かならず儒者の冠に小便をなさらぬ(2)ようになさってください」といった。また世祖が「私が仏を崇めることは梁の武帝と比較してどうであろうか」とお尋ねになると、禔は、「殿下はたとえ仏を崇めなさっても、うどんを生贄の代わりになさって(3)はいけません」と答えた。また、「私が諫言を拒否することは、唐の太宗と比較してどうであろうか」とお尋ねになると、「殿下はたとえ諫言を拒否なさっても、張蘊古(4)のような臣下をお殺しにならないことです」と答えた。禔はしばしば諧謔を用いて諷刺したが、世祖は彼の放誕さを愛して、ともに楽しまれた。

（1）譲寧大君の禔：第三巻第四話の注（1）を参照のこと。
（2）儒者の冠に小便……：『史記』酈食其伝に「諸客冠儒冠来者、輒解其冠、溺其中」という記事がある。漢の高祖が儒者を侮辱したという故事。
（3）うどんを生贄の代わりに：仏教では殺生を忌むので、仏教を信じる者は犠牲に動物を使うことができず、代わりに麪を使わざるをえない。仏教を篤く信じた梁の武帝は宗廟の祭祀に麪牲を使って血食をしなかった。
（4）張蘊古：唐の時代の人。『書伝』に精通したという。太宗のときに『大宝箴』を作った。直諫することをいとわずに殺された。

四　祝文を読めない玄孟仁

玄孟仁《ヒョンメンイン》先生(1)がかつて司諫として親幸祭の大祝となったとき、手に祝文を取ったものの、茫然として一字も読むことができなかった。太宗はお怒りになって、「孟仁は文士でありながら祝文を読むことすらできない。いったい何ができるのだ」とおっしゃって、武官の萬戸にお命じになった。

(1)　玄孟仁先生：本巻第一話の注(15)を参照のこと。

五　姓の取り違え

僉知の任淑《イムスク》(1)が健元陵(2)の香使となった。大祝は李維翰《イユハン》(3)であった。また、僉知の李長孫《イチャンソン》(4)は顕陵(5)の香使(6)となり、大祝は姜参《カンチャム》(7)であった。ともに斎室にやすんだ。

李維翰は人に尋ねずに誤って李長孫を任淑だと思って、李長孫の名前を祝版に書いておいた。任淑が進み出て盞をささげて伏し、退いて跪くと、李維翰が李長孫の名前を読んだ。任淑は高い声を張り上げて神座に告げて、「李長孫ではなくて、任淑です」といった。祭祀が終わって、退出して来て、「姜維翰がまちがって失態を犯してしまった。あの李参はどうしたのだろうか」といった。大体、李維翰は人を取り違えていたし、僉知の任淑もまた人の姓を取り違えていた。

（1）任淑：『端宗実録』元年（一四五三）、校書郎の任淑らが科挙は国家の大事であり、謀反人の後裔である金文鉉を選抜するようなことがあってはならないという上疏をしている。また『成宗実録』十三年（一四八二）七月、行副護軍の任淑が旱災に際して祈雨の祭を行われるように上疏している。
（2）健元陵：太祖・李成桂の陵。第二巻第二十話の注（1）を参照のこと。
（3）李維翰：この話にあること以上は未詳。
（4）李長孫：第一巻第四話の注（14）を参照のこと。
（5）顕陵：文宗とその妃の顕徳王后の陵。第二巻第二十話の注（2）を参照のこと。
（6）香使：王陵に香を捧げる役職。焚香官ともいう。
（7）姜参：この話にあること以上は未詳。

六　孫舜孝の忠誠

判院の孫氏(1)は昔の人の三休と四休という号を合わせて七休居士と号した。人となりは純粋で謹直であり、一切の私心というものがなく、すべてにおいて直情径行であった。もし風俗や綱常にかかわることであれば、かならず何よりもまず誠意を尽くした。

かつて江原道監司となったが、そのとき、ひどい日照りが続いた。雨乞いの祈禱をしても、効果がない。孫公は、「雨が降らないのに別の理由があるわけではない。守令が誠意を尽くさないからだ。まごころが天を感動させたなら、天はかならず報いてくれるであろう」といって、さらに斎戒して、みずから祈雨祭を執り行った。

そうして、夜中に雨音を聞いて、雨を喜んで起き上がり、「天に感謝しなければならない」といって、朝服を着て庭の中に立ち、何度となく天に拝礼をした。雨の勢いが次第に激しくなって、役人が傘を持って後ろからさしかけたが、公は、「畏まってお礼を申し上げているところに、傘などどうして必要があろう」といって、引き下がるように命じた。衣服はずぶ濡れになったという。

また、慶尚監司となったときには、もし孝子・烈女の旌門の前を通ることがあれば、かならず馬から下りて二度の礼をした。たとえ雨が降っていても、これを欠かすことがなかった。都事の李緝《イチプ》(2)が蓑をかぶって畑の中で伏していたが、公は拝礼が終わって都事に、「足下はどうなさったのか」と尋ねた。李緝が「私はまず公をこそ拝礼いたします」と答えた。側にいた者たちで笑いが漏れないよう口を押さえないものはなかった。

またあるとき、平壌に行って箕子《キチャ》の墓を通り過ぎ、馬から下り地面にひれ伏して礼をして、「わが国が今に至るまで礼儀の国であるとされるのは、もっぱらこの方の教えに拠るものだ」といった。

またあるとき、王さまの狩猟に随行して穿嶺に行ったとき、猛虎に取り囲まれてしまった。公は酒に酔って、木の矢を抜いて弓につがえ、駈けて虎の中に飛び込もうとした。大勢の者があわてて公を抱きかかえて止めたのだった。これに類することがはなはだ多かった。

つねに王さまの前で「忠」と「恕」の二文字を書いて、懇々と陳情した。

成宗《ソンジョン》が彼の忠義と正直を喜ばれ、大いに登用されることになった。

公は地位が上がっても、いよいよ倹約をこととした。客があって酒席をもうけるときにも、いつもただ黒豆、苦菜のナムル、松の実だけを肴にした。贅沢なことをはなはだ嫌った。

（1）孫氏：孫舜孝《ソンスンヒョ》。一四二七〜一四九七。一四五一年、生員試に合格して、一四五三年には増広文科、一四五七年には文科重試にそれぞれ及第した。顕官を歴任して、一四八〇年には燕山君の生母の廃位に反対した。右賛成・判中枢府事にまで至った。性理学に造詣が深く、『中庸』『大学』『易経』に精通していた。『世祖実録』の編纂に参与し、『食療撰要』という撰書もある。

（2）李緝：『成宗実録』十八年（一四八七）十二月、李緝を通善司諫院献納に任ずる記事がある。

七　武士たちの道理

世宗《セジョン》が内仏堂を創設されたとき、公卿大夫・台諫・儒生・三館諸生はすべて上書して極諫した。判院事の李順蒙《イスンモン》(1)もまた政院に出て、王さまに申し上げたが、王さまは、「文士たちが仏に反対するのはもっともだが、大臣は仏教の是非を知った上で反駁しているのか」とおっしゃった。順蒙は、「人びとがすべて非だとするので、私もまた非だとします。人びとがみな論駁して諫めますから、私もまた論駁して諫めます。国中が非とするものを、どうして独り殿下だけがなさろうとするのですか」といった。

成宗が徳宗《トクジョン》(2)を宗廟にお祀りになろうとして、政院・六曹・台諫・弘文館を集めて議論をおさせになった。

しかし、議論は分かれて一致を見なかった。驪城君・閔発《ミンパル》(3)がまた功臣として会議に参加していたが、左右の人びとに、「徳宗とはいったい誰のことか。宗廟というのは誰の家なのか」と尋ねた。左右の人びとが「徳宗というのは今の王さまの亡くなったお父上で、宗廟というのは今の王さまのご先祖をお祭りする場所だ」と答えると、発が「それなら簡単なことではないか。子として父親の祭祀をするのは道にかなったことで、どんな議論が必要というのだ」といった。

その後、徳宗は宗廟に祀られた。

おおよそ、李順蒙や閔発はともに無知な武士である。しかし、彼らの発言が事理にかなっているのは人としての本然である善性が備わっていたからである。

（1）李順蒙：一三八六～一四四九。一四〇五年、蔭職で官途につき、一四一七年に武科に及第した。義勇衛節制使を皮きりにして三軍都鎮撫・領中枢院事などを勤めた。一四三三年には李満柱の討伐に功を立て、世宗に衣靴を下賜されるなど、一方ならぬ寵愛をこうむった。

（2）徳宗：成宗の父の桃源君・李崇（一四三八～一四五七）。世祖の第一子として世子に立ったが、世祖が殺した端宗の母親の顕徳王后の怨霊によって早逝したという。成宗の即位にともなって追尊された。

（3）驪城君・閔発：一四一九～一四八二。一四三七年、蔭補で内禁衛に属するようになり、副司直となった。一四五〇年、首陽大君に従って中国に行き、一四五三年には司僕寺大護軍として武科に及第、司僕寺尹となった。世祖の即位のときに功を立て、原従功臣一等に冊録された。一四六七年には李施愛の乱の平定にも功を立てたが、次の年、兄の敘が南怡とともに謀反を行ったという嫌疑で処刑されると、それに連座して官職を削奪されて流されたが、後に許された。

八　急死した李子野

参判の李子野《イチャヤ》(1)がかつて中国の都に使臣として行った。書状官がたまたま町を歩いていて、美しい婦人が紗窓の中で刺繍をしているのを見た。すっかり見とれてしまい、その夫人から眼を離すことができない。すると、その婦人は窓を開けるや、水をぶっかけた。書状官の衣服はずぶ濡れになってしまった。

参判はそのことを聞いて詩を作った。

「河の橋のたもとに柳のわたが飛んで、
過ぎゆく春を探して帰るのを忘れる。
にわかに多情な窓から雨が降って、
分司御使の衣をずぶ濡れにした。

(河水橋頭柳絮飛、酷探春色却忘帰、
多情忽有窓間雨、飛洒分司御使衣)」

その後、北京におもむいて、通州に至ったとき、病気にもならないのに、にわかに死んだ。人びとはその死を惜しんだ。

(1) 李子野：この話にあること以上は未詳。

九　不人情な地方官

斯文の李氏は殷山県監となった。ソウルに住む友人が行って門に名刺を投げ入れたが、しばらくしてもなんら反応がなかった。友人は腹が空いてすっかり疲れ果ててしまった。日がすでに昇って、にわかに役所の前で角笛の音が聞こえた。門にいた役人が「手洗いの水を差し上げるところだ」といった。日がさらに高く昇ったころに、また角笛の音が聞こえた。門にいた役人が、「馬の鞍を整えるところだ」といった。日が正午になったころに、また角笛の音が聞こえた。県監が出て来た。その友人が進み出ると、県監は一言だけことばをかけて役所に入って行った。とうとう友人を中に呼びいれることはなかったので、友人は大いに失望したという。しばらくして、県監は業績がふるわず、解任された。

斯文の白《ペク》という者がいて、牛城《ウソン》県令となった。監司の成公が巡回して県の北側の境界を通ったとき、都事を振り返って、「今日はもう晩くなった。食事がしたいものだが」といった。都事が、「この先、五里もいかないところに、昼停所[1]があります。これまでの例としては、県が食事を用意してくれているはずです」といった。馬を駈けてそこまで行ったが、しんとして人の声もしなかった。ただ麦わら帽子をかぶった一人の老人が網袋を肩にかついでやって来て、前に跪いて、「支応[2]のために参りました」といって、袋を開けて、中から土瓶と包みを取り出した。土瓶の中には酒が入っており、包みの中には鶏が入っていた。監司は怒り出し、「私がいくら空腹で疲れていても、どうしてこんなものが食えようか」といった。しばらくして、白斯文もまた解任された。

そのとき、ある人が詩を作った。

「県官の出入りには三度角笛が鳴り、
監司を出迎えるには土瓶の酒。
（県官出入三吹角、使道迎逢一瓦瓶）」

（1）昼停所：王が行啓した際に休息をとり、昼食をとったところ。ここは昼に休憩する場所という意味で使っている。
（2）支応：役人が所用で旅をする際に必要品をそろえること。

十　慈悲という名の僧侶

慈悲《チャビ》(1)という名前の僧がいた。まっすぐな性格で曲がったところがなかった。たとえ公卿や大臣であってもみなその名前で呼んだ。

人が自分に布施をすることがあれば、それが貴重なものであっても断らなかったし、人が自分に乞うものがあれば、みな与えた。ただ破れた笠と粗末な衣服を着るのみであった。毎日、ソウルの街中を歩きまわって食事を乞うたが、食事を与えられれば食べ、与えられなければ食べなかった。御馳走を出されても特に有難がらず、粗末な食事であってもおろそかにはしなかった。すべての物を呼ぶときに「さま」をつけて、たとえば石なら「石さま」、木なら「木さま」と呼んだ。その他のどんな物であっても同様であった。ある晩、儒生が見ていると、慈悲があわてて駈けて行く。儒生が「いったいどこに行くんだ」と尋ねると、「尼さんの庵に行って、鳥さまの家をいただくのです」といった。ただ布切れをもらいに行くのをそういったのだったが、人びとはみな笑った。

この僧の顎には傷跡があった。ある人がどうした傷かと尋ねると、「あるとき、薪を集めようと山に入って行きましたら、虎さまと熊さまが争っておりました。私はその前に行って、『どんな理由があってたがいに争うのですか。仲よくするがよろしい』といいました。すると、虎さまは私のことばを聴いて立ち去りましたが、熊さまは聴かずに、私の頭を咬んだのです。たまたま山人がやって来て救ってくれましたので、死なないですみました」といった。

あるとき、私が多くの宰相たちと同座していたとき、慈悲もやって来た。人びとが、「あなたは山の中に入って修行するようなことはせず、どうしていつも市中にいて苦労しながら、橋を架けたり、道をなおしたり、井戸を掘ったりといった、こまごまとしたことをなさっているのですか」と尋ねた。すると、慈悲は「若いころ、師僧が『山に入って十年のあいだ苦行を積めば、道を悟ることができる』とおっしゃいました。そこで、私は金剛山に五年、五台山に五年、勤苦しながら修行をしましたが、その験はまったくありませんでした。また、師僧は『「法華経」を百辺読めば、道を悟ることができる』とおっしゃったので、そのとおりにやってみましたが、やはり験はありませんでした。そうして始めて、私は仏教というのは虚妄で信じるに足りないものだと知ったのです。しかし、僧侶には別のやり方で国家の助けになるようなことはできません。そこで、橋を架けたり、道をなおしたり、井戸を掘ったりして、功徳を人に施そうと思っているのです」と答えた。人びとはその真率さを愛した。

（1）　慈悲：この話にあること以上は未詳。

十一　愚かな柳正孫と崔八俊

陳や高など中国からの使臣たちが残した題詠を集めた詩集を『皇華集』(2)といっている。成均館の儒生たちが集まって吟じながら称賛していると、上舎の柳正孫《ユジョンソン》(3)が横にいて、「この詩はたいへん優れていて、私の祖父の参判公は見るのを楽しみにしていた」といった。すると、みなが大笑いして、「現在の中国の使臣たちの作った詩を君の祖父がどうして見ることができたのだ」といった。

儒士たちが集まって食べ物の話をしているときに、たまたま大饅頭が美味であることが話題になった。上舎の崔八俊《チエパルチユン》(4)が「いつも私の祖母が作ってくれて、食べたものだった」といった。座中の者たちが笑って、「大饅頭は中国の使臣を応接する大饗のときにだけ用意するもので、君の祖母がいくら富豪であるといえ、どうして日常に作って食べることができようか」といった。

当時の人びとはこの二人の愚かさを馬鹿にしたものだ。

(1)　陳や高：一四五二年に陳鈍、一四五七年に陳嘉猷、一四五九年に陳鑑が来ていて、一四五七年には高閏が来ている。

(2)　『皇華集』：中国の使臣が朝鮮にやって来たとき、朝鮮の接待官と応答した詩を集めた詩集。その名前は『詩経』の「皇皇者華」から来ている。天子が使臣を四方に派遣して、その光化があまねく及ぶことを意味する。

(3)　柳正孫：『成宗実録』十五年（一四八四）八月に、柳正孫はかつて吏曹が誤って資級を授けたのを隠匿して廃された。それを禁火司別提に任じたのを改差すべきだという啓上があった。

（4）崔八俊：『世祖実録』十年（一四六四）七月に行漢城参軍として崔八浚《ママ》の名前が見え、『成宗実録』十年（一四七九）に直講・崔八俊の名前が見える。

十二　妓生には気もそぞろ

私が弘文館の提学であったとき、一人の弘文館員が南方に奉命使臣として赴いたが、光州《クアンジュ》の妓生に入れ揚げ、しくじって帰って来た。同僚たちはこれをおかしがって笑いものにした。

私もまたからかって、詩を作った。

「仏僧は美しい声色にも心を動かさないはずだが、
妓生の斎のときにはやはり気もそぞろ、
もし湖南地方に任官されたなら、
玉堂の学士もまた妓生のとりことなろう。
（僧於声色本無情、娼妓斎中尚発情、
若作湖南乗馹客、玉堂学士摠多情）」

昔、一人の妓生がいて、親の喪に遭い、寺に出かけて斎を行うことになった。大勢の妓生の仲間が出かけた。一人の僧が野菜を刻んでいたが、突然、包丁をもったまま、壁に手をついてうなりながら立ち上がった。庵主がどうしたのかと尋ねると、僧は「美しく着飾った女たちが大勢いるのを見て、欲望が起こって苦しくてたまりません」といった。庵主は「もう何も言わずともよい。今日のような妓生たちの斎に誰が情欲を刺激されないでいようか」といったという。この詩はそれを踏まえているのである。

十三　赤鼻同士の組み合わせ

私は同年（同じ科挙に合格した者をいう）である元寿翁《ウォンスオン》[1]とともに北京に行ったことがある。寿翁の鼻は山査子《さんざし》の実のように赤かった。平壌に到着したときに、寿翁の相手をすることになった妓生もまた鼻が赤かった。そこで、私は詩を作った。

「平壌城の中では北風が寒く、
春の色がなぜか鼻の上にただよう。
酔うと二つの金色のみかんが熟し、
樽の前では晩秋の楓の葉の赤さ。
揚げ幕のなかでは光と影が交錯して、
客の道中の風情は寂しくて憂わしい。
私は直言する呉可立《オカリプ》で、
君のために名前が長安に轟くよう努めよう。

（箕都城内朔風寒、春色如何上鼻端、
酔後一双金橘爛、樽前両葉晩楓丹、

帳中光影偏相照、客裡風情慘不懽、
我是直言呉可立、為伝声誉満長安)」
甑山《チュンサン》(2)の年老いた官吏の中に呉可立という者がいた。行きずりの客が妓生と馴染みになるのを見ては、人にそれを言いふらした。それで、詩語としてその名前を入れたのである。

(1) 元寿翁：元甫崙。生没年未詳。寿翁は号。元天錫の曾孫。進士試を経て、一四六二年には文科に丙科で及第して、官途についた。一四六四年、世祖が学問の振興のために天文・律呂・医学・陰陽・史学・詩学の六つの門を設置したとき、律呂門に配属された。官職は弘文館校理に至った。
(2) 甑山：平安道にある土地の名。

十四　伯兄成任の薫陶

私は辛未の年(一四六一)、坡州の別荘にいた。

ある日、私の伯兄(成任《ソンイム》)が大夫人のお伴をしてやって来て、珍しい岩に登った。その岩は洛河のほとりにあって、高さは千仞にもなり、その上は百人が座れるほどの広さがある。西には河口があり、北は松都《ソンド》と向かい合っている。松嶽山《ソナクサン》・五冠山《オカンサン》・聖巨山《ソンゴサン》などの山がみな咫尺の間にあって、その風景は蚕嶺よりも優れている。このとき日が傾いて、にわかに雨が降り出し、虹が岩の上にある小さな井戸のところから立って、一方の端は江の中に入って行った。光が輝いて人びとの顔はみな黄色に映えて、生臭く汚れた気配があって、人びとはあえて近づかなかった。天地の淫気と昔の人がいったのは本当にあるものなのであった。伯兄が詩を作った。
「江の波ははるか遠く空の中に消えて、
水面に浮かぶ漁船はみな同じ形をしている。
日が暮れ風が吹いて雨が通り過ぎ、
おもむろに虹が断崖の東に立った。
（江波渺渺水如空、泛泛漁舟箇箇同、
日暮顚風吹雨過、晩虹時起断崗東）」

このとき、私は十三歳で、甥の世淳《セスン》は十歳であった。伯兄が朝夕に熱心にわれわれを教えてくれて、あるいは書物を読み、あるいは詩を作った。毎日、夜になると、一つの部屋にいっしょに寝て、文章について論じ、心の中を話し合ったが、仲兄（成侃《ソンカン》）がからかって、「この二人の子どもは文章をよくする。後日、私どもは門を閉じて引き籠り、首をすくめて過ごすしかあるまい」といった。不幸にも、世淳は夭折した。私の今日あるのはすべて伯兄のおかげである。

十五　潮の流れ

潮の流れは一定である。朝には潮といい、夕には汐という。潮信とは、その時期を違えることがないのでいうことばである。越閩・斉東・遼瀋の地境からわが国の西南海に至るまで、潮の流れはみな同一である。ただ、東海には潮の流れというものがない。中国では東海に潮の流れがないことを知らないために、昔の儒者たちでそのことを議論する人はいなかった。

ある人は、「南方では体（実体）が弱く用（働き）が強いので、潮の流れが生じ、北方では体が強く用が弱いので潮の流れがない」といった。ある人は、「潮の流れの源が中国から出ていて、わが国の西海は中国と近いために潮の流れが及ぶが、東海は遠いために潮の流れが至らないのだ」といっている。

またある人は、「東女真の地域から低く湿った陸地が連続して東の倭に至っていて、潮の流れの根源は扶桑（日の昇るところ）から出て、倭国を通り過ぎて西方に向っている。潮の流れが陸地に続くところに至れば、旋回して南に向かうことになる。わが国の東海はその内側にあるために潮の流れが至らないのである」といっている。

この三つの説の中でどれが正しいかわからない。

十六　雉の味

雉の味は北方が最もいい。今の平安道の江辺の雉は進上物に用いられる。その大きさは朱鷺くらいで、膏が凝って琥珀のようである。冬になって多く捕えられ進上されるときには、膏雉といわれ、その味は特に美味である。

北から南に行くにつれて、雉はだんだん痩せて行き、湖南・嶺南の方面に至ると、雉の肉は生臭さがあって食べることができない。

人びとが、「北方には草木が生い茂り、それをついばんで食べることができるので肥るのだ」といっている。

十七　類について

世の中の物すべてには互いに類するものがはなはだ多い。鶏と雉がたがいに類をなし、鴨と雁が、鶩と鵠が類をなす。さらには、馬と驢、犬と狼、羊と羚羊、猪と豚、鼠と竹鼠、猫と狸、鴿と鵠、虎と豹、獐と鹿、鷹と鶻と鳶、鮒と鯉、鮧と鰻と鱺、蟹と蜘蛛、蠅と虻、蛟（さんしょううお）と醢鶏（とりびしお）、蛙と蟾、葱と蒜、薑と欝金、鶯と啄木鳥、香薷と荊芥、牡丹と芍薬、梨と林檎、榛と栗、李と柰、茄子と胡瓜、柑と橘と柚子、桃と杏、松と柏と檜、荔枝と龍眼肉、海棠花と木瓜花、玫瑰（はまなし）と四季（月季花）、金銭花と石竹、薇（ぜんまい）と蕨（わらび）、桔梗と人参、蒲と菖蒲、朱砂と雄黄、樟脳と龍悩などなど、たがいに類を成しているものである。その他にも、物の大きい小さい、長い短い等が違っていても、その形態が類をなしているものは無限にあるであろう。

十八　祈雨の礼

祈雨の礼というのは、まず五部[1]に田畑のあいだの溝や畔道を修理させ掃除させる。

次に宗廟社稷で祭祀を行い、四つの大門で祭祀を行い、そして五方の龍神をお祭りする。東郊では青龍、西郊では白龍、南郊では赤龍、北郊では黒龍、そして中央の鍾楼街《ジョンロゲ》では黄龍を作って置き、祭官を任命して、祭祀を執り行う。それを三日のあいだ継続して、終わる。

また、楮子島《チョチャド》(2)で龍祭を設けて、道家たちに『龍王経』を誦させる。また、朴淵《パクヨン》や楊津《ヤンシン》といった川岸で虎の頭を水の中に投げ入れる。

また、昌徳宮の後苑や慶会楼、慕華館(3)など三か所の池で蜥蜴を水瓶の中に浮かべておき、青い衣服を着た童子が楊の枝で水瓶を撃ち、銅鑼を鳴らして、大きな声で、「蜥蜴よ、蜥蜴、雲を起こして霧を吐き、雨を滂沱と降らせよ。そうすれば、お前を許して帰らせよう」という。献官と監察は冠をただし、笏を整えて、立っている。これを三日のあいだ続けて、終わる。

また、城内の街々では瓶に水を入れて楊の枝を挿し、香を焚く。坊坊曲曲に棚をもうけて子どもたちが群れを作って雨を乞うのである。

また市を南路に移し、南門を閉ざし、北門を開く。

旱魃がひどくなれば、王さまは正殿を避け、食事を減らし、太鼓を鳴らすことなく、冤罪の獄事がないかを再審し、内外に大赦を下すことになる。

（1）　五部：ソウルを東部・西部・南部・北部・中部に分けた行政区画。
（2）　楮子島：松坡（三田渡）の西側にある。
（3）　慕華館：中国からの使節を迎え、接待するために建てた建物。西大門の外にあった。

十九　円覚寺の建立

円覚寺(1)は昔の大寺の趾に建っている。初めは大殿と東西の禅堂があるだけであった。慣習都監が大殿の西の禅堂に入っていて、礼曹都監が東の禅堂に入っていた。大殿の北側は中部儒生たちの集会所になっていたのだが、世祖はすべて壊すように命じて、あらためて大きな寺を建て、名前を円覚としたのである。銀川君《ウンチョンクン》(2)と玉山君《オクサンクン》(3)を提調として、大司憲を兼職させ、道を行くときには大司憲の威儀を備えさせた。そうして二人は先払いをさせた上、馬に乗った従者に簫笛を吹かせて先導させた。ソウルの人びとは集まって来てこれを見物した。

寺が落成したときには、慶讃会を催し、王さまはしばしば行啓された。天から四花(4)が舞い降り、舎利が現れる奇跡があって、何回かに渡って百官の昇進があった。

その後、中部は架閣庫の趾に移り、礼曹都監は松峴行廊に置かれ、帰厚署に所属させた。慣習都監は奉常寺の楽学と合併して、名前を楽学都監としたが、しばらくして、掌楽院と変えた。洪引山《ホンインサン》が提調となったときに、そこが手狭な上に人員は多かったので、現在の場所に移り、建物を大きくした。建物の大きさと構造は他の役所に比してもっとも素晴らしいものになった。それで、百官たちが礼儀を練習する場所となり、ソンビたちを選抜する科挙の試験場にもなったのである。

(1)　円覚寺：ソウルの鍾路にある寺。一四六四年に建立。元来は興福寺という高麗時代からあった寺が廃寺になっていたのを、その敷地を広げて新たに堂塔を建てた。

（2）銀川君：『成宗実録』十二年（一四八一）十月に卒伝がある。銀川君・穳は恭定大王（太宗）の庶子敬寧君・裶の子、銀川正尹となり、後に正義・銀川君に任じられた。実務能力にたけて、性格も剛直であったという。

（3）玉山君：『成宗実録』二十一年（一四九〇）七月に卒伝がある。玉山君・躋は太宗の側室の子である謹寧君・禯の長子。始め元尹を授けられ、後に正義・玉山君に封じられた。山陵使だったとき光陵が崩れて免職になったが、復帰した。

（4）四花：仏教で天から降って来るという四種の花。すなわち、曼陀羅華・摩訶曼陀羅華・曼珠沙華・摩訶曼珠沙華。

二十　ハングルの発明

世宗が諺文庁を設置して、申高霊《シンコリヨン》(1)や成三問《ソンサムムン》(2)などに命じて、ハングルをお作らせになった。初終声八字、初声八字、中声十二字を作ったが、その字の形は梵字にならった。わが国と他の国の語音として記録することのできなかったものを、すべて記録できるようにして妨げるものがない。『洪武正韻』(3)のすべての文字もまたハングルで書いて、五音に区分している。牙音・舌音・唇音・歯音・喉音である。唇音には軽い音と重い音の区別があり、舌音には正舌音と反舌音の区別がある。字にもまた全清・次清・全濁・不清不濁の違いがある。たとえ無知な婦人であっても、はっきりと理解できない者はいなかった。聖人の事物を創り出す智恵というのは平凡な人間の知力の及ばないものである。

（1）申高霊：申叔舟。第一巻第二話の注（16）を参照のこと。
（2）成三問：第一巻第二話の注（20）を参照のこと。
（3）『洪武正韻』：明の洪武のとき、翰林侍講学士の楽韶鳳などが勅命を受けて撰定した韻書。すなわち音韻を規定した書物。

二十一　琉球の使臣が見た三つの壮観

丁酉の年（一四七七）、琉球国王の使臣がわが国にやって来た。成宗は慶会楼の下で接見されたが、使臣は客館に退いて、通訳官に、「私はあなたの国に来て、三つの壮観に出会いました」といった。通訳官がいったいその三つとは何かと尋ねると、使臣は「慶会楼の石柱には縦横に絵が彫ってあり、飛龍が逆さになって水の中に潜ろうとして、緑の波と紅い蓮の花の中に影が見え隠れする、これは第一の壮観です。領議政の鄭公(1)の風采が俊逸で、白玉の色を帯びた髭が腹の下まで延びていて朝廷の中で光り輝いている、これが第二の壮観です。礼賓正がいつも昼の酒席に参加して大きな杯で何度もおいしそうに酒をあおって、けっしてまずそうな顔をしない、これが第三の壮観です」といった。

当時、李淑文《イスクムン》(2)が礼賓副正であった。友人たちはこれを聞いて大いに笑ったものだった。

（1）鄭公：鄭昌孫。第二巻第一話の注（5）を参照のこと。
（2）李淑文：『朝鮮実録』成宗十年（一四七九）六月に司諫院司諫・李淑文の名前が見え、賞罰は王が世を治める大権であり慎まざるべからずと上奏している。

二十二　朝鮮の活字事業

永楽元年（一四〇三）、太宗が左右の臣下たちにおっしゃった。

「国家の政治を行うには、かならず典籍をあまねく読んで、これを行うべきだが、わが国は海の外にあって、中国の書物がまれにしか渡らない。しかし、木に刻んだ版木は簡単に字が欠けてしまうし、天下のすべての書物を版木に刻むのは難しい。私は銅活字を鋳造しておき、書物が手に入ったときにはそれを印刷しようと思う。そうして広く伝えれば、まことに無窮の利益となるであろう」

そうして、『古註詩書』と『左氏伝』を持ち出され、その文字でもって活字を鋳造した。これが鋳字製造の由来である。このときの鋳字を丁亥字（一四〇七年丁亥の年に完成）といっている。

世宗《セジョン》がまた庚子の年（一四二〇）に、従来の鋳字は形が大きく、整っていないとして、あらためて鋳造をなさったが、その活字の形は小さく正確であった。このときから印刷しない書物はなかった。これを庚子字といっている。

甲寅の年（一四三四）にはまた経筵にあった明の『為善陰隲』の文字を使って鋳造したが、庚子字に比較してやや大きく、書体もはなはだ美しかった。また首陽大君《スヤンテグン》に命じて『綱目』の大きな文字を使うようにさせたが、首陽大君というのは後の世祖《セジョ》である。そのとき銅で活字を鋳造して『綱目』を印刷させたが、これは今のいわゆる『訓義』(1)といっているものである。

壬申の年（一四五二）に、文宗《ムンジョン》が庚子字を溶かし、安平大君《アンピョンテグン》（2）に命じて文字を書かせて鋳造したのが壬申字である。

乙亥の年（一四五五）には、世祖は壬申字を溶かしてしまい、姜希顔《カンフィアン》（3）に命じて文字を書かせて鋳造したが、これが乙亥字であり、今に至るまで用いられている。その後、乙酉の年（一四六五）には『円覚経』を印刷しようとして、鄭蘭宗《チョンナンジョン》（4）に命じて文字を書かせて鋳造したが、字体がそろっていない。これを乙酉字といっている。

成宗が辛卯の年（一四七一）に、王荊公の『欧陽公集』の文字を使って鋳造したが、その字体は庚子字よりも小さくて、いっそう精巧である。これを辛卯字といっている。

また中国で新たに刷られた『綱目』の文字が渡って来て、これを鋳造して、癸丑字といっている（癸丑は一四九三）。

おおよそ、鋳造の法は、まず黄楊の木ですべての文字を彫り出し、海蒲のやわらかい泥を印板に平たく延ばした後で、木で刻んだ文字を泥にぴたりと圧しつければ、文字がはまったところは窪んで文字の形になる。このとき、二つの印板を合わせて銅を溶かして一つの穴から注ぎこむと、溶液が窪んだところに入って行って、一つ一つの文字の形になる。重複した文字は削って整理する。木に文字を刻む者を刻字といい、銅を溶かして注ぎ込む者を鋳匠という。活字を分けて箱に入れて貯蔵しておくが、その活字を守る者を守庫という。年少の公の奴をこれに当てる。その書草を読んで対照する者を唱准という。みな文字を知っている人間のする仕事である。守蔵は活字を書草の上に並べて置き、次にふたたび板に移すことを上板というが、竹と反故紙を用いて空いているところを埋めて堅め動揺しないようにする。これを行う者を均字匠という。それを受け取って印刷する者を印出匠といっている。その印出の監督には校書館員が当たるが、それを監印官という。監校官はまた別で、文臣から選ぶ。

最初は活字を並べる方法を知らず、板に蠟を溶かしておいて、活字をそこに貼り付けた。そのために、庚子字はしっぽがすべて錐のようになっている。その後、始めて竹を用いて空いているところを詰める方法を用いるようになった。蠟を溶かす費用がいらなくなった。始めて人間の知恵というのは窮まりのないものであることを知ることができた。

（1）『訓義』：世宗が司馬光の『資治通鑑』の校訂をして、詳細な注釈を加えさせて出版させたもの。「思政殿訓義」という。
（2）安平大君：第一巻第三話の注（6）を参照のこと。
（3）姜希顔：第一巻第三話の注（10）を参照のこと。
（4）鄭蘭宗：第一巻第三話の注（11）を参照のこと。

二十三　杜甫を読む

斯文の柳《ユ》休復《ヒュポク》（1）は、その従弟の亨叟・柳《ユ》允謙《ユンギョム》（2）とともに、杜甫の詩を深く読みこなしていることで、当時に肩を並べる者がいなかった。どちらも泰斎《テチェ》（3）先生に師事したのである。泰斎先生は文章で著名ではあったが、父親の罪に縁坐して、禁錮されたまま身を終えた。斯文もまた科挙を受けることができず、身を沈めていた。世宗がかつて集賢殿のソンビたちに命じて杜甫の詩を撰んで注釈を加えさせたことがある。そのとき、斯文もまた白衣（4）のまま参与したが、人びとは彼といっしょに仕事ができるのをたいへん名誉なことだと考えた。その後、官途が開け、斯文は庚辰の年（一四六〇）の科挙に及第して、官職は校理に至った。亨叟の方は私と同年の進士であるが、壬午の年（一四六二）の科挙に及第して、官職は右副承旨に至った。文学でも名前が高かった。

私の仲兄の真逸先生もまた杜甫の詩を学んだが、柳斯文は朝夕に倦むことなく百回も読んだ。そのことによってほぼ文理を理解して、どのような個所であっても通じないところがなくなった。私の伯兄の文安公はいつも仲兄とともに杜甫の詩を論じ、詩を作った。多くは杜甫の詩の体を得たものであった。私もまた若いときに伯兄に杜甫の詩を学んだものの、学業の方を大切に思って、中途で止めてしまった。今に至るまで、そのことが悔やまれてならない。

（1）柳休復：『世祖実録』元年（一四五五）八月に、柳沂の孫の休復・允謙らが上訴した記事が見える。二人の祖父の沂が罪せられたとき、二人の父の方敬・方善も縁坐して官奴に落とされたが、久しい前のことであり、科挙を受けることを許されたいという趣旨のものである。

（2）亨叟・柳允謙：一四二〇～？。柳沂の孫、方善の息子。祖父は閔無咎・閔無疾の事件に連座し、父も官奴となったが、後に赦免されて平民となった。父は鬱屈した生活の中で杜甫の詩に没頭したために、子の允謙も杜甫の詩に精通し、布衣のままで杜甫の詩の撰注に参与した。科挙の応試を許されて、一四六二年、別試文科に丙科で及第、一四六六年には抜英試に二等で及第した。官職は大司諫に至った。『分類杜工部詩諺解』二十五巻を完成させた。

（3）泰斎先生：柳方善。第二巻第十五話の注（2）を参照のこと。

（4）白衣：官職のない人間を意味する。

二十四　尹淡叟の拙直な人となり

尹淡叟《ユンタムス》先生(1)は人となりが拙直で、また詩と表に精妙であったが、もっぱら科挙の格式だけに励んだ。人にはいつも、「崔勢遠《チエセウオン》(2)はつねに樊川(3)の詩だけを読んで、その詩は泥のついた蓬のようなものであり、盧子伴《ロチャバン》(4)は東坡(5)の文章だけを読んで、その文辞は窮屈で鈍い斧で木を切るようだ。これらをどうして用いるべきであろうか。やはり陽村《ヤンチョン》(6)や陶隠《トウン》(7)の文が柔和で美しく、味わうのに易しいものがいい」といった。

かつて李放翁《イパンオン》(8)とともに文章を論じて、淡叟は、「あなたの文章は陽村のもののようだ」というと、放翁は、「あなたの詩は陶隠のものに勝っている」といって、たがいに譲らなかった。

その後、淡叟が宣慰使となって嶺南に下ったが、道中でソウルに帰って行く友人に出会った。淡叟は友人に、「ソウルの知人たちが君にもし私のことを尋ねたら、君はかならず釈迦如来は南方に遊覧されたといって欲しい」といった。徐達城《ソタルソン》(9)が詩を作った。

「文章は陶隠の右に出て、
　福徳は釈迦が南方に遊ぶよう。
　（文章陶隠右、福徳釈迦南）」

淡叟が若かったとき、儒生として殿講(10)に靴幞《かべき》(11)を取らずに上がって行ったことがある。勢遠が詩を作った。

「老尨が本当に臆病かどうか知りたいものだ、
　白い靴に黒い幞のまま王さまに拝謁するとは。

(欲識老阨真惻処、白靴黒冪拝君主)」

淡叟はいつも人に自慢して、「私の息子の理学は朱子のようであり、私の婿の文章は韓昌黎(12)のようだ」といっていた。勢遠が門の扉に大きく書きつけた。

「老いぼれよ、息子と婿を誇ってはならぬ、

一門みなが英明などとはありえない。

(阨叟莫誇児與婿、一門非是盡英明)」

ある日、宣城《ソンソン》(13)と達城とが淡叟の家に行った。当時、宣城は兼判吏曹であり、淡叟は軍職の副司勇であった。淡叟が「副司勇の家に三台が集まり(副司勇宅三台集)」と一句を詠んだ。それに達城が「兼判書の隣には九品官がいる(兼判書隣九品存)」と続けた。

世祖が抜英試(14)を実施して、金守《キムス》温《オン》(15)など二十余名を選抜した。盧宣城・徐達城・李《イ》韓山《ハンサン》(16)・洪益城《ホンイクソン》(17)・梁南《ヤンナム》原《ウォン》(18)・任西《イムソ》河《ハ》(19)などがみな合格して、その他の合格者もまた一代の名のあるソンビたちであった。しかし、その日、受験しなかった者も多かったので、ふたたび、宣城・西河・益城を試験官に命じて、姜晋山《カンチンサン》(20)・成夏《ソンハ》山《サン》(21)・李《イ》芮《イエ》(22)・金世《キムセ》蕃《ボン》(23)・尹淡叟など数名を選抜した。この日の科場は思政殿の庭に設置したが、淡叟が答案用紙を香室でもらい受けて朴子啓《パクチャゲ》(24)に渡して、「私の答案用紙はあなたが人に裁断させて持って来て欲しい」といって、試験場の中に座って苦吟した。そして「私の答案用紙はすでに裁断して来ましたか」と尋ねると、子啓が「安心してください。紙はすぐに来ます」と答えた。日が暮れようとして、文章はすっかりでき上がって、紙を求めたが、子啓は、「私は自分の身も持て余しているのに、どうして人のことまでかかずらわっていられようか。紙はもう私が使ってしまった」といった。淡叟は怒り出し、肉を包んであった小さな紙の切れ端に書いて提出した。このときたいへん暑かったので、淡叟は靴を脱

いで座り、また書籍を乱雑に前に散らかしていた。宣城は人に靴と書籍を持って行かせていた。淡叟が持ってくるように叫んでも、誰も持っては来ない。淡叟は裸足で宮廷から出て行くしかなく、これを見ていた者たちは腹を抱えて笑った。

榜が出るに及んで、淡叟の名前が末尾にあった。彼が遊街[25]をしようとしないので、宣城・晋山・夏山がともに彼の家に行き、おどしながら、「君がもし遊街に出なければ、そのことを王さまに申し上げなければならない」といった。すると、幞頭[26]を頭にかぶり、身体には道袍をまとい、抱きかかえられるようにして出て来た。淡叟はやむをえず榜に応じ、いつも同年の礼会に呼ばれたが、いつも末座に座らされ、苦虫をつぶしたようであった。

（1）尹淡叟先生：第五巻第二十三話の注（3）を参照のこと。
（2）崔勢遠：第二巻第十一話の注（5）を参照のこと。
（3）樊川：杜牧。八〇三～八五三。晩唐の詩人。字は牧之。峡西の人。剛直で気節があり、詩は豪放、また艶麗で洒脱とされる。行書と画にも優れている。詩文集『樊川集』がある。
（4）盧子伴（胖）：盧思慎。第一巻第十九話の注（41）を参照のこと。
（5）東坡：第一巻第十九話の注（47）を参照のこと。
（6）陽村：権近。第一巻第一話の注（4）を参照のこと。
（7）陶隠：李崇仁。第一巻第二話の注（10）を参照のこと。
（8）李放翁：李陸。第二巻第三十話の注（1）を参照のこと。
（9）徐達城：徐居正。第一巻第二話の注（24）を参照のこと。
（10）殿講：成均館の儒生の中で優秀な者を宮中に呼んで王の臨御のもとで行った試験。
（11）靴羃：靴の上を覆うもの。今でいえばオーバーシューズ。
（12）韓昌黎：韓愈。第一巻第二話の注（30）を参照のこと。

(13) 宣城：盧思慎のこと。第一巻第十九話の注（41）を参照のこと。
(14) 抜英試：文官正二品以下に課された試験。ここでは世祖十二年（一四六六）五月に行われたものをいうか。
(15) 金守温：第一巻第二話の注（25）を参照のこと。
(16) 李韓山：李坡。第一巻第十九話の注（34）を参照のこと。
(17) 洪益城：洪応。益城府院君。世祖丙戌抜英試に登第。第二巻第一話の注（17）を参照のこと。
(18) 梁南原：梁誠之。第二巻第一話の注（19）を参照のこと。
(19) 任西河：任元濬。第二巻第一話の注（14）を参照のこと。
(20) 姜晋山：姜孟卿。第一巻第二話の注（26）を参照のこと。
(21) 成夏山：成任。第一巻第二話の注（29）を参照のこと。
(22) 李芮：陽城君・李芮。第四巻第十話の注（2）を参照のこと。
(23) 金世蕃：金季昌。世蕃は字。?～一四八一。一四六二年、文科に及第、一四六六年には抜英試にも二等で及第した。睿宗のときに副提学となり、王系の史実を元叔康に知らせ、叔康が禍をこうむる原因となった。詩文にたけ、当時の外交文書はほとんどが彼の手になるという。
(24) 朴子啓：朴楗。子啓は字。一四三四～一五〇九。一四五三年に文科に及第、集賢殿修撰となった。燕山君の時代に左遷されたが、中宗反正によって復帰して翊載靖国功臣として密陽君に封じられ、後に領経筵事に昇進した。淡白な人柄で万事に公平であったため、徳望があった。
(25) 遊街：科挙に及第した者が座主・先輩・親戚などの家を行列をととのえて巡り歩く習俗。
(26) 幞頭：科挙を受けた者が合格証書である紅牌を受け取るときにかぶる帽子。

二十五　愚直な金宗蓮

斯文の金宗蓮《キムジョンリョン》(1)は性質が愚直であったが、ひろく『書』と『史』とを読んだ。若いとき、清渓山の麓に住んでいたが、ある日、数人の強盗が彼の家を襲ったので、金は弓に矢をつがえて戸口に寄って立った。盗賊たちは金の武芸がいかほどのものかわからないので恐れて、あえて近づこうとはしなかったが、金が実際に矢を放つのを見て、その下手さを喜び、「まったく勇敢な方だよ。この先輩の矢にはまさか当たることもあるまい」といって、部屋に押し込んで財物を奪って行った。金自身はやっとのことで危害を免れた。

世祖が山川を祀ろうとされたが、犠牲にする牛が痩せこけていた。そこで、牲官を罷免され、ふたたび司憲府に、犠牲の牛を探し出し立派に育てるようにお命じになった。金はそのとき監察となり、この任に当たることになった。日夜、牛の囲いのそばに座って、牛に飽くほど食べさせて、牛が食べるのをやめると、金は、「牛よ、牛よ、どうして草を食べないのか。お前はすでにお前の係官を食べて、次には私を食べてしまおうというのか。牛よ、牛よ、無理にでも草を食べて、私が罪を得ないようにしてくれないか」といった。

金斯文が選ばれて通鑑撰集庁に参与することになった。先輩たちがみな食事の話をしていて、たまま河豚の毒が人を殺すものであることが話題になった。昼時になって、みながいっしょに庁の昼の食卓を囲むと、そこには石首魚(2)の粥が出されていた。同僚たちが金斯文を振り向いて、「この海の魚はおいしいから、どうぞ食べてごらん」といった。金斯文は粥の鉢を卓の下に置いて、「先生たちは私をだまして、私を殺そうとなさっている」といった。部屋にいた人びとはみな大笑いした。

(1) 金宗蓮：『世祖実録』二年（一四五六）三月に、新及第者の金宗蓮は罪人の皇甫仁の孫娘を妻としていて選抜すべきではないという啓上があったが、これは却下された。しかし、同じく十二年九月に、王が仏説を問うたところ、その答えがすこぶる猛々しかった、そこで拷問を加えて罰することにして、遂には斬殺したとある。その経緯にはよくわからないところがある。

（2）石首魚：イシモチ。韓国では高級魚として今でも最も珍重される。

二十六　良識ある武人の朴之蕃

成宗が昇遐なさった日、ソウルの士大夫の名族の中には婚礼を行った者たちが多くいた。あるいは朝に嫁ぎ、あるいは正午に嫁ぎ、あるいは知らなかったふりをして嫁いだ。その後、事が発覚して罪された。

竹城君・朴之蕃《パクチボン》(1)は武人で文字を解さなかった。成宗が昇遐なさった日の前日が息子の結婚の日であった。客たちがみな集まったが、にわかに王さまのご病気が危急であることを聞いて、「君父の病が重いときに、どうして臣子がひそかに婚姻など行えようか」といって、お客たちにも謝って、帰ってもらったのだった。

（1）竹城君・朴之蕃：『睿宗実録』即位年（一四六八）十月、兼司僕の朴之蕃を二等功臣とし、輸忠保者定難翊功臣嘉善大夫竹城君に封じている。しかし、晩年には、多くの妾を抱えていることで尋問を受けてもいる。

二十七　同音異字

「山菜は朮芽（オケラ）だけではないのに朮芽を山菜とい、水魚《スオ》は秀魚《スオ》（ボラ）だけではないのに秀魚を水魚という」という諺がある。

祈(1)という中国の使臣がわが国にやって来たとき、秀魚を食べて味がいいといい、「この魚の名前は何というのか」と尋ねた。通訳官が「秀魚です」と答えると、祁は「魚介類は種類も多いのに、どうしてこの魚だけを水魚というのか。水の中にいる魚はみな水魚ではないか」といった。秀魚の「秀」と水魚の「水」をわが国では同じように発音することを、通訳官がうまく説明しなかったのである。

（1）祈：祈順。第一巻第十九話の注（39）を参照のこと。

二十八　諧謔詩

昔、一人の守令が、村の戸長とともに聯句を作ろうとした。守令は肥って腹が出ていて、戸長は眼病を患っていた。まず守令がいった。

「戸長の眼はじくじく湿っているが、溝を作って湿気を流すことができようか、衣服の袖は汚れて災厄だが、蒼蠅は宴会のように集まり大喜び。

（戸長之眼雖湿、能作渠而導之乎、衫袖之厄而蒼蠅之宴食）」

戸長はじっと平伏していたが、守令が「あなたもこれに応じてください」というと、戸長は答えた。

「守令の腹は大きいが、年貢や賄賂を載せることができようか、
駅の馬にとっては災厄だが、猛虎にとっては宴会のごちそう。

（大人之腹雖大、能載貢税之未耶、駅騎之厄而猛虎之宴食）」

私は一庵《イルアム》(1)とともに伯兄にしたがって関東に遊覧したことがある。一庵はいつも弟子を呼んで、晩になると大便をした。伯兄がいった。

「一庵はよく馬(2)を見ていたが、馬に芻を与える手間を取ったことがあるだろうか、
弟子にとっては災難だが、むく犬たちは便をごちそうにして大喜び。

（一庵雖屢見馬、能給馬芻乎、弟子之厄而厖狗之宴食）」

私はまた伯兄のおともをして北京に行った。医者の金原謹《キムウオンクン》があるとき独脚(3)を患っていた。私が歌った。

「金判事の男根は大きいが、ふくべになることができようか。

妓生たちの災厄だが、真豆はごちそうにして大喜び。

（金判事之脚雖大、能作大葫蘆乎、房妓之厄而、真豆之宴食）」

真豆というのは虫の名前で、よく狗の足に付くものである。

（1） 一庵：この巻の第三十話にも話が載るが、その他のことは未詳。

（2）馬：小便をソマポン、大便をテマポンという。その「マ」ということばを「馬（マ）」という文字で表現している。
（3）独脚：男根のこと。

二十九　野菜・果実と土地の相性

野菜や果実はみな土地に合うものを植えて利を得ることができるものである。今、東大門の外の往審《ワンシプ》里《リ》の野には蕪青・蘿蔔・白菜などの類を植え、青坡と蘆原の二つの駅には里芋をよく植える。南山の南の梨泰院《イテウォン》には、人びとは茶蓼を植えて紅芽を好んで耕作している。京畿道の朔寧の人びとは葱菜を好んで植え、忠清右道の人びとは蒜を好んで植える。

旌善《ジョンソン》の梨、永春《ヨンチュン》の棗、密陽《ミルヤン》の栗、順興《スンフン》の松の実、咸陽《カンヤン》と晋陽《チンヤン》の柿など、それぞれ他のところにもあるものだが、他のところのものとはまったく違って優れた味をもっている。

三十　儒者に愛された僧の一庵

学専《ハクジョン》上人の号は一庵《イルアム》である。その人となりは純粋かつ勤勉で、表裏がなく一つで、他心はなかった。詩を作ることを知ってはいたが、人を驚かせるだけのものはなく、内典を知ってはいたが、その根本を深く究めているわけではなかった。山に入って修行したわけではないが、虚浪な趣はなかった。人と碁を打つのを好んだが、いつも負けてばかりいた。だからといって、怒ることもなかった。人と交わるのに貴賤の区別はなく、誰とでも一度でも話をすれば、すぐに心を許した交友ができた。申高霊《シンコリヨン(1)》・李延城《イヨンソン(2)》・朴平陽《パクピョンヤン(3)》・成謹甫《ソンクンポ(4)》・柳太初《ユテソ(5)》・姜晋山《カンチンサン(6)》・徐達城《ソタルソン(7)》・成夏山《ソンハサン(8)》の兄弟、任西河《イムソハ(9)》・李平仲《イピョンチュン(10)》・金福昌《キムポクチャン(11)》のような者に至るまで、みな彼が至極親しんだ友人たちだった。中でも高霊が最も一庵を愛したといってよい。

ある日、夏山が宴会を開き、申高霊を応接した。立派な客たちが座席に着き、歌を歌う妓生が後ろに囲むように座った。高霊は寂しそうで楽しむ様子が見えず、「もし一庵さえいてくれれば、私は喜びを尽くすことができる」といった。夏山は人を送って一庵を呼んだ。すこし後に、一庵が楽しそうに部屋に入って来て、袖をひるがえして舞い、高霊と座席の客たちがみな大いに笑った。そうして、終日、歓を尽くして帰って行った。

彼が禅堂判事に任命されて院に入ったときには、高官たちがみな門の前に並んで、それを祝福した。たとえ文名のない者であっても、こだわりなく交友した。年老いて退き、文化の具葉寺にいたとき、訪ねて行く使臣が多くて絶えることがなかった。今はすでに九十歳にもなっているはずだが、身体はまだ強壮だそうである。

私はかつて句を作ったことがある。

「将棋では象を王の前に打つことができずにいつも勝てず、
詩では古い先達の句を知らずに思うままには作れない。
(棋無面象終難勝、詩失先聯不自由)」

高霊がこれを聞いて、「これは本当のことだ」といった。謹甫がかつて一庵のことを詠んで詩を作った。

「上人は仏教を学んでいるが、
『一』を掲げてその庵号とした。
われらは孔子の門徒だが、
二つ三つと徳を挙げるのが恥ずかしい。
（上人学仏者、掲一名其庵、
吾徒学孔子、還慚徳二三）」

当時の人びとは一庵の名前をよく表現したものだと評した。
一庵が縉紳たちに詩を要求して、所蔵している詩巻が机の上に積まれ、箱の中にも一杯になっていて、当代の優れた詩というのはすべて一庵のところに集まっている。

（1）申高霊：申叔舟。第一巻第二話の注（16）を参照のこと。
（2）李延城：李石亨。第一巻第二話の注（18）を参照のこと。
（3）朴平陽：朴仲善。一四三五～一四八一。早く父親を亡くしたが、先生を探して学問を行った。一四六〇年に武科に首席で及第して、訓練院の副使に抜擢、兵曹参判に至り、一四六七年の李施愛の乱のときには先鋒を担って功績を挙げ、平陽君に封じられた。一四六八年には南怡を誅殺した。寡黙な人であったという。
（4）成謹甫：成三問。第一巻第二話の注（20）を参照のこと。
（5）柳太初：柳誠源。第一巻第二話の注（21）を参照のこと。
（6）姜晋山：姜希孟。第二巻第十八話の注（6）を参照のこと。
（7）徐達城：徐居正。第一巻第二話の注（24）を参照のこと。
（8）成夏山：成任。第一巻第二話の注（29）を参照のこと。

（9）任西河：任元澹。第二巻第一話の注（14）を参照のこと。
（10）李平仲：李坡。第一巻第十九話の注（34）を参照のこと。
（11）金福昌：金寿寧。第一巻第二話の注（28）を参照のこと。

三十一　人の嗜好

人の嗜好が違うのは天性が違うからである。宰枢の金淳《キムスン》（1）は果物を好み、一庵はうどんをはなはだ好んで食べた。徐后山《ソフサン》（2）は大口魚の汁をよく食べ、私の伯兄は蘆苔をよく食べた。この四つの食べ物は味がすばらしくいいというものではない。裵載之《ペチエチ》（3）はうどんが嫌いだそうだ。これを見ただけでも、かならずこれを卓の下に下げる。人がそのわけを尋ねると、「人のうどんを食べるのを見ていると、口いっぱいに頬張り、ずるずるとすするのが、心を動顚させるのだ」といった。孫鶏城《ソンケソン》（4）は西瓜を食べるのを嫌って、「もし西瓜の一片でも口に入れれば、ただ吐き気を催してしまう」といった。崔提学《チエ》は大口魚を嫌った。彼は「この魚の臭いを嗅ぐと、頭痛がして頭が裂けそうだ」といった。申正郎《シン》は蓴菜を嫌い、「もしあのぬめぬめしたところを取り除けば、食べることができる」といった。この四つの食べ物は味がはなはだ良いものであるが、これを嫌う人もいるのである。人の嗜好は一定ではなく、あれこれと移すこともできないのである。

（1）金淳：?～一四六二。一四三二年、式年文科に乙科で及第し、一四四三年には右献納として「量田便宜之策」を進言した。一四五六年、祖母の葬で慶尚道に帰ったが、特命でソウルに戻された。内外の職を歴任し、北方を侵した東女真を討伐した。同知中枢府事に至った。

（2）徐后山：徐崗。第六巻第三十八話の注（2）を参照のこと。

（3）裵載之：裵孟厚。生没年未詳。一四六二年に生員となり、同年の別試文科にも及第して、さまざまな官職を歴任した。一時、弾劾されることもあったが、一四七四年には国葬をつつがなく執り行った功で鹿皮を下賜された。翌年には、日本国王使臣宣慰使・日本国通信使議政府舎人として絹と鹿皮の靴とを下賜された。仏教を排斥した。

（4）孫鶏城：鶏川君に封じられた孫昭という人物がいる。一四五九年、式年文科に及第、一四六七年には李施愛の乱の平定に功があって、敵愾功臣二等となり、内贍寺正に特進した。安東府使・晋州牧使などを歴任した。

三十二　ことば遊び

斯文の丁子伋《チョンチャクプ》(1)には息子が二人いた。その息子の寿崑《スコン》(2)が斯文の奇禶《キチャン》(3)とともに承文院に勤務していた。奇禶が寿崑に、「君の父上は四人兄弟だというが、本当だろうか」と尋ねた。寿崑は驚いて、「父は一人っ子です。どうして四人兄弟だというのですか」と答えた。奇禶が、「君の父上が長男で、次が丁子缸《チョンチャカン》、次が丁子閣《チョンチャカク》、次が丁子薬《チョンチャヤク》。丁子伋には二人の息子がいるが、それが寿崑と寿崗《スカン》。丁子缸には子どもがいず、丁子閣には一人の息子がいて、それが丁紛《チョンブン》。丁子薬には一人の息子、一人の娘がいて、息子は丁腫《チョンジョン》、娘は丁香《チョンヒャン》です」といった。

今度は、寿崑が奇禶に、「あなたは息子が四人いるとおっしゃったが、本当でしょうか」と尋ねたので、人びとはどういうことなのかと尋ねた。寿崑は、「あなたの長男は奇特で、次は奇異、次は奇凡、そしてその次は希求ではないですか」といった。満座の者は大いに笑った。

（1）丁子伋：この話にあること以上は未詳。
（2）寿崑：『成宗実録』十二年（一四八一）五月に、監察の丁寿崑が太平館に行き、中国からの使節に会ったが、監察が自由に出入りすべきところではないと訴えられた記事が見える。
（3）奇穡：『成宗実録』二十四年（一四九三）、民を苦しめる地方官の名前の中に霊光郡守・奇穡の名前が見える。

三十二　蠅牧使

武官の梁《ヤン》某が公州牧使になった。公州は夏の暑いときには蠅が多く、梁某はこれを嫌った。上は邑の中の役人から、下は広大・妓生・下人に至るまで、毎朝、蠅を一升ずつ捕まえてもって来るようにさせた。厳重な法でもってこれを監視したので、上下の人びとが争って蠅を捕まえようと努めて少しも休むことがなかった。中には布を売って蠅を購う者まで出て来た。ときの人びとは彼を「蠅牧使」とあだ名して、「邑を治めるのに蠅を捕まえるのと同じように熱心であったなら、命令もきっと行き届いたろうに」と評していた。

三十三　さかった犬のような朴生

乙巳の年（一四八五）、朴生が私について北京に行った。朴生は人となりが純粋な上に謹直で、質朴であったが、行動は粗雑で田舎くさかった。

始めて平壌に到着したときに、監司が大勢の妓生を連れてやって来て舟の中で出迎えた。朴生は眼を伏せて女たちを正視することができない。ひそかに帽子の下からうかがう姿は奇妙であった。一人の妓生が船首に座っていたが、朴生はこれを指さして、同僚の成生に、「お前は庶尹の三寸であろう。私のために事をはかってくれたなら、かならず厚く報いようではないか」といった。

客館に行き、部屋に入るときには、どんな女子がやって来るのかわからず、あの女のことばかりを考えていた。しばらくして、帳を揚げて入って来るのを見れば、船首に座っていた女ではないか。朴生はうれしくてどうしていいのかわからず、心の中で、「成龍の力がなければ、どうしてこのように事が運んだろうか」といって、感謝した。

女子とのあいだに情意は篤く深く、ほんのわずかのあいだでも側を離れなかった。たとえ便所に行くときでも、一緒に行くのだった。袋の中を探って小さな手紙の切れ端を出したが、これは妓生の私夫が送ったものであった。朴はそれを嫌うそぶりも見せず、かえっていっそうこれを愛した。明け方には妓生の短いツルマギを脱がせてかぶり、「これもまた旅人の道中での醍醐味というもの」とうそぶいた。別れる日になって、いっしょに連れて行こうとして、すでに馬の準備までしたが、妓生は隙を見て逃亡してしまった。

順安《スンアン》に着いて、茫然自失としていたが、酒を売る女の容色が美しいのを見て、さまざまに経略をめぐらせて女を部屋に連れ込んだものの、朴生が酒に酔った隙を見て、この女もまた逃げ出した。朴生が酔いから覚めて見ると、一人の女が部屋の戸の前を通り過ぎた。朴は先ほどの女だと思って袖をとらえて部屋に引き込み、一晩のあいだ交わった。明け方になって見ると、鼻が大きく盆ほどもある。思っていた女とは大違いであった。朴生は思わず大声で、「こりゃとんだ人違いだ」と叫んだ。

粛寧館《スクヨンクアン》（平安道粛川《スクチョン》にある）に至ると、邑内は人間と物資が豊かにあって繁栄していた。妓生たちも紅いチマを着て翠の髪の毛を誇って酒樽を抱えてやって来て、数十人もが座っている。朴生は府使の族弟であったので、その威勢を借りて美しい女をものにすることができ、この女にことのほかに入れ込んだ。その日、天気が曇っていたので、朴生は女の背中を撫でながら、「明日、雨が降れば、一行は当然とどまることになろう。天はわが心を知って沛然と雨を降らせて欲しい」といって、ふっと溜息を吐いた。

客と主人がいっしょに東軒で朝の食事をしているとき、朴生が紙きれを持ち出して府使に差し出して、女に衣服の洗濯のための休暇を与えるように頼んだ。府使が数日の休暇を与えると、朴生が「四寸間の親族ではありませんか、もう少し休暇をいただけないでしょうか」といった。府使はやむをえず数十日の休暇を与えた。朴生は人に馬を借りて妓生を乗せて、安州に向って行ったが、粛州の人びとがこれを見て、「中国に行く使臣が一年に三度も往来するこの時節、随行する子弟や軍官が無数にいる。私らも多くの人たちを見て来たが、いまだこの人のように淫蕩な人を知らない。女の尻を追い回し、まるでさかった犬のようだ」といった。安州に至り、一日のあいだ滞在して、女をたっぷりと可愛がった。出発に臨んで、女を粛川に送ろうとしたが、女子が連れて来た人が鞍に積んだ品を失ってしまった。女が泣き叫んで、「私がここまでやって来たのは、お宝をいただこうと思ったからなのに、いま、こうやって禍が生じて何も残らないではないか」といって、ののしることをやめなかった。朴生は茫然として、なす術を知らなかった。

嘉平館《カピョンクァン》に至った。朴生は官婢の中に美しい女がいるのを見て、館の人に、「私は壬申の年の戦[1]に功績のあった軍官だ。かつてこの婢女を愛したのだ。今、ここに呼んで連れて来てくれまいか」といった。女子はことばを信じてやって来たが、じっと見て、「壬申の年に誰とどうしたかって。私はあんたなんかの顔を見たこともない」といって、袖をはらって立ち去った。朴は他の女をあてがわれて寝た。

定州《ジョンジュ》の獺川橋《タルチョンキョ》に至ると、牧使が待ち迎え、酒席を用意した。朴生が一人の妓生を見て、側に来させていった。

「お前は李陸令公[2]を知っているか」

妓生は、

「存じません」

と答える。そこで、

「盧公弼令公[3]を知っているか」

と聞くと、

「いいえ、存じません」

朴生はにわかに前に行き、女の手を取って、

「二人の令官の名前を知らないのなら、私のものになってもよかろう。私の部屋にかならず来いよ」といった。同僚がこっそりと、「これは牧使と関係のある女だよ」といったので、朴生は女の手を放した。

また、碧同仙《ピョクドンソン》が美しいという話を聞き、いろいろと手管を使ってこの女をものにした。

一行の人びとは朴生の淫乱で放逸なのを嫌い、彼をだましてやろうと考えた。邑に明孝《ミヨンヒヨ》というソンビがいた。年は若く、たいへんに美しい。化粧をして美しく装い、東軒に居並ぶ妓生の中に紛れ込ませると、切れ長の目で襟を正す姿は、もうだれも男だとは思わない。朴生は見て、「天下にまたといない美人だ」といって、突然、前に進んで手を捕え、抱きかかえるようにして西の部屋に向った。明孝はわざと焦らしたが、朴生は怒ったり、なだめすかしたりする。そのとき、年老いた妓生が灯りを持って先導したが、「この妓生はまだ男の方と通じたことがありません。それで、ゆっくりとこのことに馴れさせてください。手荒なまねはどうかなさらぬよう」といった。部屋に入ると、朴生は明孝の腰に抱きついて、「お前が私のいうことを聞いたら、一生、お前の面倒は見ようじゃないか」といった。

このとき、成生がやって来て、「牧使が酒席をもうけて私たちをねぎらおうとなさっている。君だけが早くやすむことはできない。妓生も連れて席に出るのがいいであろう」といった。朴生が明孝の手を引いて出て行くと、牧使が明孝をにらみつけ、「お前は官庁に縛られた身でありながら、客に対して恭順ではなかった。その罪は鞭打ちに値する」と叱りつけた。役人が鞭をもってやって来て、女を引きずり下ろした。朴生は進み出て跪き、手をすりながら訴え、「この子はいうことを聞かなかったわけではありません。聞き伝えたものの誤解です。私のために罪を得るようなことになれば、私をいっそう恨むことになりましょう」といった。牧使は赦した。

明孝が杯をいただき、前に進み出て、歌を歌った。

「今日はじめて会って、
明日は別れてしまう。
はじめに会わなければ、

誰とも知らずに終わるのを。

（今日始相見、明日還相離、

　厥初若不逢、不知是阿誰）」

朴生は明孝の背中を撫でながら、よろこび、笑いながら、「どうして不遜にも、そのような歌を歌うんだ。私は大勢の妓生たちを見て来たが、お前のように美しい者はいなかった。お前のような女を捨てて、何を求めるものか」といった。酒の席が終わった後、部屋に帰ってたがいに抱き合い絡み合い、千態萬状といった様子であった。

碧洞仙が近くにいたが、朴生は「私は美人を手に入れたから、お前に用はなくなった。お前の好きなようにするがいい」といった。朴生の下人が窓の外にやって来て、「これが妓生だというのですか。どうして惑わされていると気が付かないのですか」といった。朴生はしかりつけ、「うるさい。お前は何もわかっていないのだ」といった。しばらくして、衣服を脱いで、いっしょに臥して、やっと相手が男子であることを知った。驚いて部屋から出て来て、一言もなかった。

翌日、出発することになって、別れを惜しむ際に、明孝が男子の服を着て、朴生のそばに来て杯を差し出そうとしたが、朴生は無視して馬に乗ろうとした。明孝は朴生の衣服の裾をつかんで、「一晩中、仲良くして、一生、私の面倒を見ようとおっしゃったではありませんか。どうして今、こんなに簡単に別れることがおできになるのですか。あまりにつれないではありませんか」といったので、人びとは大笑いした。

義州《ウイジュ》に到着した。義州はもともと人も物資も多く、平壌に肩を並べるほど繁華であった。一人の若い婢女がいて、名前を末非《マルピ》といった。朴生はこれを見て気に入った。なんとかものにしたいと思ったが、なかなか思いを遂げられなかった。そこで、裵《ペ》という役人に、「君がこの邑で私のことを成功させてくれたなら、私は生死をもって報いようではないか」といった。裵が、「この者たちにはそれぞれ主人がいて、私が思うようにできるわけではありません。やはり州官にお願いするのが一番です」と答えた。朴生は判官のところに行って末非を譲り受けたいと頼むと、判官は末非を呼んで、朴生の思いを伝えた。しかし、末非はいうことを聞かなかった。末非が上の部屋の戸口に佇んでいるのを見て、朴生が玉で作った瓢箪をほどいて末非の服につけてやった。そして笑いながら、「私のものを身に帯びたからには、私のものになってくれるよね」といった。その夜、いっしょに寝た。末非には朴生を愛する気持ちはなかったが、後に利益を得ようとして嬌態をつくして媚びたから、朴生の心肝はとろかされ、すばらしい女を手に入れたと思った。翌日、末非が朴生に、「役所というのは煩わしいので、わが家にいらっしゃって、ナムルと糠飯でもいっしょに食べるのは、いかがでしょうか」といった。朴生は喜んで手を携えながら末非の家に行った。次の日の朝、粟飯とナムル汁を持ってきた。朴生は腹一杯に食べて残さなかった。朴生は家を離れてすでに日数が経ち、髪の毛はぼさぼさで顔も汚れていた。末非が水を持って来てみずから顔を洗ってやり、髪の毛を洗ってやったので、朴生のこの女への愛情はいっそう深まった。やって来る同僚たちには、「この家のように豊かで、この女のように賢い女など、見たことがない」などといった。

江のほとりに至って別れるときに、朴生は末非を抱きしめ、砂地に臥して泣いた。小石を拾って二つに割り、それに二人の名前を書いてそれぞれが持ち、朴生は袂に入れてまるで金玉か宝物のように大事にして、けっして忘れることがなかった。燕京に滞在すること数カ月、その間、口を開けば、末非のことばかりであった。帰還することになって、遼東に至ったが、末非の甥の末山《マルサン》が逢迎軍に従軍して来た。

末非は末山に託して暖かいツルマギを送ってくれた。朴生はそれを肩に羽織り、同輩たちに、「これは私の愛する女が送ってくれたものだ」といって、自慢した。義州に到着すると、末非は中国の品物を手に入れようと、いっそう婿態をつくして媚びたから、朴生はいよいよこれを愛して、贈り物を倍にして与えた。末非の家では神に祭祀を行おうとして、朴生に、「家には魚がないのですが、あなたが少し頼んで来てくださいませんか」といった。朴生は判官が魚の干物二束を人からもらったのを見ていたので、それをもらって来たが、跪いて座り、神からお下がりの酒をおいしそうに飲んで、「私はこの家の主人である。どうして飲まないでいようか」とうそぶいた。

林畔館《イムパンクアン》に至って、とうとう離別することになったが、朴生は末非の手をとって上房に入って行き、酒を求めて、それぞれが一杯ずつ飲んだ。末非は朴生の衣服をつかみ、朴生は末非の手をとらえたまま、たがいに離れずに慟哭した。日がすでに高くなったので、同僚たちが力ずくで二人を引き離した。朴生は末非が後から追いかけて来るのではないかと思って、あわてて駈け出ては、他の人の馬にぶつかって倒れたので、見ていた者たちは手を打って笑いこけた。

馬の上で両の目から涙が流れ出た。渓谷の畔にたどり着いて、同僚たちが朝ご飯を差し出したが、それを振り向こうともせず、顔を伏せて渓谷を見るばかりであった。同僚が、「君はまだ泣いているのか」と尋ねると、朴生は、「私は泣いているわけではなく、河の中の魚を見ているだけさ」と答えた。帽子を上げたところを見ると、両眼を真っ赤に泣き腫らしていた。

（1）壬申の年の戦：一四五二年が壬申の年に当たるが、特に目立った戦はなかったか。癸酉の靖難は翌年のことになる。

（2）李陸令公：本巻第二十四話の注（8）を参照のこと。
（3）盧公弼令公：第一巻第五話の注（16）を参照のこと。

第八巻

わが成氏につながる人びと

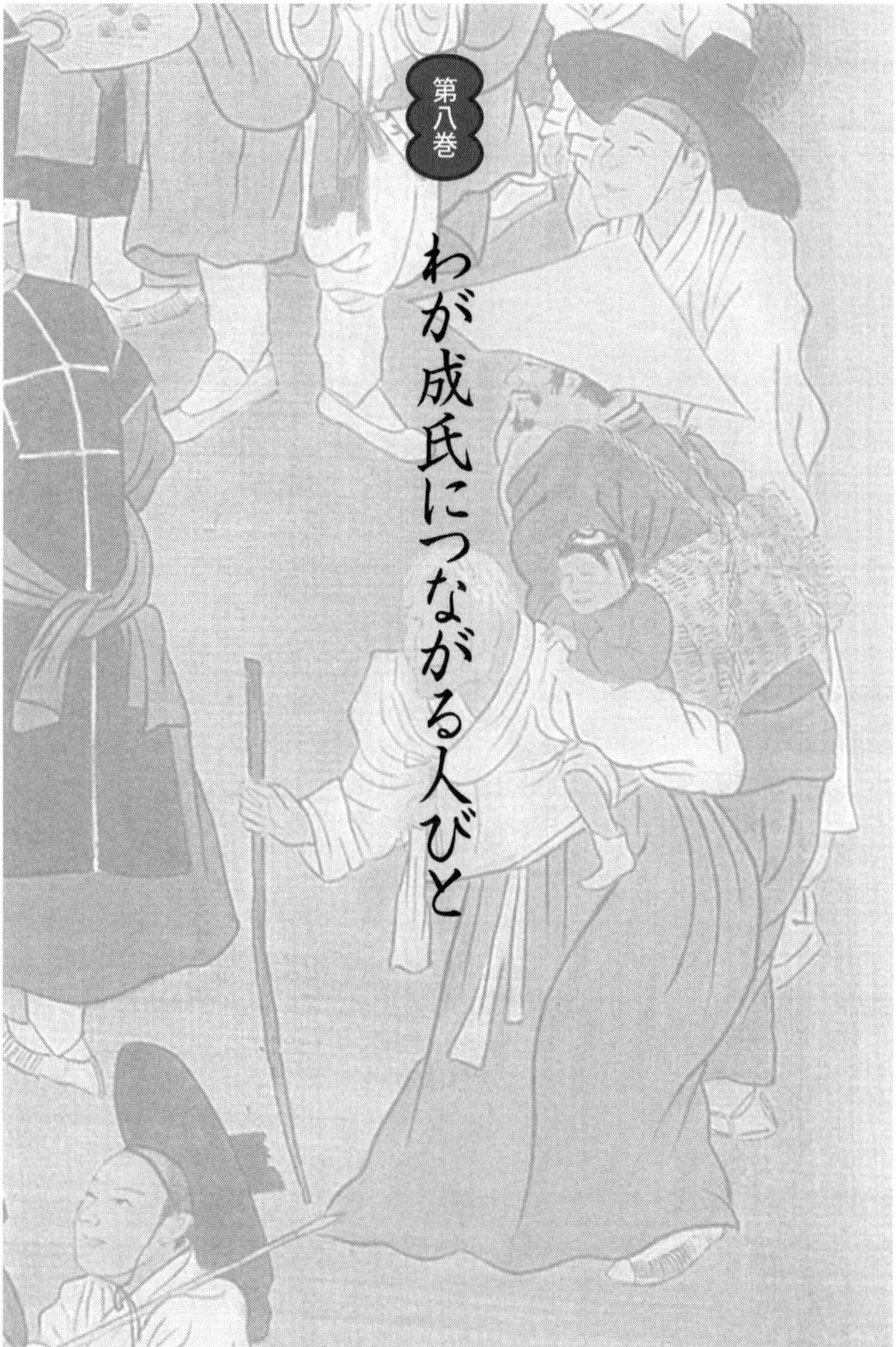

一　わが国の仏教

わが国が仏教を崇拝するようになって、すでに久しい。新羅の昔の都邑には寺が多くある。松都もまたそうである。王宮と大きな屋敷が寺と立ち並んで、王さまも后たちも寺に詣でて香を手向けない月はなかった。八関と燃燈の大礼(1)を施行するのも仏教にもとづくものである。王さまの長男が太子となれば、二男は頭をまるめて僧になる。儒林の名士の家であっても、それにならった。寺刹には奴婢がいた。多いところでは千名、あるいは百名を越えた。住持には妾を持つ者もいて、その富豪ぶりは公卿を越えていた。十二宗(2)を置いて仏教を管掌させた。僧が封君されて出歩くときには、辟除を叫ぶ者が多くいた。

わが朝鮮朝に入って、太宗《テジョン》が十二宗を整理して、ただ二宗(3)だけを置き、寺刹の所有する田畑を廃止した。しかし、遺風がまったくなくなったわけではない。士大夫たちがその親族のために斎を上げ、殯堂(4)に法筵(5)を開いて忌祭を行うようなときには、やはり僧侶を招いて食事を供した。また詩をたくみに作る僧がいて、高官たちと応酬をするようなことがはなはだ多かった。儒生として読書をしようという者はみな寺に閉じこもった。たとえ壊瓦画墁(6)の弊害があるにしても、儒と仏の二つを頼る者もまた少なくはない。

世祖《セジョ》のときに至って、仏教はもっとも盛行した。僧徒たちが村落にいて、たとえその行いが放逸で横暴であっても、人びとはそれを詰問せず、朝官も守令たちもこれに抗することができなかった。僧侶の庇護によって利得を得る者があるようになり、太学生が仏骨を得て恩寵を希求するようになっても、士林たちがはなはだしく奇怪に思い、驚くというようなことはなかった。

成宗《ソンジョン》が度僧(7)の法を厳重にして、度牒を下すことを許可しないようになった。このときから、ソウルの中の僧侶たちが少なくなって、内外の寺刹はみな疲弊した。士族たちは斎を行うにしても、僧侶たちを食事で饗応することもなくなった。これは国の王さまが崇拝するところにしたがって、風俗も習慣も変化したものと見ることができよう。

(1) 八関と燃燈の大礼：八関会と燃燈会をもよおす国家的な大きな儀礼。高麗時代、仏教儀式を代表する二つの行事。八関会は仲冬十五日に首都である開城で、また孟冬には平壌で行われた仏教儀式。このとき王は寺に参拝して、宮中では臣下たちの朝賀と献寿を受ける。歌舞とさまざまな遊戯が行われる。燃燈会は高麗時代に盛行した仏教儀式。春に燈をかかげて火をともし、茶菓を用意して音楽と舞踊で王と臣下がともに楽しみ、仏を楽しませて、国家と王室の太平をお祈りする。本来は二月に行ったが、その後、正月または四月に変化した。

(2) 十二宗：高麗のときにあった仏教の十二宗派。小乗宗・南山宗・慈恩宗・兪迦宗・神印宗・念持宗・海東宗・華厳宗・天台宗・天台法事宗・禅宗・曹渓宗。

(3) 二宗：禅宗と曹渓宗。

(4) 殯堂：出棺するまで棺を置いておくところ。

(5) 法筵：説法する場所。

(6) 壊瓦画墁：瓦を割って壁に線を引くこと。『孟子』滕文公篇にあることばで、人に害を及ぼすことを意味する。

(7) 度僧：僧となるのを許可する証書を授与すること。度牒を渡して僧となることを許可すること。

二　ソウル郊外の尼寺

ソウルの中の尼寺はすでにほとんどが撤廃され、ただ浄業院だけが残っている。その他はすっかり東大門の外に追い出して、安巌洞《アンアムドン》のようなところに三、四寺がある。南大門の外では種薬山《ジョンヤクサン》の南に以前は一寺があったが、その後、二人の尼がそれぞれ別に小舎を構え、それから増えて今は十余舎にもなっている。

年老いた尼たちが未亡人をだまして誘い、檀那とするようになり、それぞれが舎屋を作って錦を飾り、丹青を塗って、四月八日の燃燈、七月十五日の盂蘭盆、十二月八日の浴仏(1)などのときには、あらそって茶菓や餅などの食物を施し、仏に供えて僧を招く。僧たちが盆唄を歌い、はでやかに化粧をして着飾った女たちが山谷に集まって、汚らわしい噂が外にも聞こえて来る。年若い尼の中には赤ん坊を産んで逃げてしまう者もいるという。

(1)　浴仏：灌仏ともいう。香湯で仏を沐浴させる儀式。

三　優遇されるようになった承文院

兵曹判書の安崇善《アンスンソン》(1)が承文院の提調になったとき、内兵曹の庁舎を景福宮の弘化門の中の東の隅に造った。大庁と廊舎が備わって、広壮である上に緻密に造られていた。郎官たちもみな建築に力を尽くした。日ならずして落成したときに、判書が王さまに申し上げた。

「兵曹はこの建物でなくて、どこであってもかまいません。承文院は事大の職務を担当していて、管掌する文書もまた少なくなく、庁舎が小さくてはすべてを納めることもできません。できますなら、この建物は承文院が使うようにしてください」

すぐに、この言葉どおりに、許しが出た。兵曹の郎官たちはみな色を失ったが、どうすることもできなかった。

このときから、承文院は宮廷内に入って来るようになった。文書を考覈《こうかく》する日になれば、都提調や提調などが座って監督した。内資寺からは酒を提供し、司宰監査からは干し肉を提供した。このことが終わると解散したが、郎庁などはそのまま座って酒席になった。校理の趙安貞《チョアンジョン》(2)が詩を作った。

「文書を調べて進める日に、
提調たちはそれぞれ帰って行き、
乾した獐の肉を一口かじり、
宣醞は酒樽二つを開けてくれる。
大先生を呼んでは飲み、
役所の友人たちも誘う。
申叔舟は杯を上下させ、
玉山が崩れたことを知らない。

（監進文書日、提調各散回、
乾獐一口割、宣醞両尊開、
呼大先生飲、請諸陵友来、
高霊鍾上下、不覚玉山頽）」

承文院は人員は多いのだが、予算は少なく、昼になれば、ただご飯一椀と塩漬けのナムル一皿が供されるだけであった。ある人が冗談で作った詩がある。

「盤の上の割れた鉢は船よりも大きく、
しけった飯はほんのわずかで小さい雉の頭。
腹は満たせずおのずと不足を感じるが、
下人たちも食べて残飯とてもない。
（盤中破鉢大於舟、糲飯参差小雉頭、
腸未果然還自愍、騶僮曾不瀝餘休）」

御前文士たちがここに来て、学官となったが、ここがきっかけになって官職を得た者がはなはだ多かった。そこで、当時の人はこの承文院を活人院といったものであった。その後、申高霊《シンコリョン》(3)が兼判礼曹として、事大の礼節を専任することになって、王さまに申し上げて、俸給が十分にもらえるようになった。そのときからである。少し余裕ができたのは。

（1）安崇善：第三巻第三十五話の注（1）を参照のこと。
（2）趙安貞：『成宗実録』二年（一四七一）十二月に、故刑曹参議・趙安貞に児馬一匹および郷表裏一襲を賜るという記事がある。

（3）申高霊：申叔舟。第一巻第二話の注（16）を参照のこと。

四　五人の兄弟がそろって及第

わが国で三人の子どもが科挙に及第した例は数限りなくある。しかし、五人の子どもが科挙に及第した例となると、至極に少ない。そこで、そのような父母が、もし死亡していれば、爵を追贈し、生存していれば、年ごとに国から二十石の米が下賜される。

高麗朝においては、禹氏の洪寿《ホンス》・洪富《ホンプ》・洪康《ホンカン》・洪徳《ホントク》・洪命《ホンミョン》(1)の五人兄弟がいるだけである。わが朝鮮朝に入ってからは、李氏の礼長《イエチャン》・智長《チチャン》・誠長《ソンチャン》・孝長《ヒョチャン》・恕長《ソチャン》(2)の五人兄弟がいて、また安氏の重厚《ジュンフ》・謹厚《クンフ》・寛厚《クァンフ》・敦厚《トンフ》・仁厚《インフ》(3)の五人兄弟がいる。

わが文安公(4)はいつも私に、「われわれ兄弟はただ三人だけで、五人兄弟ではない。しかし、私は初試・重試・抜英試に及第したし、和仲(5)もまた及第して、お前もまた初試と抜英試に及第した。五回以上の及第ではないか。及第した数だけでいえば、私たちの父母も栄誉に浴すべきであろうが、残念ながら、まだそれに与かってはいない。国法というのも恨めしいものだなあ」とおっしゃった。

（1）禹氏の……：洪寿。一三五五～一三九二。禑王のときに文科に及第、郎将となり成均博士を兼ねた。一三八九年、金佇の獄事に関連して流配されたが、復帰した。一三九二年、鄭夢周の一派と見なされて順天に流罪になり、杖殺された。／洪富。?〜一四一二。恭譲王のときの典医副礼を経て諫官になった。一三九二年、李成桂が朝鮮を開国すると、高麗を再興しようと画策して流配になった。一三九八年に復官して、一四〇〇年の第二次王子の乱では芳遠（太宗）を助け、太宗の即位後は開城留後司副留後になった。／洪康。一三五七〜一四二三。一三七八年、文科に及第、親禦衛大護軍となったが、朝鮮開国後、削職された。一三九八年には復官して、一四一〇年、吏曹参議となって明に行き、帰国後、開城留後になった。／洪徳。?〜一三九二。恭愍王のときに執義となり、典校令になった。朝鮮開国後、高麗の遺臣として江原道に流配され、流配地で杖殺された。／洪命。?〜一三九二。一三八三年、文科に壮元で及第、恭譲王のときに吏曹佐郎・礼曹正郎を歴任した。朝鮮開国後、高麗の遺臣として全羅道に帰陽して杖殺された。

（2）李氏の……：礼長。一四〇六〜一四五六。府尹の士寛の子。一四三二年、文科に及第、検閲として安崇善の獄事に際して杖流されたが、放還された。一四五三年、中書舎人として首陽大君を助け、金宗瑞などを除去するのに功を立て、靖難の功臣となり、全城君に封じられた。以後、さまざまな官職を経て、兵曹参議に昇進した。／誠長。官職は礼曹参判に至った。／智長。『世宗実録』十六年（一四三四）甲寅六月に礼賓録事李智長の名が見える。／孝長。?〜一四六三。父の蔭補で官途につき、一四四七年、五衛士勇として式年文科に及第した。さまざまな官職を経て、一四六〇年、戸曹参議に在職中、海東青（鷹）を献上するために明に行き、帰国後、工曹参議となった。一四六三年、慶尚道観察使となり、任地で死んだ。／恕長。官職は大司憲に至った。

（3）安氏の……：重厚。一四四七年、文科に及第、さまざまな官職を経て、修撰・校理となり、司宰監正に至った。／謹厚。一四六〇年、文科に及第して、成均館典籍・直講を経て、松禾県監として善政を行った。／寛厚。一四四七年、文科に及第して、校書館副正字を皮切りにさまざまな官職を歴任、芸文館直提学・成均館大司成となり、慶尚道観察使・知中枢府事に至った。／敦厚。官職は司芸に至った。／仁厚。『成宗実録』八年（一四七七）正月に忠清道兵馬節度使・安仁厚を王が引見したことが見える。

（4）文安公：成任のこと。第一巻第二話の注（29）を参照のこと。

（5）和仲：成侃。第二巻第一話の注（12）②を参照のこと。

五　代々の丞相、壮元及第者など

わが国で父と子が丞相になったのは、翼成公・黄喜《ファンフイ》(1)とその息子の南原府院君・守身《スシン》(2)であり、ともに領議政になった。李仁孫《イインソン》(3)は右議政となり、その息子の広陵府院君・克培《ククペ》(4)は領議政となった。蓬原府院君・鄭昌孫《チョンチャンソン》(5)は領議政となり、その息子の佸《クアル》(6)は右議政となった。

祖父と子孫とが丞相になったのは、上洛・金士衡《キムサヒョン》(7)とその曾孫の碩《ソク》(8)、西原・韓尚敬《カンサンヒョ》(9)とその孫の明澮《ミョンフイ》(10)、左議政の盧閈《ノハン》(11)とその孫の領議政となった思慎《シシン》(12)がそうである。

壮元及第で丞相となったのは、左議政の孟思誠《メンシソン》(13)、文城・柳亮《ユヤン》(14)、河東・鄭麟趾《チョンインチ》(15)、寧城・崔恒《チェハン》(16)、益城・洪応《ホンウン》(17)、吉昌・権擥《クオンラム》(18)、居昌・慎承善《シンスンソン》(19)である。

生員、進士、初試、重試に続けて壮元であったのは、禹洪命《ウホンミョン》(20)であり、生員に壮元で、及第のときも壮元であったのは南季瑛《ナムケヨン》(21)と鄭河東《チョンハトン》であり、初試に壮元、重試に壮元であったのは延城・李石亨《イソクヒョン》(22)である。

生員・進士に壮元、及第も壮元の人として、一年のあいだに続けて選抜されるのは、もっとも素晴らしいとされる。裵孟厚《ペメンフ》(23)は生員・進士に続けて壮元で選抜され、金訢《キムソ》(24)は進士に壮元、及第に壮元であり、申次韶《シンチャソ》(25)は進士に壮元、初試に壮元、重試に壮元、そして金千齢《キムチョンリョン》(26)は進士に壮元、及第に壮元であった。

一等に選抜された三人が一時に丞相になったのは、崔寧城《チエヨンソン》、曺昌寧《チョチャンニョン》(27)、朴延城《パクヨンソン》(28)の三人であり、ソンビとして仰ぎ見ない者はいない。

（1）翼成公・黄喜：第三巻第十七話の注（1）を参照のこと。

（2）南原府院君・守身：喜の息子として門閥として登用されたが、学業不振を咎められたことに発奮、以後、学問に励んだ。一四四〇年には咸吉道に五鎮を置いて北方の防衛を整備して、また端宗のときには慶尚道観察使として三浦の倭人の乱を平定するなどの功績があった。領議政にまで昇った。

（3）李仁孫：第二巻第七話の注（4）を参照のこと。

（4）広陵府院君・克培：第二巻第七話の注（7）を参照のこと。

（5）蓬原府院君・鄭昌孫：第二巻第一話の注（5）を参照のこと。

（6）佸：一四三五～一四九五。門閥として官職につき、一四六六年には文科に及第した。大司憲・吏曹判書・兵曹判書などを経て、一四九五年には右議政にまで至ったが、謝恩使として明に行く途中、七家嶺で客死した。

（7）上洛・金士衡：一三三二～一四〇七。高麗の恭愍王のときに科挙に及第して台諫を勤め、さらには知門下府事となり、大司憲を兼ねた。一三九〇年には党を組んで鄭夢周の党と対決、李成桂の朝鮮開国には大きな功績があったとして、一等功臣として上洛伯に封ぜられた。その後、左議政となり、五道兵馬都統処置使として壱岐・対馬を攻めるために海を渡ろうとしたが、太祖によって引き止められた。

（8）碩：礩の間違いか。金礩は一四五〇年、式年文科に及第、成均館修撰となり、文宗の寵愛を受けた。世祖が王位につくと、端宗復位を謀ったが、寝返って、死六臣の事件を起こした。その功で昇進し、右・左議政を勤めた。

（9）西原・韓尚敬：一三六〇～一四二三。一三八二年、文科に及第して官途についた。恭譲王のときに密直司右副代言であったが、李成桂が開国すると、その推戴の功で開国功臣の号を受けた。西原府院君に封ぜられ、領議政にまで至った。官職にあるとき、清白であり、人材の登用に公正であった。生活は倹素であった。

（10）明澮：第二巻第五話の注（2）を参照のこと。

（11）盧閈：一三七六～一四四三。門閥として官途につき、累進して京畿道観察使・漢城府尹になったが、一四〇九年、妻の兄弟の閔無咎が罪を犯して免職になり、十四年間、故郷の楊州で過ごした。一四一四年に復帰して、右議政にまで至った。妻の閔氏は太宗の妃の元敬王后の妹。
(12) 思慎：盧思慎。第一巻第十九話の注（41）を参照のこと。
(13) 孟思誠：第三巻第二十二話の注（1）を参照のこと。
(14) 文城・柳亮：一三五五〜一四一六。高麗の禑王のときに文科に及第して官途についた。一三九二年には吏曹典書として朝鮮の開国に協力した功績で開国原従功臣となった。顕官を歴任して、参賛議政府事・右議政にまで至った。朝鮮王朝の制度の確立に貢献した名臣の一人。
(15) 河東・鄭麟趾：第一巻第十九話の注（7）を参照のこと。
(16) 寧城・崔恒：第一巻第二話の注（17）を参照のこと。
(17) 益城・洪応：第二巻第一話の注（17）を参照のこと。
(18) 吉昌・権擥：一四一六〜一四六五。権近の孫で、権踶の子。一四五五年、世祖の即位にともなって、吏曹参判となり、続いて佐翼功臣一等として、芸文館大提学となり、一四六二年には領議政にまで昇りつめた。『国朝宝鑑』の編纂に当たった。
(19) 居昌・慎承善：生没年未詳。一四六六年、文科に壮元で及第、続いて抜英試にも壮元で及第した。吏曹参判として芸文館提学を兼ねた。成宗のとき翊載・佐理の二つの功臣として居昌府院君に封ぜられた。娘が燕山君の嬪となった。官職は領議政にまで至ったが、燕山君が即位すると、官を辞めて、いっさい政治に携わらなかった。
(20) 禹洪命：本巻第四話の注（1）を参照のこと。
(21) 南季瑛：生没年未詳。一四二三年、生員となり、一四二七年には親試文科に壮元で及第、一四三一年、監査となったが、この年、母親の三年喪が終わる前に結婚したことが問題となり、免職となった。一四六〇年には奉常寺主簿となった。性理学に精通していた。
(22) 延城・李石亨：第一巻第二話の注（18）を参照のこと。
(23) 裵孟厚：第七巻第三十一話の注（3）を参照のこと。
(24) 金訢：一四四八〜？。金宗直の門下で学び、早くから嘱望された。一四七一年には別試文科に壮元で及第して成均館典籍に任命された。顕官を歴任して、一四七一年には通信使書状官として対馬におもむいたが、病気になって引き返した。一四八九年には行護軍、翌年には行副司果となった。人となりは高潔で志操があり、言行は簡潔だった。

(25) 申次韶：申従濩。一四五六〜一四九七。申叔舟の孫。一四七四年に成均試に首席合格、一四八〇年には文科に壮元で及第して副応教になった。その後、重試でも壮元で及第して、かつてなかったことだとして、世間でもてはやされた。兵・礼曹の参判を経て、京畿観察使となり、旱魃で苦しむ人びとを救済した。一四九七年、鴐正使として明に行き、その帰途、開城で死んだ。

(26) 金千齢：成宗のときに進士に合格、一四九六年には文科に及第して、成均典籍から曹郎を経て玉堂に入り、副応教になった。言動が率直であったので、宰相の怒りを買い、左遷された後、罷免になったことがある。その後、復帰して、副提学に至った。

(27) 曺昌寧：曺錫文。一四一七〜一四七七。一四三四年、文科に及第、集賢殿副修撰になった。世祖の即位とともに、推忠佐翼功臣となり、李施愛の乱では勲功があり、領議政にまで昇った。

(28) 朴延城：朴元亨。第一巻第十九話の注（14）を参照のこと。

六　文人たちとその著書

わが国には文章家が少ない。そして、著書のある者はさらに少ない。『桂苑筆耕』数巻は新羅の崔致遠《チエチウオン》(1)の著書ですべて四六文である。『東人文』数十巻は侍中の崔滋《チエチヤ》(2)が撰したものである。『三韓亀鑑』一帙は猊山・崔瀣《チエヘ》(3)の撰したものであり、『東国文鑑』十巻は侍中の金台鉉《キムテヒヨン》(4)が撰したもの。『東文選』十巻は徐達城《ソタルソン》(5)が王さまの命を受けて選定したもので、先賢たちの詩と文を集めている。

『李相国前後集』数十巻は文順公・李奎報《イキュポ》(6)の著書として雄健である。『金居士集』数十巻は員外郎の金《キム》克己《ククキ》(7)の著書で古板が校書館にあるが、半ばは失われている。『銀台集』はただ一帖だけがある。『双明斎』一帖と『破閑集』上・下帖はともに李仁老《イインロ》(8)の著書で、『補閑集』上・下は侍中の崔滋の著書である。『西河集』断簡一帖は林椿《イムチュン》(9)の著書で、『益斎集』数十巻と『櫟翁稗説』一帖は李斉賢《イチエヒョン》(10)の著書である。『睿宗唱和集』二帖は睿宗が郭興《クアクヨ》(11)などとともに応酬して作られたものである。

『動安居士集』一帖は李承休《イスンヒュ》(12)の著書、『中順堂集』一帖は羅興儒《ナフンユ》(13)の著書、『息影庵』一帖は僧の著書であるが、その名前はわからない。『竹磵集』一帖は懶翁《ナオン》(14)の弟子の僧である宏寅《クオンイン》(15)が欧陽玄(16)と危素《ウイソ》(17)と交遊して作ったもので、二人の学士が序文を書いているが、その詩はもっとも雄健である。『関東瓦注』一帖は安景《アンキョン》 恭《コン》(18)が関東按兼使として行ったときに作ったもので、『牧隠詩文集』数十巻は韓山伯・李穡《イセク》(19)の著述であり、東方の文府ともいうべきものである。『稼亭集』数巻は李穀《イコク》(20)の著述、『樵隠集』一帖は李仁復《イインポク》(21)が著述したもの、『圃隠集』一帖は文忠公・鄭夢周《チョンモンジュ》(22)が著述したもの、『陶隠集』二帖は李崇仁《イスンイン》(23)の著述である。

『農隠集』一帖は拙翁・崔瀣の著述で、『霽亭集』一帖は李達衷《イタルチュン》(24)が作ったもの、『雪谷集』一帖は鄭誧《チョンポ》(25)の著述、『圓斎集』一帖は鄭枢《チョンジュ》(26)の著書である。『思庵集』一帖は柳淑《ユスク》(27)の著書で、『復斎集』一帖は鄭摠《チョンジョン》(28)の著書で、『義谷集』一帖は李邦直《イパンチク》(29)の著書である。『春谷集』一帖は李亢紱《イハンク》(30)の著書で、『東亭集』一帖は廉興《ヨムフン》邦《パン》(31)の著述。『萱庭集』一帖は廉庭秀《ヨムチョンス》(32)の著述であり、『陽村詩文集』数十巻は文忠公・権近《クオンクン》(33)の著述である。

『春亭集』数十巻は卞季良《ピョンケリャン》(34)の著書、そして『三峯集』数十巻は鄭道伝《チョンドジョン》(35)の著書である。

『負斎集』一帖は朴宜中《パクウイチュン》(36)の著述で、『双梅堂集』数十巻は李詹《イジョム》(37)の著書で、『郊隠集』七巻は鄭以吾《チョンイオ》(38)の著書である。『愓若斎集』一帖は金九容《キムクヨン》(39)の著述で、『柳巷集』一帖は韓脩《ハンス》(40)の著述、『禅坦集』は僧の禅坦《ソンタン》(41)の著述である。『独谷集』二帙は丞相の成石璘《ソンソクリン》(42)の著書で、『桑谷集』一帙は私の曽祖父(43)の著書で、『梅軒集』二帙は提学の権遇《クオンウ》(44)の著書である。『遁村集』一帙は李集《イチプ》(45)の著述で、『近思斎集』は偰遜《ソルソン》(46)の著述で、『芸斎集』一帙は偰長寿《ソルチャンス》(47)の著述である。

『夏亭集』一帙は丞相の柳観《ユクアン》(48)の著書で、『鉄城聯芳集』は李嵒《イアム》(49)・李岡《イカン》(50)・李原《イウオン》(51)などの著書である。『八渓集』は鄭偕《チョンヘ》(52)が作ったもので、『千峯集』一帙は僧の卍雨《マンウ》(53)が作ったもの、『桂庭集』一帙は省敏《ソンミン》(54)が作ったものである。『泰斎集』一帙は柳方善《ユパンソン》(55)の著述で、『栗亭集』一帙は尹沢《ユンテク》(56)の著述である。『清卿集』一帙は尹淮《ユンフイ》(57)の著述である。『庬軒集』一帙は丞相の黄喜《ファンフイ》(58)の著書、『蘭渓集』一帙は咸傅霖《ハムプリム》(59)の著書、『通亭集』一帙は姜淮伯《カンフイペク》(60)の著書である。『玩易斎集』一帙は姜碩徳《カンソクトク》(61)の著述で、『仁斎集』一帙と『養花小録』一帙は姜希顔《カンフイアン》(62)の著述である。『短谿集』一帙は李恵《イヘ》(63)の著書であるが、背が低く、三つ口であったために、こう名付けたのである。『保閑斎集』二巻は領議政の申叔舟《シンスクス》(64)の著述で、『所閑堂集』二帙は左議政の権擥《クオンラム》(65)の著述である。『太虚亭集』二帙は領議政の崔恒《チェハン》(66)の著書である。『拭疣集』二帙は金守温《キムスオン》(67)の著書で、『四佳亭集』数十巻は達城君・徐居正《ソコジョン》(68)の著書である。『私淑斎集』数十巻は晋山君・姜希孟《カンフイメン》(69)の著書である。『安斎集』一帙はすなわち私の伯兄(70)の著書で、『真逸集』一帙は私の仲兄(71)の著書である。

高麗朝からわが朝に至るまで、作者はかぎりなく多く、著書も多かったろうが、あるいは子孫たちが微弱で収集することができず、また収集しようとしても散逸していて、ほとんど残っていない場合もあるであろう。今、世間に伝わっているものを記録したまでである。

（1）崔致遠：第一巻第二話の注（1）を参照のこと。

（2）崔滋：一一八八～一二六〇。康宗のときに文科に及第、尚州の司録になった。その地でよく治めたので国学学論となり、一二五〇年には使臣として蒙古に行った。学識も深く、詩文に抜きん出ていて、稗史小説の先駆けとなる『補閑集』がある。康宗にいちはやく蒙古に降伏することを勧めたので、人びとの嘲笑を受けたこともある。

(3) 崔瀣：一二八七～一三四〇。文科に及第して長興庫使となり、一三二〇年には元の諸科に及第して遼陽路蓋州判官になったが、病気を口実に帰国し、成均館大司成に至った。性格は剛直であったが、歯に衣を着せぬ物言いが人の恨みを買うこともあった。

(4) 金台鉉：一二六一～一三三〇。高麗時代の学者。科挙に及第して、密直副使として元に行ったとき、元の皇帝は甘粛に行っていて、燕京にいなかった。燕京に留まれという元の役人を押し切って甘粛まで行き、その忠誠を褒められたという。

(5) 徐達城：第一巻第二話の注(24)を参照のこと。

(6) 文順公・李奎報：第一巻第二話の注(5)を参照のこと。

(7) 金克己：幼いときから文章に造詣が深く、口を開けばそのまま文章になっているというので、名高かった。進士になったが、山林の中で詩を吟ずる方を好んだ。明宗が才能を惜しんで翰林にしたが、まもなくして死んだ。

(8) 李仁老：第一巻第二話の注(6)を参照のこと。

(9) 林椿：第一巻第二話の注(7)を参照のこと。

(10) 李斉賢：第一巻第二話の注(9)を参照のこと。

(11) 郭輿：一〇五八～一一三〇。高麗初期の文人。科挙に及第して官職についたが、それを捨てて故郷の金州に草堂を建てて帰り住んだ。睿宗が即位すると、側に呼び寄せ、ともに談論に興じた。後に、王は彼に城東の若頭山を与えて書斎を造らせ、ともに散策するのを楽しんだ。

(12) 李承休：一二二四～一三〇一。はやく父親に死に別れ、高宗のときには登科したが、出世に興味がなく、頭陀山亀洞で母親に仕え、畑を耕して読書した。その後、書状官に就任して密直副使監察大夫詞林承旨になったが、晩年にはまた隠遁した。宗教的な教養も豊富だった。

(13) 羅興儒：何度も科挙を受けたが落ちて、子どもたちを教えて過ごした。恭愍王のときに中郎将となり、朝夕に王の側に侍って王の寵愛をこうむるようになった。禑王のときに日本に行き、海寇の禁圧を要求したが、スパイの嫌疑を受けて拘束されたことがある。

(14) 懶翁：第六巻第十七話の注（1）を参照のこと。

(15) 宏黄：この話にあること以上は未詳。

(16) 欧陽玄：元の人。字は原功。八歳にして日によく数千言を記し、長ずるに及んで、諸子百家をすべて研究した。当代の宗廟・宮廷の文書の多くは彼の手になったという。

(17) 危素：第四巻第二十話の注（7）を参照のこと。

(18) 安景恭：一三四七〜一四二一。祖父は軸、父は宗源。一三六五年、国子監試に合格、一三七六年には文科に及第した。朝鮮開国にも貢献して三等功臣になった。判漢城府事・判開城府事となり、一四一六年には輔国崇禄大夫集賢殿大提学に特授され興寧府院君に封ぜられた。

(19) 李穡：第一巻第二話の注（12）を参照のこと。

(20) 李穀：第一巻第二話の注（8）を参照のこと。

(21) 李仁復：一三〇八〜一三七四。文章に優れ、朱子学に明るかった。十九歳のときに及第して、要職を歴任した。辛旽にさからって、一時、退職したが、後に、安興府院君に封ぜられ、判三司事・検校侍中となった。背中に出来物ができて死んだ。

(22) 文忠公・鄭夢周：第一巻第一話の注（2）を参照のこと。

(23) 李崇仁：第一巻第二話の注（10）を参照のこと。

(24) 李達衷：?〜一三八五。高麗末期の儒学者。忠粛王のときに及第、成均館祭主となり、一三六〇年には戸部尚書として八関会のとき王の怒りを買って罷免された。一三六六年には密提学に撰ばれた。辛旽の専横に直言して罷免されたが、辛旽が殺されると、鶏林府院君となった。

(25) 鄭誧：一三〇九〜一三四五。一三二六年、文科に及第、芸文修撰として表をもって元に行く途中で忠粛王に会い、そのときから王の寵愛を受けた。忠恵王のとき左司議大夫となったが誣告を受けて流罪になった。後に元の都に行ったが、病を得て死んだ。文章に優れていた。

(26) 鄭枢：恭愍王のとき、大司成として江寧府院大君（禑王）の師傅を兼ねた。詩をよくして名高かった。

(27) 柳淑：一三四〇年、文科に及第、恭愍王に従って長く元にいたが、恭愍王の即位にともなって本国に帰還、左司議大夫となった。紅巾賊の乱が起こると、王とともに南行した。瑞寧君に封ぜられたが、辛旽が政権を握ると、田舎に退いた。辛旽は淑の家産を没収、首を吊るして殺した。
(28) 鄭摠：第三巻第十四話の注（2）を参照のこと。
(29) 李邦直：『高麗史』は廃王の禑は世家ではなく列伝に載せるが、そこに狼川君の李邦直が卒した旨が見える。
(30) 李亢紞：李元紘が正しい。元紘の号が春谷である。?〜一四〇五。高麗末の禑王のときに台言となり、蓮山君に封じられた。一三九一年には娘が恭譲王の世子の妃となったが、一三九二年、朝鮮開国後には、開城留後司留後となった。
(31) 廉興邦：?〜一三八八。恭愍王のとき文科に及第、さまざまな官職を経て、知申事として紅巾賊を討つのに功があり、密直副使を経て提学になり、瑞城君に封じられた。売官売職を事として、私有地を広げた。禑王のとき、趙胖との土地争いを起こして、王の裁断によって殺され、家財を没収され、妻と娘は奴になった。
(32) 廉庭秀：庭は廷か。?〜一三八八。高麗末の文臣。興邦の弟。一三七一年、文科に及第して、一三八一年には知申事となった。鄭夢周とともに胡服を廃止して中国の制度にしたがうように建議した。後に大提学に至ったが、兄とともに殺害された。
(33) 権近：第一巻第一話の注（4）を参照のこと。
(34) 卞季良：第一巻第二話の注（13）を参照のこと。
(35) 鄭道伝：第一巻第二話の注（11）を参照のこと。
(36) 朴宜中：高麗末の名臣。恭愍王のときに魁科に及第、献納・司芸となり、禑王が即位すると、密直提学となった。一三八八年、明に行き、明との国境問題を解決して帰ってきて、功臣の号を下された。検校参賛議政府事に至った。性理学に明るかった。
(37) 李詹：第三巻第二十五話の注（1）を参照のこと。
(38) 鄭以吾：高麗末、李朝初の文臣。恭愍王のとき、文科に及第。李朝の太祖のときには大提学となった。

文章に抜きん出ていて、高麗名人と称された。
(39) 金九容：一三三八～一三八四。恭愍王のとき、十六歳で生員となり、後に文科に及第、民部議郎兼成均館直講となって、多くの弟子たちを育成した。後、大司成となり、親明派として明との交渉におもむいたものの、捕縛されて流され、病を得て死んだ。
(40) 韓脩：第一巻第三話の注（4）を参照のこと。
(41) 禅坦：生没年未詳。幻翁ともいう。詩をよくして、コムンゴの演奏にも一家言があった。『櫟翁稗説』の著者である李斉賢と親交があった。その詩は五首が『東文撰』に採られて伝わっている。
(42) 成石璘：第一巻第三話の注（5）を参照のこと。
(43) 私の曽祖父：成石珚。第二巻第七話の注（16）を参照のこと。
(44) 権遇：第一巻第一話の注（5）を参照のこと。
(45) 李集：第二巻第七話の注（1）を参照のこと。
(46) 偰遜：?～一三六〇。初名は百遼遜。祖先はウィグル人。元の順帝のときに進士となり、翰林応奉文字・端本堂正字となった。恭愍王が即位前に元にいたときから付き合いがあったが、一三五八年、紅巾賊の乱を避けて高麗に逃れて来た。恭愍王は彼を優待して富原侯に封じた。
(47) 偰長寿：遜の子。恭愍王のときに科挙に及第、禑王のときに知密直司事・政堂文学となった。李成桂の禑王を廃して恭譲王をつける謀議に加担して、九功臣の一人となり忠義君に封ぜられたが、最後は流罪になり、配所で死んだ。
(48) 柳観：柳寛。初名が観。第四巻第一話の注（1）を参照のこと。
(49) 李嵓：第一巻第三話の注（2）を参照のこと。
(50) 李岡：嵓の弟。一三四七年、文科に及第、密直副使に至った。書に抜きん出て、字体は清潔で美しく、風致を備えていた。
(51) 李原：一三六八～一四三〇。十五歳で進士に合格、後に鄭夢周の門下生として文科に及第して、さまざまな官職を経て、太祖が朝鮮を開国すると、台閣に入っていった。太宗が即位すると、佐命功臣に録され、世宗のもとで右・左議政にまで至った。

(52) 鄭偕：鄭瑎、一二五四～一三〇五。父母を早く亡くしたが、学問に励んで科挙に及第、顕官を歴任して、判三司事に至った。また元から征東行省郎中・儒学提要に任じられた。
(53) 卍雨：第六巻第十九話の注（1）を参照のこと。
(54) 省敏：生没年未詳。一四〇二年、太宗は斥仏策を打ち出し、寺刹の所有する土地と奴婢を制限し、没収した。一四〇三年正月、省敏は数百名の僧侶を率いてソウルに入り、申聞鼓を打ちならしながら直訴したが、容れられなかった。
(55) 柳方善：第二巻第十五話の注（2）を参照のこと。
(56) 尹沢：一二八九～一三七〇。三歳のときに父を失ったが姑の夫の尹宣佐にしたがって学問をして、一三一七年には文科に及第した。忠穆王が死ぬと、恭愍王を立てようとして失敗、忠宣王のときには左遷されたが、恭愍王が即位すると、中央に復帰した。晩年は官職を辞して故郷の錦水で山水を楽しんで余生を過ごした。
(57) 尹淮：一三八〇～一四三六。十歳のときに『資治通鑑』を読んで、成長するにつれて読まない本がなく、一度読めば、忘れることがなかったという。一四〇一年に文科に及第して、要職を歴任した。一四三二年には孟思誠とともに『八道地理志』を編纂、一四三四年には『資治通鑑訓義』の編纂にも関わって完成させた。大の酒好きで、文星と酒星の気が合わさって尹淮のような人が出現したと、世間では噂をした。
(58) 黄喜：第三巻第十七話の注（1）を参照のこと。
(59) 咸傅霖：一三六〇～一四一〇。一三八五年、文科に及第して、さまざまな官職を経験した。一三九二年、李成桂が実権を握ると、彼に協力し、朝鮮が開国すると、溟城君に封じられた。一四〇八年には刑曹判書となったが、一四一〇年には免職になった。
(60) 姜淮伯：一三五七～一四〇二。禑王のときに文科に及第、恭譲王のときに世子の師となって、密直司事・大司憲となった。李朝の建国後、晋陽に帰陽したが、後に東北面都巡問使となった。聡明であったが、激情に駆られやすかった。
(61) 姜碩徳：一三五九～一四五九。希顔・希孟兄弟の父。世宗の時代に司憲府執義、吏・刑曹参判、知敦

寧府事などを勤めた。清廉潔白な人がらで、詩と書に優れていた。香を焚きながら端坐して詩と書を書いたという。
(62) 姜希顔：第一巻第三話の注（10）を参照のこと。
(63) 李恵：この話にあること以上は未詳。
(64) 申叔舟：第一巻第二話の注（16）を参照のこと。
(65) 権擥：本巻第五話の注（18）を参照のこと。
(66) 崔恒：第一巻第二話の注（17）を参照のこと。
(67) 金守温：第一巻第二話の注（25）を参照のこと。
(68) 徐居正：第一巻第二話の注（24）を参照のこと。
(69) 姜希孟：第二巻第十八話の注（6）を参照のこと。
(70) 私の伯兄：成任。第一巻第二話の注（29）を参照のこと。
(71) 私の仲兄：成侃。第二巻第一話の注（12）②を参照のこと

七　擔花郎

昔は、文科殿試に三等に選ばれた人を擔花郎《タムファラン》といった。及第した人の榜を発表するときに、擔花郎が一同を代表して王の前に出て帽子に挿す花をいただき、新恩たちにこれを分けるのである。

私の仲兄が癸酉の年（一四五三）の春、及第して擔花郎となり、典農直長に任命された。そのとき、斯文の金子鑑《キムチャヤカム》(1)が判事になっていた。庭の中の梨が風に吹かれて落ちた。斯文が仲兄を振り返って、「私が一句を作るので、君がそれにつけてみたまえ」といって、

「庭いっぱいに落ちた梨と栗は役所の下人のお楽しみ（満庭梨栗庁直楽）」

とした。それに仲兄は、

「机いっぱいに広げた文書は判事の苦しみ（推案文書判事憂）」

とつけた。斯文は大いに怒り出し、

「君は役所の下人と私を対にするのか」

といった。仲兄はひたすら謝って、ようやく許された。

その後、典農は廃止され、軍資大倉となった。

（1）金子鑑：『文宗実録』即位年（一四五〇）十月に善山府使の金子鏗の名前が見える。安東府使の鄭子濬と互いに詰り合っているという。この人か。

八　鄭氏兄弟の気質

鄭貞節公(1)とその弟の蓬原公(2)はともに私の六寸である。私の伯兄が貞節公の屋敷に出かけると、公はすぐに部屋に呼び入れた。公はまだ寝床に横たわり、起きてはいなかった。綿布団に草の蓆を引きかぶって、寒そうにしていた。そうして、伯兄に、「君は寒さを侵してよくやって来た。さあさあ、君の凍えた手を私の布団に入れるがよかろう」といい、そうしていっしょに経史を議論したのだという。

また、蓬原君にお会いしたとき、長いあいだ門の外に立って待っていたが、公は冠と衣服を整えて出迎え、まるで大切な賓客に対するようであったという。兄弟でも気質は同じではない。

（1） 鄭貞節公：鄭甲孫のこと。第四巻第三話の注（1）を参照のこと。
（2） 蓬原公：鄭昌孫のこと。第二巻第一話の注（5）を参照のこと。

九　咸東原の真率と晩年

咸東原《ハムトンウォン》（1）は、若いころ、花柳界をうろつき回った。しかし、官職においては勤勉で、事に臨んでは巧みに処理することができた。ついには名宰相となって功績を積み上げ封君された。

湖南の監司となったときには、善政で名を知られた。そこで、大司憲に任命されたが、彼は全州の一人の妓生に入れ挙げていて、とても別れることはできない。人知れず、彼の号牌（2）を妓生に渡し、夜の闇に乗じて、ついて来るようにいった。何日か経って、妓生は府尹にいとまを乞うた。当時、李堰《イオン》（3）が府尹になっていた。性質は清廉であったが、険しくもあった。妓生が暇乞いをするのを見て、怒り出し、「法官がどうして妓生を連れて行こうというのか。お前の話は嘘であろう」といった。妓生が大憲の号牌を取り出して見せ、「公は、もし役所が私のことばを信じないようなら、これを証拠として見せよとおっしゃいました」といった。李堰は地面に唾を吐き、「私は咸某というのは節義のある人物として知っていたが、これで見ると、まったく下品な輩ではないか」といった。当時の人びとはみな、咸公の真率さを褒めて、李堰の険介さを笑いものにした。

咸公は年老いて、長く患った。一人娘がいたが、その娘の方が先に死んだ。もう酒色を嫌って、妾を持つこともなかった。家の中のことを見て世話をする者もいなかったから、食事を欠かすことが何度もあるようになった。昔のよしみのある女医がこのことを聞いて、身を挺してやって来て世話をしようとした。公がぼろぼろの衣服をまとい、草薦をかぶって寝ていて、そばには頑なそうな下人一人が侍っているだけだった。女医は、「公のような豪傑がいったいどうしてこのように落魄なさったのですか」と尋ねた。公は一言も答えず、ただ大きく眼を見開いて涙を流すばかりだったという。

（1）咸東原：咸禹治。一四〇八〜一四七九。成宗のときの大臣。朝鮮開国の功臣である伝林の息子として出仕して、各道の観察使となったが、善政が多かったという。一四七三年には左賛成に至った。

（2）号牌：十五歳以上の男子が携帯する牌。姓名と生年の干支を書き、官府の烙印が押されている。住民登録証。

（3）李堰：『世祖実録』六年（一四六〇）五月に、李堰を嘉善大夫・判南原府事にするという記事がある。民政に手腕を発揮して実績を挙げたからだという。

十　一等となった伯兄の成任、妓生に執心の申叔舟

世祖が、あるとき、文士たちを勤政殿の前庭に集めて、科挙の試験場の例にならい、「島のえびすと山のえびすがあいついで来朝した（島夷山戎絡繹来朝）」という題目で箋文[1]を書かせた。そうして、二十余名を選んだが、私の伯兄[2]が一等であった。世祖がみずから「一等」という二文字を試験紙の末尾に書

いてくださった。姜晋山《カンチンサン》(3)が二等で、徐達城《ソタルソン》(4)が三等であった。伯兄は判司宰として僉知中枢に昇進し、晋山は判通礼として礼曹参議に任命され、達城は司諫として工曹参議に任命された。

世祖は榜を掲げて遊街を命じようとしたが、諫官の諫めによって中止して、特に伯兄の屋敷に酒と風楽を下賜され、王族の桂陽君《ケヤンクン》・増《チユン》(5)、翼峴君《イクヒョンクン》・運《ウン》(6)、義昌君《ウイチャンクン》・玒《コン》(7)、蜜城君《ミルソンクン》・琛《チム》(8)、寧海君《ヨンヘクン》・瑭《タン》(9)、さらには玲川尉《ヨンチョンウイ》の尹師路《ユンサロ》(10)、そして名公鉅卿というべき人びともやって来て、ともに歓を尽くしたのだった。

翌日には、ともに及第した人びとが酒瓶を携帯して訪ねて来た。一代の士林たちはこのことを誇らしいことと考えた。

伯兄の箋文は次のようなものであった。

「殿下は天地が万物を覆って育む慈愛を体得され、その盛徳が大いに現れ、声教は北にも南にもとどろいて、異国の人びとがこぞってやって来る。謹んで考えるに、殿下は天と同じく大きく、昔を振り返っても、比較すべき君主はいない。宗廟と社稷を守ってさらに安んじ、その武功は禍乱を鎮定して、仁義はすでに効果を顕わし、文治によって国家は和睦して平安である。万里の波濤を越えて草で編んだ衣服の島の人がにわかにやって来て、九重の宮廷には葛の衣服を着る風俗の者たちが拝礼をして舞いをお見せする」

朴致命《パクチミョン》(11)の文章には次のようにいっている。

「単于台の上には(12)漢の武帝はみずから臨御する労苦は取られず、

宮廷に座って前庭の干と羽の舞(13)を見て、えびすの来るのを謁見する」

尹茂松《ユンモソン》(14)というのは申高霊《シンコリョン》の妻の兄であるが、一時、丞相に任命された。あるとき、同年たちの集まりで、高霊が「青く澄んだ眼をした昔の友人たちもみな白髪（青眼故人倶白髪）」と句を読むと、尹武松が

すぐに句を継いで、

「黒い頭の賢明な大臣はただただ丹い心（黒頭賢相只丹心）」

といった。高霊は感服して膝を屈して、「兄上の巧みな句にはかないませんな」といった。高霊は古《コ》阜《プ》の妓生の只《チ》丹心《タンシム》に執心していたのである。

（1）箋文：国家に吉凶があるときに王さまに献上する祝賀あるいは慰労の文章で、主として四六駢儷体を用いる。
（2）私の伯兄：成任。第一巻第二話の注（29）を参照のこと。
（3）姜晋山：姜希孟。第二巻第十八話の注（6）を参照のこと。
（4）徐達城：徐居正。第一巻第二話の注（24）を参照のこと。
（5）桂陽君・増：世宗と慎嬪金氏とのあいだの子。
（6）翼峴君・運：世宗と慎嬪金氏とのあいだの子。
（7）義昌君・玒：世宗と慎嬪金氏とのあいだの子。
（8）蜜城君・琛：世宗と慎嬪金氏とのあいだの子。
（9）寧海君・瑭：世宗と慎嬪金氏とのあいだの子。
（10）玲川尉の尹師潞：一四二三〜一四六三。わずか十三歳のとき、世宗と尚寝宋氏とのあいだに生れた貞顕翁主の夫となり、玲川君に封じられ、一四五二年には玲川尉に改封された。世祖の王位簒奪に協力して、領中枢院事となった。
（11）朴致命：『世祖実録』元年（一四五五）十二月に、権知学諭の朴致明の名前が見える。この人か。
（12）単于台：台の名前。綏遠省帰化城の西。かつて漢の武帝が十八万の軍をひきいて匈奴を威嚇するためにやって来たことがある。
（13）干と羽の舞：舞う人がもつ盾と鳥の羽根。武舞では干、すなわち盾をもち、文舞では鳥の羽をもつ。
（14）尹茂松：尹子雲。一四一六〜一四七八。一四四四年、文科に及第、検閲となった。集賢殿副修撰となり、応教になった。世祖が即位すると、佐翼功臣となり、後に茂松君に封じられた。一四六七年には体察使として李施愛の乱を平定して府院君に封じられた。領議政に至った。

十一　郷徒たちのうるわしい風俗

今の風俗は次第に浮薄になっているが、郷徒《ピヤンド》(1)たちにはうるわしい風俗が残っている。おおよそ、隣村の人びとが集まりを作る。少なければ、七、八、九人、多ければ百人余りにもなる。毎月、集まっては酒を飲み、人びとの中に喪に遭った者がいるときには、郷徒の人びとが、あるいは喪服を用意してくれ、あるいは棺槨を用意してくれ、あるいは灯りを用意し、あるいは食事を用意してくれる。またあるいは喪輿をかつぎ、墓を掘ってくれるのである。人びとはみな緦麻服をまとう。これらはまことに素晴らしい風俗である。

(1)　郷徒：田舎の常民たちが喪葬のときに助け合うために作る組織、あるいはその組織に参加する人びとをいう。棺をかつぐ人びとを指す香徒《ヒヤンド》ということばと関連するかもしれない。

十二　異人と出遭う

私がまだ若かったころ、南江で友人を送別しようと出かけたところ、典牲署の南の峠に至って、にわかに雨が降って来た。馬が泡を吹き出して前に進もうとはしない。たちまちに熱い空気が顔に吹きつけて火のようである。道の東側の谷を見ると、身の丈が数十丈もあろうかという蓑笠を着た人が立っている。顔は盤のように大きく眼は松明のように爛々と光っている。その様子は奇怪で異常であった。私は黙々としてみずから念じて、「私がもし精神を失えば、あの者の経略に落ちてしまうだろう」とつぶやきながら、馬の手綱をしっかり持ってじっとしていた。しばらくして、眼をそちらに向けて見ると、その者は首をめぐらせて天を向いていたが、次第に天に昇って行き、姿を消してしまった。心さえ落ち着いていれば、怪奇な者も襲って来ないというのは、本当のことである。

十三　相次いで死んだ金誠童と尹粋彦

中枢の金誠童《キムソンドン》(1)は上洛府院君(2)の息子である。家が南大門の外の蓮池のほとりにあった。人となって、その背は高く九尺もあった。沈重寡黙な性格で客や友人とともに遊んだり、冗談を言ったりすることを好まなかった。いつも一室に閉じこもって、一日中、人と話をせず、書物を紐解かない日はなかった。積城県監を経た後に、科挙に及第したが、甲科の三人に選抜されて、堂上官に昇進した。

富平の守令として赴いたときには、仕事において清廉謹慎であり、機務もたくみに処理することができた。納税の督促を人びとにすることなく、人びとは安心して彼を父母のように慕った。このときの監司が彼の善政を王さまに報告したので、特に嘉善中枢に加資された。

彼は公の仕事において至らないことがないかを汲々と恐れ、家の中のことには少しも関心を払わなかった。人びとは彼に遠大な期待をかけて、「まことに宰相の中の宰相の逸材だ」といっていたのだが、しばらくして夫妻ともに死んでしまった。

執義の尹粋彦《ユンスオン》(3)は私の友人の子芳《チャヤパン》(4)の息子である。家が中枢と隣り合っていたが、その人となりは文と武にすばらしい才能があった。少年で及第して舎人から執義になり、朝夕に銀台（承政院）を咫尺のあいだに仰ぎ見ていた。平安道に奉命使臣として赴いたとき、父親の子芳は黄海監司であった。執義が父親に会いに海州に行き、その後、病気にかかって死んでしまった。中枢の棺が出て行ったかと思うと、数日して、執義の棺が入って来た。士林の俊秀で逸材が相継いで、しかも隣り合って死んでしまった。凶音と悲報が相継いで、士林たちで悲しまない者はいなかった。

(1) 金誠童：一四五二～一四九五。一四九二年、式年文科に甲科で及第して堂上官となった。富平の県監であったとき、善政を敷いて人びとに慕われ、嘉善大夫に至った。職務に忠実で有能でもあったから嘱望されたが、早死にした。

(2) 上洛府院君：金礩。一四二二～一四七八。一四五〇年、文科に及第、集賢殿博士として成三問・崔恒・中叔舟などとともに文宗の寵愛を受けて後事を託されたが、いわゆる死六臣の謀反を告発して、世祖の時代には右・左議政となった。

(3) 尹粋彦：この話にあること以上は未詳。

(4) 子芳：この話にあること以上は未詳。

十四　氷庫

氷庫というのは昔は凌陰といった。東氷庫は豆毛浦《トウモポ》にあり、貯蔵庫が一つだけあり、そこの氷は祭祀用に用いられた。氷を貯蔵するときには奉常寺が主管することになっていて、別提の二人と力を合わせて検察した。また、監役部将と伐氷軍官がいた。監督しながら、楮子島《チョチャド》あたりで採氷したが、開川《ケチヨン》下流の汚れたところを避けたのである。

西氷庫は漢江《ハンガン》の下流の屯知山《トウンチサン》のふもとにある。貯蔵庫がすべて八棟ある。国の用、官庁の用、そして宰相たちの用に当てられる。軍器寺・軍資監・礼賓寺・内資寺・内贍寺・司贍寺・司宰監・済用監の八つの役所が主管して、別提の二人と力を合わせて検察した。また監役部将と伐氷軍官がいた。その他のそれぞれの官司では八棟にそれぞれ分属させた。

氷の厚さが四寸以上になった後になって、始めて仕事を開始した。そのときになると、それぞれの役所では争ってうまく事を成し遂げようとした。軍人たちが多くても、氷をうまく採取できないので、村の百姓たちが切り出して、軍人たちに売りつけた。また氷の上に葛の縄を置いて、滑って転ぶのを防いだ。江のほとりでは焚火をして、凍えた人に当たらせ、また医薬を準備しておき、凍傷の人の治療をした。事故にはくれぐれも注意を怠らなかった。

八月になれば、軍人たちを氷庫に入れる。氷庫の人たちが軍人たちを指導して、氷庫の天井を修理して、梁や垂木の腐ったのを取り替え、塀や垣根の壊れたところをなおした。

また庫員の一人は鴨島に行き、葦を刈り取り、氷庫の上と下、そして四方に積み上げて、氷庫を隠すほどにする。氷が溶けないようにするのである。

以前は、官人たちは日夜に酒を飲んで酔っ払い、氷を貯蔵することに関しては下っ端の者たちに任せていた。ところが、癸丑の年（一四九三）に氷の貯蔵に疎漏なことがあったので、王さまがお怒りになり、みな罷免なさるようなことがあった。そこで、次の甲寅の年（一四九四）には官吏たちは細心の注意をはらって氷を貯蔵した。すると、また次の乙卯の年（一四九五）には国の大喪があった。使臣たちの求めにも氷が不足することなく、秋になっても、氷庫には氷が残っていた。検査する方法を精密にしないわけにはいかない。

十五　盲人の占い師たち

わが国では命課(1)の類はみな盲人がなる。朝鮮朝の初めには真《チン》(2)という占いをする者がいて、遁甲術(3)を知っていた。ある日、忽然と宮中に現れ、王さまに拝謁した。王さまが、「宮廷の警戒ははなはだ厳重であるのに、お前はどうして入って来られたのか」とお尋ねになると、真は、「私は遁甲術を使って身を隠して入って来ましたが、宮門では誰にも気づかれませんでした。今日は私の命の尽きる日ですが、できれば、王さまはこの命をお救いください」と申し上げた。王さまは、「お前は秘術を用いて宮中に忍び込んだ、お前の罪ははなはだ重い。許すことはできない」とおっしゃって、即刻、殺すようお命じになった。

その後、金鶴楼《キムハクル》(4)という者は『明鏡数』(5)を知っていて、また金叔重《キムスクチュン》(6)という者がいて、世間に名前が知られていた。生員の朴雲孫《パクウンソン》[7]が館婢と姦通して、嫉妬するようになり、館婢の夫を殺してしまった。死罪囚として獄につながれた。刑が決まった日に、刑曹の郎官たちがみな集まった。叔重もまたその横にいた。順に吉と凶をいった。正郎の盧懐慎《ロフイシン》[8]はその富豪ぶりで世間に知られていたが、叔重を振り返って、「あの罪人の命は朝夕のあいだにあるが、それを逃れる道理があるであろうか」と尋ねた。叔重はしばらく占いをして、「あの罪人はただ死刑を免れるだけではなく、官途も大きく開けています。殺害される心配はありません。ところが、正郎のお命はあの罪人ほどにもありません」といった。一座の者たちはまったくの出まかせだといって笑った。雲孫は死刑を受ける日に逃亡して、死を免れただけではなく、後に官職を得て三品にまで至り、七十歳まで生きながらえて死んだ。懐慎はといえば、しばらくして夭死した。

　私の父上は叔重を手厚く遇された。私の年が五つのとき、伝染病にかかって死にそうであった。叔重を呼んで吉凶を問い、合わせて伯兄と仲兄の寿命も占わせたところ、叔重は、「ご長男は福禄が長久で官職は吏曹判書にまで昇られます。ご次男は清顕で貴い方におなりですが、長生きはなさいません。末のお子さまは福禄はご長男と同じほどですが、その栄華はそれを凌ぎます。たとえ虎や狼の巣穴に落ちたとしてもけっして害されることはありません」といった。はたして、そのとおりであった。

　金孝順《キムヒョスン》[9]という者がいて、やはりよく占いをした。伯兄が儒生であったとき、上舎の李寛義《イクアンウイ》[10]といっしょに行って占ってもらった。孝順が伯兄の運命を占って、「今年かならず科挙に及第します。そして、遂には貴顕となられるでしょう」といった。上舎の運命を占っては、「歯が欠けて老い、命を終えるまで腐儒として過ごします」といった。上舎は文名が高く、同輩たちは巨擘《きよはく》だとして重んじていた。科挙に及第することなど髭をつまむ程度にたやすいことだと考えていたが、占いのことばを聞いて悲しんで慟哭した。孝順はこれを慰めて、「晩年になって、王さまと臣下が慶事として出会うという兆しが出ていますよ」といった。上舎はついに科挙に及第することはなく、田舎に帰って年老いたが、七十歳のとき、逸民として召された。成宗が便殿で引見され、上舎は国家を治める道を講じたが、成宗は「まことに用いるべき人材である。しかし、年老いていて、宮中に留めておくこともなるまい」とおっしゃって、手厚く衣服を下賜されてこれを見送られた。

今、金山実《キムサンシル》(11)という人がいる。わが家の隣に住んでいる。丁未(一四八七)か戊申(一四八八)の年のころに、吉凶を占ってもらった。山実が、「太陽が初めて出て来て、万里に光り輝いている。これは官職が高くなるという験です。きっと高官におなりでしょう」といった。その年に、中国の弘治皇帝(12)が新たに即位して、私は謝恩使として北京に行くことになったが、占いはこのことを指していたのである。山実は誤って高官になるといったが、験は空しかったわけではない。

(1) 命課：運命および吉凶を占うこと。卜筮。
(2) 真：この話にあること以上は未詳。
(3) 遁甲術：鬼神を呼ぶ術法を遁甲術というが、多くの場合、遁甲蔵身術のことをいう。遁甲術を使ってわが身を他人の眼には見られないようにする術。
(4) 金鶴楼：『世祖実録』十三年(一四六七)五月に、世祖と徐居正が占いについて議論して、占盲の金鶴楼の名前が見える。世宗が温陽に出かけるとき、その吉凶を占わせたという。
(5) 『明鏡数』：占いの本の名前。
(6) 金叔重：『世宗実録』三十一年(一四四九)四月に、禄命の説を盲人の池和と金叔重に占わせたものの、信ずるに足りない云々の記事が見える。
(7) 朴雲孫：『成宗実録』二年(一四七一)十二月に、懐仁県監の朴雲孫は庸鄙無行であり、免職されたという記事が見える。
（8）盧懐慎：『世宗実録』二十五年（一四四三）二月に、盧懐慎は女色を貪って狂妄無比であり、懲戒すべきであるという啓上があった。
（9）金孝順：『世祖実録』八年（一四二六）十一月に副司直・金孝順の名前が見えるが占いの能力については述べない。
（10）李寛義：生没年未詳。性理学をはじめとして天文・地理・気象・暦学など、科学一般に明るかった。生員試には合格したが、大科にはとうとう及第しなかった。
（11）金山実：『成宗実録』二十一年（一四九〇）七月に金山実の名前が見える。
（12）弘治皇帝：明の孝宗のこと。弘治は孝宗が治めた時代の年号（一四八八～一五〇五）。

十六　私腹を肥やす役人たち

朝鮮朝が始まって以来、国家の法の網に疎漏なところがあって、士大夫たちが私利を得る道が多くあった。

世間に伝わる話で、太宗が郊外で狩をした。日が暮れて微服で渓谷の上にお出ましになった。すると、十人余りの人物が馬に食物を載せて、御前を過ぎながら、「承政院はどこですか」と尋ねた。太宗は笑いながら、「お前たちは川の下流の烟の立ち上るところに向っている。そこが承旨のいるところだ」とおっしゃったとか。

世宗《セジョン》朝に至っても、多くの倉庫の公の物を検査する術がなく、宮廷内の食物は承政院がもっぱら管掌していて、彼らの食べる物といえば、すべて御膳の残りであった。そうして食べても残ったなら、それを分けて自宅に持ち帰った。もし宴会でもあったなら、礼賓寺で御馳走を用意して、酒官が酒を進上し、倉庫の役人が妓生たちに花代として与える贈り物を買った。米穀十石以下なら、独断で自由に人に分けることができ、一日に使うのは、大体、紙が数百巻、酒が数百瓶、他のものもこれに並ぶ数量であった。朝官として各地に旅をした者は倉庫の役人に落庭米を借り、それは少なくとも数石を下ることはなかった。たとえ名称が「落庭米」ではあっても、正真正銘の米である。器や皿も官に借りて使った。借りれば返さなかった。官でも返せとはいわなかった。無駄遣いは万端にわたっていたが、公費であるから、誰も文句はいわない。どうしてそうなるのかわからない。

世祖が六典(1)を改めて、横看案(2)を作成した後からは、たとえ至極に小さな物品であっても、みな申告した後に使用することになった。これによって、人びとが乱用するようなことはなくなったが、また貯蓄も欠乏して、国家ではつねに不足を憂うるようになった。これもまたどうしてそうなるのかわからない。

(1) 六典：国家行政の六つの法典。すなわち、吏典・戸典・礼典・兵典・刑典・工典。
(2) 横看案：横線を引いてその間に出し入れがすぐにわかるように作製した一覧表。

十七　獣の巣窟だった東州の野

鉄原《チョルウオン》は昔の東州《トンジュ》の野である。獣の巣窟である。

世宗が何度もここで狩猟をなさって、数多くの獣を仕留められた。そして、その獲物を賓客の接待用とし、公的な需要に当てる以外にも、宰相たちに分けて下賜なさることもしばしばであった。文昭殿[1]の朔望祭に使用する祭肉はただ鉄原と平康《ピョンカン》から供するものだけでも余りがあった。今は東州の野も半分以上は耕地になってしまい、鳥も獣も少なくなり、二つの邑では獣を捕まえるのがはなはだ困難になってしまった。もし捕まえることができなければ、邑ではあわてて不安になり、寝食を忘れて、上下の官吏たちは林の中を探しまわり、やっとのことで罰を逃れるのである。それでも、今なお廃止されることがないのは、よそよりもまだ動物たちが多いのであろう。

（1）文昭殿：李太祖の妃である神懿王后の祀堂。太祖五年（一三九六）に建てられ、仁昭殿といったものを太宗八年に文昭殿と改称し、世宗十五年（一四三三）には太祖と太宗の位牌を奉安するようになった。朔望祭は月ごとの朔日と十五日の祭祀。

十八　父子が同時に大臣

鄭貞節公[1]というのは判書の欽之《フムチ》[2]の子息である。判書が判刑曹だったときに、貞節公は大司憲であり、父子が一時に宰枢となった。

父子はともに容貌が魁偉であり、髭が長く美しかった。ある日、父子は大きな市で出くわした。判書は軺軒[3]に乗っていたが、大司憲が駆け寄って軺軒をかつぎ、互いに話をしながら進んだ。その風采はともに光り輝いていた。路上でこれを見る者たちは誇らしく感じ、二人を欽慕するのだった。

（1）鄭貞節公：鄭甲孫。第四巻第三話の注（1）を参照のこと。

（2）欽之：一三七九〜一四三九。進士成均試に合格して蔭仕で司憲持平となったが、一四一一年には及第して司憲府掌令となった。さらには知中事となって機密を掌握して忌憚なくもろもろの事がらを処理した。中枢院使となって死んだ。平素から読書を好み、特に史学に通じ、天文学にも詳しかった。

（3）軺軒：従二品以上の官員が乗る丈を高く作った一輪車。命車ともいう。

十九　家々の祀堂

君子は家を建てるときには、かならず祀堂を建てて先代の神主を奉安する。これは『朱文公家礼』[1]による。

わが国は三国時代と高麗時代に久しく仏教を受容して来たために、家廟[2]の制度が明白ではなかった。それで、士大夫たちが儒礼でもって祖上を祭祀することがなかったが、圃隠・文忠公[3]が先立って道学を明らかにして、儀礼を厳格に立てたときから、以後は家々に祀堂を作るようになった。そうして初めて家屋を嫡長子に伝えるようになったのだが、嫡子と庶子の区別を厳格に考えるようになり、子どものない者は一族の子どもをもらい受けて後継ぎにするようになった。

国家の大祭[4]は孟月に挙行する。士大夫の時享[5]は四季の仲月に行う。これには順序があるためである。

（1）『朱文公家礼』：『朱子家礼』あるいは『文公家礼』とも。儒教の核心は礼にあって、『礼記』『儀礼』

『周礼』の三つの経典があるが、古代の周に定められた「礼」をそのままでは施行できないとして、宋代、朱子が簡素化し、再編集したもの。李氏朝鮮時代の人びとの礼の根本経典となった。

(2) 家廟：各家の祀堂。祖先の神主（位牌）を奉安して祭祀する堂。

(3) 圃隠・文忠公：鄭夢周。第一巻第一話の注（2）を参照のこと。

(4) 大祭：宗廟で行われる四孟朔と臘日の祭祀。

(5) 時享：時祭ともいう。春夏秋冬の四つの季節の中間の月に行う祭祀。

二十　まがいものの海苔

海苔《のり》は南海で産するものを甘苔《カムテ》といい、甘苔に似てやや劣るものを苺山《メサン》というが、火で炙って食べる。私の友人の上舎の金澗《キムカン》[1]が山寺にこもって読書をしたとき、僧侶が苺山を炙ったものを出してくれた。食べて見ると大変においしい。しかし、それがいったい何なのか知らなかったので、あれこれと尋ねて、始めてその名前を知った。ある日、澗がわが家に訪ねて来て、「君は苺山を炙ったものを知っているか。天下の珍味というべきだ」といった。私が、「それは御厨で使われるもので、外部の者が手に入れて食べることができないものだ。しかし、君のために探してみよう」といった。

私が崇礼門の外に出て行ったとき、蓮池の中に青苔のくずのようなものが水の上に浮かんでいた。そこで、笊でこれを掬ってのし、炙った。そして、人をやって上舎を招待した。上舎が馬に乗ってすぐにやって来たので、対坐する酒席をもうけた。わたしは苺山を食べて、上舎はもっぱら青苔を食べた。上舎はわずかに二串ほど食べて、「中に砂の臭いがして、また前に食べたものとは同じではない。どうも吐き気がしてきて、気持ちが悪くなってきた」といって、そのままわが家を出て自宅に帰ってしまった。上では吐き、下では下痢をくりかえし、数日の間は寝込んでいたがようやく癒えた。そして、「寺で食べた苺山ははなはだ美味であったが、君が出してくれた苺山はひどかった」といった。

私は庭園の中で青虫が木の葉を食べているのを見て、その虫を集め、紙に包んで厳重に封をした後に、童僕にそれを持っていかせて、「幸いにも苺山が手に入ったので、君に一度は味わってもらいたいと思って、さしあげます」といわせた。そのときはすでに日が暮れかけていて、上舎夫妻は衾をかぶって座っていた。上舎は、「お前の主人は自分で食べないで、私に送ってくれた。これこそ本当の友人だ」といった。そうして封を切ると、たくさんの虫が出て来て、あるいは衾の中に入り、チマの中に入り込んで、夫妻は驚いて大騒ぎをした。虫の触ったところは傷になった。家の中は大笑いであった。

（1）金澗：『李朝実録』には三人の金澗がいるように思われる。世宗年代に出て来る宦官の金澗、中宗年代に出て来る龍譚県令の金澗などは別人として、成宗二十一年（一四九〇）に前副司正として加資を受けた金澗がここの金澗か。

二十一　積善の家のはずが

善行を積んだ家にはかならず余慶があるという。独谷[1]はつねに善行をこころがけ、その振る舞いも善良で、行動はかならず仁をもとにしていた。そうして、確かに、子孫を多くもつという慶事を見ることができたのである。しかし、長男の参賛公[2]には後継ぎがなく、二男の参議公[3]は生れたときから眼が見えず、その子の昌山君[4]も、またその子も生まれながらに眼が見えなかった。三代が続けて眼が見えなかったのである。わが仲兄[5]は文章でも学問でも士林のみなが感服するほどのものであったが、わずか三十歳で死んでしまった。その二人の子も精神が病んでいた。天道というのも人の推し量ることのできないものである。

（1）独谷：成石璘。第一巻第三話の注（5）を参照のこと。
（2）参賛公：発道。第二巻第七話の注（17）を参照のこと。
（3）参議公：志道。『昌寧成氏八百年史』によると、発道は次男で、志道が長男とある。成石璘は、太祖・李成桂とあまりに残虐な第五子の太宗・芳遠の親子の仲を取り持とうとして、太祖に自分に私心があるとしたら、子孫たちはみな盲人になるであろうと誓ったという。その結果、息子の志道と孫の亀寿命とが盲人となったのだ、と。
（4）昌山君：志道の子で、吏曹判書となった亀寿。
（5）仲兄：成侃。第二巻第一話の注（12）②を参照のこと。

二十二　言い得て妙の格言

諺に、「朝酒は一日の災い、窮屈な靴は一年の災い、悪妻は一生の災い」というのがある。また、「分厚過ぎる石垣、口数の多い子ども、そして手仕事のできない女は不必要」ともいう。ことばは卑俗でも、やはり真実を言い当てた格言である。

二十三　広通橋の禅士の占い

読経する盲人たちはみな頭を丸めているので、世間の人びとは禅士と呼んでいる。

年老いた盲人の金乙富《キムウルプ》(1)は広通橋《クァンドンキョ》のたもとに住んでいた。占いを業としていて、人びとは争うようにして彼に占ってもらったが、彼のいった通りにはならないことが多かった。そこで、婦人たちは、「広通橋の禅士の占いが凶なら、きっと吉だ」といっていた。

参判の金賢甫《キムヒョンボ》(2)は、その息子が科挙を受けることになり、息子の作った文章を見て、「お前の文章ははなはだ卑陋で、けっして及第はすまい」とため息をついた。しかし、いざ榜が発表されて見ると、なんと息子はいい成績で及第していた。同僚たちは笑いながら、「広通橋の禅士の占いが凶なら、きっと吉だというではないか」といった。

（1）金乙富：『世宗実録』七年（一四二五）八月に車指南の腹心として金乙富の名前が見えるが、この人かもしれない。

（2）金賢甫：金升卿。第六巻第三十四話の注（6）を参照のこと。

二十四　人びとの臆測

もし、大豆の花と小豆の花がどんな色をしているかと尋ねられれば、人びとはきっと大豆の花は黄色で、小豆の花は紅いというであろう。これは大豆と小豆の色だけを見ていうのである。しかし、実際には、小豆の花は黄色く、大豆の花は紅い。

もし、石菌(1)の土に下ろしている根がどんなものかと尋ねられれば、人びとはみな毛が生えている側が外にあって皮がつるつるしている側が土に着いているのだと答えるであろう。これはただつるつるした皮に泥が馴染んでしまっているのを見て、いうのである。しかし、実は毛のついている側が土についているので、皮がつるつるしている側が外にあるのである。

もしコウノトリの尾が何色かと問われれば、人びとはみな、黒だと答えるであろう。これはこの鳥の両の翼が黒く、他の羽毛も黒いので、当然のこと、尾も黒いと考えるためである。しかし、実際には、コウノトリの尾は白い。

大体において、世間の人びとの臆測というのは、こういった類が多い。

（1）　石菌：石の上に生える霊芝。

二十五　へそ曲がりの申生

同年の申生は黄色い髭が生い茂り、身長が低く、背が曲がっている。しかしながら、性格は真面目で厳しく、少しも人の過ちを容赦することがない。かつて礼曹佐郎だったことがある。妓生たちを検察することがはなはだ酷薄だったから、妓生たちはみな歌を作って彼をあざけった。また、蓴菜と松茸を嫌って、「これらはいったいどこがおいしくて、世間の人びとは味わうのだろう」といった。僚友たちは笑って、「申君は人の好きなものを好きにならない人物だ」といった。また、鶯の声を聞いて、「いい声だ。噱鳥の声は」といった。同僚たちが笑って、「この鳥は鶯だよ。どうして噱鳥だというんだ」というと、申は、「その鳴く声が、噱噱（キャクキャク）と聞こえるから、噱鳥なので、鶯ではないさ」と答えた。同僚たちは彼の頑なさを笑った。そのときに、ある人が詩を作った。

「木の上にはキャクキャクと鳴く黄色い鳥、
蓴菜も松茸も吾輩の嫌いなもの、
紫の髯に背中の曲がった小さい男だが、
妓生たちをしめ上げる術を知っている。
（樹頭噱噱黄鳥止、蓴菜松菌非我喜、
紫髯曲脊小男児、猶知検察梨園妓）」

二十六　音楽好きの大提学の朴堧

大提学の朴堧《パクヨン》(1)は永同《ヨンドン》の儒生である。若いときには郷校で学問を磨いていたが、隣に笛を吹く人がいた。提学は読書をするかたわら、笛を学んだ。郷土の人びとは彼を笛の名手として重んじた。

提学は科挙を受けるためにソウルにやって来て、梨園(2)のよく笛を吹く広大に自分の吹く笛の音を聞いてなおしてくれるように頼んだ。広大は大笑いして、「音と節が田舎くさくて、曲調に合っていない。悪い癖がすでに染みついていて、なおすのは難しいでしょう」といった。提学は、「そのとおりかもしれないが、それでも、教えを請いたいと思う」といった。そうして毎日のように広大のところに通って、怠ることがなかった。数日して、広大は提学の笛を聞いて、「この道の先輩として教えるに足ります」といった。また数日後に、提学の笛の音を聞いて、「規範はすでに体得された。きっと大成されるでしょう」といった。そうして、また数日後、広大は不覚にも膝を屈して、「私にはもう教えることはありません」といった。

その後、提学は科挙に及第して、またコムンゴ・琵琶などさまざまな楽器を習って精妙に演奏できないものがなかった。

世宗に知遇を得て、ついに抜擢され登用されることになった。慣習都監提調となって、音楽に関わることをもっぱら担当した。

世宗があるとき石磬を作って、朴提学に調音するように命じたが、提学は、「ある音律が一分高く、ある音律が一分低くなっています」といった。そこで、確かめると、音律が高いといったところには屑がついていた。世宗は音律の高いところの屑を削らせ、音律の低いところにその屑をつけさせなさった。提学が、「これで音律が正しくなりました」と申し上げた。人びとはみなその神妙さに感服した。彼の息子が癸酉の年の乱[3]に関わり、提学もまたそのために罷免され郷里に戻ることになった。親友たちが漢江のほとりで餞別したとき、提学はただ一頭の馬を引き、一人の童僕を連れて、その行装も侘しかった。ともに舟の中に座って杯を取って離別を惜しんでいると、提学が胴巻きの中から笛を取り出して三度ほど奏でた。そうして別れたが、聞く者は凄寥とした感じに打たれ、涙を流さない者はなかった。

（1）朴堧：第二巻第二十一話の注（1）を参照のこと。
（2）梨園：教坊の別名。教坊は掌楽院の左坊（楽雅）と右坊（楽俗）の二つを合わせていう。歌舞を行う者たちを養成する部署で、日本では転じて歌舞伎界を意味するようになった。
（3）癸酉の年の乱：いわゆる癸酉の靖難。首陽大君（世祖）が王位簒奪のために対抗する安平大君一派を粛清した事件をいう。

二十七　探し当てた玄祖母の呉氏の墓

伯兄にしたがって開城《ケソン》に行く途中、私たちは坡山《パサン》の別荘に宿泊した。月夜に話をして、話はたまたま古都のことに及んだ。私が悄然とため息をついて、「松都はわが祖上たちのお住まいになり、墳墓のあるところです」というと、伯兄が、「玄祖の摠郎公[1]は昌寧《チャンニョン》に葬り、高祖の文靖公とその夫人は抱川《ポチョン》に葬った。曽祖の靖平公とその夫人、祖父の恭度公とその夫人はみな果川《カチョン》に葬った。ただ摠郎公の夫人の墓だけは開城にある。父上があるとき、『当時、あまりに年少で詳しく尋ねてみなかったのが、今となっては大いに悔やまれる』とおっしゃったことがある。今はたとえ埋葬されたところがわかったにしても、歳月がすでに久しく経ち、墳丘も平らになってしまっているだろう。どうして知ることができようか」とおっしゃった。

次の日、洛河を渡って壺串《ホクアン》を過ぎ、途中にもし翁仲(2)が立つ昔の墓だけでも見ることができればという悲しい思いにとらわれて、「この墓ではないとどうしてわかろう」といいながら、慷慨して、口惜しい思いを絶つことができなかった。下人一人が鞍籠(3)を抱えて先導していたが、東に十里ほど行くと大路に出て、しばらく行くと、また山谷の小路になった。伯兄が「この道は以前に通った道ではない」といった。頭を巡らすと古い道からすでに数里も離れていて、青郊駅《チョンキョヨク》がはるか西の方にあった。はじめてそこが天水《チョンス》の東の麓であることがわかった。道をまちがえてあわてて高い峠を越え、すっかり疲れてしまったので、馬から下りて、しばらく休んだ。そうして、深い谷の下をのぞくと、石碑があって、墳墓がたくさんある中に高くそびえている。私が行って見ようとすると、伯兄はもうそろそろ暗くなるからといって止めた。そこで、私は馬に乗って駈けて行き、見ると、それはまさに呉氏の墓であった。石碑の前面には「三韓国大夫人同福呉氏之墓」とあって、背面には高祖、曽祖の三人の兄弟の諱が書かれていた。私は伯兄を迎えて戻って来て、四拝した。伯兄が感嘆して、「これは玄祖母の神霊が私たちを呼び寄せたのだ。そうでなければ、どうしてこのように偶然にもここに至ることができたであろう」といった。ここでしばらく嗚咽して立ち去った。まもなく、伯兄は留守に任命され、時佐《シチャ》(4)・子強《チャカン》(5)の兄弟が相継いで京畿監司・巡察使となって、今に至るまで呉氏の墓の祭祀を怠ることはない。

（1）玄祖の揔郎公：以下、成俔の家系を記す。玄祖の揔郎公（君美）―高祖の文靖公（汝完）―曽祖の靖平公（石珚）―祖父の恭度公（揜）―父の恭恵公（念祖）。

（2）翁仲：秦の時代の南海の巨人である阮翁仲をいう。身長が一丈三尺あり、気質が端勇であったという。秦の将軍として臨瀛を打ち、威名をとどろかせた。彼が死んだ後、銅で彼の像を造り、咸陽宮の司馬門に立てた。後世では銅や石で造った像をいうようになった。

（3）鞍籠：車馬などをおおう雨具。厚い油紙でできていて、片面に獅子を描いてある。

（4）時佐：成俊。成順祖の息子。成俔にとっては従兄弟となる。一四五八年、式年文科に及第。顕官を歴任して、一四九〇年には聖節使として明に行った。領議政に至ったが、燕山君の時代、一五〇四年に甲子士禍が起こると、流罪となり、二人の息子の仲温・景温とともに殺された。

（5）子強：成健。俊の弟。一四六八年に文科に及第して、官職は左賛参に至った。子どもがいず、兄の俊の子の景温を養子にしたが、甲子士禍で流罪になり、賜薬された。

二十八　蛙の声

蛙は日照りのあいだは久しく鳴かず、雨が降れば騒々しく鳴き出す。どうしてそうなのかは知らない。『周礼』で、蜃灰(1)をまいて追い払うというのは、その声を嫌うからである。孔稚圭が蛙の声を両部の太鼓を打ち、笛を吹く音に喩えるのは、その声を楽しんでいるのである。今、盲人が読経する声を聞けば、もっぱら蛙の声を真似ているようである。これも一種の声音である。

（1）蜃灰：貝殻を燃やしてできた灰。

二十九　他人の墓を暴いてはならない

権《クオン》という姓の宰枢がいた。文官として朝廷で名高かった。

その父親が死んで、人の墓を掘り返してそこに父親を埋葬しようとした。墓の主人が、「これは私の父親の墓です。私の父はたとえ官職は低くとも、意気軒高として、尋常の人ではありませんでした。お気を付けになって、墓を暴かないでください。暴けば、きっと災いがあるでしょう」といった。宰枢はその願いを聞かず、とうとう墓を暴き、棺を開いて屍を捨ててしまった。その子どもは屍を抱きしめながら慟哭して、「英霊がいますなら、どうしてこの恨みをお晴らしにならないであろう」といった。

その日の夜、風水師の李某の夢に、紫の髯の丈夫が憤怒の形相で現れて、「お前はどうして私の安らいだ住みかを壊して他の人物に渡してしまったのだ。災いの根本はお前にある」と叱責して、拳で李某の胸を強打した。李某は胸から血を流して死んでしまった。まもなく、宰枢もまた罪を得て誅殺され、一家も滅亡してしまった。人びとはみな他人の墓を暴いたために生じた災禍であると噂した。

三十　関東漫遊記

辛丑の年（一四八一）に耆之《キチ》(1)と磬叔《キョンスク》(2)が承旨として罪を得て、ともに罷免された。しばらく関東を歩き回ったが、白衣に短い蓑の姿で、それぞれ下人一人を連れて出かけた。武官の晦翁《フイオン》(3)もこれに同行した。抱川に至って、川を前にして夕飯を摂ろうとすると、一人の少年が農家から出て来て、磬叔の横に跪いて、「あなた方は永安道の司直ではありませんか。私は牛を買いたいのですが」と尋ねた。磬叔が「牛はない」と答えた。まわりの者たちは笑った。

金化県《クムフア》に至ると、県監が道に出ていて、県に迎え入れようとした。磬叔は、「今日はもう日が暮れようとしている。ここから金城まではまだ遠い。四方を見回しても人家はない。県監のことばに従うのがいいだろう」といったが、耆之は怒り出し、「私は君を信頼のおける人間だと思っていたが、どうして事を判断するのに誤るのか」とこわい顔つきをしていった。そうして十里あまり行ったが、日はとっぷりと暮れた。晦翁が、「永安道を往来する人びとはみな道で野宿する。私には大した才能はないが、弓を射、馬に乗ることを業としている。どうして盗賊のようなものを恐れる必要があろう。道ばたに野宿するのがよかろう」といった。磬叔が、「永安道の人びとは大勢の人びとが集まって隊を作っているので、道で野宿してもかまわない。しかし、彼らでも盗賊に出会えば、物品を失うことが多い。君が勇猛であることは信じるが、どうして一人だけの力で大勢の人間に太刀打ちできようか」といった。西側の谷の松林の間に通う細い路があった。あるいは、人の家に通じる路だといい、あるいは墳墓に通じる路だといった。磬叔が、「谷の中は幽かで暗いが、大道よりはましだろう。その中に家があれば泊めてもらえばいいし、家がなければ木を伐って柵を作っても、何が問題になろう」といった。そうして、細い路をたどって行った。すると、小さな店があって、女子が赤ん坊を抱いて戸口に立って、「今は店に主人がいません。ただ主婦だけですので、お客さま方に中に入っていただくわけにはいきません」といった。みなが前の畑に座って晩飯を食べた。山の気配もすっかり暗くなり、物の色もわからないようになった。すると、馬に乗った一人の男が現れた。後ろには犬も連れている。幼い子が「ご主人が帰って来られた」といった。女子がこれを迎えて、「見知らぬ方たちが外に大勢いますが、泥棒ではないかと心配です」といった。主人の男も、「どんな人間がこんなに夜遅くにやって来よう。やはり油断のならない人たちだろう」といいながら、馬から下りて、咳払いをして人びとを見回して、「連れの中には熊や虎の皮があるのを見ると、これは士族のようだ」といった。座中の人びとはみな帽子を斜めにかぶり、無言であったが、主人はにわかに磬叔の帽子をとって、じっと顔を見て、突然しりぞいて跪き、「これは成令監ではございませんか」といった。また耆之の帽子を取って、「こちらの方は蔡令監ですね。お二人はどうしてこんなところにやって来られたのですか」といった。詳しくソウルのことを尋ねて、やっとその間の事情を理解して、家の中に迎え入れた。屛風を立てて、居場所を作った。そして、「わが家は貧しくて粟で作った濁り酒しかございません」といって、奴僕を呼んで、酒を漉して入れた瓶を持って来させた。また二人の娘を呼んで挨拶をさせた。人びとはみな敬語を使っていたが、主人が、「私の正妻には子どもがいません。この者たちはみな婢妾から生まれた者です」といって、二人の娘を二人の客の横に座らせ、酒の酌をさせた。耆之が下人に笛を吹かせた。酔いがほどよくまわって、耆之が、「さて、私はあなたの娘の手を取ろうと思うが、いいのかな」というと、主人は、「この娘たちは田舎者ですが、令公方のお側に侍ってお慰みになっていただければ幸いです。どうしてそのようなことをおっしゃいますか」といった。耆之は一人の娘の手を取って、さまざまなことをして楽しんだ。屋根が低くて立ち上がることができず、頭をぶつける。そこで、腰をかがめて舞いながら、朝を迎えた。主人の姓は秦《チン》で、吏曹録事であったが、休暇を賜って田舎に来ていたのである。

昌道駅《チャンドヨク》に至り、晦翁が病に罹ったので、数日のあいだ留まった。馬たちが秣を食み、またたくさんの糞をした。駅卒たちが箒を持って来て掃きながら、「どうしてわが監司殿のいらっしゃる役所を汚すのか」といって、大いに怒っている様子であった。磬叔がその怒りをなだめようとして、「どうぞ怒らないで欲しい。われわれ三人の中でもし一人が察訪にでもなれば、君には休暇を与えようではないか」といったが、駅卒は、「どうしてそのような白衣を着て細紐を結んでいるような人間が察訪になるようなことがあろうか。そんなことがあれば、永安道を干し鱈をかついで行く人足だって察訪になれるだろうよ」といった。人びとはみな腹を抱えて大笑いした。

さらに道を進めて、新安駅を通り過ぎたが、すると一人の官人が駅馬に乗ってやって来た。われわれ一行はみな馬から下りて草の中に伏した。官人は、「いったいどんな人びとがさ迷い歩いて立ち去らないのか」といった。また、よく見ると、一人の女人が紅いチョゴリと白いチマを着て馬に乗って後に従っている。磬叔が「これこそまことの丈夫の一行というべきだ。私がかつて鑾坡（翰林院）を経て銀台（玉堂）を踏んだ当時は、美しい女たちと風楽を楽しみながら日々を酒に酔って過ごしたものだが、いまはこのように零落してしまった。われわれの立場からあの人物を見れば、まるで天上の人のようだ」というと、耆之は「君がかつて関西に奉命使臣として赴いたときには、二人の妓生を馬に乗せ、こちらに戯れ、あちらに戯れ、道を行ったのではなかったか。あの者をどうして羨む必要があろう」といった。一行は大いに笑った。

和川《ファチョン》県に至ったが、ここは淮陽《フイヤン》の属県である。晦翁は食欲がないから豆粥が食べたいといった。磬叔が県の役人を呼んで、上着をやって豆粥を要求したところ、役人は、「わが家は貧しいですが、どうして豆粥のお代に上着をいただくことができましょう」といって、夕方になって、豆粥一鉢と澄んだ蜂蜜一椀を持ってきた。耆之が受け取ってすっかり平らげた。役人がまた持ってきた。今度は磬叔が受け取って平らげ、晦翁はただその残りをすすった。

さらに道を進めて、楸嶺《チュリョン》を越え、中大院に至ると、風が吹いて雨が降り始めた。寒気が襲って秋のようであった。前日にソウルを出発するとき、磬叔は襦衣をもって来なかったので、このときになって寒さに耐えることができなかった。亭中に一人の番卒が濁酒を抱えてやって来て勧めたが、人びとはその穢いのを嫌って飲まなかった。磬叔だけが一杯を傾けて、「薄い衣服しか着ていない者がこの風雨の中でこれを飲んで何が悪かろう」といった。

通川《トンチョン》に至って、郡主の安国珍《アンククチン》(4)とともに遊覧した。南は高城《コソン》郡に至ったが、そのときの郡主は洪子深《ホンチャシム》(5)であった。三日浦《サムイルポ》を回って、また東海のほとりの烽火峯に遊んだが、その奇異な景観は並ぶものがなかった。子深がその峯を承旨台と名付けた。遊覧する二人の人間がともに承旨を勤めたことがあったからである。海の魚を捕えて暴飲して大いに酔っぱらったが、郡主が五味子漿を調整して瓶に入れて持ってきた。磬叔が傍らに置いて盗むようにしてこっそりと飲んだので、晦翁はそれを見て壺を奪って逃げ、磬叔が杖を持って追いかけた。しかし、晦翁が瓶に唾を吐いたので、他の人びとはこれを飲むことができなくなった。耆之は怒り出し、ついに壺をひっくり返し、中身を全部捨ててしまった。

洛山寺《ナクサンサ》に至ると、寺の僧が、「あなた方一行がこの寺にやって来られるという話を聞きましたが、たまたま扞城から来た人がいたので、『承旨たちはどちらに行かれるのだろうか』と尋ねましたところ、『承旨など見かけなかったぞ。ただ馬の後ろに蓑を懸けた二三人を見たが、江陵《カンヌン》の兵士たちではあるまいか』といいました。今見ると、あなた方が蓑を持っていらっしゃる。きっとさっきの人が見誤ったのでしょう」といった。みなは大いに笑ったことだった。

こうして襄陽《ヤンヤン》まで行ったが、ついにはソウルに還った。

翌年の壬寅の年、晦翁は淮陽府使となった。さらに次の年の癸卯の年、磬叔が江原《カンウォン》監司になった。

（1）耆之：蔡寿。第二巻第十六話の注（3）を参照のこと。
（2）磬叔：著者である成俔の号。
（3）晦翁：晦翁の字あるいは号の人物を探し出すことができないが、『成宗実録』の十二年（一四八一）四月に、承旨の蔡寿・辺修・成俔・李拱・李世弼を罷免する旨の記事がある。この中の辺修ではないかと思われる。武科に及第して武官を歴任したが、特に承政院に移って承旨になった。後に、一五〇六年に中宗反正が起こると、これに加担して功績があり靖国功臣二等となって、原川君に封じられた。
（4）安国珍：安璿。一四六五年、中部録事となり、続いて持平・掌令となり、成宗のとき主簿を経て万頃県監となって、善政を敷いた。
（5）洪子深：この話にあること以上は未詳。

第九巻

時を得る、時を得ない

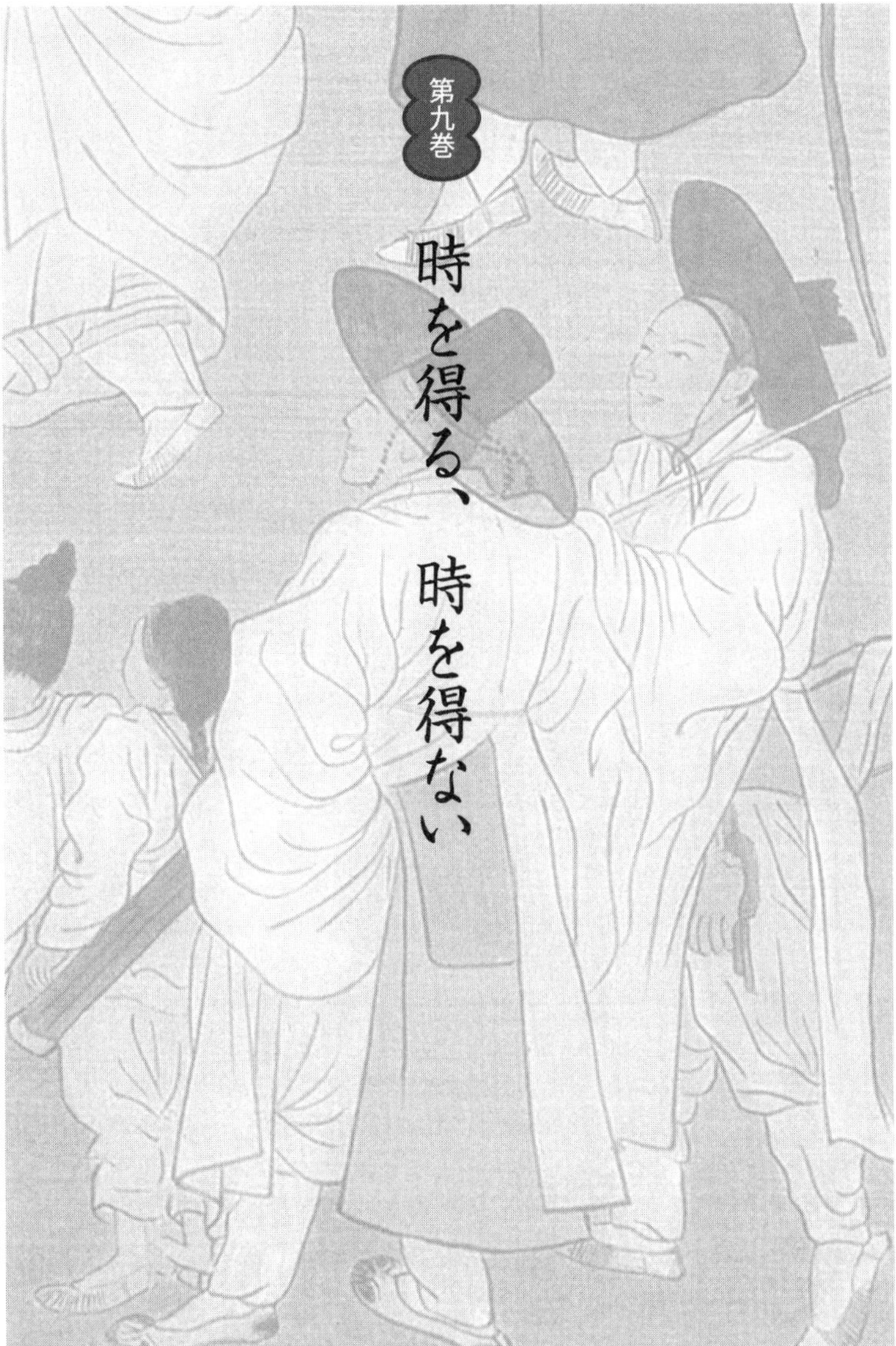

一　わが朝鮮人と中国人の比較

わが国は中国とは同じではない。わが国の人びとが文字（漢字）を読むときには、音があり、解釈があり、口訣[1]がある。そのために学ぶのが困難である。しかし、中国では話す通りに文字があるのである。音を考えることもなく、口訣もない。そのために学んで成就するのもやさしい。

わが国の人はずるがしこく、疑い深く、いつも他人を信じない。そのために、他人もまた自分を信じてくれない。中国の人は純厚で、疑い深くない。外国人と交易して売買するときでも、はなはだしく争って利益を図ることはない。

わが国の人は、ほんの小さな事であっても、軽率かつ性急に騒ぎ立てる。そのために、人が多くても、物ごとを成就することができない。中国の人は鷹揚で寡黙である。そして、人が少なくても、物ごとを容易に成し遂げる。

わが国の人は大食いである。ほんの一時の食事であっても、ほどよくすませることができず、腹一杯に食べて箸を置くことがない。貧しい百姓は富裕な家に米穀を借りても、浪費して節約することを知らないために、いっそう困窮するようになるのである。富貴な人も酒と食事を多く並べ立てて厭きることはない。そのために、もし軍事を起こすことがあれば、食料の輸送に力を半ば以上に費やさなければならない。数里ほども行軍すれば、輜重が道を妨げるのである。

　中国の人はあまり食べない。一度の食事で焼餅を一個だけでも食べれば、朝夕をしのぐことができ、必ずしも米飯を食べるわけではない。兵士たちは乾し飯を馬の鞍に懸けて行き、飢えに備える。旅をする人は、たとえ千里、万里を行く場合でも、ただ銀銭だけを持って行き、飯を求めて食べ、酒を求めて飲み、馬を求めて乗り、下人を求めて使う。居住するときには家を求め、宿るときには女子を求める。それで、旅にも困難がない。

　わが国の人は、官職についている人なら、明け方に食べ、朝に食べ、昼に食べ、あるいは時を決めずに集まっては飲んで食べている。下人たちをいじめるように督促して御馳走を持って来るようにいい、わずかでも粗忽があれば、叱りつける。

　中国の人で官職についている人は、たとえ公卿大夫であっても、自分の家で飯とおかずを用意して、官庁に持って行って、そこで食べる。

　わが国の人が外国に使臣として行くと、通過するところの官吏たちがその境界まで出迎えに出て、また見送ってくれるが、まずは酒と食事を用意してくれる。彼が中国から帰ってくれば、待ち迎えて、数日のあいだは滞在させ、盛大に宴会をもよおし、酔っぱらわせることに力を尽くす。酔いから覚めることがないほどに飲み続けさせ、それで病になってついには廃人になった者も無数にいる。そして、彼を送別するときには山紫水明のところに幕を張って、客の袖を放さない。そうして、一日が終わってしまう。そのために、地方官で要領の悪い人は役所の資産を消尽してしまい、役所の運営が日々に頽廃してしまうのである。要領のいい者は、それを奇貨として利得を得るように運営する。しかし、それも自分の利益を優先させるから、役所は日々に貧しくなって、下っ端役人と百姓たちは疲弊して行き、その苦痛に耐えることができない。

中国の人で使臣として行く者は、一万の車馬が先導して、節鉞《せつえつ》(2)が光り輝いて、まことに盛大であるというべきである。しかし、彼が邑に入って行くと、地方官が堂の下で挨拶する。使臣が部屋に入って行くと、ただ豚の足と玄米飯を食べるだけで、随行員たちと同じ寝床に寝るだけである。翌日になれば、すぐに出発する。地方官は五里の外まで出て、酒を三杯だけ勧めて見送る。これは官吏が自然な人情として私的に酒食を用意して、「上程」と称してもてなすのである。そうして、使臣が滞在するようなことはない。役所でも物資を浪費することがなく、州・県はいつも満ち足りている。

わが国の人民は、奴婢が半数に上る。そのため、名のある州、大きな県といったところでも、兵士は少ない。

中国の人はみな国家の人間として、戸ごとに精兵を出す。たとえ小さな僻地の邑であっても、数万の人間を動員することができる。

わが国の人は軽率で慎重なところがなく、性格も不安定である。人びとは役人を恐れることなく、役人はソンビを恐れることなく、ソンビは大夫を恐れることなく、大夫は公卿をおそれることがない。上下がともに軽んじて、たがいに足の引っ張り合いをしている。

中国では、下民たちが役人を恐れることはまるで狼や虎ででもあるかのようであり、役人が公卿や大夫を恐れることはまるで鬼神ででもあるかのようであり、公卿や大夫が皇帝を恐れることはまるで天ででもあるかのようである。そうして、仕事をすれば成し遂げることができ、命令が下されれば、きっちりと服従する。

(1) 口訣：漢文の間に書き入れておく活用語尾。「ハゴ」を「只」で、「ハヨ」を「占」で表したりする。日本の返り点、送り仮名に当たる。
(2) 節鉞：「節」は旗、鉞はまさかり。昔、出征する将軍や命を奉じた使臣に王さまが旗と鉞を与え、その威信を表す象徴とした。ここでは使臣の行列の威儀の意味で使われている。

二　わが朝鮮の温泉

唐子西(1)の『論温泉記』にいっている。

「ある者は、炎州《ヨムジュ》(2)は土地がはなはだ熱いので、谷間にはたくさんの温泉があるのだといい、ある者は、水から硫黄が出れば、土の中がすぐに熱くなるので、最初から土地の南北には関係がないという。今、臨潼《イムドン》の温泉は正西にあり、炎州の残りの水が必ずしも熱くはなく、地性が熱いからだという説はもともと当たってはいない。そして、硫黄を交えていても、必ずしも熱くはないので、硫黄の説もまた当たってはいない。私の考えでは、温泉は天地の間で自然に成ったもので、その与えられた本然の性質のままなのであり、何かを待って熱くなるといった類のものではないようだ」

現在、わが国には八道のうちの六道に温泉がある。京畿道《キョンキド》と全羅道《チョンラド》にはない。昔の文章には、「樹州《スジュ》に温泉がある」としている。樹州というのはすなわち現在の京畿道の富平府《プピョンプ》である。朝廷では人を派遣して調査させたが、その水源を探し出すことができなかった。昔の文章が間違っているのだろうか、そうでなければ、人びとが誤ってその水源をふさいでしまったのだろうか。

慶尚道《キョンサンド》の霊山県《ヨンサンヒョン》に温泉があった。この温泉はほかのところのものよりぬるい。入浴する人の中には、焼いた石を水の中に投げ込んで熱くして入る人もいる。倭人の中に入浴をしたい者たちがいて、県ではそれを嫌って、王さまに申し上げて、温泉を塞いでしまった。

東萊《トンレ》温泉が最も素晴らしい。布をさらすような水がこんこんと湧き出ていて、それを貯める水槽を作っておけば、暖かくて飲むこともできるし、酒の燗をすることもできる。倭人でわが国に来る者はかならずここで一服したがり、斑模様の服を着た倭人たちが大勢やって来たので、州や県はその煩わしさに堪えなかった。

忠清道《チュンジョンド》の忠州《チュンジュ》の安富《アンプ》駅《ヨク》の大路のそばに温泉がある。この温泉はややぬるく、あまり熱くはない。世《セ》宗《ジョン》と世《セ》祖《ジョ》はしばしばいらっしゃった。その後、貞熹王后《チョンフイワンフ》(3)もまたいらっしゃり、行宮で薨じられた。

清州《チョンジュ》に椒水《チョス》がある。湯はさほど熱くない。しかし、その臭いが胡椒のようである。人びとは「眼の病によく利く」といっている。世宗が一度ここにいらっしゃったことがある。その後、世祖が福泉寺にいらっしゃる道でここをお通りになったが、足をお止めになることはなかった。

江原道《カンウオンド》には温泉が三か所ある。その一つは伊川《イチヨン》県の深い山間にある。世宗がむかし東州《トンジュ》の野で講武をなさって、その途中、ここにいらっしゃったことがある。もう一つは高城《コソン》県の属邑である昔の豢猳《ファンカ》(4)の地にある。すなわち、金剛山《クムガン》の東側の麓である。温泉が大きな川の横にある。世祖がみずからいらっしゃったことがあり、現在も御室仏堂が残っている。また、もう一つは平海《ピョンへ》郡の西側の白岩山《ペクアン》の麓にある。温泉が山腹の高いところから流れ出ている。その熱さは適度で、お湯はきれいに澄んでいる。僧の信眉《シンミ》が大きな建物を建て、米を買いこんで、沐浴のために来た人に施した。これは今も続いている。

黄海道《ファンヘド》には温泉が最も多い。まず、白川大橋《ペクチョンテキョ》温泉があり、延安《ヨンアン》の甑城《チョンソン》温泉があり、平山《ピョンソン》温泉があり、文化《ムンファ》温泉があり、安岳《アンアク》温泉がある。それらの中でも、海州《ヘジュ》の馬山《マサン》温泉がもっともおもしろい。ややぬるいこともあり、やや熱いこともある。海の側にあるために、臭いが悪く、塩からい。野の中に三十か所ほどあって、あるいは大きくて池のようであり、あるいは小さくてただの水溜りのようである。あるいは川底が熱くて渡れなくなっており、あるいは熱湯が噴き出て、泡だっているところもある。四面の泥土が熱さで凝固して石のように堅くなっている。試みに野菜を投げ入れて見ると、しばらくすれば茹で上がる。明け方と夕方には水蒸気が満ちて、一帯は烟に覆われたようになる。平地は暖かくオンドルの上に座っているようである。

平安道《ピョンアンド》には朔州《サクジュ》温泉があり、成川《ソンチョン》温泉がある。また、陽徳県に温泉があるが、その湯は沸騰する熱湯のようであり、そこにしばらく鶏を入れれば、その羽毛をむしり取ることができる。龍岡県の温泉が最も珍しく、湯の熱さはそれにしばらくでも耐えることのできる者はいないであろう。お湯を引いて湯槽に貯めておいて、やっとのことで中に入ることができる。温泉の中に小さな穴があって、それがどこまで通じているのか、底が知れない。海にまでつながっているのかも知れない。

永安道《ヨンアンド》（咸鏡道《ハムキョド》）にもまた温泉がある。全羅道には茂長塩井《ムチャンヨムジョン》があるが、温泉はない。ここまで記述して考えて見ると、温泉は北方地方の寒冷な深山幽谷に多いようである。だから、炎気によって生じるものではないことが明白であり、湯の性質にもまたさまざまな種類がある。しかし、その理致については推測して知ることができない。

（1）　唐子西：唐庚。宋の人。子西は字。魯国先生ともいわれる。官職は宗子博士、後に承議郎。『唐子西集』二十四巻がある。

(2) 炎州：南海にある州の名前。『海内十洲記』に「炎州は南海にあり、地方が二千里、北岸からの距離が九万里」とある。

(3) 貞熹王后：世祖の妃の尹氏。一四一八～一四八三。本貫は坡平。父親は璠。一四二八年に嘉礼をあげ、一四五五年に王妃として冊封された。徳宗・睿宗の母であり、世祖が死んで睿宗が十四歳で即位すると、いわゆる「垂簾聴政」を行って実際の政治を動かした。

(4) 豢猳：地名。江原道の高城にあった。

三　四人の李氏

叔度《スクド》(1)・放翁《パンオン》(2)・藩仲《ハンジュン》(3)・伯勝《ペクスン》(4)はみな文名があった。若いときには放蕩をして拘束されることがなく、当時の人びとは四人を「四李」といっていた。

あるとき、驪興《ヨフン》の神勒寺《シンルクサ》で書物を読むことにして、学業に励んで怠ることがなかった。ソウルに帰ることになって、府使が宴会を開いて慰労してくれた。四李が、「できれば、妓生たちを載せた舟を川の中に浮かべて、風流を尽くしたいのですが」と述べると、府使はこれを許した。四李はそれぞれに妓生の手を取って舟に乗せ、管弦の音は天に轟き、酒に酔って楽しみの限りを尽くした。船頭たちもすっかり酒に酔って正気を失ってしまった。そこで、四李たちが船頭に代わって風に任せて流れのままに下ったところ、一昼夜で漢江に到達した。翌日には雨が降って水かさが増し、船頭も妓生も腹をすかした上にすっかり疲れてしまって、上流にもどることはできない。船を引いて一歩一歩流れを遡って行って、五日が経ってやっと府に戻ることができた。府使は大いに怒って妓生たちと船頭たちを捕えて尋問したが、船頭たちは妓生たちをみな犯したのだという。

放翁の舅は朴姓であった。人となりははなはだ吝嗇で、高霊《コリョン》に一万石の穀物を蓄えた庫をもっていたが、貯めるだけで使い道を知らなかった。放翁がその友人とともに高霊に行き、庫の穀物を取り出しては毎日のように牛や馬を殺して宴会を催した。朴翁はこれを聞いて高霊に駈けつけ、二人を追い出した。放翁は、「来年、もし甲科で科挙に及第しなければ、誓って、家には帰るまい」といった。そうして、晋州《チンジュ》の断俗寺《タンソクサ》にこもって書物を読んだ。放翁は己卯の年（一四五九）の進士となり、晋州にも同榜の進士となった人びとが十人あまりいた。彼らが盛大な宴会をもよおし、矗石楼《チョクソクロ》の上で大いに風楽を始めて、「もうすぐ大切なお客がお出ましになる」というと、妓生たちは立って出迎えた。日が沈むころ、放翁が籠に乗って、数人の友人とともに現れた。楼の中に入り、椅子に腰をかけたが、着ている服は粗末な上に垢じみていて、かぶった笠は半ば破れている。背は低く、やせ衰えていて、特別な風采がない。妓生たちはおどろいて、「これが大切なお客ですか」といいながら、たがいに眼を見合せて笑うことをやめなかった。放翁は傍若無人の態度で大声を出し、「明年になれば、壮元で及第して、また二、三年すれば、慶尚監司になってやって来よう」と怒鳴った。数日のあいだ留まって、楽しみの限りを尽くした。

翌年の甲申の年（一四六四）に、果たして壮元で及第して、その後、二、三年すると、堂上官に上って晋州にやって来た。身には緋緞の服を着て、色彩も鮮やかだったから、妓生たちはみな感嘆して、中には涙を流す者までいた。現在は京畿観察使をしている。

藩仲は乙酉の年（一四六五）の科挙で壮元及第して、刑曹判書となって死んだ。叔度は壬午の年（一四六二）に及第して、知中枢にまで至り、伯勝は丙戌の年（一四六六）に及第して、今は僉知中枢になっている。これもまた一代の豪傑である。

（1）叔度：李則。？～一四九六。進士に合格して、一四六二年には文科に及第、その後、大司憲・大司成に至った。人びとの徳望があった。

（2）放翁：李陸。第二巻第三十話の注（1）を参照のこと。

（3）藩仲：李封。季甸の子で、坡の弟。一四六五年、文科に壮元で及第、翌年には重試にも合格した。一四八四年、全州府使であったとき、「本国輿地図」を王に献上した。判書に至った。

（4）伯勝：李坡か。伯勝は字だと思われるが、その字を持つ人を探すことができない。李坡の字は平仲。李坡は丙戌の年（一四六六）の抜英試に二等で及第している。

（5）甲科：科挙に及第した者を成績順で甲・乙・丙の三つに分けた。甲科は一等から三等までの三人、乙科は七人、丙科は若干名とした。甲科の一等を壮元、二等を榜眼、三等を擔花郎とした。

（6）堂上官：正三品上階以上の官職。通政大夫、宗親の明善大夫、儀賓の奉順大夫、西班の折衝将軍以上の官職。

四　金懼知と崔勢遠、時を得る、時を得ない

金懼知《キムクチ》(1)の字は謹夫《クンプ》で、開城から来た人である。崇礼門の外に人の家を借りて暮らしていた。四書三経(2)をひと通りは知っていた。その理解は深くはなかったものの、通じていないところはなかった。また、科挙に応試しようとして勉強をして、初試(3)には何度も合格したが、大科にはついに及第することがなかった。

人となりは純心で控えめであり、日々を楽しんで、人と交際して礼にもとるようなことはなかった。

そこで、朝臣の中でも彼と交わる者が多かった。

家が貧しいので、奴婢がいなかった。他人の家の婢をやとって妾にした。いつも街中の少年たちを集めては、長廊を作って教室として、少年たちの能力にしたがって部門を分けて教えた。朝に集まり、夕方には散り散りになったが、その中で有能な者を選んで有司と見なした。また、直日という職務も置いた。その規則はほぼ成均館の形式を模倣していた。文章を諳んじることができない者、また怠けて書物を読まない者、争いののしり合っている者、師匠や先輩に無礼な者、欠席した者、遅刻した者などなど、いちいち直日が文書を書いて有司に報告して、有司は師匠に報告した。師匠はその罪の軽重にしたがって処罰した。十日ごとに詩を作ることにして、その高下の等級をつけて、庭で名前を呼んで発表した。人びとは争って懸命に詩を作った。歳時と名節には酒瓶と料理を用意してみなをもてなした。

私と柳于後《ユウフ》[4]・李叔度《イスクド》[5]・放翁《パンオン》[6]・李子犯《イチャボム》[7]・柳貫之《ユクアンチ》[8]がみな彼の門下から出て来た。この当時、劉師徳《リユウサトク》[9]・郭《クアク》信民《シンミン》[10]・兪汝欽《ユヨフム》[11]なども教えていたが、金君の熱心さと厳格さはなかった。

朝廷でもこれを嘉し、特に軍職[12]を与えた。その後、宦官師傅となった。宦官師傅の任務はただ宦官を教訓するだけではなく、内宗親としてまだ朝廷に出仕しない者たちもみな彼の教えを受けたのである。世祖が彼をお召しになって、書物の講義をおさせになったが、金君は書物の意義をよく汲み取って、お尋ねになるままにお答えしたが、すべて的を射たものであった。王さまから、「この人物に肩を並べる師傅はいない。まことに用いるべき人材だ」と、おことばがあり、銀の帯を下賜され、長興庫主簿に任命された。成宗《ソンジョン》が月山大君《ウォルサンテグン》[13]とともに彼の教えを受けたが、即位の後、彼に対する恩寵と眷愛ははなはだ深かった。彼を昇進させ、宗廟署令に任命なさった。

朝官となって以後はふたたび子どもたちを教えることがなく、いつも士人たちと交わって酒の席に集まっては、話をしないという日はなかった。人びとはみな彼を敬慕した。七十歳になり、通訓大夫に至って、死んだ。子どもはなかった。

金友臣《キムウシン》(14)・趙崙《チョリュン》(15)・李思剛《イサカン》(16)などもまた、宦官師傅として王さまを補佐し、功績があった。崙と思剛は東班職(17)に任命され、友臣は堂上官に昇進して戸曹参議に任命されるに至った。

僉知の崔勢遠《チエセウオン》(18)は広く経史に通じていたが、四十歳を超えてもまだ科挙に及第しなかった。世祖が領議政をなさっていたときに、徳宗《トクジョン》(19)は桃原君《トウオンクン》であった。潔癖で正直なソンビを選んで師傅としようとして、崔僉知が多くの人びとの推薦で伴読となった。そして、朝に夕べに輔翊することが多かった。世祖が位につかれ、徳宗が世子になられた。僉知は丙子の年（一四五六）の科挙に及第して、遊街する日には、天童(20)がみな世子の宮殿から出て、三館で宴会をするときには飯監と色掌(21)が料理を持って来て、その栄光は並々ではなかった。徳宗が早く死に、僉知は常例にしたがって昇進し、堂上官に任命された。

しかし、このころから、軍職に疲れ、上書して、徳宗を補佐したこと、恩寵と眷愛がなみなみではなかったことなどを書き綴ったが、成宗はお聴き入れにならず、特に抜擢して登用されることはなかった。僉知は恨みを抱いたまま死んだ。

これらをもって見ると、時を得る、時を得ない、官職を得る、官職を得ないというのは、みな天にあることである。

（1）金懼知：『文宗実録』元年（一四五一）八月に、幼学の金懼知は生徒六十余人を集めて、教育に倦むことがないので、劉思徳や朴好生の例にならって、これを叙用して褒賞することにする旨の記事がある。また、『世祖実録』元年（一四五五）にも、司勇の金懼知の門下から多くの人材が輩出しているので一級を加える旨の記事がある。

（2）四書三経：三経は『詩経』『書経』『易経』をいい、四書は『論語』『孟子』『中庸』『大学』をいう。
（3）初試：科挙に応試するための一次試験。地方資格とソウルでは式年の前年に見られる。
（4）柳于後：柳子光のことか。子光の字は正しくは于復。?～一五一二。一四六八年、武科に壮元で及第した。ただ、武人なので別人かもしれない。
（5）李叔度：第九巻第三話の注（1）を参照のこと。
（6）放翁：李陸。第二巻第三十話の注（1）を参照のこと。
（7）李子犯：李之蕃のことかとも思われるが未詳。
（8）柳貫之：柳文通。一四三九～一四九八。一四六〇年、文科に及第、内外の職を歴任したが、一四九六年、母親の死に遭い喪に服する内に死んだ。一四八九年、世子侍講院にいたとき、日本からの使臣との交渉にすぐれた外交手腕を発揮した。
（9）劉師徳：『世祖実録』四年（一四五八）七月、劉思徳の教え子たちが思徳の教育がすばらしいので官職面で配慮してほしいという訴えがあり、容れられたという記事がある。
（10）郭信民：この話にあること以上は未詳。
（11）兪汝欽：『明宗実録』八年（一五五三）に兪汝欽の名前が見えるが、時代が合わず、別人と考えられる。
（12）軍職：①「別軍職」の意味。②西班の散職、すなわち五衛に属する上護軍・大護軍・護軍・副護軍・司直・司果・司正・司猛・司勇などをいうことば。ここでは②の意味で使われている。これを遁兒職という。俸禄だけを給付されて実際の仕事はない。
（13）月山大君：李婷。一四五四～一四八八。徳宗の長男で、成宗の兄。一四五九年、月山大君に封ぜられる。詩を愛し、自邸の後庭に風月亭を造り、書物を積んで、風流な生活を送ったことで知られる。
（14）金友臣：一四二四～一五一〇。一四五三年、司馬試には合格したが、遂に文科に及第しなかった。成宗が世子であったときに師傅に抜擢され、成宗の即位にともなって昇進していった。僉知中枢府使に至った。
（15）趙崙：『成宗実録』十六年（一四八五）三月に、漢城府判官の趙崙の死亡が伝えられ、王は潜邸のときの師傅の死を悲しまれた旨の記事がある。

(16) 李思剛：『成宗実録』二十一年（一四九〇）閏九月に、前司醞主簿・李思剛の名が見える。既に八十五歳になっていて、成宗にとっては幼少のみぎりの師傅であった。

(17) 東班職：文官。朝廷では文官は東に、武官は西に立つので、文官を東班、武官を西班という。

(18) 崔勢遠：第二巻第十一話の注（5）を参照のこと。

(19) 徳宗：第七巻第七話の注（2）を参照のこと。

(20) 天童：昔、浙江省の鄞県の天童山に近い太白山で晋の義興が籠ったが、日ごとに童子が現れて薪と水とを持って来た。後に、「私は太白星だ」といって、忽然と姿を消したという。ここでは、この故事を引いて、世子が新たに及第した崔致遠にさまざまな支援をしたことを意味する。

(21) 色掌：成均館・郷校・四学などに所属して酒色や茶色にたずさわる役人。

五　成均館の宮廷遊び

毎年、夏と冬に、成均館の儒生たちは紙に宮廷を意味する「闕」という文字を書いて貼り付け、孔子を崇めて王として仕える。そして、東学[1]を復聖公（顔回）の国、南学を術聖公（子思）の国、中学を宗成公（曾参）の国、西学を亜聖公（孟子）の国と、それぞれを見なし、諸侯が天子に対するようにして仕える。

館内の上舎（生員・進士）と下舎の人びとを百官の職に任命するのだが、その中の吏曹が銓選に当たる。人の賢否を考慮して官職の候補者として推薦することを明らかにする。

承旨に任命された人は銀台宴[2]を開き、その姓が「孔」や「丘」という文字を持っている者はみな宗正[3]

に任命される。もし不遜な人がいれば、細い紐を首に懸けて連れて来て、房の床下に閉じ込めておき、義禁府提調に命令して尋問させる。大きな罪を犯して横逆の罪に該当する者は、草で人形を作って、それを斬刑にしてしまう。

その遷都というのは、「闕」の字を最初は東斎に貼っておき、明倫堂に参って赦しを得て後に西斎に持って行って貼ることである。

宰枢になる者は紙で帯を作り、藁を付けて金色と見なし、白い紙を切って網巾につけて玉貫子(4)とする。将となる者は、紙を切って羽根と見なして笠に挿し、軍服の様にする。

四学から使者を送って朝賀をするとき、鶏を海青と称して献上する。礼曹では使者のために宴会を開き、一献の酒でもてなし、肴には炒った豆を用意する。斎直の少年に鼎を撃って歌わせる。これを動楽といっている。

館からもまた四学に使者を送るが、それを天使といっている。その学館では白衣と明紬を建物の柱に捲きつけて結綵(5)と見なし、天使を迎える。あるとき、上舎の尹深(6)が天使となり、赤い裏地を表に出して着て、竹馬に乗って街中を歩いたので、人びとは大いに笑った。尹深は手を振って中国語を話すふりをして面白おかしく振る舞って、少しも恥じる様子がなかった。

釈奠《しゃくてん》(7)を行う日には、儒生の中から名のある者を選んで三公と見なし、その残りの上舎にみな別名を与えて伯に封じた。下斎の儒生たちもみな差等を加えて官職を与えた。四学の儒生として祭祀を補助する者たちには諧謔を含んだ問題を出して文章を作らせた。その成績の出来、不出来に等級をつけて、天場及第と名を付けて庭で榜を発表した。

政策案を大書して大成殿の庭で頒布し、献官と先輩たちがみな集まってこれを読んだ。朝廷で行われることと違いはなかった。

太宗朝《テジヨン》のこと、ある宦官が儒生たちが遷都するというのを聞いて、「成均館の儒生たちが謀反を企てています」と申し上げた。太宗は宦官の話を詳しく聞いて、「これは儒生たちの古くからのしきたりで、その由来もすでに久しい。もうこのことに触れてはならない」とお命じになった。

私が成均館にいた若い時分にも、あるとき、このようなことがあった。己卯の年（一四五九）の遷都詔文で、東都の凶であることを論ずることばとして、「高く覆うような地形は険しく阻み（崔盖地而険阻）、池の水は河に通じて崩していきます（池達河而圮毀）。孟智は犬や豚の心でもって、良謹は山犬や狼のように粗暴にふるまいます」としたが、西都の素晴らしさを称えることばとして、「岩廊のあいだには賢く立派な人物が多く（良奭済済）、洙泗のあいだ[8]には楊柳が生い茂っています。さらに千齢の運を培って（益培千齢之運）、万年の安泰が頼まれます（永孚万年之休）」といった。上舎の任孟智《イムメンチ》[9]のあだ名は犬であり、鄭良謹《チヨンヤングン》[10]のあだ名は女真であった。また崔盖地《チエケチ》[11]・池達河《チタルハ》[12]・朴岩臣《パクアムシン》[13]・鄭良《チヨンヤン》[14]・鄭奭《チヨンソク》[15]・崔済《チエジエ》[16]・崔洙《チエス》[17]・楊《ヤン》守泗《スサ》[18]・柳宗澮《ユジヨンジユン》[19]・権依《クオンウイ》[20]・李益培《イイクペ》[21]・全永孚《チヨンヨンプ》[22]・呉万年《オマンニヨン》[23]・尹齢《ユンヨン》[24]などがいて、これらの儒生たちの名前を使った文章だったのである。

（1）東学：ソウルの中には、四つの儒学の教育機関、すなわち、東学・南学・西学・中学があった。

（2）銀台宴：銀台は承政院であり、承旨などが詰めた役所。初めて承旨になった人は銀台宴という宴会を開いた。

（3）宗正：宗正寺または宗正府ともいう。宗親のことに当たる官府。

（4）玉貫子：玉で作った貫子。従一品以上の官員は彫刻をせず、正三品の堂上官は彫刻をほどこした。貫子は網巾の紐を締める小さな鐶。玉・金・角・骨などで作って、地位を表した。

(5) 結綵：祝祭日に門前、屋根の上、楼閣の上などに紅い布を張り渡して、その両端を柱または梁から垂らし、花の模様で結び目を造っておく装飾。
(6) 尹深：この話にあること以上は未詳。
(7) 釈奠祭：文廟の春秋の祭奠。
(8) 洙泗のあいだ：洙も泗も川の名前で、山東省曲阜県にある。孔子がその二つの河のあいだで道を教えた。ここでは儒生たちの名前を利用して、「洙泗のあいだ」という故事を用いたもの。
(9) 任孟智：『世祖実録』六年（一四六〇）七月に、文科初試の及第者を召す記事があり、その中に任孟智の名前が見える。
(10) 鄭良謹：この話にあること以上は未詳。
(11) 崔盖地：『成宗実録』六年（一四七五）十二月、崔盖地が奴婢のことについて人と訴訟事を起こしている旨の記事が見える。
(12) 池達河：『成宗実録』二十年（一四八九）十一月に、任子供の訴訟ごとに関連して池達河の名前が見える。
(13) 朴岩臣：この話にあること以上は未詳。
(14) 鄭良：この話にあること以上は未詳。
(15) 鄭奭：この話にあること以上は未詳。
(16) 崔済：『世祖実録』十四年（一四六八）二月、尋問される人間の名前として崔済が見える。
(17) 崔洙：『成宗実録』二十二年（一四九一）九月、叙川郡守・崔洙の刻薄な政が話題にされている。狂妄の様相を呈していたらしい。
(18) 楊守泗：『世祖実録』十二年（一四六六）三月に、進士・楊守泗の名前が典籤・申瀞の名前とともに見えるが、『成宗実録』十三年（一四八二）四月に申瀞の欺罔の罪を論ずるのに、その友人として楊守泗の名前が見える。
(19) 柳宗澹：『世祖実録』十三年（一四六七）十月、北方の征伐のことについて記録を調べさせた人びとの名前の中に柳宗澹の名前が見える。

(20) 権依：この話にあること以上は未詳。
(21) 李益培：『世祖実録』十三年（一四六七）十月に、都城を測量して地図を作製するように命じられた人びとの中に李益培の名前が見える。
(22) 全永孚：この話にあること以上は未詳。
(23) 呉万年：この話にあること以上は未詳。
(24) 尹齢：『中宗実録』二十年（一五二五）五月に、庭試の優等儒生として尹齢の名前が見えるが、別人であろう。

六　禅科　僧侶の科挙

文科と武科で同じ時に榜で合格を発表された者を同年といっている。雑科と僧試の禅科(1)の者もまた文科と武科の者たちを同年といっている。大体において、同年の者たちは互いに助け合って世の中を渡って行くのである。

その試験をする方法は、禅宗(2)では『伝燈録(3)』と『拈頌(4)』を講じ、教宗では『華厳経(5)』を講じて、それぞれ三十名を選ぶ。以前は、内侍別監が王命を受けて行ったが、今は礼曹の郎庁がそれぞれの宗について行って、判事(6)・掌務・伝法など三名と証義十名とともに試験する。判事と証義に賄賂を贈る者は合格して、贈らない者は、たとえ有能だという名のある人物であっても、合格しない。彼らが私事を追い、欲にまみれていることは、世間の人びとよりもはなはだしい。この試験に合格した者を大禅という。禅宗では大禅から中徳に昇進し、中徳から禅師に昇進し、禅師から大禅師に昇進する。判事に任命された者は都大禅師という。教宗では、大禅から中徳に昇進し、中徳から大徳に昇進し、大徳から大師に昇進する。判事に任命された者は都大師という。

両宗では内外の寺々をそれぞれ十五程度に分けて管掌しているが、中徳に昇進した者を住持に任命している。禅宗、教宗それぞれに三人の候補者を列記して礼曹に申告する。礼曹はまた吏曹に持って行き、王さまに啓上して、点を付けて決定していただく。

（1）禅科：僧たちに課せられる科挙。禅宗では『伝燈録』と『拈頌』を、教宗では『華厳経』を講じる。
（2）禅宗：仏教の二つの宗派の一つ。禅を修めることによって悟りを得ることを宗旨とする。
（3）『伝燈録』：『景徳伝燈録』の略称。宋の僧である道源が著した。釈迦以来の禅宗の法脈が順に記録されている。
（4）『拈頌』：『禅門拈頌』の略。高麗の高宗のとき、真覚国師・慧諶が編んだもの。本来、禅宗では「不立文字」とするが、その根源をきわめ流れの源を求めようとしたという。仏祖が拈し、また頌したことを約千百二十五則として集めて、悟宗論道に対する資料とした。
（5）『華厳経』：大乗経典の一つ。漢訳には三種ある。華厳宗のよりどころとなる経典。全世界を毘盧遮那仏の顕現として一微塵の中に全世界を映じ、一瞬の中に永遠を含むという一即一切・一切即一の世界観を展開する。中国の唐で盛んであり、朝鮮仏教の中核をなす。日本では奈良時代に入ってきて東大寺の創建を見、また鎌倉時代に明恵という信奉者がいたが、さほど重んじられたとはいえない。
（6）判事：朝鮮で仏教の一宗派を統括する頭となる僧侶。判禅宗事・判教宗事の略称。
（7）教宗：仏教の二つの宗派の一つ。禅宗に対して仏教の教理を学ぶことを中心とする宗派。

七　読書堂

世宗が集賢殿の儒臣の中から申高霊《シンコリョン》(1)など数人を選んで休暇を与え、津寛寺《チンクアンサ》で読書をおさせになった。その後、洪益城《ホンイクソン》(2)・徐達城《ソタルソン》(3)・李明憲《イミョンホン》(4)など数人に蔵義寺《チャンウイサ》で読書をおさせになった。世祖は集賢殿を廃止して、儒臣の中から名のある者を選んで、兼芸文と称して、一定の官司はないものの、宮廷に出入りをおさせになった。そうして、あるいは国を治める道を議論し、あるいは政事を議論するようになった。こうして、抜擢された人びとは多い。成宗がふたたび弘文館を設置して、蔡耆之《チェキチ》(5)・曹太虚《チョテホ》(6)・権叔強《クオンスクカン》(7)・楊斯行《ヤンサヘン》(8)・兪克己《ユククキ》(9)などが命を受けて蔵義寺で読書をした。

以前、南湖の帰厚署の後ろの山に寺があった。世間ではその寺の十六羅漢が霊験あらたかだということで、香火を焚く者が絶えなかった。僧の尚雲《サンウン》(10)という者がその寺に住みつき、妻がいて子もいた。司憲府がこれを尋問して罰し、還俗させた。仏像などは興天寺《フンチョンサ》に移し、そこは弘文館に与えた。そこで、弘文館のソンビたちは順番でそこで書物を読むことになり、名前を読書堂とつけた。ソンビたちで遊覧する者たちが多くは酒を持ってやって来た。王さまもまたしばしば酒と料理を下賜され、宴会を催されてソンビたちを慰労なさった。これは今も変わらない。

（1）　申高霊：申叔舟。第一巻第二話の注（16）を参照のこと。
（2）　洪益城：洪応。第二巻第一話の注（17）を参照のこと。
（3）　徐達城：徐居正。第一巻第二話の注（24）を参照のこと。
（4）　李明憲：李坡。第一巻第十九話の注（34）を参照のこと。

（5）蔡耆之：蔡寿。第二巻第十六話の注（3）を参照のこと。
（6）曹太虚：曹偉。第六巻第十五話の注（17）を参照のこと。
（7）権叔強：権健。一四五八〜一五〇一。叔強は字。父親は権擘。一四七六年に中枢院府事になった。文章と書に優れていた。
（8）楊斯行：楊熙止のことか。熙止の字は正しくは可行。一四三九〜一五〇四。一四七四年、式年文科に及第、翌年には三年間、賜暇読書をしている。漢城府右尹に至った。王に迎合すること多く、出所進退に非難を受けることもあったという。
（9）兪克己：兪好仁。一四四五〜一四九四。一四七四年、文科に及第した。詩文に優れ、書も巧みであったので、成宗の寵愛を受けたが、行政の方面には暗く、官職は陜川郡守に終わった。
（10）尚雲：この話にあること以上は未詳。

八　四つの院、そして亭子

城外の三方に四つの大きな院がある。世祖が僧の中で才幹のある者に命じて修築させたものである。普済院《ポチェウォン》は東大門の外にあるが、三月の上巳の日と九月の重陽の日に、耆老[1]と宰枢を慰労するためにこの楼で宴が催される。

洪済院《ホンチェウォン》は沙《サ》峴《ヒョン》の北の野にある。野の中に小高い丘があり、その上には青々とした松林がある。そこに小さな亭子があって、中国からの使臣がソウルに入る日には、この亭子で休んで、衣服を着替えた。今はこの亭子は壊され、中国の使臣たちは院で休む。

済川亭《チェジョンジョン》は漢江の北の丘の上にある。風景がはなはだ美しく、中国の使臣の中で遊覧する者はまずこの楼に登り、高官たちを送り迎えする者が日々に集まって来る。
沙坪院《サピョンウォン》は漢江の南の砂丘にある。地勢が低く、旅行く人びとで日が暮れて江を渡れなくなった者が宿泊するのである。

楊花渡《ヤンファド》の北の丘に喜雨《フイウ》亭《ジョン》がある。これは孝寧大君《ヒョリョンテグン》(2)の邸宅であったが、後に月山大君《ウォルサンテグン》(3)の所有となった。成宗は、毎年の観稼(4)のときと税艦(5)を集めて水戦の演習があるときには、みずからいらっしゃって、名前を望遠《マンウオン》亭《ジョン》と変えた。御製詩を数首お作りになり、朝臣の中で文名のある者に次韻するようにお命じになった。そして懸板を作って亭子の上に掲げさせになった。大君が亡くなった後には、成宗はふたたびここを訪れようとはなさらず、済川亭にいらっしゃることが多かった。亭子が手狭だとしてふたたび造営するようお命じになった。そのとき、一人の僧侶がいて、箭串《チョンクオン》橋《キョ》を造営しようとして一万個の石を切り出して大川に渡して橋を架けた。橋は四百歩におよび、その安全なことは家と同じで、平地と同じように歩くことができた。そこで、成宗はその僧が有能だとして亭子を造るようにお命じになった。官の力を使うことを厭って、彼に米と船を多くお与えになったが、僧は費用だけは消尽して、数年たっても亭子は完成せず、基礎と柱が立っただけであった。成宗は遂にその亭子にお登りになることなく、亡くなってしまわれたので、人びとは嘆き悲しんだ。その後に、中国の使臣の王献臣(6)がやって来て、朝廷では修築を終え、丹青を加えた。その後に、箭郊に大きな橋を造って、名前を済盤橋《チェバンキョ》といい、東大門の外の往尋里《ワンシムリ》の郊外に大きな橋を造って、名前を永渡《ヨンド》橋《キョ》といった。みな御筆で決まった名前である。

（1）耆老：七十歳以上の老人。ここでは耆老所の老人たちをさす。耆老所は高齢の王さまと正二品で七十歳以上の文官たちが集うところ。

（2）孝寧大君：第四巻第十九話の注（2）を参照のこと。
（3）月山大君：本巻第四話の注（13）を参照のこと。
（4）観稼：観耕ともいう。王さまが農作業を観覧する行事。
（5）税艦：税船ともいう。税の穀物を運搬する船。
（6）王献臣：第一巻第十九話の注（55）を参照のこと。

九　礼曹の三つの困難

柳文陽《ユムンヤン》(1)がかっていったことがある。

「六曹の中で仕事が簡易で結構なことは礼曹がいちばんだ。私は今、判書となって五年も経つが、けっして厭きることがない。しかし、三つだけ困難なことがある。一つめは礼儀使(2)にならなければならないこと。二つめは倭人やオランケと接しなければならないこと。そして三つめは諸学の才能(3)を採用しなければならないこと」

（1）柳文陽：文陽公に封じられた柳希霖がいるが、成俔よりも後世の人。文襄公の柳子煥ではないか。？～一四六七。
（2）礼儀使：国葬があるときに、宰相がこの職に任命される臨時の官職。山陵・宗廟などのことに当たる。
（3）諸学の才能：『経国大典』に「諸学は四孟月に礼曹で当該提調とともに取才する。提調がいなければ、当該の曹の堂上官とともに取才する」とある。ここで諸学というのは、漢学・蒙古学・女真学・倭学などの語学と医学・天文学・地理学・命学・算学・律学・画学・道学などをいう。

十　老人たちの気性

高麗の恭愍王《コンミンワン》が紅賊の乱(1)に遭って、南の清州に逃げて元岩駅《ウォンアム》に至った。侍中の杏村・李《イ》嵒《アム》(2)、同じく漆原・尹桓《ユンハン》(3)、瑞谷・廉悌臣《ヨンチエシン》(4)、唐城・洪元哲《ホンウォンチョル》(5)、寿春・李《イ》寿《ス》山《サン》(6)、啓城・王梓《ワンチエ》(7)、檜山・黄石奇《ファンソクキ》(8)はみな年を取っていて、徳の高い人びとであった。世間の人は彼らを七老と称していた。「宴集詩」の中に次のような詩がある。

「碧玉の杯からは深い美酒の香りが立って、
琴の音はゆったりと、笛の音はのびやか。
その中に歌声が低く聞こえて来て、
七人の老人が頬の髯が霜のように白いのを喜ぶ。
（碧玉杯深美酒香、嵇琴声緩笛声長、
箇中又有歌喉細、七老相歓鬢似霜）」

黄石奇の詩である。特に素晴らしい出来というわけではないが、このときの老人たちの気性をしのぶことができる。

（1）紅賊の乱：元の末年に異民族の支配に抗し漢人の王朝を実現するために起こった白蓮教徒の反乱。紅巾の頭巾をかぶっていたためにこの名称がある。初め韓山童が乱を起こし、つづいて劉福通・韓林児が兵を率いて各地を攪乱した。二度にわたって高麗にも侵入した。

（2）杏村・李嵒：第一巻第三話の注（2）を参照のこと。

（3）漆原・尹桓：?〜一三八六。一三二八年、忠粛王のとき護軍として元に行き、忠恵王のとき代言となった。忠粛王が元にいて復位すると、獄事に連座して海島に流された。忠恵王が復位すると同知密直となり、顕官を歴任した。禑王のときに門下侍中に至り、八十余歳で致仕した。致仕の年は飢饉だったが、私財を投じて人びとを救済した。

（4）瑞谷・廉悌臣：幼くして父を亡くし、元の平章事を勤める姑の夫の末吉のもとで育った。泰定皇帝にも可愛がられたが、母親のいる本国に帰国して、賛成事・左政丞となった。辛旽は自分の思い通りにならない彼を追おうとしたが、遂に動じることなく、領三司事・領門下府事にまで至った。

（5）唐城・洪元哲：生没年未詳。一三五二年、恭愍王が元にいたとき傍で仕えたということで燕邸随従一等功臣となった。判開城府事となって、一三六一年、紅巾賊が侵入したとき、王および太后とともに臨津江を渡ったということで、辛丑扈従一等功臣となった。

（6）寿春・李寿山：?〜一三七六。一三五二年の趙日新の乱を平定した。一三五六年には行省郎中として親元派の奇轍を殺し、その一派を流配して寿春府院君に封じられた。一三七四年、恭愍王が殺害され、禑王を即位させようという李仁任の意見に一人反対した。

（7）啓城・王梓：一三六三年、金鏞が元にいる徳興君・譓を王に迎えようと、興王寺の行宮にいた恭愍王を殺害しようとしたとき、それに抗して死んだ。

（8）檜山・黄石奇：忠恵王の妃である徳寧公主を陪従してやって来て、忠恵・忠粛（復位）・忠穆・忠定・恭愍の五代の王に仕え、さまざまな官職についた。推誠佐理功臣として檜山公に封じられた。

十一　父親の訓戒

独谷《ドクコク》[1]は騎牛・李先生[2]とたがいに仲がよかった。ある日、訪ねて行ったが、会うことができず、門の扉の下に詩を書いて置いた。

「徳彝[3]は太平な年を経験したことがないのに、
われわれは八十回のおだやかな春を迎えて天に感謝する。
桃や杏の花が都に咲き誇り、かぐわしい雨が降る。
謫仙[4]は今どこの酒屋で憩うているのやら。
（徳彝不見太平年、八十逢春更謝天、
桃李満城香雨過、謫仙何処酒家眼）」

また、若いときに、趙侍中が座首になって、宴会をもよおしたことがあった。独谷は即時にその席で祝賀詩を作った。

「立派な儒生たちを得てまさに座主の賢明さを知り、
侍中が侍中の前に酒を勧める。
天はほどよい雨を降らせて客たちを留め、
風が吹いて舞を舞う場に花を散らせる。
（得士方知座主賢、侍中献寿侍中前、
天教好雨留佳客、風送飛花落舞筵）」

その場に居合わせた人びとはみな感嘆した。しかし、昌寧府院君《チャンニョンプウォンクン》(5)がこのことを聞いて叱った。

「ゾンビたちが才能のある人間を妬むことは、女たちの嫉妬よりも激しいものだ。君はどうして人に譲らず、人より先に詩を作ったのだ。どうしてわが身を保全する方法を考えないのか」

当時は末世ともいうべき世の中で、人びとが才能のある者を妬んで害することが多かったので、このようなことをおっしゃったのである。

（1）独谷：成石璘。第一巻第三話の注（5）を参照のこと。
（2）騎牛・李先生：李行。第三巻第二十九話の注（3）を参照のこと。
（3）徳彝：封倫。徳彝は字。渤海の人。初め隋に仕えて内史舎人となったが、後に唐の太宗に仕えて尚書僕射となった。
（4）謫仙：流された神仙の意味だが、李白をいう。ここでは「李騎牛子」の故事を踏まえる。
（5）昌寧府院君：成汝完。成石璘の父親。第二巻第七話の注（13）を参照のこと。

十二　金守温の詩

文平・金守温《キムスオン》(1)は文章が雄大で自然であり、拘束されることがなく、自由自在であるところはもっぱら司馬遷を規範にしていた。世間に自分を支持する者がいなくとも、その詩は剛健で、深く詩の骨髄を体得していた。しかし、性質がものごとに拘らず、韻を踏むのに正しくないことがあった。そのために、世間の人びとはみな彼の詩は文章ほどよくないといっていた。しかし、実は詩も文もともに豊富にある。

彼の「撃瓮《げきおう》図詩(2)」というものがある。
「瓮の中の天地が忽然とゆったりと開き、
山川と万物が明らかによみがえる。
(瓮中天地忽開濶、山川品物同昭蘇)」
彼が沈中枢(3)の山斎を訪ねる詩がある。
「柴の戸は傾いて谷川に面し、
山奥の雨に毎朝水が増えるのを見る。
(柴門不整臨渓岸、山雨朝朝看水生)」
また、「龍宮軒題詩」というものがある。
「百杯の酒を痛飲して楼の上に臥し、
簾を巻き上げれば北と南に青い山。
(痛飲百杯楼上臥、捲簾南北是青山)」
また「題山寺詩」というものがある。
「虚ろな窓の向こうで僧が衣をまとい、
塔は静かにそびえて客は詩を作る。
(窓虚僧結衲、塔静客題詩)」
これらの詩句は意図の外の趣を出していて、他の人の及ぶことのできないものである。

(1) 文平・金守温：第一巻第二話の注(25)を参照のこと。

（2）撃瓮図：宋の司馬光が幼少のころ、子どもたちと遊んでいたところ、一人の子どもがあやまって水の一杯入った大瓮の中にはまってしまった。他の子どもたちは驚いて逃げてしまったが、ひとり司馬光は石で瓮を叩き割って子どもを救ったという。これを画にしたものが撃瓮図。

（3）沈中枢：沈澮のことだと思われる。一四一八〜一四九三。父親の沈温が太宗に賜死され、世宗の時代にも登用されることはなかった。文宗のとき初めて敦寧府主簿となり、知中枢院使などを経て領議政に至った。死後、甲子士禍では剖棺斬屍になった。

十三　お花畑の中の熊

斯文の宋氏は容貌が醜い上に、行動も拙劣であった。髯が濃くてぼうぼうと生え、斜視でもあった。科挙に及第して後、長いあいだ、地方の教授職を勤め、移動があって恵民署の教授になり、もっぱら医女の教訓に当たった。医女というのはそれぞれ官司の年若い婢女たちの中から選んでこれに仕立てる。少女たちが化粧をしてわいわい騒ぎながら斯文のもとに文字を尋ねに来る。斯文が少女たちに囲まれている様子はまるでお花畑の中に年老いた熊が座っているかのようであった。

斯文の住んでいたのは掌楽院のそばで、日ごとに往来した。一人の友人がどこに行くのかと尋ねると、斯文は大声で詩を吟じた。

「住んでいるのは掌楽院の隣で、
　勤めているのは恵民署、
　朝は花と柳のところから出かけ

また花と柳のところに向う。
（居鄰掌楽院、職帯恵民署
朝従花柳地、又向花柳去」
これを聞いた人びとは大笑いした。

十四　耆老宴と耆英会

朝廷では毎年、三月の上巳の日と九月の重陽の日に、耆老宴を普済楼で開き、耆英会を訓練院で開設して、酒と風楽を下賜される。耆老宴では前職の堂上官たちが参与し、耆英会には宗親と宰臣で、七十歳以上で官職が二品である人、正一品以上の官員、そして経筵の堂上官などが参加する。礼曹判書は万事を仕切るために宴会に参席し、承旨たちもまた王命を受けてやって来る。組分けをして投壺[1]の遊びをして、負けた方が杯を持って行き、勝った方は礼をしてそれを飲み干す。

音楽を奏して杯を勧めて宴会が始まる。管弦の音が響いて人びとは順に杯を回していき、かならず酔うまで止めることはない。日が沈んで、手に手を取って出て行く。この集まりに参与することができるのを人びとは栄光のように考えている。

（1）投壺：矢を投げて壺に入れる遊び。二人の人間が青・紅の矢を投げて壺に入れる。多く投げ入れた方が勝ち。

十五　文官と武官の待遇は同一

朝廷では文官と武官を同一に待遇している。

春と秋の上丁《じょうてい》には素王(1)に釈奠を行い、翌日には飲福宴(2)を開く。この宴会には議政府、六曹の堂上官と郎官などすべての文臣たちがみな参加する。訓練院の官員たちもみな参加する。

春と秋に纛祭《どくさい》(3)を行う。そして、翌日には飲福祭を行って、酒と風楽(4)が下賜される。議政府と六曹の堂上官たちが参加する。そして、成均館員もまた行く。文と武の南行員を先生と呼んで争うように酒を勧め合う。そうしてすっかり酔って正体を失うに至る。

毎年、上巳《じょうし》の節と重陽《ちょうよう》には儒生の科試を行い、首位の成績を得た三人には会試(5)に応試する資格を与える。また文臣の科試を議政府で用意して、首席の成績であった者には加資する。そして、その科試には政府・六曹・館閣の堂上官たちが参与する。

また、春と秋に武都試(6)を行う。初場と終場では酒と風楽が下賜される。このときに、議政府・六曹・都摠府(7)の堂上官が参与する。初場と終場以外の日には、堂上官はそれぞれ一人だけが参加する。一等になった者は当たった矢の数の多い少ないを問わず、官職の資級が上げられる。その他は給仕(8)される。

大体において、宴の品は、文も武も同じである。しかし、訓練院に行くことを喜んで、成均館に行くことをはばかるのは、理由がないわけではない。武の放蕩ぶりを楽しんで、文の礼法の気詰まりなのを嫌うのである。成宗はそれを聞いて、文と武の宴会の日には政府と六曹のすべての堂上官に行くように命令した。初めにはみなが行ったが、次第に疎かにするようになった。

(1) 素王：孔子のことをいう。実際の「王」ではないが、王者の徳を備えた者の意味で使う。
(2) 飲福宴：祭事を行った後に祭床に供えた酒や食べ物を分け合って行う宴会。
(3) 纛祭：纛は軍の大きな旗。それに対して行う祭り。軍旗祭。
(4) 南行員：科挙に及第したわけでなく、蔭職、すなわち親族の縁故で官職にありついた官員。
(5) 会試：小科の初試に合格した人に課される試験。
(6) 武都試：都試ともいう。兵曹・訓練院の堂上官または監司・兵使が年ごとの春・秋に武芸を試験して選抜する科試。
(7) 都摠府：五衛都摠府の略。五衛の軍務を総括する官庁。
(8) 給仕：本来は出仕日数を加算して与えるという意味だが、ここでは官職を与えるという意味で使われている。

十六　末席でもいい

世宗の甲寅の年（一四三四）に別試(1)があった。榜が発表される日、上舎の朴忠至《パクチュンシ》(2)は萎縮してしまい、家にいて、奴僕に行って榜を見てくるように命じて、そわそわと待っていた。夕方になって、その奴僕はゆっくりした足取りで帰って来て、一言もしゃべらずに座って秣を切った。上舎は落胆して寝転んでいたが、おもむろに振り返って、「榜には私の名前はなかったのか」と尋ねると、奴僕は「名前はあるにはありましたが、特に光彩を放っていたわけではありません」と答えた。上舎が「それはいったいどういうことだ」というと、奴僕は、「崔恒氏《チエハン》(3)が壮元で、ご主人は末席でした」と答えた。上舎は勃然と怒り出し、顔色を変えて、「やい、老いぼれ盗賊め、それこそ私が早くから望んでいたことなのだ」と怒鳴りつけた。崔恒は年が若くて幼学（生員や進士に合格しない者）であり、朴は年長で生員として末席で合格したのを、奴僕は恥ずかしいと思い、上舎は幸いなことだと思ったのである。

（1）別試：国に慶事があったときに臨時に行われる科挙。
（2）朴忠至：『世祖実録』元年（一四五五）十二月に、佐郎・朴忠至の名前が見える。
（3）崔恒氏：第一巻第二話の注（17）を参照のこと。

十七　私糧の崔恒

成均館の上と下の斎にはそれぞれ五十名が収容され、東と西の斎の合計は二百名である。下斎では四学の儒生の中から才のある者を取って合格した者を充当する。東斎と西斎ではそれぞれ三名ずつ自分で米を納めて入舎するのを許可する。食事のおかずは官が給与するのである。このような人を私糧と名付けている。

寧城・崔恒《チエハン》が私糧として成均館にいたが、この年の別試のときに、三館で私糧の応試を拒否して試験を受けることができなかった。寧城が表文を奉って、「食事にはたとえ公と私の区別があっても、学問には彼と此との違いはありません」と申し上げた。こうして試験場に入ることができたが、試験場の中で年老いた上舎が嘲笑って、「どこのふぐりの息子がこのようにわがもの顔に振る舞っているのだ」といった。寧城は「お前の親父のふぐりは鉄なのか」と言い返した。

寧城は壮元で及第した。官職は領議政に至って、その勲功は一代に冠たるものである。

十八　人の答案で壮元

太宗の丙申の年（一四一六）の重試のときに、吏曹正郎の金赭《キムチャ》（1）が兵曹正郎の梁汝恭《ヤンヨコン》（2）とともに試験場に入って行った。梁は文章をたくみに作り、金は豪傑であった。梁は夕方には文章を仕上げたが、金が梁に「君は田舎の儒生として兵曹の郎官となったことだけでも満足ではないか」といって、梁の答案紙を奪って、自分の名前を書いて提出してしまった。金はついに壮元に選抜された。

（1）金赭：?〜一四二八。一四〇八年、進士試に合格、一四一六年には吏曹正郎として文科重試に壮元で及第、直芸文館となった。左代言に至った。

（2）梁汝恭：一三七八〜一四三一。一四〇五年、式年文科に丙科で及第した。一四一八年、兵曹正郎であったとき、上王（太宗）に兵事を報告しなかったことで、判書の朴習とともに杖流になった。一四三一年、忠州にいたとき、妓生の芮城花と懇ろになり、恨みを抱いた柳衍生によって謀逆を告発され、死刑になった。

十九　運のよかった尹鈴平

世宗の丙辰の年（一四三六）の別試では、最初は書疑(1)を試験の問題にして、最後は対策(2)を作らせた。尹鈴平《ユンヨンピョン》(3)は富貴な家の出身であったが、科挙の試験を受けるには文章が拙劣であった。しかし、野次馬気分で友人たちについて試験場に入って行き、彼らの助力で合格することができた。しかし、二次の殿試の日には友人たちも自分の文章に取りかかっていて、助力を頼むことができない。鈴平は用紙を持ったまま一行も書くことはできない。ところが、夕方になって、にわかに突風が吹いて、たまたま他の者の草稿が眼の前に飛んで来た。鈴平はそれを取って書き写して提出し、壮元で及第した。その草稿は上舎の姜曦《カンフイ》(4)の書いたものであった。姜はその後の己未の年（一四三九）の別試で首席であった。

（1）書疑：「書」は『書経』。「疑」は科挙の文章の一つで、ある疑問に対して解明する文章。「書疑」は『書経』のある個所の疑問に対して解答する文章をいう。
（2）対策：問題の一つとしてある質問に対して答える策文。
（3）尹鈴平：この話にあること以上は未詳。
（4）姜曦：『世宗実録』十八年（一四三六）四月、王が西郊に出かけて観稼して、農民に酒食を賜ったが、その帰路に姜曦ら二百八十二人の学生が並んだと見える。

二十　李則の諧謔

叔度《スクド》(1)が大司憲から官職を移って成均館大司成となったが、家から遠くなったのをいやがって、冗談めかして、「司成というのは儒生たちの模範であって、経書に明るく、その行実を磨いた人間であるべきなのに、私にどんな才能があるといって、この官職につくことになったのか。崔敬礼《チエキヨンレ》(2)は成均館のそばに住み、よく『禹貢』(3)一篇を暗誦することができる。この人物こそ大司成となるべきだ。才能があって近くに住んでいて、どうして不可能であろうか」といった。

敬礼というのは武人であった。若いときにただ『禹貢』だけを諳んじたのである。当時の人びとは叔度のことばを聞いて、歯を見せて笑わなかった人はいなかった。

(1)　叔度：李則。本巻第三話の注（1）を参照のこと。
(2)　崔敬礼：『成宗実録』十八年（一四八七）五月に、崔敬礼を嘉善僉知中枢府事に任じる記事がある。
(3)　禹貢：『書経』の篇名。古代中国の九州の地理と産物について記した古代の地理書といえる。

二十一　鷹揚な甥の士衡

猶子（甥）の士衡《サヒヨン》(1)は性格がのんびりしている。あるとき、夜に妻とともに寝ていて、たまたま眠りから覚めた。一人の婢女が部屋に忍び込んで来て、袋を裂いて米を盗んで行った。翌朝、妻が袋を見てそれを知り、大勢の奴僕と婢女を殴りつけた。士衡は寝たまま起きては来ず、そのことを尋ねもしなかった。そうして、「私は誰が盗んだのか知っている」といって、他のことは何もいわなかった。妻が「知っているのなら、おっしゃってください」というと、士衡は「米を盗んだのは婢女の某だが、いったい何斗ばかり持って行ったのかな」といった。妻は大いに罵って、「そのときどうしておっしゃらなかったのですか」といった。士衡は笑って、「お前の眠りを覚ましてはいけないと思って、いわなかったのだ」といった。

人びとはそのいわなかったのを笑ったが、その真率でたくまないのを楽しんだ。

（1）士衡：この話にあること以上は未詳。

二十二　懸額の文字

書をうまく書くのは難しい。しかし、懸額を書くのはさらに難しい。趙子昂(1)ですら懸額を書くことにおいては李雪菴(2)に一歩を譲っている。まして、子昂ほどでない人において、どれほど難しいことか。

わが国では恭愍王《コンミンワン》(3)が書いた江陵《カンルン》の臨瀛館、安東《アンドン》の映湖楼の懸額はまことに老健で、凡人の追随できるものではない。しかし、江陵の臨瀛館は最近になって火災に遭い、その額が失われたのはまことに惜しいことをした。

私がかつて開京の安和寺《アンファサ》に行って大雄殿の額を見ると、宋の徽宗皇帝(4)の書であった。そして、門額はといえば、蔡京(5)の書であった。たとえ、君主として、臣下として、ともに道を外れた人のものであるにしても、その年代の古さと筆跡の秀逸なところは、まさに宝物というに足りる。

庶人の瑢《ヨン》(6)が書いた、大慈菴・海蔵殿・白華閣の書は気運が旺盛であり、鬱勃として飛動して、まさに絶妙な宝物である。現在、慕華館の額は申提学(7)の書であり、瑢には及ばないにしても、見るだけの価値はある。私の伯兄が書いた景福宮の門殿の額はもっぱら雪菴の体をまねて緻密で法があり、人びとは素晴らしいと評している。

鄭国馨《チョンクッキョン》(9)が書いた昌徳宮の諸殿と諸門の額は字体が正しくなく、格を破り錯乱したところが多い。

(1) 趙子昂：趙孟頫。第一巻第三話の注（3）を参照のこと。

(2) 李雪菴：元の僧の普光。字は元（玄）暉。雪菴は号。特に昭文館大学士に封じられ、玄悟大師の号を賜る。書および詩に巧みであった。

(3) 恭愍王：第一巻第四話の注（1）を参照のこと。

(4) 徽宗皇帝：在位一一〇〇～一一二五。生没年一〇八二～一一三五。北宋第八代の皇帝。名は佶。詩・書・画をよくし、特に山水花鳥画にたくみであった。一一二五年、金軍の南下によって欽帝に譲位、一一二七年には再度の金軍侵入によって捕虜となり、五国城で死んだ。

(5) 蔡京：一〇四六～一一二五。北宋末年の大臣。無節操の政治家で、王安石の新法を尊んで旧法党の人びとを排斥し、政権を専断して非難を浴びた。

(6) 瑢：安平大君。第一巻第三話の注（6）を参照のこと。

(7) 申提学：申叔舟。第一巻第二話の注（16）を参照のこと。

(9) 鄭国馨：鄭蘭宗。第一巻第三話の注（11）を参照のこと。

二十三　男女のことに理解のある許稠

許《ホ》文敬公(1)は心の用い方が清廉かつ厳正であった。家の中を治めるにも厳しく法があり、子弟たちを教えるのにも『小学』の礼にのっとった。毛の先ほどの微細な行動にもみながみずから身をつつしんだので、人びとは「許公は日常の陰陽（男女）のことを知らないのではないか」と噂していた。許公は笑いながら、「もし私が陰陽のことを知らないとしたら、息子の詡《ホ》(2)と訥《ヌル》(3)はどうして生れたのかな」といった。

当時、州・邑の娼妓を廃止しようという議論が起こった。王さまがこの問題を政府の大臣たちに審議するように命じた。みなが廃止すべきだといった。この議論がまだ許公の耳に届かなかったとき、人びとは許公もまた猛烈に廃止を主張するものと考えていた。ところが、公はこれを聞いて、笑いながら、いった。

「いったいだれがこんな政策を考えたのか。男女のことは人間の大きな欲望として禁止することはできないものだ。州・邑の娼妓はみな公有物で、これをなくしても何の支障もないようだが、もし禁令を厳重にしたならば、王命を奉じて州・邑に下った使臣など、まったく不義をはたらいて、私家の女子を奪って犯すことになろう。英雄豪傑もこのために罪される者が多くなるに違いない。私は廃止すべきではないと思うのだが」

この許公の議論が容れられて、旧習は改められなかった。

（1）許文敬公：許稠のこと。第二巻第二十六話の注（9）を参照のこと。

（2）詡：一四二六年、式年文科に及第して直提学となり、一四三六年には文科重試に及第して承旨となり、漢城府尹となった。一四五一年には刑曹判書となり知春秋館事として『世宗実録』の編纂に参与した。一四五三年、左賛成となり、皇甫仁・金宗瑞などとともに文宗の遺言にしたがって幼い端宗を補佐した。そのため、首陽大君の起こした癸酉の靖難により巨済島に流され、そこで殺害された。

（3）訥：『文宗実録』即位年（一四五〇）十一月に、官僚の上・下等の議論があって、許訥は下等だという記事がある。堂上を蔑視し、同僚を馬鹿にして、また府の奴を厳刑に処すからである、と。

二十四　李集を保護した崔元道

遁村《トウンチョン》先生（1）は文章で世間に名高かった。交わる人びとはみな一代の英傑たちであった。あるとき、世の中を批判して、ことは辛旽《シンドン》に関わった。辛旽が密かに先生を害そうとしたので、先生は父親を連れて逃亡して身を隠そうとした。同年の崔元道《チエウオンド》（2）が永川《ヨンチョン》に住んでいるという話を聞いて、訪ねて行って身を投じた。元道がはなはだ手厚くもてなして、三年のあいだ、外に出ることはなかった。その間、先生の父親が死んだが、元道が斂襲（3）と設殯（4）のことをあれこれと整えてくれて、まるで自分の父親ででもあるかのようで、自分の母親の墓のそばに葬ってくれた。そして、詩を作ってくれた。

「腐敗した時代を慷慨する涙は襟を満たし、
さすらいつつ孝行を尽くしてあの世に送る。
漢山ははるかに遠く雲と霞のかなたにあって、

羅峴《ラヒョン》はぐるりとまわって深い草と樹木の中。
天は先に立ち後に立ち二頭の馬の鬣のよう、
誰が君と私の心を推し計れようか。
願わくば、行末遠くこのまま続かんことを。
二人の友情は鉄を切るほど堅いもの。
（慷慨偽時涙満襟、流離孝懇達幽陰、
漢山迢遞雲烟阻、羅峴盤回草樹深、
天占後先双馬鬣、誰知君我両人心、
願焉世世長如此、須使交情利断金）」

現在に至るまで、人びとはこの二人の友情を称賛している。
羅峴というのはまさしくその母親を埋葬したところであって、その青龍と白虎(5)の山勢は道内では第一といってよい。その後、崔氏の子孫は衰えて行き、李氏の子孫は盛んになって行った。「客が主人の盛んな気を奪い取ったのだ」と説く人もいる。

（1）遁村先生：李集。第二巻第七話の注（1）を参照のこと。
（2）崔元道：崔允道が正しいようである。しかし、李集の苦難を救ったという以上のことは未詳。
（3）斂襲：死者の身体を洗った後、衣服を着せ、布団で覆うこと。
（4）設殯：殯所を設けること。殯所は棺を持ち出すまで置いておくところ。
（5）青龍と白虎：風水説では主山から左へ下って行く山脈を青龍といい、右側に下って行く山脈を白虎という。

二十五　工匠たち

工匠の仕事はたとえ賤しいものだとしても、まことに巧妙で器用な人たちというしかない。しかし、世間に真の工匠といえる人は少ない。朝鮮朝の初めには宦者の金師幸《キムサヘン》(1)がいて、世宗朝には李蔵《イチヨン》(2)と蔣英《チャンヨン》実《イル》(3)がいた。蔵は官職が二品に至った。その後には、金雨畝《キムウポ》(4)、李命敏《イミヨンミン》(5)がいた。命敏は昌徳宮の仁政殿を監督して造ったが、癸酉の靖難で死んだ。世祖朝には金漑《キムゲ》(6)が提調になり、最近では金克錬《キムククリヨン》(7)、林重《イムチユン》(8)が監役となって、今はまた金霊雨《キムヨンウ》(9)、李止堈《イチカン》(10)がその任務を遂行している。

(1) 金師幸：高麗末から李朝初の宦官。恭愍王の寵愛を受けて判内府事となり、正陵影殿の大工事を起こした結果、国家の財を消尽して民生を疲弊させた。恭愍王の死とともに失脚して流されたが復帰した。李太祖の寵愛も受けて駕洛伯・都評議司使事となったが、鄭道伝の乱に関連して殺されて曝し首になった。

(2) 李蔵：一三七六〜一四五一。一四〇二年に武科に及第、都節制使として北方の防衛に当たり、功績があった。官職は判中枢院事に昇ったが、理科に強く、火砲・渾儀、そして鋳字などの製作の管掌に当たった。欲心が強く、非難されることがあったという。

(3) 蔣英実：生没年未詳。官職は上護軍であったが、世宗が暦象に関する機具を製作させたとき、ほとんどすべてに関わって完成させた。

(4) 金雨畝：この話にあること以上は未詳。

(5) 李命敏：?〜一四五三。一四四八年、内仏堂を造るのを監督し、繕工監副正となって、土木工事に当たった。一四五三年、金宗瑞・皇甫仁などとともに首陽大君に殺害された。

（6）金漑：一四〇五～一四八五。蓮城君・定卿の息子で、蔭職で官途についた。一四五五年、僉中枢府事として原従功臣二等となり、一四五九年に武才を示して嘉靖大夫となった。一四六五年、円覚寺提調として円覚寺の修造を指揮した。その他、陵墓の造営などに功績があった。

（7）金克鍊：『世祖実録』十二年（一四六六）十月に繕工直長・金克鍊の名前が見える。

（8）林重：『世祖実録』十年（一四六四）八月に、円覚寺を造る材木を調達するために、林重を忠清道に遣わしたが、林重が民を疲弊させているので、王は使者を送って林重をたしなめたという記事がある。

（9）金霊雨：『成宗実録』二十四年（一四九三）三月に、奉礼・金霊雨の名前が見えるが、『燕山君日記』四年（一四九八）、いわゆる戊午士禍に巻き込まれて断罪されている記事が見える。

（10）李止堈：『燕山君日記』元年（一四九五）五月に山陵功役を論じる中で李止崗の名前が見える。

二十六　樊噲を自認する

盧宣城《ロソンソン》(1)が同僚たちといっしょに酒を飲んでいたが、叔度《スクド》(2)がしたたかに酔って豪語して傍に人がいないかのようであった。李《イ》淑瑊《スクハム》(3)が「君の気性はまるで樊噲(4)のようだ」といった。すると、叔度が「樊噲は漢の名将ではないか。君の比喩はまことに当を得ている」といって、ますます揚々自得して樊噲を自任した。そこで、淑瑊が「樊噲は斬るべきである」というと、叔度は黙ってしまった。居合わせた者たちは抱腹絶倒した。

（1）盧宣城：盧思慎。第一巻第十九話の注（41）を参照のこと。

（2）叔度：李叔度。本巻第三話の注（1）を参照のこと。
（3）李淑瑊：李次公。第一巻第十九話の注（43）を参照のこと。
（4）樊噲：漢のときの名将、政治家。漢の高祖を助けて何度も戦功を立て、鴻門の宴では高祖の命を狙う范増の陰謀を危機一髪で妨げ、高祖を救った。

二十七　世間にまたとない風情

中枢の安栗甫《アンユルポ》[1]は友愛の心の持ち主であった。酒席で打ち解け、酔うと友人の手を取り、冗談を言い合った。

あるとき、礼曹参郎となって、仕事で判書の洪仁山《ホンインサン》[2]のところに行った。仁山は酒席をもうけた。二人ともに酒好きだったので、終日、飲み続け、したたかに酔ってしまった。その場には美しい女子がいて杯を勧めたが、それは仁山の可愛がっている女だった。安中枢はにわかにその女子の手をとらえると、女子はおどろいて立ち上がり、衣服の袖がちぎれてしまった。中枢は追いかけて庭に降りたが、そこでばったり倒れ、人事不省になってしまった。そこににわかに雨が降り出して中枢はずぶ濡れになってしまったが、仁山は奴僕たちに命じてそのままに放っておかせた。日が暮れて、中枢は狼狽して家に帰ったが、仁山は新しい衣服を届けて、「天は非情にも雨を降らせて君の衣服を台無しにしてしまった。これも私が君に酒を勧めたためで、衣服一揃いをお贈りしよう。また、美しい婦人の服の袖がちぎれたのは、君の方で弁償してもらいたい」といった。中枢は何が何だかわからなかったが、事情を聞いておどろき、「堂上官にこのような無礼をはたらいて、どのような顔をしていればいいのか」といって、辞職して田舎に帰ろうとした。仁山がこれを引き止めた。中枢は謝罪のために仁山の屋敷をふたたび尋ねた。また、酒席が用意された。中枢はまた大酒してすっかり酔って前と同じように女子の手を握った。仁山は大笑いして、「安公の風情は世間にまたとないものだ」といった。士林たちはこれを聞いて大いに笑ったものである。

（1）安栗甫：栗甫の字を持つ人に宋処寛がいて、礼曹参郎を勤めた時期があり、知中枢院事を勤めている。「安」は「宋」の間違いと思われる。宋処寛については第十巻第三十七話の注（8）を参照のこと。

（2）洪仁山：洪允成。第二巻第十一話の注（1）を参照のこと。

二十八　李克堪と姜子平

李広城《イクアンソン》(1)は文章の才能と経国済民の才能がともに備わっていた。いつもみずからを国士と称していた。彼は人物を評価して、心を許して交わる人物が少なかったが、ただ私の伯兄(2)とだけは刎頸《ふんけい》の交わりを結んだ。広城が都承旨になり、伯兄が右承旨になったとき、広城は一人の妓生に入れ込んで、行方をくらましたことがある。伯兄はその居場所を探し出して、詩を作った。

「役所を終えて帰って来ると日が沈み、
美しい女子と国を背負う男子が抱き合う。

誰の家の裏に車を隠しているのか、
司醞署の東で、礼部の西あたり。
（衙罷帰来日欲低、名花国士両相擕、
誰家巷裡蔵車駕、司醞東辺礼部西）」
伯兄はこっそりとこの詩を書いた紙をその家の壁に貼り付けて置いた。広城はこれを剝ぎ取って袖の中にしまった。それ以来というもの、いっそう二人は意気投合して、付き合いが深まった。広城が官職を移るときに、世祖が「貴公に代わる人物はだれか」とお尋ねになったので、広城は「成某ほどに賢明で有能な人物はいません」と申し上げた。伯兄は順を飛ばして都承旨に任命された。
姜子平《カンチャピョン》(3)公は宣城《ソンソン》(4)とたがいに仲が良かった。宣城の息子の希亮《フイリャン》(5)が都承旨で、姜公は右承旨であった。ある日、宣城が平服で暗がりに姜公の家に行き、「都承旨が来た」といった。姜公は冠をかぶり衣服をただして出迎えに出た。宣城が大きな声で笑い出すと、姜公は冠を脱ぎ捨て、衣服をほどいて、「私はすっかり老いぼれにだまされた」といった。
そのときの人びとは、「息子に礼をして、父親に礼をしないのは、付き合いと官位とは別物だからだ」といった。世間ではこれを良しとした。

（1）李広城：李克堪。第一巻第十九話の注（24）を参照のこと。
（2）私の伯兄：成任。第一巻第二話の注（29）を参照のこと。
（3）姜子平：第四巻第十九話の注（6）を参照のこと。
（4）宣城：盧思慎。第一巻第十九話の注（41）を参照のこと。
（5）希亮：盧公弼。第一巻第五話の注（16）を参照のこと。

二十九　几帳面な魚世謙

魚《オ》判院[1]は事を処理するのに堅実で正確であった。一時、内資判事となって、公用の鶏を飼育したが、同僚の副正が客を迎えて食物がないので、鶏一羽を煮て食べてしまった。魚公はそのことを知って、毎朝、役所の役人たちが集まるところで、役所の中の会計を報告させていたが、その終わりに「副正が鶏一羽を盗んで食べた」と付け加えさせた。毎日、それを続けたので、副正が出て来て跪き、「私がかならず鶏は弁償します」といった。公は、「別に他意があるわけではない。物事を正確にしておきたいだけだ」といった。

公が刑曹参判となって、初めて出勤した日、一人の役人が附根祭[2]の祭物の費用を要求した。公が「附根というのはいったいどんな物なのか。附根を持って来るがよい」といった。役人は仕方なく、附根の前に行き、紙銭[3]を取り除いて、「これは私の罪ではありません。魚参判の罪です」といって詫びた。公は即刻、これらを焼き捨てた。

公が工曹参判となった。工曹というのは仕事がなく、閑暇な役所である。以前の堂上官たちは一月に一、二回出勤するだけであったが、公は毎日出勤して、辰の刻には登庁して、酉の刻に退庁した。曹の郎官たちはその息苦しさに耐えられず、不満の声を上げた。それに対して、公は、「官職にある身は道理としてこのように勤めるべきではないか。もし緊急のことでもあって、王さまのご用事でもあれば、どのようにお勤めするのだ」といった。

どんなに晴天であっても、雨具を持ち歩いたので、人びとはその固執ぶりを笑ったが、公はそれを聞いて、「天気の変化は無常のものであって、どうしてきょう雨が降るか降らないか知ることができようか」といった。

（1）魚判院：魚世謙。第六巻第三十四話の注（1）を参照のこと。
（2）附根祭：いわゆる「附根神」に対する祭祀。各官衙の庭の外の片隅に小さな社壇を設けておいて、下人たちが祀った神。もともと性器崇拝であったが、後には雑神に変化した。
（3）紙銭：紙を銭の形に切ったもので、神を祀るところに吊るしておいたりする。

三十　金賢甫の容貌

金賢甫《キムヒョンポ》（1）は容貌が痩せて弱々しかった。友人の魚子敬《オチャヤキョン》（2）が嘲弄していったことがある。

「賢甫が書状官として燕京に行ったとき、途中で誤って彼が死んだという訃報が伝わって、家族の者たちが慟哭した。その中で一人の奴僕が泣き叫びながら門の外に出て、『あの立派なお顔が惜しまれる』といった。私はその奴僕がどうして賢甫の容貌が立派だといったのかわからない」

賢甫が仮司饔提調になった。子敬が次のようなことをいった。

「賢甫が御宴の日に司饔差備として奉仕して帰って来て、母親に『きょうはたいへんにうれしいことがありました』といった。母親がどうしたのかと聞くと、賢甫は、『司饔提調になったのです』と答えた。母親がそれはどんな仕事かと尋ねると、『御饌の上げ下げを行って宴会の進行を管掌するのです。かならず威儀があって風采も整った者が選ばれます』といった。母親はおどろいて、『家門のさせることなのでしょうよ。昨日の晩、夢の中であなたのお父さんが出て来て、大きな慶事があるということで来て見たとおっしゃっていました』といったそうだ」

その父親の中枢公(3)もまた容貌が醜かった。それで、子敬は笑い物にしたわけである。賢甫が都承旨になったときに、羊角金帯(4)を下賜された。その帯の腰のところが広く大きかったので、子敬が、「君はこの帯を家宝として大事にして、子孫に伝えなくてはならない。後世の子孫たちは君の姿態を知らず、きっと『われわれのご先祖はこの帯を身につけて、まさに四方春盤(5)のような方だったのだ』というにちがいない」といった。四方春盤というのは豊満なことをいうのである。

(1)　金賢甫：金升卿。第六巻第三十四話の注（6）を参照のこと。
(2)　魚子敬：魚世恭。子敬は字。第六巻第三十四話の注（2）を参照のこと。
(3)　父親の中枢公：金新民。一四二六年、文科に及第して、検閲・大司成となり、副提学・僉知中枢院事を勤めた。
(4)　羊角金帯：羊の角を用い金をちりばめた帯。
(5)　四方春盤：春節の食物を豪勢に盛った四角のお盆。勢いが盛んなことを意味する。

三十一　酒は身を滅ぼすもの

笠山君《チュクサンクン》(1)は正郎の閔輔翼《ミンポイク》(2)と同じ洞里に住んでいた。夜と昼を問わずに会ってかならず酒を痛飲した。

網巾を脱いで髪の毛をあらわにして、正気を失うまで飲むのを常にしていた。しばらくして、閔は疸症になり、その顔は墨のように黒くなった。しかし、飲むのを止めない。私はしばしばそれを咎めたが、閔は官舎の中でもこっそりと酒を要求して、「判書には内緒だぞ」といった。しばらくして、閔は死んだ。笠山はこれを嘆き悲しんで、閔が死んで数日もせずに、笠山も死んだ。笠山は王族であり、閔もまた文学で名のあるソンビであった。酒は身を滅ぼすものである。

（1）笠山君：『世祖実録』十三年（一四六七）十月に、笠山君考禎が慶尚道丹城県に行って疾病にかかった、そこで典医を治療に向わせたという記事がある。

（2）閔輔翼：『成宗実録』十八年（一四八七）三月に、閔輔翼を宣務、守同諫院正言にするとある。また、二十五年（一四九四）六月には、閔輔翼が正言であったとき、院中の議事を取り違えたり、酒に酔って儀を失したりすることが多かったと啓上されている。

第十巻

朝鮮社会の内と外　日本と女真など

一　恩を返した河崙

浩亭・河崙《ハユン》(1)が醴泉郡事になったとき、郡の妓生たちみなと通じ、淫蕩の限りを尽くして憚るところがなかった。殿最(2)の日に当たって、都事(3)が浩亭の罪を暴き立て最低の成績をつけようとした。そのとき、金湊《キムス》(4)が監司であったが、都事をおしとどめて、「河の気性を見ると、一郡に長く逼塞しているような人間ではない。しばらくこのままにして置いて批難せずにおこう」といって、上等に査定した。その後、金湊が定社の乱(5)に関わってはなはだ危急の事態になった。湊の妻が浩亭の馬の前に跪いて、「私は金湊の妻です」と訴えた。浩亭はこれを救済することに努め、禍を免れることができた。

(1) 浩亭・河崙：一三四七～一四一六。字は大臨、本貫は晋州。高麗の恭愍王の十四年（一三六五）に科挙に及第して、李氏朝鮮になって定宗のときに定社一等功臣となり、太宗のときには領議政府事となった。諡号は文忠公。

(2) 殿最：役人の勤務考査では、上の成績を「最」といい、下の成績を「殿」といった。ここでは勤務考査そのものをいっている。

(3) 都事：ここでは各道に置かれた都事をいう。各道の都事は従五品の官職で地方官吏の不法を糾明して科挙の試験を管掌する。

（4）金湊：？〜一四〇四。高麗末、李朝初の文臣。文科に及第して後、さまざまな官職を経て、三司左使に至った、李朝開国後、芸文・春秋館提学・参賛などを勤めたが、城郭建築の専門家でソウル遷都にも力を尽くした。

（5）定社の乱：李太祖のときに起こった王子の李芳碩の乱。この乱の平定に貢献した臣下に「定社功臣」の称号を与えた。

二　定社の功績　河崙と李叔蕃

河浩亭は忠清道観察使となったが、そのとき、太宗《テジョン》(1)は靖安君《チョンアングン》であった。河浩亭をその家に訪ねて餞をしようとしたが、座敷には客たちがいっぱいだった。太宗がその前に行って杯を勧めると、浩亭は酔ったふりをして饌盤の饌と汁をわざと傾けて太宗の衣服を汚した。太宗は大いに立腹して立ち上がった。浩亭は座敷の客たちに、「王子が怒って立ち去られた。行って謝罪して来ます」といって、太宗の後を追った。従僕が太宗に「監司が来ます」と報告したが、太宗は振り返りもしない。大門に至って馬から下りると、浩亭もまた馬から下り、太宗が中門を入って行くと、浩亭もまた中門を入って行った。さらに内門を入って行くと、浩亭もまた内門を入って行った。太宗が初めて訝しく思い、振り返って、「いったいどうしたというのだ」と尋ねると、浩亭は「王子に身の危険が迫っています。盤を傾けたのはまさに事態が傾いているのをお知らせしたかったのです」と申し上げた。

そこで、太宗は浩亭を寝室に招き入れて計略を練ったが、浩亭はいった。

「私は王命を受けましたので、長く留まっているわけにはいきません。安山郡事の李《イ》叔蕃《スクボン》(2)が貞陵移安軍を率いてソウルに到着しました。この人なら大事を託すことができます。私もまた鎮川《チンチョン》に行って待機することにします。事が成就すれば、すぐに私を呼んでください」

浩亭は立ち去った。太宗は李叔蕃を呼んで事態を話すと、叔蕃は「掌を返すよりも易しいことです。どんな難しいことがありましょう」といって、ついに太宗を擁して宮中の従僕たちと移安軍を率いて、まずは軍器監を襲った。そこでみなが奪い取った甲冑を帯び、兵器を手にとって、景福宮を包囲した。太宗は南門の外に幕を張って、その中に座った。また、その下にもう一つ幕を張った。人びとはその幕は誰が座るためのものか知らなかったが、浩亭がやって来てそこに座った。まもなく、浩亭は丞相となった。定社の功績はみな浩亭と叔蕃にあるのである。

（1）太宗：朝鮮第三代の王・李芳遠。

（2）李叔蕃：一三七三〜?。一三九三年、文科に及第、忠清観察使として鄭道伝などを殺して、太宗から定社功臣の号を与えられ、承宣となった。一四〇〇年には朴苞の乱を平定して安城君に封じられたが、その後、傲慢で奢侈な生活が目立ったため杖打ちのあと流されることになり、流配の地で死んだ。

三　壬午の年の科挙及第者

壬午の年（一四六二）に及第した人びとを放榜[1]した後の謝恩[2]の日、世祖《セジョ》は後苑で新恩たちを引見して、後苑の中で遊街をおさせになり、かねて広大の演芸と布物を下賜しようとして、すべてを準備してお待ちになった。

おおよそ、謝恩の日には文科と武科の及第者全員が文科の壮元及第者の家に集まって、みんなが同時に宮中に参る。そうして翌日には、また全員が武科の壮元及第者の家に集まっていっしょに文廟に参るのが常例になっている。

この日には、全員が壮元の柳自浜《ユチャピン》(3)の家に集まって、酒席が始まりしばらく時間を過ごして宮廷に参ろうとした。承旨もまた定刻に報告せず、日が高くなるまで、だれも参内しなかった。

にわかに、王さまはお怒りになり、「及第者どもの紅牌(4)を奪い取って、榜から名前を削って、追放してしまえ」とお命じになった。人びとは顔色が真っ青になり、どうしていいかわからなかった。叔度(5)が、「君たちは何を怯えているのか。どうして王ともあろう方が人を選んでおいて、わざわざそれを廃するなどという道理があろうか。たとえ廃されたとしても、男児の困窮の中から顕達するのはその命としてあることで、どうして心の中でうじうじと悩んでいることがあろうか」といって、すこしも恐れる風がなかった。みなはその度量に感服した。

宮廷から新恩たちの参内がおそくなった理由を尋ねて来たので、政院が、「壮元の家に集まって同時に宮廷に参ろうとしたために、このように遅くなったのです」と申し上げた。王さまは「早くに壮元の家に集まった十名の者だけに特に遊街を許して、その他の者は法官に託して尋問することにする」とお命じになった、

私は早く行った人間の中に入り、三日のあいだ、遊街を許された。

(1)　放榜：科挙の合格者の名前を認めて発表すること。
(2)　謝恩：王さまの恩恵に対して感謝すること。宮中に出て行き、粛拝する。

（3）柳自浜：生没年未詳。『朝鮮実録』世祖八年（一四六二）に「取文科柳自浜等三十三人、武科趙顥達等二十八人」と、科挙の壮元及第者として名前が見える。また同じく、世祖十二年（一四六六）に軍資僉正・柳自浜を忠清道に報祭別監として派遣したという記事が見える。

（4）紅牌：科挙の及第者に成績順位と姓名を書き認めて与える合格証書。紅い紙を使用していたので、紅牌という。

（5）叔度：李叔度。第九巻第三話の注（1）を参照のこと。

四　阿呆な項孫

弘文館に新しく配属された書吏の金順江《キムスンカン》(1)はどうしようもなく阿呆であった。直提学の李佑甫《イウポ》(2)が「君はどこに住んでいるのか」と尋ねると、書吏は「江東に住んでいます」と答える。また、「君は項羽を知っているか」と尋ねると、「知っています」というので、「いったいどういう人か」と重ねて尋ねると、「私の祖先です」と答える。直提学がおどろいたふりをして、「項羽は謀反を企てて死刑になった人間だ。その子孫は法の網を逃れて逃亡している者が多いという。君が本当に項羽の子孫なら、私は官に告発して、君は死ぬことになろう」といった。書吏は手を合わせて命乞いをして、「もし私が罪を逃れることができるなら、むしろ、ここで罰をうけることにしよう。どうか官には告発しないでほしい」といった。その場に居合わせた者たちは大笑いした。その後、その書吏を「項孫」と呼んだ。

（1）金順江：この話にあること以上は未詳。

（2）　李佑甫：『睿宗実録』元年（一四六九）閏二月に、注書の李佑甫は乱臣である金処義の娘を妻としていて、王の側に侍る注書の任務から外すべきだという議論が出されたが、王がこれを容れなかったという記事が見える。

五　弓の名人の金世勣

私は金世勣《キムセジョク》とともに承旨であった。⑴彼は矢をたくみに射て、彼に匹敵する人はいなかった。武科に壮元で及第して、成宗《ソンジョン》の知遇を得て大いに登用されるに至った。

彼が家にいるときには、矢を作る工匠を呼んで矢を作らせて、休ませる日はなかった。矢を架にかけておいて、いつも手で触れて確かめていたが、まだ手に触れないものが数百丁もあった。

役所にいても同様だった。いつも弓を壁に立てかけておいて、手でさわり弄ぶことを暫くの間も休まなかった。少しでも暇があれば、かならず外に出て行って侯⑵を射るか、さもなければ的⑶を射た。雨の降る日には身をすくめて座り、壁に小さな紙を貼り付けて小さな弓矢でもってこれを射た。その精励刻苦ぶりはこのようであったから、一日のあいだ矢を射たとしても、けっして的を外すことがなかった。また獣を射て、射損じたということがなかった。成宗の寵愛ぶりは比する者がいなかった。京畿監司に命じて日ごとに肉をその父母に下賜されたが、横賜⑷を受けることもしばしばであった。王族や旧家・名族であっても彼に及ばず、四十歳にもならないのに、官職が二品に至った。

父母が病気になったので、金は見舞いに行ったが、彼自身がその病気に感染してしまい、死んでしまった。彼は一人っ子であった上、自身にも子どもがいなかった。人びとが哀惜すること限りなかった。

（1）金世勣：？〜一四九〇。一四七四年、武科に壮元で及第した。さまざまな武官職を経て、一四八〇年には副護軍となり、北方の野人たちを平定した。武科出身として文官職である右承旨・左承旨につき、行僉知中枢府事に至った。

（2）侯：的の一種であるが、四方十尺の広さにして、中に鵠の絵が描かれている。それで、「正鵠を射る」の語がある。

（3）的：侯のように大きさの決まったものではなく、どのようなものでも弓の目標になるものをさす汎称。

（4）横賜：一定の手続きを経ることのない、王の恣意的な下賜をいう。

六　臣下を愛された世祖

世祖は臣下たちを篤実にお愛しになって、引見をなさらない日がなかった。あるときには思政殿で、あるときには忠順堂・華韡《かか》堂・序賢亭で、冬であれば、不顕《ひけん》閣で、たとえ康寧殿・紫薇堂・養心堂のような宮中の奥深くの秘密の場所であっても、外臣たちが時には入って行くことがあった。永順君《ヨンスンクン》(1)・亀城君《クイソンクン》(2)・河城尉《ファソンウイ》(3)・□□(欠字)君を四宗(4)といい、新宗君《シンジョンクン》(5)・居平正《コピョンジョン》(6)・進礼正《チンレジョン》(7)・金山正《クムサンジョン》(8)・栗元副正《ユルウォンプジョン》(9)・堤川副正《チエチョンプジョン》(10)・鵠城正《コクソンジョン》(11)などを射宗(12)とした。また、文臣の数十名を選んで兼芸文といい、あるいは経史を講論させ、あるいは国家を治める大計をお尋ねになった。また、武臣たちを召して、射侯や射的をさせて、成績の良かった者は順を飛び越して昇進させ、あるいは食物をくださり、褒美を与えて、いよいよ射芸を奨励した。人びとがそれぞれに精励したのは、順を超えて抜擢されることがあったからである。王さまは多くの臣下たちとお遊びになることが多かった。弓の上手にあるいは矢を射させて鼠を捕まえさせたり、あるいは蜘蛛を捕まえさせたり、あるいは王さまの気持ちが向くままに木の葉や草の茎を摘ませたりもした。そしてよく当たった者には品物を下賜された。

私は当時、史官で兼芸文であったが、日ごと日ごとに入侍した。王さまが酷く暑い夏の日に窓を閉めて、綿入れの服を着て火炉に火を起こして部屋の中に置かれ、芸文の儒生たちには一日中暑い陽射しの照りつける中に立たせておかれたことがある。その苦痛はとても耐えることができなかった。王さまは「暑さ寒さに耐えてこそ、大事を任せることができる」とおっしゃった。

晩年には、王さまのご加減は思わしくなく、よく眠ることがおできにならなかった。あるいは儒臣を呼んで文章を講論させ、あるいは雑類である崔灝元《チエホウオン》[13]・安孝礼《アンヒヨレ》[14]などを引見なさった。彼らはそれぞれ自分の術法が勝れているとして互いに争い、口角泡を飛ばして、あるときには肘を払って罵って、終わることがなかった。王さまもまた連夜、厭きることなく、机に肘をついて、二人の議論に耳をお傾けになった。この二人は身のほど知らずで、王さまの恩恵を蒙りながらも、そのことを有難いとも思わず、灝元はひそかに孝礼に、「私が承旨になり、君が僉知になるのが、どうしてこんなに遅いのだろうか」といった。これを聞いていて、口を覆わない者はいなかった。立派な王さまが寂寥を慰めるたびに呼び出されたので、実際は俳優と同じように対されていたのに過ぎない。二人の人間が大いに登用されることまで希望するようになって、当時の人びとは彼らをいやしいと思った。

（1）　永順君：李溥。第四巻第十八話の注（6）を参照のこと。

（2）亀城君：『世祖実録』十三年（一四六七）十月、王が亀城君・浚らに命じて、李施愛の乱の平定に際して戦死したものの褒賞を審議させたという記事がある。
（3）河城尉：『世祖実録』九年（一四六三）四月に、何城尉・鄭顕祖に家舎一区を訪問させ、敬恵公主に給ったとある。
（4）四宗：四人の主だった人物の意味。
（5）新宗君：『世祖実録』十三年（一四六七）十月に、孝伯を新宗君に封じた旨の記事がある。
（6）居平正：『世祖実録』十年（一四六四）十月に、居平正復を控弦衛将になすという記事がある。
（7）進礼正：『世祖実録』五年（一四五九）十二月に、衡を進礼正となすという記事がある。
（8）金山正：『世祖実録』六年（一四六〇）十一月に、王族の生活の困窮ぶりをいった後に、衍を金山君になすという記事がある。
（9）栗元副正：『成宗実録』七年（一四七六）正月に、栗元君・徖の卒伝がある。宝城君・容の子で、読書を好み、弓をよく射た。世祖が宗親の中で学識があり、武芸をたしなむ者を選んだとき、その両方に入った。李施愛の乱の平定にも功績があり、精忠敵愾功臣に封じられた。四十四歳で死んだ。人となりは沈重、人と接するのに謙恭であった。
（10）堤川副正：『成宗実録』十七年（一四八六）十一月、宗室の者は親が死ぬと喪に服することを忘れて財産分与にばかり心を砕く、その例として堤川君・蘊の名前が見える。
（11）鶻城正：『睿宗実録』元年（一四六九）四月、武臣四十名を集めて騎射させたところ、鶻城都正・金孫が五発すべてを命中させたという記事がある。
（12）射宗：弓を射る人物の中で主だった人物の意味。
（13）崔灝元：第五巻第十八話の注（1）を参照のこと。
（14）安孝礼：第三巻第三十三話の注（2）を参照のこと。

七　朝鮮の陶磁器

人の用いる品物で陶器が最も緊要である。今、麻浦《マポ》・露梁《ノリャン》などでは焼き物を作ることを業としている。そこでは瓦器、甕などから、磁器に至るまで、みな白土を使って緻密で精巧なものを焼いて作ることができる。地方の各道にもこれらを作るところが多いが、ただ高霊《コリョン》で作ったものが最も精巧である。しかし、広州《クオンジュ》のものもなかなか精巧である。毎年、司饔院の官吏を送って、左辺・右辺に分けて、書吏を率いて、春から秋に至るまで監督して作らせ、御府(1)に納めさせる。そして、彼らの功労を記し、等級をつけて、優秀な者には褒美として品物を下賜する。

世宗《セジョン》朝の御器はもっぱら白磁を用いたが、世祖の御代になって、彩色した磁器も取り交ぜて使うようになった。回回青(2)という顔料を中国から求め、瓶と杯に絵付けをしたが、中国のものと変わるところがなかった。しかし、回回青は貴重であり、中国に求めても多くは手に入らない。朝廷では、「中国ではたとえ貧しい村の茅葺きの酒屋であっても絵付けの焼き物を使っている。どうしてそれほど回回青をふんだんに使うことができるのか。他の顔料をつかっているのではなかろうか」という議論になった。中国に行って尋ねて見ると、「これらはみな土青(3)を使っているのです」と答えた。しかし、その「土青」というのも求めることができなかった。そのために、わが国では絵付けの焼き物は少ないのである。

(1)　御府：王さまの使用する物品をしまっておく倉庫。
(2)　回回青：陶磁器に使用する青い顔料。青華。回回教（イスラーム）のアラビア地方から輸入されたから、この名称がある。

（3）土青：中国産の青華。回回青と土青の差異はコバルトの中に含有する鉄とマンガンの比率によるもので、微妙に色合いが違う。回回青には鉄分がやや多く、マンガンが少ない。土青は逆に鉄分が少なく、マンガンが多い。

八　礼曹の建物

現在の礼曹は昔の三軍府(1)である。鄭三峯《チョンサムポン》(2)が軍職の重責を担ったときに、議政府の庁舎の構造を見て、「政府と軍府とは同じものである」といい、ついに議政府の庁舎の構造にまねて三軍府の庁舎を作ったが、屹然と東と西の建物が向かい合って建っていて、その大きく雄壮であることは、他の庁舎の追随するところではない。

その後、三軍府を廃止して、中枢院(3)を置いたが、軍務は担当しなかった。礼曹は五礼(4)を管掌するだけでなく、また外国の使者たちの接待をするという重大な任務を負う。そのために中枢院は礼曹の南側の廊に付随するような形になった。

（1）三軍府：李氏朝鮮初期の軍務を統括した役所。

（2）鄭三峯：鄭道伝。三峯は号。第一巻第二話の注（11）を参照のこと。

（3）中枢院：李氏朝鮮初期の中央官庁の一つとして、出納・兵機・軍政・宿衛・警備・差摂などのことに当たった。定宗二年（一四〇〇）に三軍府に変わったが、太宗九年（一四〇九）にはふたたび中枢院と呼ぶようになり、世祖十二年（一四六六）には中枢府と変わったが、実権のない機関になっていた。

（4）　五礼：吉礼（祭礼）、凶礼（喪礼）、賓礼（賓客接待の礼）、軍礼（軍陣の礼義）、嘉礼（婚冠の礼節）。

九　景福宮の水脈

景福宮の西側には水脈が多い。慶会楼の池の水は昔の昆明池(1)や太液池(2)であっても及ばないものである。西門の外に泉が湧き出しているところがあり、水は澄んで冷たさは氷のようである。人びとがここで藍を染めるので、藍井《ナムジョン》といっている。

礼曹の井戸もまた水が澄んで、干上がることはない。その水が流れて大きな池ができている。たとえひどい日照りになっても満々と水を湛えている。その池の南側にある何尺かの土地が突き出るようにして中枢府に食い込んでいるが、土地が低く、水が淀んでいて、雑草が生い茂っている。今の王さま（燕《ヨン》山君《サンクン》）の己未の年（一四九九）に、中枢府が「土地が狗の牙のようにわれわれの役所に食い込んで来ています。これを切り崩して、われわれの池にしたいものです」と申し上げた。礼曹では、「外国の人びとを接待するところが狭くてはならない」といった。たがいに争って、決着がつかなかった。そこで、王さまが承旨と宦官などに命令して、調査して分割させることになさった。中枢府ではそこに池ができて西池として、大庁を改築して、庁に連ねて西軒を造り、池の中に石の基礎を置いて彫刻した欄干の影が池の面に映えた。西の方を仰ぎ見れば、山々の頂が高くそびえて、人びとの風流な家々の屋根が見え、樹木が鬱蒼と生い茂っている。その光景はソウルでも第一である。

その下の司憲府と昔の兵曹・工曹・掌隷院にもみな池があって、蓮が植えてある。景福宮の東にある議政府・吏曹・漢城府・戸曹などの役所にも池があるにはあるが、西池に匹敵するものではない。

（1）昆明池：漢の武帝が造った池。陝西省長安県の西にある。漢の武帝はこの池で水戦の演習を行ったという。
（2）太液池：漢の太液池は長安県の西側、建章宮の北、未央宮の西南にあった。唐の太液池は長安県の東側、大明宮の中にあった。明の太液池は北京の西苑の中にあった。

十　紙の種類

世宗が造紙署を設置して、表[1]・箋[2]・咨[3]の文章それぞれのための用紙を監督して作らせるようにした。また、書籍を印刷するためにさまざまな種類の紙も作らせることにした。蒿精紙・柳葉紙・柳木紙・薏苡紙・麻骨紙・純倭紙など、みな至極に緻密で、印刷した書籍もまた素晴らしかったが、今はただ蒿精紙・柳木紙の二種類があるだけである。表・箋・咨の用紙もまた昔の緻密なのには較べようもない。

（1）表：心に思うことを書いて帝王にさし出す文章。慶賀の場合に書くことが多い。
（2）箋：国家に吉凶がある場合にさし出す四六体の文章。
（3）咨：中国との外交の文章。

十一　酒色の生活に飽きた任興

成宗が最初に楽院兼官を置くことにして、私と伯仁《ペクイン》(1)と耆之《キチ》(2)は兼僉正となり、任興《イムフン》(3)は兼直長となった。任興は幼いときから音楽を学んで管弦楽に精通していたが、豪侠の性格でも知られていた。彼の別荘が陽川と金浦のあいだにあった。江のほとりに亭を構え、月夜であれば、舟を浮かべ、上は漢江から下は祖江に至るまで、あるいは上り、あるいは下って、遊んだ。歌のうまい妓生たち数人がかならず同行した。任興がみずからコムンゴを弾き、妓生が曲に合わせて歌を歌って応じた。見ている人びとはまるで神仙の遊びのようだといった。

彼が直長に任命されたときには、すでに五十歳あまりであったので、人びとは彼が参内できないのではないかと心配した。しかし、命令が下った日、きちんと出仕した。長らく楽院にあって、昇進して主簿になった。年を取って、髪の毛はすっかり白くなってしまったが、病気を隠してまで出仕を続けた。伯仁が、「あなたのように富裕で、一生を美しい妓生たちに囲まれて気儘に過ごすこともできるような人が、どうしてこのように苦しみながら仕事を続けるのですか」と尋ねると、任興は答えた。

「私は若いときに父兄の教えを受けることなく、結髪(4)して成人した後には、酒色をもっぱらにして過ごして来ました。中年のころはそれが至極に楽しく、心の赴くままに好き勝手なことをしてきました。しかし、次第に年を取って来ると、だんだん退屈になってきて、美しい女たちも味気なくなって来ました。江や湖の風景もまた見物しようとも思いません。こうして官職をいただいて、朝士たちと交わって友だち付き合いができ、役所から帰ると訪問し合って酒を酌み交わしながら、団欒がはずむ、この生活が一番なのです」

私は、「そのことばは本当だ。朝廷に仕えるソンビたちが江や湖の遊びを思慕するのは別の理由があるわけではない。多忙な生活に嫌気がさすからです。逆に江や湖で風雅に遊ぶ人たちが江や湖の遊びに飽きて朝廷の多忙な生活を思慕するのも、やはり人の心の道理でしょう。これと彼とを変えても、趣は同じなのかもしれません」というと、任興は、「ほんとうにその通りです」といった。

（1）伯仁：朴孝元。第一巻第五話の注（17）を参照のこと。
（2）耆之：蔡寿。第二巻第十六話の注（3）を参照のこと。
（3）任興：『成宗実録』六年（一四七五）十月、成俔や蔡寿らとともに前直長・任興を掌楽院兼官として、楽を習わせ、楽書・楽譜を講論させたとある。
（4）結髪：男子が二十歳に達すると、髪を結い、冠礼を行って成人であることを表した。

十二　養蚕

東蚕室はソウルの東の峨嵯山《アチャサン》の下にある。宦官が主管している。

そこにまた新たに蚕室を漢江の下流の円壇洞《ウオンダンドン》に設置して、同じく宦官に主管させた。

この西蚕室はソウルの西の十里あまりのところにあったが、それは昔の衍禧宮である。二人の別坐を置いて専任させていたが、その後、別坐は尚衣院に配属させた。そこで、別坐は夏には蚕を養い、蚕を養うのが終われば、尚衣院にもどることになる。

　東蚕室と西蚕室とで糸を選んで承政院に納めて、功績の大きい小さいを考査して、賞を与えたり、罰を与えたりする。

　南江《ナムカン》の栗島《ユルド》に桑の木を多く植えて、毎年、葉を摘み、蚕を育てる。昔はソウルの中ではただ三、四軒の大きな家だけが蚕を飼っていたが、今では大きな家だけではなく、賤しい小さな家であっても、蚕を飼わない家はないようであり、桑の葉がたいへん貴重になっている。桑の木を植えて利得を得る者も多い。

十三　さまざまな祭壇

　祭壇は社稷(1)が最も重要である。ソウルの中にある。ソウルの外にある祭壇もいくつかある。先農壇(2)は東大門の外、普済院の東の洞にある。そこに観耕台(3)があるが、成宗が籍田(4)でみずから耕作なさるために、何度もお出ましになった。正月には風楽を演奏して祭祀を行う。

先蚕壇(5)は東小門の外にある。三月に風楽を演奏して祭祀を行う。

円壇(6)は漢江の西側の谷にある。世祖がここに赴いて天に祭祀を行われた。

風雲雷雨壇(7)は青坡《チョンパ》駅《ヨク》の洞の生い茂った松林の中にある。二月と八月に風楽を演奏して祭祀を行う。厲祭壇(8)は蔵義寺《チャンウイサ》洞《ドン》の外の蔵義寺洞にある。漢城府が主管して祭祀を行う。

馬祖壇(9)は城の東の郊外にある。司寒壇(10)は東氷庫《トンピンコ》にあるが、氷を貯蔵するときに寒いことを祈って祭祀を行うのである。

龍壇(11)は漢江のほとりにある。日照りが続けば、虎の頭を水の中に投げ入れて祭祀を行い、雨乞いをする。

歳抄(12)のときごとに礼曹から奉常寺の提調とともに行って調査をして、王さまに報告する。破損しているところがあれば、修理をする。

(1) 社稷：「社」は土地の神、「稷」は五穀の神である。「社」には句龍を祀って「稷」には周の始祖である后稷を祀る。王が宮闕を定めるときには、左側に宗廟を築き、右側には社稷壇を造って祭祀を行う。国家があれば社稷があり、国家がなくなれば社稷もなくなるので、社稷は国家と同義になる。
(2) 先農壇：初めて農耕を教えたという神農氏と周の始祖の后稷を祀るところ。
(3) 観耕台：籍田で王みずからが耕作を見る台。
(4) 籍田：王がみずから耕作をする田地。
(5) 先蚕壇：養蚕の神である西陵氏を祭祀するところ。
(6) 円壇：円丘壇とも。王が天に対して祭祀を行う祭壇。円形になっている。
(7) 風雲雷雨壇：風・雲・雷・雨それぞれの神を祀る祭壇。
(8) 厲祭壇：厲鬼を慰撫するために祭祀を行った祭壇。厲鬼は祭祀を受けることのない悪鬼をいう。
(9) 馬祖壇：馬神を守護する房神を祭祀する祭壇。
(10) 司寒壇：氷を貯蔵する際に行う司寒祭の祭壇。
(11) 龍壇：龍王の祭祀を行う祭壇。
(12) 歳抄：①毎年の六月・十二月の一日に吏曹と兵曹から罪過のある役人を抄録して上奏して王の意を受けて減等あるいは叙用すること。②兵士たちの死亡、逃亡、疾病などによる欠員を毎年の六月・十二月に充当すること。③特に褒美を要することなどを毎年の六月・十二月に上奏すること。ここでは③

の場合。

十四　さまざまな男子の楽しみ

世祖はいつも大臣たちと文・武のソンビたちを召して国家を治める道を議論なさるのが日常になっていた。

ある日、王さまが長くお出ましにならず、臣下たちがみな慶会楼の下に集まって、王命を待っていた。崔《チェ》漢良公(1)が欠伸をして立ち上がり、「長く駅馬に乗っていないので、気が塞いで仕方がない」といった。鄭国馨《チョンククヒョン》(2)がこれを聞いて、「君は奉命使臣の楽しみを知っているかい」と尋ねた。漢良はそれに答えていった。

「奉命使臣の楽しみは確かに多いが、しかし、離別の悲しみもまた大きいではないか。春風の吹く美しい季節に駿馬に乗って、名高い地方に入って行けば、道の左右には丈の高い松の木の並木が続いて影をつくる大道が十里あまりも続いている。半臂(3)を着た下人と羅匠(4)が二列に並んで先導して、胡笛と太平簫の音が空に轟き渡り、馬は勇んで歩を早めようとする。駅夫が轡を抑えて走り、大門の外に至ると、大きな巻貝のように髪の毛を結い上げた美人たちが道ばたに伏して迎え、中には顔を上げて盗み見する者もいる。私はそのときには見ないふりをして、馬から下りると上房に入って行ってくつろぐ。一人で黙然として心の中で密かに考える。『今晩はどの女と寝ることができるのだろうか』と。妓生が茶果盤を持って来ると、また考える。『この女だろうか。あるいは別の女だろうか』と、半信半疑になる。しばらくして、主官がやって来て、挨拶を交わした後、東軒に座って酒席が始まる。たがいに杯の献酬があって、私が立ち上がって、酒を勧めると、妓生が杯を取ってやって来る。そのとき、その女が醜くて気に入らなければ、心は鬱々として楽しまず、無聊をかこって、その州内の山や川もすべてつまらないものになってしまい、左右の者を見れば、みな棒で殴りつけたくなってしまう。もし、その女が美しくて気に入れば、主官の言動はすべて襲遂[5]や黄覇[6]のもののように見えて、屋根の上の烏も素晴らしいものに思えてしまう。数日のあいだ滞在して、昼には酒に疲れ、夜には床の中で疲れ、身も心も恍惚としてしまう。そこで、ひそかに考えるのだ。『ここにいては身も心も落ち着かない。長くいれば、きっと病気になってしまうだろう』と。そうして、やっと離別しようという気になるのだ。肘を枕にして嗚咽して眼を真っ赤に腫らすと、主官が州の門の外に餞別の宴を用意してくれる。離別の舞いに袖を振るい、別れの酒杯を勧めて見送るので、やむをえず馬に乗って出発する。空を仰ぐと、太陽は黄色く光もない。馬上でうたた寝をして、半睡半夢の状態で、その人が現れてほほ笑みながら道ばたに座っている。が、眼を凝らして見ると、黄色い茅の藪があるだけである。耳を満たす風の音や水の音が管絃や歌の声に聞こえてくる。日が暮れて、駅舎に投宿すると、鼠の穴から煙が流れ出て、松の木が生えている軒では雀が騒がしくさえずっている。頑固者の下人が箱の中から蓆を取り出して広げる。私は頬づえをついて万端の憂いに沈むのだ。どうです、それが想像できますかな」

　国馨がこれに対していった。

「なるほど、君は奉命使臣の喜びと哀愁を知っているようだ。しかし、男児の楽しみは到る所にあるもので、どうして地方に行かなければならないものだろうか。私は冬に、黒貂の上着を着て青氈帽をかぶり、紫花叱撥[7]にまたがって行く。肘には銀色に光る鷹を止め、後ろには黄色い猟犬を数匹従えている。

妓生たちも馬に乗ってついて来る。山に登って雉を追うと、鷹が雉を捕えて馬の前に落とす。人びとが集まって、谷川のほとりで柴を集めて火を起こし、雉を炙る。妓生が銀の瓢で酒を注いで勧め、下は下人に至るまであますところなく酒を飲んで酔う。日が暮れて帰るときになると、飛び交う雲が顔面を撃つようで、半ば酔った身体で手綱を取ってぶらりぶらりと帰る。これはまったく行楽の醍醐味ではないか」

李寿《イス》男君《ナンクン》(8)は次のようにいった。

「私は退庁した後、友人たちが集まっているところに訪ねて行き、美しい妓生をはさんで座り、いろいろと戯れた後に、夜が深まれば、妓生とともに出て行く。あるいは妓生の家に行き、あるいは知り合いの家に行く。たとえきれいな寝具がなくとも、二人の男女が衣服を脱いでともに臥したなら、その喜びにまさるものなど何があろうか。日ごと、日ごとに妓生を変える。もし仏法の因縁でいうなら、来世には精力絶倫の牡馬となって、数十頭の牝馬を思いのままにして遊戯するのが私の楽しみである」

子固・金紐《キムニュ》(9)がいった。

「私は友人たちを歴訪しようとは思わない。わが家は客を受け入れることができるし、私の財産も宴会を催すことはできる。花の咲く朝、月の明るい夜には、いつも立派な賓客と善良な友人たちを招いて、酒席を設ける。李《イ》亇《マ》知《チ》(10)はコムンゴを弾き、都《ト》善吉《ソンギル》(11)は唐琵琶を弾き、宋田守《ソンチョンス》(12)は郷琵琶を弾き、許吾《ホオ》(13)は笛を吹く。駕《カ》鴻鸞《ホンラン》(14)と軽千金《キョンチョンクム》(15)は歌を歌い、黄孝誠《ファンヒョソン》(16)は側で指揮を執る。あるいは独奏をして、あるいは合奏をする。このときに客と酒を注いで献酬して、心の赴くままに話をしたり、詩を作ったりする。これが私の行楽だな」

達城《タルソン》(17)がそばでこれを聞いていて、「崔君は放蕩であり、鄭君は豪傑であり、李君は淫匿であり、金君は跌宕《てつとう》である」と評した。また、左右の人びとに、「諸君たちもまた楽しみとすることがあるか」と尋ねた。

不器・権瑚《クオンホ》(18)がいった。

「私は田舎で育ったので、魚を川で捕まえる毎日だった。三、四人の友だちと川に行き、長い網を張って流れを塞ぎ、衣を脱いで短袴になり、小さな網を持って縦横に魚を追いこむ。網にかかると銀の鱗がはねて閃く。それに麦畑の大根を掘って、蓼の実を混ぜ、醤を沸かして芥子を溶く。あるいは膾にするもよし、あるいは煮るもよし。空きっ腹にこのおいしいことといったらない。これが私の楽しみです」

達城は、「それはまことに閑適な生活だ」といった。

司芸・兪《ユ》希益《フイイク》(19)がいった。

「私の楽しみは皆さんのいったのとは違います。日の長い夏の季節に、栗の木の木陰に座っていると、自然に涼しい風が吹いてくる。そこで、『周易』や『大学』や『中庸』を読むのが私の楽しみです」

達城はこれを評して、「それはまことに正しいことですが、男児として世間に生まれて、どうしてそのような苦痛だけで世の中を過ごせましょう」といったので、人びとは大いに笑った。

このとき、子順・南悌《ナムチエ》(20)は篆書が巧みだということで、呼ばれてやって来て側にいた。図篆を書いたところ、驪城君・閔発《ミンバル》(21)が称賛していった。

「白い雲のような布を青山の中の緑の木々に懸けわたして四本の矢を手挟んで行き、矢を射ることを水を注ぐようにやり遂げ、一日中、矢が地に落ちないということも、私にはできないことはない。大きな猪が牙を鳴らして葦や蘆の中に潜んでいるところに、馬に乗って懸け入って、一矢でこれを射とめることも、私にはできないことではない。はなはだ暑いときに楼に登って行って、氷水に飯を浸して黄粉をあえて一鉢かきこむことも、私にはできないことはない。しかし、このような素晴らしい字を書くことは、百回死んだとしても、けっして出来ないであろう」

(1) 崔漢良公：『成宗実録』七年（一四七六）十二月に、崔漢良を通訓行司憲府持平に任ずるという記事が見える。
(2) 鄭国馨：鄭蘭宗。第一巻第三話の注（11）を参照のこと。
(3) 半臂：マコチャ。チョゴリの上にはおる襟のない上着。
(4) 羅匠：羅将とも。郡衙の使令の一人、下級官吏。
(5) 襲遂：漢の南平陽の人。字は少卿。経書に明るかった。官職について剛毅であり、大節があり、忠誠を尽くして、よく治めた。官吏の模範と称される。
(6) 黄覇：漢の陽夏の人。字は次公。官は丞相に至った。漢代の良相を挙げるときにはその筆頭に挙げられる、官吏の模範的な人物。
(7) 紫花叱撥：紫の桃の花のような色をした叱撥。叱撥は大苑で産した駿馬の名称。
(8) 李寿男君：一四三九〜一四七一。一四五五年、わずか十七歳で進士試に合格、一四五八年には別試文科に及第して、芸文館検閲となった。さらに、文科重試・抜英試にも及第して、兵曹参議に至り、一四七一年には佐理功臣四等となって、全山君に封じられたが、三十二歳で夭折した。
(9) 金紐：第一巻第七話の注（2）を参照のこと。
(10) 李亇知：第一巻の第五話にも名前が出て来る。
(11) 都善吉：第一巻の第五話にも名前が出て来る。
(12) 宋田守：第一巻の第五話にも名前が出て来る。
(13) 許吾：この話にあること以上は未詳。
(14) 駕鴻鑾：妓生の一人だと思われるが、この話にあること以上は未詳。
(15) 軽千金：妓生の一人だと思われるが、この話にあること以上は未詳。

（16）黄孝誠：第一巻第五話の注（36）を参照のこと。

（17）達城：徐居正。第一巻第二話の注（24）を参照のこと。

（18）不器・権瑚：『世祖実録』三年（一四五七）十月に、兵曹正郎の権瑚が良を圧して賤となしたとして、杖百・徒三年に処されている。

（19）司芸・兪希益：『世祖実録』九年（一四六三）四月に、前成均直講・兪希益を成均館に復帰させたいという啓上があった。希益は経学に励んだにもかかわらず、故なくして解任された、教授・学生も復帰を望んでいる、と。

（20）子順・南悌：『世祖実録』十三年（一四六七）二月に、司諫院から、南悌が全州判官に任じられたが、南悌は人がらは正直であるが、粗忽なところがあり、かつ酒癖が悪いので、全州判官のような大任は任せられないという上疏があったという記事がある。王は、試みにやらせてみるがいい、と答えた。

（21）驪城君・閔発：第七巻第七話の注（3）を参照のこと。

十五　書斎の名

巴山君・趙得琳《チョトウクリム》[1]が姜晋山《カンチンサン》[2]に、「私は書斎に名前を付けたいのだが、一つあなたが名前を考えてくださらないか」と頼んだ。すると、閔発《ミンパル》[3]が、「書斎の名というのは文雅なソンビが持つものだが、君のような者も書斎の名を持とうというのか」といって、晋山を振り返って、「あなたがもし斎名を付けるのなら、『槐[4]』という文字を使うのですな」といった。居合わせた者たちは大笑いした。

（1）趙得琳：『世祖実録』元年（一四五五）九月に、佐翼功臣三等となった。『中宗実録』二年（一五〇七）に、いわゆる癸酉靖難、首陽大君（世祖）の政権奪取劇のエピソードがあり、そこには金宗瑞をまず殺害すべきだと献策したのは趙得琳だったとある。
（2）姜晋山：姜孟卿。第一巻第二話の注（26）を参照のこと。
（3）閔発：第七巻第七話の注（3）を参照のこと。
（4）槐：右大臣源実朝の和歌集を『金槐和歌集』というように「槐」は大臣の象徴。姜晋山は学問に精通して、大臣の器として自他ともに認められていたことをいうか。実際に領議政に昇る。

十六　食のこだわり

宰枢の奇虔《キコン》（1）は一生のあいだ鰒を食べなかった。人びとがその理由を尋ねると、宰枢は、「私がかつて済州牧使となったとき、漁師たちがたいへんな苦労をしながらこれを採っていたのを見たので、とても食べることができないのだ」と答えた。

金賢甫《キムヒョンポ》（2）は牛肉を食べなくなった。同僚が「以前は食べていたのに、どうして食べなくなったのだ」と尋ねると、賢甫が「奉常寺正となったとき、集まって酒を飲んだことで罪を得たことがある。そのときから、この肉を食べないことにしたのだ」と答えた。このようなことは心がけとしては非難すべきことではないとしても、やはり不自然さを免れないであろう。

（1）奇虔：?〜一四六〇。第四巻第二十七話の注（1）を参照のこと。
（2）金賢甫：金升卿。第六巻第三十四話の注（6）を参照のこと。

十七　わが国の文粋

成謹甫《ソンクンポ》(1)が生きていたとき、わが国の人びとの文章を編纂して、『東人文宝』と名付けたが、完成しないで死んでしまった。金季醞《キムケオン》(2)が後を継いで完成させ、『東文粋』と名付けた。しかし、季醞は文章のきらびやかなものを嫌って、淡白でおとなしいものだけを選んだ傾向がある。規範となることを意図したものであろうが、萎縮して覇気がなく、見るべきものがない。彼が編纂した『青丘風雅』(3)も、詩は文章とは異なるものだとはいえ、わずかでも豪放な味わいを持つものは捨てて入れていない。これは膠柱鼓瑟(4)の偏見といわざるをえない。

達城が編纂した『東文選』(5)のようなものに至っては、いわば類聚であって、選んだというものではない。

(1)　成謹甫：成三問。第一巻第二話の注（20）を参照のこと。
(2)　金季醞：金宗直。一四三一〜一四九二。一四五九年、文科に及第、成宗のときに刑曹判書に至った。冶隠の学統を継いで数百人の弟子を教えた。死後になって、燕山君の戊午士禍によって剖棺斬屍になった。
(3)　『青丘風雅』：成宗のときに金宗直が編集した本の名前。三国時代以来の名詩を選んで批評と注釈を加えた。
(4)　膠柱鼓瑟：琴や琵琶の柱を膠で固定させてしまえば一種類の音しか出なくなる。融通性のないことをいう比喩。

（5）『東文選』：新羅時代から李氏朝鮮の粛宗のときまでの詩・文を編集したもので、正篇と続篇とがある。正篇は成宗のときに徐居正（達城）などが、続篇は中宗のときに申用漑など、また粛宗のときに宋相などが、それぞれ王命を受けて編纂したもので、韓国の詩文の集大成となるものである。

十八　崔勢遠の戯詩など

崔勢遠《チエセウオン》(1)は若いときに上舎として成均館にいた。上舎の金亢信《キムハンシン》(2)は網巾がぶかぶかで、金伯衡《キムペクヒョン》(3)は斜視であった。勢遠が詩句を作ってこれを笑った。

「頭に被ったつもりが顔まで覆う、それは金亢信の網巾、
　東を向いているのに西をみている、それは金伯衡の眼。
　（既着頭又着面、金亢信之網巾、
　　似看東実看西、金伯衡之眸子）」

上舎の郭承振《クアクスンチン》のあだ名は「鬼」であった。勢遠が「郭鬼賦」を作って脅した。

「君が恐れるのは桃の木の東の枝、
　まして、成均館では鞭打って戒める。
　千里の外に走って行って少しも休んではならない、
　俺《おむ》といい急々に(4)規則通りに追い払おうぞ。

(子所畏兮桃之東枝、況館中兮撻以記之、
疾行千里莫留停些二、唵急急兮如律令些二)」

勢遠は姜晋山《カンチンサン》(5)と仲がよかった。晋山が壮元及第をして、勢遠は落第した。勢遠が膝を抱えてため息をつきながら、つぶやいた。

「姜某は聡明な人だ。私が壮元となり、彼が末席であったなら、私は彼を『末座』と呼んでこれを顎で使おうと思っていた。ところが、意に反して、私より先に壮元及第してしまった。後年、私が壮元で及第しても、あの者がどうして私を羨むだろうか。お願いだから、天よ、三日のあいだ、糞のような雨を降らせて、姜の遊街ができないようにして欲しい」

牧隠(6)が元に行って、元の科挙に及第して、黄甲三名(7)の中に入った。その首席は牛継志であり、次席は曾堅であった。牧隠がわが国に帰ることになって、牛壮元が「贈別詩」を作った。

「私にも男の涙というものがある、
生れてこの方、流したことはなかったが。
今日はここで別れることになって、
君に酒を勧めると、春風が吹きぬける。
(我有丈夫涙、泣之不落三十年、
今日離亭畔、為君一酒春風前)」

(1) 崔勢遠：第二巻第十一話の注(5)を参照のこと。
(2) 金亢信：ここにあること以上は不明。

（3）金伯衡：『世祖実録』十一年（一四六五）五月に、積城県監・金伯衡の名前が見える。法令を顧みず、阿諛順従、とある。
（4）唵といい急々に：「唵急急」。唵は禁呪をはらうときに発する声で、サンスクリットのomの音訳。急々に追い払う禁呪のことば。
（5）姜晋山：姜孟卿。第一巻第二話の注（26）を参照のこと。
（6）牧隠：李穡。第一巻第二話の注（12）を参照のこと。
（7）黄甲三名：甲科の第三位までの意味。

十九　倭寇対策に悩まされる

高麗の末期に倭寇が頻繁だったのは、海岸の四面に軍鎮を置いて防衛することがなかったからである。李太祖《テジョ》が開国してからは、海の港の要衝にはみな万戸の軍営を置き、水軍処置使に統括させた。それで、倭変はだんだん少なくなったが、その後また倭寇はしきりに侵犯したので、世宗は三軍に命令して、対馬を征伐させた(1)。大いに勝利をしたわけではなかったが、倭もまた威厳を恐れて敢えてわがもの顔に振る舞うことがなくなった。

倭人の数家族が三浦(2)に来て住むことを願った。世宗は彼らのわが国を慕う気持ちをけなげに思われて、これをお許しになろうとしたが、許稠《ホジョ》(3)が憂えて諫めた。

「倭人どもというのは、臣下となったかと思うと、また謀反を起こす輩で、彼らの心は推し量ることができません。どうして魚や貝を捕まえて食べているような鄙陋な奴腹を、わが国の衣冠を整えて着用した人びとの中に交えて生活させることができましょうか。後日に歯が生えるように人口が増えたなら、きっとわが国にとって大きな弊害が生じましょう」

臨終の際にも、また二度、三度と啓上して、倭人たちが増えない前に本国に送還してしまうようにとお願いした。そのときには、人びとは許稠のことばを尋常ではないと考えて、倭人が居住するのをさほど弊害であるとは思わなかった。今に至って、三浦に倭人が蔓延して制御できなくなる弊害が明らかになって、やっと許稠の先見の明に感服するようになった。

朝廷ではつねに対馬島主[4]に人びとを刷還するように求めるが、しかし、刷還するのはせいぜい三、四戸だけで、立ち去っても、またすぐに帰って来る。次第にわが国の土地を耕作するようになって、斑な服を着た人間が辺境の村々に出没して、わが国の百姓と衝突するようになった。ひそかに全羅道に行って、人びとの生命と物資を脅かすのはみな三浦の倭人たちである。対馬は土地が痩せていて、五穀が実らず、ただ瞿麦だけを植えている。人びとはみな葛や蕨の根を掘って食べて生きている。そして、島主もまた三浦の倭人たちに税金を課してやっとのことで治めているのである。対馬に住む人でわが国の官爵を受けて護軍に任命された者が、一年に一度、来朝した。しかるに、その来朝の際には、五十隻もつらねてやって来て、二カ月のあいだも滞在する。格倭糧料[5]を給付されて、その妻子たちを扶養するのである。そのために、慶尚下道の米穀はその半分以上を倭料として消耗しているのである。

(1) 対馬を征伐させた：一四一八年、対馬は凶作だったので、島民たちは朝鮮の庇仁・海州の沿岸を略奪して回った。朝鮮側ではこれを対馬の島主である宗貞盛の命じたものであるとして、一四一九年の六月、柳廷顕に命じ、兵船二百二十七隻、兵士一万七千を率いて対馬を攻撃させた。

(2) 三浦：世宗のとき、東莱の富山浦、熊川の乃而浦、蔚山の塩浦の三浦に限って、倭船の貿易のための往来を許可した。また倭館を設置して交易または接待の場としたが、用務が終われば帰国するのが原則であったが、日本人の中には帰国せずに滞在を続ける者たちもいた。これが、中宗のときに起こった三浦の乱の原因になった。

（3）許稠：第二巻第二十六話の注（9）を参照のこと。

（4）対馬島主：宗氏。もと対馬国衙の在庁官人の惟宗氏。中世には宗氏を名乗って対馬の守護となり、幕藩体制のもとでは対馬藩主となった。朝鮮との交渉・貿易に特権的な地位をもっていた。

（5）格倭糧料：倭館に来ている日本人のための食糧。

二十　狗の目と取り換えたなら

斯文の金某は片方の目を失明してしまった。蔡耆之《チエキチ》(1)が、「私がかつて故老に聞いたところでは、高麗の末に一人のソンビがいて、あなたと同じように片目を失明してしまったそうだ。するとある僧侶が、すぐに自分の眼をえぐり出し、また狗の眼もえぐり出して、取り換えればいいと教えたのだそうだ。いわれた通りにすると、まだ血が熱いうちは自然に眼もくっついてくれ、数日もすれば、もとのように眼が見えるようになったのだと」といった。そこに居合わせた人びとも、「それはまんざら嘘でもなさそうだな」といった。しかし、斯文は大いに疑わしげであった。耆之が続けて、「これははなはだ良い方法だが、一つだけ困ったことがある。もし便所の糞を見ると、宴会の御馳走に見えてしまうのだ。どうしても食べたくて仕方がなくなるようだ」といった。斯文は大いに怒り出したが、人びとは抱腹絶倒した。

（1）　蔡耆之：蔡寿。第二巻第十六話の注（3）を参照のこと。

二十一　女医の技術

朝廷ではそれぞれの官司の年若い婢女を選んで、恵民署に所属させ、医書を読ませて、女医と名付けた。そして、婦人たちの病気の治療に当たらせた。

一人の女医が済州島《チェジュド》からやって来たが、他の医術はまったく知らず、ただ痛んだ歯の虫を抜くことに長けていた。士大夫の家では競ってこの女医を迎えて歯の治療をした。この女医が死んで、また一人の女子がこの業を受け継いだ。私もこの女子を呼んで歯の治療をしたことがある。人を仰向けに寝かせて口を開けさせ、銀色の匙のようなもので小さくて白い虫を引き抜くのである。匙が歯に触れることもなく、血が流れることもなかった。まことにやすやすと治療した。

しかし、その技術を他の人に伝授しようとはしなかった。たとえ朝廷で罰するとおどしても、けっしていわなかった。これは恐らく幻術の類であって、正業ではなかったのである。

二十二　音楽を習った動機

士人の権《クオン》某がかつて自分がどうして音楽を習ったのか、その理由を話してくれたことがある。

「私が年少のとき、夜に友人の家を訪ねて行ったことがある。すると、道の傍らの家で燈火を燈して談笑する声が聞こえてくる。私は窓の外に忍んで行き、中を覗いてみると、一人の男子が一人の女子と布団をかぶって臥している。男子は年若く容貌もすぐれ、女子もまた並ぶ者がないほど美しい。女子が立ちあがって棚の上の小箱を取り出し、干し肉やら栗やらを並べ、銀の杯に燗をした酒をついで、互いに三、四杯を飲んだ。男子は琴を取り出して奏でると、女子が『風入松』の曲を弾いてくださいといった。男子が弦を調整して柱を動かし、おもむろに弾き出すと、音色はまことに素晴らしかった。女子が琴の伴奏で低い声で歌うと、その歌声は玉を貫くようだった。私は心から彼らが羨ましくてならなかった。世間にはどうしてこのような人びとがいるのだろうか。きっと神仙の類に違いないとまで思った。それから、音楽を学ぶことにしたのだったが、まず最初には『風入松』を習った。そうして、さまざまな音曲に通じて、また私のような者が妻まで娶ることができて、このように年老いるまで生きながらえているのだ」

二十三　伯兄成任の編纂事業

伯兄の文安公（成任）は学問を好んで倦むことを知らなかった。集賢殿にいたときに、『太平広記』(1)五百巻を抄録して、『詳説』五十巻を作って刊行して世間に広めた。またさまざまな書籍と『広記詳説』とを合わせて『太平通載』八十巻を作った。

経史の文章を抄出して、それを対にして、文・質・空に分類した。文というのは行語であり、質というのは着語であり、空というのは助語である。

また、『東国地図』を撰して、半分ほど成ったときに、朝廷では部局を設置して『輿地勝覧』(2)を編纂することになった。これも文安公の企画から出たのである。

(1)『太平広記』：宋の李昉などが勅命を受けて選定した書物。漢代から五代に至るまでの三百五十四種の書籍から引用して分類集成した説話集。

(2)『輿地勝覧』：後に『新撰東国輿地勝覧』として結実する地理書。

二十四　運の悪い伯兄

癸酉の年(一四五三)の冬、伯兄が兵曹四佐郎となり、夜ごとに入直した。十月十日、河議政(1)の棺を運ぶときに、郎官の一群がみな門の外の伯兄の家の近くに集まった。正郎の権愷《クオンケ》(2)が、「私は年老いて、朝起きるのが難しい。できれば、入直したい」といった。その日、靖難(3)があって、権愷は勲臣の列に入れられ、伯兄は入れられなかったのである。

戊子の年(一四六八)の冬、伯兄は吏曹判書となり、都承旨の権瑊《クオンハム》公(4)とともに、檜岩寺に行き、世廟の七七日を監督した。この日の夜に乱が起こった。(5)両公が帰って来て東門に至ったが、門はぴったりと閉じていて、中に入ることができない。伯兄は南山の城外の道を通って家に帰った。少し時間がたって、門が開いた。権公は佐翼功臣に列せられて、伯兄は列せられなかった。己丑の年（一四六九）の冬、伯兄は都摠管として喪に遭い、十日余りして成廟が登極した。宰枢として兵権をもっている者はみな佐理功臣に列せられたが、伯兄は列せられなかった。三度も列せられる機会がありながら、列せられなかった。これも運命なのである。

（1）河議政：河演。第四巻第三話の注（2）を参照のこと。

（2）権愷：？～一四六八。一四四七年、親試文科に丙科で及第して、昇進して兵曹正郎となった。一四五三年、首陽大君の起こしたいわゆる癸酉の靖難では功を立て、佐翼功臣三等となった。後、福川君に封ぜられ、中枢院府事にまで至った。

（3）靖難：一四五三年、首陽大君が金宗瑞・皇甫仁などと安平大君を謀反をたくらんでいるとして殺し、政権を握り、自身の王権簒奪の計画を推し進めた。このとき、首陽大君に協力した臣下を靖難功臣という。

（4）権瑊：蔭補で起用されて一四五〇年には司醞署主簿として司馬試に合格して、監察・都承旨となった。一四六八年の南怡の乱の際には活躍して翊載功臣三等・花川君に封じられ、一四七一年には佐理功臣一等となった。大司憲・兵曹判書などを勤めた。

（5）乱が起こった：いわゆる「南怡の乱」。一四六八年、南怡・康純などが反逆を謀ったとして処刑された。

二十五　怯えない辛鱗、怯える朴巨卿

ソンビの辛鱗《シンイン》(1)というのは姜晋山《カンチンサン》の妹の息子である。背丈が九尺もあり、眼が大きくて爛々と光って松明のようだった。しかし、臆病で才勇も欠けていた。あるとき、晋山に従って、北の国境に行った。このとき、新たに建州衛《コンジュウィ》(2)を征伐したので、女真たちはみなわれわれを仇敵のように恨んで、報復しようとしていた。一行は中原の路上で女真たちとぶつかってしまった。女真たちは、あるいは石を投げ、あるいは棒を振り回し、あるいは衣服や品物を奪い取った。一行は狼狽してなす術もなかった。振り返ると、後ろからは辛鱗がのっそりとやって来る。一行はみな彼が当然のこと女真に襲われるものと思っていた。ところが、女真は鱗を見ると、みな道を避けて退いてしまった。人びとは不思議に思って、いったい何が起こったのかと尋ねると、鱗は、「どうもぼんやりしていて、何をしていいのかわからなかったので、ただ眼をきょろきょろしていただけです」といった。恐らく、女真賊は鱗の大きな身体と眼の大きさだけを見て、怖れをなして退散したのであろう。

朴巨卿《パクコキョン》(3)はかつて営押使として北京に赴いたが、やはり道中で女真賊と出くわした。巨卿は馬を駆けて逃げた。その伴の人びとも馬を駆けて巨卿の後を追った。巨卿はすっかり女真賊が追いかけて来るのだと思い、必死になって鞭を振るい、馬を数十里も走らせて、やっとのことで、追って来たのは味方だったと気がついた。

当時の人びとが笑いながらいったものだ。

「辛鱗は怯えるべきなのに怯えず、巨卿は怯えずともいいのに怯えた。怯えるのと怯えないのと、しか

し、どちらもぞっとしない」

（1）辛鏻：この話にあること以上は未詳。
（2）建州衛を征伐した：明の要請に応えて明軍とともに女真を攻めたこと。世祖十三年（一四六七）、吉州で李施愛の乱が起こったが、その討伐軍が北上したとき、明から建州衛の李満住を挟撃しようという要請があった。世祖は康純・魚有沼・南怡などに命じて鴨緑江を渡って建州衛の本拠地を討たせた。康純などは建州衛の城々を討ち、李満住とその息子たちを殺して帰還した。
（3）朴巨卿：第六巻第二十三話の注（1）を参照のこと。

二十六　日本という国

日本国には皇帝がいて、国王がいる。皇帝は宮廷に深く幽閉されていて、何一つすることがない。ただ朝夕に天に礼をし、太陽に礼をするだけである。世間の人びとは何ら権限がなくただ崇めるだけの存在を倭皇帝と称している。国王がもっぱら国の政治を主管して処理する。しかし、大臣たちがいて、それぞれが兵士を擁し、国土を分けて雄拠している。時には謀反して王命を拒否する者がいても、王はそれを制御することができない。左右の武衛殿・京極殿・畠山殿・細川殿・大内殿・少弐殿など、その類がはなはだ多い。

皇帝や国王の息子はただ長子だけが結婚をして後継ぎをもうける。その他の子どもたちは僧か尼僧になる。身分が高くて貴いために下の身分の者と婚姻することができないためである。

国土はすべて海の中にある。領土ははなはだ広い。九州・一岐（壱岐）州・対馬州などはみな島であるが、面積は広い。

その国の風俗は、男女どちらも斑に見える模様の服を着ていて、区別がつかない。女子は髪の毛を簡単に結って肩にかけ、男子は、僧侶になる者は頭を剃っているが、彼らの冠と衣服はわが国の僧侶たちと同じである。僧侶にならない者は頭を剃ることはない。髪の毛をまとめて髷を結い、髷の上には小さな冠をつける。前頭を半分だけ剃る者がいる。半分の半分だけを剃る者もいる。それで彼らの官爵を判断することができる。彼らの衣服にはみな草木と鳥と獣の模様が描いてある。それで斑に見えるのである。上に着るものも下に着るものも二つの穴が穿たれている。両の足をそれぞれ二つの穴に通して、裾を地面に引きずりながら歩く。互いに闘うときには裾を上げて帯にはさみ、刀を持って走って行く。

身分の高い人を見ると、裸足になって地面に伏して礼をする。この国には鞭打ちの刑はない。罪の軽重にかかわりなく、ただ斬刑があるだけである。しかし、たとえ重罪を犯した人であっても、寺に駆けこめば、刑罰を免れる。人びとは自由に鉄を求め、幼い時分から刀を作る。そして、年ごと月ごとに刀を鍛錬して、街に出ては試しに人を切る。たとえそのために死ぬ者が大勢いても、慣習として罪に問うことはない。しかし、僧侶になれば、害を加えるようなことはしない。そのように、僧侶は尊ばれている。

人が死ねば、板で棺桶を作って、中に座らせて埋葬する。上に木を植えることはせず、平地と変わりはない。

彼らの風楽もまた見るべきものがない。片手で小鼓を持ち片手でこれを撃って伴奏をすると、舞を舞う者が扇を手にして身をひるがえして舞う。

もし日本国王の使者がわが国に来れば、王さまは正殿で二度の接見をして、礼曹でもまた二度、宴を開いて接待する。

巨酋（大名を指す）の使者や対馬州からの特使の場合には、王さまは便殿で一度だけ接見して、礼曹では二度の宴を開いて接待する。普通の倭人のときは礼曹で一度だけ宴を開く。

君主と臣下の区別はあるようだが、巨酋は国王の命令を拒否しても、国王はこれを罰することはできない。また、国王の使臣が対馬に来ると、島主はかならず税金と賄賂を受け取る。それでなければ、拘束、幽閉して、放つことはない。これは、いわば、頭がひっくり返って下にあり、足がひっくり返って上にある状態である。もし大蔵経を要求して手に入れれば、人びとは頭の上に載せて、「風俗が淳厚で麗しくなり、太平な歳月を送ることができます」という。また、彼らが要求するのは、『論語』『法華経』『三体詩』などの書物、牛黄・虎の皮・鐃鉢などである。彼らは獐・鹿・牛・豚などはまったく食べない。ただ狗の肉だけは喜んで食べる。また、鯉を好んで食べて、「これは第一の佳味だ」といっている。

二十七　東北の野人たち

野人（女真族）の居住地とわが国の平安道が境界を接しているところを建州衛《コンジュウィ》といい、永安道《ヨンアンド》（咸鏡道）と接しているところを毛《モ》隣衛《リンウィ》といっている。われわれの城下に住んでいる者たちもいて、一つの類にはくくれない。毎年の冬、順を分けてソウルに上って来る。彼らが献上するのは数枚の貂の皮だけである。それに対して、朝廷からは紅や黒の綿布を褒美として彼らに与える。

彼らの中でわが国の官職に任命される者は、司猛を初めとして司正・司果・司直・護軍となり、通政大夫・嘉靖大夫・資憲大夫に昇進して、そこで止まる。新たに堂上官に任命された者には玉貫子・品帯[1]・縄床[2]を下賜して、また慣例にしたがって俸禄を給与される。わずかでも心にそぐわないことがあれば、告身（任命状）を破って庭に降りて身を伏せる。官職に高下があっても、上下の差別を付けず、酒に酔ったら、たがいに争って、ののしり合い、拳を振り上げて殴りかかる。彼らは自分の故郷にいれば、たとえ屯長であったとしても、さして敬意をはらうこともせずに、恨みがあれば報復するのを例にしている。数代にわたっても、たがいに恨みを抱いて伝え、兵を起こして戦う。兵士たちには対価を与えて集めるのである。それで、戦で死ぬようなことがあっても、やはり財物で補償するのである。

表面では教化を受けて義理を慕う様子を見せても、その裏では実に倔強である。つねに窃盗の心を持っていて、もしわが国の百姓が田畑に行くのを見れば、すぐに盗みに入って、品物を転々と売買するのを生業の一種と見なしている。

彼らの結婚では、数十頭の馬・牛を結納にして、まさに婚姻を約束するときには、近隣の人びとがみな集まっているところに、新婦が盛装をして現れる。また、年若い少女を着飾らせて、「引属」といっている。この引属は新婦の礼度を教えるものである。大きな箱を取り出して客の前で礼をする。すると、客たちが、その多少はともかくとして、衣服や品物をこの箱の中に入れて、新婦の財産を補うことになるのである。

兄が死ねば、弟はかならず兄の妻を娶る。兄が弟の妻を娶ることはない。彼らは、「弟はわが子のようなものである。どうして息子の妻と結婚することができようか。兄は父親のようなものである。父親の所有物を息子がどうして受け継いではいけないのか」といっている。兄がまだ生きているときにも、兄の妻と婚姻を結ぶ者もいる。兄が狩猟に出かけて留守にすれば、弟は母親と兄の妻と一つの部屋で過ごす。弟に欲望が芽生えれば、「姉さん、姉さん、できれば、その暖かく柔らかなものをお借りしたいのですが」というと、兄の妻もまた拒否することはない。もし拒否するようなことがあれば、母親が、「みながしていることではないか。あなたはどうしてこうも不遜なのか」という。弟も殴りつけてでも強引に通じてしまう。そうして、愛情が募れば、兄を射て殺すこともある。すると、兄の子どもが「どうして私の父さんを殺したの」と尋ねて、叔父を射て殺すことになって、かたき討ちが繰り返されることになる。

彼らの人を葬る法は、穴を掘ってその中に死体を投げ入れ、土を埋め石を積み上げて墳とするのである。酒と食事を用意して祭祀を行った後に、酒と食事を墓穴に投げ入れて死体に供えるのである。また、死者が平生に愛していた馬を墓の前に繋ぎ、また弓と矢と矢筒を懸けて置く。それが消えて無くなるまで放置して、人はあえてそれを収めたりはしない。

さらに奥深いところに居住している野人たちは、父親が年老いて歩行が困難になれば、子どもがご馳走を用意して饗応して、「お父さんは熊になりますか、虎になりますか」と尋ねて、父親の答えにしたがって、熊か虎の皮を縫い合わせて袋を作る。父親を生きたままその袋の中に入れ、木に懸けて、それを矢で射るのである。一矢でこれを仕留めるのだが、これが真実の親孝行だとされる。

（1）品帯：官服の帯。品等に応じて犀帯・金帯・鶴頂金帯・銀帯・烏角帯などがある。
（2）縄床：縄で作った携帯用の椅子。折りたたみができ、身分の高い者が道中で一休みするときに使用する。

二十八　双六の起源

僧侶たちのあいだに「成仏図[1]」というものがある。地獄から大覚（仏）に至るまで、そのあいだに諸天・諸界がおよそ数十あまりある。木で六面のサイコロを作り、その六つの面に「南無阿弥陀仏」という六文字の一字ずつを書きつけ、それを手にとって投げる。そのサイコロがころころと転がって表に出て来た文字にしたがって、進んだり、退いたりして、幸運か不運かを占うのである。

政丞の河嵛《ハユン》が「従政図[2]」を作った。九品から一品に至るまで官職が順に書かれている。やはり木で六面のサイコロを作り、それぞれの面に徳・才・勤・堪・軟・貪の六文字を書いて転がして、徳か才であれば出世して、軟か貪であれば罷免になる。すべて本当の官途のようである。

提学の権遇《クオンウ》は「作聖図」を作った。九分から一分に至るまで、人の賢愚にしたがって、心の清濁とは同じではない。一分にしたがえば上りやすく、九分にしたがえば上るのが難しい。六面のサイコロに誠・敬を二面ずつ書き、肆・偽という文字を一面ずつに書き、投げて現れた文字にしたがって移って行く。

これらはみな「成仏図」のやり方にのっとっている。

（1）成仏図：極楽と地獄の道程を紙に描いて、サイコロの目にしたがって、上ったり、下ったりして、勝負を決定する。ここにある通り、本来は寺院で行われたのだろうが、双六の起源になる。

（2）従政図：昇卿図ともいう。さまざまな官職を品階にしたがって順に紙に書いておき、サイコロの目にしたがって上ったり、下ったりして、勝負を競う。

二十九　杜甫が理解できない南季瑛

南季瑛《ナムケヨン》先生(1)が生員と科挙にともに壮元で及第して、一代に文名が高かった。しかし、彼の学問はただ性理学(2)を探究して、句読法や訓解には詳しかったが、文辞についてはひたすら嫌っていた。かつて杜甫の詩を読みながら、「この本は虚であって実ではない。幻惑させるだけで、緊要ではない。作者の意図がどこにあるのか理解できない」といって、ついに捨てて顧みなかった。

(1) 南季瑛先生：第八巻第五話の注(21)を参照のこと。
(2) 性理学：理・気・心・性・情・欲の相互関係を研究する哲学。宋の儒学者である周敦頤・張載・程子・朱子などの多くの学者が主張した学説で、韓国では高麗時代の鄭甫隠に始まり、李退渓・李栗国に至って大成した。

三十　不吉な兆し

斯文の李咸寧《イハムニョン》(1)は星山府院君の稷《チク》(2)の孫である。彼の父の府尹の師厚《サフ》(3)が病気になったが、それがたまたま科挙のときであった。斯文は科挙を諦めようとしたが、父親の府尹は叱って行かせた。果たして、斯文は壮元で及第した。応榜の日、宮門の外に出てまさに馬に乗ろうとすると、その馬が首を回して帽子の花を噛んで折った。数日して、府尹が死に、まもなくして斯文も死んだ。ときの人びとは馬が帽子の花を折ったのが不吉な兆しだったといった。

（1）李咸寧：『世宗実録』十九年（一四三七）五月に卒伝がある。府尹・李師厚の長子の咸寧が卒した。咸寧の子の長生と弟の正寧が礼曹に、稷と師厚の祭祀はだれが執り行うべきなのかと尋ねたという記事が見える。

（2）稷：李稷。一三七七年、文科に及第して、恭譲王のときに芸文館提学となった。李成桂を助けて開国功臣となり、星山君に封じられた。一三九九年、中枢院使として西北面都巡問察理使を兼ねて、倭寇の侵入を防いだ。第二次の王子の乱に芳遠を助けて、一四〇一年の佐命功臣となった。一四一四年には忠寧大君（世宗）の世子冊封に反対して星山に安置されたが、後に呼び戻されて領議政に至った。

（3）師厚：『世宗実録』十七年（一四三五）四月に簡単な卒伝がある。前府尹・李師厚が卒した。師厚は稷の子で、咸寧・正寧・継寧の三子がいる。

三十一　字の下手な李廷甫

同知の李《イ》廷甫《チヨンポ》(1)は文字を書くのが下手で、行をまっすぐにさえできなかった。同副承知に任命されたときに、「啓白」という末尾に「依允」(2)という二文字と「御名」と書いたが、成宗は御覧になって、「副承知は自分で書かずに、子どもにでも書かせたのか」とおっしゃった。承知が、「これは同副承知がみずから書いたもので、代わりの誰かが書いたものではありません」と申し上げた。成宗は、「文章の家の子孫として、文の国に身を立て、どうしてこのように拙劣なのだ」とおっしゃって、最後には、詩を作って書いて持って来るようにとお命じになった。それを見ていた者たちは大いに笑った。

（1）李廷甫：この話にあること以上は未詳。
（2）依允：上奏したことを允許すること。上奏にしたがって許可すること。

三十二　崔興孝の書状、金宗瑞の書状

提学の崔興孝《チエフンヒヨ》(1)は文字をよく書くことで世間に名高かった。彼の筆跡はもっぱら晋の庾翼(2)の体を真似たために、たとえ運筆が熟達していても、どこか野卑な感じを免れなかった。

太宗が親政なさった日に、提学が吏曹郎庁として入侍して、人の告身（任命状）を書くことになり、筆を弄んで字画を工夫して、なかなか仕事が終わらなかった。金宗瑞《キムジヨンソ》(3)が兵曹郎庁として側にいたが、わずか一筆で数十張を書き終えた。書き終えて玉璽を押した。書体と玉璽とがともに端正で、太宗は左右の臣下たちに、「この者は用いるべき人材だ」とおっしゃった。宗瑞はこのときから発揚したのである。

崔提学がかつて中国に送る表文を書いて、その月日を書き忘れたことがある。我が国の人びとは誰もそれに気がつかなかった。永楽皇帝(4)がこれを見て、ひそかにこの表文をわが国の使臣に渡して、「もし朕がこれを担当の大臣に渡したなら、かならずお前の国の王は罪を問われることになるであろう。そこで、これはお前に返すことにする。帰って、王に告げるがよい、今後はこのようなことがないように、とな」とおっしゃった。

世宗は大いに怒り、提学を獄に下して死刑に処そうとした。提学の妻が上書して命乞いをすると、王さまは「これは私の知るところではない。訴えるのなら、中国皇帝に訴えるがよい」とおっしゃった。しかし、故意ではなかったという理由で杖刑に処して流した。このことがあって、提学は昇進しなかった。

（1）崔興孝：第一巻第三話の注（8）を参照のこと。
（2）庾翼：第一巻第三話の注（9）を参照のこと。
（3）金宗瑞：第三巻第三十五話の注（3）を参照のこと。
（4）永楽皇帝：在位一四〇二〜一四二四。生没年一三六〇〜一四二四。明の第三代皇帝。太祖洪武帝の第四子。名は朱棣。太祖の孫の第二代恵帝のときに、北平で叛し、みずから即位して、北平を都（北京）とした。北方を服属させて版図を拡大、シャムやジャワからも来貢させた。

三十三　安止の人がら

皐隠・安先生(1)は官職が高くなっても、心はいっそう謙虚であった。家が仁王洞《インワンド》にあったが、茅葺きでぼろぼろであった。しかし、山水は爽やかで素晴らしく、いつも詩を作るのを楽しみにして過ごした。たとえ友人とのあいだの手紙でも詩句を使った。

彼が祖先の祭祀を行うときには、かならず沐浴斎戒して、誠を尽くして奉仕して、今までわずかでも怠ったことがなかった。

しばしば要職から外れることがあっても、泰然としていた。官職が一品に至り、歳が八十歳になって、老齢のために田舎に隠居したが、宮廷の下に降りて四度の拝礼をした後、大哭をして退出した。道行く人びともこれを聞いて悲嘆しない者はなかった。

（1）皐隠・安先生：安止。一三七七～一四六四。一四一六年、文科に及第、集賢殿副提学・工曹判書・領中枢院事などを歴任した。詩をよく作り、書に巧みであった。世宗が太祖のために作らせた「金字法華経」は彼に書かせた。一四四五年、ハングルの「龍飛御天歌」の作成にも参加した。

三十四　元人亡命者の末裔

斯文の偰長寿《ソルチャンス》(1)は元の人である。彼の父親の遜《ソン》(2)が元の末年に乱を避けてわが国にやって来ると、わが国の朝廷では彼に官職を与えた。詩と文章にたくみで、『近思斎集』が世間に伝わっている。斯文は清州《チョンジュ》での壬寅の年（一三六二）の科挙に及第して、官職は二品に昇ったが、恭譲王《コンヤンワン》(3)の近くで補佐して九功臣の列に加えられた。その後、わが朝鮮朝になって罪を得て、さすらいの身の上になって死んだ。彼もまた詩と文に秀でていた。『芸斎集』があって、世間に伝わっている。手ずから『牧隠集』を書写したが、その書体は力強く規範ともなるべきものである。

斯文の弟の眉寿《ミス》(4)と敬寿《キョンス》(5)の二人はともに丙辰の年（一三六六）の科挙に及第して、眉寿は官職が二品に昇った。長寿の息子の循《スン》(6)は戊子の年（一四〇八）の科挙に及第し、また丁未の年（一四二七）の重試にも及第して、官職は二品に昇った。文名が高かった。

偰氏は外国の人として父・息子・孫が引き続いて顕職に昇った。しかし、今はその後裔はいない。

（1）偰長寿：第八巻第六話の注（47）を参照のこと。

（2）遜：第八巻第六話の注（46）を参照のこと。

（3）恭譲王：一三四五～一三九四。在位一三八九～一三九二。高麗三十四代の最後の王。王瑶。一三八九年、李成桂一派が昌王を廃して迎立されたが、果断なところがなく、李成桂一派の意のままに、禑王・昌王を殺して、政治改革が行われた。李成桂に抗していた鄭夢周が殺されると、李成桂が推戴されて、恭譲王は追われ、恭譲君に落とされて殺された。

（4）眉寿：？～一四一五。十八歳で文科に及第、さまざまな官職を経て、一四〇三年に工曹典書として明に行ったのをはじめとして前後三回にわたって明に行った。度量があって、人と争うことがなかった。

（5）敬寿：慶寿が正しいか。按廉府使に至った。

（6）循：？～一四三五。学者・文人。一四〇八年、生員に合格、一四一七年、重試に合格した。官職は吏曹参議から集賢殿副提学に至った。博学で文章に優れていると当代に名高かった。世宗の命で『三綱行実図』を編集した。

三十五　わが国に逃れた皇帝の末裔たち

大明の太祖・高皇帝が蜀郡と漢中を討伐して平定したとき、偽主の明玉珍[1]の息子の昇と陳友諒[2]の息子の理がともにわが国に追放されて来ることになった。大明の太祖は詔書を下して、「彼らに官位を与えてもならず、百姓としてもならない」と命じた。

わが国ではかれらに茅葺きの家と奴婢とを与えて平穏に居住させることにした。昇は玉珍の後を継いで皇帝を称した。九歳のときにわが国にやって来たのだった。昇の母親はかつて皇太后となった者である。夜ごとに、天に向って、手を打って、「天よ、天よ、私をしてさすらいの身に落としたのは、もっぱら蜀の大臣の罪である。大臣が明と結託して、わが兵士たちに東方を守らせて、明の兵士たちを西南から導き入れたのだ」と呪詛をした。

わが太宗のときに、大明から王妃の衣服を贈って来たが、宮中ではその着用の仕方がわからなかった。昇の母親が宮廷に参って教えたので、初めて理解できた。

昇の孫で録事になった者がいるが、凡庸かつ愚鈍で、箸にも棒にも掛からないような人物だった。斯文の正公[3]が左議政だったとき、この録事を見て、「君の祖父は大蜀の皇帝であったが、不幸にも滅びてしまった。しかし、たとえそのとき滅びなかったとしても、君の代にはかならずや滅亡したことだろう」といった。

現在、明氏の後裔で開城に住んでいる人がいる。私はかつて明主の肖像画を見たことがあるが、この人の容貌が端正で髯の生え具合が肖像画とそっくりであった。爪を切らずに延ばしていた。

陳理には息子がいず、ただ外孫だけがいた。私はその外孫の曹公が所蔵している『刺繍文錦』を見せてもらったが、当時の豪勢と威厳を忍ぶことのできる遺物であった。

（1）明玉珍：元の末年の随州の人。背丈が八尺あり、眼の中には二重の瞳があったという。最初、徐寿輝に従軍して元兵と戦い、片目を失った。後に重慶と成都とを陥落させて蜀の全域を掌握、みずから皇帝と称し、国を大夏とし、天統を年号とした。五年の末に死んで、息子の昇が後を継いだ。

（2）陳友諒：元の沔陽の人で、漁師の息子、本来の姓は謝氏であった。順帝のときに倪文俊の部下であったが、文俊を殺してみずからその兵士を掌握、次には徐寿輝を殺して、釆石磯らに皇帝に擁立された。国名を漢として、年号を大義とした。張士誠と約を交わして東西で呼応し、建康を攻撃したが敗れ、江州に帰った。明の太祖と鄱陽湖で戦って戦死した。皇帝を称して四年で死んだ。

（3）斯文の正公：この箇所、原文には「斯文正公」とあるが、この話は『太平閑話滑稽伝』にもあって、そこでこの言を発したのは文敬公・許稠であることになっている。許稠については第二巻第二十六話の注（9）を参照のこと。

三十六　首位か最下位か

郷試[1]の棘囲（試験場）というのはソウルのように厳重で整備されているわけではない。守令が試験官となり、守令自身が受験するということもある。そのためにしばしば漏洩があったり、不正があったりする。

一人の守令が郷試を受けた。試巻（答案）を書き上げて提出し、試験場から出たが、自分の解答の文章の最初の字句を書いた紙を部下の役人にわたして、「君が行って、私の答案の等級を見て来て欲しい」と頼んだ。

しばらくして、部下が帰って来て、「守令の答案は高い等級で合格していますよ」と報告した。守令が詳しく聞くと、部下はそれに答えて、「試験場の方に行って、入口の前にたたずんで中を覗きますと、試験官が守令の答案を半ばまで読むと、大声で笑いながら、『吏房』と書きつけました」といった。これは、「更（最下位）」という文字は「吏」と似ている。地方の下級役人たちにとって「吏房」というのは最も上位なのである。それで、高い等級で合格したと誤解したのである。これを聞いていた人びとは大いに笑った。

（1）郷試：各道でその道内の儒生を対象に行われた科挙の初試。この試験に合格すれば覆試に応試する資格が与えられる。

三十七　丁卯の年の科挙

丁卯の年（一四四七）の重試では対策を書き、また表箋を書くことになった。初試もまた同じ題で対策を書いたが、こちらには表箋がなかった。重試と初試の受験者が同一の試験場に入って来て、そこに仕切りを設けて二つに分けた。

重試を受験したのはみな一代の大儒たちであった。成謹甫《ソンクンポ》(1)が首席、金《キム》吏判(2)が二等、李《イ》伯高《ペクコ》(3)が三等、申《シン》高霊《コリヨン》(4)が四等、崔寧城《チエヨンソン》(5)が五等、朴仁叟《パクインス》(6)が六等、李《イ》延城《ヨンソン》(7)が七等、宋《ソン》中枢(8)が八等、柳《ユ》太《テ》初《ソ》(9)が九等、李広城《イクアンソン》(10)が十等であった。李陽城・胤保《ユンポ》(11)、李陽城・可《カ》成《ソン》(12)、鄭蓬原《チヨンポンウオン》(13)、金工判(14)などはみな三等であったが、名前の知られていない人で合格したのは四人だけであった。ただ徐剛中《ソカンチユン》(15)、李《イ》賢老《ヒヨンロ》(16)といった名のあるソンビが落第した。

斯文の金徳源《キムトクウォン》(17)は初試の二等であった。当時の人びとは父親の工判と答案を取り替えたのではないかと噂をした。

それ以後は、初試と重試は実施の日を別にするようになった。

(1)成謹甫：成三問。第一巻第二話の注(20)を参照のこと。
(2)金吏判：金守温。第一巻第二話の注(25)を参照のこと。
(3)李伯高：李塏。第一巻第二話の注(22)を参照のこと。
(4)申高霊：申叔舟。第一巻第二話の注(16)を参照のこと。
(5)崔寧城：第一巻第二話の注(17)を参照のこと。
(6)朴仁叟：朴彭年。第一巻第二話の注(19)を参照のこと。
(7)李延城：李石亨。第一巻第二話の注(18)を参照のこと。
(8)宋中枢：宋処寛。一四一〇〜一四七七。一四三二年、式年文科に乙科で及第して礼曹佐郎となり、以後、知中枢院事にまで至ったが、「死六臣」の一人である柳誠源の縁戚であったために、財産と官職を没収された。家は富裕であったが、吝嗇であったという。
(9)柳太初：柳誠源。第一巻第二話の注(21)を参照のこと。
(10)李広城：李克堪。第一巻第十九話の注(24)を参照のこと。
(11)李陽城・胤保：李承召。胤保は字。第一巻第二話の注(27)を参照のこと。
(12)李陽城・可成：李芮。第四巻第十話の注(2)を参照のこと。
(13)鄭蓬原：第二巻第一話の注(5)を参照のこと。
(14)金工判：金礼蒙。第四巻第十八話の注(5)を参照のこと。
(15)徐剛中：徐居正。第一巻第二話の注(24)を参照のこと。
(16)李賢老：?〜一四五三。集賢殿校理となったが、一四四七年、宦官の崔浥浥と結託して賄賂を受け取ったとして流された。許されて後、承文院校理、さらに司直として安平大君に阿諛したとして弾劾されて辞職。一四五三年に癸酉の靖難が起こると、南原に流され、そこで殺された。

(17) 金徳源：『世祖実録』元年（一四五五）に佐郎金徳源の名が見え、また『文宗実録』の編纂者として名を列ねている。

三十八　わが国の巨族

昔の人びとは巨族を重んじた。中国でいえば、晋の王氏と謝氏、唐の崔氏と盧氏などである。わが国の巨族というのは、すべて州や郡の土着の姓から出ている。昔は繁栄していたが現在は衰微している家、昔は微弱であったが今は盛んになっている家をどちらも記録する。

坡平《パピョン》の尹《ユン》氏、漢陽《ハンヤン》の趙《チョ》氏、利川《イチョン》の徐《ソ》氏、驪興《ヨフン》の閔《ミン》氏、水原《スウオン》の崔《チエ》氏、陽川《ヤンチョン》の許《ホ》氏、徳水《トクス》の李《イ》氏、幸州《ヘンジュ》の奇《キ》氏、交河《キョハ》の盧《ノ》氏、仁川《インチョン》の李《イ》氏と蔡《チエ》氏、南陽《ナムヤン》の洪《ホン》氏、龍駒《ヨンク》の李《イ》氏、竹山《チュクサン》の朴《パク》氏と安《アン》氏、陽城《ヤンソン》の李《イ》氏、広《クアン》州《ジュ》の李《イ》氏、江華《カンファ》の奉《ポン》氏、清州《チョンジュ》の韓《ハン》氏と慶《キョン》氏、瑞山《ソサン》の柳《ユ》氏と韓《ハン》氏と李《イ》氏、全義《チョンウイ》の李《イ》氏、丹陽《タンヤン》の禹《ウ》氏、新《シン》昌《チャン》の孟《メン》氏、沃川《オクチョン》の陸《ユク》氏、慶州《キョンジュ》の金《キム》氏と李《イ》氏、金海《キムヘ》の金《キム》氏と李《イ》氏、安東《アンドン》の金《キム》氏と権《クオン》氏、晋州《チンジュ》の姜《カン》氏と河《ハ》氏、星州《ソンジュ》の李《イ》氏、尚州《サンジュ》の金《キム》氏、蜜陽《ミルヤン》の朴《パク》氏と孫《ソン》氏、青松《チョンソン》の沈《シム》氏、昌寧《チャンニョン》の成《ソン》氏と曹《チョ》氏、霊山《ヨンサン》の辛《シン》氏、高霊《コリョン》の申《シン》氏、東莱《トンレ》の鄭《チョン》氏、河東《ハドン》の鄭《チョン》氏、延日《ヨニル》の鄭《チョン》氏、河陽《ハヤン》の許《ホ》氏、漆原《チルウオン》の尹《ユン》氏、順興《スンフン》の安《アン》氏、宜寧《ウイリョン》の南《ナム》氏、善山《ソンサン》の金《キム》氏、完山《ワンサン》の李《イ》氏、光山《クアンサン》の金《キム》氏、羅州《ナジュ》の朴《パク》氏と羅《ナ》氏、長水《チャンス》の黄《フアン》氏、順天《スンチョン》の朴《パク》氏、綾城《ヌンソン》の具《グ》氏、霊光《ヨンクアン》の丁《チョン》氏、礪山《ヨサン》の宋《ソン》氏、済州《チエジュ》の高《コ》氏、海州《ヘジュ》の崔《チエ》氏、平山《ピョンサン》の申《シン》氏、延安《ヨンアン》の李《イ》氏、白川《ペクチョン》の趙《チョ》氏、文化《ムンファ》の柳《ユ》氏、信川《シンチョン》の康《カン》氏、原州《ウオンジュ》の元《ウオン》氏、江陵《カンルン》の崔《チエ》氏と咸《ハム》氏、平壌《ピョンヤン》の趙《チョ》氏、咸従《ハムジョン》の魚《オ》氏、豊川《プンジョン》の任《イム》氏。

跋文

この『慵斎叢話』は私の座主である文戴公・成先生が著述されたものである。先生は少年のころから聡明で人に抜きん出て、博聞強記であっただけでなく、伯兄と仲兄がともに文章で士大夫のあいだで重んじられ、先生もまたお二人から多大な薫陶を受けられた。成長されるに及んで、文章を書かれることは水が湧き出でるようで、山が高く聳え立つようであった。二度の科挙に及第して、つねに王さまの側近にお仕えすることになり、卿の班列に加えられ、長く文柄を執った。一生のあいだに著述されたものは多く、『虚白堂集』三十巻、『奏議・稗説』が十二巻、『桑楡備覧』四十巻がある。そして、『経綸大軌』五十巻を脱稿せずに終わった。『風騒規範』『楽学規範』『浮休子談論』はみな先生が撰述したものである。そしてこの『慵斎叢話』もその著述の一つである。

嘉靖の甲申の年（一五二四）の夏、公の子息であり、われわれの方伯である相公、諱は世昌[1]がみずから『慵斎叢話』二帙をもってきて、私に出版を委嘱して来た。私は請負って、仕事に当たった。

すべてわが国の文章のそれぞれの世代における高下と、都邑□□《(欠字)》俗尚之□□□祝、書画のさまざまな技芸と、朝廷と在野の面白く、おかしく、不思議で、悲しいことどもを、□□、談笑の材料を提供して心神を喜ばせ、国史には記録されないことをすっかり掲載している。これは□と言うべきか。見聞したことが豊富であり、学識がはなはだ広いことは、他の文筆家の肩を並べることのできないものである。

すなわち、工匠をやとって一冊の本を印刷することにした。世の中に長く伝わって愛好する人びととともにこれを読む喜びを分かち合うのが私の望みである。
ああ、先生のお仕事はすでに彪炳《ひゆうへい》として顕著、人びとの眼に焼きつき、すべてが国の古典になっている。どうしてまたこの書物を待つことがあったろう。しかし、その人を考えるときには、かならずその人の喜んだところを考えるべきであろう。まして、文章においてはいうまでもない。私はこの仕事を成し遂げるのに非力であるが、相公の依頼を重く受け止め、また先公の知遇を得たことを無にすまいと思ったのである。

嘉靖の乙酉の年（一五二五）の重陽の数日後、慶州府尹の黄儁[2]は跋を書いた。

（1）世昌…一四八一〜一五四八。朝鮮中期の文臣。本貫は昌寧。字は蕃仲。号は遯斎。礼曹判書・成俔の息子で、金弘弼の門人。一五〇一年（燕山君七）、進士試に合格。一五〇七年、増広文科に丙科で及第して、弘文館正字となり、一五〇九年、吏曹正郎となったが、人事行政の不公正な処置で左遷された。その後、復職し、一五一七年、弘文官直提学であったとき、趙光祖などが賢良科を実施しようとすると、その弊害を指摘し、不可であることを主張した。一五一九年、政局が危なくなると、自身は病を理由に坡州の田舎の別荘に移り住んで禍を免れた。その後、刑曹参判に任命されて奏聞使として明に行った。慶尚道観察使となったとき、管下の星山郡守が女楽を設置したことがたたって弾劾され罷免された。その後また、顕官を歴任して、鄭光弼が領議政となると、礼曹参判・吏曹参判となり、己卯士禍で罪せられた人材の登用に力を尽くした。一五三〇年、大司憲・弘文館副提学であったとき、権臣の金安老を論斥したが、逆に流配され、一五三七年に金安老が死んで官に復した。要職を歴任して、右議政であった一五四五年には謝恩使として明に行ったが、帰る途中で左議政に任命された。しかし、この年に乙巳士禍が起こり、尹任などが粛清され、尹元衡などが実権を握ると、彼らに憎まれて黄海道の長淵に流配され、そこで死んだ。その後、宣祖のときに復権した。学識と文章に抜きん出ていて、長い間、弘文館に奉職して文衡に当たり、多くのソンビたちの尊敬を受けた。筆法にすぐれ、書・画・音律に優れた、まさに三絶と呼ばれた。

(2)黄僔：一四六四〜一五二六。朝鮮中期の文臣・学者。本貫は徳山。字は献之。号は橡亭。父は兵曹参判に追職された亀寿、母親は密陽朴氏である。金宗直の門下で学問をした。一四八六年、弱冠の年で生進科に合格して、一四九二年には別試文科に甲科で及第して著作に起用された。続いて、典籍・監察などを経て、一四九七年には議政府司録・正言・校理などを経た。その後、燕山君の乱政が募って国家が危うくなったときには、官職を捨てて故郷にこもった。その後、何度か官職を与えられたが出ることはなく、後学の教育に専念した。一五二四年、慶州府尹に任命されて、そのときには赴任して、任地で死んだ。後に士林の推薦で景洛書院に祭享された。

訳者解説

梅山秀幸

十五世紀の朝鮮を代表する儒者官僚である成俔《ソンヒョン》の『慵斎叢話』を翻訳刊行する。半島で作られた漢詩の評論とその作成時のエピソードをまじえた詩話という形で生まれ、散文文学として発達した稗史小説は、高麗時代の李斉賢の『櫟翁稗説』、朝鮮時代の徐居正の『筆苑雑記』『太平閑話滑稽伝』などで（三作ともに作品社から刊行）、作者の生活の舞台である宮廷政治や、両班の生き方、さらには市井に生きる人々の風俗を取り入れながら、文学としての豊かさを獲得していく。成俔の『慵斎叢話』は朝鮮前期におけるその集大成であり、白眉といってよい作品である。

そのジャンルを随筆というべきか、小説というべきか（現在いう小説ではなく、世俗を扱った破閑止睡の虚妄な話という意味も含んで）、内容は極めて雑駁であり、時代は古代から近世にわたり、空間的には中国と日本、あるいは沖縄を含む。朝鮮社会を構成する王・将相、詩人・文豪・書画家・音楽家などの芸術家たち、のみならず、社会からは疎外された寡婦・僧侶・ムダン・妓女たちはもちろん、奴婢たちにまつわる話まで漏らすことなく取り込んでいる。ソウルの朝廷とそこに出仕する官吏たちの裏面史はもちろん、歴史・地理・風俗・習慣に至るまで扱って、百科全書のような性格を帯びつつ、その中に朝鮮の人々の価値観を推し計ることができる。読者それぞれの関心に応じて朝鮮の歴史と社会への知見を与えてくれるものと思われる。

　物語としての妙味もいくつかの話の中には見出せるであろう。たとえば、第五巻を取り上げれば、第三話の愚かな兄と賢い弟の民話のような味わいをもつものがあり、続く第四話や第五話、あるいは第七話のフランスのファブリオのような僧侶と婦人のからむ艶笑譚がある。また第十一話の安氏の話は若い男女の悲恋を語って起承転結を備えている。第二十二話の於宇同は男性社会の中にあってこそ不埒な生き方であるが、爛熟したソウルの社会の一面を示しておもしろい。第二十三話および第二十四話は地方回りの官僚と妓生の恋や駆け引きを語るが、日本で粋（スイともイキとも）というもの、それを韓国ではモッというのだが、ソンビたちの振る舞いに、あるいはそれを語る成俔のものがたる視点にそのモッを感じとることができるのではないだろうか。

一、成俔という人

　昨今、日本でも韓流歴史ドラマが多くの視聴者を獲得している。日本の歴史ドラマが戦国武将や幕末の志士をヒーローとするのに対して、そこに登場するのは後宮の女性や儒者官僚たちである。刀を振り回すのではなく、詭計をめぐらし、阿諛追従し、あるいは一方で死諫すら厭わない清廉な人びとが登場する。十五世紀の宮廷を舞台とする、たとえば『王と妃』[1]には成俔その人も登場しているが、さて、それでは、この『慵斎叢話』の著者の成俔とはいったいどのような人であったか、韓国の『国史大辞典』（三修社）によって見ることにしよう。

（1）『王と妃』：一九九八年、韓国ＫＢＳ放送が製作し、視聴率四四・三％の大ヒットとなった歴史ドラマ。日本では、ＢＳ日テレで放映された。成俔を演じたのは、俳優ミン・ウク。

成俔　一四三九（世宗二十一）～一五〇四（燕山君十）　李朝初期の名臣・学者。字は磬叔、号は慵斎・浮休子・虚白堂。諡号は文載、本貫は昌寧。知中枢府事の念祖の第三子。吏曹判書の任の弟。進士を経て、一四六二年（世祖八）、文科に及第、芸文館に入り、弘文館正字を兼ねる。待教を経て司録として抜英試で選抜された。睿宗が即位すると、経筵官となり、経史を講論し、その後、芸文館修撰と承文院校検を兼任した。長兄の任に随って燕京に行き、紀行文『観光録』を書いて、中国の学者たちの称賛を受けた。一四七四年（成宗五）、持平を経て、特に成均館直講に任命され、その翌年には韓明澮にしたがってふたたび燕京に行った後、重試に及第して、直提学となった。先に八条の封事を書いて献じ、成宗の称賛を受けた。大司諫に昇り、大司成・同副承旨・右承旨・江原道按廉使などを経て、平安道観察使となった後、大司憲・慶尚道監査・礼曹判書を歴任した。成宗が死ぬと、殯殿都監提調となり、漢城判尹、両館（弘文館と芸文館）の提学を歴任、工曹判書となり、さらには大提学を兼ねた。

【著書】『虚白堂詩文集・補集』『風雅録』『浮休子談論』『奏議』『慵斎叢話』『錦嚢行跡』『楽学規範』『桑楡備覧』

【文献】『海東名臣録』

成仁輔を始祖とする昌寧成氏は赫々たる名門であるといってよい。高麗末から李朝初期にかけて領議政や六曹の判書などを勤めた石璘・石瑢・石珚の三兄弟が出て、その石珚の孫が俔の父の知中枢府事まで昇った念祖であり、俔の長兄の任は議政府の左参賛まで昇り、次兄の侃は惜しくも早逝したものの、早く科挙に及第してその詩文の類まれな才能を惜しまれた。

上の略歴を見る限り、成俔の人生も名門の子弟として順調で、進士からスムースに科挙に及第して顕官を歴任、最後は工曹判書から大提学にまで昇ってなんら破綻を経験しなかったかに見える。朝鮮の宮廷では頻繁に政争があり、後に名臣として顕称される人びとでもそれによって左遷されたり、忠誠心ゆえに王さまに極諫して帰郷（朝鮮独特のイロニー表現で流罪の意味になる）や安置（同じく投獄の意味になる）の憂き目に遭ったりすることは珍しくないのだが、成俔は平穏無事に官途を歩んだかに見える。彼がもっと早く生まれていれば、世祖の王子たちの王位争いである乙酉の靖難（一四五三）に巻き込まれざるを得なかったであろう。実際に、兄の任（一四二一年生まれ）や侃（一四二七年生まれ）はすでに官僚としての生活を始めていて、安平大君につくか首陽大君につくか去就を迫られていたはずなのだが、俔についてはそれを免れた。その点、前に翻訳して刊行した『太平閑話滑稽伝』および『筆苑雑記』の著者の徐居正（一四二〇〜一四八八）とは違っている。

しかし、この『国史大事典』の略歴では見落としてしまうことがある。人の一生は必ずしも死によって完結するものではないようである。成俔が死んだのは燕山君十年（一五〇四）正月十九日のことであるが、その同じ年の十二月十九日、生前の言動に私情をはさむところがあったとして、成俔が「剖棺斬屍」されることになった旨の記事が『燕山君日記』に見える。すなわち、墓をあばかれ、死体を切り刻まれたのである。「砕骨瓢風」ということばも他所に見えていて、こんな場合、骨は砕かれて粉々にされ風に吹き散らされたのかもしれない。

成俔の最晩年は稀代の暴君とされる燕山君の治政下で過ごさねばならなかったのである。朝鮮時代の王の中で暗君として王位を廃され、しかるべき諡号もなく、君号で呼ばれる王が二人いる。十七世紀初頭の光海君（在位一六〇九～一六二二）とこの燕山君（在位一四九四～一五〇六）とである。歴史書は、これらの王を打倒した後の王朝で編纂されるのだから、その暴虐は誇張されて記され、必ずしもそのまま信じることができないとしても、これらの二人の専横と悪虐ぶりはやはり際立っている。ちなみにこれら二人の時代の歴史だけは実録と言わず、日記とされる。『燕山君日記』『光海君日記』という具合にである。

二、燕山君の治世に生きる

燕山君は成宗と尹氏の間に生まれた。尹氏は嫉妬深く、妃としての体面に問題があったとされる。あるとき、成宗の女性問題に逆上して成宗の顔に引っかき傷を作ったという。一般の家なら、単なる痴話げんかの類で済まされることだが、宮廷のさまざまな思惑の中で、恐れ多くも龍顔に傷をつけたという罪状となって妃を廃され、その後も奢侈な振る舞いが絶えないとして賜薬されて死んだ。それは一四八〇年のことであるが、燕山君はその母親の死の実相を長く知らないままに成長した。それを正確に知ったのは一五〇四年の甲子の年のことであり、それをきっかけに母の失脚と死にかかわった大勢の人びとを粛清することになる。それを甲子士禍というが、やはり燕山君は生まれつき性品が暴悪かつ好色であったのであろう。自分の腹違いの弟の安陽君や鳳安君などを殺害し、全国に採紅使と採青使を派遣して美女（紅）と良馬（青）を徴発してソウルに集めて楽しみ、学問を嫌い抜いて成均館の学生たちを追い出し、そこをあろうことか、遊興場にしてしまう。また、歴代の王が儒者たちを招いて経書を講論する場であった経筵を廃止し、王の政治をただす役割を担う司諫院もうるさくなって廃止した。さらには円覚寺の僧侶たちを追い出し、清浄を尊ぶ寺を妓生の養成所としてしまう。燕山君の施政を批判する投書がハングルで書かれたということから、ハングルの書物をことごとく焼き捨てたという。これらのあまりの悪政に耐えかねて、一五〇六年、成希顔・朴元宗などが主導して晋城大君を推戴、燕山君を追放する中宗反正を起こした。燕山君は喬桐に追放され、その年の内に死んだとされる。

このような暴君のもとで、儒者官僚はどう生きればいいのであろうか。王はもともと道徳の権化であるような儒者を憎み切っているのである。極諫して死刑になる、あるいは流罪になるという道もあろうし、誰しも命は大切だから、口をつぐんで耐えしのぶこともあるであろう。あるいはまた、積極的に阿諛追従して悪王の享楽生活に身を投じることも選択肢としてはありえよう。成俔はどうしたか。官界で見事に生き抜いているように見えるのだが、その内面生活は計り知れない。あるいはこの『慵斎叢話』がその時期にしたためられているようだから、この作品こそがその内面生活を推し測るよすがとなるであろう。世宗、世祖、そして長らく仕えた成宗の英明さをしきりに懐かしんでいるのは、燕山君の対比が念頭にあってこそであろう。もちろん、『燕山君日記』にも成俔の動向を知ることのできる記事がないわけではない。一つだけ拾ってみよう。

三、成俔の上疏文

『燕山君日記』七年（一五〇一）正月三十日に、大司憲の成俔が代表となって上疏をしたという記事があり、その上疏の文章が載っている。原稿用紙に書き下して見ると、ほぼ二十枚になるほどの長文の上疏である。それによると、正月十八日に天変があった。そのことについてどう考えるべきか、王から人々に意見を問いただす旨の命令があった。そこで、成俔らが考えを上疏するというのである。まず成俔は次のように始める。

謹んで考えますに、『文献通考』に、「天狗星が地上に堕ち、その音が雷のようで、野の鳥がこぞって鳴きたてるのは、天道が安からならざるためである」とあります。おおよそ、和気は幸いを生じ、怪気は災異を生じるものですが、天道はあやまつことなく、草木のように時を違えず、毫毛ほども違わないものです。王さまは天を奉じる方です。天を奉じてよくお守りにならなければ、天が災厄を下し、王さまを戒め恐怖せしめて、改めしめ、おさとりになって政治をただされるよう仕向けます。天が王に対するのは父が子に対するようで、深く愛してその乱れを防ごうとするのです。ですから、祥瑞が多ければ国が栄え、怪異が多ければ国は滅びます。夏や殷が栄えたとき、日照りのときも、洪水のときもありました。太戊や武丁のような賢王であっても、雉雊や桑穀の災厄があり、しかしながら、政治に乱れはなく、かえって善政を称えられました。このように禍を転じて福となすのも、王さまの枢機にかかっています。いま正月に当たり、天道は順調ですが、しかし震動して、殿下に警告を与えました。

朝鮮は中国との冊封体制の下にあるために、陛下という呼称は使えず、殿下と呼びかけなくてはならない。王は天を奉じることによって国家を治める資格を得ている。だから、天はしばしば変異を現わして、王に警告することがある。今回の変異——どうやら三十三年余りの周期を考えれば、獅子座流星群によるもののように思われる——もそのようにとらえるべきである。その警告とはいったいどのようなことに対してなのか、その内容を臣下である成俔らは考えた。

臣らが考えますに、殿下の道を求める心が前日のようではなく、朝廷には失政が多く、国には奢侈の風俗があり、あるべきではない弊害があり、平安でなくてはならない民が平安ではありません。殿下は心を砕いて恐懼なさるべき時に当たっています。殿下は天を敬うことを心がけ、左右の臣下たちもまた殿下の天を敬う心をみずからの心とすべきです。おおよそ、民は天の授かりものであり、一人として害するようなことがあってはならず、官職は天から授かった官職であり、小人をその官職につかせてはなりません。財は天の財であり、その使用に当たっては、奢侈を慎み、倹素を心がけねばなりません。刑罰は天の与えるものであり、無辜の者を殺してはならず、むしろ刑を廃する方がよろしい。暗く奥まった部屋であってもつねに天はこれを御覧です。殿下の一言一動がつねに天の指示するところに従うものであれば、風流と女色が殿下の誠を消耗することもなく、奸邪と阿諛とが殿下に対する敬愛を損なうこともなく、もしそうであれば、殿下がすなわち天であり、殿下の行いはそのまま天の行いとなります……。

最近の燕山君には不道なる行いが目立って失政が多く、国家の風俗は奢侈に流れ、その弊害があらわれて、民も平穏に過ごすことができないと成俔は書く。こうあらねばならないという形で書く裏を読みとると、燕山君には衝動的に民を殺すような振る舞いが多くあり、取るに足りない小人を大切な官職につけるようなことがあり、財を浪費して倹約を心がけることがなかったということなのであろう。さらには、燕山君は人々にしばしば過酷な刑罰を与え、管弦音曲を過度に好んで、暗く奥まった部屋ではしきりに女色にふけったのであろう。そしてその周囲には阿諛追従をこととする人間だけが集まっている。

それらの憂慮すべき事態を指摘して、六つの具体的な諫言を上疏文は記す。それを要約して記すことにしよう。

まずは第一に、学問をないがしろにしてはならないという諫言である。

国を治めるには学問にしくものはなく、学問に自ら励むより懇切なものはない。君主が学ぶか学ばないかは天下の治乱にかかわり、いやしくも学問を考究しなくては、心を正すことができず、万物の正当と不当を推し量ることができない。王の学問はかならず格物致知であるべきであり、事物の変化を究明して、誠心誠意に天下の事務に対処しなければならない。最近、殿下は経筵を廃されているが、これはよろしくない。しっかりと六経をお読みになり、雑駁な書物は排して、性情を涵養なさるべきである。

第二に、諫言に耳を傾けるべきであるということ。

王の仕事は諫言を聞くこと以上に重要なものはなく、臣下の仕事は諫言を発すること以上に重要な仕事はない。おおよそ、言路が世間に通じているということは、血が身体を通うのと同じであり、血が瞬時でも通わなければ全身が病んで心も平穏ではないように、言路が一日でも通じなければ、天下四方が害をこうむり、王さまも安寧ではいられない。直言と正しい議論とはまことに王さまの薬石ともいうべきで、この薬石を受け入れず、自己の思いのままに振る舞えば、朝廷の政治は弛緩して廃れることになる。

第三に、財務を整え、節約に努めねばならないということ。

民が満ち足りれば、君主は満ち足りるものであり、民が満ち足りなければ、君主も満ち足りることができないものである。君主が浪費すれば、財務は損なわれ、財務が損なわれれば、民を損なうことになる。それゆえ、用途を節約しなければ、民を愛することにはならない。君主が税を徴するには法があり、人びとが税を納めるのにも限りがある。君主が深い思慮がないまま、財を費消してそれが習慣になってしまえば、倉庫に積まれた物品も底をついてしまい、ふたたび人びとから税を徴収せざるを得なくなってしまう。厳しく税を徴収すれば人びとはやせ細り、人びとがやせ細るようでは、国家は国家とはいえない。

第四に、文武のうちの文を尊ぶべきこと。

天下国家を治めるには文と武が必要で、この二つが相互に補い合って久しく治まる。しかし、この二つには先後があって文が優先する。だから、昔の帝王はみな儒者を尊んで道学を尊重し、文治を心がけて教化を行った。漢の文帝も唐の太宗もそうしたが、それは真実の帝王の徳化は儒学に基因し、政治の根本は文教にあるからである。わが朝鮮でも世宗は成均館と四学を大切にして、世祖は広く文臣と儒者を呼び集めて六経を講論し、成宗はいっそう意を文教に注ぎ、しばしば成均館に出ては孔子の位牌に礼拝なさった。しかるに、殿下は即位してすでに八年、成均館にはただの一度、足を運んだだけで、武芸にだけ心をかけておられる。しかも、わざわざ文士を選んで試射を行わせになるありさまで、これほど迂闊なことはない。

第五に、祭祀を丁重に執り行うべきこと。

君主は祖宗の創業垂徳の業を専らとし、天地と鬼神と人間の主人とならなくてはならない。王として引き継がれた礼は祭祀より重いものはなく、国家の大事は祭祀にある。殿下は即位して八年、宗廟社稷の祭祀を一度もみずから執り行われたことがない。のみならず王陵への参拝もないがしろにされている。臣らは殿下の祖先を敬う心が疎かではないかと恐れないではいられない。また先農は衣食の根源であり、歴代の賢明なる君主でこれを尊崇されない方はなかった。ところが、殿下は先農に対する礼も執り行われることがない。殿下は祭祀をまごころをもって執り行い、孝敬の実を尽くされるべきだ。

第六に、弄物喪志の戒め。

物を玩べば志が廃れ、志が廃れれば政治を怠ることになる。そのために、武王が犬を献上されたとき、召公の喪志の戒めがあり、太宗が鷹と犬を献上するように命じると、魏徴がこれを戒めた。わが国でも先の成宗が鷹坊を設置されようとして、台諫がこれを諫めた。成宗は鷹の子を台諫のことばにしたがって放ち、以後は、ただ詩書文芸のみに意を注がれた。殿下は宮中にあらたに鷹坊を作られ、宮廷の裏の苑では鷹たちが巣くい、狩猟犬が吠えたてている。殿下はこれらの禽獣を何に使おうとなさっているのか。もし、愛玩の具なのだとすれば、志を次第に失い、手許に置くことにより、耳目はそれに奪われ、野に馳せて狩猟をしたいという思いが生じることとなる。このようなものは遠ざけておくのがよろしい。禽獣などお飼いにならないように。

以上の六つを多くの故事を引いて論じたてた上で、上疏文は次のように締めくくられる。

臣らの論ずるところは以上の六件。いつもの陳腐な言として殿下が見聞きするのを嫌われるものです。しかしながら、国家の大事としてこれより緊切なものはなく、殿下が考慮なさるべきものとしてこれより大事なものはなく、臣らがあえて申し上げるところです。殿下はどうか反省なさることで、以後は行いを慎み、臣らはまた言葉を尽くしお諫めしたことで心に慎みます。殿下が意見を求められたので、臣らもまことを尽くして陳情いたしました。謹んでお願いします。殿下はこのたびの災異が小さいからといってゆるがせになさらず、臣らのことばがつまらないからといって侮られないよう。よく天の戒めを謹んで、まつりごとをあらため、直言を受け容れ、広く言路をお開きになれば、ただ臣らの幸いであるばかりでなく、一国民の幸いでもあります。

この上疏文がどのような結果をもたらしたかは、『燕山君日記』ではたどれない。成俔らにあからさまに処分が下ったようでもなく、燕山君にもまだ臣下の諫言をそのまま受け入れることはなくとも、苦虫を噛み潰しながら、聞き流すだけの余裕があったのかもしれない。世間で伝わり、映画やドラマで描かれる燕山君は狂的であり、直情径行、すぐに激怒して処刑を命じるようなイメージなのではあるが。ただ、これが三年後の甲子士禍の儒者の大量虐殺の伏線になっていて、成俔自身の死後の「剖棺斬屍」につながることは確かである。

四、息子の世昌

この『慵斎叢話』は晩年になってまとめられたものであろうから、燕山君の暴政の時期の緊張した空気を呼吸していないわけではない。また、この書物の黄偉の跋には、

「嘉靖の甲申の年（一五二四）の夏、公の子息であり、われわれの方伯である相公、諱は世昌がみずから『慵斎叢話』二帙をもってきて、私に出版を委嘱して来た。私は請負って、仕事に当たった」

とあり、この書物の刊行に尽力したのは、当時は慶尚道観察使であった俔の息子の世昌（一四八一〜一五四八）であったことがわかる。『慵斎叢話』の内容にもおのずから世昌の手が加わっていると考えていいのかもしれない。実をいうと、これよりやや前の時代になるが、『中宗実録』六年（一五一一）三月十四日に、この書物の成立あるいは編集にかかわる注目すべき記事がある。


王さまが夕講にお出ましになった。参賛官の李世仁が申し上げた。

「今や文を推賞して学問を振興すべきときであり、様々な企てでもってことを行わなければなりません。成宗のときの教養文士はまことに人材が豊富であり、崔叔精・成俔・曺偉・兪好仁・朴誾・金孟性・魚世謙などは時代を代表する名賢でした。また金時習・南孝温などは科挙に及第しませんでしたが、やはり当時の文士です。かれらの文章や遺稿が今は散逸して伝わりません。後世の人々はいったいなにでもって当時の文章の盛大なるさまを知ることができましょう。また詩のことば、歌詠、風謡などは時代の風俗の汚隆、政治の昇降を示し、大いに政治の体制にかかわります。隠滅するままに伝わらずにすませるわけにはいきません。これらの数人の子孫はかならずや祖先の遺稿を所持していましょう。書かれた当時のみならず刊行におよんだ当時の世の中の空気は振り返っておくのは無益ではないと思われます。これらを探し出して集め、編集して刊行して世に伝えたいと思います」

王さまはおっしゃった。

「以前にもこれらの人々の文集を集めて編集して刊行するように命じたのだが、ふたたび命令をくだし、ただちに刊行するようにせよ」

ここに、文運隆盛であった成宗の時代の、その書物を編纂すべき教養文士の一人として成俔の名前が見える。散逸させるのは惜しく、子孫のところにはその遺稿が残っているやも知れないから、それを探しだして編集刊行することになったというのである。

世昌にとって父の遺稿を刊行することは重い使命であった。それは一家の中だけで見れば単なる父子間の孝行の問題であるが（ごく最近、私の韓国の友人である大学教授が地方の郷校の先生をしていたという曾祖父の文集を編纂して本にしたというので贈ってくれた。友人の教授にとってそれは自分の著書を出すよりも重要なことであったようだ）、歴史の危機的な状況にある時期にあたっては、彼の信じる朝鮮文明に対する使命であるといってもいい。世昌もまた父の俔と同じく儒者官僚として生きた人であり、書画にも秀で、文人としての評価はあるいは父に勝るといってよいかもしれない。しかし、その時代の宮廷は常に緊迫していて、まことに困難な生き方を強いられた人であるかに見える。というのも、燕山君の時代の、戊午士禍（一四九八）と甲子士禍（一五〇四）を経て、中宗から次の時代にかけての二つの士禍、すなわち己卯士禍（一五一九）と乙巳士禍（一五四五）を、彼は生き抜かなくてはならなかったからである。これら四つの士禍は、前の二つには燕山君の異常性格に起因する部分が多分にあるにしても、基本的には太祖・李成桂の朝鮮建国に協力して多くは荘園領主でもあり、朝鮮王朝で発言権を維持し続けた勲旧派と、新たな科挙制度を通して勢力を伸ばして来た儒者の新進官僚である士林派の対立から生じたものであり、勲旧派が士林派を追いおとした政治闘争と位置付けられる。世昌は左遷、流罪を繰り返しながら、仮病を使って己卯士禍こそ何とか生き延びたものの、乙巳士禍では流され、最後はその流罪の地で死ぬことになる。

一五二四年だという『慵斎叢話』の刊行の直前にあった己卯士禍と世昌のかかわりを見てみよう。燕山君を追放して即位した中宗は趙光祖を代表とする少壮儒学者を登用して、儒教的な理想政治を実現しようとした。その結果、趙光祖の士林派が官界に多く進出して、既存勢力の勲旧派との衝突は避けられないものになった。一五一九年（中宗十四）、趙光祖は流された上で死刑となり、その一派も宮中から一掃される。世昌は出自からいえば、既存勢力の方に属するはずであるが、新進の官僚であるという点で、趙光祖の同調者でもあったようである。この間、一五一七年、弘文官直提学であったとき、趙光祖などが若手儒者官僚を抜擢するための選抜試験である賢良科を実施しようとすると、世昌はその弊害を指摘して不可であることを主張している。一五一九年、政局が危なくなり、まさに士禍が勃発しようとすると、平生から親しくしていた金浄・李荇などに忠告して、自身は病を理由に坡州の田舎の別荘に移り住んで禍を免れた。その後、情勢が落ち着くと復帰して、己卯士禍で罪せられた人材の登用に力を尽くしてもいる。世昌の立場はアンビヴァレンスであり、それは父親の成俔の立場を受け継いだものともいえよう。

趙光祖は一五一九年には三十八歳の若さで大司憲に昇ったが、性理学をあまりに重要視して、文章を大切にする詞章の学問を排斥したために、詞章派とたがいに対立した。また理想主義的で現実を顧みない朱子学にしたがって朝廷の制度を急進的に改めようとして、風俗・習慣まで変革しようとしたために、保守的な勲旧派の宰相たちと対立して、遂には排除の憂き目に遭ったのであった。

成俔は『慵斎叢話』の冒頭で、

「経書の学問と文章の能力は一つのものではない。六経はみな聖人の文章であり、すべての事業に関わるものである。

昨今の文章家たちは経書を本とすることを知らず、逆に経書に明るい人は文章を知らない。これは気質が一方にかたよってしまい、そうならないように意を払わないからである。

高麗時代の文士たちはみな詩と騒をもっぱらにして、ただ圃隠・鄭夢周だけが性理学を始めて提唱した。わが朝鮮時代に入って、陽村と梅軒の兄弟が経学に明るく、また文章にもたくみであった。陽村は四書五経の口訣を伝えて、また『浅見録』や『入学図説』などの書物を書き、儒学の発展に尽くした功績は少なくない」

と書く。この父の見解は子の世昌のものでもあったろう。新進の儒者官僚であり、趙光祖の理想主義に共感を抱きながらも、一方で伝統的な儒教の一種の教養主義をも捨てきれない。高麗時代の文士たちのように詩と騒も大事にし、性理学も取り込めばいい。それは歴史の宿命であろう。理想的なのは権陽村であり、彼のように経学に通じることによって、文章も磨き上げ、哲学としての性理学も、朝鮮の儒者官僚として骨格に備えておくべきなのである。すべてに置いてバランスの取れた教養を備えておくべきこと、それは一家の血であり、継承された家風といってもよいものである。趙光祖の理想主義に一定の理解を示しつつも、その原理主義とは相容れない気質が世昌にはあった。世昌には趣味人であるあまりの逸脱もあった。人事で不公正なことがあって左遷されたこともあるし、慶尚道観察使であったとき(『慵斎叢話』の刊行はこの時期のこととなる)、管下の星山郡守が女楽を設置したことが祟って弾劾されて罷免されたという。教養主義は趣味人であることを排除せず、むしろ奨励するであろう。女楽への肩入れ、あるいはこれもまた父親譲りのものであったのかも知れない。

『慵斎叢話』はもちろん成俔の作品なのであろうが、それの刊行にこぎつけた子の世昌を含めた成氏一族の精神の所産でもあったといえるのではないか。

五、音楽——そして井邑詞、あるいは『伊勢物語』へ

「礼楽」と一くくりにして儒教ではいう。楽をもって心をしずめ、礼でもって形式をととのえれば、天下はおさまる。あるいは、「礼楽刑政」ともいう。礼と楽が整えられた上で、刑をもって奸邪をふせぎ、政をもって道を実行すれば、国家は平和に統治されるであろう。だから、礼も楽も刑も政も目的とするところは同じだということになる。朝鮮王朝が建国され、儒教を国教として、『朱子家礼』にのっとって礼式は行われ、『経国大典』が敷かれて刑政が行われるようになると、音楽も整えられる必要があった。英明なる世宗・世祖の後を受けて、成宗の時代に『楽学規範』が編纂される。成俔は掌楽院提調として『楽学規範』の編纂を主導した人物でもあった。女楽とて大切な風俗であり、朝鮮の伝統的な文化であり魂なのである。

さて、以下に記すことは、解説の文章としてあるいは逸脱ではないかと思われるかもしれない。しかし、訳者が成俔という人物にここ十年のあいだ興味を抱き続け、その大部の著書の『慵斎叢話』を翻訳するに至るきっかけとなった一つの思いつきをこの解説の場で記しておきたい。もっとも日本的な文化ともっとも朝鮮的な文化とがどのようにかかわりをもち、どのように相互に個性をもって花開いたかを示す格好の例と思われるからである。

成俔が主導して編纂した『楽学規範』の中に百済の歌謡が一首収められている。新羅の歌謡は郷歌として『三国遺事』に二十五首ほど残っているが、百済の歌謡として残っているのはこの『楽学規範』の中の「井邑詞」一首のみである。全羅北道の井邑（現在の井州）に伝わっていた歌謡が、高麗時代に李

달하 높이 돋으샤　멀리 멀리 비춰오시라
（月よ　空高くのぼり　はるか遠くをお照しください）
저재 다니시는가요　즌듸를 드디올세라
（市場へお通いになり　泥濘を踏みなさるな）
어찌다（마음）놓오시（리）라　당신 가는데 접길세라
（どうかお心をお鎮めください　主の道よもやぬかるかと恐る）

混によって曲調を整えられて宮廷雅楽に取り入れられ、さらに朝鮮時代にも生き残った、それが「井邑詞」である。歴代の宮中での「国讌呈才」、すなわち公式の宴礼の際の歌舞として歌われ舞われたことになる。『楽学規範』は図を挿入しながら、詳しくその演奏・演舞の仕方を記している。

まず楽師が楽工十六人を引き連れ、鼓と台具とをもって東の柱から入ってきて、それらを殿中に置いて出て来る。楽師は鼓の槌十六個をかかえて東の柱の方から入ってきて、鼓の前に置いて出て来る。そして、多くの妓生たちが「井邑詞」を歌い、楽工たちが「井邑漫機」を演奏する。妓生八人ずつが広い袖の着物を着て左右に分かれて登場し、鼓の前に立って北の方（王の方）に向ってまっすぐに進み出、跪いてから拝伏し、立ち上がって足を踏み鳴らす。ふたたび跪いて細い袖に改めて立って舞う。終わると、並んで手を拱いて跪き、また槌を取って手を拱いたまま立ち上がって、足を踏み鳴らしながら舞い、前に進み出て、左右が一列に並んで、左に旋回する。鼓を撃ちながら舞い、杖鼓の隻声・鼓声という手順で打ち鳴らして「井邑中機」を演奏し、楽の音がさらに激しくなると鼓の隻声を越える勢いで鼓を撃って「井邑急機」を演奏する。楽師は節次の遅速に従って一節ごとに拍子を撃つ。八人の妓生は手を拱いて退き、一列に並んで跪き、槌を元あった場所に置いて手を拱いて立ち、足を踏み鳴らしながら退いていく。楽がやみ、楽工十六人も鼓をおさめて出て行き、楽師は鼓の槌を集めて出て行く。

宮廷の正式の宴会の際に演奏され演舞される、まことに華やかであり、かつ洗練された舞楽である。妓生たちが歌う「井邑詞」の歌詞の古いハングル表記を現在の表記に改めたものは前頁上のようになる。

宮廷で奏される以上、歌の意味は王の治世に関連づけて説明される。それは遠く中国古代の『詩経』が国々の民謡を集めながらも、為政者の心がけや振る舞いを説くものとして編集される、東アジアの儒教国家の伝統を受け継ぐものである。

王よ、月のように空高くお上りになって広く天下の民をお照らしください。政をご覧になりながら、ご失政のないように。どうか平静にお心をお持ちになって、この世の混乱に足を取られぬようお祈りし

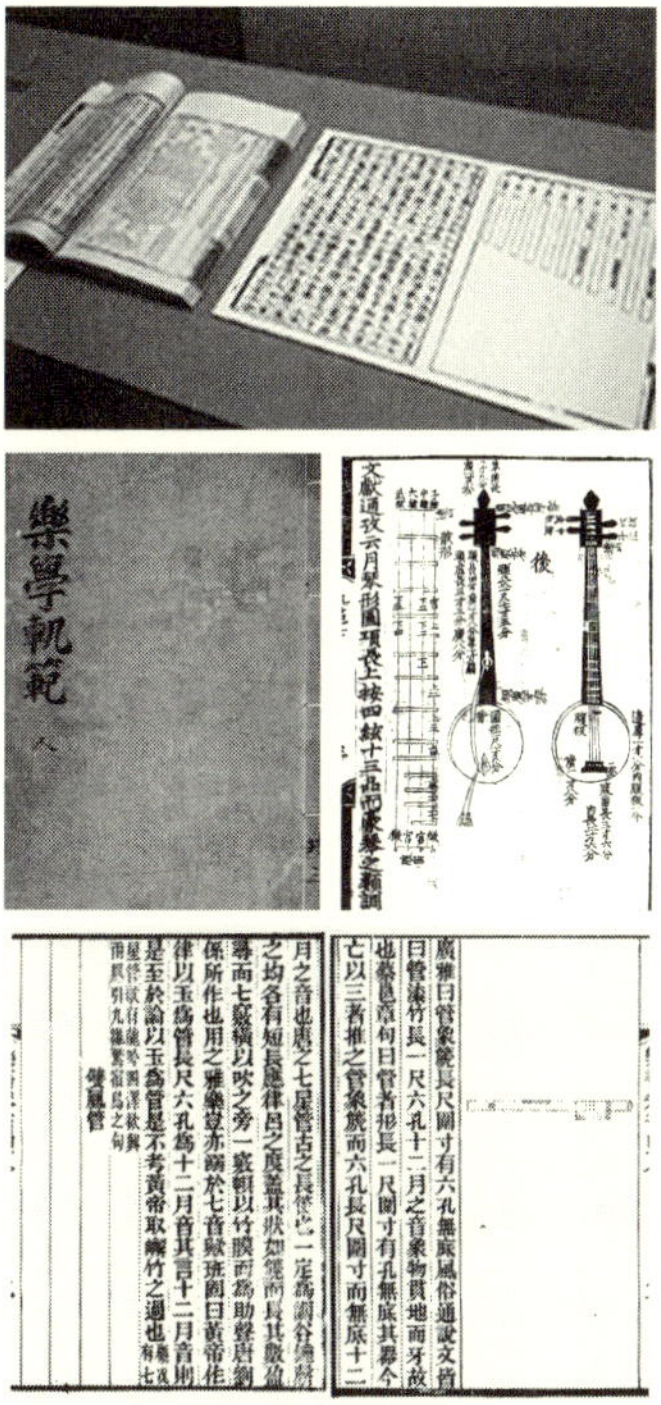

ソウルの国立古宮博物館に展示されている『楽学規範』

ます……英明な君主がその徳によって天下を光被する理想的な治世への願いと祝福を込めて歌われ、舞われることになる。

しかし、もちろんもともとは市井に生活を営む夫婦間の情愛を歌った素朴な歌謡であって、暗い夜中に行商に出かける夫の行路を心配する妻の心を歌ったものであることは容易に推測できる。『楽学規範』よりやや遅れて完成した官選の地誌である『東国輿地勝覧』巻三十四「井邑・古蹟」の条には、「井邑は全州に属する県である。この県人の一人が行商に出て行き、長らく帰って来なかった。その妻は、村の山の岩にのぼって夫の身の上を思い、夜道を歩いてあるいは害を受けはしないかと心配しこれを泥水に托して歌ったのが井邑詞で、望夫石が県の北十里のところに、登岾望夫石として今もある」と記している。

「井邑詞」の故事を踏まえた「望夫石」という古蹟まで存在するというのである。二年ほど前、訳者は日清戦争のきっかけになった東学党の乱の勃発した古阜に行ったが、その途中、井州の街を通り過ぎた。駅の近くの広場に新しく「井邑詞」にもとづいた夫の行く手を心配する夫人の像が立てられているのを見た。

さて、『伊勢物語』の二十三段はあまりに有名な章段であり、これにもとづいて世阿弥によって作劇された能「井筒」も名作であり、あるいは世阿弥が目指した幽玄の極致を示すものとまで言っていいかもしれない。くどくどと紹介する必要もあるまいが、むかし、「田舎わたらひしける人の子ども」が井戸のもとに出て遊んでいたが、大人になって、恥じ交わすようになった。しかし、互いに相手を思う気持ちは深まって、親たちが他の結婚相手を薦めても肯んじない。男が、

筒井つの井筒のかけしまろがたけ過ぎにけらしな妹見ざる間に

と歌い、それに対して、女が

くらべこし振り分け髪も肩すぎぬ君ならずして誰か上ぐべき

と歌って、ついに「本意のごとく」結婚するのである。

そうしてめでたく二人の生活が始まるが、女の「親なくたよりなくなるままに」、二人の生活は立ち行かなくなってしまう。招婿婚の社会では男は女の家に寄生して、女の実家の経済力にたよって生活している。そこで、男は「もろともにいふかひなくあらん」よりは、つまり、二人で貧乏生活をするよりはと考えて、ほかの寄生すべき相手を河内の国の高安の郡に探し出して、通うようになる。ところが、もとの女は少しも恨むふうではなく、他の女のところに行く夫を送り出すのである。女にも他に男ができたから嫉妬をしないのではないかと男は疑い、河内に出かけたふりをして、前栽の陰から女の様子をうかがう。すると、女は「いと化粧じて」、

風吹けば沖つ白浪たつた山夜半にや君がひとり超ゆらん

と歌うのである。女の心根を「限りなくやさし」と思って、男は河内の女のところにはいかなくなってしまう。

たまたま河内に行ってみると、女がすっかりうちとけて、自分自身でしゃもじをとってご飯を盛っている。いよいよいやになって、すっかり河内へは足が途絶えてしまったというのである。

「井邑詞」の歌詞内容と井筒の女が夫を思いやって歌った歌の内容は同じである。行商に行くか、女のもとに行くか（これも生活のためだというのが哀れである）の違いはあるが、井筒の方も「田舎わたらひ」ということばが出てきていて、必ずしも貴族階級の子女の話としていない。井邑というのも、実際の地名の語源はともかく、一つの井戸を中心に発達した集落であるという発想はごく自然なものであろう。「井邑詞」の夫婦たちも一つの井戸の周りで遊びながら育ったのではなかったか。「井邑詞」と『伊勢物語』の井筒の章段にはかかわりがないのか。

在原業平は桓武天皇の曾孫に当たるわけだが、桓武天皇は光仁天皇と高野新笠の間に生まれた。高野新笠とはいったいどのような女性であったのか。延暦八年（七八九）十二月に彼女は崩御している。『続日本紀』はその死に確かに「崩」の文字を用いていて、最高の敬意を示している。その崩伝は次のようにいう。

皇太后、姓は和氏、諱は新笠。贈正一位乙継の女なり。母は贈正一位大枝朝臣真妹なり。后の先は百済の武寧王の子純陀太子より出づ。皇后、容徳淑茂にして、夙に声誉を着す。天宗高紹（光仁）天皇龍潜の日、娉きて納れ給たまふ。今上・早良親王・能登内親王を生めり。宝亀年中に姓を改めて高野朝臣とす。今上即位きたまひて、尊びて皇大夫人とす。九年、追ひて尊号を上りて皇太后と曰す。その百済の遠祖都慕王は、河伯の女、日精に感でて生める所なり。皇太后は即ちその後なり。因りて諡を奉る。

河伯の娘が日光と交わって都慕王を産んだということと、その子孫の娘が「新笠」という諡を奉られたということと、どう脈絡があるのであろうか。笠をかざすという行為が日光を避けるよりも、むしろ貴人の存在を示し、神を寄せる行為だったということなのであろうか。河伯の娘が日光に感染して貴子を生むことができたように、その血を継いでいる和氏の娘も貴子・桓武天皇を生むことができたということになるのであろう。いずれにしろ、武寧王・純陀太子（聖明王）という嫡々たる百済王家の血が在原業平には流れている。百済歌謡が伊勢物語の中に紛れ込んでいたところで、なんら不思議ではないはずなのであるが、さらに付け加えたいことがある。

成氏は本来は中国の姓氏であるといい、周の文王の第五子の郕の叔武の子孫だという。その子孫が国名「郕」を名乗っていたが、後に楚によって滅ぼされ、旁のオオザトを捨てて「成」を姓とし、唐の時代に学士の成鏡以が百済に渡って来たのだという。百済の末期、その滅亡に抗して唐と新羅の連合軍に対して獅子奮迅の絶望的な戦いをして死んだ成忠という人がいる。この人と昌寧成氏のつながりは明らかではない。昌寧成氏の始祖は前にも述べたように高麗時代の仁輔であり、本貫の昌寧というのは、慶尚道北道にあって新羅の故地であり、けっして百済の故地ではない。新羅は百済の遺跡をことごとく破壊し、王朝の一族を殲滅しようとした。新羅の時代に百済の功臣の末裔を名乗るのは憚られたのではないかとも想像される。

訳者はここで筆をとどめることにする。世阿弥の夢想は能の「井筒」を作り上げたが、訳者の夢想の中で『伊勢物語』の井筒の章段と「井邑詞」とはほとんど姉妹のように思われるのである。どちらともに舞楽となり、一方では日本の幽玄の極致が、一方では朝鮮の儒教的文雅がそれぞれ演じられる点にも興味が尽きない。

＊

翻訳に当たって、底本は『大東野乗』（景仁書林　一九六九年）所収の『慵斎叢話』を用い、韓国思想大全集第二十巻（良友堂　一九九二）のハングル訳を参考にした。韓国の書物にはさほど綿密な注がほどこされているわけではない。韓国の歴史事典や人名事典、さらには『高麗史』や『朝鮮王朝実録』などを参考にして注釈を施した。残念ながら調べきれなかったこともある。なお、この書物は私の勤務する桃山学院大学の二〇一三年度学術出版助成を受けて出版されたものである。

出版に漕ぎつけるまで御尽力くださった関係者各位に、そして作品社の内田眞人氏に感謝したい。また表紙は先の『於于野譚』『太平閑話滑稽伝』『櫟翁稗説・筆苑雑記』と同じく、永年の友人である金帆洙氏の手になる朝鮮時代の風俗図の模写である。八枚の絵があってすでに四枚を使った。今後あと四冊は出す予定でいる。

[著訳者紹介]
◉
成 俔（ソン・ヒョン）
1439 ～ 1504 年。李朝初期を代表する名臣・学者。五代にわたる王のもとに仕えて顕官を歴任し、国家の編纂事業に関わるとともに、多くの詩文を遺した。朝鮮の音楽を集大成した『楽学規範』の編纂者としても著名である。妓生など芸能者とともに音楽を学ぶ一面があり、その視線は儒者官僚ばかりではなく、社会の各層、市井の人びとの生活にまで及んでいた。
◉
梅山秀幸（うめやま・ひでゆき）
1950 年生まれ。京都大学大学院博士後期課程修了。桃山学院大学国際教養学部教授。専攻：日本文学。主な著書に、『後宮の物語』（丸善ライブラリー）、『かぐや姫の光と影』（人文書院）があり、韓国古典文学の翻訳書に、柳夢寅『於于野譚』、徐居正『太平閑話 滑稽伝』、李斉賢・徐居正『櫟翁稗説・筆苑雑記』（以上、作品社）、『恨《ハン》のものがたり——朝鮮宮廷女流小説集』（総和社）などがある。

慵斎叢話《ようさいそうわ》

2013年11月10日　第1刷印刷
2013年11月20日　第1刷発行

著者 ——— 成俔《ソンヒョン》
訳者 ——— 梅山秀幸
発行者 ——— 髙木 有
発行所 ——— 株式会社作品社
〒102-0072 東京都千代田区飯田橋2-7-4
tel 03-3262-9753　fax 03-3262-9757
振替口座 00160-3-27183
http://www.sakuhinsha.com

本文組版 ——— 編集工房あずる▶藤森雅弘
装画 ——— 金 帆洙
装丁 ——— 小川惟久
印刷・製本 ——— シナノ印刷（株）

ISBN978-4-86182-460-9 C0098

櫟翁稗説・筆苑雑記

［れきおうはいせつ・ひつえんざっき］

李斉賢／徐居正
梅山秀幸訳

**14−15世紀、高麗・李朝の高官が
王朝の内側を書き残した朝鮮史の原典
待望の初訳!**

「日本征伐」（元寇）の前線基地となり、元の圧政に苦しめられた高麗王朝。朝鮮国を創始し、隆盛を極めた李朝。その宮廷人・官僚の姿を記した歴史的古典。

台湾セクシュアル・マイノリティ文学
全四巻
編集委員：黄英哲・白水紀子・垂水千恵

第一巻
長篇小説
邱妙津『ある鰐の手記』
“私は女を愛する女だ”台湾レズビアン文学の記念碑的作品。

垂水千恵［訳］

第二巻
中・短篇集
紀大偉作品集『膜』
【ほか全四篇】

クィア作家紀大偉が描く、クィアSF小説の名作を収めた中・短篇集。

「膜」／「赤い薔薇が咲くとき」／「儀式」／「朝食」

白水紀子［訳］

第三巻
小説集
『新郎新“夫”』
【ほか全六篇】

許佑生の表題作をはじめ、台湾で注目されている男女作家による小説集。

許佑生「新郎新“夫”」/呉継文「天河撩乱─薔薇は復活の過去形」/阮慶岳「ハノイのハンサムボーイ」/曹麗娟「童女の舞」/洪凌「受難」/陳雪「天使が失くした翼をさがして」

白水紀子［編］

第四巻
クィア／酷児評論集
『父なる中国、母(クィア)なる台湾？』
【ほか全七篇】
朱偉誠の表題作をはじめ、台湾気鋭の学者・評論家による文学・映画評論集。
張小虹「クィア・ファミリー・ロマンス──『河』の欲望シーンをめぐって」/劉亮雅「愛欲、ジェンダー及びエクリチュール──邱妙津のレズビアン小説」/張志維「『仮声借題』から『仮身借体』へ──紀大偉のクィアSF小説」/洪凌「蕾絲(レズ)と鞭子(ビアン)の交歓──現代台湾小説から読み解くレズビアンの欲望」ほか
垂水千恵［編］